中国艺术研究院
基本科研业务费项目

中国艺术研究院学术文库
主　编　王文章　周庆富

王府文评

郑
恩
波

著

北京时代华文书局

图书在版编目（CIP）数据

恭王府文评 / 郑恩波著 . -- 北京 : 北京时代华文书局，2025.6
（中国艺术研究院学术文库 / 王文章，周庆富主编）
ISBN 978-7-5699-5222-3

Ⅰ . ①恭… Ⅱ . ①郑… Ⅲ . ①散文集－中国－当代 Ⅳ . ① I267

中国国家版本馆 CIP 数据核字 (2024) 第 063608 号

GONGWANGFU WENPING

出 版 人：陈　涛
责任编辑：姚　健　徐敏峰
装帧设计：周伟伟
责任印制：刘　银　訾　敬

出版发行：北京时代华文书局 http://www.bjsdsj.com.cn
　　　　　北京市东城区安定门外大街 138 号皇城国际大厦 A 座 8 层
　　　　　邮编：100011　电话：010-64263661　64261528
印　　刷：三河市嘉科万达彩色印刷有限公司
开　　本：710 mm×1000 mm　1/16　　　　成品尺寸：170 mm×240 mm
印　　张：29.625　　　　　　　　　　　　字　　数：439 千字
版　　次：2025 年 6 月第 1 版　　　　　　印　　次：2025 年 6 月第 1 次印刷
定　　价：98.00 元

版权所有，侵权必究
本书如有印刷、装订等质量问题，本社负责调换，电话：010-64267955。

"中国艺术研究院学术文库"
编辑委员会

主　编　王文章　　周庆富

副主编　喻　静　　李树峰　　王能宪

委　员　王　馗　　牛克成　　田　林　　孙伟科
　　　　李宏锋　　李修建　　吴文科　　邱春林
　　　　宋宝珍　　陈　曦　　杭春晓　　罗　微
　　　　赵卫防　　卿　青　　鲁太光
　　　　（按姓氏笔画排序）

编辑部

主　任　陈　曦

副主任　戴　健　　曹贞华

成　员　马　岩　　刘兆霏　　汪　骁　　张毛毛
　　　　胡芮宁　　（按姓氏笔画排序）

"中国艺术研究院学术文库"再版序

周庆富

由中国艺术研究院策划、北京时代华文书局出版的大型系列丛书"中国艺术研究院学术文库",历经十余载,陆续出版近150种,逾5000万字,自面世以来取得了很好的社会反响。这套丛书以全景集成之姿,系统呈现了中国艺术研究院新一代学者在文化强国征程中,承继前海学术传统,赓续前辈学术遗产的共同追求,也展现了学者们鲜明的研究个性和独特的学术风格,勾勒出我国当代文化艺术从理论研究到实践探索的发展脉络,对推进中国艺术学学科体系、学术体系、话语体系建设具有重要的史料价值和学术价值。

北京时代华文书局意将整套丛书再版,并对装帧、版式等进行重新设计,让这一系列规模庞大、内容广博的研究成果持续发挥它应有的作用,这无疑是一件好事!衷心祝愿"中国艺术研究院学术文库"再版成功!中国艺术研究院的学者们也将继续以饱满的学术热情,将个人专长与国家需要紧密结合,不断为新时代文化艺术繁荣发展,为文化强国建设贡献智慧和力量。

2024年12月20日

总　序

王文章

　　以宏阔的视野和多元的思考方式，通过学术探求，超越当代社会功利，承续传统人文精神，努力寻求新时代的文化价值和精神理想，是文化学者义不容辞的责任。多年以来，中国艺术研究院的学者们，正是以"推陈出新"学术使命的担当为己任，关注文化艺术发展实践，求真求实，尽可能地从揭示不同艺术门类的本体规律出发做深入的研究。正因此，中国艺术研究院学者们的学术成果，才具有了独特的价值。

　　中国艺术研究院在曲折的发展历程中，经历聚散沉浮，但秉持学术自省、求真求实和理论创新的纯粹学术精神，是其一以贯之的主体性追求。一代又一代的学者扎根中国艺术研究院这片学术沃土，以学术为立身之本，奉献出了《中国戏曲通史》《中国戏曲通论》《中国古代音乐史稿》《中国美术史》《中国舞蹈发展史》《中国话剧通史》《中国电影发展史》《中国建筑艺术史》《美学概论》等新中国奠基性的艺术史论著作。及至近年来的《中国民间美术全集》《中国当代电影发展史》《中国近代戏曲史》《中国少数民族戏曲剧种发展史》《中国音乐文物大系》《中华艺术通史》《中国先进文化论》《非物质文化遗产概论》《西部人文资源研究丛书》等一大批学术专著，都在学界产生了重要影响。近十多年来，中国艺术研究院的学者出版学术专著在千种以上，并发表了大量的学术论文。处于大变革时代的中国艺术研究院的学者们以自己的创造智慧，在时代的发展中，为我国当代的文化建设和学术发展做出了当之无愧的贡献。

为检阅、展示中国艺术研究院学者们研究成果的概貌，我院特编选出版"中国艺术研究院学术文库"丛书。入选作者均为我院在职的副研究员、研究员。虽然他们只是我院包括离退休学者和青年学者在内众多的研究人员中的一部分，也只是每人一本专著或自选集入编，但从整体上看，丛书基本可以从学术精神上体现中国艺术研究院作为一个学术群体的自觉人文追求和学术探索的锐气，也体现了不同学者的独立研究个性和理论品格。他们的研究内容包括戏曲、音乐、美术、舞蹈、话剧、影视、摄影、建筑艺术、红学、艺术设计、非物质文化遗产和文学等，几乎涵盖了文化艺术的所有门类，学者们或以新的观念与方法，对各门类艺术史论做了新的揭示与概括，或着眼现实，从不同的角度表达了对当前文化艺术发展趋向的敏锐观察与深刻洞见。丛书通过对我院近年来学术成果的检阅性、集中性展示，可以强烈感受到我院新时期以来的学术创新和学术探索，并看到我国艺术学理论前沿的许多重要成果，同时也可以代表性地勾勒出新世纪以来我国文化艺术发展及其理论研究的时代轨迹。

中国艺术研究院作为我国唯一的一所集艺术研究、艺术创作、艺术教育为一体的国家级综合性艺术学术机构，始终以学术精进为己任，以推动我国文化艺术和学术繁荣为职责。进入新世纪以来，中国艺术研究院改变了单一的艺术研究体制，逐步形成了艺术研究、艺术创作、艺术教育三足鼎立的发展格局，全院同志共同努力，力求把中国艺术研究院办成国内一流、世界知名的艺术研究中心、艺术教育中心和国际艺术交流中心。在这样的发展格局中，我院的学术研究始终保持着生机勃勃的活力，基础性的艺术史论研究和对策性、实用性研究并行不悖。我们看到，在一大批个人的优秀研究成果不断涌现的同时，我院正陆续出版的"中国艺术学大系""中国艺术学博导文库·中国艺术研究院卷"，正在编撰中的"中华文化观念通诠""昆曲艺术大典""中国京剧大典"等一系列集体研究成果，不仅展现出我院作为国家级艺术研究机构的学术自觉，也充分体现出我院领军国内艺术学地位的应有学术贡献。这套"中国艺术研究院学术文库"和拟编选的本套文库离退休著名学者著述部分，正是我院多年艺术学科建设和学术积累的一个集中性展示。

多年来，中国艺术研究院的几代学者积淀起一种自身的学术传统，那就是勇于理论创新，秉持学术自省和理论联系实际的一以贯之的纯粹学术精神。对此，我们既可以从我院老一辈著名学者如张庚、王朝闻、郭汉城、杨荫浏、冯其庸等先生的学术生涯中深切感受，也可以从我院更多的中青年学者中看到这一点。令人十分欣喜的一个现象是我院的学者们从不故步自封，不断着眼于当代文化艺术发展的新问题，不断及时把握相关艺术领域发现的新史料、新文献，不断吸收借鉴学术演进的新观念、新方法，从而不断推出既带有学术群体共性，又体现学者在不同学术领域和不同研究方向上深度理论开掘的独特性。

在构建艺术研究、艺术创作和艺术教育三足鼎立的发展格局基础上，中国艺术研究院的艺术家们，在中国画、油画、书法、篆刻、雕塑、陶艺、版画及当代艺术的创作和文学创作各个方面，都以体现深厚传统和时代特征的创造性，在广阔的题材领域取得了丰硕的成果，这些成果在反映社会生活的深度和广度及艺术探索的独创性等方面，都站在时代前沿的位置而起到对当代文学艺术创作的引领作用。无疑，我院在文学艺术创作领域的活跃，以及近十多年来在非物质文化遗产保护实践方面的开创性，都为我院的学术研究提供了更鲜活的对象和更开阔的视域。而在我院的艺术教育方面，作为被国务院学位委员会批准的全国首家艺术学一级学科单位，十多年来艺术教育长足发展，各专业在校学生已达近千人。教学不仅注重传授知识，注重培养学生认识问题和解决问题的能力，同时更注重治学境界的养成及人文和思想道德的涵养。研究生院教学相长的良好气氛，也进一步促进了我院学术研究思想的活跃。艺术创作、艺术教育与学术研究并行，三者在交融中互为促进，不断向新的高度登攀。

在新的发展时期，中国艺术研究院将不断完善发展的思路和目标，继续培养和汇聚中国一流的学者、艺术家队伍，不断深化改革，实施无漏洞管理和效益管理，努力做到全面协调可持续发展，坚持以人为本，坚持知识创新、学术创新和理论创新，尊重学者、艺术家的学术创新、艺术创新精神，充分调动、发挥他们的聪明才智，在艺术研究领域拿出更多科学的、具有独创性的、充满鲜活生命力和深刻概括力的研究成果；在艺术创作领域推出更多具有思想震撼力和艺术感染力、具有时代标志性和代表性的精品力作；同时，培养更多德才兼备的优秀青年人才，真正把中国艺术研究院办成全国一流、世界知名的艺术研究中心、艺术教育中心和国际艺术交流中心，为中华民族伟大复兴的中国梦的实现和促进我国艺术与学术的发展做出新的贡献。

2014年8月26日

目　录

第二辑

序

刘润为

　　追溯起来，我与恩波同志的交往缘起于刘绍棠。早在上初中二年级的时候，因为我一直没写入团申请，班主任老师在一次班会上不点名地批评我走"白专"道路，且举刘绍棠为例，说他就是个"白专"典型，只写小说不求思想进步，结果成了"右派"。应当说，老师的批评是符合我的思想实际的。那个时候的我，确实笃信"学好数理化，走遍天下都不怕"，而不怎么要求进步。至于刘绍棠是怎么成为"右派"的，老师语焉不详，我自然更是稀里糊涂。时间到了1971年，公社推荐我去县里的五七学校学习。给我们讲授"形式逻辑"和"古诗词格律"的杨克田老师，恰恰是刘绍棠在潞河中学的同班同学。一天晚上因为停电，我们几个同学和杨老师聊天。谈到刘绍棠的《青枝绿叶》时，杨老师说：那是他在高一写的，叶圣陶把它选入了高二语文课本。到高二讲到这篇课文时，老师看了一眼坐在讲台下的刘绍棠说，我不讲了，刘绍棠，你来吧。那个时候，我们这些年轻人喜欢杨朔的散文，也喜欢刘绍棠那些质朴清新的短篇小说，尽管只是在小范围交流。1991年，我到《光明日报》文艺部工作。因为约稿且经常一起参加研讨会，我和刘绍棠很快成了朋友。几次谈起他的作品，他总是说郑恩波的评论最符合他的创作实际。

　　由此，我开始注意恩波同志。说来有幸，1993年春，在中国社会主义文艺学会成立大会上得与恩波同志相识，并开始了长达20多年的交往。可以说，恩波同志是一位学贯中西的学者。他不仅研究刘绍棠及其他当代作家作品，也介绍和研究阿尔巴尼亚、南斯拉夫的作家作品，而且都取得了丰硕成果。这既得益于他从少年时代对于文学的爱好，也得益于他所受到的高等教育。

恩波同志1964年毕业于北京大学俄罗斯语言文学系，曾两次由公派赴阿尔巴尼亚、南斯拉夫留学。第一次留阿回国后，经周总理提议和批准，任《人民日报》国际部记者、翻译，期间以笔名"红山鹰"发表"阿尔巴尼亚通讯"数十篇，在中、阿两国都颇有影响。第二次留南回国后，一直从事阿、南文学翻译与研究工作，先后出版《阿尔巴尼亚文学史》《阿尔巴尼亚、南斯拉夫当代文学史》《南斯拉夫戏剧史》等著作，翻译出版《亡军的将领》、《居辽同志兴衰记》《小沼泽地里的田庄》三部曲和《母亲阿尔巴尼亚》等阿、南文学名著12部，是国内数一数二的阿、南文学研究专家和翻译家。现任阿尔巴尼亚驻华大使库依蒂姆·扎尼在为恩波同志译著所写的序言中说："毫无疑问，在中华人民共和国，他是了解阿尔巴尼亚语言与文学最好的翻译。"由此我们也就可以明白，为什么10年前阿尔巴尼亚作家与艺术家协会专门举行仪式，宣布他为该协会的唯一外籍荣誉会员。1992年，恩波同志调入中国艺术研究院，任当代文艺研究室主任，期间先后出版《大运河之子刘绍棠》《刘绍棠全传》等著作，主编《新时期文艺主潮论》(该书获文化部第二届文化艺术科学优秀成果二等奖)，同时还应各种报刊之约撰写文学艺术评论200多篇。这本《恭王府文评》所收入的，只是这些文章的五分之一。

读恩波同志文而观其为人，我有三种鲜明而深刻的印象：

这是一个勤奋的人。记得20世纪90年代末，另一位曾在阿尔巴尼亚工作的学者写文章，叙述他当年如何和地拉那的美女泡时光、磨嘴皮。反观恩波同志，其生活则显得极为枯燥。无论是在阿尔巴尼亚还是在南斯拉夫，他除完成本职工作以外，其他时间都用到阿、南文学译介和研究上，几乎没有什么个人爱好或情调。在中国艺术研究院任当代文艺研究室主任期间，一有科研项目，他不但要负责协调和管理，还要投入其间，亲自动手写作。如前面提到的《新时期文艺主潮论》，他不仅是主编，还是不少章节的撰写者。退休以后，亦是笔耕不辍至今。"焚膏油以继晷，恒兀兀以穷年"，韩愈假托弟子评价自己的这两句话，移赠给恩波同志是非常贴切的。唯其勤奋，他才有成就，才有健康的体格，才有蓬勃进取的精神状态，才永远保持思维的旺盛活力。

这是一个有信仰的人。信仰是什么？就是对某种世界观、人生观、价值观（无论它是以理论、信条还是偶像形式出现的）的确认、恪守和践行。它是经过思考、怀疑、批判等审视生命的过程，在挣脱本能、欲望的羁绊之后对生命意义的一种确认。苏格拉底说得好："未经审视的生命不值得活。"可见信仰是人之所以为人的根本，更是学者之所以为学者的根本。即使是那些信仰错了的人，只要他一以贯之，我们可以不赞成他的信仰，但对他们的操守却不能不表示尊重。最可怕的是那些没有信仰的人，他们可以朝三暮四、朝秦暮楚，翻手为云、覆手为雨，指鹿为马、纵横捭阖，东食西宿、寡廉鲜耻，对任何社会、任何群体都具有极大的破坏性。比如我们的那些所谓新自由主义经济学家，他们有当年朝圣山学社那般对新自由主义的信仰吗？根本没有，他们什么也不信。马克思主义经济学吃香时，他们可以把马克思主义经济学推向"左"的极端；新自由主义吃香时，他们可以把自己打扮成新自由主义的一贯信奉者。今春见西方某大学东亚研究中心的学者，谈起我国的这些"宝贝"及其他"公知"。这位学者说：美国中央情报局虽然支持、利用他们，骨子里却看不起他们，说他们是"一些过于看重物质利益的人"。恩波同志的信仰是马克思主义。为什么要信仰这个呢？既不是因为像教徒那样去寻求心灵上的慰藉和解脱，也不是像铁杆新自由主义者哈耶克那样出于垄断资本集团的狭隘和偏见，而是为了活得明白、为了劳动大众以至全人类的幸福。因此我们说，这是具有真实性的信仰，合规律性与合目的性统一的信仰。信仰贵在坚持，贵在毫不动摇、始终不渝。20世纪80年代中期，是恩波同志文学研究的高峰期，也是马克思主义遇到严峻挑战的时期。那个时候的文坛，时髦的是新思潮、新花样，谁坚持马克思主义、坚持毛泽东《在延安文艺座谈会上的讲话》，谁就是不入流，就是保守僵化，就是极"左"分子，就是被孤立、被嘲笑的对象。但是恩波同志丝毫不为所动，依然平心静气地去研读马克思主义，心无旁骛地用马克思主义的唯物史观和文艺观来研究各个课题，而不管别人怎么说。那份淡定，就是信仰的力量，真实信仰的力量！

这是一个朴实的人。朴实是真诚、是智慧、是强大、是自信，是做人的大境界。也正因为如此，做到这一点并非易事，尤其是人文界的知识分子。2000年我们去南斯拉夫访问，途经巴黎逛香榭丽舍大街，天空忽然掉下几个雨点，一位也在南斯拉夫留过学的同志大发感慨："啊！巴黎的雨好浪漫哟！"其矫情之状令同行忍俊不禁。与这位同志相比，恩波同志的外语水平、国外阅历不知要胜出多少倍，但是他从来不卖弄、不矫情、不媚俗、不作伪、不诡行，本色得依然像他家乡东北的农民。恩波同志为人如此，为文也是如此。他的文章总是有一说一、有二说二，语言平实、不饰辞藻，言之有物、不尚空谈，读之如对青山、绿水、白云，一切出于天然。这对于那种以故作高深荼毒读者的学术贵族主义文风，对于那种以空话套话欺世的党八股文风，都是极好的教训。

鲁迅在《忆韦素园君》中说：素园"并非天才，也非豪杰，当然更不是高楼的尖顶，或名园的美花，然而他是楼下的一块石材，园中的一撮泥土，在中国第一要他多。他不入于观赏者的眼中，只有建筑者和栽植者，决不会将他置之度外。"我想，恩波同志也是这样的人。然而，正是这样默默劳作的人，才是支撑中华民族的真正脊梁。

读恩波同志文稿，禁不住感慨难收，拉拉杂杂写下这些话而不事推敲。唯愿恩波同志身体更加康健，有更多的好文章出世！

是为序。

2015 年 7 月 23 日

作者系《求是》杂志原副总编辑，现为中国红色文化研究会会长

自序：为了报答周总理的恩情与期望

　　在20世纪六七十年代，由于历史老人的巧安排，亚得里亚海岸的山鹰之国阿尔巴尼亚，成了与我们最要好的兄弟友邦。随着中阿友谊迅猛蓬勃的发展，阿尔巴尼亚语翻译成了中央各部委非常紧缺的人才。

　　1969年8月，我完成了陪同中国专家在阿工作的任务回国以后，有5个中央部门抢着调我去工作，其中总参某部和人民日报社国际部为调我争执起来，最后争到周总理那里，因为从新中国成立以来，报纸的国际宣传工作一直是在周总理领导下进行的。周总理对报社国际部负责人戴枫同志讲，不要争了，最近一个时期，他在报纸国际版上经常读到署名"红山鹰"的阿尔巴尼亚通讯，文章写得不错，看来作者是懂阿尔巴尼亚文的，为了加强报纸对阿尔巴尼亚的宣传，国际部是否可以考虑调这个"红山鹰"到报社工作？戴枫同志告诉周总理，"红山鹰"正是他们要调的郑恩波。周总理高兴地说，噢，是这样，那样的话，郑恩波还是到报社国际部工作合适。于是，总参某部便把事先准备好的调用干部必备的材料主动地转交给了人民日报社。报社以"特事特办"的办法给周总理打了调人报告，总理很快地作了批复。这样，报社国际部便很顺利地从我所属的已经人事冻结的工作单位中国科学院哲学社会科学部（简称"学部"，即今日的中国社会科学院）外国文学研究所把我调到了人民日报社。9月16日，我满怀一个贫寒的车夫之子彻底翻身并当了国家主人的幸福感、荣誉感和非同一般的责任感、使命感，兴冲冲地走进王府井大街277号虽不很高但却显得异常神圣、庄严的人民日报社大楼，成为中共中央机关

1

报《人民日报》的翻译、记者——以笔为武器的新闻战士。这件事乐得我几天合不拢嘴，我反复地想：一个刚到30岁的毛头小伙子，能得到驰名中外的伟大政治家、军事家、外交家，文武双全的一国总理周恩来的关注与重视，这不仅是我们郑氏家族多少代的莫大荣耀，而且也是故乡盖州乃至营口地区历史上头等大的喜事啊！

著名作家柳青在其代表作《创业史》里给我们留下了一句极富人生哲理的千古不朽的名言："人生的道路虽然漫长，但紧要处常常只有几步，特别是当人年轻的时候。"46年前，在周总理亲自关心下，我到人民日报社工作，就是我一生中迈出的最重要、最关键的一步，因为这一步为我终生的事业定了位，铸就了我平生既从事新闻文学、文学翻译，又搞文艺评论的三栖文人的模样，并激励我为成为一个真正的阿尔巴尼亚文化行家拼搏不息并取得了可喜的成绩。周总理是塑造我这个文学工作者和新闻工作者综合形象的设计者；这一步也让我避开了不久在学部发生的那场至今想起来都还要心惊肉跳的群众陷害群众的大灾难。周总理是救我逃出灾难的大救星。

到报社工作不到10天，领导就叫我做好陪同即将来华访问的阿尔巴尼亚新闻代表团的工作。10月16日，周总理要接见代表团，我既高兴，又有些紧张，心里想：两周前，周总理批准我调到报社工作，现在马上又要我给他老人家当翻译，我也太有运气了。但是，一旦译不好，译的过程中打嗑巴儿，怎么办？我知道周总理的法文很好，可用法语与阿尔巴尼亚领导人交谈。阿文与法文比较接近，我怕有的词译不准，影响周总理的情绪和整个接见。而且，几天前周总理与苏联总理柯西金在首都机场会晤这件事，在世界上引起了强烈的反响，如果总理谈话中涉及此事，政治术语更要译得准确、无误，不能出丁点儿差错。想到这些，我的心情就更不安了。陪同代表团的国际部第一把手、资深记者戴枫同志见我有些信心不足，惴惴不安的样子，便很体贴地给我打气："要有信心，保持平静、沉稳的心态。总理特别慈祥可亲，很体谅翻译。你大胆地译，就像在一般场合一样，没问题……"戴枫同志亲如兄长般的关心与鼓励，让我紧张的心情平静了许多。

　　下午4点整，在人民大会堂一个不太大的会客厅里，周总理面带笑容，精神矍铄地出现在大家面前，亲切地与每个人握手、问好。戴枫同志指着我告诉总理："这就是我们刚刚调进报社的阿尔巴尼亚语翻译郑恩波同志。"周总理像长者对待孩子那样亲热地看了看我，握着我的手用力地摇了两下。我注意到总理握我的手比握其他中国同志的手都更用力。这一握蕴含着他老人家对后生晚辈无限的关爱、信任和厚望，我顿时感到太阳穴的血管怦怦地跳得好厉害，腿脚和双手变得轻飘飘的。当年，农民诗人王老九曾写下了"毛主席握了我的手，我心变黄金永不锈"的千古绝唱，而这会儿，王老九的这一绝唱恰好表达了我对周总理这一握的真切感受，心里反复地吟诵道："周总理握了我的手，我心变黄金永不锈！"

　　周总理接见外宾的讲话，向来都是书面体的，记录下来就是一篇很精彩的文章。那一天，他对阿尔巴尼亚新闻代表团的讲话，同样具有这一特点。在一个多小时的谈话中，他主要是对自己不久前与柯西金在首都机场会晤一事向阿尔巴尼亚记者朋友并通过他们向阿尔巴尼亚党和政府交了个底。口气极为真诚、亲切，是只有对真正的同志和朋友才能讲的体己话。措辞言简意赅，概念清晰精确，我越译信心越足，越流利，主宾双方的脸上都露出会心、满意的微笑。此刻，我再也不感到紧张，呼吸也平稳下来。突然，总理转过脸来，和蔼可亲地问我："最近，报刊上发表了毛主席关于全世界人民团结起来反对一切侵略战争的新语录，就是'五十年内外到一百年内外'的那一段，你会背了吗？"我难为情地回答总理："还不会。"总理接着说："这样吧，现在我一句句地说，你逐句译。"于是，总理便有板有眼、一字不差地把长长的一大段毛主席最新的语录从头到尾背了一遍，我也很准确地译了每一句，不重复，不打嗑呗儿。译的过程中我亲身感受到了总理惊人的记忆力和对毛主席的无限热爱与忠诚。71岁的老人了，每天国家有多少大事、要事需要他老人家去过问、去处理啊！可他还能把毛主席最新的长长的语录背得如此熟练，实在是令人钦佩、敬仰！实在是古今中外难寻的天才总理啊！我心里由衷地感叹道，同时也为自己对毛主席著作学习得不好而深感愧疚。

接见结束了，周总理要和阿尔巴尼亚记者朋友们一起照相，按惯例，我和参加接待的同志们都自动地闪在一边。周总理一边向我们招手，一边说："都过来，大家一起照嘛！"然后对外宾继续解释说，"翻译和接待的同志很辛苦。从前，他们只是忙忙碌碌地工作，照相从来没有他们的份儿。现在，我们就要改变过去的做法。"总理的这几句话是我没想到的，眼前的一切顿时变得更加绚丽多彩起来，我跟在戴枫和接待组的几个同志的后面，站到最后排一个不显眼的位置上。第二天，这张对我来说具有特别重要的历史意义和文献价值的照片，便在《人民日报》上登了出来。这张照片是我一生中全部的照片中最珍贵、最富有光彩的一张！因为工作的关系，在此之前和以后，我有幸同中阿两国高层领导人和省（阿尔巴尼亚是区）市级高级官员、劳动模范以及战斗英雄照过许多像，但哪一位能像周总理这样享有如此高的世界性声誉，在广大人民群众中间最富有人气呢？我认为，除了周总理之外，再无第二人。还有，"文革"期间，翻译参加国家领导人接见外宾照相，我是第一人，在我之后才有王海容、唐闻生等译员的频频出场。这是我今生今世时时都要铭记在心的非常事件。它时刻提醒我：在人生与革命浩瀚迷漫的大海中，不管遇到怎样的难关与险阻，都要毫不动摇地沿着毛主席和周总理所指引的航道奋勇前进！

胜利地完成了周总理接见代表团的翻译任务，接待组的全体同志感到轻松了不少。晚上，戴枫同志与我聊了许多，这也是我调到报社后，他作为部领导与新人别具一格的谈心。"好不容易啊，这次我们调你来报社工作，惊动了总理，他老人家讲了话，不然你是调不来的。今后要好好干，可别辜负了他老人家的期望。我们国际部很幸运，多少年来，一直在总理直接领导、关怀下开展国际宣传工作。总理多次要求我们都成为自己负责的国家的研究专家，要精通一国或几国的经济、政治、文化、外交、军事……你很年轻，刚到30岁，要有信心，努力成为一个'阿尔巴尼亚通'……"

永远铭记周总理的恩情，不辜负他老人家的期望，努力成为一个阿尔巴尼亚通！这是我调到人民日报社特别是听了戴枫同志转达的周总理对从事国际宣传的人员的要求和期望之后，在心里立下的誓言。

陪完了阿尔巴尼亚新闻代表团之后，领导又要我做好陪同以解力夫和戴枫为领队的中国新闻代表团赴阿尔巴尼亚访问的准备。当时，正在蓬勃发展的中阿关系第一次遇到了小小的波折。特别重视中阿关系的周总理，为了确保我党政代表团和新闻代表团访阿圆满成功，于出访前夕在人民大会堂特别接见了两个团的全体成员，我有幸听到了周总理的教诲与嘱咐。他老人家对兄弟的阿尔巴尼亚人民纯真的友情和崇高的无产阶级国际主义精神，深深地感动了我，成为指导我一生做好中阿文化交流工作的指导思想。40多年来，不管国际风云如何变幻，我对做好这一工作的决心与信心都毫不动摇。之所以如此，那是与周总理的谆谆教导密不可分的。这辈子，是周总理那举世闻名的政治家、外交家的博大胸怀和对世界人民真切火炽的爱心主宰了我的灵魂。

那是阳光灿烂、前程似锦的大好之年，那是精力充沛、踌躇满志的而立之年，那是小鹰展翅，准备在辽阔的蓝天翱翔万里、大展宏图的兴旺之年。可是，有谁能想到，六月里竟然下了一场九月霜，正在红红火火向着宏伟的目标飞奔的红山鹰，突然挨了一闷棍，一夜间在有些人的心中竟然变成了面目可憎的黑乌鸦。

那是1970年5月4日，领导报社运动的几个头目找我，要我交代在学部外文所参加"×××"反革命组织反对周总理的罪行。真是荒唐可笑到了极点！一个把周总理看作比自己父亲还要亲的人，居然要参加"×××"反革命组织反对他老人家！难道我的良心被狗吃了？！真是岂有此理！我当然要据理辩驳，可是，那是毫无用途的，当天下午我就被停职反省靠边站了。

从这一天起，我一生中第一次经历的天寒地冻、风雨飘摇，长达两年零70天的"非同志式的"苦难之旅便开始了。我不愿意用凄婉的文字、低沉的语调讲述自己如何硬着头皮当泥水匠砌墙、挖防空洞，也不愿意提及顶着暴风雪，从马厩里起粪出汗着凉得了迄今都没治好的风湿性游走式关节炎，更不想描述冒着零下20多度的严寒，吃喝拉撒睡在闷罐车厢里，与骡子、老母猪为伴，从河南驻马店火车站到北京丰台站度过的两天两夜，因为我向来不喜欢更不使用"寻寻觅觅、冷冷清清、凄凄惨惨戚戚"之类的文字。现在，还是让我以昂奋、激扬的笔调，向读者朋友诚挚地倾诉：几十年来，为了实现对周总理立下的"成为一个阿尔巴尼亚通"的誓言，我都干了一些什么吧。

我心里明白，我的这一突如其来的灾难，不是来自领导报社运动的人，而是来自乱了套的学部。但我相信，共产党领导下的几千名秀才，决不会让中华最高学府（"翰林院"）永远无休止地乱下去。他们总有讲真话的一天，而一旦讲了真话，一切都会水落石出，到那时必然要还回红山鹰的真面目。但这需要时间，急躁一点用都没有。因此，我要马上静下来，聚精会神读书，搞翻译，一天也不能浪费，不然，把外语扔上一段时间，就会把自己的看家本领丢掉。反正对我并没有实行隔离审查，只是叫我靠边站，那我就学做黄花鱼溜边学习好喽！在办公室里，有计划地细心阅读10多种阿文报刊并作笔记，多方面了解阿尔巴尼亚的政治、经济、文化、军事等各方面的情况。回到单身汉宿舍里，便贪婪地阅读阿尔巴尼亚古今文学名著。平时如此，周末、节日里更是这样打发时间。劳动人民文化宫、中山公园、东单公园成了读书的好去处。到了河南叶县干校，在劳动休息的短暂时间里，我也在稻子堆下、柳树荫凉处、去县城办事走在宽宽的水渠边笔直的小道上读阿文诗和小说。到了京郊小汤山，我当了饲养员，在温榆河畔和马坊、大柳树村边放骡子时，我还经常放声高唱阿尔巴尼亚革命歌曲。就这样，在那孤寂难熬的两年多时间里，我把阿尔巴尼亚民族复兴以来的文学名著几乎全部通读了一遍。

我原来的估计很快地变成了现实。1972年初夏，在河南息县滚了两年泥巴的学部人，又回到北京，重新走进"翰林院"的大门。原来在残酷的逼、供、信重压下说了假话的人开始实话实说了。一天，领导报社运动的第二把手又找我，也叫我实话实说。不久，我便被从小汤山报社干校调回到国际部重操旧业。稍过一段时间，党组织生活也恢复了，并且重新出现在外事战线上。报社里一些在干校和我混得很熟的调皮的印刷厂工人互相逗趣："开什么玩笑，红山鹰还是红山鹰，干吗一定要把一只鹰搞成黑老鸹？"很显然，广大群众是很同情、厚爱受了重伤的红山鹰的。这种温馨和友爱给了我极大的鼓舞和力量。于是，我全力以赴，日夜兼程，不但在1970年译德·阿果里、伊·卡达莱等当代著名诗人的12首长诗的基础上，又译了纳·弗拉舍里、安·扎·恰佑比、米杰尼3位文学史上最重要的诗人的许多名作佳篇，而且还在1973年3月4日半夜10点钟，把在小汤山干校未译完的阿尔巴尼亚当代文坛上最叫响的红色经典小说《重新站起来》也译完了，作为对周总理75岁生日的献礼。

我对自己的事业一直充满信心，工作中一向干劲十足，平反以后更是如鱼得水、似虎添翼。不过，最使我感到欢欣鼓舞的，还是有幸又见到了可亲可敬的周总理。

1974年国庆前夕，阿尔巴尼亚《人民之声报》代表团来我国访问，人民日报社负责接待该团。已经正式恢复名誉、重新走上外事工作岗位的红山鹰又陪同代表团当了翻译。9月30日晚上，在人民大会堂宴会厅举行的盛大的国庆招待会上，我陪着阿尔巴尼亚记者朋友，坐在离主席台最近的第一排正中间的一张大餐桌旁。当庄重、洪亮的迎宾曲振奋人心地响起，周总理率领党和国家领导人缓缓地走上主席台入席时，我贪婪的目光一刻也没离开他。望着他那比5年前与我握手时明显地消瘦了许多的面容和一双依然锋利、炯炯有神的眼睛，我百感交集，热泪盈眶，想起了9年前他老人家访问阿尔巴尼亚时在我驻阿大使馆的大厅里教我们学唱《大海航行靠舵手》和《红梅赞》的幸福情景，还想起5年前为把我调到人民日报社，他对我的关注和对我殷切的希望，更联想到这5年来自己走过的坎坷路，差点儿被打成"黑乌鸦"的遭遇，心里顿时翻涌起一种苦尽甜来的幸福感。主席台上首长们开始向周总理敬酒了，但周总理没有站起来，有人替他喝酒还礼。我的心怦然一跳。"莫不是总理的身体……"我害怕再往下想。从这一天起，周总理的健康状况便在我的心里结下了一个疙瘩。我暗暗对自己讲："抓紧时间，继续深钻苦学阿尔巴尼亚语言文学，用最丰硕的成果表达我对他老人家无限感谢和敬仰的深情。"

　　自1975年下半年开始，报社国际部就考虑往国外派记者，建立驻外记者站，阿尔巴尼亚理所当然地是第一个要派出记者的国家，我是要派出的第一个驻外记者。为了解除我的后顾之忧，报社政治部和国际部想方设法地把我爱人和两个女儿的户口于这年年底由辽宁盖县（今日盖州市）迁到京郊东坝河畔的北楼梓庄，彻底结束了多年来花钱靠组织补助、吃饭粮票要国际部的同志们及学部外文所的朋友们赈济的困难日子，全家都有一种苦尽甜来的幸福之感。我的心情一天天好起来，美好的前程正在向我热情地招手。然而，乐极生悲，1976年1月9日的一声炸雷炸得我头晕目眩，心撕胆裂，几乎都站立不住了。原来，收音机里传来中共中央、人大常委会和国务院的讣告，"我们敬爱的好总理周恩来同志，因患癌症……"天哪，两年来不敢去想、不愿去想的这件最可怕、最叫我心惊胆战的事情，终于还是发生了，这叫我们一家人怎么承受得了啊！生着了火的炉子我丢在一旁不管了，水泡的玉米渣子也不淘了，跟跟跄跄地回到屋里，和妻子、女儿抱头哭成一团。那是举国同悲，万民共泣的日子啊！

　　根据上面的规定，各单位一律不开追悼会，但总理生前与他老人家有过接触和一起工作过的人，可到北京医院参加与总理遗体告别的仪式，我当然有这个资格。国际部领导戴枫同志和即将成为报社级领导之一的潘非同志都分别正式地将此事通知了我。整个报社有400多人，能够享受这种政治待遇的人特别是年轻人是非常少的，这是我今生最感欣慰和荣耀的事情之一。

　　在北京医院一个不太大的告别厅里，我泪水涟涟地向我无限热爱、景仰的慈父般的周总理恭恭敬敬地鞠了三个躬。可我总觉得怎么也表达不尽对他老人家大海一般的深情。第二天上午，我又冒着凛冽的寒风与国际部的几位同志到了天安门广场人民英雄纪念碑前，站进了成千上万人沉痛悼念人民的好总理、亲人周恩来的队伍中……

　　将周总理的骨灰撒在祖国大地和江河湖海那一天，我站在报社的楼顶上，仰望着载着总理骨灰的飞机向长城方向飞去，久久不肯离去，直到飞机在湛蓝的天空中一点儿也看不清楚了，才迈着沉重的步子，挖心摘肝似地走回办公室，望着喧闹的王府井大街呆呆地出神……

我不能整天沉浸在悲哀与痛苦中，一定要化悲痛为力量。从当天下午开始，我就将报社实际上为我一个人订的连续几年的十来种阿文报刊在几张办公桌上摊开剪起报来，然后分门别类装订成《工业成就》《农业成就》《教育战线》《群众文艺》《历史与考古》《文艺评论》《著名作家研究》《优秀通讯》《优秀诗歌》《影视评论》10大厚本，我命其名为《郑氏阿尔巴尼亚百科全书》。这10大厚本阿文剪报知识性、趣味性很强，成了我的宝贝。我反复地看，多次有效地使用，使我对阿尔巴尼亚这个国土虽小但人民精神却十分可嘉的"山鹰之国"的认识越来越深刻、越理性化。我觉得自己距离周总理要求的"阿尔巴尼亚通"还有很长的路要走，但毕竟是在这条艰难的道路上迈出了坚实的步伐。

要成为一个真正的"阿尔巴尼亚通"，必须读大量的阿文书。留阿期间虽然买了不少书，但在阿尔巴尼亚书籍的海洋里，我那有限的两大木箱子书，实在是沧海一粟，九牛一毛。为了补充应备的阿文书，王府井外文书店帮了我的大忙。整个"文革"期间，这家书店只卖阿尔巴尼、罗马尼亚书，地拉那书店卖什么书，这里有什么书。阿文书又非常便宜，因此，这里便成了我落脚最勤的地方。那时，我每月的工资只有62元，凭这一点儿钱养活一家4口人，日子过得有多艰难，那是可想而知的，但即使如此贫寒度日，每月还是至少拿出5元钱买阿文书籍。因为我常到那里买书，书店里的工作人员都认识我了，其中有位叫祁从贞的老大姐待我尤其热情友好，书店里每次进了新书时，她总是要打电话及时通知我。后来，中阿关系急剧恶化，书店决定阿文书下架送造纸厂造纸。祁大姐立即电话告诉我可以到书店随意无偿拿书。于是，我从房产科借了个平板车，到书店将各种阿文文艺书籍拿了个齐全，甭提心里有多痛快了。平板车虽然有三个轱辘，却比两个轱辘的自行车难以驾驭。出了书店的门还没上正路，我就上车骑，哪想到两脚一蹬，整个车子里溜外斜地扭起秧歌来，一下子撞在路边的歪脖子槐树上，头上碰出一个大包，眼镜框也摔坏了。一个车轱辘滚到了马路牙子下边，车上的书噼里啪啦掉了一地，狼狈极了。这时候，站在书店门口望着我还没离去的祁从贞大姐和几个过路人都赶过来帮我把车在路上放正，急急忙忙胡乱地把书重新装上车，让等在路上的103无轨电车顺利地开了过去。这是老天爷对我这个只会拿书本、连平板车都不会骑的书生的一次严厉惩罚。不过，为了神圣的事业和理想，再严厉的惩罚我也承受得了。

过了几天，我在北大俄语系读书时的老同学，我的入党介绍人，此时已荣任中国图书进出口总公司副总经理的赵惠媛同志，也打电话通知我可以到他们公司在通县（今通州区）的书库取一批阿文书。惠媛同志的电话叫我喜出望外。因为书尤其是阿尔巴尼亚文书，对于我来说，比生命还要重要啊！7月里一个雨过天晴、骄阳似火的中午，我骑着加重自行车，从我们家居住的东坝河畔的楼梓庄兴高采烈地向通县（今通州区）奔去。跑了三十多里泥泞难走的土路，顶着火辣辣、毒巴巴的太阳，汗流满面地赶到了书库。这里是外文图书的天堂，阿文小说、诗歌很多，没用几分钟，我就挑出10多本以前没有买过的书。后来，还把30卷的《恩维尔·霍查文集》也牢牢地封在加了一块长长的木板的车座上面，没有百儿八十斤力气的人是不敢载这么多东西的。道路坎坷，烂泥满地，不时地还要趟过脚脖深的污水。我担心车子倒了把书弄脏、弄坏，干脆不骑车了，我手推车子吃力前行，硬是用两腿量了三十里泥泞路，赶回村边时已经是村烟袅袅做晚饭的时候了，我累得口干舌燥，凉白开水连喝三大杯还不解渴，可心里却是甜甜的。望着挂在屋墙正中央那张大大的周总理的标准像，我又情不自禁地想起他老人家对我一生工作的安排和期望，一种喜悦、自信、自强的感情油然而生。

中阿关系的突变，对我的影响非同小可，我的阿语事业就像一个小皮球从珠峰之巅跌到了万丈峡谷。怎么办？继续留在报社当记者吗？当然可以。实事求是地说，报社许多人都知道我是国际部"特事特办"调来的，方方面面对我这个有点儿"特别"的人都是不薄的。我虽然是国际部的人，但报社一些特殊的重要的报道工作需要从各个部抽掉骨干力量临时搭班子时，他们总要把我算作一个。例如，1975年10月，纪念红军胜利到达陕北40周年时，报社领导派我和资深报人、著名散文作家袁鹰同志各领一名通讯员，奔赴陕甘宁和金沙江采访，由我和袁鹰同志合作完成了长篇通讯《长征路上新的长征》。再如，毛主席逝世时，报社成立了悼念毛主席特别通讯组，我是通讯组的成员之一，负责采访农民代表人物对毛主席的悼念与追思，特别采访了北京郊区大白楼王国福的伙伴们以及大寨铁姑娘、党支部书记郭凤莲。这些都是一系列通讯的重要内容，等等。总之，如果从今以后，我再不从事阿尔巴尼亚研究和写作有关阿尔巴尼亚的文章，当一个报道国内问题的记者，是不会有什么困难的。报社有几个单位了解了我工作中面临的尴尬与困惑之后，主动找我要我留下来，继续从事新闻工作。对此我作过反复认真地考虑。我想，人得有专长，不能当万金油。以往我之所以能在《人民日报》这个重要阵地上占有一席之地，那是因为我懂阿尔巴尼亚文。现在，中阿关系如此糟糕，一时半会儿也不会由分变合，如果我留在报社其他部门当记者或编辑，置阿文于不顾，用不了三年二载，我就会把它忘掉，那岂不是白白留学三年！又怎么能成为阿尔巴尼亚通，报答敬爱的周总理对我的恩情与期望？我心灵的深处，有一个很重很重的周总理情结，这个情绪主宰着我一生全部的工作和情感。任何一件事情，不管它有多大的诱惑力，只要它有碍于这个情结，我就决不动心。有关部门关爱我的情谊我领了，但要留在那里，那是绝对不行的！即使给我再高的待遇，我也不能丢掉阿尔巴尼亚语言和文学这个看家本事。于是，我便割舍了对《人民日报》的情意，打起背包重新返回我今生事业的老家——中国社会科学院外国文学研究所，正经八百地挂起研、译阿尔巴尼亚文学的旗帜来，全力以赴地投入到《东欧文学史》这项研究所的重点科研项目中，具体承担撰写阿尔巴尼亚文学史的任务，不到一年时间，就轻松愉快地完成了10余万字的《阿尔巴尼亚文学史》初稿。

外语这门学问，像美丽的公主那样骄矜，你主动和它拉近乎，它也会对你露出笑靥；你一旦和它稍微疏远一点儿，它很快就会把你彻底忘掉。要想把它紧紧地拉在身边，与你相伴，你得每天向它献殷勤。翻译阿尔巴尼亚作家的作品一时无人给发表、出版，那我就通过阿文转译其他国家的一些进步作家的作品好喽。反正我手上阿文版的别国作家的作品也不少。于是，意大利著名作家路·皮蓝德娄的中篇小说《黑披巾》《她另有一个儿子》《苦难的姑娘》，意大利平民作家萨·斯特拉蒂的中篇小说《桃子》《格利高里和他的裤子》《橡树》《开垦新土地》，美国作家萨洛扬的短篇小说《柑桔》，土耳其著名作家奈·纳辛的讽刺幽默小说《我们家将要来客人》《你们国家没有驴吗？》《就这么点事情》等名著佳篇，都在我居住的京郊鸟语花香的农家小院的柿子树下和撒满阳光、窗明几净的屋子里，通过我的不算太笨的笔变成了汉字，发表在《国外文学》《少年文艺》等刊物上。我甚至还通过阿文译了一批世界儿童故事，由江西人民出版社出了一本名为《鲟鱼》的少儿读物，成为对英雄无用武之地的蹉跎岁月的纪念。

在我家的第一个书柜最显眼的地方，展放着周总理逝世后人民日报社编辑出版的一本纪念周总理的文集《五洲的怀念》。每天我都怀着幼辈孝敬长者的深情，向这本书封面上带着慈祥的笑容与外国青年欢聚在一起的周总理望上几眼，想一想每天都做了什么。每当有文章发表和新书出版，我总是把报刊和新书放到这本文集的前面，作为对总理的汇报。等下一次有新作问世时再把原来的换下来。每次这样做，我心里都感到格外的幸福与欣忭。

我这个人虽然没有出众的才华，但却总是能得到老师、领导的厚爱与赏识，他们常常要把好处给予我。正当中阿关系的寒气刺得我心灰意冷的时候，南斯拉夫与中国的关系又骤然热了起来。外文所原来没一个懂塞尔维亚-克罗地亚语的人，所里决定向南斯拉夫公派进修学者，填补南斯拉夫各族人民文学研究的空白。在此关键时刻，冯至、叶水夫两位老领导又想起我，要我趁年轻有为的大好时光（其实当时我已四十挂零，哪里还谈得上年轻），再掌握一种外语，开辟研、译南斯拉夫文学的新领域。

面对这次出国进修，我心里是十五个桶打水七上八下。全所有百余人，领导能选中我赴南学习，这当然是对我的信赖与厚爱，让我欣喜，感恩不尽。但是，常言说：人到四十不学艺。去了南斯拉夫待上几年，如果塞语学得呱呱叫，又多了一种本领，那当然好，符合周总理对我们的要求和希望；

假如学不好，折腾了一通，只是个半瓶子醋，而阿语又忘了，岂不是鸟飞蛋打，得不偿失？！倘若是落得这样一个结局，我还能像现在这样讲得出一口流利的阿语，如同读中文小说一般阅读阿文小说吗？成为一个阿尔巴尼亚通的夙愿，还不得彻底落空？！越想越感到后怕，一时未敢抉择。不过，对于我们这一代人来说，党和国家的需要是至高无上的。尽管心里对阿尔巴尼亚和阿语恋恋不舍，但我还是凭几十年的党性，于1980年10月初到了南斯拉夫多瑙河畔的花园城——诺维萨德，开始学起第三种外语——塞尔维亚-克罗地亚语来。

对于塞语，原来我一点儿基础都没有，赴南之前虽然去外国语大学听了几次塞语课，但只是学了30个字母和拼音，等到出国时几乎全忘了。到诺维萨德后，一切从头学起。没有老师教，也没有一本可用的字典，怎么学？就在我整天愁眉锁眼的时候，一个偶然的机会，结识了科索沃的阿尔巴尼亚族大学生易卜拉辛。他在农学院学农作物管理，听我自由地随心所欲地与阿尔巴尼亚人交谈，感到很惊奇，向我流露出十分友好的真挚感情，并与我热情、友好地交往起来，同时还给我找到一本虽然有些破旧但丝毫不影响使用的塞阿字典。有了这本字典，我仿佛像小鸟出笼一样，欢快地尽情地飞翔起来。再加上自己不乏车夫之子肯于吃大苦耐大劳的庄稼汉精神，所以仅仅用9个月，我就把这个颠三倒四，如同野骡一般不驯服的塞语治驯服了。而且还受我驻南使馆之邀，多次为访南的中国作家、戏剧家、美术家当起翻译来。必须真诚地承认，在诺维萨德学习塞语的开始阶段，这位科索沃的阿尔巴尼亚族大学生易卜拉辛和他为我搞到的塞阿字典，起了非同小可的作用。这是我一辈子都要铭记在心的。

对我在南斯拉夫进修帮助更大、使我向周总理的期望靠得更近的人，是科索沃普里斯蒂那"复兴"出版社社长、著名作家雷法特·库卡依。1982年五一节过后，在诺维萨德召开的一次南斯拉夫全国儿童文学作家会议上，我有幸认识了这位个头不高但十分健壮、敦实，开口说话满脸都是笑容的库卡依。我们十分亲近地交谈了许多有关阿尔巴尼亚当代文学和作家的奇闻趣事，彼此留下了很深刻的难忘的印象。不久，根据他的推荐，科索沃作家协会正式邀请我到风景秀丽的避暑胜地戴强参加全南作家笔会并休息了两周。库卡依邀我和他住在一个房间里，这可是向一位文学行家里手讨教的极好机会，两周里，有关阿尔巴尼亚人民的历史、文化的种种问题，他都跟我聊了个底儿透。在兄弟般友好、亲切的气氛里，他和鲁戈瓦、阿里乌等著名作家、评论家一起还陪我参观了许多名胜古迹，访问过农民家庭，与在夏令营度假的少年儿童联欢，出席文学研讨会，接受媒体采访……通过这些活动和推心置腹的交谈，我对阿尔巴尼亚人民的历史、文化、民族心理、风俗习惯有了更深入的前所未有的了解与理解。尤其是他代表"复兴"出版社赠送给我的10多位阿尔巴尼亚民族复兴时期著名作家的精装本文集和厚厚的上、下两册《阿文词典》以及两本非常精致的《阿塞词典》《塞阿词典》，更为我的阿尔巴尼亚知识库增添了许多更新的内容。这批精装本的文学名著和字典，让我向着阿尔巴尼亚通的远大目标，又迈出了一大步。我深深地领悟到：此次到南斯拉夫，名义上是进修南斯拉夫文学，实际上是完成了南斯拉夫文学和阿尔巴尼亚文学两项进修任务。这是我始料不及的。对此我感到很惬意，阿语非但没有丢，反而有了进一步的提高，同时还学得了塞语和南斯拉夫文学新专业。我有时想，周总理如果还在我们中间，一旦知道了我的学习、工作情况，见到我会更用力地握我的手吧？

对于我来说，阿文书、塞文书犹如生命一样重要。为了能更全面、更深入、更本质地了解南斯拉夫和阿尔巴尼亚的文学艺术，留南期间，自己开伙做饭，主要靠面包和面疙瘩汤为生，两年间没买过一次肉和香肠，省吃俭用省下的生活费，几乎都用在了买书上。诺维萨德"文化教育协会"大楼一层的旧书店 (Antikvarnica) 和贝尔格莱德"米哈依洛夫"步行街中部的旧书店，是我落脚最勤的地方，因为这里的书都是文学史上有定评的文学名著，而且书价便宜。因为常去，书店售书员都记住我了，甚至20年后再去，他们也和我一见如故，亲热得很。另外，我还收到了相当多的作家、学者的赠书。非常有价值而我又需要，但无法买到的书，我就向作者去要。老实说，为了不辜负周总理的期望，我成了书迷。进修结业回国时，全部塞文和阿文书整整装了38个纸箱子，我驻南使馆文化处为我一个人买了两张票，可占用两间火车包厢。回到外文所，老所长冯至先生紧握我的手说："听说你带回来几十箱子书，好哇，把钱用在买书上要比买家用电器好！"领导对我勤俭学习、刻苦敬业的精神表示满意，使我甚感欣慰。

从这时候开始（1982年12月），我成了全所唯一的一人承担两个国家的文学研究任务的东欧文学研究工作者。我的心绪甚佳，劲头十足，乘胜连续写出了《南斯拉夫当代文学》《南斯拉夫戏剧史》《南斯拉夫当代文学史》《阿尔巴尼亚当代文学史》并晋升为副研究员。

天下大势确实是分久必合、合久必分。1985年，恩维尔·霍查病逝后，冷淡了七、八年的中阿关系又出现了转暖的迹象。1990年夏天，应阿尔巴尼亚对外文委的特别邀请，我作为阿尔巴尼亚学学者和作家，中阿关系冷淡12年之后的第一个中国客人，再次访阿一个月。根据中南两国科学院的合作协议，结束对阿访问，立刻又到南斯拉夫的塞尔维亚和马其顿访问一个月。访南结束后，又乘长途汽车到了保加利亚，然后再乘国际列车取道保加利亚、罗马尼亚、苏联回到北京。在苏联解体、东欧剧变前夕，利用近3个月的时间，完成了一次不寻常的完整的巴尔干、苏联之旅。对我一生的研究工作大有裨益。在阿尔巴尼亚我不仅耳闻目睹、亲自感受到了在十分艰难的境域里阿尔巴尼亚人民的生活状况和思想情绪，而且还拿到了一批很有价值的文艺书籍，其中资料翔实、内容丰富的《阿尔巴尼亚百科全书》和阿尔巴尼亚科学院语言文学研究所编的比砖头还要厚的权威性著作《阿尔巴尼亚文学史》，都是我多年以来梦寐以求的至宝，对我今后的研究工作具有十分重要的意义。特别值得一提的是阿尔巴尼亚作家与艺术家协会主席，著名作家、诗人，我几十年的老朋友，影片《第八个是铜像》《广阔的地平线》的作者德里特洛·阿果里对我异常亲切、热情的接见和他代表作家与艺术家协会赠送给我的8名当代最著名、最重要的作家每人一套十分秀美、雅致的精装本文集（总共50卷）。可以说，他把阿尔巴尼亚当代文学的全部精华都打包送给了我。有了这批上乘之作，再加上8年前雷法特·库卡依代表"复兴"出版社赠送给我的民族复兴时期的重要作家的一套套文集，我的小小的书屋便成了中华全国珍藏阿尔巴尼亚文学名著最多、最全的圣地，此事让我感到分外荣幸与自豪。在塞尔维亚，伊·安得里奇（1961年诺贝尔文学奖获得者）基金会赠送给我最新版本的《安得里奇文集》(17卷)。在马其顿，这个共和国的对外文委主任马·马戴夫斯基是个阿族作家、诗人，他代表对外文委赠我一整套阿文版的小学各年级课外必读文学读物和10多种塞文版的马其顿当代文学的精品选集。总之，这次出访阿、南，又拿到阿、塞两种文字的文学作品15箱。回国时全部行程坐的是公共汽车和火车，所有书籍总共装、卸10多次，有时两手各提一个50多斤重的书箱子一口气连跑带颠近百米，全部箱子要搬8次，搬运完了嗓子干得像着火冒了烟。10月底莫斯科火车站上飘着雪花，我却累得满头大汗，气喘吁吁。我的辛劳感动了苏联女列车员，一位叫娜斯佳的中年妇女，一边帮我往车厢门口提书箱，一边冲着我用赞美的口气说："好样的！小伙子！世界上只有毛泽东、周恩来才能培养出像您这样的知识分子……中国肯定会强大的，瞧着吧！"啊！我是在为毛主席、周总理争光啊！这位善良的娜斯佳的几句话说得我心里热乎乎的，觉得自己肩上的担子非常沉重。

得到的这批宝贵的新书，给我增添了极大的喜悦、信心和力量，使我一回到北京，就全身心地投入到重庆出版社富有战略意义的伟大工程《世界反法西斯文学书系》阿尔巴尼亚卷和南斯拉夫卷的翻译工作中。此书共有52卷，阿、南文学几乎占了两卷。出版社聘我为"东欧文学卷"的编委，具体负责阿、南文学卷的翻译与定稿并撰写序言。我自己翻译的作品的字数占两卷总字数的一半以上。字数之多，在整套书的所有译者中居首位。

我是由酷爱延安那批老作家的作品尤其是描写农村生活的四大名旦赵树理、孙犁、周立波、柳青和四小名旦马烽、刘绍棠、李準、浩然的作品逐渐走上文学之路的。两次在国外进修学习的过程中，我深深地感悟到，要想把外国文学研究好，翻译好，首先应该把本国文学弄明白，对本国文学具有一定的修养，最好是做一个钱钟书或冯至那样的学贯中西的学者。这也是我老早就有的一个夙愿。第二次在南斯拉夫学习期间，目睹南斯拉夫当代文学民族性的丧失，这一愿望变得更加强烈起来。所以，1982年底从南斯拉夫回来以后，在研、译南斯拉夫、阿尔巴尼亚文学的同时，也开始对中国当代文学予以适当的关注，并根据自己从中学时代起就开始跟踪刘绍棠文学创作的实际情况，有意识地对他的乡土文学研究下了些功夫。从1983年到1991年的8年时间里，写了几十篇很浅显的随笔式的评论文章。不过，写这批文章纯属"客串"，并没有付出主要精力。但是，古人说得好，有心栽花花不开、无心插柳柳成荫。借着绍棠这棵文学大树我真的乘了凉，成了文坛公认的刘绍棠乡土文学研究专业户。1991年11月，社会科学文献出版社主动为我的这批拿不出手的文章结集，出版了一本小传与评论文章的综合集子《大运河之子刘绍棠》。从此，我的这个小本经济的阿南文学译、研小店的门口，又挂起了虽然不大但却挺显眼的"刘绍棠乡土文学研究"的幌子。半年以后，即1992年7月，应中国艺术研究院常务副院长、著名红学研究专家、文艺评论家李希凡同志之邀，我被调到中国艺术研究院任当代文艺研究室主任，正式开始了中外文学研究并举的文学新征程。从那个时候开始，一直工作到2002年初退休，差不多有10年。

在中艺院当代文艺研究室的10年，是今生取得成果最多的一段时间。我们当代室虽然只有十来个人，但却是一个蛮好的集体。在这个集体里，没有钩心斗角、尔虞我诈、拉帮结伙、损人利己等丑恶现象，全室笼罩着事兴人和、团结友爱的君子国气氛。在这样一种难得的人情味十足的氛围里，我聚精会神、辛勤笔耕，在中外文学两条战线上策马扬鞭、自由驰骋。用10个月写出了评论刘绍棠传奇性的人生和文学成就的《刘绍棠传》(50万字)。用6个月写出了全面介绍、评价巴尔干诸国的当代荷马、诺贝尔文学奖获得者伊沃·安得里奇的《安得里奇传》(20万字)。用4个月为北京大学李赋宁、刘意青教授主编的《新编欧洲文学史》撰写了东欧文学史有关部分 。用3个月写出了《20世纪阿尔巴尼亚、南斯拉夫文学史》(6万字)。应译林出版社之邀，为他们出版的《新编二十世纪外国文学大辞典》撰写了全部阿尔巴尼亚、南斯拉夫文学条目（共252条）。在外国文学翻译方面，应作家出版社之邀，翻译、出版了阿尔巴尼亚著名作家、首届布克国际文学奖得主伊斯玛依尔·卡达莱的代表作之一长篇小说《亡军的将领》和根据这部小说改编摄制的电影《亡军还乡》（上、下集）。应法国文学研究专家柳鸣九先生之邀，为他主编、海霞出版社出版的《世界短篇小说精品文库》翻译了全部阿尔巴尼亚小说。应著名翻译家飞白先生之邀，为他主编、花城出版社出版的《世界诗库》翻译了全部阿尔巴尼亚和塞尔维亚诗歌。应许自强、王守仁教授之邀，为他们主编的《世界名诗鉴赏金库》翻译了全部阿尔巴尼亚诗歌。应首都师范大学出版社之邀，为他们出版的《中外文学名著精品库》翻译了全部阿尔巴尼亚小说和诗歌，并写了赏析文字。在中国文学领域，与女儿郑秋蕾合作，为文化部"中国文化艺术丛书"撰写了《中国文学》卷。在任职的最后两年，还受院领导之托，集中全部精力参加撰写并主编了50万字的院重点科研项目《新时期文艺主潮论》。在这10年中间，我还应有关方面之邀，主编了《中国当代艺术名人大辞典》《中国名著诞生记》《刘绍棠与运河乡土文学》《新中国文艺事典》4部重要著作（共约250万字）。1994年，我晋升为中国艺术研究院中外文学研究员并开始享受国家特殊津贴。2005年3月12日，阿尔巴尼亚作家与艺术家协会授予我该协会唯一的外籍荣誉会员的称号。

　　每个人都有退休之日，但专业和学问却永远不会退休。自2002年退休以来的13年中间，我除了认真地一丝不苟地完成上级交给的重要任务之外，还从头到尾通读了8厘米厚的《阿尔巴尼亚百科全书》和4厘米厚的《阿尔巴尼亚文学辞典》。应社会科学文献出版社约稿，与学友、著名巴尔干问题研究专家、保加利亚历史研究专家马细谱研究员一道撰写并出版了中国社会科学院重大课题国家"十五"重点出版项目"列国志"之一种《阿尔巴尼亚》。同时，还为"列国志"之另一种《塞尔维亚和黑山》撰写了与《阿尔巴尼亚》栏目大致相同的内容。应塞尔维亚作家协会和中国作家协会共同邀请，翻译、出版了塞尔维亚著名诗人、中国作家协会的好朋友茂玛·迪米奇的诗集《吉卜赛母亲》。应重庆出版社盛情邀请，修订、重新出版了卡达莱的小说《亡军的将领》，还翻译出版了阿尔巴尼亚当代最富有影响的诗人、作家德里特洛·阿果里的长篇讽刺幽默小说《居辽同志兴衰记》。应阿尔巴尼亚驻中国大使馆的邀请，翻译并在北京法国文化中心播映了故事影片《口号》。应著名法国文学专家柳鸣九先生之邀，在他主编、山东画报社出版的《名家点评·外国小说中学生读本》中，对俄罗斯作家列斯科夫的《珍珠项链》、库普林的《甘布里努斯》和苏联作家肖洛霍夫的《一个人的遭遇》作了点评并写了赏析文字。应著名学者、北京大学教授严家炎先生和法国文学专家柳鸣九先生共同邀请，在他们主编、时代出版社出版的《初中生必读名著导读本》中对苏联名作家尼古拉·奥斯特洛夫斯基的长篇小说《钢铁是怎样炼成的》写了近2万字的导读文章。在中国文学方面，应文化艺术出版社之邀，修订并重新出版了《刘绍棠全传》。与文史出版社签约，主编、出版了《刘绍棠纪念文集》。

　　42年前，应人民文学出版社之邀，我曾译了阿果里的3首长诗（节选）和6首短诗，出版了一本《阿果里诗选》。但是，那本仅有几十页的诗选，不能全面反映这位著有15本诗集的大诗人诗歌创作的全貌。这些年来，我一直关注阿果里的诗歌、小说的创作和社会活动，把他作为最重要的研究对象，2003至2005年，我有幸又到阿尔巴尼亚工作两次，总共有一年多时间。这期间，我又多次访问过阿果里，细心研读了他赠送给我的全部诗作。特别有意义的是，我还得到了他后来根据《人民之声报》发表的《母亲阿尔巴尼亚》增写并修改过的单行本，根据这个单行本我又重新译了这首3000余行的长诗。另外，我还把原译本中未选的长诗《我的土地，我的歌儿》也选了进来。在短诗方面，在原译本6首的基础上扩充为100首。用长诗《母亲阿尔巴尼亚》的标题作为书名，我觉得最能概括全书的内容，表达诗人的心魂。阿果里完全同意我的这一想法。此书于2012年8月由中华文化出版社出版。阿果里是阿尔巴尼亚人民忠诚的儿子，文坛上最重要、最有威望、最富人气的大诗人、大作家，用阿尔巴尼亚文坛的评论说，阿果里的作品至少能代表阿尔巴尼亚当代文学成就的一半。我想，这本《母亲阿尔巴尼亚》在我国的翻译出版，对我们了解曾经较为熟悉、如今变得陌生的阿尔巴尼亚文学，一定会大有裨益。阿尔巴尼亚驻中国大使库依蒂姆·扎尼先生在为此书写的序言中说："毫无疑问，在中华人民共和国，郑教授是了解阿尔巴尼亚语言与文学最好的翻译。"未过两年，这家出版社还为我出版了近40万字的"散文随笔·报告文学·文艺评论集"《我与阿尔巴尼亚的情缘》。

身为当代文艺研究室的主任，对当代的文艺问题发表自己的见解，是义不容辞的责任。再加上我又是一个面软的人，朋友找我帮忙，不管能做到或做不到，我都像办自己的事情一样帮助人家忙活。对报刊和出版社的主动约稿，我更是受宠若惊，从来都是有求必应。至于朋友们找我为他们的著作写序、写书评，我更是感到荣幸，哪怕忙得脚丫子朝天，也要认真地、及时地、满怀激情地去完成。正因为如此，几十年来约稿者便始终不断，我也就大大小小、各种各样的文章写个没完没了。文学、美术、音乐、摄影、小品、影视等各种艺术门类我都有所涉猎。退休后这13年，比从前更忙，为完成上级交给的重要工作，每月都要写1篇评论文章。到头来盘查一算，除了上述的那些成本的作品之外，单篇的评论文章共有200多篇，约100万字。这本《恭王府文评》的34篇文章，就是从这200多篇文章中筛选出来的。从这些文章中，读者朋友可能会看到我在文艺道路上留下的一些值得回味的脚印，领悟到我对党的忠心，对文艺事业的热心，对同志和朋友的爱心，对国际共产主义运动和人类命运的关心。如果您能从我这批文章中捕捉到我的这"四心"，哪怕是"一心"，我都将感到莫大的荣幸和欣慰。

金果送馨，五谷飘香。盘点一下几十年的劳动果实，我委实是满面汗颜、诚惶诚恐。虽说在将要出版的12卷《郑恩波文集》中研与译阿、塞文学的成果占了一半以上，但说实话，这些成果并不能代表我在阿、塞文学研与译领域里应当取得的成绩。扪心自问：我是否把阿、塞文学、艺术、文化的研究搞深搞透了？何时才能成为"阿尔巴尼亚通"或"塞尔维亚文学通"？还需要有多少更新、更精、更尖的成果才能不辜负周总理的恩情与期望？我不敢多思深想。未来有效的工作时间已经不多了，我必须全神贯注、分秒必争，至少再大干、苦干、巧干10年，起码再拿出5部含金量更高的研、译成果，才有可能实现自己立下的誓言。我坚信，只要病魔离我远远的，不给我添麻烦，我就会如愿以偿。正如歌儿所唱：一息尚存，就别说办不到。我想，只有这样，将来如果见到周总理，我才能脸不红心不跳地面对他老人家对我严格而全面的考试……

2015 年 7 月盛暑于京华寒舍"山鹰巢"

第一辑

论刘绍棠的文艺观及其创作

引　言

　　现在是应该对四十年如一日，始终毫不动摇地坚持文学创作的党性原则和社会主义方向，创造性地继承和发展中华文学的民族传统、民族风格，在民族化的大道上阔步前进并取得了丰硕成果的著名乡土文学作家刘绍棠的文艺观及其创作，予以充分肯定和全面评价的时候了。因为他走的路，是一个共产党员作家应该走的正确而康庄的路。

　　新时期以来，在党的"二为"方向和"双百"方针的指引下，文艺界取得了前所未有的成就，令人感到欢欣鼓舞，但是，长时期里，由于未能坚定不移地反对资产阶级自由化，各种背离四项基本原则的奇谈怪论也纷纷出笼，我们好端端的社会主义文艺阵地上，竟然出现了一定程度的倒退、颓废、沉沦的倾向。形势的发展，实在令人忧虑。

　　当"玩"文学、"为艺术而艺术"、"疏离政治"、"背离现实"、"淡化思想"、"全民忏悔"等各种主观唯心主义、厌世的颓废主义思潮咄咄逼人地向人们发起进攻的时候，生活在社会主义中国、喝工农大众的乳汁长大的文艺工作者，要不要勇敢地捍卫文学事业的党性原则和社会主义方向？中华民族优秀的文化传统，应该继承和发扬，还是采取虚无主义态度，将它们全部抛弃？是坚持唯物主义的反映论，还是到外国的垃圾堆里捡一些"自我就是一切"的唯心主义破烂货当宝贝？对外国的特别是西方的文学艺术，是采取批判的吸收态度，还是全盘西化，把我们的社会主义文化变成殖民地文化？在唯心主义者和资产阶级自由化的鼓吹者看来，这些问题大概都是毫无新意的老生常谈，谁谈论这些问题，谁就要被他们讥为"守旧"、"僵化"、"保守"、"极左"。但是，对许许多多受过革命风雨的考验与洗礼，树立了共产主义世界观、人生观，以马列主义、毛泽东思想为指南的共产党员作家来说，这些问题不仅要谈，而且还要有板有眼地大谈特谈，因为所有这一切，都不是无关紧要的小事，而是关系到我国社会主义文艺的性质、发展方向和前途的大问题。

在这样的一大批共产党员作家中，"荷花淀派"最优秀的继承者和发扬者、当代乡土文学的开拓者刘绍棠，是最有代表性的人物。他以40年的累累硕果，从文艺理论到创作实践，充分地显示了一个真正的共产党员作家的坚强党性和凛凛正气。

一　毫不动摇地坚持文学创作的党性原则和社会主义方向

作为观念形态的文学艺术，属于一定的阶级并为一定阶级的利益和需要服务。无产阶级的文学艺术是无产阶级革命事业的一部分，是整个革命机器中的"齿轮和螺丝钉"，应该接受党的领导与监督。这就是无产阶级文学的党性原则。生活、工作在实行无产阶级专政、共产党领导一切的社会主义中国的作家，尤其是共产党员作家，这一点是必须时时刻刻牢记在心的。遗憾的是，近年来，由于西方资产阶级文化无孔不入地渗透和腐蚀，再加上资产阶级自由化思潮日趋严重地泛滥，我们文艺队伍中的一些革命意志薄弱者，居然把这一原则淡忘了，有的人甚至认为这一原则过时了。更有甚者，竟然撕去一切伪装，兴起文艺无社会性、无倾向性、无阶级性、无党性的离经叛道之说。他们对此不以为耻，反而视为富有开拓性的独创精神。他们错误地估计，他们掀起的"新潮"可以畅流无阻地吞没一切了。

　　然而，经受过长期革命风雨锻炼与考验，以马列主义、毛泽东思想为指南，为卫护无产阶级文学的党性原则，进行长期不懈的毫不妥协的斗争的共产党员作家、艺术家，还是大有人在的。他们雄伟挺拔地屹立在狂风恶浪之中。时刻铭记自己是"党的乳汁哺育大的"、"血管里流的是党的血液"的刘绍棠，就是狂风恶浪中笔杆、腰杆都很硬的硬骨头作家。他同各种践踏无产阶级文学党性原则的"新理论"、"新观念"进行了长达10年的斗争。自1979年元月重新回到党的怀抱到现在，刘绍棠不仅创作了四五百万字具有强烈的中国气派、鲜明的民族风格、浓郁的地方特色的小说，而且还出版了《乡土与创作》《我与乡土文学》《一个农家子弟的创作道路》和《我的创作生涯》四部散论集，阐明了一系列的文艺观点和主张，其中对坚持文学创作的党性原则和社会主义性质这一问题的论述，最为引人注意。

　　首先，我们从这一问题上，看到了刘绍棠对党的赤胆忠心。众所周知，刘绍棠是有过1957年遭遇的。那漫长的22年，对他来说，真可谓"风雨飘摇，天寒地冻"。但是党给他落实政策后，他毫不计较个人得失，对党没有丁点儿怨言，一心捍卫无产阶级文学的党性原则，重新开始第二个青年时代。他旗帜鲜明地提出："咱们社会主义文学，是无产阶级的文学，它的阶级性，它的党性，是不能动摇，不许改变的。""我们的社会主义文学，也应该比封建社会、资本主义社会的文学更先进、更合理、更美好。""我们不是为少数人而创作，不为金钱而创作，不为老板的盈利而创作，可以说，这一点我们比资产阶级作家有充分的自由。"①

　　这响铮铮的声音，是刘绍棠重返文艺战线、再振文威的宣言书，是他决心做一名真正的共产党的忠诚战士的从文纲领。这了不起的大丈夫气魄，坚强的党性修养，是何等的难能可贵！

　　其次，从这一问题上，我们还可以感受到刘绍棠敏锐的政治嗅觉和深邃

---

　　① 《开始了第二个青年时代》，1979年版。

的洞察力。1980年前后，当以《苦恋》^①为代表的有着明显的错误倾向的作品和一些乌七八糟的文艺理论一出现的时候，刘绍棠就一针见血地指出了共产党领导文艺这一问题的重要性，甚至还尖锐地提出了反对资产阶级自由化的问题。这进一步显示出刘绍棠的政治远见性。他说："我们的文艺，是党的事业的一部分，是社会主义事业的一部分；因而，必须是党领导的文艺、社会主义的文艺。""保障艺术民主并不等于允许为所欲为，不要党的领导；纠正"左倾"错误更不是搞资产阶级自由化，不要社会主义。我们的文艺创作，必须在政治上无条件地与党保持一致，必须是为人民服务，为社会主义服务的。"^②

半年以后，对文艺界出现的花样更多的"宏论"，他进一步表示了坚决反对的态度："对于否定文学的党性原则和社会主义性质，否定文学的阶级性和民族性，否定唯物论的反映论的现实主义创作方法，否定中华民族的文化传统和鲁迅先生开拓的中国新文学传统，否定社会主义文学应以劳动人民为主和必须采取为广大劳动人民所喜闻乐见的形式，而把文学创作当作干预政治和自我表现的工具，以及醉心于皮毛洋化的种种奇谈怪论，我是反对的。"^③

另外，从这一问题上，我们还能看出刘绍棠对党的文艺方针政策的理解更加深刻、全面，他的提法更具有科学性。绍棠同志从文40年，文艺界的种种风雨，他都看在眼里，记在心里，积累了许多正反两方面的经验和教训。针对从前文艺界在执行党的文艺方针政策的过程中出现的偏差，他对文学创作如何与党保持一致，即如何具体地坚持文学的党性原则这一问题，做了更为全面、更加科学的阐释："文学创作在政治上无条件地与党保持一致，坚持文学创作的党性原则，绝不能被误解或歪曲为要求作家公式化、概念化地图

---

① 摄成影片时改名《太阳和人》。
② 《爱护与指引》，1981年版。
③ 《为粗手大脚的爹娘画像》，1981年版。

解政治和政策。作家坚持正确的政治方向，还必须按照艺术规律进行创作，才能写出好作品。然而，也只有沿着正确的政治方向进行艺术探索，才能真正掌握艺术规律。"①

最后一点，我觉得也是最为可贵的一点，即从这个问题上，我们可以看出刘绍棠文艺观点的一贯性和革命的坚定性。1979年元月他重返文坛，发表《让我从二十一岁开始……》到近日见报的《我的老观念》，共有近200篇文学散论问世，辑成4部集子。综观这些短小精悍、生动活泼的散论，可以清楚地看到，刘绍棠坚持文学创作的党性原则和社会主义性质的观点是一贯的。顺利的时候，他不趾高气扬，困难的时候，也毫不悲观气馁，自始至终唱的是一个调。也可以说，为了捍卫文学创作的党性原则和社会主义性质，10年来刘绍棠进行了一场坚韧的战斗。同文场上某些随机应变、顺着不同时期的风向而变换自己的颜色和音调的投机商比起来，表里一致、始终如一的刘绍棠，就显得更加可敬可亲。莫要说四五百万字的小说创作，应该在新中国的文学史上大书特书一些篇章，仅凭他为卫护文学的党性原则和社会主义性质所发表的那么多的散论而言，把他列入新中国第一流作家的行列，也是当之无愧的。

正因为刘绍棠对文学创作的党性原则和社会主义性质有如此深刻的理解，所以对社会主义国家作家的责任感，文学作品的社会效果和教育作用，也必然有很精辟的见解："不是党管不着你了，不是创作可以不考虑党的利益，人民的利益，国家的利益。你不考虑这个，不承认这个前提，愿写什么就写什么，那就是忘了自己是社会主义国家的作家，忘记了自己应当承担的道义和责任。"②

让我们再听听他为作家完成神圣的使命所发出的紧急的呐喊声："身为长

---

① 《坚持文学创作的党性原则》，1981年版。
② 《也谈创作上的几个问题》，1981年版。

者的人们啊，给我们的青少年们以真、善、美的教养吧，再也不要利用他们的天真纯洁，诱骗他们饮食假、恶、丑的精神污水和思想垃圾。而我们这些被称为人类灵魂工程师的作家们，更应该记取这一段历史的惨痛教训，执笔为文，不忘将青少年培养成社会主义新人的神圣天职。写什么，怎么写，要严肃从事，绝不能让自己的作品毒害青少年的心灵，教唆青少年犯罪。"①对某些美化流氓、小偷、犯罪的作品，他更是怒不可遏，拍案而起："很难相信这是出自社会主义国家的作家的手笔，不过是把新中国成立前那些无聊文人的诲淫诲盗的文字垃圾进行了新包装。"②

由于大家都知道的原因，1983年的反对精神污染，1987年的反对资产阶级自由化，都中途夭折了。诲人诲盗的黄色垃圾越来越加泛滥、污染、毒化全国的书市。不少作家、艺术家有怒也不愿发了。而刘绍棠却能置"守旧"、"僵化"、"保守"等冷嘲热讽于不顾，坚决地反对黄色书刊扰乱文化阵地，利用一切可以利用的机会，或做报告，或写文章，反复地、一次比一次言辞更加激烈地反黄、扫黄。这一点也很好地显示了刘绍棠纯正的党性和爱护青年一代的美好心灵。

当然，对一个作家的评价，重要的不是看他的宣言，而是要看他的作品。40年来，刘绍棠共发表上百篇短篇小说，40余部中篇小说和10部长篇小说。从13岁发表的第一篇短篇小说《邰宝林变了》到新近出版的长篇小说《野婚》《水边人的哀乐故事》，全部作品都贯穿着一条绚丽的红线：从20世纪30年代中国共产党在京东北运河农村领导的一次次农民斗争，到新中国成立后40年来党在农村留下的每个脚印，都在刘绍棠的小说里，得到了非常真实而生动的艺术再现。每部作品都洋溢着饱满的政治激情和对新人新事的炽烈的爱。那种昂扬奋进的情绪，勇往直前的气势，明朗欢快的情调，都使读

---

① 《被放逐到乐园里》，1980版。

② 《也谈创作上的几个问题》，1981年版。

者确信不疑：在共产党领导下的新中国，生活是美好的，未来是光明的，社会主义道路是广阔的。可以毫不夸张地讲，刘绍棠是中国共产党、社会主义中国最热情、最赤诚的歌者。他的每部作品的思想内蕴，都与我们党每个时期前进的步伐保持一致。将他的名字写进中国共产党名人录中，是对他40年文学生涯最高、最公正的评价。

二 始终不懈地坚持为农民写、写农民的创作方向

社会主义中国的文学艺术，与西方资产阶级的文学艺术有着本质的不同。其中最重要的一点，是两种文学艺术服务对象的不同。我们的文学艺术的服务对象是很明确的，正如毛泽东同志所说："我们的文学艺术都是为人民大众的，首先是为工农兵的，为工农兵而创作，为工农兵所利用的。"进入新时期以来，党中央又进一步提出了文艺为社会主义服务，为人民服务的口号。文艺工作者要很好地完成这一光荣使命，必须深入生活，深入群众。这一点也正如毛泽东同志所指出的："中国革命的文学家艺术家，有出息的文学艺术家，必须到群众中去，必须长期地无条件地全心全意地到工农兵群众中去，到火热的斗争中去，到唯一最广大最丰富的源泉中去，观察、体验、研究、分析一切人，一切阶级，一切群众，一切生动的生活形式和斗争形式，一切文学和艺术的原始材料，然后才可能进入创作的过程。"

刘绍棠对毛泽东文艺思想和党中央的方针政策，向来都是衷心拥护并身体力行的。当他还是一个十几岁的少年时，就深深地扎根于泥土之中，立下了"让我们到生活中去，永远不离开土地"①的誓言，发表了上百篇清新秀丽、被誉为田园牧歌的佳作。为了实现"用笔和乡亲们一起耕耘运河的土地"的良愿，他甚至还主动退出最高学府，回到运河故乡长期落户。以后，

---

① 《生命的春天》，1956年版。

在遭遇坎坷的漫长岁月里，他更是"赤子而来，赤子而归"，回到故土，"住在当年呱呱坠地的旧屋土炕上，又一次转世投胎"。迎着"三伏酷暑，三九严寒，血雨腥风，愁云惨雾"，"同乡亲父老兄弟姐妹们脸朝黄土背朝天，土里刨食，患难与共"。①长期的农村生活，使他发生了巨大的变化，说得更确切些，进入中年的刘绍棠，已经彻底农民化了。正如他自己所总结的："我从思想感情到生活习惯，开口说话，为人料事和艺术情趣，都发生了返璞归真的变化。"②这种变化给他的创作带来了特大的丰收，给他的精神带来了极大的快乐。对此他做了唯物主义的总结："我的家乡是我进行创作的生活源泉。有源之泉是取之不尽，用之不竭的；一个作家能有几口泉，便可说是大富翁。我的泉虽只一口，不敢夸富，但是比起靠天等雨，总算小康。"③

刘绍棠热爱农村及乡亲，同大运河结下的鱼水难分的情意，是我国当代文学史上的一大佳话。几十年来，他不图一时的虚荣，不怕别人嗤笑自己是未见过世面的乡下人，孜孜不倦地深挖自己的泉，从儒林村挖到蝈笼镇，又从蝈笼镇挖到通州城。他对280里京东北运河滩了如指掌，宛如淘金探宝似的搜集当地人民英勇斗争的壮丽画卷、动人传说的每片云霞、优美活泼的语言瑰宝。他的每部作品，不仅都是以农村生活为题材，为农民而写，而且基本上还是在烟村丛林中，豆棚瓜架下，蒲柳人家里孕育成熟，挥笔而就的。他以自己是一个"土著"作家而感到无比的自豪，立志"一生一世都要歌唱生我养我的人民"，一生一世都要像"为自己那粗手大脚的爹娘画像一样，写农村、写农民"。即使工作需要他回到北京城里，他也依旧是"野人怀土，小草恋山"，经常回到父老乡亲中间，与他们同吃、同住、同欢乐。他从吵嘴骂街的妇女口里偷艺，学习语言，他用自己最熟悉的人做小说创作的人物原型。

---

① 新版《青枝绿叶》题记，1983年版。

② 《无主角戏·小说语言》，1982年版。

③ 《痴情》，1980年版。

他请故乡亲人做自己作品的第一读者，只有获得他们通过，才让稿子转到编辑手里。他不盲目地崇拜诺贝尔文学奖，而把农民群众敬为评价自己作品的最高审判官。时时刻刻牵动他的心肠的，不是异国的奇闻、洋人的香风，而是运河的乡土、运河的风情！请听他那运河赤子爱乡恋土的肺腑之言、感人的心声："看不见本村的树梢，便分不出东南西北；一瞧见自己家的烟囱，就来了能耐。""虽然我前前后后在我那生身之地的小村生活了30年，对每一家、每个人都十分熟悉，但是，生活每时每刻都在发展变化，我不身临其境，亲历目睹，便有如朦朦胧胧云遮月，恍恍惚惚雾里长，对自己的小村也看不真切了。我的乡土文学创作离开了乡土，只能孵豆芽。"①

当年扎根于皇甫村、终南山的柳青，像一个真正的农民一样生活、工作在李家庄和三里湾的赵树理，在元茂屯的泥棚茅舍里和草甸子上同农民兄弟一起迎暴风战骤雨的周立波，都曾以他们成果辉煌的创作实践，向人们证明过伟大的真理：一切优秀的文艺作品，只能来自于生活；所有有作为的作家和艺术家，只能诞生于人民群众之中。柳青、赵树理、周立波为后辈作家树立了深入生活、深入群众的光辉榜样，建立了千秋万代都值得赞颂的好传统、好家风。今天，这种光辉的榜样，正在产生无穷无尽的力量；这种好传统、好家风，也正在被有出息、有志气的作家和艺术家发扬光大，而刘绍棠就是这当中的佼佼者。今天，在以农村生活为题材从事小说创作的作家中间，没有谁能像刘绍棠这样长期地无条件地全心全意地生活在农民中间，也没有谁能像他这样深入地挨门逐户地了解农民的历史命运、风土人情，因此也就没有谁能像他这样在短短的10年间，就取得了这样一种无与伦比的令人瞩目的成就。刘绍棠的成功，是唯物主义反映论的胜利，是毛泽东文艺思想的胜利！刘绍棠的成功，从另外一个方面，也让我们懂得了"文学回到自身"，作家"自我完成，自我塑造，自我实现"等唯心论，是多么荒谬，多么

---

① 《小荷才露尖尖角》后记，1982年版。

可悲!

刘绍棠不仅自己为农民写作,写农民,而且还向别人发出恳切的召唤:"写农民吧,演农民吧!农民在几千年的中国历史上,在民主革命的历史上,在新中国成立以后的30年中,有多少可歌可泣的人和事,值得写,值得演。在中国,没有哪个阶级,没有哪个阶层,比农民的生活和命运更丰富多彩;对于文艺创作,这是取之不尽,用之不竭的第一大源泉。有心的人,有志的人,到农村去,到农民中去。"①"工人和农民是我们社会的主体,是过去革命的主力军,也是现在四化建设的主力军,这是谁都知道的道理。那么,文艺创作就应该描写他们的劳动、斗争和悲欢离合的命运,讴歌和赞美他们的勤劳勇敢,坚韧不拔,艰苦奋斗;讴歌和赞美他们的热爱党,热爱祖国,热爱社会主义,顾大局,守纪律;讴歌和赞美他们的优秀品质,高尚情操,牺牲精神;讴歌和赞美他们的智慧、理想和创造。他们应该在文艺创作中占有主位,他们应该在报纸杂志上坐在首席。"②

应当公正地说,刘绍棠的这段话,是当代文艺界健康力量的最强音。内容是这样的具体明确,思想是这样的博大精深,语气又是这样的恳切动人!我们知道,刘绍棠并不是文坛上大权在握的领导人,但是他却发出了比领导者更有思想、更有远见的声音。这再好不过地显示出一个受党教育几十年的作家忠诚地执行党的文艺方针、勇敢地捍卫毛泽东文艺思想的决心。

正因为他胸中怀有一生一世为农民写、写农民的大目标,所以才能对文艺界一些不健康的现象,提出尖锐而中肯的批评:"三中全会以来,我们的文学创作呈现出前所未有的繁荣昌盛,但是也不能不看到一种脱离工农劳动人民生活,不从生活出发,皮毛模仿外国现代派文学作品,胡编乱造却又轻而易举受到廉价吹捧的偏向。这种并非健康的现象,如不进行疏导,许多作者

---

① 《建立乡土电影》,1981年版。
② 《我认为当前文艺创作中值得注意的几点》,1980年版。

将误入歧途，他们的作品也将走向窄巷和末流。"①

翻翻那些脱离工农，把自己关在宾馆里，养上了一身贵族气的"新秀们"胡编乱造出的除了自己欣赏、任何人都很讨厌的"新潮大作"，看看那些疏远生活和斗争，贬低民族文化，专以出工农大众之丑而获得洋人的可怜掌声的电影；瞧瞧那些无视工农群众，全靠表现自我起家，最后堕入反革命泥沼的"精英作家"的可耻下场，再回过头来品味一下刘绍棠一次次语重心长的忠告，不是更能看出党的坚强的文艺战士、大运河的忠诚儿子刘绍棠的难能可贵、远见卓识嘛！

随着时间的推移，文艺界这种脱离生活、疏远工农的不良倾向越来越加严重，刘绍棠对它的批评，已经不再是一般的议论，而是把种种污秽的东西化为反面的形象，艺术地展现在读者面前，予以无情的嘲讽和有力的鞭挞。长篇小说《这个年月》开篇不久就有这样一段发人深省的文字：

> 这个学科（指县志编纂学）是个冷门，研究这门学科的人，虽能成家却难出名。不像那些有一张美人脸子的姑娘，忽然入了哪位导演的眼，拍一部花里胡哨的电影，便被戴上一顶新星的桂冠，四面八方大出风头；搔首弄姿的照片印在挂历上，更是家喻户晓。如果善于自己给自己制造几桩桃色新闻和流言蜚语，扩散到二十九个省市和港、澳、台，并且挑动洋人的猎奇心理，在外国的报屁股上发表几行文字，便自以为或被捧之为国际知名人士，要房子唾手可得。也不像嘴里含着麦克风的女歌星，扯着一字长蛇的电线，扭摆腰肢在台上走来走去，眉目传情频送秋波，嗲声嗲气唱几只爱呀、恨呀、泪呀、吻呀、死呀、活呀、梦呀、魂呀、风呀、雪呀、云呀、雨呀……的流行歌曲，便博得满堂喝彩，大红大紫大赚；如果身穿的演出服装薄、透、露、怪，效果更好，知名度更大。写十几篇地方志的论文当

---

① 《乡土风情画》，1981年版。

然比不了写一篇樱桃桑葚货卖当时的小说。小说能赶行市，时尚之作最有买主，名利双收易如反掌；地方志的学术论文虽然是呕心沥血的产品，但是一张冷脸子，有几个人爱看？

这段有声有色、颇具鲁迅杂文笔调的文字，深刻地揭露、无情地嘲讽了脱离工农大众，走向没落的"电影明星"、"新式歌星"、"时髦文人"的种种丑行。这样的文字，在刘绍棠的全部小说中是不多见的，然而却是经典的。它以活生生的形象，让我们看到了一位真正具有工农大众感情的作家的音容，听到了一位大胆干预生活，勇于直面人生的革命者的心声！

三 卓有成效地继承和发扬强烈的中国气派

刘绍棠是怎样具体地实现他为农民写、写农民的崇高目的呢？这就必须对他致力乡土文学的四项基本原则及创作实践，作进一步的、更深入的探讨。

绍棠同志自少年时代开始写小说起，就以擅长描写京东北运河农村的乡风水色著称。但是，标志他的乡土文学创作发生了从自发到自觉、从朦胧到明确的根本性转变的作品，还是广为流传的中篇小说《蒲柳人家》。此篇发表于1980年初。小说问世后不久，他就明确地提出了建立北京的乡土文学和中国的乡土文学的主张。

绍棠同志提出的乡土文学的内容，经历了一个不断充实与完善的过程，它的具体要点是："一、坚持文学创作的党性原则和社会主义性质；二、坚持现实主义传统；三、继承和发展中国文学的民族风格；四、继承和发扬强烈的中国气派和浓郁的地方特色；五、描写农村的风土人情和农民的历史和时代命运。"[①]到了1984年下半年，他又把乡土文学的这五点内容归纳为16个

---

① 《关于乡土文学的通信》，1981年版。

字——"中国气派，民族风格，地方特色，乡土题材"。并且称这16个字是他致力乡土文学的四项基本原则。

现在，就让我们先来谈谈刘绍棠卓有成效地继承和发扬中国气派这一问题。

中华民族是有着五千年悠久历史和灿烂文化的伟大民族，是勤劳勇敢、聪明智慧的民族，是对人类做出过巨大贡献，可与世界最先进、最文明的民族媲美的民族。正如毛泽东同志所说："我们中华民族有同自己的敌人血战到底的气概，有在自力更生的基础上光复旧物的决心，有自立于世界民族之林的能力。"对革命导师的这一教导，刘绍棠是衷心拥护的，对弘扬民族精神，他是全力以赴的。他说："所谓中国气派，就是在文学作品中反映出我们民族的美德和革命传统。"那么什么又是我们民族的美德和革命传统呢？他是这样总结的："咱们中国的尊敬长辈、赡养父母、邻里和睦相处、互相帮助，这些传统美德，都是外国人所羡慕的。""中国人讲究有情有义。""勤劳、勇敢、善良、吃苦、耐劳、有自尊心、有忍耐精神、互相团结等美德，在农民身上都体现出来了，形成了我们民族的性格特征。农民是我们中华民族的脊梁，是创造中华民族道德的阶级。"①绍棠同志对农民还有更全面的评价："尽管他们身上也有弱点，可我喜爱他们。他们身上都带有我所熟悉的影子，也寄托着我全部的心愿。他们尽管性格不同，却都是好人。他们没有出人意料的新思想，却有传统美德的闪光。只要有他们，生活就充满美好的希望。"②

这发自内心的赞美农民和中华民族的感情，是何等的真挚而炽烈！面对那些贬低中华民族和中华文化的民族虚无主义者——迎合西方资产阶级和平演变、文化渗透的需要而摇尾学舌的鹦鹉，刘绍棠多么像一只神勇矫健的鹰！我觉得，表现、讴歌中华民族优秀美德和革命传统，是刘绍棠40年如一

---

① 《乡土文学与民族风格》，1983年版。

② 《乡土文学与创作》，1983年版。

日不知疲倦地辛勤劳作，并获得累累硕果的最主要的动力。

刘绍棠非但发表了大量的散论，对中华民族的这一美德和革命传统予以理论的肯定，而且在四五百万字的小说作品中，还塑造了"如过江之鲫"的众多的俊美形象。人们至今还清楚地记得新中国成立后事事听党的话、坚决跟共产党走的山楂村优秀儿女春宝和银杏①，摆渡口公而忘私的好青年俞青林②，爱社如家的桑贵老头③，率领农民走互助合作道路的宝贵、春果④等众多的朝气蓬勃、乐观可爱的农民形象。这些人物形象，是新中国成立后最初的年代里，甩掉种种封建思想的羁绊，龙腾虎跃地建设社会主义新农村的先进农民的代表。他们的业绩和心态，集中地体现了天在变、地在变、时代在前进的大趋势、新潮流。

如果说青少年时代的刘绍棠，由于生活经验不足，对人生道路尚无深刻的洞察与理解，因而下笔时人物身上的这一美德和革命传统表现得还比较流于表面，作品还缺乏应有的深度的话，那么，经过22年严酷的考验与艰苦的磨砺，在重返文坛后的这10年间创作的有如群芳竞艳的一批批新作里，我们中华民族的这一美德和革命传统，则得到了纵深的、全面的、立体的反映与表现。这主要展露在他成功地塑造出的五光十色的农民形象中。在众多的人物画廊里，刚直豪爽、多情重义、侠肝义胆的农民形象，占据最显眼的位置。《蒲柳人家》里那位颇有《水浒》中顾大嫂、孙二娘气质的一丈青大娘，为成全有情人周檎、望日莲的喜事，舍出自己的田产与生命，誓与麻雷子和花鞋杜四所代表的恶势力拼个你死我活的何大学问、柳罐斗、吉老秤；《瓜棚柳巷》里互相扶持，彼此体恤，在共同的抗暴斗争中亲如家人的柳梢青、柳叶眉父女和教书先生吴钩；《花街》里很有点儿武二郎气魄，为正义与友人两肋

---

① 《山楂村的歌声》。
② 《摆渡口》。
③ 《大青骡子》。
④ 《青枝绿叶》。

插刀的叶三车；《京门脸子》里热情真挚、扶弱济危的谷老苴子大伯；《豆棚瓜架雨如丝》里经历了三灾八难，对阶级弟兄亲如手足，对地主老财不共戴天的老虎跳；《芳草满天涯》里为抚养无辜者的孩子，顶着沉重的政治压力，置封建思想与陈俗陋习于不顾，含辛茹苦，奋力抗争，终于在人生崎岖小径上获胜的农村姑娘碧桃；《这个年月》里遭遇坎坷，迎着狂风恶浪与"新潮人物"苦斗，誓作改革事业的中流砥柱的徐芝罘等许许多多光彩照人的美好形象，就是不同历史时期里这一美德和革命传统的杰出代表。

应该指出的是，刘绍棠笔下农民的"多情重义"，与封建时代的哥们儿义气，是不能相提并论的。刘绍棠小说里多情重义的农民，都不是目光狭隘地闹个人义气，他们的"义"中，都带有不同程度的阶级色彩和时代痕迹，再加上作者能够很巧妙地渲染不同时期的政治气氛，因此，这种"义"便闪烁出无产阶级的思想光辉。正因为如此，所以刘绍棠笔下的人物，便比同样是具有侠义内容的一般化的通俗小说里的人物，显得更加高雅，更具有时代特色。这正是刘绍棠在继承和发扬中华民族的美德和革命传统的艰苦创作事业中，做出的宝贵贡献。

在新时期创作的小说里，特别是在反映现实生活的小说里，刘绍棠又对这一美德和革命传统，做了更深地挖掘，即在探寻人物心灵美方面，取得了前所未有的成就。《两草一心》中对爱情坚贞不渝的梅畹贞，《小荷才露尖尖角》里对待爱情更多的是为同志着想的新型大学生俞文芊，《峨眉》中为保护自己的心上人峨眉的洁白之身而把炽烈的爱情之火死死压在心底的唐春早等众多的新时期的人物形象，又有了更新的思想内蕴，无一个不闪耀着共产主义思想的光辉。

任何一个国家，一个民族，都要求它的作家在文学作品里塑造能代表国家、民族的利益和愿望的杰出人物和英雄人物。无产阶级的文学，更需要塑造能代表无产阶级和人民大众的理想和愿望的社会主义新人，表现与赞美这种新人的优秀品质和光辉业绩。"只有文学自身才是文学的唯一目的"的"高论"，超越现实的"文学本体论"，都是自欺欺人的、十分有害的理论。当然，我们这样讲，并不意味无产阶级文学只能写正面人物、英雄人物。但是，话又说回来，把塑造具有优秀品质的社会主义新人，作为对作家特别是共产党员作家头等重要的任务来要求，我觉得并不算过分。遗憾的是，这些年来，值得人们学习的正面人物，激动人心、鼓舞人们斗志的英雄人物，在我们的文学作品中，是越来越少了。不少作家愈来愈感兴趣的，是描绘那些孤独、空虚、苦闷、彷徨、颓废、狂乱的怪人。展示罪犯、流氓、娼妓淫荡行为和丑恶心理的小说，也比比皆是。

正是在这样一种使不少作家惶惑、动摇的环境下，时时刻刻不忘记共产党和人民共和国的培养教育的刘绍棠，高高地举起了毛泽东文艺思想的旗帜，始终把塑造能够代表中华民族的美德和优秀传统的美好人物，作为自己最崇高的使命，显示了我国社会主义文学固有的特色和强大的生命力。共和国的文学史，理所当然地要记上刘绍棠为继承和发扬我们社会主义文学的优秀传统所建立的新功绩。

四 创造性地继承和发扬中国文学的民族风格

什么是民族风格？刘绍棠经过几十年的苦心钻研，从两个方面概括了民族风格的内容："一是传奇性与真实性相结合；二是通俗性与艺术性相结合，或者叫读与听相结合"[1]。关于第一点他又进一步说明："中国有句古话：无巧不成书，人们希望小说有巧，巧就是传奇。中国小说很注意这个巧，使你感到意外，很偶然。但这种意外和偶然，奇和巧，不是荒谬不经，不是离奇古怪，而是严格的真实的。什么是奇和巧？就是在情理之中，意料之外，是必然中的偶然。"[2]这段简短精确的文字，把他的小说既波澜起伏又严整有序，

---

① 《乡土文学与民族风格》，1983年版。
② 同上。

既奇巧多趣又合情合理的特色，以及写意传神、引人入胜的魅力，概括得再清楚也不过了。

阅读、欣赏刘绍棠的全部作品，我们不难发现，这种传奇性与真实性相结合，也是经历了一个发展过程的。20世纪50年代的作品，主要是以强烈的泥土气息和清新淡雅的田园牧歌情调取胜。1979年完成的长篇《地火》和1980年发表的《蒲柳人家》《渔火》《瓜棚柳巷》等一组中篇，使我们豁然神清气爽，耳目一新，一种绚丽的传奇色调，令人百看不厌。这几部作品使刘绍棠登上了民族化的小说创作的高层台阶。

将刀光剑影的战斗生活写得富有传奇色彩固然不易（如《地火》中对石瓜镇、入江口等战斗的描写），把平平淡淡的日常生活要写得又奇又巧，在读者心里掀起一浪高过一浪的洪波巨澜则更难。刘绍棠的小说主要是在这个领域里显示出传奇性与真实性相结合的硬功夫。让我们随便从几部作品里举些例子，具体地加以说明。

《蒲柳人家》的最后三节，围绕着周檎与望日莲的婚事，对敌我两个阵营所展开的描写，可以说是奇巧与可信绝妙结合的范例。满子转到花鞋杜四小店，隔墙听到麻雷子跟花鞋杜四定下了要把莲姑卖给董太师的奸计。这在读者的心里立刻溅起了紧张、恐惧的涟漪。满子将这一可怕的消息告诉给莲姑；望日莲急忙赶到柳罐斗的船上，请求亲人救她逃出虎口。紧张的空气又增加了几分。最后决定主人公的命运，关系到全篇结构成败的文眼就在这里。缺乏艺术造诣的作者，在这种节骨眼上，必然显得手忙脚乱，不知所措。然而，艺术技巧娴熟的刘绍棠，却从容自然地"拴了个扣儿"，通过吉老秤讲的"莲姑娘，不必急火攻心！我保你七天之内，跟檎哥儿完婚"这一句话，顿时让读者已悬了起来的心又静下来。究竟如何完婚？作者让所有的人物一起动起来。不过，并不直叙明说，而是像下蒙蒙雨似的讲述一丈青大娘、何大学问找豆叶黄，提出要接干女儿莲姑娘住娘家的请求。豆叶黄无奈答应了请求，可是又来了提媒说亲的吉老秤。豆叶黄被迫同意了这门亲事，但必须去找花鞋杜四商量。主线情节上又生出枝蔓，让读者松下来的心又悬了起来。于是又引出杜四被郑端午拉去喝酒，麻雷子中美人计登上柳罐斗船，妄图找女艺人云遮月的便宜，但却被拉下水送了命的情节。读者心里又是紧张，又是痛快。杜四跑回家里，又无巧不成书地遇上了铁嘴小神仙；小神仙的花言巧语最后也使他上了圈套，点头许诺望日莲另找婆家。就这样，吉老秤讲的"七天之内保你跟檎哥儿完婚"的秘密，便一点一点地透过云雾露了底，读者仿佛在海浪的翻腾中驱船朝彼岸驰去。最后一节先是渲染一种有情人终成眷属的欢乐气氛，然后通过满子从柳丛中看到一个年轻巡长同一个30来岁的长方脸高身材的人的告别，以及听到的"要这位高身材的人与周檎保持单线联系，建立秘密抗日武装"的悄悄话，让全部情节又来了一个跳跃，洞房花烛夜的欢乐气氛，顷刻间又被山雨欲来风满楼的战斗空气所淹没。时而紧张、时而松弛；时而急骤，又时而舒缓。《蒲柳人家》的最后这几节的情节安排，就是如此的曲折跌宕，既奇妙，又可信。

让我们再来看看长篇力作《豆棚瓜架雨如丝》。这部以四名长工的坎坷遭遇为框架的精品，几乎无一章不拴扣儿，无一个人物不带传奇色彩。老虎跳与花藕娘、香翠儿的三角相恋；为了争夺老虎跳，花藕娘和香翠儿在运河边那场你死我活的厮打；老虎跳三遇花狗儿手中枪；徐老莲斗胆闯入西海子公园，与情人灯草婶子的幽会，以及他们悲壮丧命等情节，无一处不写得又奇又险、又神又真，取得了大小事情错落有致、平淡细事具有惊心动魄的艺术魅力的良好效果。如第27节写的是很平常的事：徐老莲借戏台下有人打枪，群众一时混乱之际，背跑了落入天乐茶园老板手里的情人灯草婶子，不料被追赶者开枪击毙，双双死于滚滚西下的运河波涛中。这样的情节在许多小说家手里写得平淡无奇是屡见不鲜的。可是，刘绍棠在这里却采用了传奇手法，平常的事经他精心一处理，结果成了一出重峦叠嶂、威武雄壮的好戏。作者是这样设计的：开头先讲说书艺人刘双福在石坝码头听到枪响，慌忙躲到水柳蒲苇丛中。至于枪声是哪儿传来，谁打的枪，都一概不讲，先拴一个套索吊了起来。接着写刘双福匆匆忙忙去找安守己的夫人扬曼筠，由这位太太之口讲出警察抓走了安守己。顷刻间，吊起来的套索又拉紧了一下。刘双福赶忙往城里跑，路上遇到被警察放回的安守己。原来安守己是吃了梁家父子和徐老莲的挂落儿。具体原因何在？这才补叙戏台下有人打枪，徐老莲乘慌乱之际背跑了灯草婶子。既然灯草婶子得了救，读者总可以松一口气了吧？不！作者又让一个浪头猛扑过来：先朦胧地写"徐老莲和灯草婶子正沿河西下，仰面还乡，魂归故土"，使读者为主人公逃出虎口而高兴的心情顿时化为全无。接着便又用老虎跳的亲历目睹，补叙两位情人被枪杀，顺水漂到水龙门渡口的情节。再接下去，才打开感情的闸门，让老虎跳尽情地开口大骂，控诉人世的不平，发泄满腔的悲愤。短短的三千字的一节，先后卷起五层浪花，每次都使您感到奇妙，但仔细一想，又全在情理之中，就在这奇妙之中，收到了传神动人的效果。

现在，再让我们对刘绍棠小说民族风格的第二方面内容，即通俗性与艺术性相结合这一问题，稍作分析。

通俗性与艺术性相结合，雅俗共赏，这是辩证的统一，是中国小说自古以来固有的特点，也是中国读者和听众千百年来早已养成的审美习惯。打开中国文学史就会发现，真正有艺术价值的传世之作，都是通俗的，大众化的，为广大读者和听众喜闻乐见的。正如刘绍棠所说："最好的艺术都是雅俗共赏的，雅俗共赏是艺术的极致。"[1]刘绍棠写小说首先想到的是让农民看得懂、听得懂，按照他们的艺术趣味和欣赏习惯设计人物，构思情节，并且把这一点提高到群众观点的高度。在这方面，他的见解也是令人敬佩的："作家是干什么的？是精神食粮的炊事员。一个食堂的厨师，他做的菜要尽量让顾客满意；那么一个作家，他写的作品也应该使更多群众能看懂、能接受。写小说，不考虑人民群众的喜闻乐见能行吗？群众看不懂，脱离了群众，不考虑群众的喜爱，不是成了老爷作家了？"[2]正因为他能从群众的喜爱、习惯出

---

① 《扬长避短，发挥自己的优势》，1983年版。

② 《乡土文学与民族风格》，1983年版。

发，所以他的小说便具有通俗化、大众化的特点。但是，与一般通俗小说比起来，刘绍棠的小说在格调上又大大高上一筹；人物的举止言谈不露俗气；结构布局大显用心设计、多做推敲的功底；作者的眼光远大而精深，作品的内蕴和人物的命运，全都在广阔的视野里做高瞻远瞩的思考与处理……简言之，作品高度的艺术性，全都表现在农民群众喜闻乐见的完美的形式中，广大群众是非常喜爱刘绍棠的作品的。近年来，许多作家的作品印数都在大幅度地下降，但刘绍棠的小说印数，始终都处在领先的地位。他的每一部小说和小说选集，到达书店后，几天之内便销售一空。这种情况是作家的劳动成果得到广大读者喜爱的最好说明。

另外，在艺术风格上，刘绍棠花很大力气学习、继承和发扬中国小说的传统手法：一是通过具有个性的语言，刻画人物的性格和暗示人物的心理；二是善于在动态中准确地描写人物形象。

文学是语言的艺术，语言是文学创作的第一要素。文学观念不论如何"更新"（我历来都不赞成这一提法，我认为文学观念只能发展、完善，而绝不能"更新"！），这一人人公认的准则也是不能改变的。刘绍棠是一位可与赵树理、老舍这样的语言巨匠媲美的语言大师。他的语言生动、活泼、响脆、准确、幽默、并富有音乐性。不要说一般读者，即使像王力、钱钟书那样的大学者，对刘绍棠小说的语言，也都是赞不绝口的。学生时代，刘绍棠小说中的叙述性语言基本上是知识分子式的，人物对话是农民群众的口头语言。进入中年之后，叙述和对话用的全是经过艺术提炼与加工的农民群众语言。其中最能显示他驾驭语言的硬功夫的，是采用个性化的语言，刻画人物性格、暗示人物心理。刘绍棠笔下人物的对话简短、明白、利落，从来不超过三五句。演说家那种口若悬河式的长篇大论，在刘绍棠的任何一部小说里都是找不到的。对话虽短，却能绘声绘色，听来如见其人，如闻其声。对人物肖像描写的语言形象逼真，栩栩如生，堪称一绝。

刘绍棠很注意在动态中描写人物形象。在这方面，他从《红楼梦》《三国演义》等我国古典名著中得到的裨益最多。他的小说（特别是近十年的小说）中的人物，一上场就处在动态中。他让人物在与周围环境、人际关系中显示性格、情绪和心态、他从来不对人物作沉闷的冗长的心理描写。

应当指出的是，刘绍棠提倡民族风格，但他并不是义和团的大师兄，对待外国文学不是采取盲目排斥的态度。恰恰相反，古往今来一切优秀的外国文学作品的宝贵营养，他向来都是汲取的。关于刘绍棠与外国文学，笔者已专写了长文，这里就不赘述了。

结束语

刘绍棠是和我们的共和国一道成长起来的作家。1949年10月，当中华人民共和国像初升的太阳，在世界的东方冉冉升起的时候，13岁的刘绍棠，好似一棵富有生命力的小荷，在文苑里刚刚露出了柔嫩的尖角。40年过去了，我们的共和国已经由一个孩子长成了壮年，刘绍棠也从刚露头角的小荷变成了茁壮的大树。在共和国的第一代作家中，刘绍棠无疑是佼佼者之一。他的成功有以下三方面原因：

第一、刘绍棠四十年如一日，时刻同共产党、社会主义的新中国和人民群众有着极其深厚的如同母子连心的感情。他从心底里热爱党和社会主义，热爱生他养他的大运河母亲。这种最宝贵的感情，使他在困难的日月不气馁，在顺利的时刻不骄傲；使他任何时候都不忘记报答党对他"山高海深的养育之恩"。[1]他特别刻苦地学习马克思主义文艺理论、毛泽东文艺思想，并以此作为指导自己文学创作活动的理论基础和思想指南。马克思主义文艺理论和毛泽东文艺思想，给了他无穷无尽的力量，这种力量在他身上是一生一世都要起作用的。

第二、40年来，刘绍棠始终坚持唯物主义的反映论，坚持文艺创作从

---

① 新版《青枝绿叶》题记，1983年版。

生活出发的正确道路，坚持文艺为社会主义服务、为人民服务的正确方向。从走上文学道路那天起，刘绍棠就深深地扎根于大运河的泥土中，时时刻刻地关注运河两岸人民的生活和斗争。他每部作品中的人物，都能找到生活中的人物原型。为了把小说写好，他甚至要到故乡查户口。他最成功的几部作品中的人物，都以他的亲人和最好的朋友为原型。他立下誓言：一生一世都要为农民写，写农民，要为后世人留下一部反映北运河人民英勇斗争的历史画卷。正因为他道路清、方向明，所以才能在各种逆流中站得稳、走得正。

第三、刘绍棠是一个非常勤奋、善于学习的作家。他自幼就受到良好的教育。走上文学之路以后，更加注意向中外一切优秀的文学作品、特别是中国古典文学和戏曲学习。这使他具备了很高的文化素质和艺术修养。鲁迅的作品使他一辈子受益无穷；孙犁的做人作文，更是他学习的楷模。良好的教育和从各方面接受的积极而健康的影响，使他建立了正确的文艺观，坚定了走民族化道路的决心和信心。因此，在某些人掀起的否定中华文化、主张全盘西化的妖风中，他才能够沙打不迷，浪摇不晕。40年来刘绍棠走过的道路和所取得的成就，很值得我们认真研究。这对于我们理解文艺战线应当如何培养人才，社会主义文学事业怎样才能兴旺发达等一系列重大问题是很有启迪的。

刘绍棠的文学之路，是一条正确的路，康庄的路。刘绍棠的文学主张和创作实践，是我国文艺界健康力量的杰出代表。然而，在过去相当长的时间里，当各种唯心主义的文艺理论盛行，离经叛道的文学主张泛滥开来的时候，刘绍棠的一系列正确主张和深受群众喜爱的作品，非但没有得到充分的肯定和应有的评价，反而有时还被讥为"保守"、"僵化"……这是何等的不正常、不公道啊！但是，我们坚信：真正的共产党员作家，沿着社会主义文学的康庄大道奋勇前进的乡土文学大师刘绍棠，一定会受到越来越多的有识之士的尊敬与爱戴！弹丸小村儒林村的农家子弟刘绍棠，定将获得世界性的承认和荣誉。这是毫无异议的！

金子被敲碎仍然要卖金子的价钱！

只有民族的，才是世界的！

1989 年新中国成立 40 周年前夕为纪念刘绍棠同志

从事文学创作活动 40 周年专写

（原载《太行学刊》1990 年第 4 期）

作家的人格

近来，常听到文艺界的一些朋友很有感慨地议论："有些作家真没人格，出了名就六亲不认，甚至连原来交情颇深的朋友也一脚踢开，并且还大言不惭地说什么'朋友也得新陈代谢，随时要排队归类，没用的就淘汰'。"

这是一种叛逆我们中华民族传统美德的丑恶行为，是精神受污染，丧失人格的表现。面对这种精神受到污染和丧失了人格的"作家"，我不由得想起多情重义、人格高尚的著名作家刘绍棠同志的一些感人肺腑的事迹。我想，介绍一下这些事迹，对于医治那些丧失了人格的"作家"的忘恩负义病，是大有裨益的。

要想了解绍棠同志多情重义的为人，最好请您读读不久前由吉林出版社出版的刘绍棠杂感短论集《乡土与创作》。

展读《乡土与创作》的42篇文章，绍棠同志从心底里迸发出来的那种对培养自己成才的党和祖国、对为他领航引路的文艺界老前辈、对生他养他的运河土地和父老乡亲、对像他一样遭遇坎坷的文学界朋友、对青少年时代与他并肩前进的同行们的赤诚火热的感情，感恩图报的心声，仿佛像一股股火山爆发的岩浆一般烫着我的心。（关于他高举社会主义文学的旗帜，坚持文学的党性原则，对形形色色的资产阶级自由化表现毫不妥协的战斗精神；大胆提出的建立"坚持现实主义传统，继承和发展中国文学的民族风格，保持和发扬强烈的中国气魄和浓郁的地方特色，描写农民的历史和时代命运"的乡土文学的主张，我将在另一篇文章里加以评述。）

众所周知，绍棠同志是在党的哺育下，同新中国一道成长起来的作家。

对此他一刻也没忘记。无论是在他步入文坛的初期，还是在"天寒地冻，风雨飘摇"的22年的逆境中，他的心都是时时刻刻与党连在一起的。对党的热爱，对党的信念，始终不变。

30年前，当第一部短篇小说集《青枝绿叶》出版时，他热情满腔地向党倾诉："党给予我的培养教育，使我从一个蒙昧的孩子，逐渐成为一个具有革命思想的人。""我，直接由党栽培起来的青年，即使有星星点点的成绩，也都是渗透着党的心血的。"①

1957年，绍棠同志被错划成右派，翌年3月被开除出党。这种无情的打击，对于一个21岁的青年来说，实在是太残酷了。但是，即使在那样的12级风暴面前，绍棠同志忠于党的赤子之心，也没有丝毫的动摇。他写道："在支部开除我党籍的会上，我发了言，我说我组织上虽然离开了党，但是思想感情上永远不离开党。"②

之后，漫长艰苦的岁月开始了，然而，我们的绍棠同志，不仅没有自暴自弃，从此颓唐下去，相反却在故乡的茅屋寒舍里写出了3部反映冀东人民革命的长篇巨著《地火》《春草》和《狼烟》。在一般人看来，一个被打到社会最底层的"贱民"，如此"发愤忘食，乐以忘忧"地写作，简直是徒劳的。可绍棠同志是怎样想的呢？他说："我想我临死的时候，给党写封信，向党说，我没有反过党，没有反过社会主义，还要写点东西，证明党没有白培养我一场。我想把我的小说写完了，改的稍微像样一点，等我死了以后，让我的孩子交给党，这是一个想法。另外，我也作这个准备：如果80年代党真的要用我了，我不能两手空空，或者只带着我21岁以前写的那点东西，我应该对党有所献礼。"③党！党！任何时候心里都装着党。正是因为他对党怀有这样一

---

① 《青枝绿叶》前记，《乡土与创作》，第249页。
② 《开始了第二个青年时代》，《乡土与创作》，第19页。
③ 《开始了第二个青年时代》，《乡土与创作》，第22页。

种忠心和"痴情",才能战胜各种困难,写出那么多的佳作。

1979年1月,党彻底地改正了绍棠同志的1957年被错划为"右派"的问题,为他恢复了名誉。在此庄严、激动、幸福的时刻,绍棠同志没有像有的人那样把自己打扮成忍辱受难的英雄,向党讨价还价,相反却向党倾吐了向前看,革命到底的决心:"回首往事,环顾今朝,瞻望未来,我该怎样报答亲爱的党,我该怎样报效祖国和人民,我该怎样答复我的老前辈、老朋友、老同学、老读者以及对我寄予热切希望的同志们呢?我想得很多很多。""我想,让我从21岁开始吧。让我加倍努力为党的事业奋斗,为祖国人民效力,为社会主义文学劳作,来弥补我21年创作生命的空白。"[1]他甚至还说:"我觉得,为了维护和促进安定团结,聚精会神搞四化,不应再纠缠历史旧账,不应再计较个人恩怨;而应以党性为重,以国家和人民的利益为重,以大局为重,同心同德,共赴大业。"[2]

这就是时时以党的利益为重,处处顾全大局的真正的共产党人的气魄和风骨!绍棠同志言行一致,以忘我的劳动,丰硕的成果,实现了自己的誓言。从1979年1月到今年5月共出版了3部长篇、30部中篇、1部杂感短论集。(正在付印的几部书和数十篇短篇还不算在内)尤其可贵的是,远在1979年下半年,当资产阶级自由化在文艺界滋长起来的时候,绍棠同志置一些人的讥讽与奚落于度外,响亮而坚定地提出了建立乡土文学的口号,以"很强的党性"在国内外引起强烈的反响。绍棠同志三十年如一日,对党始终忠贞不渝的优秀品质,是多么难能可贵啊!

正因为他对党怀有烈火一般炽烈的感情,所以也就自然能够把栽培过自己的文艺界的老前辈时时刻刻地铭记在心上。22年中间,无论是在运河滩弹丸小村的冷如冰窖的茅屋里,还是在骄阳似火的青纱帐里,他无时无刻不怀

---

① 《让我从二十一岁开始……》,《乡土与创作》,第1页。
② 重印《运河的桨声》和《夏天》后记,《乡土与创作》,第70页。

念着20世纪50年代的老领导、启蒙的师傅。重新站起来之后，他更是怀着赤子童心的激情写文章，发表演讲，对他们寄予无限深情。原团中央的负责同志、远千里、冯雪峰、邵荃麟、康濯、孙犁……凡当年培养过他的人，他一个也没忘记，认为这些老前辈对他的教诲，使他"一生受益无穷。"

对于原团中央负责同志，他以无限崇敬、感激的心情写道："他的教诲，使我严肃地考虑人格和文格问题。"①

"文革"中含恨而死的著名诗人远千里同志，是绍棠同志在文学道路上遇到的第一位良师。当绍棠15岁，还是一个戴着红领巾的中学生的时候，千里同志就发现了他的文学才华，派人把他请到保定市河北省文联，对他直接进行培养和熏陶，同他结下了兄弟之情。千里同志可以和他毫无讳言地倾诉衷肠，即使在他被错划成右派之后，还冒着很大的风险，给他写了一封"充满了同情和惋惜，寄予信任和希望"的长信。对于这样一位良师和益友，绍棠同志在《开始第二个青年时代》和《忆华年》等文章里，以酣畅的笔墨和感奋的热泪，作了极为生动的描述和发自内心的赞美："泪影中，我仿佛看到远千里同志那高大英俊的光辉形象。他一生忠于党，信仰马克思主义，兢兢业业地为人民服务；他品格高尚，廉洁奉公，心地善良，珍惜人才；他是一位模范共产党员，是一位受人爱戴的文艺工作领导者，是一位优秀的诗人；他是一位美好的人，是我的良师和挚友。我要在做人作文上，不辜负他的教诲，不辜负他的期望。"②"我要泣告在天有灵，地下有知的千里同志，作为你的学生和幼弟，我将永远感念你对我的恩德……"③

这哪里是在写文章，这分明是一个幼辈在故去的长者墓前捶胸顿足的哭诉和立志踏着长者的足迹奋勇前行的宣誓啊！从这些催人泪下的文字

---

① 《被放逐到乐园里》，《乡土与创作》，第107页。

② 《忆年华》，《乡土与创作》，第43页。

③ 重印《运河的桨声》和《夏天》后记，《乡土与创作》，第67页。

中，我们不是可以真切地体会到他那豪爽、质朴、热情的性格和多情重义的美德吗？

对于杰出的马克思主义文艺理论家冯雪峰同志和20世纪50年代的《人民文学》主编邵荃麟同志，绍棠也是十分敬佩怀念的，他诚挚地写道："我一点都不怕他（指冯雪峰），只觉得他是一位慈祥的老人，从心底里热爱他。""每一次思念荃麟同志对我的慈爱和仁德，五内感动。"①

受团中央的委托，从1952年夏天起，康濯同志就开始对绍棠的文学创作进行具体的帮助和指导，使他在《中国青年报》上发表了《红花》和《青枝绿叶》等一系列清新秀丽的小说。1955年，绍棠又在康濯同志的具体帮助下，对第一部中篇小说《运河的桨声》（实际上是小长篇）进行了十分认真地修改。最后，这部作品成为农业合作化运动的一曲牧歌，载入当代文学的史册。1956年，康濯和秦兆阳两位前辈作家一起介绍绍棠同志加入了中国作家协会。1957年，绍棠作为文艺界"三大反党典型之一"，受到全国性的批判时，康濯同志在强大的政治压力下，也不得不撰文批判绍棠同志。曲折的历史在康濯和绍棠师生之间留下了后世人很难理解的既幸福又悲酸的印迹。然而，豁然大度、心地宽厚的绍棠，只记下了老师的教诲和恩德，毫不计较老师迫不得已而写的批判文章。不仅如此，他还因为"学生有罪，祸及老师"而负疚20余年。因此，一旦重新站起来，便马上找到老师门上，恢复了22年前那种"穿堂入室，情同家人"的亲密关系，并请康濯同志为再版本的《运河的桨声》写了序言。绍棠十分坦诚地写道："20多年来，我对康濯同志只有深深的负疚，并无丝毫的埋怨。"②绍棠同志这种成名之后不忘本，诚心实意敬师长的真情，将作为中华文坛上的佳话，被人们世世代代所传颂。

荷花淀文学流派的奠基者孙犁同志，几十年来用自己辛勤的汗水，培养

---

① 重印《运河的桨声》和《夏天》后记，《乡土与创作》，第70页。
② 重印《运河的桨声》和《夏天》后记，《乡土与创作》，第69页。

了一大批才华出众的学生，绍棠同志是这些学生中最出类拔萃的一个。他"同孙犁同志建立了28年的师生之谊"，对孙犁同志一直怀有最深厚、最热烈、最珍贵的感情。每当我向他请教创作经验，同他一起探讨乡土文学的一些问题的时候，他总是滔滔不绝地、非常动情地赞美孙犁同志的作品，为迄今为止文艺界未给孙犁同志以足够的评价深感遗憾，他还常常用最感人的事实向我讲述孙犁同志对他的苦心培养和巨大影响。可以毫不夸张地讲，绍棠同志只要谈文学，那是必然要讲到孙犁老师的。在《乡土与创作》里，他前后16次提到孙犁同志。在这里，让我们从中摘出几段："孙犁同志是我敬仰和热爱的老师，我不但要学习他的作品，而且要学习他的为人。"① "没有孙犁同志的作品的熏陶，没有孙犁同志对我的扶持，我是不会写，更写不好的。"② "我的作品不过有一点自己的特点，也是从孙犁同志那里师承而来的。" "他是我们这个世纪影响最深远的大作家之一。"③ "老作家孙犁同志是我们大家的典范，是我们大家的师表。"④ "孙犁同志的巨大艺术成就和培植后生的劳绩，应该大书特书于当代文学史上。"⑤

在被驱逐出文艺界的漫长岁月中，绍棠为了不株连自己敬仰的老师，忍受着巨大的感情上的苦痛，主动与孙犁同志中断了一切联系。然而，当1978年10月，冰雪开始消融，他的文学春天即将来临的时候，便像饿了几天的雏鹰，一见回来的父母，就一头扑到它们的怀里那样，跑到招待所，亲切拜会阔别了22年的孙犁老师。后来，还请他为自己的小说选作序，并把老师提出的三点希望（一、不要再骄傲；二、不要赶浪头；三、要保持自己的风格）作为指导自己做人作文的指南，牢记心头。

---

① 《开始了第二个青年时代》，《乡土与创作》，第12页。
② 重印《运河的桨声》和《夏天》后记，《乡土与创作》，第70页。
③ 《也谈创作上的几个问题》，《乡土与创作》，第123—124页。
④ 《希望八十年代出现成千上万的青年作家》，《乡土与创作》，第48页。
⑤ 重印《运河的桨声》和《夏天》后记，《乡土与创作》，第71页。

　　老作家孙犁同他亲手培养的学生、当今中国文坛上乡土文学的中流砥柱刘绍棠之间这种多情重义的师生关系，早已成为令人尊敬的楷模。我敢说，这种模范的师生关系，将在我国文学史上闪烁出独特的光辉，成为鼓舞和激励后辈作家敬老爱幼、并肩前进的巨大力量。

　　如果只从尊敬老上级、老前辈这一点来评论绍棠同志多情重义的人格，那就未免太狭隘了。阅读《乡土与创作》，您还会被绍棠同志关心、鼓励文苑同辈，怀念青少年时代的旧友的热烈感情所感动。在《创作要有自己的特色》里，他表达了对当年的难友、于今文坛的栋梁之材王蒙的极大关切，对王蒙严肃认真，另辟蹊径的进取精神，给予"友善的支持和建议"，在《转到文艺界以后》里，为刘宾雁"兼任小说家"，在文学界开拓新路拍手叫好。对"神交已久却无缘一会"的江南作家方之，他也怀有"帜烈而温馨的兄弟之情"，赞美方之"是一位大手笔，是同辈人中的巨匠"，认为他的"思想水平和艺术造诣比自己高得多"，"文格和人格上堪为自己的表率。"[1]方之逝世之后，在两个月里，他连续写了《何期泪洒江南雨》和《又为斯民哭健儿》两篇震颤人心的悼文。20世纪50年代的文友李岸出版小说集《第二次爱情》，他放弃手中正在抄写的中篇，兴致勃勃地为朋友的小说集写序，对李岸"大胆地揭示生活，热情地讴歌新人，辛辣地鞭挞丑类"表示钦佩。[2]绍棠同志对东北的文友怀有特殊的感情。任何人读了他评论丁仁堂的短篇小说集《嫩江风雪》的文章《乡土风情画》之后，都不能不被他那种为朋友的成就而欣喜、自豪的美好心灵所感动。远在20世纪50年代，绍棠同志就以擅长描写运河的自然风光而闻名。然而，他却从来不看重自己的长处，而是勤奋地、谦逊地向一切能者学习。他用诗一般的语言赞美仁堂高超的艺术本领，称仁堂的作

---

① 《又为斯民哭健儿》，《乡土与创作》，第53页。
② 《跋涉者的足迹》，《乡土与创作》，第145页。

品是"充溢着田园诗的意境的风情画。"①

全书给我留下印象最深的要算是《忆年华》这篇优美的回忆录了。文中绍棠怀着一颗纯洁的童心，娓娓动听地向我们描述了新中国成立初期，在河北省文联大院里，他与一些壮志凌云的少年文友结下的像金子一般珍贵的友情。他写道："回忆那些小事，竟如数家珍，充满忧思和深情。"他赞美当时的文学组组长"柳溪是一位与茹志鹃和刘真相鼎立的女作家"；称颂以小说《新事新办》而驰名新中国成立初期文坛的谷峪"是一把描写农村的好手"，坚信谷峪"必将重新崛起于中国文坛"。这篇《忆年华》只是一般的怀旧念友的回忆录吗？不！作者在描述了自己与数十个朋友的友谊之后，明确地阐明了撰文怀友的目的："俊鹏、庆番、纪久、吴电、祝国、响涛、东海、冯锋，让我们手挽着手，肩并着肩，起步向前，激扬文字，重整少年行！"由于党和前辈作家的多方面培养，加上个人主观的努力，绍棠同志今天已经成为很有影响的名作家，不仅成绩卓著地站到了少年学友的前列，而且比起当时年龄和地位都高过他的同志来，也是遥遥领先的。然而，他非但没有忘记、淘汰一个老朋友，而且还热情地向他们发出呼唤，要与他们并肩前进，重整少年行，那些患有狂妄骄傲症，被"文人相轻"、"同行是冤家"的恶习腐蚀变了人格的"作家们"，在绍棠同志这种宽厚大度、无私无忌的优秀品德面前，难道都不脸红？！

贯穿全书的基调，使我格外感到着迷的，还是作者那种浓厚而朴实的乡土之情。诚如绍棠同志自己所说，他虽然是一个从小学一直念到大学的知识分子，但一生却有30多年的时间是在故乡的土地上度过的。他是一个"土著"，在他的思想感情中"存在着根深蒂固的乡土观念"，一刻也忘不掉、离不开运河的土地和父老乡亲。绍棠这种对待淳朴善良、侠肝义胆、不屈不挠、心灵俊美的农民感恩图报的高尚情操是一贯的。20世纪50年代，当第一部短

---

① 《乡土风情画》，《乡土与创作》，第158页。

篇小说集《青枝绿叶》出版时，他就深情地说过："运河的河水和平原的土地，哺育我成长为一个充满青春活力的17岁的青年。我和我的家乡有着一缕深深的，就像母子连心那样的感情。"童年时，家乡的父老救他逃出三灾八难；沦为"贱民"，匿居故乡的22年中间，更是受到故乡人民的保护与照顾。这一切绍棠都是铭记在心的，报答父老兄弟姐妹的大恩大德的孝心，一直主宰着他的灵魂和创作。他说："是民意使我得以幸免于难，人民是我的救命恩人，人民是我的重生父母。"①

书中讲到的这件事情使我备受感动，热泪盈眶。1966年，当"文革"毁灭性的风暴洗劫北京城时，绍棠根据"小乱进城，大乱入乡"的经验，"带着一颗痛苦的、悲哀和破碎的心"回乡避难。一进村口，遇到了村里过去的老交通员，合作社第一任社长在放驴。老人激动地对绍棠讲："爷儿们，咱们别只看三指远，早晚国家有想起咱们爷儿们的时候。"这话讲完未过半年，老人就去世了。然而老人情真意切的良言热语，却给了绍棠一种起死回生的力量。1978年秋天，当一辆小轿车从京城开来，接他重返文坛的时候，绍棠背着一大包土产，3部长篇小说文稿，来到老人的墓前，深深地敬了三鞠躬，向苍天和大地发出呼喊："生我养我的人民啊，我无限感激你们，我要永远效忠你们！"②然后，他又捧了3抔土，为老人圆了坟，才登上重返文坛的征程。

这是怎样一种美丽的心灵！人间还有比这更深厚的情义吗？

绍棠同志是说到做到的。4年来，他共发表了200多万字的作品，每一篇讴歌的都是多情重义、扶危济困的美好的人。在"这些美好的人身上，都有我的乡亲父老姐妹的影子"。③即使像电磨坊里替他磨过米面的小姑娘，菜园里卖菜的中学毕业生，代他烧饭做菜的堂嫂，也都成了他作品中的人物原

---

① 《被放逐到乐园里》，《乡土与创作》，第89页。
② 《被放逐到乐园里》，《乡土与创作》，第86页。
③ 《被放逐到乐园里》，《乡土与创作》，第85页。

型。他发誓："我要一生一世歌颂生我养我的人民！"①决心"不但要写农村，在农村写，而且要回农村住"。②这不是哗众取宠的响亮口号，而是脚踏实地的行动。绍棠同志重返文坛一年以后，就又把户口转到了故乡，并且兼任中共通县（今通州区）委员会宣传部副部长和通县（今通州区）潞河中学校友基金会副主席。他把整个心灵和全部的感情都献给了生他养他的人民。他像一个纯正无瑕的孩子似的向故乡人民倾诉真情："野人怀土，小草恋山"，"我思念家乡的河流、田野、树林、村舍，我思念路旁堤坡萌发的春草和村头河边抽芽的杨柳，我思念深夜的万籁俱静和拂晓的鸡啼，我更思念在我最困难的十几年中给我以救助的恩人们"。③

绍棠同志不仅自己满怀感恩和孝敬的儿女之情"为自己那粗手大脚的爹娘画像"④而且还动员一切写农村题材的作家，摄制农村题材的电影工作者到农村去。他大声疾呼："写农民吧，演农民吧！农民在几千年的中国历史上，在民主革命的历史上，在新中国成立以后的30年中，有多少可歌可泣的人和事，值得写，值得演。在中国，没有哪个阶级，没有哪个阶层，比农民的生活和命运更丰富多彩；对于文艺创作，这是取之不尽，用之不竭的第一大源泉。有心的人，有志的人，到农村去，到农民中去。"⑤

邓小平同志在第四次文代会的祝词中讲："人民是文艺工作者的母亲。一切进步文艺工作者的艺术生命，就在于他们同人民之间的血肉联系。"我们从绍棠同志硕果累累的创作实践和他同人民之间那种母子连心的联系中具体地体会到，小平同志的论断是无比正确的！

多情重义是我们中华民族的传统美德。多情重义还是忘恩负义，乃是我

① 《创作漫谈剪辑》，《乡土与创作》，第148页。
② 《野人怀土》，《乡土与创作》，第82页。
③ 《野人怀土》，《乡土与创作》，第82页。
④ 《乡土与创作》，《乡土与创作》，第179页。
⑤ 《建立乡土电影》，《乡土与创作》，第162页。

们衡量一个人品格高低的重要标志。一切立志要做人类灵魂工程师的作家、艺术家，都应该继承和发扬我们民族的这一传统美德，都应该做一个多情重义的人。常言说："受人滴水之恩，当以涌泉相报"。我们敬爱的作家刘绍棠同志，正是这样严格要求自己的。我认为，称绍棠同志是一位多情重义、人格高尚的作家，那是当之无愧的。对于我们这些以文学为职业的人，特别是对于那些灵魂受到严重污染，得志便猖狂，见利就轻义的作家来说，绍棠同志实在是一个好榜样！不相信吗？那就请您读读这本《乡土与创作》吧！我相信，读过之后，您不仅会同意我的看法，而且一定会谈出一些更新、更深的见解。

（原载《关东文学》1984 年第 2 期）

刘绍棠与外国文学

绍棠师兄：

您好！

"五一"节那天在您的"隐居"与您会晤，见您身体又有好转，步履行动、面容气色比春节时大有改观，实在为您高兴。我相信，只要您严格地遵照医嘱办事，安心静养，注意饮食，不为丢掉的9个月而烦躁，半年之后，肯定会卓有成效地继续创作您5年计划中的第七部长篇，然后再登上第八、第九……部长篇的阶梯。您决心在60岁之前创作出系列长篇的宏伟计划，以自己的"全部心血和笔墨，描绘京东北运河农村的20世纪风貌，为21世纪的北运河儿女，留下一幅20世纪家乡的历史、景观、民俗和社会学的多彩画卷"的夙愿，一定会实现。22年的狂风暴雨、天寒地冻，都未能折弯您的脊骨，如今的病魔照样也不会使您屈服。熬过眼前寒冷凋零、孤寂凄楚的严冬，展现在您面前的必是百花争艳、万物峥嵘的春天……

回到我的斗室，如同过去得到您的每本赠书一样，立刻把稿纸和笔推到书桌一边，一头扎进您送给我的这本刚刚出版的《我的创作生涯》中。对于您的生平和创作，我不是最知情者，起码也是最知情者之一。您是与新中国同龄的第一代作家，40年走过的路，足足可以写一部专著。读了这部《我的创作生涯》，几年前我就对您讲过的愿望（写一部20万字的《刘绍棠评传》）变得更加强烈起来。大作读后，感慨甚多，许多问题留在以后的专著里再谈吧，这封信里集中地谈一下您与外国文学这一问题。如有理解片面和错误的地方，请批评、指正。

近年来，由于您在文苑里独树一帜，建立乡土文学体系，谈论民族化问题较多，因此有人便错误地把您看作一个排斥外国文学的人，这种看法对某些外国汉学家也有影响，例如法国女汉学家安妮·居里安，在同您的谈话中，就不自觉地冒出了这一想法①。我认为这是一个极大的误会。这一想法的产生，恐怕是与对您的全部文艺观点及作品实际情况了解不够有关；也许是因为某些人对如何吸收外国文学的营养，缺乏正确的态度，而形成了一种偏见。

为了让更多的人能全面地了解您、理解您，对您的乡土文学体系的内涵有一个全面的看法，我觉得我有必要对这个问题讲几句话。过去，我在评论您的创作的文章中，对这一问题基本未讲，因此这封信中谈到的一些看法，也算是对自己以往文章的补充。

对待外国文学，您不是一个排外主义者。远在1982年出版的《乡土与创作》一书中，您就明确地说过自己不是"文学上盲目排外的'义和团'"②。到了1987年，您进一步阐明，对待外国文学，您不是"义和团大师兄"。记得写作《我不是"义和团大师兄"》一文时，我们曾一起议论过，您还征求过我对文章的标题的意见。那篇文章集中地表达了您对外国文学的看法，显示了您在这个领域里的远见卓识。但不知为什么，此文收集在《我的创作生涯》一书中时，您却把标题改为《洋为我用》。对比之下，我觉得还是原标题好，更有针对性。不知您是否同意我的看法。

从这一基本观点出发，您又在多种场合，表达了中国文学应学习外国文学一切长处的态度。您说："不管是西方的还是东方的（印度、日本……），南方的（拉美各国），还是北方的（苏联……），只要对中国有用，都应该引进。"③您的这

---

① 《我与安妮·居里安的谈话》，《我的创作生涯》，中原农民出版社1988年版。

② 《创作要有自己的特色》。

③ 《我与安妮·居里安的谈话》，《我的创作生涯》，中原农民出版社1988年版。

一看法，使我想起了毛泽东主席曾经讲过的国无论大小，都有长处和短处的话，想起了他《在延安文艺座谈会上的讲话》中提到的对外国文艺经验学习与否，这里有高低之分、快慢之分、文野之分、粗细之分……的著名论断。

您之所以能对外国文学采取一种唯物主义态度，固然与您忠诚地信仰革命导师的不朽学说有关，不过，我觉得您对外国文学的博读纵览，多年来积累了深广精湛的知识，也是一个十分重要的原因。诚如您自己所说，40年来，您"读外国小说比读中国小说多"，20世纪50年代，您"啃过俄罗斯、苏联小说，其次是法国小说；后来扩大到英、美、德、意、印度、日本、东欧、南美各国小说"。①

很明显，您不是一般地为了消遣读书，而是"为我所用"。正因为如此，您才能对外国文学有一系列高深的见解。我敢说，您的许多见解，是一个真正具有创作实践和丰富经验的作家特有的，相当多的专业外国文学研究家，也不一定比您更有见地。据我所知，您的那篇《我不是"义和团大师兄"》在我所《外国文学评论》(1988年第1期)上刊出后，曾在我所和文学界，产生了轰动效应。有人赞不绝口："读了刘绍棠的这篇散论，才认清了他这位乡土文学大师的庐山真面目。"说心里话，此文也让我这个30多年来一直很钦佩、敬仰您的人，更加折服了。我觉得您才是外国文学的真正行家。让我随便把文中闪光的文字摘出几段——

对于外国文学给我国现当代小说带来的积极影响，您用极简明的文字概括道："中国现代小说的文体，是吸收外国小说的文体艺术而对传统的拟话本加以改革形成的。"确实如此，没有外国文学的引进，中国现当代小说的面貌，真不知会是个什么模样。这37个字，概括了您对外国文学的基本态度和深刻认识。

对于外国古典文学大师们的艺术特色，您的分析是多么中肯、精当！您

---

① 《我不是"义和团大师兄"》。

说，普希金、屠格涅夫、蒲宁和库普林的中长篇小说，"以优美的语言、美妙的表达，精简的人物，精彩的情节，合成精美的文体艺术"；"梅里美小说的传奇色彩，在他的十分考究的文体艺术的制约下，纵横捭阖而又适度完整"；但您"对屠格涅夫作品的贵族气和脂粉气并不喜爱"。

您对托尔斯泰的几部作品的评价，尺寸掌握得也非常准确："托尔斯泰的《战争与和平》和《安娜·卡列尼娜》令人叹为观止，但是最能激动我的心灵的却是《复活》。"

对巴尔扎克的评价也恰到好处："巴尔扎克的长篇小说使我着迷，是因为巴尔扎克所描写的十八九世纪的法国社会风情和人间百态，使我大长见识；也还由于巴尔扎克的长篇小说创作手法，跟中国传统小说的写法颇多相近之处，读起来顺当，学起来便当。"

更使我惊奇的是，对不少世界性的大作家，您竟能用一个比喻，就形象地表达出您对他的作品的深刻理解与独特感受。正是从这一点上，我才更加懂得了您的艺术修养和审美追求。这方面的例子太多了，打开这本《我的创作生涯》和以前出的3本散论集，到处都可以找到。比如您把莫泊桑的小说比喻像"吃芝麻酱拌凉面"，然而您却"对他不能产生敬意"，因为您"心目中有个契诃夫"(这一句话就巧妙地表达了您对这两位短篇小说大师高低不同的评价)。您还认为"海明威和福克纳是两位大家，但不是巴尔扎克和托尔斯泰那样的巨人。"(我完全同意您的这一评价)。您将卡夫卡和萨特跟罗曼·罗兰相对比，认为后者是那么"博大精深，高雅俊逸"，而卡夫卡和萨特的作品都不能动摇您的"人生信念和文学观点"，萨特不能使您"信服"，卡夫卡不能使您"感动"。您甚至"觉得萨特好像一位身穿丝光大礼服的魔术师，卡夫卡更是个套中人"，对他们"不必奉若'天皇巨星'，顶礼膜拜"。毋庸讳言，近年来，在我国文学界，确实出现过萨特热，卡夫卡热。对这两位世界性的大作家作些介绍，汲取他们的长处，那是无可非议的。然而，我们万万不能对他们迷信到顶礼膜拜的程度。您上述的那些提法，一方面表现出您对现代派文学的真知灼见，另一方面也显示了一个共产党员作家、一个社会主义中国的第一代作家的社会责任感。

至于您对马尔克斯的《百年孤独》，亚马多的《无边的土地》《黄金果的土地》《饥饿的道路》，以及对泰戈尔、川端康成等人作品评价的分寸得当，这里就不赘述了。

您本人对外国文学兴趣之浓厚，涉猎之多，取长之广，在当代中国作家中是不多的。对此您自己有很好的总结。您说："我欣赏每一位为人类文化做出贡献的外国古典作家，其中我最热爱的是俄国的果戈理和托尔斯泰，法国的梅里美和巴尔扎克，西班牙的塞万提斯。外国现代作家中我最佩服苏联作家肖洛霍夫。"[①]这里我不想用更多的笔墨赘述巴尔扎克的《人间喜剧》如何启示您也想写出一部艺术地表现京东北运河农村的20世纪史；也不想多说梅里美的语言和文体美，司汤达在风格上的自然从容，对您所产生的潜移默化的影响，只想重点谈谈肖洛霍夫同您创作的关系。肖洛霍夫及其作品对您的影响是十分明显的。您在15岁时就决定扬长避短，发挥自己的优势，专写自己的家乡，为大运河及其儿女树碑立传。一个15岁的少年就立下如此宏愿，是与肖洛霍夫的影响分不开的。您说您"从肖洛霍夫的作品中悟出一个道理，那就是欲进而退，以守为攻，专写我的家乡和乡亲，便可以在局部上取得最大优势，而在文坛割据一席之地。"[②]40年来，您之所以如此坚定不移地扎根于运河的大地之中，四五百万字的作品除一篇短篇小说描写大学生生活之外，全部都为运河岸边的粗手大脚的爹娘画像，这不能不与肖洛霍夫的创作生涯相联系。至于肖氏作品对您的具体影响，您是这样概括的："我从他的作品中所接受的艺术影响，一个是写情，一个是写景，而且是落实到描写自己的乡土人情上……"[③]我曾认真地对照过肖洛霍夫对顿河的美丽自然风景和您对运河乡风水色的描写，也常常琢磨肖洛霍夫和您笔下的人物形象，觉得

---

① 《答〈世界文学大辞典〉编者问》。

② 《我不是"义和团大师兄"》。

③ 《创作要有自己的特色》。

您上述的那段话是很真实的。肖氏作品对您创作的影响是一贯的。如果说青年时代的作品在写景上，您学习了肖氏的许多长处，那么近10年来的作品，主要是在写情上吸取肖氏作品的宝贵营养。只要细细地咀嚼，就会品味出，在一丈青大娘、柳罐斗、柳梢青、叶三车、老虎跳等众多栩栩如生的人物身上，都或多或少的具有肖氏笔下人物的气质与神采。不知您是否同意我的这一看法。

对现代西方文学中的某些艺术手法，您也是巧妙而有节制地学其所长，补己所短。长篇小说《京门脸子》和《豆棚瓜架雨如丝》中，对意识流手法的成功尝试就是一例。关于这一点，我过去在几篇文章中已经谈及不少，这里就不多说了。

我觉得，只一般地谈论您对外国文学的渊博学识和成功的借鉴，而不涉及您对学习外国文学的态度与观点，那是不全面的，是会阉割您的思想的锋芒的。

一部人类的文明史表明：科学与技术的发展与时代同步，而文学与艺术有时却与时代逆转。20世纪的西方文学恐怕就是如此。20世纪发生的两次世界大战，给人们（尤其是欧洲人）的经济和心灵上造成的损失和投下的阴影，实在是太大了。西方不公正的社会制度、不合理的社会关系给人们造成的痛苦和悲剧，也确实是太惨重了。战争的残酷，前途的渺茫，信仰的破灭，人生的无聊，人情的冷漠，使许许多多的文学作品比任何历史时代的作品都显得空洞乏味，缺少生气，阴冷迷蒙。这一情况，连西方的一些大批评家也不否认。我觉得，西方现代文学比起19世纪、20世纪初叶的文学来，是明显地倒退了。对此我们的看法完全一致。远在1980年2月，您就在《我认为当前文艺创作中值得注意的几点》中一针见血地指出"……西方现代文艺比起它们18世纪和19世纪的祖辈，比起20世纪前期的作品，是在走向一代不如一代的衰落"。翌年，您在《也谈创作上的几个问题》一文中，又进一步提出"西方现代文学作品，差不多都是灰色的。晦涩、心理变态、沮丧、绝望、无聊，思想境界和艺术性，都远远不如他们的祖辈"。您的提法明确地指出了西方现代文学的弊病和它们与我国社会主义文学的本质区别。

我认为，那些成就卓著、影响深远的作家，特别是担负着重要领导工作的文艺界要人，对此是否有清醒的认识，是关系到我国文学艺术如何对外开放，怎样发展的大问题。难道凡是新的、有外字商标的，就一定好吗？我看未必。对外国文学，特别是西方现代文学究竟应该采取怎样一种正确的态度和做法呢？对此，您在许多文章和报告中，已经反复阐释过多次。然而，遗憾的是，一些掌管文艺部门的大人物，并没有对您的意见予以足够的重视。这里，我不妨把您的一些很精辟的见解再重复一次，以便让尚未读过您的大量散论的读者借此了解一下您的观点。同时，也给某些文艺界要人来一点"刺耳的噪音"，这对增强他们的听觉能力，也许并无害处。

在引进学习外国文艺的艺术手法和技巧方面，您认为：

"任何引进、借鉴、吸收外国文艺的艺术手法，最终必须与本土国情和民族传统相结合，否则便会淮南为桔，淮北为枳。"[1]

"引进外国的科学技术，尚且要适合中国国情，那么引进文学创作上的技巧和手法，脱离中国国情更是行不通的，活不长的。中国人就是在实现了四个现代化以后，也不会在风俗、习惯、生活方式和语法修辞上现代化得跟外国人一样；那么表现中国人和中国人的生活的文学，也绝不会西方化。"[2]

"在洋人眼里，我们的土才是他们认为的真正的'洋'。你那接吻、拥抱再热烈，也达不到人家洋人的水平，那是人家洋人土产的玩意儿。你的意识流不管怎么流，也流不过人家洋人的稀奇古怪。所以，吸收外国的东西，不是要把我们变洋，而是要使洋变土。"[3]

"我们引进和借鉴外国文学作品，并不是为了伪造，而是要吸收和融合

---

[1] 《创作要有自己的特色》，1980年版。
[2] 《也谈创作上的几个问题》，1981年版。
[3] 《也谈创作上的几个问题》，1981年版。

其某些可用的艺术技巧，以丰富我们的表现手法。然而，任何形式必须取决于内容的需要，而不能削足适履，强使内容屈从于形式。"①

对于皮毛模仿现代外国文学作品，胡编乱造却又轻而易举地受到廉价吹捧的不良倾向，您提出尖锐的批评和中肯的警告：

"这种并非健康的现象，如不进行疏导，许多作者将误入歧途，他们的作品也将走向窄巷和末流。"

"我们不赞成生搬硬套现代外国文学作品中那种精神空虚的情调，和技巧上毫无必要的玩花活儿，仿洋牌的光怪陆离之作，是行不通的，活不长的。我们在文化艺术上并不是穷国，不能丧失民族自信心和自尊心。"②

对于洋为中用、文学对外开发的问题，后来您的观点又有进一步发展：

"中国文学要自立为'王'。不崇洋，而又'拿来'化为己有。自尊、自信、才能自强。对外开放不能只是接受外国影响，中国也要影响外国。"

"文学上的对外开放，很好。但是，文学上对内搞活，不够。我们要输入，但是也要加强输出。"

对于民族化和世界性的关系问题，您坚持鲁迅先生早已讲过的只有民族的才是世界的观点："现在的文学也是一样，有地方色彩的，倒容易成为世界的，即为别国所注意，打到世界上去，即于中国之活动有利。"③

对那些否定民族传统、消灭民族性的民族虚无主义者，您冷嘲热讽地批评道："在当今存在着阶级、阶级社会和霸权主义的世界上，实行民族同化，消灭民族语言，文化归于一统，究竟对哪个民族、哪个阶级、哪个国家有利？我是中国人，使用中国字写小说，不为我的父老兄弟姐妹而写，却要被诺贝尔那个死鬼牵着鼻子跑码头，我还算什么人呢？"④您甚至将这种消灭民

---

① 《我是一个土著》，1980年版。

② 《乡土风情画》。

③ 《京门脸子》题记。

④ 《反调》。

族性、实行民族同化的谬论，同半个多世纪以前日本帝国主义在伪满洲国制造的"协和语"和"协和文化"联系起来，让人们进一步认清此种高论的荒谬性与反动性，实在令具有自信心和自尊心的读者感到痛快！

上述种种言论，都是具有深刻内容的妙语警句，非常富有针对性、战斗性。我这里只是摘录出来，让读者欣赏一下您的某些文艺思想的闪光。容我逐一品味，慢慢消化，日后再挤时间，对这些论点细细剖析，写出系列性的短论来。

绍棠师兄：今年是新中国成立40周年，也是您从文40周年。回顾过去，展望未来，对您这样一位成绩卓异、影响甚广的大手笔，我的良师益友，要讲的话当然是很多很多的。因时间有限，且又百事缠身，终日不得安宁，所以就避难就易，先从我体会较深，也更熟悉的您与外国文学这一角度谈点看法吧（您晓得，我是一个专门从事外国文学翻译与研究的"探洋者"）！不知我对您这方面的观点和实际情况把握与理解的是否有错误或片面性。衷心希望得到您的批评与指正。

见信后不必回信，因眼下您的当务之急是养好身体，降伏病魔。如有意见，待我下次到寓所看望您时当面切磋商讨吧！

夏安！保重！今日中国文坛急需您早日康复，重振文威！

　　　　　　学弟　恩波　1989年5月16日凌晨1时于斗室

（原载《刘绍棠与运河乡土文学》一书，北京燕山出版社1996年版）

一位真正的无产阶级作家的美好心声

——刘绍棠千篇千字文解读

著名神童作家、当代中国乡土文学的领军者刘绍棠的文学成就是巨大的；他对我国社会主义文学发展所做出的贡献是杰出的。这一成就和贡献，非但在《豆棚瓜架雨如丝》《京门脸子》《柳敬亭说书》《村妇》等14部长篇小说，《蒲柳人家》《花街》《瓜棚柳巷》《小荷才露尖尖角》等27部中篇小说和《青枝绿叶》《摆渡口》《大青骡子》《蛾眉》等大量的短篇小说中，得到了多彩而迷人的展示，而且在上千篇短小精悍、轻巧瑰丽的千字文中，也得到了深刻的、令人心折的体现。

心地宽厚善良、对人有求必应的绍棠，与全国各地430多家报刊、出版社有过亲密的联系和有效的合作。应这些报刊和出版社的盛情之邀，新时期以来，绍棠共写了1000多篇杂感、随笔。因这些文章都在1000字左右，所以我称其为刘绍棠式千字文。按照绍棠生前写作时间的总数计算，平均每6天一篇。那么多绚丽多姿、脍炙人口的小说不算，仅凭这么多的千字文，称绍棠是文坛劳模也是当之无愧的。经常浏览全国报刊的读者，一定会记得这样一些报刊曾为绍棠的各种系列文章开辟的专栏：《北京晚报》"留名察看"、"坐家絮语"、"孤村闲笔"；《人民政协报》"杂感丛生"；《戏剧电影报》"蝈笼戏言"；《民主》杂志"如是我说"；上海《文学报》"自我表现"；《文汇报》"西皇城根随笔"；《解放日报》"月有阴晴圆缺"；《天津日报》"蝈笼说古"；《今晚报》"四类手记"；《江西日报》"旧京生活杂记"；武汉《写作》月刊"小说创作杂记"等。

1000多篇千字文，先后编在以下的集子中：《乡土与创作》^①《我与乡土文学》^②《一个农家子弟的创作道路》^③《我的创作生涯》^④《论文讲书》^⑤《乡土文学四十年》^⑥《蝈笼絮语》^⑦《如是我人》^⑧《红帽子随笔》^⑨《我是刘绍棠》^⑩《四类手记》^⑪《土著人生》^⑫。

—

在近50年的文学生涯中（1949-1997），绍棠始终从事乡土文学创作，他多次对笔者讲，让我们共同努力，在创作上要建立乡土文学流派，在学术上要建立乡土文学学派。如果说600万字的乡土小说，是他建立乡土文学流派富有成果的示范性大演练；那么，100万字的千字文，则是他建立乡土文学学派的号召书、动员令。在千余篇的千字文中，以散文随笔的笔调，专门阐释乡土文学的篇章最多，另外，还有相当多的篇章也含有关于他所倡导的乡土文学在理论上形成体系的过程以及乡土文学的特点、内涵等内容。众所周知，在我国，最早提出乡土文学这一概念的是伟大的鲁迅先生，但是，鲁迅先生并没

---

① 吉林人民出版社1982年版。

② 春风文艺出版社1984年版。

③ 四川人民出版社1985年版。

④ 中原农民出版社1988年版。

⑤ 语文出版社1989年版。

⑥ 文化艺术出版社1990年版。

⑦ 陕西人民出版社1991年版。

⑧ 华文出版社1993年版。

⑨ 北京燕山出版社1996年版。

⑩ 团结出版社1996年版。

⑪ 中国社会出版社1997年版。

⑫ 上海文艺出版社1998年版。

有（也许是没来得及）对乡土文学这一概念作出理论性的阐释。在鲁迅以后的漫长岁月里，也没有人再提起乡土文学这一命题。是刘绍棠接过鲁迅的旗帜，再次提出这一命题，从理论上予以系统的阐述，建立起乡土文学理论体系，与他的乡土小说创作相互动，形成了乡土文学一大群体，在全国产生了深广的影响，这是刘绍棠对我国社会主义文学发展做出的重大贡献。

在《乡土文学和我的创作》《乡土文学简论》《继承和发展中国小说的民族风格》《关于乡土文学的通信》等一大批文章里，绍棠阐释了乡土文学理论包括的以下5点内容：

> 乡土文学要坚持文学创作的党性原则和社会主义性质；坚持现实主义传统；继承和发展中国文学的民族风格；继承和发扬强烈的中国气派和浓郁的地方特色；描写农村的风土人情和农民的历史与时代命运。[①]

1984年，在长篇小说《京门脸子》的"题记"中，绍棠把这5点概括为16字的乡土文学创作基本原则："中国气派、民族风格、地方特色、乡土题材。"

乡土文学要守真，而且更要发展。在《乡土文学浅说》一文中绍棠以一个与时代并进的革新者的气魄又提出："乡土文学不能一成不变、停滞不前，它要继承和守真，更要发展和革新。我不断对自己的乡土小说提出新的要求：城乡结合，今昔交叉，自然成趣，雅俗共赏，为人民大众所喜闻乐见。因此，开采要广，开掘要深，并且从民俗学和社会学中汲取营养。"

个别有偏见的人认为刘绍棠的乡土文学是坐井观天，作茧自缚。对此，绍棠明确地予以回答："乡土文学不能画地为牢。必须大处着眼，小处落墨，是在宏观照应下所进行的微观艺术创作。我所主张和致力的乡土文学，乃是

---

① 《乡土与创作》，吉林人民出版社1982年版，第230页。

纳百川入大海，大而化之的乡土文学。"①

绍棠这种"纳百川入大海"的乡土文学观，在他为《荷花淀》文学双月刊写的"创刊述旨"中，又作了更为具体、亲切的说明：

> 各种艺术流派的作家和作品，从来都是相互影响和相互渗透的。"荷花淀流派"需要继承和守真，更需要发展和革新。因此，必须充分尊重其他艺术流派的作家和作品，从中汲取、充实和丰富自己的艺术营养。《荷花淀》文学双月刊绝不会对其他艺术流派的作家和作品采取轻视、贬低、对立、排斥的态度。

在绍棠这一办刊的思想引导下，该刊每期的刊头词便是如此的鲜亮夺目；独树"荷花淀流派"之旗帜，兼容文学界各路诸侯之精英。绍棠倡导的乡土文学与"荷花淀流派"有着密切的联系，他对《荷花淀》文学双月刊的要求，实际上也是对他倡导的乡土文学的要求。后来，他甚至还用更豁达、更幽默的语言作了这样的表述：

> 我们要克服狭隘的地方观念，把《荷花淀》办成五湖四海……要"垒起七星灶，铜壶煮三江，摆起八仙桌，招待十六方"。本刊的作者和作品，应该是人不分老幼，地无论南北；群贤毕至，宾至如归，杂志虽是地方主办，却要具有大家风范。小家子气只能抱残守缺、无所作为。②

在生前最后的日子里，他再一次叮嘱志同道合的同志：

---

① 《四类手记》，中国社会出版社1997年版，第6页。
② 《前面柳暗花明又一村》，《四类手记》，中国社会出版社1997年版，第510页。

乡土文学作家虽然只写方寸之地，却不能身心作茧自缚，眼界画地为牢。相反，更应胸怀五大洲三大洋，眼观六路耳听八方。目光短浅，气量狭窄，孤陋寡闻，只能因小失大，萎缩了乡土文学。①

至此，绍棠所倡导的乡土文学的包容性、开放性便十分清楚了。

如同曾经对"荷花淀流派"作品的要求一样，绍棠依然特别强调他所倡导的乡土文学应该是美的文学。他说乡土文学"讲究语言、文字、情趣、意境、格调的美，给人以美感；它揭示和描写人民的心灵与本质是美好的，给人以美育；它揭示和描写生活的主流与前景是光明的，给人以积极向上的信心和力量"。②他还指出乡土文学要"表现人的美，地区的美，风光景色的美"。③美——刘绍棠倡导的乡土文学最重要的美学特质，体现在他谈论乡土文学的每篇文采飞扬的美文中。

二

新时期以来，绍棠发表了数量可观的锋芒毕露的针砭时弊的杂感与随笔，对他缺乏全面了解或没有读过他的很多小说的人，可能会有一种错觉，觉得刘绍棠太注重政治性，忽视艺术性。其实，这纯粹是一种误会。只要赏读一下前面提到的那些杂感、随笔集，便会对刘绍棠的文艺观有一个全面、公道的评价。

首先，绍棠对文艺作品的艺术性是极其重视的。请听他的肺腑之言：

12岁我加入党的外围组织地下"民联"，13岁在中国当代文学创作

---

① 《食"羊"自肥》，《四类手记》，中国社会出版社1997年版，第94页。
② 《创作漫谈剪辑》，《乡土文学四十年》，文化艺术出版社1990年版，第85页。
③ 《乡土文学与民族风格》，《我与乡土文学》，春风文艺出版社1984年版，第222页。

队伍中吃粮，可谓余致力革命与文学凡40余年。积40余年之经验，深知欲达到革命与文学化合为一之目的，必须将革命的政治信仰与文学的艺术规律结合成浑然一体。（黑点着重号为笔者所加）革命与文学不是两张皮，不是水与油的掺和，甚至不是水和乳的交融，而不分彼此，分不出你我。比H_2O还不可分割和分解。[①]

在这里，绍棠把文学作品的艺术性上升到艺术规律的理论高度，并把它与政治信仰的结合比作像H_2O一样不可分割。在从事创作的作家队伍中，除刘绍棠之外，笔者还没听到过第二个人对艺术性的重要有如此深刻的认识。

绍棠一向反对违反艺术规律，忽视艺术表现，呆板、教条地对读者进行思想灌输和政治说教。他说：

要从思想上认识文艺的特殊性，写成作品后要表现文艺的特殊性。文艺学、哲学、史学、政治学、法律学、新闻学、社会学……各有各的任务、功能和作用，不能等同，不能混淆，不能替代。文学创作不是政治宣传，不是新闻报道，不是理论说教，而是以真善美的思想感情对人们进行潜移默化。它是通过具体的艺术形象感化读者，而不是通过抽象的讲道理或简单的摆事实说服读者。它需要的是细腻入微，深沉含蓄，生动活泼，婉转多情。[②]我们既然是都承认文学是人学这个真理，那么我们就要懂得人不是鸟，不是兽，不是木头，不是石块……人有人性，人有人情，因而就必须在作品中写出人性和人情。没有人性和人情的作品，没人爱看，不如不写。[③]

---

① 《刘绍棠文集·大运河乡土文学总序》，《刘绍棠文集》第1卷，北京十月文艺出版社1995年版，第12页。

② 《创作漫谈剪辑》，《乡土文学四十年》，文化艺术出版社1990年版，第87—88页。

③ 《创作漫谈剪辑》，《乡土文学四十年》，文化艺术出版社1990年版，第87—88页。

　　绍棠在这两段话中强调的"通过具体的艺术形象感化读者","人有人性，人有人情"，都是懂得艺术规律之言。

　　绍棠对艺术性的重视，也体现在对我国古典文学作品和戏曲作品的评价中。在这方面，他写的文章相当多，在这里，让我们随便找出《元曲偷艺》一篇文艺随笔，看看他是如何评价关汉卿和王实甫的：

　　　　元曲作家，当以关汉卿、王实甫为两大"班头"。过去过多强调关汉卿作品的直接"政治性"，对关汉卿作品那雄浑悲壮的艺术魅力研究较少。王实甫的《西厢记》，称赞其艺术魅力，却又认为其中具有间接政治意义，不公平地贬低。其实，窦娥的呼天抢地的喊冤，崔莺莺冲破罗网的追求，很难估定谁的震撼力更大。崔莺莺是已故相国之女，窦娥是即将上任的巡按之女，都不是贫下中农，不必有所偏向。关汉卿的刚，王实甫的柔，关、王刚柔相济，元曲风景才更好看。①（着重号为笔者所加）

　　很显然，绍棠对关、王的刚柔相济的见解，是真正懂得元曲艺术之妙的真知灼见。

　　文学是语言的艺术。绍棠从打少年时代走上文坛，就开始注意锤炼自己的语言。经过半个世纪的磨砺，他的语言可以说是达到了炉火纯青的地步。一位资深的编辑曾感慨地说，编辑刘绍棠的一部长篇小说，从头至尾，改动一字都是不可能的。他青年时代的一位老朋友，今日已成为文坛举足轻重的人物，谈到刘绍棠的创作时也曾不无钦佩地说，绍棠作品的语言过硬，那是没什么可说的。绍棠十分强调作家要学习农民的口语，他说：

---

①　《元曲偷艺》，《刘绍棠文集》第10卷，北京十月文艺出版社2003年版，第183—184页。

必须深刻认识农民口语的高度艺术性和美学价值。劳动创造语言，创
造文化，因而劳动人民的口语丰富多彩。在中国，占人口百分之八十的农
民的口语，最生动活泼，富有诗情画意。农民口语的最大特点，一个是具
体，一个是形象。[1] 又说：农民的语言，最富于比兴，生动形象，含蓄优美，
诗情画意，有声有色。[2]

绍棠对农民的语言有如此高的评价，这是与他对文艺作品的艺术性的重
视密不可分的。

众所共认，绍棠是文苑里最辛劳、最富有成果的园丁。不过，他对文学
新苗的发现和培育，特别看重的是他的艺术感受力和作品在艺术上是否具有
新意。他推心置腹地说：

我从来不肯称赞因题材或因时机而大红大紫的作品，但是只要我看到
哪一篇作品的某一方面有真功夫，便心悦诚服，赞叹不已。[3]

正因为如此，所以他在评价新人新作时，总是在作品的艺术特点上使用
笔墨，从不讲那些人人皆知的套话，更没有官腔、八股调。比如，他称富有
才气的青年作家文平是"小沈从文"。对文平的小说做了这样的艺术性概括：

他的小说颇具文采，但并不耀眼夺目；格调平淡，却又淡而有味。[4]

再比如，对北京乡土文学作家刘颖南的小说用4个字作出评语：土、俗、

---

①　《使用优美的农民口语》，《四类手记》，中国社会出版社1997年版，第65页。
②　《乡土与创作》，《四类手记》，中国社会出版社1997年版，第29页。
③　《刘绍棠传》，社会科学文献出版社1995年版，第425页。
④　《〈长河落日圆〉题外》，《论文讲书》，语文出版社1989年版，第154页。

实、嘎。还说：

> 颖南的小说，努力做到人物对话是老百姓的口气，故事情节正合老百姓的心意。艺术情趣正对老百姓的脾胃，俗得高尚。山里人心实，颖南的小说也写得实诚，笔下的人和事完全来源于生活。不虚张声势，不屑糖兑水，不皮毛伪造，不矫揉造作，艺术再现与生活真实对照，像那么回事儿，是那么回事儿，看了叫人信服。颖南在语言上深受山旮旯子里山婆儿、山丫、山老髦子和山小子陶冶，他的小说语言艺术颇为口语化，幽默风趣，诙谐俏皮，也就是我说的那个嘎字儿。①

瞧瞧这些满纸飘香的评论文字，无处不显示出绍棠对小说艺术的鉴赏力和浓厚的艺术情趣！

不过，应当特别指出，绍棠绝不是不问政治倾向和表现，凡有艺术水平的作家和作品，就不分青红皂白地予以肯定和称赞的唯美主义者。关于这一点，他对周作人、林语堂的评价是最好的说明，请听：

> 那些对鲁迅先生的至理名言"大抵不以为然"的新潮"精英"，吹周作人，拜林语堂，向鲁迅先生大泼污水。不讲历史唯物主义，为被鲁迅先生批判过的形形色色人物鸣冤叫屈、涂脂抹粉。所有这一切，都不过是廉价进口的海外旧货，把嚼过的馍冒充新产品，向国内读者倾销。②

可见，什么样的作品的艺术性应当赞扬，绍棠的心里是有着毫不含糊的一杆秤的。

---

① 《蝈笼书话》，《红帽子随笔》，北京燕山出版社1996年版，第177页。
② 《老调》，《四类手记》，中国社会出版社1997年版，第492页。

三

1979年初，绍棠在1957年被错划的问题得到平反后写的第一篇亮相文章《让我从21岁开始……》中，深情地说：

> 回首往事，环顾今朝，瞻望未来，我该怎样报答亲爱的党，我该怎样报效祖国和人民，我该怎样答复我的老前辈、老朋友、老同学、老读者以及对我寄予热切希望的同志们呢？我想得很多，很多。我想让我从 21 岁开始吧。让我加倍努力为党的事业奋斗，为祖国和人民效力，为社会主义文学劳作，来弥补我 21 年创作生命的空白。

这段话可以说是绍棠整个新时期一切活动的纲领和宣言。在1000余篇的千字文中，有大量的文章继续表达了他要永远做人民的儿子的决心；抒发了对中国共产党、毛泽东主席和毛泽东文艺思想的崇敬和热爱、一生为农民写、写农民的志向。他态度非常鲜明地表示：

> 坚决反对以辱骂毛泽东来表现思想解放，一不是心有余悸，二不是政治投机，三不想做忠臣孝子，虽被斥为"认左为母"或"老观念太多"而不悔，实在是经过进一步深刻认识，更加信仰他的文艺思想。[1]
>
> 我多次说过和写过，在纪念《讲话》发表 50 周年时，在为文艺立法的总原则中，应该比照宪法中坚持四项基本原则的条文，重申和确认毛泽东文艺思想对有中国特色的社会主义文化的指导意义和主导作用。[2]
>
> 当今世界，存在着阶级、民族、国家的差别，国际反动势力千方百计

---

[1] 《荒屋寒舍土坑上》，《如是我人》，华文出版社1993年版，第95页。

[2] 《感言》，《如是我人》，华文出版社1993年版，第328页。

对我国进行思想渗透和政治侵蚀活动，如果我们不牢记和严守毛泽东同志在《讲话》中的教导，政治立场发生动摇，思想信仰便会发生混乱，甚至堕落为供人驱使的内在力量。

"二为"方向绝不能动摇，绝不能改变，绝不能打折扣。动摇、削弱、改变"二为"向，有中国特色的社会主义文艺便会蜕化为反人民反社会主义的资产阶级自由化文艺。[1]

时时事事想着农民，想到农村；时时处处想着自己是个农家子弟，把自己当作农民的一个份子。[2]

我虽已不年轻，且又身患重病，但是仍要继续走与工农相结合的道路，一辈子走这条路。

无工不富，无商不活，无农不稳；文学亦然。[3]

千篇千字文中，还有相当多的篇章，展示了绍棠眷恋故土和父老乡亲的赤子之心。绍棠对故乡、对运河的热爱是一贯的。不过，重病中的绍棠，对故乡及亲人的爱，显得比平时更加炽烈更加真挚，因而也就更加动人。仔细玩味《泥人不改土性》《平安家信》《我和儒林村》《大年小忆》《野老》《心驰神往凉水河》等篇章，我们仿佛看到了一个热泪满腮，扯着妈妈衣襟，站在村口不愿离开故土和亲人的多情少年。这些完全用情、用爱、用心血凝成的美文，是病中的绍棠与故土与乡亲难分难舍的特殊心态的真实写照。而《昨宵犹梦笔生花》《梦乡》《春梦之忆》等一组情真意切的短文，则把绍棠潜意识中最深沉的乡情、乡恋、乡愁推到了高峰。请看他梦中出现的故乡、北京城未来的美景秀色，金子般珍贵的童心童真，以及深沉的忧患意识：

---

① 《目标始终如一》，《如是我人》，华文出版社1993年版，第325页。
② 《泥人不改土性》，《蝈笼絮语》，陕西人民出版社1991年版，第176页。
③ 《文学也无农不稳》，《如是我人》，华文出版社1993年版，第225页。

　　这一天夜晚，我梦见大运河沿着进京古道，进入天安门下的金水河，一路向西奔流而来。公共汽车和无轨电车变成了小火轮、小卧车变成了汽艇，自行车变成了小划子，西长安街和复兴门大街两旁的电线杆子变成了一棵棵绿柳白杨，人行道变成了浓荫蔽天的河堤，红男绿女们在鸟语花香中携手漫步。我站在民族文化宫门前，目睹眼前的这些千变万化，惊喜首都闹市出现了乡土田园风光。

　　我为何来到此处？好像是要到对岸去看望我的妻子。我的妻子是个中学教员，在我家乡的中学教书。我跟她好像不是老夫老妻，而是新婚燕尔。我手搭凉棚向河那边张望，望见了校门、望见了教室。忽然我的妻子身穿紧身运动衫，从校门里跑出来，沿着河边绿道向复兴门立交桥跑去。奇怪的是，她好像年轻了10岁，个子也增高了许多；乡土空气和田园景色构成的生态环境，使她面目一新。[①]

　　北运河的河道弯弯曲曲，有粗有细。路过我那生身之地的小村一段大河，因有几条支流汇入，成了一片汪洋，像一只涨满乳汁的乳房。我那个生身之地的小村也就像吮吸着母亲乳头的孩子。

　　正因为如此，我村也就深受污水之害。

　　北运河污染之前，白沙河底，水清甘洌，可以汲水饮用，可以淘米为炊，做豆腐使用河水而不用井水，才香软适口。全村男女都会凫水，甚至新婚之前的沐浴净身，也在月下河中进行。大河被污染以后，水不能喝，不能用，也不能下水游泳。污水渗透到地下100多米，粮食的含毒量超过国家规定的十几倍，臭气漫天，流毒深广，村民头发稀疏，牙齿脱落，未老先衰，癌症增多，而且严重损害了儿童发育。

　　看到我的乡亲和乡土受此磨难，我心如汤煮，悲愤不已。我恢复了政

---

① 《梦乡》，《蝈笼絮语》，陕西人民出版社1991年版，第225页。

治权利和创作权利，马上手口并用，在报刊、电台和电视台上大声疾呼：治污，治污，治污！①

在当代中国作家的队伍里，同自己的故乡和父老乡亲有着这样一种十指连心的感情的人，刘绍棠是很有代表性的一个。

绍棠有为自己的每本书写"后记"的良好习惯。几乎每篇"后记"中，他都要怀着晚生后辈对长辈的孝心，写上一大段爱乡恋乡的优美文字，让我们随便翻开中篇小说集《小荷才露尖尖角》的后记浏览一番吧："看不见本村的树梢，便分不出东南西北，一瞧见自家的烟囱，就来了能耐。"

刘绍棠，好一个泥性不改的恋家子弟！如同小草恋山，鱼鹰嗜水一样！美哉，刘绍棠那缠结着厚重的故乡情丝的精美杂感，让我们看清了一位文坛老农的真性情。

四

绍棠是一位时时关心人民利益、国家利益、国家命运和民族未来的人民作家。他以一个共产党员的革命责任感，对社会上和文坛上存在的弊病和种种不正之风，及时地提出尖锐而中肯批评，显示了在毛泽东文艺思想哺育下茁壮成长起来的新中国第一代作家的优秀品质和凛凛正气。在这方面，《刺耳未必是噪音》《老调》《歌女不知亡国恨》《且说大官人》《不当二等国民》《为百分之十七代言》《是人就能懂》《是谁手软》《何日可见三秋树》《恢复本色》等篇章，最能引起读者心灵的震颤，感情的共鸣。

针对20世纪80年代文艺界存在的错误导向，绍棠尖锐地指出：

---

① 《我真痛快》，《如是我人》，华文出版社1993年版，第174—175页。

80 年代的文学创作导向，不但未提建设有中国特色的社会主义文学，而且对中国特色和社会主义讳莫如深。

对否定一切的民族虚无主义的批评，更是一针见血，击中要害：

把思想解放片面理解为"突破禁区"，比大胆儿，导致了胆大妄为，否定一切。在文学领域，否定毛泽东，否定鲁迅，否定民族文化，否定革命传统……竟然成为获取名利的捷径。

对某些人在"洋货"面前的奴才相，则予以辛辣的讽刺：

把对外开放，扭曲为不设壁垒和关防的门户开放。凡是"洋货"，不管香的臭的，美的丑的，好的坏的，一律"免检"进口。于是，凡是"洋的"，便是"新的"；凡是"新的"便是"好的"。西崽相吃香，仿洋牌走俏。略加改头换面的模仿西洋现代派之作，便能一篇成名天下扬。……1840后遗症——奴颜媚骨的细菌，又像梅毒一样死灰复燃。

为了迎合洋人，不惜大出民族之丑，刨祖坟而鞭尸。①

如此爱憎分明、掷地有声的犀利文字，真是让正义者感到痛快！

改革开放以来，"中国文学要走向世界"这一口号被某些人叫得越来越响，诺贝尔文学奖对一些自我感觉颇有洋派头的人也产生了日渐明显的诱惑力，甚至被个别人糊里糊涂地奉若神明。那么，中国文学究竟怎样才能走向世界？我们又应该如何对待诺贝尔文学奖这一蛮有名声的奖项？对此，绍棠做出了令人耳清目明、扬眉吐气的回答：

---

① 《刺耳未必是噪音》，《四类手记》，中国社会出版社1997年版，第497—498页。

中国人把自家的各种事情办好了，在世界上能起到举足轻重的作用，中国文学也便随之在世界上占有重要地位。只有靠中国特色，而不是靠全盘西化，中国文学才能屹立于世界文学之林。在存在着民族、阶级、国家差异的当今世界，衡量精神产品并没有国际通用的公尺。不是有人说共产党对文学作品只重视政治标准吗？其实，最重视政治标准的首推资产阶级。所以鲁迅先生把诺贝尔奖金称之为诺贝尔赏金的一字之易便揭穿了实质。然而，这几年洋人不管给我们什么奖，不少人便觉得脸上贴了金，身上刷了彩，连我们的某些领导同志，也傻呵呵地犯"这个糊涂"。[1]

远在20世纪80年代中期，当资产阶级自由化思潮大肆泛滥的时候，绍棠就挺身而出告诫某些人士：

在当今存在着阶级、阶级社会和霸权主义的世界上，实行民族同化，消灭民族语言，文化归于一统，究竟对哪个民族、哪个阶级、哪个国家有利？我是中国人，使用中国字写小说，不为我的父老兄弟姐妹而写，却要被诺贝尔那个死鬼牵着鼻子跑码头，我还算什么人呢？不知怎么我想起了日本侵略者在伪满洲国制造的"协和语"和"协和文化"，打了个大大的寒噤。[2]

绍棠不仅是一个铁骨铮铮的爱国主义者，而且还是一个令人尊敬的国际主义者。读过他的妙趣横生的散文《佛脚之忆》的人都晓得，他18岁在北大中文系读书时曾担任过留学生总辅导员，在帮助各国学生学习方面，曾付出

---

① 《老调》，《四类手记》，中国社会出版社1997年版，第491—492页。
② 《反调》，《我的创作生涯》，中原农民出版社1988年版，第200—201页。

过不少心血，被留学生朋友尊敬地称为"文化使者"。但是，对待曾经屠杀了我们无数同胞的日本鬼子，任何时候他都记恨在心，决不宽容。1995年纪念抗日战争胜利50周年时他发表的《不当二等国民》一文是这方面的代表作，请听他那对日本法西斯强盗不共戴天的呐喊：

> 国歌《义勇军进行曲》呐喊道："中华民族到了最危险的时候！"今仍如是。这个"最危险"不光来自外部的威胁，而且更来自内部的揖盗。我曾多次听到老百姓气愤而忧患地说过："如果现今洋鬼子打进中国，汉奸会比过去多得多！"老百姓眼里有尺，心里有秤，比我心明眼亮。我对"和为贵，忍为高"的二等国民精神状态，深感隐忧和远虑。今年虽是联合国宽容年，但是对屠杀了我们3500万同胞的日本鬼子的罪行，不能宽容无量，至少我们得"眼里不揉沙子"。中国人的子子孙孙，勿忘国耻，牢记国仇，不当亡国奴！也不当二等国民。①

每个关心现实，为国家未来的前途担忧的人，都对殖民地文化现象和心理的大泛滥予以密切的关注。绍棠在此方面也是一个眼光敏锐的观察家和严肃的批评家，瞧瞧，他给形形色色的殖民地文化的追求者勾勒的漫画：

> 请看满街的商店，曲里拐弯的洋店名照花了眼；路上跑的汽车，挂着花花绿绿的洋国旗；分明是国产的商品，偏要贴满了洋字母的商标；分明是国产的红男绿女，偏要染黄了（彩）头发，起个洋妞牛仔的外国名字。这种殖民地文化心理的泛滥，老说是由于一手软；那么，我想问个明白，究竟是我软，你软，还是他软。②

---

① 《不当二等国民》，《四类手记》，中国社会出版社1997年版，第542—546页。
② 《是谁手软》，《四类手记》，中国社会出版社1997年版，第567页。

绍棠是个有名的热心肠儿，非常平易近人。后来，又连续当了10多年北京市人大常委会委员，与人民群众的联系更密切了。中风偏瘫后行动不便，便利用到街头理发的机会，结识了一位理发员。从他那里了解到，像他这样被厂子"优化"下来，每月收入只有百多元，不足300元的困难者占北京市总人口的百分之十七（1995年统计数据）。这个百分之十七引起绍棠的焦虑不安，一连多日思前想后，觉得这是个大问题，这一问题应给予格外的关注，于是，他便以为人民负责的公仆精神，写下了为穷苦人请命的名篇《为百分之十七代言》。文中极为严肃地写道：

> 我们的一切工作，必须以街头理发员和同他命运与境况相似的人为出发点，而不是偏爱大款、大腕、富婆、强人、老板、买办、炒家……他们的钱大多来路不明，一查就会穿帮。我们不否认中国还是个发展中的穷国，那么就不能不承认穷国里面穷人多。治穷，或曰脱贫，才是万事最当先的任务。①

好一个直言不讳的人民代表刘绍棠！即使不算文学方面的成就和贡献，就凭上述这段为穷苦人代言的话语，北京人民乃至全国人民都要把刘绍棠这个真正的人民代言人永远铭记在心。

千篇千字文中，像这样直接替人民群众说话的文章还有多篇。今天，不是有人在论说作家的平民意识吗？据我看，在中国当代作家中，平民意识最浓厚的作家就是刘绍棠！

对于改革开放，绍棠一向持拥护、鼓劲、叫好的态度，绝对不是一个保守主义者。且不说每年他在北京市人大提的那么多提案，只说说他为中国作

---

① 《为百分之十七代言》，《四类手记》，中国社会出版社1997年版，第552页。

家协会机构改革设想的方案，就可以懂得他对改革开放持有怎样一种真正的积极态度了。请听：

> 对于中国作家协会，我主张"拆庙"……中国作家协会的繁中之繁是官本位，不把副部级衙门建制宣布作废，正式行文撤销，简不了多久便"春风吹又生"。应该从即日起凡调入作协工作的干部，都是聘任制，不可继续授予官级，党组成员、书记处书记、各部主任、中层各单位负责人都不应列入司局级官员序列。所有到达离退休年龄的人都必须严格遵守国家的离退规定，及时自动离退。提前离退也应允许。今后增添工作人员，要选择双向选择合同制，万不能"请神容易送神难"，或者"一入衙门口，九牛拽不出"，解聘和跳槽都两便。①

多么激进、可行的方案啊！绍棠的真正改革家的思想又是多么敏锐、可贵！《官本位与换脑筋》《且说大官人》《文学也无农不稳》《文学与财经》等篇章，也都显示出绍棠一心拥护在社会主义原则指导下进行改革与开放的豪情和正气。

五

绍棠本是中华最高学府北京大学中文系1954届的高才生，虽然因为要专心致志地从事文学创作而中途离开了北大，但是，凭着在北大打下的良好基础和几十年异常勤奋的努力，到头来，他对五千年中华文化史、文学史、戏曲史特别是京剧史的了解和达到的学术水平，是完全可以与他当年的同学们中间的佼佼者比肩争胜的。绍棠对许多问题都有着独到的见解。诚然，绍棠

---

① 《恢复本色》，《四类手记》，中国社会出版社1997年版，第584页。

是没写过那种学院派派头的学术长卷，但是，他却具有只用三言两语就把一个作家的艺术特色说得很到位的硬功夫、真本事。这种功夫和本事，常常是写了上百篇大论文、几尺厚的专著的大学者所不具有的，因此就显得超凡脱俗，难能可贵。还是来个现身说法吧。本人也曾毕业于北大，也系统学习过中国文学史、西洋文学史，而且毕业论文是班里最优秀的两篇论文之一。可是，如果在中国文学史、戏曲史方面与绍棠比试高低的话，老实说，即使让我到北大中文系再回5年炉，也肯定达不到绍棠的水平。也许有的读者、学者对我的话不以为然。那好吧，现在，就让我们随便从绍棠论史、说戏的杂感、随笔中摘出几段，看看本人的话是否言过其实。

　　汉魏文人，哪个能与曹氏父子比肩？王粲或可跟踪其后，但是这位"少年才子"为人孱弱，不能不伤及作品。曹操，鲁迅先生称他是"改造文章的祖师"，评价可谓极高。毛泽东同志的诗风，多有魏武霸气，影响可算极深。曹丕、曹植兄弟，才华不弱其父，而气魄差得远。子建（植）狂纵，流露颓废；子桓（丕）阴柔，有些娘们儿气。林庚先生喜爱曹植，《野田黄雀行》的"高树多悲风"就讲了一堂课。郭沫若讨厌曹植，在《十批判书》里，把这位"才高八斗"的曹子建批得体无完肤。毛泽东说"十批不是好文章"，但毫无为曹植"落实政策"之意。曹操和曹丕是政治家玩诗，玩出了名堂。曹植是诗人玩政治，便落得个悲剧下场。中外文学史，我翻过几本，文人犯了官迷，结果都不大美妙。官迷犯不得，财迷也不可犯。财迷文人发财的罕见，毁了的居多。[①]

　　黄金有价，李白的诗无价。公元762年李白病死，至今已1232年，他的诗一直"保值"，没有被削价处理。中国诗人，从古至今，李白在行为上最具有人格个性，在创作上最具有艺术个性。儒、道、侠三家思想，

---

① 《汉魏一瞥》，《四类手记》，中国社会出版社1997年版，第208页。

在他的行动和创作上对立冲突，颠三倒四发高烧，也因而产生了他特有的艺术魅力。①

冯延巳全面继承和发展了"花间派"词风，尽管仍然免不了写些闲情春愁，缠绵悱恻，但是逐渐摆脱了温庭筠的"娘娘腔"和雕琢堆砌，语言比较清新流畅，手法也有出新。对宋代词人欧阳修、晏殊等都有显著影响。李璟的词比冯延巳作品更扩大了境界，感慨也更深沉。国运衰微，气数将近，皇上比首相忧惧更多。

李后主24岁当上这个没落小王朝的皇帝，形势岌岌可危，朝不虑夕，便纵情声色，醉生梦死。他前期的词，完全是继承李璟，师承冯延巳。如果不是亡国被俘，沦为"日夕以眼泪洗面"的"张学良式"囚犯，他是写不出"春花秋月何时了，往事知多少""雕栏玉砌依然在，只是朱颜改""问君能有几多愁？恰似一江春水向东流"以及"帘外雨潺潺，春意阑珊，罗衾不暖五更寒。梦里不知身是客，一晌贪欢。独自莫凭栏，无限江山，别时容易见时难。流水落花春去也，天上人间"这些千古"朱颜"不改的佳句的。

恕我右倾，我认为在文学史上的地位，李后主可与曹子建并列，八斗之才不少一合。②

我称欧阳修为北宋文之魂，苏轼是北宋文之魄。欧阳修有点像京剧界的通天教主王瑶卿，没有一个北宋文人不受他的影响。苏轼却是北宋文坛的"梅兰芳"，成就最高，对后世的影响也最大。

我很愿意接受苏轼的文艺观点。他认为文学作品不单要具有政治意义和道德意义，还应该讲究艺术价值。他说诗文写作"大略如行云流水，初无定质，但常行于所当然，常止于不可不止"。这个观点，我最喜欢。他

---

① 《闲话李杜》，《四类手记》，中国社会出版社1997年版，第226页。
② 《帝相岂如词人》，《四类手记》，中国社会出版社1997年版，第243页。

认为"文理自然，姿态横生"才是佳品。苏轼的散文优美动人，佳作极多。文论和画论，不仅多有道出艺术规律的高见，而且文采富有声色。

苏轼的思想深受儒、老、佛的影响，常有杂乱矛盾的表现。他的散文，有庄子流韵，诗学陶（渊明）、李（白）。他的诗也向杜甫学习，不过不像黄庭坚那么泥古不化……苏轼有儒家教养，又一生为官，缺乏李白的豪放和纵情。他虽仕途坎坷，却又官瘾难消，也就缺少陶渊明的恬淡和闲逸。因而，他的诗虽是妙笔之花，却因"自我"不足而欠有独家风格。苏轼的词集北宋众多词家之盛，遂与南松"词霸"（套用一个时髦广告词语）辛弃疾并称"苏辛"。苏辛之词，我总觉得有如李杜之诗，一个是"盛世"的昂扬，一个是"乱世"的深沉。当然，也不是一清二白，截然不同。①

李清照的改嫁和离婚，面对着封建伦理的铜墙铁壁，表现出何等的反潮流精神！她是活着的"鬼雄"。在当时，她也负伤惨重，落得个声名狼藉；离婚后的无声无息，我想可能原因在此。

李清照的名垂千古，并不是依赖她的性别占便宜。丁玲生前，不愿被称为女作家。她说，为什么不称"男作家刘绍棠"？我不沾"女"字儿的光。使用同一杆秤同一把尺衡量，李清照在宋词中的地位，全靠自己的真功夫，高高在上。她没有丝毫的搔首弄姿，顾盼自怜，矫揉造作，撒泼放刁，她的词作中不乏少妇的春意，未亡人的哀伤，却又"从心所欲不逾矩"，因而文学史家公认她是"婉约派"。

婉约就是含蓄，含蓄最能体现东方美。李清照同时又吸收"豪放派"之长，虽然婉约，却毫无娘娘腔。

我最佩服李清照的艺术力求专精之论。她在《打马图经自序》中说："专则精，精则无所不妙。"

---

① 《秀杰东坡》，《四类手记》，中国社会出版社1997年版，第249页。

专、精、妙，字字是真理，我奉为金科玉律。[1]

绍棠晚年以轻松、洒脱、充满灵性的随笔笔调，写下了一大批散论文学史和戏曲的文章，排成队列数一数，大约有70篇，共10万字左右。仅编辑在文集散论卷"说古·戏言"系列里的就有39篇。本文从这些篇章里摘出5段，约2000字。从研究文章写作的一般章法来审视，这样的引证似乎长了一些。不过，笔者是有意这样做的，因为在此之前，很少有人写文章评价绍棠在这方面的著述，绝大多数读者对绍棠在此领域里的成就都不甚了解。为了弥补这一缺憾，笔者便作了较长的引证。读者可以通过这些引证，原汁原味地品尝刘绍棠学术杂感、随笔的独特滋味，真真切切地观瞻到刘绍棠散文、随笔化的学术美文的颖异风姿。神童作家知识的渊博，学风的端正，文采的清丽，见解的精湛，让人从心底发出敬佩、仰慕的喝彩声。即使极个别的自觉得自己才是正宗的北大毕业生而对他人毫无道理地说三道四的"大学者"，看了这几段中肯铿锵、富有真知灼见的优美文字，也不能不对绍棠刮目相看，羞愧脸红。

绍棠晚年撰写的几十篇谈论戏曲特别是京戏的随笔，与谈论文学史上一些著名作家的文章密切有关，相辅相成。四大名旦、四小名旦、四大坤伶的许多遗闻轶事，新中国成立前京戏艺人的凄惨命运，梅兰芳、程砚秋、叶盛兰等人的高风亮节和傲骨精神，都在绍棠灵活、生花的笔下竞放出迷人有趣的光彩，令人百读不厌。而对一些名角的艺术特色言简意赅地概括，更让人看出他的精深的艺术造诣。这一点更为前面提到的那种"正宗大学者"所不及。例如，他对梅、程、荀、尚四大名旦的名家艺术之为，用王瑶卿的一字评总结为：梅兰芳的相，程砚秋的唱，荀慧生的浪，尚小云的棒。还如，他对荀慧生的表演曾写下了这样一段真正艺术行家才讲得出的话：

---

[1] 《婉约与鬼雄》，《四类手记》，中国社会出版社1997年版，第20页。

那时，荀慧生已经 40 多岁，但是他扮演的少妇少女，是那么天真纯情，自然成趣。20 世纪 40 年代，荀派风行，可谓'无旦不荀'。尤其是某些色佳艺差的坤伶，以学荀为走红的捷径。然而，用心不纯，意在媚俗，也就模仿得过了火。过了火便演成了荡妇淫娃，天真纯情变成了妖冶浪态，卖弄风骚；自然成趣变成了矫揉造作，搔首弄姿。①

再如，他对叶盛兰的表演又是评论得多么精当：

我觉得，叶盛兰和言慧珠合作，是赛着演；叶盛兰跟杜近芳合作，是捧着演。她（指在艺术上的成长、成功和成名）是由于跟叶盛兰的合作才得以实现。没有叶盛兰在艺术上的引导和照耀，杜近芳的艺术也就无法攀越新的高峰。这真是一损则损，一荣则荣。如果没有叶盛兰的艺术成就，京剧小生这个行当很可能被行政命令取消了。②

我敢说，一个对京戏不是入了迷，对表演艺术这门难以领悟的学问没下过一定功夫的人，是根本写不出如此有水平、有见地，只有行家才写得出的评论文字的。

六

绍棠是个多情多义的人。"受人滴水之恩，当以涌泉相报"，是他一生中为人处世的一项重要准则。他结识的人成千上万，凡对他有过恩泽的人，他不

---

① 《进京开眼》，《如是我人》，华文出版社1993年版，第280页。
② 《木秀于林叶盛兰》，《如是我人》，华文出版社1993年版，第284页—285页。

仅一个不忘，而且还写了大量感情充沛、动人心怀的回忆录，缅怀人家对自己的关爱、恩德、教诲与启迪。

首先，绍棠是一个尊师重道的楷模，是为教过自己的老师著文最多的作家。从小学时代为自己开蒙的田文杰、戴鸿珍、白颖仁（唐代大诗人白居易的后裔）老师，到中学时代的校长薛成业、班主任老师王兆榛、国文教师潘逊皋，以及大学时代的马寅初校长和王力、杨晦、魏建功、游国恩四大名教授，绍棠都为他们写过文章，追思他们对自己的关心、厚爱和培养。《师傅领进门》《敬忆两位老师》《想起马校长》《是真学者》《忆杨晦先生》《常常想念魏先生》等篇章，将绍棠与诸位师长亲密无间的关系，师生之间冰清玉洁的友谊，展示得是那样的亲昵动人，以至于让你觉得，聪慧、可爱又有点任性的刘绍棠在青少年时代是那样的幸福，简直就像生活、成长在父兄温暖的怀抱里一样，进而使你对新中国成立后初年健康、祥和的社会风尚和氛围，人际关系的纯真、平等、和谐与友善，产生无穷无尽的思念。

在绍棠的伦理观念和感情世界里，"老师"一词的意思是很宽泛的，凡辅导、扶持、提携过自己的前辈作家、都是他的老师。在《忆华年》《生长在阳光普照的沃土上》《开始了第二个青春时代》《重印〈运河的桨声〉和〈夏天〉后记》《怀念耀邦同志》《老师的遗言》《难忘的谈话》《回忆一铿大姐》等回忆录里，绍棠满怀晚辈人对长者尊敬、感恩的孝心，挥洒浓墨重彩，为我们描绘出一幅幅隽妙无比、鲜为人知的"爱心图"，为当代中国文学画廊增添了一系列严格而又慈祥的师长带徒弟的珍贵史料。瞧瞧吧，这里有：年龄相差20岁的远千里和绍棠在难忘的河北省文联大院里开怀畅谈的镜头；周立波、沙汀、康濯等老作家指导绍棠写作的灯下留影；康濯同志在东总布胡同老作协家里逐章逐句地帮助绍棠修改小长篇《运河的桨声》的动人场景；《中国青年报》文艺部主任吴一铿大姐，为了关心绍棠的写作，冒着大雨，挽起裤腿，扒下鞋子，深一脚浅一脚到通县（今通州区）潞河中学看望绍棠的感人画面；团中央第一书记办公室里，耀邦同志留给绍棠的"20年后你还是一条好汉"的英明预言；绍棠的良师益友康濯老人留给他的"绍棠现在什么都有了，就是缺少一部大部头作品"的遗言；绍棠非常崇敬的老师孙犁同志对他谆谆提出的三点嘱告……感谢有心人刘绍棠给我们留下了这么些珍贵的回忆录，因为这些难得的文字具有重要的历史文献价值，为文学史家未来撰写中国当代文学史和刘绍棠研究者进行学术深探提供了一批价值很高的材料。

头顶着高粱花步入文坛的刘绍棠平民意识很强，在为文学界名家和自己的老师撰写回忆录的同时，还为故乡粗手大脚的父老兄弟姐妹写下了大量感情真挚、炽烈的回忆文章。如不被人看在眼里的丫姑、王四哥和王四嫂、季三哥、村里的卖菜姑娘、摆渡口管船的老张等草芥小民，都多次被绍棠写进回忆录里或谈自己创作的杂感、随笔中。有的人甚至还不止一次作过绍棠小说中人物形象的生活原型。这批文章也很令人着迷，他们不仅让我们更进一步地了解了绍棠一生写农民、为农民写的崇高志向，同时也为刘绍棠乡土文学的研究工作提供了更鲜活、更可靠的依据。

金无足赤，人无完人，绍棠也是一个有过过失的人。对此绍棠毫不回避。在《我是刘绍棠》这部长篇自述里，绍棠十分真诚、坦白地讲述了40年前在潞河中学发生的一件冤假错案，在错误地批判、处理袁淑华同学的过程中，绍棠也胡乱地给她扣了大帽子。40年过去了，袁氏也离开了人间，可是绍棠每每想起此事，就心情沉重，不胜唏嘘。而笔者却通过这件事，更深刻地领悟了绍棠胸怀的坦荡，心地的纯洁与善良。

《五十年代我有多少钱》《父亲》《长眠在连理树下》《我的目光只投向侨女白樟身上》《四十婚庆》《我的家庭》《给女儿的信》《铌铌》等一组文章，具有特别的吸引力，因为在这组文章里谈到了许多隐私的内容。绍棠用一支多彩的笔，不仅把我们引导到"文革"前的府右街光明胡同45号，让我们目睹了那个都市里的村庄，认识了他的忠厚、诚实、本分的父母亲和他的文静、秀丽、酷爱读书的伴侣，而且还让我们来到前门西大街的红顶子楼，知晓了他中风偏瘫后一连三迁的苦乐和令人钦佩的家风。这些叙述家长里短、儿女情长的短文，会给我们增添阅读的愉快和满足，也有助于我们全面把握、理解绍棠的为人和为文。

在千篇千字文中，有一篇文章应该引起我们格外的重视，那就是写于1996年1月的杂感《只要一个正》。文中绍棠对自己一生的追求作了如此的概括：我一不左，二不右，三也不中，只要一个正。人，特别是名人，一生中总会有些起伏，甚至大起大落。在任何一种情况下，都不左不右，堂堂正正地做人，是何等的不容易，因而又是何等的可贵！享誉海内外的文化名人，新中国的神童作家刘绍棠做到了这一点，我们不能不对他表示由衷的钦佩！

七

刘绍棠在中国当代文学史上的最主要的成就和最大的贡献，无疑是他对乡土文学的大力提倡和乡土文学派的建立。但也不能忽视他在散文随笔方面所取得的杰出成就。尤其是在他中风偏瘫后的8年半时间里，他在这一领域里的作为是可以与小说创作的成就相媲美的。

新时期里写散文、随笔的人很多，甚至不少以写小说而著称的名家，也纷纷在散文、随笔的天地里亮起拳脚，企图打开场子，争得一点地盘儿。但是，到头来，真正成了气候，在这一天地里产生了广泛影响的大家却不是很多，而绍棠在这个领域却是佼佼者之一。

文贵于情，情贵于真。一般文学作品是这样，一切文学写作之母的散文更是这样。所以南朝梁大文论家刘勰说："诗人什篇，为情而造文，辞人赋颂，为文而造情。"就是说，真诚、真情乃是艺术的魂灵，当然也是散文的魂灵。

赏读绍棠的千篇千字文，你不会觉得他是在作文，而好像是一个久别的老友在夏日里的树荫下与你品茶，推心置腹地聊天。无论是谈文说戏，还是叙述亲情、乡情、友情、师生情，都会让我们真真切切地看到一个豪爽侠义、爱憎分明、诚笃善良、"把心挂在胸膛外边的刘绍棠"。这一点与他的高尚的道德情操密不可分，因为"对于文章，作家的情操，决定高下"。①

让我们以他悼念父亲的文章为例加以具体说明。父亲的病逝，使一向开朗达观、从不伤感的绍棠竟然"号啕大哭，涕泪滂沱"。他连写两篇悼文，追忆父亲"非礼勿视，非礼勿听，非礼勿言，非礼勿行"的高尚人品，甚至还坦诚地公开父亲胆小怕事，"一辈子过的战战兢兢"，"还拍我这个儿子"的细事。还说，"作为他的儿子，我引以为荣"。以净化、陶冶人的灵魂为己任的作家、艺术家，多么需要这样一种清如冰、洁如玉的童子心！

再让我们看看绍棠是以怎样一颗赤诚的心描写他与胡耀邦同志之间特殊的无比深厚的革命友情的。众所周知，绍棠之所以能从神童作家成长为世界文化名人，是与当年团中央和胡耀邦同志本人对他的特殊培养和提携分不开的。对此，绍棠在40多年中时时刻刻都铭记在心。他说："在我的成长中，耀邦同志给我的影响极大，主导着我的作文和为人之道。"②正因为如此，所以耀邦同志逝世的噩耗传到耳边，重病中的绍棠便"呆若木鸡，坐在床沿上，哭不出声也说不出话"，心中只是一遍又一遍地念叨："再也见不到耀邦同志了……"③他心痛如焚，思念之情如同喷泉翻涌：他想起当年给党组织写的请求批准结婚的报告上，耀邦同志教给自己的许多词句；他回忆耀邦同志对他"一年要读一千万字书"的教导和1958年春天他被错划成"右派"后耀邦同志跟他的那次"难忘的谈话"。"你……你……什么都不是，就是骄傲！""二十年后，还……还是一条好汉！"耀邦同志在特定的历史条件下心情极为复杂地讲出的这些催人泪下的话语，绍棠诚恳而倔强地提出的"我……只希望……不要把我开除出党，能不能……改为留党察看两年"的请求等一个个感人肺腑的画面，将团中央第一书记和一个20岁小青年之间深厚的革

---

① 孙犁：《贾平凹散文集选》，《孙犁文集》（续编二），百花文艺出版社1992年版，第194页。

② 《难忘的谈话》，《如是我人》，华文出版社1993年版，第6—8页。

③ 同上。

命情谊，耀邦同志的心灵与胸襟，少年得志而又骤然受挫的刘绍棠的情绪和心态，全都活灵活现地情真意切地展现出来。凡是读过《怀念耀邦同志》和《难忘的谈话》两篇震颤人心的散文的人，一生一世也忘不了这些具有重要史料价值的对话和镜头。这才是真正的美文，只有具备真诚、高尚灵魂的作家才会写得出的美文。

绍棠那支多彩的笔下，处处都跃动着一个心地纯正、洁净的作家的真性情。现在，我们不妨再赏析一下《读书与眼泪》这篇奇特罕见的美文。文中讲到他少年时阅读俄罗斯伟大作家米·肖洛霍夫的名著《静静的顿河》，产生了对爱情的向往。他心中的阿克西妮娅是完美无缺的，不愿意她受到一丁点儿损伤。因此，当读到李斯特尼茨基公爵奸占阿克西妮娅，葛利高里扔下她回到娜塔莉娅身边时，他"心如刀绞，大被蒙头痛哭起来"。这朴素而真诚的描述，让我们领略了绍棠孩子般纯真的人性美，再一次感悟到真诚对一个散文作家的重要性，由此便也更懂得孙犁老人讲的"凡是长时期被人称诵的名篇，都是感情真实，文字朴实之作"[1]的话，确实是至理名言。

绍棠一向认为散文比小说难写。我曾从他在许多报刊上发表的大量的千字文中选了一些题目，建议他出一本散文精选集，可是，他却不好意思地微微一笑，说："不行，散文的讲究大得很，等以后下下功夫，写出的东西真正像个样子时再说吧！"他始终未出过一本传统观念上的散文集，但他一共出了12种杂感、随笔集，抒情、叙事、回忆、书信、序、小品、杂文、游记等各种文体，绍棠都运用过，而且每种文体都取得了丰硕的果实。换句话说，绍棠通过各种文体的写作实践，大大地拓展了散文创作的天地，使传统观念的散文获得了解放。绍棠真会写文章，1000篇千字文，篇篇写法都不重样；轻松自然，开门见山，杜绝套话，每篇都给人一种新鲜感，这是很不容易的。绍棠千字文的这一特点是时代的产物。新时期开始后，读者、观众的艺术欣

---

① 孙犁：《关于散文创作的答问》，《孙犁文集》（续篇二），百花文艺出版社1992年版。

赏趣味和审美取向越来越趋于生活化，喜欢技巧归于自然，不露痕迹。绍棠以杂感、随笔为主体的散文，是具备这一艺术特点的。

在散文创作中，绍棠借鉴诸家散文大师之所长，又全力发挥他在小说创作方面的优势，卓有成效地创立了一种叙述热烈、格调清新、语气平和、风格淡远的刘绍棠式散文。绍棠忆旧思乡一类的文章，讲的大都是凡人小事，但比孙犁的这类文章更具热情。绍棠的散文的确具有热恋中的情人书信似的热烈感情，但又不像刘白羽、魏巍的散文那样把感情表达得过于外露，而是如同滚烫的温泉在地下奔流。绍棠的许多抒情、叙事散文，都具有朱自清、杨朔散文中的那种少而精的闪光细节，但在谋篇布局上，又不像朱、杨两大家那么过分严格、讲究，既不为精心设计开头结尾煞费苦心，也不为埋伏笔、设铺垫绞尽脑汁，常常是即兴而作，兴尽而止，每篇都根据具体内涵而独具面容和风姿。论古说戏两个系列的文艺随笔，以渊博、踏实的文学史、戏曲及红学知识取胜，但也有别于秦牧的《艺海拾贝》，因为它们融入了作家的自我，在丰富的知识当中，还蕴藏着浓郁而炽烈的酷爱艺术的感情，因而它们不是文艺知识小品，而是学术味道颇为浓醇的艺术散文。赏读绍棠的散文，读者定会有这样的一种突出的感觉：刘绍棠不是像有的散文家那样为了显示自己的文采作文章，而是情不自禁，不得不作。阅读绍棠的散文，好似久别重逢的好友在树荫下把酒叙旧，也宛如年轻的恋人在花丛中热吻话别，从头至尾都是那么自然、从容、畅爽。乍看起来，似乎不太注意章法、技巧，然而，每篇读后，都使你回味无穷，真可谓"余音绕梁，三日不绝。"我觉得，刘绍棠的散文才是进入了"无技巧的技巧"的境界，其中一些精品佳作完全有资格登上当代散文的排行榜。《榆钱饭》《打糊饼》《何满子》《多吃了几斤盐》等篇，连年被选入中学语文教材和多种文选，岂不是最有说服力的证明！

绍棠小说的语言具有生动、活泼、含蓄、优美、形象、富有诗情画意和音乐性的特点。他的散文语言，除了上述特点外，还在相当多的篇章里增强了诙谐、幽默、俏皮、辛辣、尖刻的色彩。例如，在《跑题的闲话》中，针对社会上存在的投机取巧之风，他幽默、俏皮地写出这么几句话，作为全文扣题的结束语：

> 有走后门得奖的，有走后门当官儿的，没听说有走后门打破刘易斯纪录，夺得世界百米冠军的。所以阳光下的竞赛，才最公正。①

话说得多么朴素而又俏皮，但的确是颠扑不破的真理，让读者久久不忘。还如，在评价宋元话本《快嘴李翠莲》中李翠莲这个人物时，绍棠出乎人们预料地用当今电影中的李双双作比喻，话说得十分幽默诙谐，但却谑而不虐，耐人寻味：

> 李翠莲快人快语，性情爽朗，口吐莲花，妙语连珠，是个生动、活泼、泼辣、善良的女子，我总觉得，大跃进时代红得发紫的李双双，十有八九是李翠莲的后裔，或是李翠莲的转世投胎。李翠莲出口成章，出语惊人，合辙押韵，越发使这个人物富有光彩和特色。②

凡幽默、诙谐必伴随着合乎情理的夸张，但绝对使你相信。绍棠把李翠莲比作当代艺术形象李双双，初听起来，似乎有点儿荒诞，可仔细一想，又觉得确实是那么恰当。这是作家智慧、语言才华的显示。再如，《是人就能懂》中，绍棠是这样地讥讽一些洋奖迷的：

> 其实，洋人最讲政治，会讲政治，而且真正做到了"年年讲，月月讲，天天讲"，时时处处都讲。出中华民族之丑，又有"民族风味"的作品捧

---

① 《跑题的闲话》，《四类手记》，中国社会出版社1997年版，第558页。
② 《偏爱李翠莲》，《四类手记》，中国社会出版社1997年版，第247页。

回个熊奖，但是若要讨个"奥斯卡"，却是痴心妄想。溥仪是中国人，奥斯卡金像奖偏要奖给经过洋人加工脸上印满女人口红的"末代皇帝"，而且还得配上一个皇后婉容，跟那个美国阿飞眉来眼去吊膀子。由此可见，他们要的是洋奴文艺。①

绍棠的幽默好厉害啊！仿佛一箭射中对手的脊梁，使其动弹不得，瘫倒在地上。

在一些揭露、批判当今社会生活中的某些丑恶现象的杂感里，绍棠将田园牧歌变成了锋利的匕首，请看下面这段话是何等的尖刻、辛辣、犀利：

> 看到那些念中学的女孩和男孩，拿着爹娘的血汗钱而如醉如痴地拜倒在港台歌星脚下，甚至把"四大天王"的粪便捧回家去，奉为至宝，向客人炫耀，还自称是新潮得贼火的"追星族"，我真的为他们和他们的父母脸红！在日寇和国民党统治下，正派的中小学生，对庸俗无聊的流行歌曲尚且嗤之以鼻，不屑一顾，社会主义中国的少年学子竟然如此不知好歹，已经不仅是家丑，而且是国耻了！前些日子，在中央电视台《金曲榜》上，我忽然看见一个忸怩作态的女歌星，摆胯摇臀，眉飞色舞，在唱《天上人间》："树上小鸟啼，江畔帆影移……"我像被五雷轰顶，一下子惊呆了。难道日寇侵略军的幽灵再现，又来践踏中国的国土，推行"强化治安运动"？②

在有的杂感里，那铿锵作响、振聋发聩的遣词造句，不仅表现了作者的锐气、灵气，而且还表示了让一切富有正义感的人扬眉吐气的豪气和霸气，请看《感怀茅公》的最后一段：

---

① 《是人就能懂》，《四类手记》，中国社会出版社1997年版，第560页。
② 《歌女不知亡国恨》，《四类手记》，中国社会出版社1997年版，第512—513页。

　　现在，文艺界和学术界有一股浊流，他们不讲原则，不讲科学，不讲历史唯物主义和辩证唯物主义，否定鲁迅先生，否定郭沫若先生，否定茅盾……鲁迅先生是伟大的圣者，他们蚍蜉撼树谈何易，便转而以"重写文学史"为借口，公然要把郭沫若、茅盾从现代文学上抹掉，这不能不引起人们警觉。这些人一边顶礼膜拜汉奸文人周作人，一边却恣意丑化伟大的革命作家茅盾。在 1996 年茅盾 100 周年诞辰的时候，我不能不站出来说话。①

　　像这样抒发正义者的革命豪情，表达勇敢者勇往直前的心声的文字，在绍棠晚年的许多杂感、随笔中处处可见，为我们全面了解、把握绍棠驾驭语言的功力，提供了宝贵的文本。

　　绍棠千篇千字文，是代表他一生巨大杰出的文学成就的又一浩瀚的海洋，足够我学习、吸收营养一辈子。此文还只是一个初步的学习心得，作为对我的良师益友、真正的无产阶级作家、坚定的共产主义战士刘绍棠同志诞辰70周年 (1936.2.29) 和逝世10周年 (1997.3.12) 的纪念。衷心希望得到广大读者朋友、文学界同仁以及专家们的批评和指正。

2006 年 3 月 29 日至 4 月 14 日于寒舍"山鹰巢"

（原载《文艺理论与批评》2007 年第 2 期）

---

① 《感怀茅公》，《四类手记》，中国社会出版社1997年版，第608页。

社会主义美文学的辛勤耕耘者

　　在当代中国文坛上，恐怕没有谁能比刘绍棠更具有典型意义。他以短暂但极富有创造力的人生，为我们塑造了一个终生都具有标杆价值的传奇式作家的光辉形象：少年时，他是一个昭示社会主义制度优越性和新中国文学生命力的"神童"作家；22年坎坷中，他是一个"莫因逆境生悲感，且把从前当死看"，在荒屋寒舍土炕上创造了奇迹的真正的无产阶级作家；晚年，面临重病和死亡的威胁，他不屈不挠，英勇拼搏，以罕见的革命意志和硬骨头精神，把自己锤炼成保尔·柯察金式的钢铁作家。刘绍棠，这位蜚声海内外的著名作家，在近50年的文学生涯中，始终都是人们敬仰、学习的榜样。

　　众所周知，1957年，在严重扩大化的反右斗争中，刘绍棠曾作为文艺界"三大反党典型"之一，遭到全国范围的过火批判和斗争，最后被错误地划为"右派"，心灵受到极大的伤害。历史早已做出公正的结论：刘绍棠不是反党反社会主义的"右派"，而是对党和社会主义怀有一颗耿耿忠心的赤子。刘绍棠是如何对待这一坎坷遭遇的呢？请听他对党和人民倾诉的肺腑之言：

　　　　比起整个革命事业的惨重损失，我的小小坎坷是微不足道的；比起党的山高海深的养育之恩，个人的小小委屈更是微不足道。革命的道路很长，个人的生命有限，拨乱反正，百废待举，不应把有限的生命沉湎于悲怀过去，而应全力以赴，奋然前行，建造未来。而且，像我这个未经战火洗礼和严酷考验便少年入党的人，这22年的坎坷正是一次难得的锻炼，使我在信仰、意志和党性上，得到坚实、坚强和坚贞。对于一个作家，这22年的坎坷又是一次真正的深入生活，给我的创作带来了深远的益处。[①]

这段话是重新站起来的刘绍棠执笔为文的政治纲领和战斗号角。在新时期里，与党和人民时时刻刻连着心的刘绍棠，一直以此严格要求自己，鞭策自己，积22年的生命爆发力，专心致志，日夜兼程，取得了高产、优产、稳产的丰硕成果，发表出版了12部长篇小说：《地火》《春草》《狼烟》《京门脸子》《豆棚瓜架雨如丝》《柳敬亭说书》《这个年月》《十步香草》《野婚》《水边人的哀乐故事》《孤村》《村妇》；6部中篇小说集：《刘绍棠中篇小说集》《蒲柳人家》《瓜棚柳巷》《小荷才露尖尖角》《烟村四五家》《黄花闺女池塘》。3部作品选：《刘绍棠小说选》等；2部短篇小说集：《青枝绿叶》《蛾眉》；11部散文短论集：《乡土与创作》《我与乡土文学》《一个农家子弟的创作道路》《我的创作生涯》《论文讲书》《乡土文学四十年》《蝈笼絮语》《如是我人》《红帽子随笔》《四类手记》《土著人生》；1部自述：《我是刘绍棠》。总共有近700万字的作品问世。

另外，新时期以来，刘绍棠提出并建立旨在"坚持文学创作的党性原则和社会主义性质；坚持现实主义传统；继承和发展中国文学的民族风格；继承和发扬强烈的中国气派和浓郁的地方特色；描写农村的风土人情和农民的历史与时代命运"的乡土文学理论，高高地举起半个世纪以前鲁迅先生树立的乡土文学的大旗。刘绍棠师承孙犁，继承并发扬我国古典文学和"五四"新文学的优秀传统，学习和借鉴古今中外进步文学的有益经验，将"荷花淀派"的柔媚、清丽之美与"燕赵文化"的阳刚、劲健之美很好地结合在一起，建立起独具风光的大运河乡土文学体系。刘绍棠高尚的人品和杰出的文学成就，博得文坛内外极高的评价和热烈的赞扬。人民群众授予他"人民作

---

① 《在党的指引下埋头苦干》，《乡土与创作》，吉林人民出版社1982年版，第218页。

家"的光荣称号，是对他最好的嘉奖。

一

社会主义文学，是能够培养人们美好的感情和高尚的情操，给人以崇高的美的享受的文学；社会主义文学，是能够提高人的精神境界，净化人的灵魂，给人以鼓舞和力量的文学。总之，社会主义文学应该是美的文学。

刘绍棠早就懂得美在社会主义文学中的重要意义，进入新时期，刘绍棠对这一问题的认识，有了进一步的升华，他特别强调乡土文学就是要专门"表现人的美，地区的美，风光景色的美"。[①]这时期的小说，不用阅读，打开书，只要看看那一个个俏丽俊美的标题，你就仿佛走进了百花争艳、芳香四溢的美的世界里。瞧瞧吧！《蒲柳人家》《小荷才露尖尖角》《花天锦地》《凉月如眉挂柳湾》《黄花闺女池塘》……多么使人陶醉、令人神往的天地啊！

这些作品构筑的人物画廊，更是栩栩如生，斑斓耀眼，让你心爽振奋，百看不厌。从清朝末年、民国初年到20世纪八九十年代，北运河畔（应当说整个中国北方农村）各种各样的美好人物，都在刘绍棠的小说里闪烁出璀璨的光辉。请看：历经三灾八难，在坎坷与苦难中依然保持着运河儿女百年来固有的多情重义、侠肝义胆的美好品德的谷老莛子大伯（《京门脸子》）、叶三车（《花街》）、何大学问、柳罐斗、吉老秤、一丈青大娘（《蒲柳人家》）、老虎跳（《豆棚瓜架雨如丝》）、柳梢青和柳叶眉父女（《瓜棚柳巷》）；心地宽厚善良，为搭救阶级弟兄牺牲一切，一生一世不求享受，专以奉献为快乐的碧桃（《碧桃》）、青凤（《二度梅》）、唐大姐（《这个年月》）、谷玉桃（《京门脸子》）、水芹（《绿杨堤》）；狂风暴雨中不弯腰，喜庆日子里不骄矜，为追求真理英勇抗争的牛蒡（《村妇》）、徐芝罘（《这个

---

① 刘绍棠：《乡土文学与民族风格》，《我与乡土文学》，春风文艺出版社1984年版，第222页。

年月》)、戈弋(《碧桃》);脚踏运河的泥土,头顶社会主义的蓝天,为革命苦斗了大半辈子,到了晚年依然葆其美妙之青春、一身正气的好干部鲍春知(《柳伞》)、田老师(《这个年月》);洗净蹉跎岁月留下的浊水污泥,医治好动乱岁月造成的累累伤痕,沿着改革开放的道路,率领父老乡亲奔向美好明天的先进青年俞文芊、花碧莲(《小荷才露尖尖角》)、艾和好(《花天锦地》)、邢春塘(《吃青杏的时节》)等一大批有棱有角的人物的所思所想,所作所为,让我们进一步看到了社会主义中国的人情美、世情美、风情美;更加深刻地懂得了改革开放一开始刘绍棠就提出的"农民是我们中华民族的脊梁,是创造中华民族道德的阶级"这一论断的深邃内涵。

中外文学史证明,塑造英雄人物是一切进步文艺的重要特征和普遍规律。当然,这种英雄人物应该是性格鲜明、感情丰富,能够唤起读者心灵共鸣的活生生的艺术典型,而不是某一政治概念的传声筒。新中国成立以来17年的文艺作品,曾为我们塑造了周大勇、朱老忠、杨子荣、梁生宝、董存瑞、江姐、刘胡兰、李向阳、韩英、林道静、欧阳海等一大批得到广大读者和观众衷心热爱的英雄人物形象。遗憾的是,新时期以来的文艺作品中却很少能见到上述那样一些光彩照人的俊美形象了。然而,恰好是在英雄人物、社会主义新人的形象越来越远离读者和观众的时候,刘绍棠的小说为我们提供了众多美好的农民形象,展示了社会主义文学的勃勃生机和独特之美。这是刘绍棠为我国社会主义文学事业建立的非凡的功绩。

劳动妇女的形象,占有格外重要的地位。让我们只从新时期的作品中检阅一下她们的阵容:望日莲(《蒲柳人家》)、青凤(《二度梅》)、春柳嫂子(《渔火》)、柳叶眉(《瓜棚柳巷》)、蠹嫂(《花街》)、陶红杏(《草莽》)、杨天香(《鱼菱风景》)、火烧云(《荇水荷风》)、桃帘红(《蒲剑》)、黄莲(《芳年》)、金枝玉叶和翠枝(《吃青杏的时节》)、云桂香(《乡风》及长篇《孤村》)、小红兜肚儿花红果和谷双秀(《水边人的哀乐故事》)、丫姑红枣儿、早青儿和郝三嫂(《孤村》),等等。这些土生土长的农家女儿勤劳、善良、赤诚情真,爱憎分明,对爱情忠贞不渝,为正义和真理可以献出一切。他们的心灵纯洁如玉,品格高贵似金。如果把她们当中的每个人单独摆出来，似乎还显不出什么特殊的价值。但是，将她们聚集起来整体观瞻，却显得是那样的威武雄壮，引人瞩目。她们以罕见的聪明才智和真善美的道德力量，组成一个隽妙无比的女儿国。这个女儿国是中华民族的柱石；这个女儿国是人类文明准则的展览中心。

人类的历史本来始于母系社会，妇女对人类的发展做出过男性不能比拟的贡献。然而，几千年来，妇女的地位一直很不公平地处于男人之下，造成了人世的不平。物不得其平则鸣，因此，女性的命运便成了文学作品常常表现的主题。《红楼梦》之前，文人们只在女性的不幸这一点上做文章，即人们常说的红颜薄命。伟大的曹雪芹在其流芳百世的《红楼梦》里，第一次描写了女性的才智，显示出了不起的民主精神。不过，他所赞美的还是有一定文化教养的上层妇女，对下层妇女只是偶尔捎带几笔。"五四"以来，茅盾、巴金、曹禺等著名作家，扩大了表现女性的范围，但仍未克服这一局限，劳动妇女始终未能在他们的作品里占据主导地位。延安文艺运动兴起之后，表现普通妇女的作品有了明显的增加，但作家仍还是在她们的英雄业绩上大使笔墨，很少有人在描写普通劳动妇女的才智和灵性上下功夫。这种情况只有在刘绍棠的大运河乡土文学体系里，才有了彻底的改观。刘绍棠是源远流长的中国文学史上第一个集中全力，以近700万字的宏大规模，专门描写、赞美普通劳动妇女的智慧与才干、道德与情操的作家。

也许有人会说：难道中华民族是一个十全十美、毫无缺点的民族？作家就不能揭露她一点什么？

诚然，中华民族当然也不是至高无上的奥林匹斯山上的宙斯；他们身上（包括农民在内）确实存在一些与时代不相称的毛病。但是，他们的本质是好的，是得到世界承认与赞美的。对此刘绍棠有着非常清醒的正确的认识："咱们中国的尊敬长辈、赡养父母、邻里和睦相处、相互帮助，这些传统美德，都是外国人所羡慕的。""中国人讲究有情有义。""勤劳、勇敢、善良、吃苦、耐劳、有自尊心、有忍耐精神、互相团结等美德，在农民身上都体现出来了，形成了我们民族的性格特征。"[①]"他们尽管性格不同，却都是好人。他们没有出人意料的新思想，却有传统美德的闪光。只要有他们，生活就充满美好的希望。"[②]我认为，这种对中华民族特别是对农民的正确认识、全面评价、衷心敬爱，是刘绍棠能够塑造出一批又一批俊美可爱的人物雕像的主要动力。

刘绍棠塑造的俊美可爱的人物雕像，经历了一个发展过程。如果说青少年时代由于生活经验不足，对人生和社会还缺乏深刻的洞察与理解，因而对农民身上的美好品格表现得还比较表面，作品还缺乏应有的深度的话，那么经过22年严酷的考验和艰苦的磨砺，在重返文坛近20年的时间里创作的有如群芳争艳的一系列新作里，我国农民的美好品德和性格特征，则得到了纵深的、全面的、立体的反映与表现。假如说，青少年时代刘绍棠塑造的美好人物形象是素描画，那么，新时期里塑造的俊美形象，则是色彩绚丽的水彩画或油画。从调子上来看，假如说青少年时代赞美新人新事的短篇作品，是轻松活泼的乡村短笛、田园牧歌的话，那么新时期里大量的描绘北运河儿女历史与时代命运的中、长篇小说，则是凝重激越的交响诗、进行曲，虽然不少作品仍不乏短笛和牧歌所固有的情调。

二

在刘绍棠的眼睛里，粗手大脚的父老乡亲是世上最美的人。他总是怀着儿女般的深情，选择最美妙、最准确、最富有色彩和音乐性的语言，描写人物的肖像美。这类描写在刘绍棠新时期的小说里比比皆是，让我们从中随便摘出几段——

---

① 刘绍棠：《乡土文学与民族风格》，《我与乡土文学》，春风文艺出版社1984年版，第227页。

② 刘绍棠：《乡土文学与民族风格》，《我与乡土文学》，春风文艺出版社1984年版，第203页。

《蒲柳人家》中的周檎多么令人爱慕：

周檎20岁左右，清秀的高个儿，两道剑眉，一双笑眼，高鼻梁儿，嘴角上挂着微笑，满面和颜悦色，一看就知道是个文静和深沉的人。

《京门脸子》里的古老荏子大伯，又是多么富有英雄气概和传奇神采：

村里人都夸他（古老荏子大伯）武艺高强，我可从小到大都没看见他卖弄过一回，也没见过他动手打架。我只见过他正月十五赶庙会，河上的冰像玻璃。扔下一个土坷垃，能砸一个窟窿；他却能把我扛在肩上，不慌不忙从冰面上走过去，玻璃似的冰面不裂口子。数九隆冬时节，冰冻三尺地裂缝，他却不穿棉裤和棉鞋，没得过一场病。收割的高粱地，高粱荏子像一把把尖刀，他能光着脚从高粱荏子上走一垄。

人夸刘绍棠有支女儿笔。这并非过分夸张，请看《花街》中的蓑嫂是何等令人赞佩：

蓑嫂是杨柳青的人，水乡画户出身，编织手艺胜过叶三车，还会画两笔水墨丹青。春打六九头，叶三车巧手糊风筝，蓑嫂提笔画个毛脚大螃蟹，彩翅花蝴蝶儿，赶集上庙卖个好价钱，扯几尺花布红头绳儿，打扮小女金瓜。蓑嫂本来长得好看，弯弯的眉，春水的眼，鸭蛋圆儿的脸庞，丰满茁实的身子。自从跟叶三车天作之合成双成对儿，春暖花开草色青，越发水灵新鲜了。

《小荷才露尖尖角》中的花碧莲，又是多么美丽动人，富有魅力：

花碧莲虽然身姿娇小，可是一巧破千斤。拔苗、插秧、割麦……人高马大的女人紧追慢赶，跌打滚爬，也只能拾她的脚印。她不慌不忙，有板有眼，遥遥领先，身后留下一缕淡淡的紫丁香气息。她长得好看，阳春三月从桃李树下跑过，彩蝶纷飞，一拥而上，追她一程又一程；拐了弯，出了村，过了河，折下柳枝子扑打，打也打不散。

好一个人间彩蝶仙子！这样一个连彩蝶都要追逐竞美的女子，怎能不使青年男子为之倾倒！仅仅借用彩蝶紧追佳人这一细节，就把姑娘的俊美渲染得活灵活现，令人心驰，叫人神往。这是刘绍棠描写人物肖像美的绝技。

仔细阅读刘绍棠的作品，就会发现：青少年时代，他对人物肖像、仪表的描写，常常只用几笔带过，写得最细之处，也超不过五六十字。而在新时期的作品里，他对美好人物肖像、仪表的描写，简直到了如醉如痴的程度，有时细腻得犹如工笔画。看得出来，他在这方面储藏的词汇极为丰富，动起笔来，滔滔不绝，恣肆汪洋。这一点恐怕不能用他读书多而杂作解释，我想这还是与他坎坷的经历，与父老乡亲的深情厚谊有直接关系。也可以说，刘绍棠给粗手大脚的爹娘画像画得那么逼真传神，惟妙惟肖，是他"从思想性情到生活习惯，开口说话，为人料事和艺术情趣，都发生了返璞归真的变化".①的反映。

刘绍棠是描写人间美好感情的大手笔。面对他笔下的亲情、友情、同学情、师生情、爱情，读者常常被激动得心潮翻涌。热血沸腾。泪水盈眶。坐立不宁。因篇幅限制，本文只就爱情（包括情爱和性爱）描写，对这一问题作一点探索性的剖析。

作为人类生存意识和生命行为的一部分，情爱和性爱在文艺作品里占一席位置，是理所当然的。然而，这些年里，由于资产阶级文化、人生观、价值观、生活方式的渗透和影响，再加上资产阶级自由化思潮的一度泛滥，不

---

① 刘绍棠：《无主角戏·小说语言》，《乡土文学四十年》，文化艺术出版社1990年版，第133页。

健康的、庸俗下流的甚至极端腐朽丑恶的性描写和打着开放、解放人性的幌子，实际上是宣扬、鼓吹性爱的盲目性、自私性、动物性、野蛮性的所谓新观念，不是形成了性大潮，而是爆发了性海啸。我们好端端的社会主义文学，在某种程度上出现的倒退、颓废、沉沦的倾向，在这个领域里暴露得再充分不过了。这不能不引起一切正直的人们和决心为社会主义精神文明建设而献身的作家的极大愤慨和密切关注。

正是在这样恶浊的空气里，决心为真善美而斗争的刘绍棠挺身而出，大声疾呼："身为长者的人们啊，给我们的青少年以真、善、美的教养吧，再也不要利用他们的天真纯洁，诱骗他们饮食假、恶、丑的精神污水和思想垃圾。而我们这些被称为人类灵魂的工程师的作家们，更应该记取这一段历史的惨痛教训，执笔为文，不忘将青少年培育成社会主义新人的神圣天职。写什么，怎么写，要严肃从事，绝不能以自己的作品毒害青少年的心灵，教唆青少年犯罪。"①

刘绍棠不仅向作家和社会在发出紧急呼吁，而且身体力行。众所周知，刘绍棠是编织爱情故事的行家里手，但他从来都不是单纯地、孤立地为爱情而写爱情，为性爱而写性爱。他笔下的情爱与性爱，总是与历史环境、时代风云紧密地联系在一起，总是要表现、颂扬人间最美的感情和人性美。且不说《村妇》《十步香草》中，作者如何通过刘家四代人之沧桑和杨桂子、武黑翠、贾香荷三位女子离奇而荒诞的故事，让我们看到京东北运河农村几十年来政情、人情和世情所发生的重大变化；也不必赘述《二度梅》《两草一心》中骆文和青凤、石在和梅畹贞之间忠贞不渝的爱情所显示的伟大的人格力量。只以《花街》中叶三车和蓑嫂曲折动人的爱情经历为例，来体会一下我们中华民族的道德美。侠义农民叶三车孤身一人，委实令人怜悯同情。他在运河滩搭救了饱受苦难的蓑嫂母女，理应与她们合为一灶，共同度日。但

---

① 刘绍棠：《被放逐到乐园里》，《乡土与创作》，吉林人民出版社1982年版，第97页。

是，堂堂正正的叶三车，并不是出自私欲才给予一个落难女子以食宿方便，而是出自纯洁善良的同情之心。因而他仍独宿泥棚寒舍，毫无杂念。杨小蓑子寻上门来，他帮助蓑嫂与丈夫重新团聚，享受天伦之乐。杨小蓑子再次抛弃蓑嫂，这个处境十分狼狈的女子投进叶三车的怀抱，一心想与他合灶成亲。然而，从未品尝过男欢女爱的叶三车，此时依然未被感情冲垮理智，他认为不能干出对不起杨小蓑子这个拜把兄弟的蠢事，与蓑嫂只能终身叔嫂相待。这是怎样的心灵美啊！也许有人会说，这是一种压制人性的儒家之道，是悲哀的，虚伪的，并无什么美好之味。而我则认为，这恰恰是一种难能可贵的、连许多欧美人都为之赞叹的高尚品德、美丽灵魂。人之所以为人，就在于他是有理智、有感情、讲道德的高级动物。而这一点，正是那些处处以自我为中心，以金钱和私欲为出发点的极端个人主义者、纵欲狂所不能理解的。刘绍棠这样来表现、赞颂情爱中的人性美、显示出他人格的高洁，灵魂的美丽。

类似这样的描写，在刘绍棠新时期的小说中是很多很多的，只要稍加注意，心灵就会受到刘绍棠圣洁之笔的感染与净化。让我们再随便举一个例子：

短篇小说《蛾眉》写了蛾眉与唐春早两个热血青年的恋爱。小说的结尾相当动人。临别之前的一天夜里，他们又在一起温习功课，彼此立下了终生相爱的誓言。末了，蛾眉要唐春早留下来，跟她睡在一起，给他留个纪念。在这考验人的意志和品德的时刻，青年人是很容易失足的。可是，这个可亲可爱的唐春早是怎样做的呢？请听他那真正男子汉的回答："不能！""我要保持你的洁白之身，不能对不起你，更不能对不起……将来你可能会爱上的那个人。"说完他把蛾眉推倒在炕上，破门而出。唐春早的心地是多么纯洁、善良，行动又是多么果断、坚定。刘绍棠的这种描写，是坚持爱情至高无上，为满足个人的情欲可以不顾一切、丧尽人性的西方资产阶级作家所要嗤笑的。因为在他们看来，在爱的世界里，人是最自私的，为了达到个人的目的，是可以不要命的。但所有尊崇中华民族传统美德的国人，竭力挖掘、描写人性美的中国作家，却都是要拍手称快的。因为他们坚信"真正的爱情就是要把疯狂的或是近于淫荡的东西赶得远远的"（柏拉图）。"爱情是意味着对你爱侣的命运承担责任。想借爱情寻欢作乐的人是贪淫好色之徒，是堕落者。爱，意味着献给，把自己的精神力量献给爱侣，为他缔造幸福"（苏霍姆林斯基）等名言，即使在今天，也仍然具有教育意义。

根据故事情节的发展和人物塑造的需要，有时在作品里出现性描写的场面，那是正常的。但这种描写，不能是照相式的，自然主义的，而是应该进行审美的改造，把它纳入审美的层次。刘绍棠是一位"大力提倡小说创作必须讲究卫生"①的作家，在他的小说里，从未出现过赤裸裸的自然主义地描写性爱的段落。碰到这种场面，他都以《红楼梦》为样板，根据我们中华民族审美心理的特点，独具匠心地进行艺术加工和审美改造。举例说，《蒲柳人家》第5节写望日莲脱衣到河湾里洗澡，作者并没有像有的作者那样直接写姑娘裸体的曲线美，而只是淡淡地点出树枝上挂着她洗干净了的衣裳和七缠八绕在胸脯上的那块长条子破布，甚至叫身边的满子闭上眼睛。这是一种暗写手法，然而，却把一个羞愧的农村姑娘的娇美和紧张的神态，在读者的想象中缓缓展开。至于描写望日莲与周檎的幽会场景，手段就更高明了，刘绍棠不对年轻情人的欢愉作陈词滥调的叙述和描写，只用望日莲"把她那一条粗大黝黑的辫子绕在周檎的脖子上"这一句话，让读者的脑子里尽量展开想象的翅膀。

《小荷才露尖尖角》第三节里，写大雨天俞文芊和花碧莲在鸡笼子里躲雨，手法也很高妙。大雨滂沱，两个情人不得不站在一个只能容下一个人的笼子里。花碧莲俊秀的容貌和健美的身材，作者也不去正面描写。花碧莲大胆地向俞文芊发起爱的攻势，面对姑娘美妙无比的身体和火辣辣的情话，小伙子的心里当然要掀起感情的波澜。可是，刘绍棠也没有直接去写他对异性

---

① 刘绍棠：《如是我说》，《四类手记》，中国社会出版社1997年版，第478页。

的渴望和感受，而是让他离开笼子，朝柳棵子地走去。最后用两个青年采集野花藤萝蔓蔓盖上笼子，将笼子变成一乘花轿这一细节，烘云托月地点出一对情人喜悦欢快的热恋情态。这种艺术加工再一次显示了刘绍棠的灵气和他所提倡的美文学的魅力。

三

鲁迅先生说过，现在的文学也一样，有地方色彩的，倒容易成为世界的，即为别国所注意，打出世界上去，即于中国之活动有力。刘绍棠一向把自己看作是鲁迅先生的儿女，对于先生的教导，他"记住一辈子、一辈子也用不完"。[①]还必须指出，鲁迅先生的这一教导，也正是刘绍棠提出建立北京的乡土文学和中国的乡土文学的重要理论根据。他说："乡土文学之一是必须写自己的家乡。"[②]表现家乡的人美、地美、风光景色美。现在就让我们来看看刘绍棠是怎样通过描写故乡的风光景色和风土人情之美使自己的作品具有地方特色的。

在当代中国文坛上，能把一个地区的风光景色和风土人情之美像刘绍棠描写京东北运河那样写得如此的有广度、有深度、令人陶醉的作家，不是很多。在近50年的文学创作中，刘绍棠把280里运河滩写得实在太透了、太深了。他对这一地区的每棵水柳、每棵小荷、每株蒲苇、每条藤萝、每座篱笆和土屋、每条小船和瓜棚、每堆泥沙和草丛、每条水汊和池塘、每只水鸟和彩蝶，都怀有赤子恋乡一般的深情。刘绍棠的每部作品，都为我们描绘出独一无二、芳香浓郁的仙境，使你着迷，令你向往。从13岁到61岁，在50多本书里，他为我们描绘出多少幅诗情画意的图画啊！春夏秋冬，黎明傍晚，天

---

① 刘绍棠：《京门脸子》题记，花山文艺出版社，1986年版。

② 刘绍棠：《乡土文学与民族风格》，《我与乡土文学》，春风文艺出版社1984年版，第222页。

上地下，水城田园，瓜棚柳巷，村舍庭院，瓜果梨枣，骡马鸡犬，在刘绍棠的笔下，无一不显露出特殊俊美的英姿，无一不寄托着作者爱乡恋民的炽烈情感。称刘绍棠是大运河之子，将他的名字永远与大运河联结在一起，那是理所当然。

如果把刘绍棠作品中的风光景色描写看成是可有可无的陪衬，那就错了。青少年时代写的那百余篇作品，如果没有那一幅幅洁丽淡雅、明净耀眼的风景画，恐怕他就不会荣获"田园牧歌"的美名；而"田园牧歌"恰好展现了新中国成立后的中国农村欣欣向荣、蒸蒸日上的新气象。可见淋漓酣畅地描写风光景色之美，正是刘绍棠反映崭新的农村生活的艺术手段。他描绘出历史前进的真面貌，唤起了人们对生活、对祖国热爱的美好感情。

20世纪七八十年代以来的作品与50年代的作品相比，有一个很大的不同。因为要着力反映农民的历史和时代的命运，所以现实主义色彩日趋明显起来。这时期作品中的风光景色描写，总的来说要比50年代的作品少得多，句子结构也改变了学生腔。但这并不表明作者放松了对风光景色的描写。正确地说，是写得少而精了。为了深刻表现主题或推动故事情节的发展，有时还要使大力气浓墨重彩地加以描写。在有的作品里，甚至不惜笔墨地写上一节或整整一页。例如《花街》第一节，就是突出的风景专节。为了加重主人公叶三车和襄嫂命运的悲壮色彩，作者忍含着激动心酸的热泪，全景式地描绘出一组北运河儿女世世代代忍饥挨饿、死里逃生的悲惨画面，对人物的全部活动首先设置好一个完整的布景，定下了小说的基调。这对深化主题、塑造人物起到了很好的辅助作用。

时代在瞬息万变地发展，生活在日新月异地变化。文学作品中的风光景色描写，也只有涂上鲜明的时代色彩，才会闪烁出真正艺术品的熠熠光辉。在反映当前农村生活的小说里，刘绍棠非常注意搜集这种富有生命力的新生活的闪光。赏读《小荷才露尖尖角》和《烟村四五家》两部中篇小说集，那流淌着新时期光彩的美景秀色，常常会把你带到花天锦地、气象万千的世界里。《鱼菱风景》中那1000多字的杨家小院的描写，《小荷才露尖尖角》第五节对党的十一届三中全会之后富裕起来的农家新貌的一整页文字的描绘，都为我们提供了一幅幅壮美迷人、鲜丽浓艳的新时期的杨柳青年画。从这一幅幅满纸溢香、沁人心脾的万象更新图中，我们不是完全可以真真切切地听到亿万中国农民在党的富民政策指引下昂首前进的脚步声嘛！

多方面地激情满怀地描写京东北运河地区丰富多彩、使人耳目一新的民俗风情，是刘绍棠致力于乡土文学、社会主义美文学的拿手绝活，也是使他的小说具有鲜明的地方特色的重要原因之一。可以毫不夸张地说，从清朝末期到如今的京东北运河地区的民俗风情，几乎都被刘绍棠写进了小说里。难怪许多学问家赞美他的作品是优美动人的风俗画，包罗万象的新清明上河图。

还是在少年时代，刘绍棠就津津有味地描写过七月七牛郎会织女，瓜架下偷听他们哭泣、说悄悄话的动人习俗。不过，这种描写在当时还是不自觉的，只是偶尔带上的几笔。20世纪80年代初期，在他经过认真思考，决心扬长避短，全力以赴主攻乡土文学以后，这种对民俗风情的搜集与描写，则变成了有意识的活动。后来，它已成为作者刻画人物、表现主题、反映时代面貌的重要手段。如果说在《蒲柳人家》《渔火》《瓜棚柳巷》中，这种描写已经被广泛运用的话，那么，到了《京门脸子》《豆棚瓜架雨如丝》《野婚》《孤村》《村妇》等长篇中，这种描写便达到了信手拈来、运用自如的程度，而且还在原来浓厚的浪漫主义色彩中，增加了更多的现实主义成分。

刘绍棠笔下描写的京东北运河地区的民俗风情是五彩缤纷的，各种不同的民俗风情的描写，都有自己特殊的艺术功用。归纳起来，这些功用可以分为以下几类：一、表达善良的人们的美好愿望。如拜花堂、入洞房、拜月乞求、男扮女装讨吉利等。二、增加生活情趣，唤起人们对生活的热爱。如编柳圈、过家家、戴红兜肚儿、滚喜床、喜三、满月、百日、周岁、小车会等。三、反映农民群众坎坷的生活遭遇和时代命运。如土匪打家劫舍、绑票抓人、寡妇绕坟头奔跑、指腹为婚、喝烟灰等。四、歌颂劳动人民扶弱济危、互帮互救的传统美德。如认干娘、借童子暖窝、亲弟兄或堂兄弟之间借别人的儿子传姓等。五、利用民俗描写推动故事情节发展。如《蒲柳人家》中一丈青大娘和何大学问得知麻雷子、花鞋杜四要卖望日莲进火坑时，决定营救这个苦命的孩子。如何营救？作者让何家老两口借当地挂锄后爹娘要接女儿住娘家的风俗来到杜家，逼迫豆叶黄、花鞋杜四答应望日莲回娘家，以此救她逃出大灾大难。再例如，《豆棚瓜架雨如丝》中写青年时代的老虎跳跑到潭柘寺当和尚，作者想叫他结束苦难生活逃出庙宇。怎么逃？作者借用父亲病危儿子必须守护病父尽孝的风俗，让老虎跳赶回家中，脱离了苦海。等等。

刘绍棠所献身的社会主义美文学的特点，还体现在小说的结构和语言等领域，但因本文字数有限，这些只好在另外的文章里详叙了。

共和国的文学史，将骄傲地载下大运河之子、乡土文学大师刘绍棠为发展和繁荣社会主义美文学所作出的历史性贡献！

1999 年 1 月

本文系作者为四川人民出版社 1999 年出版的

《刘绍棠小说精选》写的序言

终生不入仕途的刘绍棠

——为纪念良师益友刘绍棠逝世10周年专作

每当枝青叶绿时节，我就更加思念我的良师益友刘绍棠。特别是近来，在纪念刘绍棠逝世10周年的日子里，这种思念之情变得尤为炽烈。我反复激动而甜蜜地回忆在近20年的相处中，我们一次次海阔天空、无所顾忌的交谈，细细回味我们之间心心相印、兄友弟恭的友情。

在如此漫长的岁月里，我去过绍棠家多少次？我实在是记不清了。特别是在1988年8月5日他中风左体偏瘫以后，为了刘绍棠乡土文学研究会的工作和写好《刘绍棠传》，去的次数就更多了，差不多每7～10天我们就要在一起聊上一两个小时，一周之内碰面两次，也是常有的事。

绍棠是个把心挂在胸膛外边的人，讲起话来滔滔不绝，我们俩交谈大多时候都是我听他讲，我觉得他的脑子简直就是一个活电脑。每次谈话，对于我来说都是极好的一课，无论是谈文艺，还是论人生说世情，都给予我莫大的启迪，而几次关于他辞官不就以及由此而引发的关于文人不能当官儿，也不可当官儿的话题，更是使我的心弦受到强烈的震颤。那一句句语重心长、极富真知灼见的话语，是我一辈子都要铭记在心的。

记得是1984年6月下旬的一天，我和绍棠应邀到新侨饭店出席中国作协召开的欢迎南斯拉夫作家代表团招待会。我们是乘坐103路无轨电车从府右街去新侨饭店的。路上，绍棠的心情不像平时那样平静，小声地对我说："可能要给我个官儿当，这事你看行吗？"我知道这是只对知心朋友才能讲的话，因此颇为兴奋，十分认真地回答："那好嘛！这是件好事，至少能说明有关领导对你有公道的看法，我看可以考虑。"绍棠轻轻地扬眉笑着说："一当官儿，写小说可就要泡汤了。"我接过他的话说："未必是那样，别人能干只挂名不出力的事，你为什么不可以也试一试？"绍棠仿佛很有感触地说："当官儿也能当出官儿瘾，一个作家一旦染上官儿瘾，创作就很难说了……"稍停片刻，他又转过身来，好像下了决心似地补充说："不行，还是不能干……"那次在103路无轨电车上关于他是否当官儿的话，说到那儿就结束了。至于有关方面要给他个什么官儿当，他没有说明，我也没有问。但从他的表情和心理活动看，我猜测一定是个很重要的职务。这里要说明的是，不管官儿大或是官儿小，反正他是一概都不想当，他怕从政影响创作，当不了职业文人。这一点我是耳闻目睹，完全可以作证的。

一个月后，绍棠给老首长（即胡耀邦同志）写了一封辞官不就的信，坦诚地阐释了他不肯当官儿，一心想在野从文的志向："您（指胡耀邦同志）打算用我，不过是因为我是您从小看着长大的，使唤起来顺手。如果我在工作中跟您发生分歧，连几十年的交情都耽搁了。""从政不如从文，在朝不如在野""什么员我都敢当，什么长我也当不了。哪怕是只管两个人的小组长，我也当不好。"

因为绍棠自青少年时代起就是一个中外闻名的神童、才子，具有同辈作家不可相比的广泛影响，所以，上级总是时不时地想给他安排个官儿当，直到他中风偏瘫前3个月，即1988年5月，北京市的几位领导还邀请他出任主管北京市文化工作的副市长。对此绍棠依然是毫不动心，对他们的好意依然是婉谢不就。婉谢不成，便代之以戏要，说："你们叫我当官儿，那就叫我当主管房子的副市长，我要叫大庇天下寒士俱欢颜！"可见，绍棠确确实实是不愿当官儿，而把写小说视为压倒一切的神圣使命，甚至比生命还要重要。

在与绍棠长期的交往中，我发现，不要因为从政而耽搁写小说固然是他辞官不就最重要的原因，不过，渊博的历史知识和丰富的社会阅历使他对文人当官儿弊多益少有深刻的了解，也是打开他决不受任何诱惑，一心固守文学家园的心灵秘密之门的一把钥匙。他曾大动感情地掏心窝子："释迦牟尼在后宫见识的女人太多了，才跑出去当了与女人绝缘的'和尚'。我16岁就接触官场，官场情态见识得越多，也就产生了不可从政的自知之明。文人犯官迷，古已有之。孔孟都有官瘾，李（白）杜（甫）官欲甚炽。现代文人中，周作人卖国求荣，认贼作父，不过当了个'副部级'（伪华北政务委员会教育总署督办）。号称创造社'四君子'之一的三角文人张资平为当个汪伪政权的地矿部司长而附逆。卖身周张都可耻、可鄙！在国民党那里，文人当特务的大有人在，当大官儿的难得（陈布雷其实是个秉笔'太监'）。所以，我认定，文人不能当官儿，不可当官儿。屈原的下场太惨。司马迁那个'秘书长'（中书令），付出的代价太大。"①

基于这种认识，绍棠给犯了官瘾的官迷们勾画出一幅丑态百出、面目可悲又可笑的漫画："官瘾大于财迷，甚于色欲，烈于吸毒，也严重污染了知识分子。"②而对某些只尊崇大官、瞧不起专家、学者的新潮人士的嘲讽，又是多么尖刻辛辣、发人深省："令我大惑不解的对官位、官职、官衔、官称最为尊崇叩拜的却是新潮人士。有位以新潮著称的记者，采访一位女部长，竟然问人家：'您当上了部长，但您的丈夫才是个院士，难道您不觉得心理不平衡吗？'女部长咯咯笑起来，说：'我这个官儿，他还瞧不上（看不起）哩！'女部长还说她平日一直给丈夫做饭，退休之后还要兼当打字员。这位女部长年近六十，20世纪50年代中专毕业，思想多么'陈旧'，竟然认为部长诚可贵，院士价更高，'妻以夫荣'而甘愿'夫唱妇随'。在我们那位新潮记者心目中，部长了不起，院士算老几？女部长嫁男院士，跌份又栽面儿。恕我嘴损，我怎么从新潮中嗅出了泔水味？也许是环境污染所致，恐怕要送高碑店污水处理厂转化一下。"③

绍棠与朋友交往，从不以官职大小、地位高低定厚薄，而是以人的品

---

① 刘绍棠：《且说"大官人"》，《四类手记》，中国社会出版社1997年版，第539—540页。

② 刘绍棠：《何日可见三秋树》，《四类手记》，中国社会出版社1977年版，第569页。

③ 刘绍棠：《且说"大官人"》，《四类手记》，中国社会出版社1977年版，第538页。

德、情操、志向作准则。他敢在大庭广众之中指名道姓地严厉批评北京市领导忽视运河污水治理造成的巨大损失，他也能与素不相识的街头理发员侃侃而谈，结为朋友，并进而为以这位理发员为代表的百分之十七的低收入群众著文代言，大声发出"我们不否认中国还是个发展中的穷国，那么就不能不承认穷国里面穷人多。治穷，或曰脱贫，才是万事最当先的任务"的呼喊。

绍棠担任北京市人大常委会委员十三载，但他从来不把自己看作官儿，而认为是为人民群众代言的勤务员。原来与他肩膀差不多一般高的人当了官儿，他毫无妒忌之心。18年中，他与我交谈的次数那么多，可从来未说过人家一个不字，相反，倒是时刻不忘少年时代的友情，建议有关方面出面唱一出八仙请寿，重整队伍再振少年行。当然，他也从来不认为自己比人家矮了一寸。他身兼的会长、顾问、名誉主编等头衔有一大堆，究竟有多少个，自己怎么也说不清，压根儿他就没统计过。他不认为这些称号给自己增加了多少砝码，只当作自己为别人、别的单位应尽社会义务的信号。他常对我说："这些头衔、称号只能说明人家需要我刘绍棠出点力，那我就尽力而为之吧，何必费脑筋去记住这些头衔、称号呢！"

写到此处，我不由得想起1996年年底在第五次作代会上他被选为中国作家协会副主席时异常平静的心态。实事求是地说，作协副主席并不是一种握有实权的真正的官儿。不过，它至少可以标志作家的文学成就和读者对其认同、拥戴的程度。按照我的想象，这总是一件值得高兴的事情，我作为绍棠晚年最信任的朋友之一和刘绍棠乡土文学研究会的负责人，他事后总会对我透露一点信息吧？可他没有这样做。这一消息最早我还是从我原来的工作单位中国社会科学院外国文学研究所得知的。我带着这一喜讯，兴冲冲地到绍棠家为他祝贺并不无戏谑地"指责"他为什么对我封锁消息。他谦和地微微一笑，依然像18年前我们初次相会时长兄对幼弟讲话那样真诚地说："这算什么！对一个作家来说，最重要的是要写出群众欢迎，经得起历史风雨考验的作品，至于挂个什么头衔，那都是很虚的东西，不必看得很重。通县（今通州区）人民政府授予我的'人民作家 光耀乡土'荣誉牌，才是最重要的。再说啦，对我这个人向来就有争议，我十几岁一登上文坛就是这样，当今新潮肆行，反对我的人，咒骂我的人依然存在，将来说不定还会有人往我头上再扣屎盆子呢！"我提议请志同道合的伙伴聚一聚，庆贺庆贺，他严肃并无批评之意地笑着说："不用，不用，你的好意我明白。"

绍棠面对喜事这种平静的心态，让我感到他比以前更成熟、更老练了。此时此刻，我不由得又想起他少年得志时对党讲的"我，一个直接由党栽培起来的青年，即使有星星点点的成绩，也都是渗透着党的心血的；因此我没有任何理由骄傲自满。"（《青枝绿叶》前记）；也想起1958年春天，他被错划成"右派"，沦落乡野时立下的"莫因逆境生悲感，且把从前当死看"的誓言和在荒屋寒舍土坑上写出《地火》《春草》《狼烟》3部长篇的奇迹；更想起1979年1月党组织为他平反昭雪后，他一不喊冤叫屈，二不讨价还价，而是"要从21岁开始，加倍努力为党的事业奋斗，为祖国和人民效力，为社会主义文学劳作，来弥补我21年创作生命的空白"①的高度党性……想起这些，我们特别崇敬的孙犁同志20多年以前讲过的那段论情操的话，便顿时又涌上心头："人之一生，或是作家一生，要能经受得清苦和寂寞，经受得污蔑和凌辱。要之，在这条道路上，冷也能安得，热也能处得，风里也来得，雨里也去得。历史上，到头来退却的，或者说是敛迹的，常常不是坚定的战士，而是那些跳梁小丑。"②我要欣慰骄傲地告诉天上有灵、地下有知的绍棠兄，孙犁老师对情操的要求，你是真正地做到了，你不愧是孙犁老师厚爱的学生。

绍棠毫无官欲，当然就不会与别人争官儿当，比如他对描写农村题材的四小名旦之一浩然（绍棠称孙犁、赵树理、柳青、周立波为描写农村题材的四大名旦，笔者称刘绍棠、马烽、李凖、浩然为四小名旦）理解、关心、尊重的友善态度，就是一个极好的说明。浩然走背字时，尚未得到正式平反的绍棠，就亲自登门拜访他，鼓励他

---

① 刘绍棠：《让我从21岁开始……》，《乡土与创作》，吉林人民出版社1982年版，第1页。
② 孙犁：《贾平凹散文集序》，《孙犁散文选》，人民文学出版社1984年版，第323页。

振作精神，为未来写作。浩然写出新的力作《苍生》，绍棠亲临作品讨论会，为浩然创作的新收获击节喝彩，作了长篇热情洋溢的发言。浩然在三河县 (今三河市) 筑起"泥土巢"，办起"泥土文学工程"，绍棠予以大力支持，让自己最得意的学生倪勤拿着成功的中篇小说到浩然的泥土文学队伍里加盟。浩然中风后，绍棠多次在笔者面前表示对文友的关心，并两次委托我到三河看望、慰问浩然这位老实巴交的"咱们农民的一支笔"。对浩然的文学成就，绍棠由衷地佩服，写下了《我说浩然》一篇见解精辟、深邃的美文，称浩然"在生活阅历上比自己丰富深刻得多"。绍棠还说："李準和浩然，对农民在整体上比我了解得透彻。"绍棠一生写了一千多篇杂感、随笔 (笔者称其为绍棠千字文)，这篇《我说浩然》被绍棠选入几个集子里。最后，在精选的总数只有200篇文章的《刘绍棠文集》杂感、随笔卷中，又依然选了这一篇，可见绍棠对浩然是多么尊重！

绍棠对浩然情深，浩然对绍棠也就自然义重。1992年5月27日，通县 (今通州区) 档案馆"刘绍棠文库"揭幕，浩然高兴地从三河赶到通州为绍棠祝贺。1997年3月12日，绍棠驾鹤西行，浩然当天就写了题为《刘绍棠走了》的悼文，亲自送到《北京晚报》发表，对绍棠过早地逝世，表达了"悲痛万分"的深情，还说绍棠和其他同志对他的关爱之情"对他鼓起生活和写作的勇气，起了决定性的作用"。2000年5月，"纪念刘绍棠逝世3周年暨乡土文学讨论会"在通州运河苑度假村隆重举行，浩然身患重病，但依然应邀抵通州参加盛会以表贺意和对绍棠的思念之情。

这一件件活生生的感人肺腑的事实，都充分地显示出刘绍棠和浩然这两位农家子弟出身的泥土作家心地的宽厚与善良。他们彼此的关系是非常友善的和谐的。

众所周知，绍棠自1988年8月5日左体中风偏瘫以后，在极为困难的情况下，仍以难以想象的毅力日夜兼程，拼命坚持写作。1996年4月又患上肝腹水、肝硬化的重病。但是，视写作贵于生命的绍棠，仍然本着"活着是为了干活"的信条，完成了长篇小说《村妇》(第一部)，整理编辑出10卷的《刘绍棠文集·大运河乡土文学体系》。直到逝世的前5天，他还和我一起商量为北京一位业余作者的小说《北京女人》召开研讨会的事。一句话，直到生命最后的一息，绍棠还在顽强地拼命地固守着他的文学阵地，在为文学新人操心，根本没有时间和精力去为毫无兴趣的事劳心分神，哪里还会去和他人争什么呢！著名作家苏叔阳说"绍棠被评为写作战线上的劳动模范是当之无愧的"，"他是累死的"话是公道的，是符合客观实际情况的。

面对绍棠关于文人不能当官儿、不可当官儿的精湛评说和他采取的明智作法，以及60多种总计近700万字风格独具、脍炙人口的作品，我常常暗暗思忖：绍棠虽幼年成名，人称卓异，但真正用于创作的时间并不是很长。反右之前不足6年，不久便丧失了创作权利，白白耽搁了21年的宝贵时光。平反昭雪后，着实风风火火地大干了一阵子，可是，总共也未超过10年，紧接着就中风偏瘫，成了半倒体，一张稿纸写不满都要累得大汗淋漓。那么，最终他为什么能拿出那么多深受读者青睐的精品佳作，成为蜚声海内外的多产、优产、稳产的文学大家呢？我想，除生活积累深厚，天资聪颖又勤奋努力等因素之外，还有一个很重要的原因，那就是他不管多么顺利、走红，也不头脑发晕飘飘然，更不被高官的桂冠所诱惑，而是始终在文学这条崎岖而艰险的小径上毫不动摇地向着既定的目标不懈地跋涉，不达到目的绝不罢休。文场上有的人刚刚小荷才露尖尖角，就被领导看中，匆匆戴上乌纱帽。但因不懂得官场的道行，屁股尚未坐稳就惨然落马，从此丢掉了老本行。这样的事例是屡见不鲜的。还有的人，才气确实不低，不幸的是染上了官瘾，成为官迷，认为唯有走上仕途，才会使自己前程似锦闪闪亮，于是，便施展出十八般武艺挤进官场。可是，哪里晓得，从政从文是截然不同的两个行道，感情用事成性的文人，是根本学不会当官人必须要掌握的要领的，因此，终因不得要领尚未在官场上像样的风光风光，便灰溜溜的败下阵来，落了个赔了夫人又折兵的下场。而绍棠却与这些人士迥然不同。按常人想象，最高领导人看中了自己，要给自己个侍郎、尚书当当，那若不立刻揭竿而起，乘风而上，岂不是成了天下头号大傻人？！然而，看透了官场情态又深知自己缺乏为官的细胞和脾气秉性的绍棠，早已有了不能从政、不可从政的自知之明，因此便断然辞官不就，做了个天下头号"大傻人"，决心终生在野从文，专心致志地写大运河。绍棠犹如一个梗着脖子的村夫，勤勤恳恳、兢兢业业，全神贯注耕耘着他那乡土文学的一亩三分地，终于获得好年景，那丰硕的果实堆成了一座金山。可见，一个作家只有真正以文学创作为最崇高的天职，才是正道。大多数作家如果真的都是这样做，一个国家、一个民族的文学事业才会大有希望。这就是终生不走仕途的完整职业文人刘绍棠身后给我们留下的最宝贵的精神财富！

2007 年 4 月，为纪念绍棠逝世 10 周年而作于寒舍"山鹰巢"

（原载《中华读书报》，2007 年 8 月 1 日）

永驻人间的刘绍棠

"人民是文艺工作者的母亲。一切进步文艺工作者的艺术生命，就在于他们同人民之间的血肉联系。忘记、忽略或是割断这种联系，艺术生命就会枯竭。人民需要艺术，艺术更需要人民。"①大运河之子刘绍棠同广大人民群众的血肉联系及其创作上稳产、高产、优产的杰出成就，有力地证明，小平同志的上述论断是颠扑不破的真理。对绍棠来说，人民就是上帝，是他全部的爱，是他的人品和文品的最高审判官。而人民群众则把他视为最可敬爱、最可信赖的朋友和代言人。1997年3月12日，绍棠因病过早地离开了我们，但是，他的思想，他的人品，他的文品，还依然深深地留在人民群众的记忆中。在这里，笔者愿意把多年积累的有关人民群众敬爱、崇拜、拥戴刘绍棠的珍贵材料奉献给读者，作为品评这位著名乡土文学作家的重要依据。

一 数不清的拜师者

刘绍棠的知名度很高，刘绍棠作品的读者甚多，敬仰刘绍棠、拜刘绍棠为师的人不计其数，每年给绍棠写信拜师的都不少于100个。现在，让我们以1984年绍棠收到的拜师信为例，加以说明，以便给你留下一个具体、深刻的

---

① 邓小平：《在中国文学艺术工作者第四次代表大会上的祝词》，《邓小平论文艺》，人民文学出版社1989年版，第8页。

印象：

安徽省芜湖县黄池公社老观学校	周来隆
北京市朝阳区酒仙桥大陈各庄	李志德
河南省新蔡县十里铺公社万庄	张 焘
河北省滦县文教局	董天柚
山西省晋中军分区机要科	刘 杰
江苏省徐州市新沂县黄墩中学高二学生	李先慧
湖北省松滋县陈店公社陈店小学	傅良盛
山东省枣庄文艺界联合会	胡恒清
江苏省赣榆县青桥头装卸队	祁德滨
浙江省定海	卢思体
贵州省大方县瓢井居乐	刘 英
中共北京市委党校	姜儒齐
北京市通县徐辛庄公社小营	齐长鸣
河北省怀来县大黄庄大队	田 荣
北京市通县郎府公社供给村	王秉一
河南省密县岳村乡赵寨村二郎庙村民小组	赵洪冰
北京市西便门小区8楼2门303号	王慎之
河南省尉氏县朱曲公社黄庄大队	杨冠圣
航天工业部第三研究院	胡 稚
中国评剧院	郭启宏
湘西土家族苗族自治洲吉首民族师范学校	傅世林
河南省潢川县彭店乡艾庙村胡岗小队	传 霞
山东省省重型机械厂	黄沛之
北京市门头沟区沿河城乡东宫村	高国镜
安徽颍上杨湖区委通讯员	吴 豪

河南省南阳日报	张巨海
内蒙古乌兰察布盟集宁二中	张桂梅
江苏省高淳县双塔乡人民政府	李兴满
贵州省习水县矿山工业公司	王 勇
河北省景县连镇乡政府	胡向东
浙江省泰顺县仕阳严山泉停大队	董晓玲
河南省方城县杨集乡花沟大队	林 君
安徽省泾县图书馆	何梅香
湖北省蒲圻县东埠知青砖瓦厂	唐主静
河南省洛宁县城关乡寨沟村	杨秀杰
江西省永新县横江南东小学	张仲旻
北京京精计算器厂	金 良
浙江省建德县檀村乡上吴方村	方庆连
湖南省会同县高扎乡	杨 文
山东省肥城矿务局中学	于洪文
湖南省新化县大石公社新田小学	伍光华
北京市昌平县计划生育委员会	梁士强
黑龙江省杜蒙自治县克尔台乡后伍代村	姜宝均
山西省大同矿务局白铜矿	王守同
湖南省华容县南山乡五·七茶厂一分厂	刘 杰
南宁市环经街81号	黄学清
中国人民解放军54265部队22号	杨志根
辽宁省抚顺市望花区光明街	吴炳光
北京市房山县	张 昊
北京市门头沟区斋堂乡马栏大队	张会萍
河南省南阳行署公安处收容审查站	赵瑞斌
河南省淅川县西簧乡流西河村范家庄	王建新

山东省巨野县董管屯乡申街大队	申照彬
江苏省铜山县汴塘公社高庄大队	康现敏
中国人民解放军武装警察部队黑龙江省总队	董永杰
湖南省《洞庭湖》文学杂志社	石　贤
内蒙古哲里木盟文化处	张世荣
北京市延庆县永宁公社	郭树河
北京日报社文艺部	尹俊卿
《抱犊》杂志	金　年
河南省泌阳县羊家集乡卫生防疫站	卢　洁
内蒙古察右中旗乌素图乡土湾村	李德胜
河南省长垣县	武冬英
北京铁路分局丰台保温段	王　知
江苏省铜山县彦村中学	王炳科
包头人民广播电台	靳天民
江苏省江浦县北门大街39号	李昌祥
北京市甘家口立新学校	王苑新
北京2102信箱18分箱	陈喜保
山东省历城县柳埠公社方城村	周　斌
湖南省溆溪县火马冲公社	刘景好
河北省保定市文联	谢美生
安徽省望江县华阳公社新农村大队22队	王友学
北京市朝阳区北双桥金家坟村	刘金声
北京市通县城关公社小圣庙村	李学功
湖南省怀化地区洪江市第7号信箱	胡志文
黑龙江省新华农场23队	王传飞
北京市通县牛堡屯乡苍头大队	李兴起
广东省梅县市石坎区龙凤乡朱径村	李腾飞

河北省怀来县节官营乡西蒋营村	刘　谦
北京市通县郎府乡机关	田万生
山东省曹县邵庄公社徐庄大队李提头	秋　进
北京市通县漷县乡	徐　明
北京市通县宋庄乡六合村西铸锅厂	张兆银
北京市东城区东四南大街126号	张彦明
陕西省安康地区文艺创作研究室	陈长吟
北京市朝阳区广和路一楼二门29号	冯卫东
山西省大同雁崖	蔡云飞
山东省阳谷县	吴雪芹
山东省临沂县枣沟头公社东河南大队	姜开远
湖北省孝感市西门内正街28号	张晚衡
安徽省凤台县丁集乡人民政府	姜华录
江苏省高淳县双塔乡人民政府 (第二次)	李兴满
山西省财贸学校工商一班	刘仰峰
青海省乐都县洪水公社河西大队	杜来林
《解放军文艺》	纪　鹏
陕西省耀县"五一"食堂	左凤珍
中山大学哲学系研究生	李江涛
河南省诏河县祁仪公社教办室	王兆庚
《民族团结》杂志社	佳　峻
中国电视剧制作中心	洪　开
甘肃省秦安县	张跟向
阜新市文联	孟　浪
河南省新华书店基层科	冯学勇
北京西直门外铁道部科学院丙2楼331号	齐　荻
四川省宁南县华弹乡金沙村民二组	李传富

四川省南充县 (龙门) 师范学校　　　　　　杜进军

河南驻马店地区铁路检疫站　　　　　　　潘武汉

湖北省浠水县巴河镇人民政府　　　　　　柴新奎

河北省青龙县干树沟乡金马村　　　　　　吴立新

广东省海南岛万宁县万宁中学高三1班　　黄业敏

山东省文登县大水镇新来杂货店　　　　　于宪柏

湖南省益阳地区花鼓剧团　　　　　　　　曾绍祥

河北省灵寿县委招待所　　　　　　　　　阿　西

北京东四大佛寺黄米胡同8号　　　　　　张宝瑞

河北省京剧团　　　　　　　　　　　　　任彦芳

河南省方城县杨集乡　　　　　　　　　　陈学忠

　　总共117人。这些朋友中，有的是具有一定知名度的作家、诗人 (如郭启宏、任彦芳、纪鹏、石贤等)，有的是地委、县、乡的领导干部，有的是解放军战士，有的是自幼丧父丧母的孤儿，但大多数是普通的工人、农民、教师和学生。从地区分布来看，几乎每个省都有，这些朋友有的是把自己的稿子寄给绍棠，请他多提宝贵意见；有的是表达自己对刘绍棠作品的喜爱，请求绍棠签名赠书，作为永久的纪念；有的是与绍棠探讨创作上的问题，希望能知道绍棠的高见；有的出于对绍棠作品的喜爱和关心，对某些不确切的地方提出批评或修改建议 (如对绍棠提示：一年是365天，而不应说是360天)；还有的个别人精神受了刺激，一度想自杀，后来又活了下来，向绍棠询问生命的意义，等等。但不论是哪种人，都称他为老师，请他多多帮助、指教，这一点是一致的。每年都是这样，有的年份，这类拜师的信，甚至都超过了200封。1984年的信不是最多的，是一个中等数目。不过，即使按这个数目计算，15年来，也有近2000人向绍棠拜过师了。实事求是地讲，这么多信都作答复，都进行辅导，那是无论如何也做不到的。他只能有选择地辅导一些人，并且帮助他们联系有关报刊，争取将作品发表出来。上述那117人当中的郭启宏、王慎之、金良、尹俊卿、冯卫东、张宝瑞等同志的一些作品，就是在绍棠的帮助、推荐下问世的。同样，对要求赠书的人，绍棠也不能百分之百地满足他们的愿望，因为当今的中国作家，是送不起那么多书的，而且越来越送不起，我列举出一年的来信者名单，是想让大家知道，刘绍棠在全国各地的影响究竟有多大。有些戴着有色眼镜，根本不读刘绍棠作品就主观地偏见十足地胡说什么"刘绍棠的作品不叫座"的"高层次"作家、评论家，看了这个向刘绍棠请教、拜师的长长的名单，心里有何感受呢？

二 乡土文学作家的旗帜

全国各地的乡土文学爱好者、支持者，都把刘绍棠致力于乡土文学的理论，他的"中国气派，民族风格，地方特色，乡土题材"的四项基本原则，当作自己行动的纲领。换句话说，刘绍棠的乡土文学创作和理论，是全国乡土文学作家的旗帜。

请看以下这些令人振奋的事实——

河南省方城县杨集乡花沟文学社，是在刘绍棠的影响和鼓励下最早出现的民间乡土文学组织。1984年5月20日，他们制订了"花沟文学社章程"。这个章程共有8条，前言部分里说：

> 花沟文学社是以花沟青年为主的、以毛主席在《在延安文艺座谈会上的讲话》为创作指南的、以团结青年学习文学知识、进行文艺创作的文学组织。

> 花沟文学社以学习、研究和创作以乡土文学为主的文艺作品，为家乡父老兄弟制造精神食粮，描绘他们的光辉形象，赞颂他们的传统美德，用文学艺术推动他们走联合起来、共同富裕的社会主义道路，为建设家乡两大文明做出应有的贡献。

> 花沟文学社的文学创作要坚持现实主义传统，继承和发展中国文学的

民族风格，继承和发扬强烈的中国气派和浓郁的地方特色。[①]

很明显，章程前言里笔者画了着重号的这些文字，与刘绍棠乡土文学理论中强调的几个坚持是完全一致的。

微山湖上的青年作家刘浩歌，是近年来涌现出来的乡土文学作家中的佼佼者，是具有较高知名度的风云人物，出版了乡土文学作品十余部，北京几个单位在政协礼堂为他开过研讨会，他受到过人大常委会副委员长雷洁琼的接见。小伙子很有气魄，在故乡微山湖成立了"荷花文学社"，聘请绍棠担任该文学社的顾问。"在16年业余创作生涯中，刘浩歌把赵树理、马烽、孙犁、刘绍棠等前辈乡土文学大师作为心目中的'偶像'，每每谈起他们时便流露出崇拜的神色。"[②]确实如此，浩歌在厚厚的一本自传《我从微山湖来》里，为自己和刘绍棠的师生关系单独写了一节，把绍棠给他的题词"中国气派，时代精神。民族风格，开放意识。乡土题材，地方特色。自然成趣，雅俗共赏"正式写进书中，以此作为自己从事乡土文学创作的座右铭。他说："绍棠老师的题词对我充满了殷切的希望，也是对具有强烈、浓厚、鲜明的中国特色的社会主义文学的倡导。"令人感到欣慰的是，邓雁红在评论刘浩歌的乡土文学创作的文章《刘浩歌笔下的乡土世界》里，谈及浩歌小说淳朴自然的民族风格时，用的也是刘绍棠测量民族风格的尺码，即"传奇性与真实性相结合"，"通俗性与艺术性相结合"。可见，刘绍棠所倡导的乡土文学理论，对乡土文学评论工作者来说，也具有权威性。

山西省晋中地区文联主办的《乡土文学》杂志，已有10年的历史。这家杂志一开始就大力推崇刘绍棠的乡土文学创作和理论，主编刘思奇郑重其事

---

① 方城县杨集乡花沟文学社负责人杨永强：1984年7月8日致刘绍棠的信，见通县（今通州区）"刘绍棠文库"书信柜第87卷，第29页。

② 中国新闻出版署署长于友先：《乡土梦幻 情愫流云》，《我从微山湖来》序，海燕出版社1993年版。

地宣告："在坚持四项基本原则的改革开放同资产阶级化的'改革开放'的斗争中,《乡土文学》诞生了,发展壮大了。她一面世就积极提倡'中国气派、民族风格、乡土特色、地方题材',在全国产生了广泛影响。"①

不必更多的举例,仅凭上面几件感人的事实,我们就已经领悟到了乡土文学大师刘绍棠在当代中国文坛上所起的举足轻重的作用。正如山西省长治市赵树理文学研究会为纪念刘绍棠创作生涯40周年写给刘绍棠的致敬信中所指出的:"刘绍棠同志,是我国乡土文学作家的旗帜,是全国人民热爱的作家。"②

三 迷津者的心声

社会主义文学应该给人以信心和力量,应该指引人们向着真善美的目标前进,而不是相反。刘绍棠所倡导的乡土文学,就是以高尚精神塑造人,以优秀作品鼓舞人的社会主义文学。阅读刘绍棠的作品,可以使胜利者更加勇往直前;使悲观者振作起精神,看到光明;为迷津者拨开迷雾,明确方向。请听几位年轻的迷津者的心声:

河南省方城县杨集乡花沟文学社的负责人之一杨永强,就是在刘绍棠乡土文学作品鼓舞下,明确了人生的意义,看清了前进的目标,健康地走上文学之路的。他是这样向刘绍棠老师倾诉自己在人生征程上的变化的:"刘老师,《参考消息》上有篇短文,其中一些言论,很值得一些人深思。他的话和你的论点不谋而合。他说,希望自己的观众看完电影,觉得受到鼓舞,而愿意好好生活下去。我深有同感。想想那几年,我刚走出校门,回到偏僻的家乡务农,见到的和学到的对不上号,心情格外消沉。看了《瓜棚柳巷》

---

① 刘思奇:《全国乡土文学大奖赛获奖作品集》后记,北岳文艺出版社,1993年版。

② 山西省长治市赵树理文学研究会:1990年2月11日致刘绍棠的信,见通县(今通州区)"刘绍棠文库"第210卷,第37页。

《蛾眉》《二度梅》，想想书中写的，看看村上的乡亲，才真切感受到了农民的传统美德，而坚持想写出他们的美德。现在，虽然只发了二十几篇小文，但细想起来，如果当初不看到乡土文学或者看到的是格调低下的小说，也许早就以为无所追求的碌碌无为或者面对荒山而不想活下去（因为高考落榜而觉得无奔头自杀的事情是时有发生的）。从我成才的足迹中，不能不看到是受了乡土文学的恩惠和您的斧正。"①

再听听一位"血管里流着落魄地主的血"的农民向绍棠倾吐的真情吧！这位农民原是黑龙江省伊兰县三道岗公社丰旺大队的社员，名字叫王和廷。1981年2月10日写给刘绍棠的信中说，他母亲年轻时被地主霸占，老地主大她25岁。信中还对绍棠说："我读了您写的《被放逐到乐园里》，感到您是那样的可亲，您受的苦煎不比我轻。可是，您那顽强战斗的毅力是惊人的，您的政治头脑始终是清醒的，您的意志是坚强的，您的人格是高尚的，我衷心地敬佩您，热爱您。自从读了您的短篇小说《仍如带露折花》和回忆录《被放逐到乐园里》之后，我对文学产生了极大的兴趣和热爱。我热爱您和您的作品，热爱上了文学，因为文学能给人以安慰，给人以勇气和力量，文学能使一个颓废沉沦的人找到再生的光明大道和幸福的乐章，您和您的作品给我的就是这样一种极其深刻的印象。我觉得您在时时刻刻引导着我去从事一项光明而伟大的事业，我愿永远跟随在您的身旁。我把您的照片临摹在8寸大的宣纸上，用镜子镶起来，挂在我卧室的墙上，让我每天都能够看到您胖胖的脸，带着黑边眼镜，捏着手指，语重心长地告诉我：'写，不能再浪掷光阴和虚度年华了。'"②绍棠的作品能给予人们这样的一种鼓舞、勇气和力量，绍棠是应该感到欣慰和自豪的！

河南省南阳行署公安处收容审查站赵瑞斌的一番话，把刘绍棠乡土小说

---

① 杨永强：1989年10月31日致刘绍棠的信，见通县（今通州区）"刘绍棠文库"书信柜第176卷，第37页。
② 王和廷：1981年2月10日致刘绍棠的信，见通县（今通州区）"刘绍棠文库"书信柜第35卷，第8页。

的教育功能和审美价值作了至高无上的升华："我看您的小说产生的激情，以及它给予我的美的享受，是我有生以来看别的小说和书籍从来没有过的。"①

四 崇拜者的痴情

古往今来，作家都有自己的崇拜者，大作家的崇拜者则更多。然而，像刘绍棠这样，在任何时候，任何地方，崇拜者都排成大队的胜景，在当今的中国恐怕不是很多。1957年他错划成右派时，全国依然有他的数不清的崇拜者的情况，在有关文章中我们已经讲过。现在，笔者要讲给你听的，则是新时期里全国各地文学青年、工农群众乃至与绍棠同辈的作家崇拜、热爱刘绍棠的一串又一串的迷人故事。

在长安农村长大、后做过多年青年团工作和《青海日报》副总编的李沙铃，新时期一开始（1980年6月），就从遥远的大西北来到北京，为的是会见他自青年时代就无限敬仰的神童作家刘绍棠。绍棠不在北京城里，去了通县（今通州区），于是他便冒着35度的高温，马不停蹄地直奔运河畔的儒林村拜会绍棠。1983年他出版长篇小说《夏夏在学校》时，三四千名中国作家他谁也不找，专找绍棠给这部小说写序。他在写给绍棠的信中满怀激情地说道："您是中国青年的榜样，更是我学习的楷模。我时刻惦记着您和您的事业。"②

50年代崭露头角，新时期当了湖南省作协理事和邵阳市文联主席的李岸，对绍棠的敬佩与依赖不亚于李沙铃。新时期他出版了两部短中篇小说集和一部长篇小说。3本书的序都是请绍棠写的。同样，吉林的乡土文学作家丁仁堂，新时期出了长篇小说《渔》和中短篇小说集《昨夜东风》。此公与李岸的做法不约而同，两本书的序，也都是出自刘绍棠之手。

---

① 赵瑞斌：1984年9月12日致刘绍棠的信，见通县（今通州区）"刘绍棠文库"书信柜经90卷。
② 李沙铃：1980年6月14日致刘绍棠的信，见通县（今通州区）"刘绍棠文库"书信柜第16卷，第29页。

　　绍棠的名字传四海，绍棠的知音遍中华。内蒙古草原上，也有许多绍棠的追随者、崇拜者。察右中旗乌素图乡红土湾村的李德胜，真可谓典型中的典型。这是一个才气不低的文学新秀，截止到1984年就已发表了21篇小说。他爱书如命，对刘绍棠的书更视为珍宝。家里给他买衣服的钱，全都买了书。穿得破破烂烂，但他心甘情愿。他写信告诉绍棠："我读的这些书中，我认为数您的作品最好，其中《蛾眉》我不知读了多少遍，现在已能背诵。"①

　　还有的崇拜者，非但自己如痴如醉地钻研刘绍棠的作品，而且还主动到农民群众中朗诵、宣传刘绍棠及其作品。这里，我想再向您讲两个感人的故事：

　　河南省渑池县果元乡南庄学校的胡宏志老师，一个偶然的机会，读到了绍棠的中篇力作《草莽》，令他欣喜万分，因而到处搜罗绍棠的作品。84年买到了中篇小说集《小荷才露尖尖角》，从此随手携带，爱不释手。他在写给绍棠的信中说："尊敬的刘老师，您怎能知道一个您的崇拜者的心理！由于我极端喜爱您的作品，所以经常抽时间，给村里的父老乡亲们读、讲！因而，不到一年，您和您的作品在我们南庄村已经家喻户晓，老孺皆知了。有几次，都是村民自动聚集起来，指名要听您的作品，请我去朗诵小说，他们百听不厌！《小荷才露尖尖角》中的8部中篇，已经读了3遍；又托亲戚朋友在几个大城市的书店里买，历时8个月，才又得到一本《蒲柳人家》，很快就读完了。村民们说：'听刘绍棠的小说，比看电影都过瘾！'我和村民们的愿望再也不能满足了。听说北京市的书店里书全，可我们既无亲戚，又无朋友，托谁买呀？村民们听我说您写了5部长篇小说，30部中篇小说，100多个短篇小说，一下子轰动了，天天缠着我，要我代笔给您本人写信，迫切需要搞到一套您的全

---

　　① 李德胜：1984年9月致刘绍棠的信，见通县（今通州区）"刘绍棠文库"第90卷。

部作品，无论多高的代价都要！"①

女中学生储学萍也经常给周围的女友们朗读绍棠的小说，她向绍棠表达了千万个热情读者的心声："每个人的心里都有他（她）自己崇拜的偶像。我心中的偶像就是您和您的作品。读着您的作品，仿佛那一股股带着清幽的泥土的香味扑面而来，令我陶醉，教我神往。其中，我最推崇您的《蒲柳人家》和《京门脸子》，它们不论是在人物塑造上，还是在谋篇布局上，都令我叹服。记得读《京门脸子》当看到小说最后小艾虎拦路截住'我'，跪着恳求'我'的宽恕时，我被感动得哭了，泪水打湿了我的眼镜片。就因为受了它们的影响，初三暑假期间，我先后写了几篇小说，还试着写了一个小话剧。写的都是发生在我们村的事情……"②

人说绍棠手中有一枝女儿笔，我说绍棠是当代的曹雪芹。由于他把女性真、善、美的心理写得惟妙惟肖，因此他的小说在女读者中格外叫座，绍棠尤为受到女性的崇拜与爱戴，便是很自然的事。再请听通县（今通州区）一位普通女社员对绍棠崇拜的痴情："您所写的《燕歌行》故事情节跌宕曲折，扣人心弦，我好像身临其境。这是一部群众喜闻乐见的好小说。每当《燕歌行》在《北京日报》郊区版上暂停一期时，我便觉得自己好像失去了什么似的。有一次我做人流手术，家人不让我看报，免得把眼睛看坏了，可我还是背着家里人偷偷地一版不漏地看完了。总而言之，饭可不吃，《燕歌行》不看可不行。尊敬的作家，据我所知，您也是通县（今通州区）人，是20世纪40年代在通州一小读过书的优秀学生。我真羡慕您，爱戴您。"③

---

① 河南省渑池县果元乡南庄学校胡宏志：1985年1月30日致刘绍棠的信，见通县（今通州区）"刘绍棠文库"书信柜第133卷，第21—25页。

② 中学生储学萍：1986年5月1日致刘绍棠的信，见通县（今通州区）"刘绍棠文库"书信柜第133卷，第58—60页。

③ 北京市通县（今通州区）城关公社渔场大队张建英：1984年7月25日致刘绍棠的信，见通县（今通州区）"刘绍棠文库"书信柜第79卷，第41页。

读中国文学专业的大学生对刘绍棠及其作品怀有更为炽烈的理性的深情，80年代以来，北京大学、北京师范大学、内蒙古大学、徐州师范学院、安徽阜阳师范学院、湖南岳阳师范专科学校等大专院校中文系的历届毕业生中，都有不少人撰写关于刘绍棠及其作品的毕业论文。有些毕业生甚至亲自到儒林村采访，对北运河这片丰饶多情的土地产生了极其强烈的感情。

对北运河及儒林村产生强烈感情的何止大学生，有的政府工作人员也萌生了到那里向刘绍棠学艺当徒弟的美好愿望。安徽颍上杨湖区委通讯员吴豪对刘绍棠提出的请求，表达了所有希望向刘绍棠学习写作的文学青年的心声："尊敬的刘老师！我是一个20岁的青年，我请求您收我到儒林村给您当徒弟。生活费、食宿费自理。要我们当地政府出介绍信，证明我不是坏人。到您那里，您叫我干什么，我就干什么，只要允许我看书，特别是您的书，直到我发表带有泥土气味的中篇小说以后，我再回来。尊敬的老师，答应我的请求吧！就像战争年代，在战火纷飞的战场上抢救婴儿一样收下我吧。我一定争气学习。您要知道，我的心里多么想替憨厚朴实的庄稼人道出爱和恨啊！"[①]

五 "救命之恩，终生难忘"

绍棠是个作家，说他能治人心灵上的病，并不过分。可现在我却要说，绍棠也能像医术高明的大夫一样拯救人的性命，使在死亡线上挣扎的人起死回生。笔者言过其实吗？还是让甘肃省山丹县劳动街45号的梁琛书同志对您的疑问予以回答吧！1985年8月12日，琛书给绍棠写了一封令人回肠荡气的信，全文如下：

---

① 安徽颍上杨湖区委通讯员吴豪：1984年致刘绍棠的信，见通县（今通州区）"刘绍棠文库"书信柜第90卷。

敬爱的刘老师：

您好！

您于 5 月 21 日写给我的信并名片收到了，当时我染了重病，高烧 40 度，烧得人迷迷糊糊，便草（写）了"简历"呈寄给您了。语言颠三倒四，令人汗颜窘迫，迄今仍觉惶惶不安。

这次能从死亡线上挣扎出来，全是您拯救了我呀！从前，我常常发烧，自己开处方，自行打针也就过去了。这次却来势凶猛，缠绵不愈，送我住院，民政局却不予报销药费，只好在门诊处喘延。慈母见我奄奄一息，急得直哭，一着急，她的血压又升高了，真是"祸不单行"啊！

这当儿，邮局把您的来信交给了一位老师，那老师见信封上有您的名字，便拆阅了。次日，地区民政处的处长和县委书记来到寒舍。我吃了一惊。处长说："国际笔会中心的语言大师刘绍棠给您的信呢？"我惑而不解，问："您怎么知道刘老师……""哈哈！我还在十来岁的时候，老师对同学们说，我们中国出了位神童作家，作品是《青枝绿叶》！从那时起，我只要看到他的书和有他作品的杂志，便买下来。噢，《地火》《凉月如眉挂柳湾》《二度梅》《小荷才露尖尖角》……"原来处长和县太爷是您的读者。看了您的名片和信，马上送我住进了医院。

敬爱的刘老师！今天我出院了。我这次大难不死，逢凶化吉，都是您的信和名片拯救了我，救命之恩，终生难忘！我准备写自传体长篇小说《与命运拼搏的人》。不知您主编的《中国乡土小说》创刊号何时问世，我眼望欲穿地盼着，盼着……①

不必过多评说，只强调一点，梁琛书大病得救是何原因？只因民政处处

---

① 梁琛书：1985年8月12日致刘绍棠的信，见通县（今通州区）"刘绍棠文库"书信柜第127卷，第173页。信中提到的《中国乡土文学》杂志因经济困难未能创刊。

长和县委书记也是刘绍棠的崇拜者。人民作家刘绍棠的影响和权威，是何等之大啊！此事发生在大西北的甘肃省，相对说来，那里还是比较闭塞的，但却不乏刘绍棠的崇拜者。由此可以再进一步推想一下：在文化发达的辽宁、江苏、广东诸省和北京、上海、天津、沈阳等大城市，刘绍棠的崇拜者又会有多少呢？

六　高尚的人品众人夸

绍棠是一个心直口快的正派人，是做人作文都是一张脸的堂堂君子。面对社会上的种种歪风邪气和奇谈怪论，绍棠以大无畏的英雄气概屹立在文坛上，博得广大文艺工作者和工农群众的齐口称赞。但是，国内外的一些文场小人、戴着有色眼镜的偏见者，却与绍棠势不两立，他们放肆地对他进行人身攻击。那么，绍棠的人品究竟是怎样的呢？让我们还是冷静地倾听一下各方面人士的评价吧！

与绍棠同辈的著名作家张弦说："你是50年代以神童闻名于世，复又屈打而格外显赫。初见你时，易给人以狂妄的错觉，而一经"批判"，才看到你有真知灼见和一颗黄金般的赤子之心。难得的是至今你没有变，你的胸膛是透明的。这是你最可爱之处。我愿以有你这样的好朋友而感到庆幸、自豪。"①

老编辑晏明在20世纪50年代对绍棠帮助甚大，是他发现了绍棠这棵文学新苗，并且第一个称绍棠是"神童"。多情重义的绍棠对晏明同志一直感念不忘，而且想方设法报答他对自己的栽培之恩。对此晏明同志感触颇深："你对郭欣、郭冬②的关怀与扶植，我们全家都十分感谢。从这种关怀与扶植中，使我更深刻地认识到你的美德！你是作家，也是一个大写的人！让我们全家祝

---

① 张弦：1980年1月22日致刘绍棠的信，见通县（今通州区）"刘绍棠文库"书信柜第12卷，第1页。
② 晏明的孩子。

福你取得更大的成就，写出更多的超过《蒲柳人家》的巨著！"①

1957年也不幸落难的原作家出版社副总编辑刘濛同志，对多年的好友刘绍棠也有很好的评价："你，维熙，大冯（骥才）等几位，大家一致认为是好人品的作家，一定要主动地约稿，而且相信这几位会支持。"②

绍棠从来没有名人架子，对人不分三六九等，对来自五湖四海的新朋旧友，一律以诚相待，博得众多的记者、编辑、青年作家、文学爱好者的一致好评。请听：

河南省开封地区的文学杂志《遍地红花》（后更名为《中岳》）主编黄浦生讲："刘绍棠同志果然像咱们想象中的那样，又可敬又可亲，大家一致感到，您好像就在我们身边一样。您不像有的作家那样，眼里只有全国性的大刊物，没有地方小刊物，而且对地方性刊物予以特别的关怀，加倍的支持。咱们见面虽然不足两小时，可我们觉得，您的心和我们的心是连在一起的。"③

广西《红豆》文学双月刊编辑、1979年全国优秀短篇小说奖获得者李栋在写给刘绍棠的约稿信中说："出版社觉得您来写一篇序（为《红豆》发表的优秀短篇小说集《会跳迪斯科的人》写序）最合适。一、您是本刊的热心支持者，如果说《红豆》有点儿成绩，那是与您的鼓励与支持分不开的，我们每谈到《红豆》得到不少作家的鼓励与支持，第一位便谈到您，因此，没有哪位名家比您更有资格、更有义务给我们写序了。二、以小说见长的作家中，您的造诣是公认的，恭维的话我便不多说了。"④

保定是绍棠最感亲切的地方之一，他永远也不会忘记河北省文联大院和那座魂牵梦绕的小南屋。因为他曾在那里坐科6个月，留下了一个文学少年

---

① 晏明、北野：1981年2月4日致刘绍棠的信，见通县（今通州区）"刘绍棠文库"书信柜第12卷，第1页。

② 刘濛：1981年致刘绍棠的信，见通县（今通州区）"刘绍棠文库"书信柜第42卷，第141页。

③ 黄浦生、张欣山：1980年9月22日致刘绍棠的信，见通县（今通州区）"刘绍棠文库"书信柜，第25卷，第106页。

④ 李栋：1981年5月3日致刘绍棠的信，见通县（今通州区）"刘绍棠文库"书信柜第37卷，第18页。

长征起步的脚印；因为在那里有韩映山、苑纪久、张响涛、盖祝国等志同道合的好兄弟。绍棠敦于旧谊，对来自保定文友的请求和"命令"，那真可谓百分之百地照办，理解的执行，不理解的也执行。对此，保定文艺界的同志们极为钦佩、感念、赞赏。请看苑纪久代表《莲池》写给绍棠的一封感情热乎乎的信："……信和稿子收阅，十分欣喜！心里很是热乎乎的。几年来，你为《莲池》卖力最大！这里边也深含着我们之间的兄弟情谊。俗话说'亲到哪，紧到哪。是灰就比土热'啊！"①

再请看《天津日报》王德贵、刘郁瑞两位同志对绍棠为人的评价："您那种豁达大度、平易近人、谈吐不俗、富于感情的特点，给我们留下了深刻的印象。"②

绍棠常对笔者说："我是属于社会的，属于整个文艺界的。搁笔22年，对社会、对读者欠债太多，这是需要一笔笔偿还的。"基于这种考虑，所以绍棠从新时期重返文坛以来，一直敞开心扉，面带喜色地迎接每一位来访者，不管什么人提出要求（哪怕是毛愣愣的年轻大学生找上门来留言签名、合影留念的琐事，他也不厌烦），只要自己能做到，那是一定要答应并像对待自己的事情一样认真地去办。大江南北，长城内外，凡是认识或与绍棠有过接触的人，无不交口称赞，请听湖南罗石贤同志的这番发自心底的赞词："谢谢您对我创作的极大关注和支持。您的文品、人品和平易近人、关心扶植他人创作的风格，在湖南以及全国中青年作家、作者中，留下了极美好的印象。自从两年前我和东北那位作者同去您家里拜访以后，我是逢人必说的；的确，您没有名作家的架子，对谁都是肝胆相照的忠诚朋友。"③

许多未见过刘绍棠的朋友也许会想，这位自少年时代就名声大振的名作

---

① 苑纪久：1981年6月26日致刘绍棠的信，见通县（今通州区）"刘绍棠文库"书信柜第39卷，第70页。
② 王德贵、刘郁瑞：1983年5月4日致刘绍棠的信，见通县（今通州区）"刘绍棠文库"书信柜第62卷，第20页。
③ 罗石贤：1983年4月22日致刘绍棠的信，见通县（今通州区）"刘绍棠文库"书信柜第64卷，第12页。

家，一定是架子很大，令人害怕的非凡之辈。可是，一旦见了面，那种先入为主的偏见，就会顿时化为全无，留下的完全是另外一种美好、甜蜜的印象。北京市东城区文化馆的文学青年金良同志，对此感受极深，并具有典型意义。您听听他又是如何说的："刘老师，我在认识您之前，对您这样的大家，是有许多误会的。自惭形秽，高山仰止是一个方面；另一方面，我以为您这样的大家，一定是有着吓人的架子，用鼻音来回答后生的问题的。可是见您一面之后，您的真挚、热诚、谦和，一下子打消了我的顾虑，所以今天敢寄这废品给您。"①

人们不但高度评价绍棠的真挚、热情、平易、朴实，而且还极力赞赏他的严肃、认真、谦恭、守信。黑龙江人民出版社的谢树同志大发感慨地说："从对《地火》的删改，可以看出你的文风严格，这是目前很多人做不到的，值得我们学习。"②大连《海燕》编辑部的毕馥华同志也对绍棠大加赞扬："……尽管我深信您会寄照片与题字来的，但却没料到竟这么快。您的认真负责精神，在我们编辑部，又一次引起人们的赞叹，确实令人钦佩，看来似乎是件小事，但却能折射出作家思想品质的光辉。"③

绍棠的高尚人格，他那种中国文人特有的气节与傲骨，越来越引起人们的敬仰与赞美。这些年来，也有不少人为绍棠写诗填词，湖北省潜江县铁匠沟中学胡定祥先生的一首《天仙子》，可作为无数"刘绍棠迷"对中国当代乡土文学的主帅刘绍棠美好感情的概括：

天仙子　呈刘绍棠老师

儒林村里降大儒，瑰丽文章世瞩目，泥土芬芳雅且俗。逾托翁，超郭

---

① 金良：1983年7月14日致刘绍棠的信，见通县（今通州区）"刘绍棠文库"书信柜第64卷，第13页。
② 谢树：1980年6月20日致刘绍棠的信，见通县（今通州区）"刘绍棠文库"书信柜第19卷，第11页。
③ 毕馥华：1983年7月22日致刘绍棠的信，见通县（今通州区）"刘绍棠文库"书信柜第60卷，第20页。

鲁，巍巍幽燕神童出。

孟轲有言不谬误，劳其筋骨饿体肤，历尽艰辛奔坦途。撰鸿篇，兼收徒，文坛佳话播五湖。①

七 群众对刘绍棠作品的褒奖

刘绍棠创立的大运河乡土文学，是社会主义的美文学，得到国内外一切有识之士的格外青睐。评论家们对刘绍棠作品给予的很高的评价，本文一律不表，这里集中汇集一下广大工农群众、老师、学生、文学刊物编辑、创作经验甚丰的前辈作家对刘绍棠作品精粹的评论和发自内心的颂词赞语。这一点是大多数作家享受不到的特殊礼遇，因为它是真正的人民群众的褒奖。

首先，让我们看看作家故乡通县（今通州区）的工人弟兄们的评价："尊敬的刘绍棠同志，您是我们心仪已久的一位作家。读您的小说，常常使我们那喜悦的心微微发颤！ 您的笔，纯真自然，启迪情感，令人敬佩。您描写人物，常常三五笔一勾，就能让人看出那盈盈的笑靥，那细细的柳眉；或欢快，或愁苦，神情举止，跃然纸上。您的小说情真、意浓、情深；爱得坚贞，恨得分明，有诗的意境。一句文言，一句成语，一句俗话，到了您的笔下，就变得那样清新，富有情趣。"②工人弟兄们这简洁明快的评论文字有理有情，毫无八股味，既有对绍棠小说艺术魅力的真实感受，又是对自己心仪已久的作家敬慕感情的自然迸发。

运河两岸的广大群众，还用这样的话来表达对绍棠作品的喜爱：听书就听刘兰芳的，读书就读刘绍棠的！人民群众的这两句话，不是比某些评论家

---

① 胡定祥：1988年3月12日致刘绍棠的信，见通县（今通州区）"刘绍棠文库"书信柜第164卷，第110页。

② 通县（今通州区）"一群工人"：1980年初致刘绍棠的信，见通县（今通州区）"刘绍棠文库"书信柜第28卷，第140页。

洋洋几万字的大块文章更生动、更有说服力吗?

让我们再一次领略一下河南省渑池县果元乡南庄学校胡宏志老师的精辟见解:"……欣赏之余,感到了作品 (指中篇小说集《小荷才露尖尖角》和中篇小说《草莽》等) 崇高的艺术成就;行云流水、朗朗上口的语言,天衣无缝、浑然一体的结构;生动曲折、美妙精彩的情节,加上运河水乡的旖旎风光,人情风俗以及人物悲欢离合的命运,都使我陶醉,让我迷恋,令我赞叹!您对乡土文学的主张和实践,非常适合广大农民的口味。您的语言,具有一种超凡脱俗、挺拔独特的美。赵树理作为'山药蛋派'的创始人,语言虽然平白如话,但不能给人一种更高级的享受,因为太土了!而您的语言,是那样的俏丽华美,"洋"味十足,然而却是一种通俗易懂的境界!这表明,您比赵树理更高一筹。"①

年轻的大学生们又是如何评价刘绍棠的作品?安徽大学中文系78级学生鲁昭才写给绍棠的一封信很有代表性,它让我们了解了新时期的大学生对待刘绍棠作品的真实感情和评价尺度:"尊敬的刘绍棠先生,我读了我目前能够读得到的您的作品,深深被您的作品的浓郁的生活气息所感染,作品所显示的精湛的艺术手法和匠心独运的风格特色,不时地激励着我。特别是当我一遍又一遍地读着您的那篇不太长但却囊括了您的人生道路的艰难跋涉的自传时,我流下了眼泪。钦佩、惊叹、愤怒、悲痛、不平、惋惜,这一系列的复杂感情,在不时地敲击着我,激励着我,鼓动着我产生了强烈地去探索、去熟悉您的创作经历,去学习、研究您的全部作品和您的文艺思想的念头,并且,经过反复考虑,我决定把这作为我的毕业论文的论题。"②读了这封信,我们便可以明白,绍棠在中风偏瘫以前,全国许多所高等学校频频请他做报

---

① 胡宏志:1986年1月30日致刘绍棠的信,见通县 (今通州区)"刘绍棠文库"书信柜第133卷,第22—23页。

② 鲁昭才:1980年11月24日致刘绍棠的信,见通县 (今通州区)"刘绍棠文库"书信柜第13卷,第79页。

告的原因了。

再让我们读一读安徽舒城师范学校19岁的文学青年谈儒祥写给绍棠的一封信。这封信把绍棠作品的感人力量和大学生们热爱他的火热感情渲染得淋漓尽致："亲爱的刘老师，我是一个居住在离您遥远的江淮流域的一个不知名的乡村文学青年。我怀着极其虔诚的心情，很冒昧地铺开白纸，将难以压抑的激荡心潮向您倾泻。拜读了您在《青春》上发表的《被放逐到乐园里》一文之后，我——一个19岁的师范学校学生的心，深深地被感动了。虽不敢说潸潸而泪，但也是热泪盈眶。您的不幸，怎能不使我，不，一切善良的热血青年为之洒一掬同情的泪？我从心底里敬佩您，热爱您。老实说，我从来还未对谁产生过这样深厚的感情，即使是对我的父母也没有。透过您那蕴含着炽热情感的文字，我看到了您的成长道路，您以坚实的脚步，踏着坎坷不平的道路，一步一步地坚强地走着，一直走到光辉灿烂的今日。您的一切无不在我尚还稚嫩的心灵中产生共鸣。您是我最亲爱的老师……"[1]

杭州大学中文系徐小淼的一句话，引起我们认真而严肃的思索："在中国我最崇拜的作家有两个，一个是赵树理，另一个就是刘绍棠。"[2]

河南省南阳市卧龙岗公社曾庄中学老师罗宏亮，把绍棠提高到与世界名作家并列的层次，委实令人情海翻涌，热血沸腾："远学莫泊桑，近学刘绍棠！"[3]

湖北读者高岚别具一格的评论，更加显示出刘绍棠在广大读者中间独领风骚的地位："在当今崛起的中青年作家群中，最令我崇拜的有3个人，那便是刘绍棠、蒋子龙、孔捷生。""在这3个我崇拜的作家当中，刘绍棠自然位居第一位。"[4]

---

① 谈儒祥：1980年5月27日致刘绍棠的信，见通县（今通州区）"刘绍棠文库"书信柜第27卷，第72页。

② 徐小淼：1981年11月23日致刘绍棠的信，见通县（今通州区）"刘绍棠文库"书信柜第43卷，第53页。

③ 同上。

④ 高岚：1984年6月19日致刘绍棠的信，见通县（今通州区）"刘绍棠文库"书信柜第79卷，第33页。

类似这样的意见，在全国千百万读者中还有不少。江苏宿迁市赵埝乡初级中学的刘成宇在通过《文学报》转给绍棠的信中，令人耳目一新地写道："在中国当代文坛上，我最佩服的只有3个人：鲁迅、沈从文和您。我无意抬高您，可又不得不从心里对您佩服甚至是崇拜。您的作品更贴近我身边的生活——本来就同临运河，使我读后如醍醐灌顶，沉醉痴迷。您的蒲柳风情写绝了。"①

山东大学文史哲研究所牟瑞平的比较评说也颇有见地："现代文学作家中，老舍先生是用功最勤的一个，当代文学史上，您（指刘绍棠）是用功最勤的一个。许多作家，年事愈高，作品愈少愈劣，您却愈多愈好。您对乡土文学的大力宣传和不懈追求，尤其使人佩服。"②

湖南读者唐艳娥，以女性特有的细腻感受和澎湃的激情，抒发了南国儿女对刘绍棠作品如痴如醉的酷爱："拜读您的小说，感到有一种魅力，就像春天走上田野，抓起一把肥沃、湿润、闪着油花的泥土，所嗅到、感受到的苏醒、萌发、喷香、令人微醉的那种气息，那种活力，生命力。这就是您的小说的美学力量。您的小说，具有浓郁、醇厚、痴情的运河风味，散发着醉人的乡土香，用自己最美的情思、语言和方式，用自己虔诚、圣洁的心灵酿造而成。……您的小说是画，您用美好的心灵、纯洁的感情、情思浓郁的彩笔，画出了一幅幅明洁秀丽、诗意隽永的风情画，秀美明丽的运河，飘香迷人的河滩瓜田，幽幽媚笑的柳巷，古朴生辉的瓜棚，还有那柳篱小院，泥棚茅舍……"③

山东省诸城县园艺工场李建文，对《草长莺飞时节》拍手叫好。他写信给绍棠："首先，作品不落窠臼，独具一格，富有新意，在众多的蜂拥而上的

---

① 刘成宇：1990年5月5日致刘绍棠的信，见通县（今通州区）"刘绍棠文库"书信柜第200卷，第73页。

② 牟瑞平：1990年3月11日致刘绍棠的信，见通县（今通州区）"刘绍棠文库"书信柜第198卷，第5页。

③ 唐艳娥：1989年3月5日致刘绍棠的信，见通县（今通州区）"刘绍棠文库"书信柜第190卷，第166页。

以塑造理想的铁腕人物为使命的文学作品应运而生、纷纷出笼的时候，您独辟蹊径，巧运匠心，出奇而制胜。不难看出，您所着意描写的是人的精神，人的心灵。这在中篇小说中是个突破。您的语言简练、幽默，文采斐然；结构巧妙而严谨；笔法从容而轻松；情节曲折而生动。"①

有的人不大了解编辑工作的重要性，以为编辑只会给别人作嫁衣，没有什么大本事。错了！绝对错了！编辑是杂家，大学问家。他们确实是每天都在给别人作嫁衣，一般也不常发表大块评论文章。可是，常发表文章的人，也不一定有大学问，相反，那些几十年如一日，踏踏实实，兢兢业业地做好本职工作的老编辑，十之八九都是具有真知灼见的学问家。绍棠成名很早，自少年时代开始，就与编辑同志打交道，他深有体会地对笔者说："编我的书的那些老编辑，比评论家还有眼力、有才气！"是的，像50年代的孙犁、晏明、李牧歌、邹明、刘金，新时期的郑其平、郑万隆、程树榛、谢树、李大章、王我、阿章、牟春霖、李一安、杜渐坤等同志，便都是真正的行家里手（孙犁同志何止是行家里手，他是文坛上的巨星，描写农村生活的四大名旦之一）。不信吗？那就让我们把上海《解放日报》的老编辑牟春霖同志写给绍棠的一封信和《中国文学》编辑郑其平同志写的编辑意见在此发表，与广大读者见面，一是为了证明本人上述论点的正确性，二是用这两封信作为本段最有概括力的结束语。先来看看牟春霖同志对《烟村四五家》这部中篇小说集的评价："巴尔扎克用几十部相对独立的创作，几十个若连若断的故事，组成了反映法国一个重要时代之全貌的《人间喜剧》。我不知您在构思时刻，是否受了这个巨人的影响，但从总的结构所显示出来的基本精神来看，两者确有惊人的相似之处。只不过他的范围广（整个法国各个阶层），您的范围窄（北方农村，活动在农村的各色人物——干部和群众）；他的殿堂大，您的殿堂小；他的议论多，您绝少议论。至于为自己划定一个范围，再把这范围分成若干领域，用多部或多篇作品分别加以反

---

① 李建文：1981年12月9日致刘绍棠的信，见通县（今通州区）"刘绍棠文库"书信柜第51卷，第190页。

映，分开来是一个个独立的乐章，合起来却是一个不可分割的整体，则殊途同归，基本相同。"

"您的这部作品证明：您是一位很出色的农村社会的'秘书'。30年来我国农村所经历的一切风雨，各个阶层所走过的条条曲径，以及他们的喜怒哀乐，悲歌笑语，都在您的笔下得到了栩栩如生、亲之如见的鲜明表现。对想了解这个历史时期的后代人来说，您的这册几百页的《烟村四五家》所提供的知识，比我国报纸杂志上的几百篇论文的总和还要多。"①迄今为止，在所有评刘的文章中，关于绍棠作品的历史认识价值，还没有谁能比上述这段话讲得更深刻。

1983年，《中国文学》社编辑出版英文版的刘绍棠中篇小说集《蒲柳人家》时，编辑郑其平同志写了一个编辑意见，其中有这样几段很有见地的话："审读了刘绍棠的作品及其文论，对他的艺术风格及其创作主张有了比较深入的认识。我体会，他的艺术观的核心是'怀土'，祖国之恋、乡土之恋（包括乡亲之恋）、山水之恋，是他创作的动力，是他作品的基调，也是他近几年来大力提倡并致力于乡土文学思想感情的基调。作者自称要'为粗手大脚的爹娘画像'，讴歌人民，特别是讴歌劳动人民的道德美、情操美、人性美、人情美，就成为他的作品的总的内容。

"刘绍棠的作品不是战歌，而是牧歌——田园牧歌。我认为他的田园牧歌是他的创作个性在实践乡土文学主张的体现。它不同于古希腊的牧歌，也不同于中外文学发展过程中那些反映农村田园景色的抒情篇章。而是'微言大义'，'歌颂光明美好'，凝聚、浓缩着丰富的社会内容。因此，刘绍棠的田园牧歌具有下列特色：一、时代特色与乡土特色的和谐统一；二、着重表现家乡的独特的社会风尚、山川景物、风土人情。其中，人情是根本。

"刘绍棠扬长避短，探索和形成了自己长于表现的艺术风格：自然、淡

---

① 牟春霖：1986年4月6日致刘绍棠的信，见通县（今通州区）"刘绍棠文库"书信柜第123卷，第39页。

雅、清新、含蓄，一阵清风，万里涛声。'天然本色'是艺术的极致，作者在艺术构思、题材选取、人物刻画，特别在语言的运用上，都致力于自然美、意境美的追求。在人物刻画上，有时真实与传奇相结合，现实主义与浪漫主义手法交替运用。他侧重于写人的性格、人的精神，认为'写实了也就写没了'，追求神似，追求韵味，追求情调。题材方面，一般不直接选取有重大社会意义的题材，而是由微见著，'武戏文唱'，由生活长河中撷取几朵浪花来折射大千世界。在语言运用上，也极有特色：叙述性语言生动、形象、圆熟、跳脱、浮雕性强、人物对话简练、有声有色，追求个性化、民族化、通过人物对话表现人物性格特征。此外，情节构思与人物安排，也不同于一般。他的作品往往无主要、次要人物之分，但个个栩栩如生，这与作者强调要按生活本来面貌那样来表现生活的主张有关。

"有着独特韵味的情与美，是组成刘绍棠田园牧歌的经纬。"[1]

古人去："深根者难拔，据固者难迁。"[2]刘绍棠的根子深深地扎在人民群众之中，他在广大读者、作者的心中盘踞得又是如此的牢固，这是任何力量也难以拔出和挪走的。刘绍棠和人民之间的血肉联系，不愧是当今中国文艺工作者的榜样。人民群众对绍棠的敬爱、崇拜和拥戴，是对他最高的奖赏！绍棠在人民中永生！

（原载《传记文学》2015 年第 6 期）

---

① 郑其平：对刘绍棠中篇小说选《蒲柳人家》的编辑意见，见通县（今通州区）"刘绍棠文库"书信柜第68卷，第139页。

② 《三国志·蜀志·谯周传》。

刘绍棠：毛泽东《讲话》坚强、忠诚的卫士

尽管刘绍棠已经辞世15年了，但人们还是把他的名字时时挂在嘴上。人们不称他中国作协、北京作协副主席，北京人大常委会委员，却依旧像他活着时那样亲切地称他"绍棠"、"我们的绍棠"，这是为什么？这是由他卓异出众的文品和深广的影响，以及他那有口皆碑的真正的人民公仆的人品决定的。其中他真正懂得、忠诚捍卫毛泽东文艺思想这一点是最主要的原因。

绍棠读毛泽东的著作很早，远在新中国成立前夕，即12岁在北京二中读一年级，尚还梳着木梳背的娃娃头时，他就偷偷地认真地学习过《讲话》和《新民主主义论》。从那个时候起，直到生命的最后一息，他始终都是按照毛主席指出的"我们的文学艺术都是为人民大众的。首先是为工农兵的，为工农兵而创作，为工农兵所利用的"文艺方向，为大运河粗手大脚的爹娘画像。50年如一日，风里雨里，矢志不移，从来没有动摇。特别是在改革开放初期，当有人摇身一变，由极左变为极右，放肆地攻击毛泽东文艺思想是束缚作家的绳子，使作家不是"下笔如有神，"而是"下笔如有绳"的时候，绍棠拍案而起，怒不可遏，针锋相对地指出："咱们社会主义文学，是无产阶级文学，它的阶级性，它的党性是不能动摇，不许改变的，就像每个人要遵守和坚持四项基本原则一样。"[1]他还说他"坚决反对以辱骂毛泽东思想来表现

---

① 刘绍棠：《开始了第二个青年时代》，《乡土与创作》，吉林人民出版社1982年版，第23页。

思想解放，一不是心有余悸，二不是政治投机，三不想做忠诚孝子，虽被斥为'认左为母'或'老观念太多'而不悔，实在是经过进一步深刻认识，更加信仰他的文艺思想"①。在反对、攻击毛泽东文艺思想的恶势力甚嚣尘上的紧急历史关头，刚刚得到平反昭雪的刘绍棠，能够置个人的恩怨、得失于不顾，无私无畏地捍卫毛泽东文艺思想，这是何等的难能可贵！这是多么令人钦羡的党性！

毛泽东在《讲话》里强调作家、艺术家必须要深入群众、深入生活、深入工农兵群众的革命斗争，与他们在思想感情上打成一片。我们永远不会忘记他老人家那段名言："中国革命的文学家艺术家，有出息的文学家艺术家，必须到群众中去，必须长期地无条件地全心全意地到工农兵群众中去，到火热的斗争中去，到唯一的最广大最丰富的源泉中去，观察、体验、研究、分析一切人，一切阶级，一切群众，一切生动的生活形式和斗争形式，一切文学和艺术的原始材料，然后才有可能进入创作的过程。"可是，许多年来，相当多的人把这一教导忘在脑后了，他们再也不愿意去深入工农兵群众，也不想与工农兵群众在思想感情上真正地打成一片，越来越脱离生活，疏远工农兵群众。在文艺作品中工农兵形象越来越被边缘化，他们的主体地位越来越被老板、经理、大款、大腕、富婆、买办、炒家所代替，思想敏锐、善于洞察世界的绍棠，远在20世纪80年代就热情满腔地呼吁："写农民吧，演农民吧！农民在几千年的中国历史上，在民主革命的历史上，在新中国成立以后的30年中，有多少可歌可泣的人和事，值得写，值得演。在中国，没有哪个阶级，没有哪个阶层，比农民的生活和命运更丰富多彩，对文艺创作，这是取之不尽、用之不竭的第一大源泉。有心的人，有志的人，到农村去，到农民中去。"②"工人和农民是我们社会的主体，是过去革命的主体，也是现在

①刘绍棠：《荒屋寒舍土炕上》，《如果我人》，华文出版社1993年版，第95页。
②刘绍棠：《建立乡土电影》，《乡土与创作》，吉林人民出版社1982年版，第162页。

四化建设的主力军……他们应该在文艺创作中占有主位，他们应该在报纸杂志上坐在首席。"①绍棠这一大声疾呼，倾吐出广大工农兵群众和正直的文艺工作者的心声，他们无不为之击节叫好，只有那些被歪风邪气侵蚀了魂灵的人，才说他的观念太旧。

刘绍棠非但在理论上衷心拥护、全力支持文艺的工农兵方向，激励作家艺术家要深入生活，深入工农兵群众及其进行的革命斗争，而且身体力行，亲自实践。他整个一生一直写农民，为农民写，并且有相当多的作品还是在农村写的。刘绍棠只活了61岁，其中有30多年是在故乡与父老乡亲一起度过的。几十年的风雨磨砺和乡亲们同甘共苦，使他"从思想感情到生活习惯，开口说话，为人处事和艺术情趣，都发生了返璞归真的变化"。是毛泽东文艺思想赋予他艺术的生命，成就了他的文学大业。

在《讲话》中，毛泽东还特别强调提高文艺作品的艺术水平的重要性。他明确地提出："我们的要求则是政治和艺术的统一，内容和形式的统一，革命的政治内容和尽可能完美的艺术形式的统一。"毛泽东的这几句话分明告诉我们，文艺创作必须严格地按照艺术规律办事。绍棠对此有着一般文艺工作者所欠缺的深刻理解。他根据自己半个世纪的创作实践，感触颇深地总结道："12岁我加入党的外围组织地下'民联'，13岁在中国当代文学创作队伍中吃粮，可谓余致力革命与文学凡40余年，积40余年之经验，深知欲达到革命与文学化合为一之目的，必须将革命的政治信仰与文学的艺术规律结合成浑然一体。革命与文学不是两层皮，不是水与油的孱合，甚至不是水和乳的交融，而是不分彼此，分不出你我。比H_2O还不可分割和分解。"②在浩浩荡荡的文艺大军中，无论是文艺理论工作者、赏评家，还是作家、诗人，除了我

---

① 刘绍棠：《我认为当前文艺创作中值得注意的几点》，《乡土与创作》，吉林人民出版社1982年版，第78页。

② 刘绍棠：《刘绍棠文集　大运河乡土文学体系》总序，《四类手记》，中国社会出版社1997年版，第592页。

们的绍棠之外，还有谁对革命与文学的关系或政治与文学的关系，作过如此精辟、透彻、形象的阐释，让人读过之后久久不忘呢？

绍棠正是因为用毛主席关于革命与文学的关系的教导作为创作的指南，所以他的小说既具有先进的政治思想内容，又富有强烈的艺术魅力，几十年来，一直作为"具有很高的文学鉴赏价值"的精品佳作被出版家所钟爱，被广大读者所珍藏。无论是青少年时代的《青枝绿叶》《运河的桨声》《夏天》，还是中年以后的《蒲柳人家》《小荷才露尖尖角》《京门脸子》《豆棚瓜架雨如丝》，都是可以一字不改长期在乡土文学的天地里独领风骚的。绍棠将"荷花淀派"的柔媚、清丽之美与"燕赵文化"阳刚、劲健之美很好地嫁接在一起，培育出风格独具的运河文学。当今的中国文坛上，作家队伍之庞大是史无前例的，不过，在艺术上真正具有颖异鲜明风格的作家，实在是凤毛麟角。而我们的绍棠，却像他的老师孙犁一样，也是一个独树一帜的有风格的作家。绍棠在事业上能有如此出类拔萃的建树，那是与他一生始终如一地按照毛主席的教导，对艺术进行探索、刻苦追求分不开的。

毛主席特别重视、大力提倡艺术民主。在《讲话》中他专门地讲到文艺工作者"应该在文艺界的特殊问题——艺术方法艺术作风这一点上团结起来"。1956年，又提出了著名的具有深远历史意义的"双百"方针，绍棠对此也是完全拥护，积极照办的。众所周知，绍棠是20世纪50年代重要的"荷花淀派"的最主要的代表人物。对这个曾经产生过广泛影响的文学流派，绍棠是情有独钟的，因此，他全力支持、帮助1987年7月创刊的《荷花淀》文学双月刊，但他可绝对不是一个唯我独尊、唯我独美的文学山头主义者。作为这家刊物的名誉主编，在刊物的创刊号上，他写下了这样两句对联式的刊头语：独树荷花淀文学流派之旗帜，兼容文学界各路诸侯之精英。非但如此，他还在创刊述旨中，进一步表达了大力提倡艺术民主、作家团结的崇高志向："各种艺术流派的作家和作品，从来都是相互影响、相互渗透的。'荷花淀流派'需要继承和守真，更需要发展和革新。因此，必须充分尊重其他艺术流派的作家和作品，从中汲取、充实和丰富自己的艺术营养。《荷花淀》文学双月刊绝不会对其他艺术流派的作家和作品采取轻视、贬低、对立、排斥的态度。"这段有板有眼的文字，让我们清清楚楚地看到了绍棠诚心实意地贯彻"双百"方针，推行艺术民主的大家风采。

心里无私天地宽。绍棠重视艺术民主，追求人际关系融洽、和谐的夙愿，到了垂垂老矣的晚年，变得尤为强烈。这一点集中地体现在他逝世的前一年春节，即1996年2月发表在天津《今晚报》上新春杂感《唱一出八仙请寿》中。在这篇凝聚着孩子一般的真情的文章里，绍棠首先肯定了"四只黑天鹅"（刘绍棠、邓友梅、王蒙、从维熙）对新时期文学发展所作出的巨大的历史性贡献："新时期文学创作的兴旺景象，是北京文坛'四只黑天鹅'比翼齐飞带出的局面。"接着，在情真意切、真实确凿地讲述了各自的成长历史的基础上，感人肺腑地发出了呼吁："共产党员应该是团结的模范，不该是团结的麻烦。中国革命文学队伍的不团结由来已久，都是共产党员作家闹的。左联和延安时期的疙瘩，当事人至死都没有化解。我想，50年代的我们这一辈人，不能再'继往开来'。"最后，他大声呼吁："民间有句俗谚：一个人唱不了八仙请寿。我一向主张，'二为'①求同，'双百'②存异。林斤澜的'怪味'，邓友梅的'京味'，浩然的'苍生'，维熙的'大墙'，王蒙的'意识流'，我的'乡土'，赤、橙、黄、绿、青、蓝、紫，各逞其能，各显神通，如持彩练当空舞，何必'大一统'，何必论高低，何必定上下？公道自在人心，历史自由确论。'来，来，来！你来，我来，他来，大家一起来。一个人唱歌多寂寞，多寂寞，一群人唱歌多快活，多快活……'20世纪50年代的歌，大合唱。"绍棠这种讲究艺术民主，珍惜昔日的团结和友情，渴望重整少年行的美好愿望，完全符合毛主席提出的文艺工作者应该在"艺术方法和艺术作风这一点上团结起来"的教导。在这方面，刘绍棠是起了表率作用的。

---

① 为人民服务，为社会主义服务。

② 百花齐放，百家争鸣。

前些年，贬低、嘲讽、攻击毛泽东文艺思想的逆流，一直或明或暗地存在着，我们的绍棠，便时刻保持着清醒的头脑，同逆流进行了长期的韧的战斗。每年他都写下了大长革命者的志气，大灭恶势力的威风的檄文。有一年，为了捍卫毛泽东文艺思想，他竟一口气写了6篇充满革命豪情的杂感、随笔，读起来委实令人振奋，从心眼里感到痛快。在这里，我们不妨摘出几段，以便加深对这位毛泽东文艺思想的忠诚卫士的理解和了解。例如，对20世纪80年代文艺界的错误导向，绍棠尖锐的批评道："把思想解放片面理解为'突破禁区'，比大胆儿，导致了胆大妄为，否定一切。在文学领域，否定毛泽东，否定鲁迅，否定民族文化，否定革命传统，竟然成为获取名利的捷径。"[1]还如，在纪念毛主席百年诞辰时他写道："当今的世界，存在着阶级、民族、国家的差别，国际反动势力千方百计对我国进行思想渗透和政治侵蚀活动，如果我们不牢记和严守毛泽东同志在《讲话》中的教导，政治立场发生动摇，思想信仰便会发生混乱，甚至堕落为供人驱使的内应力量。""'二为'方向，绝不能动摇，绝不能改变，绝不能打折扣。动摇、改变、削弱'二为'方向，有中国特色的社会主义文艺便会蜕化为反人民反社会主义的资产阶级自由化文艺。"[2]再如，他还多次呼吁文艺应该立法，"在为文艺立法的总原则中，应该比照宪法中坚持四项基本原则的条文，重申和确认毛泽东文艺思想对有中国特色的社会主义文化的指导意义和主导作用。"[3]这些铮铮有声的话语，是当今中国文坛的最强音。

大运河之子，当今中国乡土文学的领军者，真正懂得、忠诚捍卫毛泽东文艺思想的坚强战士刘绍棠灿若明星，必将在新中国历史上流芳百世。

（原载《中国文化报》2012年5月22日）

---

① 刘绍棠：《刺耳未必是噪音》，《四类手记》，中国社会出版社1997年版，第497页。

② 刘绍棠：《目标始终如一》，《如是我人》，华文出版社1993年版，第324、325页。

③ 刘绍棠：《感言》，《如是我人》，华文出版社1993年版，第328页。

蒲香荷娇醉杀人

——为电视连续剧《运河人家》喝彩

孙明强同志：

您好！

我怀着极大的欣喜之情，观赏了您和李宝林、毛玥同志根据著名乡土文学作家刘绍棠的大运河乡土小说系列改编的14集电视连续剧《运河人家》。我对您和你的朋友们明察秋毫的眼力和严肃认真的工作态度深表钦佩，对你们取得的十分可喜的艺术成就和为把刘绍棠大量精美的小说改编成影视作品而开的好头表示衷心的祝贺！《运河人家》的改编，是一次成功的艺术再创作。

我这么说，理由有五：

一、赏观《运河人家》，可以看出你们对绍棠小说的选择是很有眼力的。众所周知，绍棠的小说甚丰，仅新时期创作出版的中篇小说就有27部，长篇小说12部。但最能代表作家深刻的思想哲理、高洁的人伦道德和精湛的艺术质量的作品，要算是中篇小说《花街》《蒲柳人家》《瓜棚柳巷》和长篇小说《豆棚瓜架雨如丝》《京门脸子》等几部力作。你们的《运河人家》，恰好是以《花街》为主框架，巧妙地揉进了《豆棚瓜架雨如丝》和《京门脸子》的部分内容，并根据内容取向、人物塑造和艺术追求的需要，重新设计人物关系，编织故事情节，创作出一部绍棠神魂依旧在、外在面貌美而新的颖异之作，集中而又有力地突出了刘绍棠大运河乡土系列小说最核心的思想："农民是我们中华民族的脊梁，是创造中华民族道德的阶级"。①

二、《运河人家》以中篇小说《花街》的故事情节为主框架，但它容纳的思想内涵，却要比《花街》更为丰富，更加沉实。《花街》所讲述的主要是长工叶三车与逃难村妇蓑嫂结为露水夫妻的爱情故事。由于中、短篇小说所特有的单纯性的限制，它未能把20世纪三四十年代北运河农民生活的社会背景和人际关系做更多的展示，而电视连续剧《运河人家》，却是在以叶三车与蓑妹子的爱情故事为主要情节线的同时，又增加了老龙蛋子剥削、欺压花街百姓，利用河姑祠蹂躏、摧残运河妇女，金枝控制百顺堂鱼肉人民等深刻揭示黑暗、腐朽、没落的时代本质特征的社会内容，而且这些内容随着情节的发展和人物关系的演变，愈来愈紧密地交织在一起，因此，展现在我们面前的北运河人民的生活，便具有多种色彩、多种层面、多种角度，给人一种波澜起伏的立体感。赏观这部电视连续剧，我们的心里不仅为叶三车、蓑妹子、望日莲、灯草、老虎跳几个穷苦兄弟姐妹舍己为人、多情重义的美德连连发出由衷的赞叹，也被老龙蛋子的假慈善真凶残和金枝的阴险毒辣、奸邪刁顽激起怒不可遏的火焰。而面对"鬼婚"这一令人毛骨悚然的习俗和望日莲投河身亡的悲惨结局，我们又不禁扼腕叹息。总之，《运河人家》赋予我们的审美享受是五味俱全的；它在我们脑海中留下的生活画面是五彩斑斓的。绍棠生前曾多次大动感情地说："我要以我的全部心血和笔墨，描绘京东北运河农村的20世纪风貌，为21世纪的北运河儿女，留下一幅20世纪家乡的历史、景观、民俗和社会学的多彩画卷，这便是我今生的最大心愿。"毫无疑问，14集电视连续剧《运河人家》的诞生，对帮助绍棠实现这一终生的夙愿，将会起着积极的作用。

三、电视连续剧《运河人家》中的几个主要人物，塑造得都很成功。先说叶三车和蓑妹子这两个人物形象的塑造。在保持原作小说叶三车和蓑嫂的

---

① 刘绍棠：《乡土文学与民族风格》，《我与乡土文学》，春风文艺出版社1984年版，第227页。

基本性格特征和美好的心灵的基础上，改编者们又合情合理、巧妙细致地设计了他们与望日莲、连阴天的微妙关系，进而大大增强了他们坦荡无私、光明磊落的人格光彩。

在小说《花街》中，叶三车的人格力量，是在他与蒉嫂、杨小蒉子的单线条关系中展示出来的。而在电视剧《运河人家》中，叶三车的人格力量，则是在他与望日莲、蒉妹子复杂而又纯洁的双方面关系中交相辉映地展示出来的。他为实现对师傅的许诺，挣得30石粮食，赎出陷入苦海中的望日莲，在长工的枷锁中拼死拼活地挣扎着。正是为了赎出望日莲，他才以兄长的身份对待诚心实意爱恋着他的蒉妹子。当蒉妹子被捆绑在牛车上游街示众，面临死难的紧急时刻，他便凛然出现，举身跳河，取出大红更贴，假做蒉妹子的丈夫，保住她的生命，将一切污言秽语全都置之于度外。这是叶三车身上闪射出的第一道动人之光。与从死难中救出来的望日莲结为夫妻，在寒窑、芦苇丛中避难求生，以野菜、河鱼维系生命；望日莲陷于绝境，请求他赶紧逃走，他却坚决不允，并对她发誓："日月星辰都长眼，我叶三车离了你望日莲，要是再长歪心眼儿，叫我……"这是何等震撼人心的诚言热语！这是叶三车身上闪射出的第二道更为绚丽的耀眼之光。为了保护蒉妹子的女儿金瓜不落百顺堂当奴隶，他毅然决然地走上长途拉纤的苦路。临行前蒉妹子再次恳求他留下陪自己住一夜。然而，他非但未答应蒉妹子的恳求，而且还跪倒在伞柳下，望苍天哭泣："望日莲，我出门拉纤，一去几千里，风风雨雨，多灾多难，万一有个三长两短，就求你在天之灵，保佑他们大人孩子平平安安。我叶三车到了黄泉路上，也要找你再做夫妻。"叶三车此时的哭泣声犹如静夜中的洪钟轰鸣，具有惊天地泣鬼神的震撼力。这是叶三车身上闪射出的第三道足可以划破漫漫长夜的灵光！改编者们正是通过这三道一道比一道更亮更美的光束，活脱脱地塑造出叶三车这个顶天立地的贫苦农民的俊美形象。通过改编者富有创造力的手，叶三车这个人物形象变得比原来更为丰满，更具有典型性。我们从叶三车身上，分明也看到了柳梢青（《瓜棚柳巷》）、古老荏子大伯（《京门脸子》）、柳罐斗（《蒲柳人家》）、刘二皇叔（《村妇》）等众多侠肝义胆、粗狂豪放的运河汉子的形象。

同样，与叶三车同生死共患难的蓑妹子形象的塑造，也清楚地显示出改编者们不凡的艺术功力。小说《花街》中蓑嫂的美好品格，主要是通过她对叶三车忠贞不渝的爱情和对叶三车之子伏天儿不是亲人胜似亲人的母爱来展示的。而在电视剧《运河人家》中，蓑妹子美丽的精神世界，却有了大幅度的拓展。改编者们除保留了小说中那些瑰丽的画面之外，还从容自如地增加了她与望日莲、税警连阴天特别关系的感人场景。按世俗偏见，蓑妹子与望日莲是情敌，但在电视剧改编者的笔下，蓑妹子却与望日莲亲如姊妹。她忍痛割舍自己对叶三车炽烈的爱，不仅把叶三车全交给了望日莲，而且还主动热情地为叶三车、望日莲操办婚事，伺候望日莲坐月子，为伏天儿做百家衣。望日莲投河自尽后，她把伏天儿当作亲生儿子抚养，对伏天儿的爱远远超过了对亲生女儿金瓜的爱。总之，蓑妹子这个温慈重义的良家女儿，慷慨善良到忘我的程度，很是令人肃然起敬。不过，这只是蓑妹子美好心灵的一个方面。在她面对税警连阴天死死追逐和三番两次纠缠而岿然不动的行动中，我们又真真切切地感受到她美好心灵里爱憎分明、疾恶如仇的另一个方面。这些在小说中是没有的，但具有这种品格的女性，在绍棠的另外一些小说中，却是大量的（如《碧桃》中的碧桃，《这个年月》中的唐大姐，《绿杨堤》中的水芹，《两草一心》中的春雪等）。改编者把绍棠最宠爱的儒林十二荆钗的美好品格，都集中到蓑妹子这个人物身上了。改编者们的笔是大胆的，但又是有确凿根据的，绝不是像有的改编者那样，离开原作者的创作思想和作品实际去胡编乱造。

税警连阴天及其妻子金枝两个人物，与小说《花街》中的原型相比，有了根本的变化，也可以说是改编者们使出不小的气力重新塑造出的面貌全异的人物形象。《花街》中的连阴天，是个40岁出头，阴险毒辣、欺压渔民成性的恶警官。而电视剧《运河人家》中的连阴天，却是一个身为警官但又有些开明意识的青年。他厌恶自己的家庭，不把家产看在眼里，但又寻找不到出路。他对老龙蛋子一手包办娶下的一妻二妾并无任何感情，是有道理的；他对蓑妹子的痴心追求，也不是不可能的。但那仅仅是被蓑妹子的美貌所吸引，为了满足情欲而已。而到了关键时刻，却又露出财主少爷的真面目。他是一个身居统治者阶层却又活得很累的复杂人物。

同样，小说《花街》中的狗尾巴花（即电视剧《运河人家》中的金枝），是一个比连阴天小二十几岁，"与河防局大小官员都有同床之谊，共枕之交"的浪荡女子。而在《运河人家》中，则是一个年轻漂亮但却心狠手辣、六亲不认的老板娘。她善施阴谋诡计，有极强的金钱欲望，竭力想当花街的霸主，将老龙蛋子取而代之。

连阴天和金枝这两个人物虽然与《花街》中的原型相比面貌皆非，但这类人物在绍棠的其他小说中也多次出现过，因此，这两个人物形象，也不是改编者杜撰出来的，而是改编者赏读了绍棠大量作品，仔细消化、品味了许多人物形象之后，成功地再创作出来的新的艺术典型。

老龙蛋子这个绝无脸谱化痕迹的大财主的形象，也是根据电视剧的全部内容精心设计的，在绍棠的其他小说里，也能找到它存在的依据。需要特别指出的是，改编者重新设计的老龙蛋子和金枝这两个人物，大大地增强了作品所反映的北运河农村50、60年前阶级对立、阶级压迫的时代特点和社会意义，从而提高了作品的品位和价值。不过，改编者的手法颇为巧妙、隐蔽，没有流露出令人生厌的政治说教的蛛丝马迹。在这方面，绍棠具有很高的修养，看来，改编者向绍棠学了不少有益的东西。

明强同志，这里我想对伏天儿这个人物再说几句。世人皆知，刘绍棠是新中国第一个神童作家，自幼就表现出卓异的智慧和超群的嘎劲儿，特别讨父老乡亲和师长们的宠爱。这是客观的事实。绍棠天性又喜欢孩子，进入中年尤甚，因此，在不少作品中他都非常动情地描写过自己的童年生活。何满子（《蒲柳人家》）、伏天儿（《花街》）、摸鱼儿（《瓜棚柳巷》）、龙抬头（《荇水荷风》）等顽童形象，都是童年刘绍棠的化身。电视剧《运河人家》巧用《京门脸子》里的有关故事，活灵活现地展示了伏天儿的聪颖和顽皮。这不仅为整个电视剧增加了欢快轻松的气氛和畅愉乐观的情调，而且还让我们对神通作家刘绍棠的童年生活略知一二，感悟到运河儿女未来美好的希望。《运河人家》在北京电视台首次连播的时间，恰好是绍棠逝世一周年的前夕，剧中那个顽皮、聪明、可爱的伏天儿，引起我对绍棠无尽的思念，时不时地流下激动的泪水。仅从这一点来说，我也要向电视剧《运河人家》剧组的全体人员表示衷心的感谢。

四、以《青枝绿叶》蜚声文坛的刘绍棠，青年时代的作品以清新淡雅的牧歌情调和恬淡的美，赢得了无数读者。进入中年以后，特别是新时期以来，他出版和发表的小说，却增加了浓郁的传奇色彩和雄浑之情，将"荷花淀派"的柔媚、清丽之美与燕赵文化的阳刚、劲健之美巧妙地合二为一，建立了独具风光的大运河乡土文学体系。绍棠这一时期的小说故事情节跌宕起伏，引人入胜，具有极强的可读性。电视剧《运河人家》，从总体上来看，很好地体现了绍棠新时期小说的这一风格，博得电视观众的热烈欢迎。这一点也是令人称道的。

与人民群众和社会主义事业时刻心连着心的刘绍棠，对现实对未来始终怀有革命乐观主义态度，这种精神充分地体现在他一生的全部作品中。在电视剧《运河人家》中，贫苦农民的日子是十分艰难的（平时能吃上一张玉米面打糊饼，就是最大的享受），但他们那种团结互助、生死与共的忘我精神和对生活、对未来总是充满向往的情怀，却使他们的生活充满了阳光。整个电视剧始终有一种健康、美好、善良的感情激流在涌动。换句话说，人间真情的温暖压倒了艰苦岁月的寒凉。《运河人家》的这一基调与绍棠作品的总格调是一致的。片头曲和主题歌也十分优美，为深化全剧的主题思想起到了很好的烘云托月的作用。我想，改编者如果对原作者的思想追求和艺术特色缺乏总体的把握，要做到这一点是不可能的。

五、说几句题外但又并非题外的话，即《运河人家》中叶三车、蓑妹子、灯草、老虎跳、连阴天、金枝、老龙蛋子几个主要人物的扮演者的表演都很成功，很到位。他们成熟的精湛的演技，为人物形象增添了不少明丽的光彩。特别是叶三车的扮演者濮存昕和连阴天的扮演者赵晓明两位青年演员的表演，更有分寸、更有厚度，我们应当向他们致以祝贺。

最后，我还想提点不成熟的意见。记得20世纪60年代初，影坛曾有过一个很流行的说法，即一部成功的影片，要有好的故事情节、好的人物形象、好的镜头画面。我觉得这三好的要求，也适用于电视剧的创作。《运河人家》具备了前两好，但镜头画面还显得太小气，不够美、不够味。大运河之子刘绍棠，在自己近700万字的作品里，曾无数次如痴如醉地描写过大运河两岸的乡风水色。如果《运河人家》的制作者能把绍棠对大运河那一幅幅清明上河图式的描写，在镜头画面上充分展示出来，观众将会感到何等的惬意！

明强同志，刘绍棠是一位有风格的乡土文学大师，他的许多小说都可以改编成影视作品。现在，您已经有了一个成功的开端，可否乘胜前进，一鼓作气，再根据刘绍棠的大运河乡土小说改编二三部大型电视连续剧，作为向新中国成立50周年的献礼？广大读者翘首以待。

最后，再一次向您表示衷心的祝贺，并请您向《运河人家》剧组全体朋友转达我的贺意和问候！

您的朋友　郑恩波

1998 年清明节于北京

（原载《文艺理论与批评》1998 年第 4 期）

我心中的刘绍棠

刘绍棠的名字，远在64年前，我读小学五年级的时候，就牢牢地刻在了我的脑海里。1952年元旦，在广大青少年中威望甚高的《中国青年报》，以整版的篇幅发表了刘绍棠的短篇小说《红花》，编辑部还在小说的正文前面，加了两行按语，说作者是一个只有16岁的中学生（实际上作者当时只有15岁，比我大3岁）。读着那篇小说，我觉得，好像有一股凉丝丝的小风，从北运河畔吹到了我们辽东湾望儿山下的苹果树林子里。小说前面的按语，分明在告诉我：写小说，给报社投稿，十几岁的孩子也能干。于是，从那时候起，我也悄悄地用过年时妈妈给的压岁钱买了几张大白纸，裁订成32开的日记本，写起日记来。为了向老师和同学们显摆自己的小聪明，我还买了蓝、红、绿三种颜色的淀片，泡成三瓶钢笔水，本子里每写五行变一种颜色。每当我打开日记本叙写一件事、一个人、一个场面、一席对话的时候，心里总想起"刘绍棠"三个字。

1953年金秋，我考入辽宁盖县三中。在恩师王振宏的特殊关心、指导下，我初步懂得了文学两个字的含义。如饥似渴地读起赵树理、柳青、秦兆阳、康濯、孙犁、刘绍棠的小说来。特别是刘绍棠的小说，简直使我着了迷。

1956年9月，我被保送到辽宁省赫赫有名的熊岳高中。古城熊岳，具有悠久的文化传统，又是我们满族人群居的地方。打开历史的篇章，拂去岁月的风尘，望儿山下，响水河畔，涌现出多少文人墨客！仅20世纪以来，就出现了几十名在全国颇有影响的作家、画家、音乐家。

正是在这些志同道合的学兄的激励、帮助、鼓舞下，在一生一世我都不会忘记的恩师胡佩兰、郭增益、杨乃曾的开蒙指导下，我才在文学的征途上找准了自己的位置，向刘绍棠学习，以刘绍棠的作品为样板，搞起业余文学创作来。从高中二年级开始到毕业，共发表了10篇散文，其基调和遣词造句，气氛烘托和场面描写，都像刘绍棠小说的某些影子在闪动。当时的一些文章发表后，我又重新抄到一个白白净净的本子里，封面上还剪贴了一幅春意盎然的风景画，酷似一本书。三十多年过后，当我把这个本子拿给绍棠同志翻阅，并把里面一些模仿他的小说的词语写成的句子念给他听时，他的脸上顿时绽开欣慰的笑容。

每个人一生都要走许多许多路，但最关键的只有几步。我常常反思前半生走过的路，心里总嘀咕：1959年高中毕业如果不升大学，而像刘绍棠那样一头扎到海滩上或钻进苹果园里，也许我也会真的成为一个小刘绍棠。或者上大学不去学洋文，按着第一志愿的录取进北大中文系，那我起码也能做一个名副其实的刘绍棠研究者。

然而，我们这一代人，从打懂事儿那天起，就只认一切听从党安排这个理儿。"自我意识"、"个人价值"这些理论打扮得再时髦，调子唱得再动人，对于我们也依然格格不入。在十年大庆的锣鼓声中，我告别生我养我、给我以灵气和力量的盖州大地，放弃了千载难逢的入北大中文系学习的良机，根据国家的需要，到北京外语学院留苏预备部报了到，硬着头皮学起俄语来。

可是，那时的国际气候，也太不随人意，嘀噜嘟噜地苦学了一年，莫斯科大学又去不成了。那是风不调雨不顺的1960年。留苏不成，我想重新恢复一年前高考的第一志愿，到北大中文系去。可是，手疾眼快的中国科学院哲学社会科学部（中国社会科学院前身），立即将我们收为己有。从此，死死缠住我的，又是俄语，又是阿尔巴尼亚语、塞尔维亚-克罗地亚语；全部黄金般的时光，几乎都献给学洋文、用洋文的"洋务事业"了。

生就的骨头长成的肉，我虽然在"洋务事业"中摸爬滚打了大半辈子，但灵魂深处依然还是一个土小子。对中国文学，尤其是对刘绍棠田园牧歌式的小说的兴趣，始终是有增无减。《运河的桨声》的姊妹篇《夏天》，康濯的《春种秋收》，孙犁的《白洋淀纪事》，秦兆阳的《农村散记》，李準的《芦花放白的时候》，浩然的《彩霞集》，悄悄地陪伴着我，在北大的书斋，在俄文楼近侧的假山上，在寒暑假里北京-大连、大连-北京的火车上，一起度过了5个春夏秋冬。特别是绍棠同志的那本青年时代的代表作《夏天》，还形影不离地跟着我，跋涉欧亚3万里，到了地拉那大学的宿舍。在远离祖国和亲人的3年时间里，是它时时地为我排忧解难，成了医治我的思乡恋旧顽症的良药。即使在"史无前例"的年月，在我失去了人间的温暖，再不被人称作"同志"的地冻天寒的时刻，我的枕头下边也依然有《夏天》，是它给了我温暖，给了我继续生存与抗争的勇气和力量！我有幸在党中央机关报《人民日报》工作了10年。本人感到自慰的是，在八股文盛行的年代里，红山鹰（我的笔名）的国际通讯，还是与众不同的。多年来从刘绍棠、从维熙等人小说中学习、吸取的营养，情不自禁地注入笔端。那一篇篇文章的气势，故事情节的安排，语言的运用，都有《青枝绿叶》《曙光升起的早晨》的深刻影响。甚至文章的标题，也有模仿刘绍棠小说标题的痕迹。比如，为了宣传阿尔巴尼亚一个山村女社员的模范事迹，我想起了绍棠15岁那年写的那篇《红花》，于是，我便信手给文章定了自己很满意的标题《社里的红花》。再比如，为了宣传纪诺卡斯特的青年男女齐心协力闹春耕的苦干精神，我想起了绍棠的另一篇很有影响的小说《布谷鸟歌唱的季节》。这样，我便把文章的题目定为《恰似群燕报春来》。等等。

　　说心里话，我从未把绍棠看成右派。即使在他沦为贱民，被驱除出文坛的漫长岁月里，我也经常在心里描摹着他的形象。有一件事，直到今天一想起来，心儿还要怦怦地多跳几下。1962年底，中央下达指示，要对一些右字号人物进行甄别。不知道是一种什么原因，一听到这个消息，我立刻就想起了自己崇拜的刘绍棠。于是，每天走进系或校阅览室，第一个任务就是查看文学期刊的目录。我多么渴望某种杂志上再重新亮出"刘绍棠"三个闪光的字啊！记得还是布谷鸟歌唱的季节，我在北大俄语系阅览室里，在1963年4月号的《北京文艺》上，突然又看到了"刘绍棠"三个字。原来他又开始发表小说了！小说的题目是《县报记者》。顷刻间，我仿佛像在阴雨连绵的三伏天里，又见到了金光四射的太阳。我兴冲冲地跑回教室，急着把这一特大的喜讯告诉给我的同学和朋友们。记得一连好几天晚自习都没安心上好，邮票买了一大把，竟给外地的文友写信了。人一生总会有几次得意忘形的时候；在那种时候，哪怕是年过花甲的老人，也会骤然变成孩子，更何况23岁的小青年呢？那几天，我失态了。那是我半辈子的几次狂喜失态中的一次。

金子有时会埋进垃圾里，但它不能永远被埋没。1979年冰化雪消的时节，在天寒地冻、风雨飘摇中苦苦熬了22年的刘绍棠，终于平反昭雪了。刘绍棠，这个共和国童年时期的文曲星，青年文学工作者的精神领袖，又大放光芒了！

国际风云变幻莫测，这时的我，在专业工作方面，正处于低谷，红山鹰险些变成黑乌鸦。我多么想找个充分理解自己的人，倒一倒肚子里的苦水啊！苦闷、彷徨中，我自然想到了心中的英雄刘绍棠。我想找他，请他给我以指教。可真的要去时，心里又有些顾虑。"刘绍棠是个大名人，瞧得起我这个平民百姓吗？再说，他已郑重宣告：《让我从21岁开始……》，那就是说，他现在一定忙得很，时间十分宝贵，打扰人家也不合适啊！"我心里反复地琢磨了几次。

恰巧就在这时候，我的好友洪钧从沈阳来京约稿，要我陪他去见刘绍棠。这可是个极好的机会。我把组织上安排我每周去北京外语学院学习两次塞尔维亚-克罗地亚语的事儿甩到脖子后头，兴冲冲地来到府右街光明胡同45号。

当年绍棠遭受批判时，我曾听说，北京解放不久他就买了房子，而且是独门独院。我想凭他当年的身份，这肯定是一座古香古色而又富丽堂皇的北京四合院儿。即使没有镶嵌着黄铜兽鼻扣环的大红门，也得有几级青石台阶，旁边也许还会摆着两大盆名贵的花卉。然而，走到近处一看，却让我目瞪口呆，大失所望。院墙的灰皮已经剥落，好像生了秃头疮。两片破旧不合缝的门板，用手一推，发出刺耳的吱扭声。朝南的三间房算是正房，但按照老北京人的习惯，门窗一律朝北开，房间里一年四季不见阳光。每间屋子都超不过10平方米。绍棠同志工作的那一间算是"客厅"，不过也放不下四、五把椅子，人多时，只好站着，不然就到院子里枣树下，拿小板凳围坐。家里既无大沙发，也没有茶几儿，全部家当只是3个摆得满满的书柜。这种物质条件，不要说比不上许多市民，就连我所熟悉的京郊东坝河畔的普通农家，也要比绍棠家里的景况高上一筹。"这难道能是名扬海内外的神童作家刘绍棠的家？"我不由得打了个寒噤。

一个高大魁梧、膀阔腰圆、看上去不过三十五六岁的小伙子，满面红光地走进"客厅"。那满头浓密、不加梳理的黑发，那黑里透红的胳膊，那淳朴而洪亮的笑声，分明告诉我，他是一个典型的京郊农民。不过，那双透过高度近视镜流露出机敏神情的眼睛和便便的大腹，对自己的身份还是给人留下了需加思索的伏笔。

"我就是刘绍棠。"他用力地握着我的手说。我惊奇地目不转睛地望了他几秒钟，不知回答他什么才好。霎时间，我的眼前仿佛再次卷起了疾风暴雨，《夏天》仙境里的那个诗人般的刘绍棠，怎么也无法和眼前的这个庄稼汉似的刘绍棠联系起来。这就是我今生第一次见到崇拜了半辈子的刘绍棠时的感受。人们最初的印象是最深刻的，永远也忘不了的。刘绍棠那健壮可爱的形象，将深深地、不可磨灭地铭刻在我的脑海里。

正因为这样，我事先在脑子里人为设置的障碍，顿时崩溃了。谈话未过半小时，彼此就心心相印了。末了他还把我的通讯处单独记在一个小本子里，并诚恳地说："今后我们应以学兄、学弟相称。这一句话，把我在我们之间的砌的那堵墙，立刻踏平在地了。"

1979年是我们很难忘怀的一年。新时期开始了，拨乱反正的工作，令人鼓舞地在思想界、文化界、教育界广泛地开展起来。但也有一些人从一个极端跳到另一个极端，提出了不少离经叛道的"理论"。有人甚至放肆地反对、否定毛泽东和毛泽东思想，对《在延安文艺座谈会上的讲话》也提出疑问。面对那些五花八门的奇谈怪论，我感到非常惶惑，很想听一听刘绍棠的声音。时刻记着自己取得的一切都"渗透着党的心血"的刘绍棠，果然不负众望，在《希望八十年代出现成千上万的青年作家》《我认为当前文艺创作中值得注意的几点》《也谈创作上的几个问题》等富有战斗性的短论里，旗帜鲜明地提出了文艺与政治的关系、文艺作品的社会意义和教育作用、工人和农民是我们社会的主体，"他们应该在文艺创作中占有主位"等一系列发展和繁荣社会主义文艺的重大问题，大长了无产阶级文艺工作者的志气。苦闷中读到这些文章，我心里大有拨开乌云见太阳的兴奋之感。"好样的！刘绍棠不愧是党的忠诚之子，这才是一个共产党员作家应有的骨气！"从这时候起，我开始密切地跟踪他，凡是他的作品和散论，见到一篇读一篇，并立即搜集起来。我在致友人的信中大胆预言："……从行文的语气和文章的气势来看，刘绍棠好像是在面对几个辩论者讲话。以后也许会有人反对他、攻击他。但他不会屈服，一定会以文学大家的身份载入文学史册，因为他代表了文艺界的一种健康力量、一种正气。"1980年春天，重新溢放出泥土芳香的《蒲柳人家》的问世，标志着刘绍棠在艺术上已步入当代第一流作家的层次。这更使我坚定了上述的信念。

就在我步步跟踪刘绍棠的足迹的时候，根据工作的需要，中国社会科学院外国文学研究所把我派到南斯拉夫诺维萨德文学研究所，要我在那里进修南斯拉夫文学两年。这样，我对刘绍棠的跟踪便被迫中断了一段时间，心里十分惋惜。可能我对刘绍棠的敬仰和对他的作品酷爱入迷的痴情，感动了美神阿芙罗狄蒂。后来，我同绍棠同志的联系非但没有停止，相反，恰恰就在这座多瑙河畔的新花园城，命运反倒为我们架起一座深入接触、真诚交心的桥梁，彼此开始建立起兄友弟恭的深厚感情。

那是1982年10月中旬的一天傍晚，我国驻南斯拉夫使馆文化参赞何子立同志打电话告诉我，由马识途率领的中国作家代表团，将于第二天抵诺维萨德访问，代表团中有中国著名作家刘绍棠。我撂下电话，刚要上楼，诺维萨德作家协会秘书长、我的好朋友德拉戈米尔·鲍甫诺瓦科夫同志，恰好开车来到我的住所，向我讲了同样的事情，并要我第二天直接去贝尔格莱德机场接中国作家代表团，为代表团当翻译。

啊！是乡土文学大师刘绍棠来南访问，真是可贺可庆！还要让我给他当翻译，这更是历史性的纪念，莫大的荣幸！当时我的进修期已满，正整理东西，做回国的准备工作，说真的，时间是相当紧张的。可是，一想到是陪绍棠同志，便什么都不顾了。当时我的得意劲儿，可用李準同志的小说《不能走那条路》中的一句话来形容：真像新姑爷下轿那一阵子一样，心里又急又高兴。就这样，第二天，我便撂下未整理好的几十箱书，连中午饭也没吃好，就赶到了贝尔格莱德机场。

关于绍棠同志见到我时的喜悦心情，后来他在《师弟》这篇散文中，是这样描述的：

> 在遥远的异国他乡，我和恩波结下了深厚的友谊。
>
> 那是1982年10月的一个傍晚，我来到南斯拉夫，一出贝尔格莱德机场，便被装进汽车飞驰直奔伏依伏丁那自治省首府诺维萨德。坐了十几个小时飞机，又坐几个小时汽车，万家灯火中进入这座花园之城，身体非常疲惫；人地生疏，语言不通，心情十分悒郁。万万没想到高大魁梧而文质彬彬的恩波来到我的身边，满脸洋溢着热情真诚的微笑，跟我紧紧握手。我和恩波在北京曾有一面之识，他乡遇故知有如久旱逢甘雨，疲惫和悒郁一下子烟消云散，有恩波给我当翻译，我像哑巴又能开口，说话，有恩波给我介绍南斯拉夫当代文学情况，我从一窍不通而能略有所知。他帮了我的大忙。
>
> 恩波是关东农家子弟，60年代毕业于北京大学俄语系，我来自京东北运河农村，50年代曾在北京大学中文系读书。我和恩波的经历，有许多类似之处，因此一见如故而兄友弟恭。我喜欢恩波的淳朴踏实，诚恳认真。
>
> ……

　　绍棠同志访南结束后，乘飞机10月底回到北京；我乘国际列车于11月初返回外国文学研究所。从那时候起到1997年绍棠逝世，时间整整过去了15年。这15年多的时间，是我今生第二个黄金时代。说它是黄金时代，固然与自己在本行专业中取得了一些成绩有关，不过，更重要的，最使我心里感到充实、快乐和幸福的，还是在与绍棠亲密无间、志同道合的交往中，在对他的作品全面认真的学习与钻研中，懂得了应该怎样做人作文；在绍棠同志的直接影响与帮助下，找准了驾驭笔杆儿的角度，思想上得到了真正的解放，感受到了返璞归真的乐趣。正如绍棠同志所说："一个人，只有找对了自我感觉和自己的位置，才能自得其乐。"①

　　首先，在近20年的时间里，我与绍棠之间，确实建立了兄友弟恭的情谊。工作遇到困难找他诉苦，出了新书向他报喜，听到重要新闻立刻与他通报信息，这早已成了我的习惯。除了工作的机关和家，18年中我去的次数最多的地方，就是绍棠家。见了面，三句话不离本行，古今中外的名作家、名作品，我们几乎都谈过。对文艺界经常出现的一些带有倾向性的问题，更是予以特殊的关注。在这方面，我们的意见完全一致。这也是我们的友谊能够不断加深的前提。在我们的友好关系中，主要的受益者是我。他那坚定的始终为社会主义文艺而献身的无产阶级党性，教我懂得了一个共产党员作家应当怎样为共产主义事业而奋斗。对我家里的实际困难，他更是时刻惦记在心，如同亲兄弟一般鼎力相助。对我思想和业务工作的关心，尤其令我感动。有一件事情，是我永生也不能忘记的。1989年4～5月间，首都的天空乌云翻滚，人心不宁。在急剧变化的形势面前，我的心情也十分焦灼。在这个关键时刻，绍棠给我寄来了一封信，使我的眼睛在昏暗中顿时变得明亮，看准了前进的方向。在大半辈子的时间里，在关系到一生的政治生命和事业成败的节骨眼上，能给我及时以指点的，绍棠是第一人。于今我已七十有六，

---

　　① 刘绍棠：《掏一掏心窝子》，《文学报》1990年版。

在文学这个浩瀚的大海里苦苦地寻找了57个春秋。古今中外的名著，不能说读得很少，发表的各种各样的文章篇目排列起来，多少也还有点儿气魄。但是，平心静气地说，真正动感情读的书能有几部？我必须老老实实承认，有相当多的书我是为了应付考试或完成上级交给的研究任务，硬着头皮去读的。很多文章写得装腔作势，有的甚至还露出了应景文章的蛛丝马迹。可是，一打开绍棠的书，我就来了能耐，读到深夜三点，也不会打哈欠。写起评论绍棠小说的文章来，更是心潮翻涌，热血沸腾。全部感情注入笔端，融在字里行间。自己的审美情趣，艺术修养，文字功夫，全都展露无遗。实事求是地说，介绍、评论刘绍棠及其作品的文章，倒是能显示出我执笔为文究竟有多大本事。我觉得，只有在写作这些文章时，我才找到了自我，找到了自己的位置。只有在这一自得其乐的工作中，我才实现了返璞归真的夙愿。返璞归真乃是人生莫大的幸福与快乐。

关于绍棠为人，在好几篇文章里，我已经就他同老师、同学和朋友的关系，列举了不少事实。现在，我想再从我个人与他交往中的一些感受补充一些情况。我觉得，这对于全面而真实地了解刘绍棠、评价刘绍棠，是不会没有益处的。

绍棠最可贵的品质，是表里一致、言行一致。无论是在春风得意的年月，还是狂风暴雨大作的时刻，他始终都是一个让人看得清、摸得到、嗅得出的一面派。用他自己的话说，即"做人作文都是一张脸"。远在20世纪80年代初，当各种时髦的新潮理论猛烈冲击文坛的时候，他就有胆有识地提出了一整套建立中国乡土文学的理论。对这一理论，有的人拥护，有的人不以为然，还有的人则以老爷的架势肆意攻击。然而绍棠本人，却一直是一张脸，不管客观环境对自己有利，或者不利，他始终如一、毫不动摇地坚持自己的主张和观点。18年当中，我们在一起探讨文学问题数十次，他的观点始终不变。无论社会上刮什么风，他都不变颜、不变色、不变相、不变形。"墙头上的草随风倒"，这是绍棠最厌恶的。18年中，他一贯认为《在延安文艺座谈会上的讲话》是文艺工作者的主心骨。虽然有些人在这个问题上无理非难过他，但他却一直全力捍卫这个具有划时代意义的伟大文献。他曾多次满怀激情地对我说，迄今为止，还没有谁能像毛主席那样，把文学艺术的几个根本性问题，阐释得那么精辟，那么令人信服。他还多次当着我的面赞美周恩来总理1961年6月《在文艺工作座谈会和故事片创作会议上的讲话》和胡耀邦同志1980年12月《在剧本创作座谈会上的讲话》是我们党极为重要的历史文献，是对毛泽东文艺思想的重大发展，是发展和繁荣社会主义文艺事业必须遵循的准绳。绍棠从不迎合某种需要说违心话，对某些受到不公正待遇的作家，他敢公开站出来主持公道。对浩然同志仗义执言就是最好的例子。由于历史的安排，勤奋多产的作家浩然，在"史无前例"时期，有过一段坎坷。凡是具有历史唯物主义观点，对人对己实事求是的人，对浩然同志的遭遇，都会采取理解、宽厚的态度。然而，有段时间，事情就那么复杂，有人南北夹攻，竭力将浩然全盘否定，也要对他采取"自己生的孩子自己掐死"的办法。在这关系到浩然同志后半生命运的重要时刻，绍棠同志挺身而出，坚决抵制不正确的做法，捍卫了一个富有才华的作家的政治生命和艺术青春。不仅如此，他还不止一次地为浩然同志评功摆好："……但是浩然的整体成就，是令人佩服的。我们可以指出《艳阳天》在政治上的某些失误，然而不能不看到他塑造了众多可信可爱的贫下中农形象和真正生动的落后农民形象，这是很不容易的，必须肯定的。"绍棠对人对事40多年一张脸，很多时候是要引起某些人的反感的，也许还有人说他是不识时务。可我倒觉得，这正是绍棠的可亲可爱之处。比起那些"反右时是斗士，'文革'中是造反派，改革开放又成了洋务派"，"不喜欢共产党却觉得党票有利可图"的识时务者，绍棠的确给我留下了犹如鹤立鸡群的强烈印象。

其次，中华民族美好的传统美德，对他的做人作文起着最关键的作用。德国大诗人歌德曾经说过，要想真正了解一个作家，必须了解他的童年。绍棠的外祖父母、父母双亲，都是受过一定教育，具有一定文化程度的善良人。绍棠小时候就受到了良好的家庭教育。懂事以后，又成了一个京戏、评书迷。中国的传统文化，中华民族的尊敬长辈、赡养父母、邻里和睦相处、互相帮助、舍己为人等传统美德，早已在刘绍棠幼小稚嫩的心里，种下了真善美的根苗。青少年时代得以顺利成长的得天独厚的优越环境，坎坷岁月里多情重义的父老乡亲对他的特殊体贴与照顾，使他更加坚定了人们是善良的，人间是美好的，未来是光明的信念。他所见到的、感受到的美好的一切，也在他心灵深处滋生出大量的真善美的细胞。我在与他长期交往中，强烈地感觉到，绍棠对人对事总是怀有一颗非常可贵的善心；对生他养他的故乡父老兄弟，一向都是以一颗孝心真诚相待。故乡繁荣昌盛的喜讯，可使他激动得难以入眠；为了发展故乡的集体经济，他要四处奔走，八方求援。后来虽然瘫痪8年，可是，儒林村的许多新婚夫妇生了孩子，还是要亲自登门找他起名字；而他也真的像从前一样，极为认真地为每个娃娃大动脑筋，就像给自己的小说定标题，为小说中的人物起名字那样苦苦思索、反复琢磨。"受人滴水之恩，当以涌泉相报"，这是绍棠为人处事的座右铭。每次谈到通州人民，说到儒林村的兄弟姐妹，他都是那么动情，常常说："我如果忘了他们，那可真是丧尽了八辈天良。"18年中，我在他家里见过通州的许多乡亲和各级领导。对每一位提出的要求和请求，他都竭尽全力满足。生病之前，每天下午，他家里总是客人不断，最高纪录一天曾接待36人。对每位来访者，不论职位高低、官衔大小、性别男女、年龄老少、全都一视同仁，笑脸迎送。我曾问他："这么多人整天打扰你，不影响你的创作吗？"他语重心长地对我说："我搁笔22年，对广大读者欠的债太多。这种债是要认真还的呀！"

他对许多文学青年和文友真诚的关心和有效的帮助，为许多作家所共识。多少无名之辈的处女作，是被绍棠的一双慧眼看中，而后成为得奖之作的？每年都有。多少文学后辈是经过绍棠的培养推荐而成为文坛的栋梁之材的？北京不少，全国更多。多少青年作家请绍棠为自己的作品写了序言？一百多！那本《论文讲书》就是最好的佐证。多少作者得到过绍棠同志的亲自指点和帮助，而后取得了突破性的进步？数不清说不完。讲到这一点，我实在无法抑制我这颗激动的心的剧烈跳动。写散文是我的一大嗜好。1982年底由南斯拉夫进修归来后，因心血来潮，一口气写了近20篇散文，后来还结成一个集子，名曰《来自南斯拉夫的报告》。其中《南斯拉夫姑娘》一篇可谓笔者的得意之作。当它以其秀美但又有些柔弱的姿容降生于人间的时候，绍棠同志亲自把我叫到家里，一方面热情地肯定了我在散文写作方面的进步，另外也十分中肯地指出了存在的缺点和毛病，指正我语言要朴素，表达要自然，感情要真切，要我牢记自然乃是散文的生命。我觉得绍棠的批评非常中肯。我的散文有追求华丽辞藻、缺乏真情实感的劣迹，受六朝骈体文的不健康影响时有流露。听了绍棠的意见以后，我又重新抠了一遍孙犁、袁鹰、曹靖华等散文名家的作品，特别是又反复咀嚼了绍棠的《榆钱饭》《师傅领进门》《忆杨晦先生》等力作，受到了很大启发。于是，我重新选择了构思角度，改变了叙事的招数，创作出《家安》《口琴》《人格》等与原来旧作的面貌截然不同的散文作品，收到了较好的效果。《家安》在故乡已经家喻户晓，乡亲们说："恩波有良心，留洋出国没忘本，他不愧是咱们熊岳人。"《口琴》一篇竟被河北大学中文系教授们看中，将它作为范文纳入考卷，考了成百上千个想入高级创作进修班学习的学生。患病后的绍棠，只有右手听使唤，可他却几次为我剪报，我真想象不出他是怎样用手使剪子，把我的文章从报纸上干干净净、整整齐齐地剪下来的。我完全理解绍棠的心意，他是以此表达对我微小的进步的肯定与鼓励。对我来说，还有什么比绍棠的这种兄弟般的真情更可贵？

再次，绍棠在事业上那种恰似蜜蜂采蜜一般吃苦耐劳精神，时时都在激励我为取得高水平的研究成果努力拼搏。这里，我不想再赘述为了掌握生动活泼、富有表现力的农民语言，绍棠是怎样如痴如醉地躲在麦秸垛里和豆棚瓜架下，偷听泼辣的村妇吵架骂街，从中学习真正的语言艺术；也不想详尽地讲述他是如何战酷暑斗严寒，在荒屋鬼宅里写出了3部引人入胜的长篇小说《地火》《青春》《狼烟》。现在，我想要特别告诉您的，是绍棠如何像蜜蜂广采百花酿佳蜜那样用心搜索资料，努力学习中外一切进步文学的精华。文史不分家，一切有大就的作家，无一不是通晓历史的行家。绍棠同志就是一个历史通。不过，他最感兴趣的不是正史，而是野史、外史之类。长篇小说《豆棚瓜架雨如丝》一开篇那一大段关于通州城历史演变的文字,《水边人的哀乐故事》第25章一开头那整段整段关于中国历代帝王将相多妻多妾制度的绘声绘色的叙述,《七十二乡女》中对新中国成立前北京各家戏园子的介绍和对梅、尚、程、荀四大名旦的趣闻轶事的披露,都充分地显示了绍棠历史知识的丰富。我在与绍棠的长期交往中,感触最深的一点,是他的文史知识非常渊博。讲起中国戏曲,他总是眉飞色舞,滔滔不绝。他非但熟悉每出京戏的故事内容,而且还能背诵出许多戏中大段大段的唱词和念白。对京戏唱功、水袖等艺术也很内行。读了他在《花城》和《上海小说》等刊物上发表的作品之后,我仿佛又有所悟:要想深透地研究刘绍棠,非得懂中国戏曲艺术不可。我甚至还认为,不懂中国戏曲,就无法理解刘绍棠的审美追求和他的小说艺术。

我们每次交谈,都少不了外国文学这一内容。这倒并不是因为我是一个外字号,为了使我对谈话有兴趣,绍棠才这样做。不是这样。这完全是他那强烈的求知欲望和广泛的兴趣使然。在以往半辈子的时间里,绍棠读的外国文学作品要比中国文学作品多得多。对当今的西方文艺思潮和理论,他也很关注。据我所知,他足足用了两个星期,十分认真地读了叶廷芳的《现代艺术的探险者》和陈光孚的《魔幻现实主义》两本专著。我们研究所编辑出版的《外国文学动态》,他是每期必阅。不过,绍棠读外国书与别人不同,一不是为装潢门面,二不是像有的人那样,专门到洋书里套购情节。他读洋书,完全是从彻底的消化、吸收过程中,为自己的乡土文学增加新的血液。正如他自己所说,他读洋书"一是全凭兴趣,二是为我所用,专门利己而已。"

有些尚未读过刘绍棠的全部小说和散论的青年同志,偶尔读到他的一两篇谈论文学民族化的文章,可能会有一个错觉,认为刘绍棠对待外国文学思想过于保守。我想,这样的一些同志,应当读一读绍棠的那本散论集《乡土文学40年》,特别是应该读一读书中那篇文采四溢的《洋为我用》。那篇文章短小精悍,思想精湛,用形象思维的语言,精当地评价了普希金、果戈理、托尔斯泰、屠格涅夫、契诃夫、肖洛霍夫、泰戈尔、巴尔扎克、雨果、莫泊桑、福楼拜、乔万尼、塞万提斯、马克·吐温、杰克·伦敦、罗曼·罗兰、卡夫卡、萨特、马尔克斯等一大批世界第一流作家。这是迄今为止我所读到的中国作家写的关于外国文学最有见地的评论文章。不消说，绍棠从这些名家的作品中所吸收的营养，是无可估量的。鲁迅先生说过："……必须如蜜蜂一样，采过许多花，这才能酿出蜜来，倘若叮在一处，所得就非常有限，枯燥了。"刘绍棠的乡土文学创作，既很通俗，又很高雅；既有鲜明的地方特色，又无一般通俗文学常有的小家子气的局限性。我想，这与他几十年如一日地心钻研，博采众长有直接关系。

绍棠是一个非常聪明、特别勤勉的作家，生前一直是多产、稳产、优产的作家，一生共发表、出版了100多篇短篇小说、27部中篇小说、14部长篇小说和千余篇千字文。青少年的时代就才华卓异，被誉为神童作家。不过，最能彰显其艺术的成熟和完美的，还是1979年被平反后创作的那一大批中篇和长篇。这批作品包括四方面的内容：第一方面内容是反复压缩、修改出版的"文革"期间在故乡儒林村创作的3部长篇小说《地火》《春草》《狼烟》。1979年1月，绍棠1958年被错划的问题解决以后，全国各地报刊、出版社向他约稿的多达好几百家，绍棠应接不暇，只好将三部长篇化整为零，分割成多个中篇供报刊发表（多数都作为领篇的重头作品发在一些大型文学刊物的创刊号上），然后才出版了单行本。这3部小说都是描写、歌颂中国共产党早年时期的丰功伟绩的。具体地说，《地火》描写解放战争时期共产党领导莒花沽沿岸村庄的农民和兰渚县城内的知识分子，在敌人的心脏地区，展开武装斗争的故事。小说中虽然不乏金戈铁马、刀光剑影的情节和场面，但作者注意的中心、作品的闪光之处，却是对当代中国农民美好的道德品质和心灵世界的描写与渲染，是对大运河风情的描绘，是对人物性格的丰富性、复杂性的表现。这与孙犁的《风云初记》有异曲同工之妙。看来，历史事件、武装斗争环境，只是作品的外壳，塑造个性鲜明、心灵美好的人物形象，渲染大运河的风土人情之美，才是它的内核。而描写、赞美我国农民质朴、忠厚、坚强、勇敢的品质，如同一条红线贯穿作品的始终。《地火》既保留了绍棠青少年时代作品色彩清丽、充满诗情画意的田园牧歌特色，又大大地增强了传奇色彩，成为后来不久创作的那一大批引人入胜、动人心弦的优秀中篇小说的先声，也可以说它是一部承上启下的过渡性作品。

《春草》是以作者的母校通县潞河中学20世纪二三十年代的革命斗争史为背景，展示了五四运动之后一代知识分子命运和心态。这些知识分子在中国共产党的影响下，毅然走出"象牙之塔"，返回家乡建立革命武装组织，领导农民群众开展抵抗反动派和日本侵略者的艰苦斗争，谱写了一曲鼓舞革命志气，弘扬中华民族精神的战歌。

《狼烟》讲的是卢沟桥事变中，一位北京大学毕业生在共产党的指引下，回乡开办抗日学校，收编民间自发抗日武装的故事。绍棠的胆识在于：他既没有把我们带到硝烟弥漫的抗日战场，也没有让我们去看他的主人公如何钻地道、炸炮楼，而是把一支成员复杂、思想混乱的杂牌军变成正规的抗日武装的曲折过程，巧妙多趣地展现在我们面前。令人佩服、欣赏的是，如同《春草》一样，《狼烟》也把知识分子放在作品的中心位置，有声有色地表现了知识分子作为革命先锋和桥梁，在抗日烽火中所起到的作用。绍棠没有公式化、概念化地去描写知识分子的动摇、叛变，而是理直气壮地正面表现知识分子的积极性、坚定性和聪明才智，这在"四人帮"的极"左"理论统治文坛的年代里，显得格外可贵。

差不多在大刀阔斧地删节、修改《地火》《春草》《狼烟》3部长篇的同时，绍棠已经开始了中篇小说的创作，到1983年年底，在大约4年的时间里，共发表了27部中篇小说，平均每年7部。这些中篇小说后来结集在《刘绍棠中篇小说集》《瓜棚柳巷》《小荷才露尖尖角》《烟村四五家》4部中篇小说集中。

这27部中篇小说是显示刘绍棠小说艺术才华和功力的一面镜子。从内容上来看，上始20世纪三四十年代京东北运河儿女所经历的重重苦难和进行的可歌可泣的斗争，下至新时期以来掌握了自己命运的人们建立的改天换地的不朽业绩。这一系列优美的中篇小说，把京东北运河农村（也可以说中国北方农村）70年的历史，如此完整地、一幕幕真实而深刻地表现出来。他既能写旧社会，也能写新社会，更能直面人生，干预现实，表现出强烈的参与意识。

从艺术上来看，在这27部中篇小说中，绍棠全面地、富有创造性地继承和发展了"荷花淀派"的艺术特色。他不追求曲折离奇的情节，全力以赴地在表现讴歌真善美的感情上，孜孜不倦地奋斗着、探索着。人物性格独特、奇崛、鲜明、地方色彩和泥土气息非常浓郁。语言生动、活泼、含蓄、优美、形象、富有诗情画意和音乐性。博览绍棠的全部中篇小说，人们会有一个共同的突出感觉：美，处处都是美，美的人，美的事，美的乡风水色，美的文学语言。我国当代大学者钱锺书先生对绍棠新时期的小说，作了如此的评价："阅读、欣赏刘绍棠的小说，就好比坐在各种名贵佳肴样样俱全的盛大宴会的餐桌旁边。每样菜都吸引你吃，使你不知从何处下筷子才好。"绍棠的4种中篇小说集和3种中篇小说选集，出版社都是把它们作为具有很高的文学鉴赏价值的畅销书出版的，每种书的印数都在几万册。这在严肃文学出版印刷十分不景气的当今文坛，刘绍棠的小说出版却一直是盛景不衰，从这一点也可以看出绍棠小说的艺术质量之高和他的人气之盛。

至于赫赫有名的《蒲柳人家》，在27部中篇小说中，是最具有代表性的扛鼎之作。这部中篇也是绍棠致力于乡土文学创作的里程碑。小说以聪慧可爱的村童何满子为轴心，借助其童稚的眼光，巧妙自由地剪裁故事情节，安排各种人物；以美丽善良的农家女儿望日莲的生活命运及其与革命青年周檎的爱情纠葛为主线，描绘出抗日战争初期淳朴勤劳、刚正侠义的运河儿女们一幅幅如诗如画的生活图景。绍棠没有正面地描写抗日战争的烽火硝烟，而是将抗日的内容蕴藉在运河故乡秀美多姿、诗情画意的乡风水色的描写里；蕴藉在粗手大脚的父老乡亲对故土的热爱、对悠久的民族风习的恪守、对黑暗势力的憎恨、对苦难弟兄的救助的优秀传统里。刘绍棠以浪漫现实主义的笔法和情致，准确地烘托出时代的特征和人与人之间的关系，浓墨重彩地描绘出蒲柳人家的悲与喜、爱与憎，出色地塑造出一丈青大娘、望日莲、何大学问、柳罐斗、花鞋杜四等个性鲜明的人物形象，展现了燕赵之地淳厚的民风人情。小说中喷放出的泥土气息的香醇，流露出的人情味的浓厚，塑造出的人物性格的鲜活，唤起了人们美感的强烈，都是绍棠以往的任何作品无可比拟的。

《蒲柳人家》问世后（发表于大型文学双月刊《十月》1980年第三期）引起了广泛的赞誉。周扬看了之后，在全国作协的一次座谈会上大动感情地说："我过去对刘绍棠并不了解，听信了一些谣传。看了他的《蒲柳人家》，我承认过去对他估计低了。"还有一次在北京长篇小说座谈会上他说："刘绍棠已经是经验丰富的老作家了，他的语言功力是过得硬的。"

绍棠的良师益友，老作家秦兆阳读了之后，给他写信说："拜读了你的《蒲柳人家》（是邓友梅同志介绍我看的），非常高兴。我真正了解你，可以说是从这篇开始的。我认为这才是中国气派的正确的路子（当然，也并不是说唯一）。《当代》明年改双月刊，并需要提高质量，迫切希望你为《当代》写一个中篇或短篇，迫切需要像你这样的'路子'的作品，请你无论如何给予支持。"

鲍昌在《重新溢放的泥土芳香》一文中赞美道："它（指《蒲柳人家》）的特点，不在于情节的曲折，而在于人物性格的刻画。""人物性格是小说艺术的生命。凡真正的艺术小说，应以人物性格为核心，根据人物性格的内在发展逻辑，来构成真实而独特的故事。只有做到这一点，作品才能给人以强烈印象，并能引起人们的审美和思考。像梅里美的《嘉尔曼》，高尔基的《马卡尔·费德拉》，鲁迅的《阿Q正传》，孙犁的《铁木前传》，都是这样的作品。刘绍棠的《蒲柳人家》也具有这个特征。""乍一看去，你会眼花缭乱，不知它的主题是什么。然而，你却会被它的内容所吸引，进入它描写的小说，与小说中的人物一同苦恼，一同欢乐；你还会品出一种田园诗式的优美韵味。得到一次艺术享受。只有当你认真思考之后，你才会发现：《蒲柳人家》的主题是讴歌作者的故乡，讴歌故乡的风土人情之美。而这种主题思想，在小说中是含蓄的、隐晦的。它不表现为能被人立刻悟出的概念，而表现为能使人留恋故乡、思忆童年的情绪体验里。这是《蒲柳人家》的又一项成功，它完全符合古人说的'诗贵含蓄'的要领。""我敢断定,《蒲柳人家》的写作,是作者的故乡生活'烂熟于心'然后喷涌而出,浑然天成的。这是刘绍棠现实主义深化的标志,是他的作品重新溢出的泥土芳香。""我觉得这是刘绍棠个人创作上的突破,也是近年来中篇小说的一个突破。"

我还清楚地记得,当时,北京市通县广播站和中央人民广播电台,还先后连续地广播过这部小说。人民文学出版社出版的《中篇小说选》(1979-1980),江苏人民出版社出版的《中篇小说年编》(1980),北京出版社出版的《北京文艺年鉴》(1980),以及多年来许多高校编选的《中国当代文学作品选》中,都毫无例外地把《蒲柳人家》选了进去。还有,《中国文学》(英文月刊)1982年第5期,《中国文学》(法文季刊)1983年第3期,都以《蒲柳人家》为主体出了介绍刘绍棠的专号。

另外,《蒲柳人家》的成功,还震动了电影界,著名电影剧作家张笑天写信给绍棠,为《蒲柳人家》击节叫好:"《蒲柳人家》有情有义,隽永绵长,却没有低水平观众所追求的热闹场面和惊心动魄的镜头。我喜欢它,正在于此。"他决心与纪叶合作,将它拍成电影。而湖北宜昌的李国胜,在《蒲柳人家》问世的当月(1980年6月),就给绍棠寄来了他根据小说改编的电影文学剧本。

《蒲柳人家》照样也引起了教育界的关注,就在它问世的第二年,北京市崇文区(今北京东城区)编了一本《中学语文阅读文选》,领篇的就是节选自《蒲柳人家》的《何满子》。

很快,《蒲柳人家》就成了绍棠的新代号,就像《青枝绿叶》在几十年的时间里是他的第一代号那样。

绍棠一生总共创作、出版了14部长篇小说。青少年时代出版了2部小长篇,那就是新中国成立后最初年代文坛上非常有名的《运河的桨声》和《夏天》。这两部小说当初是当作中篇小说出版的,每部都在10万字左右。但从作品的内容含量和结构框架来审视,完全可以把它们当作小长篇来对待。如果把它们译成外文,外国读者把它们当作长篇小说来读,那是肯定无疑的。

"文革"结束后出版的就是前面提到的《地火》《春草》《狼烟》3部，不再重述。在新时期创作、出版了9部长篇小说。它们是：《京门脸子》《豆棚瓜架雨如丝》《敬柳亭说书》《这个年月》《十步香草》《野婚》《水边人的哀乐故事》《孤村》《村妇》。

《京门脸子》以京东北运河新中国成立前后近50年的生活和斗争为背景，用第一人称"我"作情节发展的纽带，纵情地歌颂了北运河两岸的乡亲们淳朴、善良、扶危济困的优秀品质，表达了"我"对故乡亲人感恩图报的美好心愿，描绘了一系列生活气息浓郁，优美迷人的生活图景，唤起了人们对故土的牵念与眷恋。

《豆棚瓜架雨如丝》以武艺高强、心地纯正的农民老虎跳和师妹炽烈曲折的爱情悲剧为线索，展现出新中国成立前后数十年间运河滩上动乱的社会生活，讴歌了中华民族传统的道德美、心灵美、风尚美。在艺术结构上，很好地继承了我国古典小说"可分可合，疏密相见，似断实连"的结构特点。这部长篇的传奇色彩更为浓重。

《敬柳亭说书》是绍棠对评书艺术和评书艺人的寄性言志之作。小说的主要脉络是描写抗日战争期间通州人民反对大汉奸殷汝耕的英勇斗争故事。然而，令人感到耳目一新的是，小说一反惯例，竟不直接描写共产党员和八路军战士的斗争业绩，却把一群爱国的武林豪杰、绿林好汉、妓女戏子、落难文人、旧军官推到历史前台，演出了一段生死歌泣的悲壮戏剧，为这些普普通通的人物谱写出一曲爱国主义的赞歌。在结构上，作者既成功地借鉴传统的章回体笔法，也有效地汲取外国小说大幅度跌宕的表现方式。全篇故事中套故事，谋篇布局新颖，别出心裁，引人入胜。作者以批评的眼光学习外国文学经验所收到的效果，在这部长篇里得到了很好的显示。

《这个年月》是一部以当前村镇现实生活为题材的长篇，描述了主人公在改革中经历的尖锐矛盾和冲突，进取与挫折，欢乐与苦恼。在这部参与意识很强的长篇里，作者对打着改革开放的幌子走村串乡，实际上是搞资本主义的野心家，予以有力的揭露和鞭挞，阐明了要想确保改革的胜利，必须全力依靠那些脚踏民族土壤的实干家，清除社会渣滓的见解。小说继续保留并发展了作者一贯具有的民族风格，地方色彩更加鲜明，形形色色的人物形象栩栩如生，丰富多彩的风土人情令人心醉。这部小说最能体现绍棠的文学批评意识。

《十步香草》可以说是《这个年月》的姊妹篇，写的是杨桂子、武黑翠、贾香荷等几位传奇式的村妇超俗离奇甚至可以说颇有些荒诞的爱情故事。不过，绍棠不是一般地描写儿女情、家务事，而是让人们从这些既平常又典型的妇女的爱情遭遇中，看到30年中北运河农村急剧变幻的政治风云和世俗人情，听到了几千年的文化结构开始裂变的音响和新时期农民甩掉种种羁绊，朝气蓬勃地前进的脚步声。

《野婚》是一部别开生面的长篇力作。北运河畔的鱼菱村有一刘家大户，虽说够不上大富大贵的名门望族，可刘氏长辈却以自家是先帝爷刘备的后裔而感到自豪。聪颖过人的刘四梦是刘家的宠儿，勤劳慈厚的村民们，都期盼把自己的女儿许配给人人娇宠的刘四梦。高跷师傅王大把式和于进锅在差媒说亲遭到刘家拒绝后不肯罢休，竟然合伙演出了一台抢男逼婚的荒诞戏。于是，以比6岁的刘四梦大6岁的王女金裹银儿和小戏子的"野婚"为经，以上一代的"野婚"及晚一代的"野婚"为纬，描绘出一卷色彩诡谲的北运河农村风景画，塑造了众多鲜活泼辣的人物形象，展示了时代变迁，人心的嬗变。《野婚》再一次证明，刘绍棠在描写多情重义的女子和粗犷豪放的汉子方面，的确有高超的技艺。有的出版社称刘绍棠手中有一支女儿笔是很有道理的。

在《水边人的哀乐故事》里，绍棠通过对刘黑锅、刘龙蛋子、刘金秧、小红兜肚、花满枝、张三姑、古双秀、花红果等三代人的爱情、婚姻生活中坎坷遭遇的描述，巧妙而真实、深刻而全面地概括了京东北运河农村百年来的历史变迁。小说时空跨度很大，上自清朝末年、民国初年，下至20世纪80年代，各个历史时期的社会风貌、人情、世情，都宛如清明上河图、北京风俗画一般，情真意切、妙趣横生地展现在读者面前。人物活动的天地，不仅在京东北运河农村，北京城内的闹市区，而且还扩大到风情独具的多瑙河畔，以及各种各样的公司，联合企业。异国的情调，洋人的习俗，也得到了画龙点睛、分寸得当的描述与渲染，读来饶有情趣。这部分内容，不是可有可无的节外生枝，它能对全书的内容起到反衬与对比的作用。在这部长篇里，绍棠有意识地向外国优秀小说学习到不少新的表现手法。触景生情、睹物思人，谈天说地，神聊闲侃。多层次，换角度，大反差，倒插笔，颠倒时空，意识流，这些时下外国小说的新招数，绍棠都尝试了一下，打开了小说创作的新天地。加西亚·马尔克斯的《百年孤独》让人们看到了"不可思议的奇迹是最纯粹的现实生活"，领略了寻找百年孤独的世界的悲哀与凄凉，《水边人的哀乐故事》则以奇妙的生活画面和时而冷峻、时而浪漫的现实主义手法，艺术地再现了中国农民近百年来的悲哀与欢乐，但他们最终的结局并不孤独。

绍棠的小说创作，从不直接选取有重大社会意义的题材，而是由微见著，由生活长河中选取一朵朵闪光耀眼的浪花，来折射大千世界。长篇小说《孤村》的创作，又是一个有力的证明。具体地讲，在这部长篇里，他用精心编织的杨二婶子与杨二叔、锭儿与丈二和早稻天、王斗四嫂子与满收哥和柳串儿、"我"与丫姑、红枣儿与穷画匠和窝囊大哥、幺蛾子和袁滚滚儿、金秋声与余家小妹和瓜叶、谷秸与早青儿和周翠霞、金宝库与周翠霞、佟先生与曹粉眼子、郝二嫂子与好大嘴岔子、进如土与云桂香和金铃兰、尹荇与玉盘和金铃兰、范三篙与金铃兰、方梦菲与佟先生和谷秸近20个婚恋故事，将280里运河滩六七十年代的历史风云清晰而真切地展现在我们面前。展读全书，我们既可以看到面对日寇的刺刀，凛凛硬汉乔扮新郎，与秀美女子宽衣解带，欢入洞房，却又坐怀不乱的动人场面，又有与分得了土地的农民共享翻身做主人的喜悦；我们不仅能嗅到"文革"的血雨腥风，目睹那场恶作剧是如何地毁灭人性，扭曲了农村的人情、世情；更能饱览改革开放中运河两岸欣欣向荣的康乐景象。同时，在商品经济大潮中泛起的一些与传统文化背道而驰的怪诞现象，也不时地让我们摇头思索……总之，乍眼看，飘动在我们面前的是淡淡的缕缕炊烟；刚一听，耳边回响的仿佛是一阵悠扬醉人的牧歌。可是，当我们剥开这层层的炊烟，看到的却是大运河绰约多姿的倩影；牧歌的后面，还让我们听到了威武雄壮的多声部组成的交响诗。简言之，在这部长篇里，作者笔下独特的社会风尚、田川景物、风土人情，都与时代特点和谐地融合在一起。一部多声部的爱情小说，却起到了描绘整个农村社会发展变革的巨大作用。40多个人物都有过坎坷的经历，然而，最后在改革开放的日子里，个个都有了一个很好的归宿。民俗学对这部小说的成功起了非同小可的作用，甚至可以说，这部小说（当然不只是这一部）是可以当作北京民俗学大典来阅读的。在艺术上，绍棠一向追求自然、含蓄、努力使自己的作品具有自然美、格调美、意境美。他特别强调神似，认为"写实了，也就写没了"。《孤村》的艺术表现，再一次印证了绍棠的艺术追求和风格。正如孙犁同志所说："绍棠不尚新奇突异，力求按生活实状，自然描述，是其风格之长。"

《村妇》是绍棠的最后一部小说，原本写成4卷，第一卷的时代背景是新中国成立前，第二卷写新中国成立后，第三卷写十年动乱，第四卷写改革开放的历史新时期。绍棠在创作上对自己的要求一向很苛刻。1992年4月，这项浩大的工程一奠基，他就对自己提出高要求，一心想"而今迈步从头越"，达到一个新的高度。他说面对这个巨大的创作工程"不敢玩忽，不敢懈怠，不敢轻薄，不敢浮躁，不敢粗糙，不敢马虎，而要比过去的作品有所提高，有所超越，有所开阔，有所丰富，有所变化，有所创新。整体、全景、多层次、多角度地反映和描绘北运河农村的风土人情与乡女的喜、怒、哀、乐的人生"。然而，这时的绍棠已是老、弱、病、残"四类俱全"之人，要完成这样一项巨大的工程，实在是力不从心。绍棠是一个很讲究实际的人，他根据自己身体日渐衰弱的实际情况，后来对此工程的计划，作了几次调整，将原来预计要写的内容尽量作了浓缩，最后压成了两卷。可是，就在他匆匆看完书稿的清样，还未来得及看到样书的时候，病魔就夺走了他的生命。这是何等令人痛心、遗憾的事啊！

对于这部表现出明显的汉胡文化特色，具有鲜明的家史和传奇色彩的长篇小说，人民文学出版社作了这样精当的评介：写匈奴后裔刘氏四代之沧桑，道京东北运河女儿百年之心酸；集古典现代雅俗语言之精髓，绘有声有色斑斓之生活之图景。1984年7月，绍棠在致胡耀邦同志的信中曾向老首长夸下海口，要在60岁之前，一口气写出12部长篇小说。绍棠真是说到做到的实干家，12年中他全神贯注，日夜兼程，即使左体瘫痪，行动和工作遇到严重困难，也不辍劳作，终于在60岁生日前后出色地完成了新时期以来第12部长篇小说的创作，实现了自己对耀邦同志立下的诺言，也胜利地完成了创作的总体规划："我要以我的全部心血和笔墨，描绘京东北运河农村20世纪风貌，为21世纪的北运河儿女，留下一幅20世纪的历史、景观、民俗和社会学的多彩画卷，这便是我今生的最大的心愿。我的名字能和大运河血肉相连，不可分割，便不虚此生。"

绍棠自重返文坛到逝世的18年时间里，一直在乡土小说创作和撰写杂感、随笔两条战线上同时挥洒，仅收在12种集子里的文章就有816篇，再加上散见于全国报刊，尚未收进集子里的文章，总共至少有1000篇，这就是我常说的"绍棠千篇千字文"。博览这12种杂感、随笔集，可以对其内容概括如下：（一）阐释他所倡导的乡土文学理论的内容和特点。（二）深入浅出地诠释文艺作品艺术性的重要，反复阐明他的文艺观。（三）有相当多的文章满怀激情地表达了他要永远做人民的儿子的决心；抒发了对中国共产党、毛泽东主席和毛泽东文艺思想的崇敬和热爱；一生为农民写、写农民的志向。

（四）以一名共产党员的责任感，对社会和文坛上存在的某些弊病和不正之风，及时地提出尖锐而中肯的批评。（五）以轻松、洒脱、充满灵性的笔致，论说文学史上的一些重要作家、戏曲家及其作品。（六）以相当多的感情充沛、动人心魄的回忆录感念老师对自己的关爱、恩德、教诲与启迪。绍棠的杂感、随笔在社会上曾产生过相当广泛而积极的影响。中国社会科学院有些专家甚至发出了"读刘绍棠的杂感、随笔，要比读他的小说还要解渴，还要过瘾"的感叹。

新时期里，绍棠在坚持乡土文学创作的同时，还提出了一整套乡土文学理论，这是绍棠杰出的文学建树的一个非常重要的方面。后来，很多人接过乡土文学的旗帜，发表了不少言论。应当指出，绍棠主张的乡土文学是与很多人所说的乡土文学有着本质的区别的。

众所周知，在我国，最早提出乡土文学这一命题的是伟大的鲁迅先生。刘绍棠接过鲁迅的旗帜，在新时期一开始，重新提出这一命题，并且从理论上作了科学的系统的阐述，建立起乡土文学理论体系，与他的乡土小说创作相互动，形成了乡土文学一大群体，在全国产生了深远的影响。这是绍棠对我国社会主义文学发展做出的又一重大贡献。其内容包括五点：（一）坚持文学创作的党性原则和社会主义性质；（二）坚持现实主义传统；（三）继承和发展中国文学的民族风格；（四）继承和发扬强烈的中国气派和浓郁的地方特色；（五）描写农村的风土人情和农民的历史与时代命运。

后来，绍棠把这5点内容概括为16个字的乡土文学创作基本原则："中国气派，民族风格，地方特色，乡土题材。"

乡土文学要守真，而且更要发展。绍棠还以一个与时代并进的革新者的气魄提出："乡土文学不能一成不变，停滞不前，他要继承和守真，更要发展和革新。我不断对自己的乡土小说提出新的要求：城乡结合，今昔交叉，自然成趣，雅俗共赏，为人民大众所喜闻乐见。因此，开采要广，开掘要深，并且从民俗学和社会学中汲取营养。"

绍棠还极力主张乡土文学要博采众长，扩大自己的天地。他说："乡土文学不能画地为牢。必须大处着眼，小处落墨，是在宏观照应下所进行的微观艺术创作。我所主张和致力的乡土文学，乃是纳百川于大海，大而化之的乡土文学。"

在绍棠生前最后的日子里，他再一次叮嘱与自己志同道合的同志："乡土文学作家虽然只写方寸之地，却不能身心作茧自缚、眼界画地为牢。相反，更应胸怀五大洲三大洋，眼观六路耳听八方。目光短浅，气量狭窄，孤陋寡闻，只能因小失大，萎缩了乡土文学。"可见，绍棠所倡导的乡土文学"讲究语言、文字、情趣、意境、格调的美，给人以美感；它提示和描写的人民的心灵是美好的，给人以美育；它提示和描写的生活的主流与前景是光明的，给人以积极向上的信心和力量"。他多次发表文章阐明"乡土文学要表现人的美，地区的美，风光景色的美"。总之，"美"是刘绍棠倡导的乡土文学最重要、最根本的特征。

著名文艺评论家严昭柱先生在为我的《刘绍棠全传》写的序言《为伟大时代传神写照》中说："刘绍棠伴随着共和国一起成长，他的命运与共和国的命运紧紧地联系在一起，他的荣辱与党和人民事业的成败利钝紧密相连。郑恩波要为之立传的，就是这样一个刘绍棠，一个对于50岁以上的人们可能无人不晓的刘绍棠，一个对于今天年轻一代可能相当陌生的刘绍棠，然而却是一个在新中国历史上必定会流芳百世的刘绍棠，一个由党和人民培育、无论为人为文均堪称楷模的刘绍棠。"这段话是对刘绍棠一生的高度概括和精准的评价。绍棠幼年成名，人称卓异，13岁开始频频发表小说。20岁加入中国作家协会，出版了7本书，下定了"男儿不展风云志，空负天生八尺躯"的决心，建立了神童作家的辉煌，成为展示社会主义文艺成就的橱窗里的标样。走背字儿，沦落乡野时，他誓以革命先烈的"莫以逆境生悲感，且把从前当死看"为座右铭，在荒屋寒舍土炕上，一连写出《地火》《春草》《狼烟》3部长篇小说，创造了一个"贱民"的奇迹。中风偏瘫后，又冒着国内外卷起的狂风恶浪，艰难地拖着病残之躯，巍然屹立在20世纪八九十年代不平静的中国文坛上，写下了《水边人的哀乐故事》《孤村》《村妇》3部长篇小说和成百上千篇杂感、随笔。他那"不随妖艳争春色，独守孤贞待岁寒"的风骨与气节，博得了人们特殊的爱戴与敬仰。执笔为文近50年，绍棠一直是一个极具传奇色彩和典型意义的风云人物。刘绍棠确实是沿着我们党和人民前进的轨迹展示自己的人生的旅途，他的荣辱紧紧地与党和人民事业的兴衰联系在一起。刘绍棠是共产党和年轻的共和国亲手培养起来的才华出众的作家，为党和祖国赢得了巨大的荣誉；刘绍棠是无限忠于党和人民的孝子，他流着辛苦的汗水，怀抱着丰硕的创作成果，经历了新中国文学发展的全过程。他是一个最有代表性和典型意义的人民作家，我今生能有绍棠这个良师益友，感到无比的幸福和自豪！

2015 年农历春分于寒舍"山鹰巢"

（原载《传记文学》2015 年第 6 期）

| 第二辑 |

南斯拉夫民族解放战争小说扫描

世界上的每个民族，在漫长的历史征程中，都有一段足以使自己感到骄傲的时期。民族解放斗争（1941-1945）就是南斯拉夫各族人民最光辉灿烂的篇章。在极其艰苦的条件下，勇敢坚强的南斯拉夫人民，在以铁托元帅为首的南斯拉夫共产党（后改为南斯拉夫共产主义者联盟）正确而英明的领导下，高喊着："消灭法西斯！自由属于人民！""宁肯进墓地，也不当奴隶！"的战斗口号，同比自己力量大几倍、甚至十几倍的希特勒法西斯进行了殊死的战斗，牺牲了占当时全国人口十分之一的一百七十万人，终于依靠自己的力量，取得了民族解放斗争和人民革命的彻底胜利。苏捷斯卡、乌日策共和国、克拉古耶瓦茨这些英雄儿女们征战过的地方，将同勇士们的鲜血和名字一样，永世闪耀着不朽的光辉。伟大的民族解放斗争，为南斯拉夫各族人民留下了最宝贵的精神财富，成了许许多多作家文学创作的巨大源泉。塞尔维亚、克罗地亚、斯洛文尼亚、波斯尼亚—黑塞哥维那、门的内哥罗、马其顿等各个地区和民族的作家，近半个世纪以来，一直把描写、歌颂民族解放斗争，作为自己最重要、最光荣的任务。在南斯拉夫文坛上，没有什么题材能比军事题材更能引起作家创作情绪的冲动；也没有任何一种样式的作品能比军旅小说具有更广泛、更普遍的社会效应。正如《文学报》编辑部在为纪念起义和革命40周年组织的"革命与创作"专题讨论会上，许多作家满怀革命激情所讲的："艺术是我们革命的富有幻想性的教诲"（奥道·毕哈里·麦林），"革命年代永远也不会过去"（德拉干·科龙吉雅），"什么都可以写，但写任何别的东西，我都不会像写革命时代那么真正内行；那个时代最彻底地决定了我的道路"(伊万·伊万尼)。作家们甚至发誓要世世代代都描写、讴歌民族解放斗争。关于这一点，埃洛斯·谢克维的话，最能表明作家们的态度："如果那些参加过民族解放斗争、搞过革命的人，未能用适当的文学形式反映它，那就让那些脚板未在斗争的荆棘小路上流过血的人去从事这种文学工作吧。"①

反映、歌颂民族解放斗争的小说，半个世纪以来，在南斯拉夫文学界，一直占有领先的地位，成了历史价值与文学价值都比较高的民族文化瑰宝。从事军事题材小说创作的作家很多，其中成就卓著、影响很大的作家有米哈依洛·拉里奇(LALIC,MIHAILO)、道布里察·乔西奇(COSIC,DOBRICA)、布兰考·乔皮奇(COPIC,BRANKO)、安东尼耶·伊萨科维奇(ISAKOVIC,ANTONIJE)、乌拉丹·戴斯尼查、亚历山大·迪斯玛、伊万·东切维奇、乌拉道·马莱斯基、约万·鲍斯科夫斯基等。

拉里奇是南斯拉夫最有影响的革命作家。称他为革命作家，并不是对他的政治思想做的评价，而是对他一生的文学创作活动给予的肯定和赞美，因为"在整个南斯拉夫文学中，没有任何一个作家能像拉里奇那样，把自己文学的积极性都献给了战争。"②

拉里奇描写民族解放斗争的小说很多，主要有：短篇小说集《先锋者》(1948)《初雪》(1951)《在月光下》(1955)《最后一座山岗》(1967)；长篇小说《婚礼》(1950)《灾难的春天》(1953)《决裂》(1955)《哭声回荡的山峦》(1957、1962两种版本)《追捕》(1960)。

从讴歌革命英雄主义精神的作品题材的广泛性、叙事的热烈情绪和高昂的激情以及对人物细腻入微的心理分析来看，拉里奇的小说确实具有非凡的价值。战争是他创作的中心题材。拉里奇的短篇小说创作有一个突出的特

---

① 以上均见《文学报》，1981年6月2日第629期。

② 米奥德拉戈·克里赛维奇为拉里奇短篇小说集《先锋者》写的序言。

点，那就是：好多著名短篇小说，后来都成了长篇小说的胚胎，例如，优秀长篇小说《婚礼》就是在《拉戴·巴希奇》《大炮》《遗嘱》三个短篇的基础上发展而来的。长篇小说《决裂》是以《阿尔赞湖》《死在系谱村》为基础扩充而写成的。最优秀的长篇小说《哭声回荡的山峦》，是在《三天》的基本框架上逐步演变，最后形成的。拉里奇在短篇小说里，既热情地为智勇双全的英雄唱赞歌，也无情地嘲讽、鞭挞可耻的叛徒和贪生怕死的胆小鬼。他的短篇小说很好地继承了大诗人涅果什和小说家马尔科·米梁诺夫讴歌英雄伟业的优秀传统。在一些短篇里，拉里奇阐明：只有通过斗争才能清除不幸；只有经过涅果什所讲的那种斗争，世界才能前进。在同敌人和大自然的斗争中，拉里奇短篇小说中的人物，成了英雄主义的化身。以自己杰出的人物为榜样，拉里奇建立了一整套关于道德和乐观主义的革命思想。在拉里奇看来，死亡并不是悲剧，它只是人们最沉重的事情罢了。变节、道德的沉沦，都是人堕落的证明。拉里奇笔下的人物为理想英勇献身的行动，可用《大炮》中的一句话解释得清清楚楚："在战斗中牺牲性命，犹如人重新降生一样。"许多人物虽然具有悲辛的命运，但几乎每个人在阵亡之前都留下了充满希望的遗愿。因此，悲壮才是拉里奇短篇小说的特色。《在庇护所》里有一个震撼人心的情节：一位年轻的母亲为了不让孩子的哭声暴露隐藏在她家中的游击队员，活活把亲生女儿掐死。这位母亲的悲痛无疑是很巨大的，然而她那崇高的义举，却在读者心里留下了昂扬悲壮、积极乐观的强烈印象。作者将悲辛变为幸福，使作品产生了激动人心的力量。这正是拉里奇短篇小说真正的审美价值。

《婚礼》是拉里奇的第一部长篇。在这部小说里，拉里奇塑造了以达蒂亚·切梅尔基奇为代表的门的内哥罗游击队员的英雄形象。这些游击队员身陷敌人的监狱，受尽了严刑拷打，但是，任何人也未丧失信心和力量。他们以坚强的斗争意志、高尚的道德力量和异乎寻常的革命本领，战胜了一切苦难，逃出死亡的陷阱，重返游击队，等待起义的来临。起义就像盛大的婚礼那样令人感到神往。《婚礼》是战后在南斯拉夫出现最早的一部现实主义杰作。它以广阔而真实的画面，出色地反映了1941年夏天门的内哥罗人民武装起义前后的社会面貌。

《灾难的春天》把侵略战争给年轻的大学生拉道·达约维奇造成的爱情悲剧同人民的不幸紧密地联系在一起，阐释个人的幸福绝对不能离开人民的命运单独存在。小说像早期的许多短篇一样，非常富有哲理性，情节曲折紧张，不落俗套，采用了许多新奇的现代派的表现手法。叙述与回忆相交叉，主线脉络上多枝杈，显示出娴熟的艺术技巧。

一个艺术上成熟的作家，非但有塑造英雄人物的高超本领，而且还具备入木三分地揭示落后人物肮脏心里的卓异技能，长篇小说《决裂》就是这种技能的生动体现。在这部长篇中，作者塑造了一个与达蒂亚·切梅尔基奇截然不同的人物形象尼科·道赛里奇。这个跑遍了巴尔干半岛、被法西斯监狱吓破了胆的可怜虫，让动摇和恐惧主宰了灵魂，最后以叛变、逃跑身亡，结束了可悲的一生。这是一部心理分析小说，作者是以托尔斯泰式的心理描写征服读者的。

这种心理描写，在《哭声回荡的山峦》里，显示出更为惊人的力量。作者以纤细的笔触，惟妙惟肖地描写了达约维奇、瓦西里和伊万三个游击队员的复杂心理，展示了人与人由疏远到接近的详细过程。这部长篇是反对孤芳自傲的呼号，是革命战士战胜个人主义行为的一曲颂歌。

许多南斯拉夫文学评论家把《哭声回荡的山峦》看作里拉里奇的代表作，但拉里奇本人却更厚爱《追捕》，认为它的思想比其他几部小说更深刻，人物形象更丰满、更有生气。在这部小说里，拉里奇塑造了各种类型的人物形象，既有光明磊落的革命者，凶残暴虐的占领军，又有浑浑噩噩的穆斯林仆从和作恶多端的切特尼克分子[①]。这不是一部单线条的小说。它反映了错综

---

① "切特尼克"原意是队伍里的人。第二次世界大战期间，南斯拉夫的"切特尼克"是一些与人民和游击队为敌的反动组织。

复杂的社会矛盾，具有较强的写实性。

道布里察·乔西奇是与拉里齐名的描写战争的小说家。二者成长的道路颇为相似，但艺术特色很不相同。长篇小说《远方的太阳》(1951) 是乔西奇战争题材小说的代表作。它以拉辛游击旅政委巴威尔和副旅长葛沃兹今的思想矛盾为主线，多方面地展现了波斯尼亚人民的英雄业绩，热情地歌颂了他们的革命精神，无情地揭露了法西斯匪徒的血腥暴行。小说以一个革命事业的目击者讲述一切。他看到了人们的苦难、传奇式的骁勇顽强、崇高的革命英雄主义精神和勇往直前的乐观情绪、群众复仇血杀的画面、悲剧性的沉沦和道德的腐化变质。革命中有困难挫折、流血牺牲，还有苟且偷生的胆小鬼。当然还有不朽的丰功伟业。

《远方的太阳》故事紧凑，情节扣人心弦。文笔生动，读来铿锵上口。小说的整个布局新颖奇特，深受群众喜爱。小说的主要人物之一，副政委葛沃兹今因为犯有机会主义错误被枪毙，成了整个作品最震撼人心的事件、南斯拉夫革命文学中最富有传奇色彩的画面。

乔西奇另外一部重要长篇《根》描写的是19世纪末叶的斗争事件，揭露了奥布莱诺维奇时代的黑暗。作者为什么要写这样一部小说呢？他自己是这样说明的："为了更好地理解自己的同龄人，我找到了他们的祖先。"家庭纽带、农村富裕家庭的分化是小说的框架，父与子之间的矛盾冲突是情节发展的内因。

小说的情节从两个方面顺利展开：激进的家长阿齐姆·卡迪奇的家庭纠葛，以及与此相关的他的儿子乔治的婚姻冲突。激进的光明磊落的政治家阿齐姆·卡迪奇有两个儿子：乌卡辛和乔治。乌卡辛离开父亲，为父亲的政敌当了一名驯服殷勤的小官员，而乔治却一心要保护父亲的家业和财富。乔治结婚15年，未生一子，对自己的妻子非常恼火。他的无子无女的状况威胁着家族未来的全部事业。作者细致地描绘了乔治和妻子西姆卡之间的关系。嫉妒之心折磨着乔治，他残酷无情地打骂妻子，喝得酩酊大醉后威吓她：如果不给他生一个儿子，就把她轰出家门。尽管不幸的西姆卡同雇农道拉私通，仍未生下一子。

小说中形象最丰满的是乔治。他是个富翁，也是一个失意者。他日日夜夜地为父亲积累财富，怀疑妻子的忠诚，也为丧失自己男性的力量而苦恼。卡迪奇是一个激进的政界人士，农民愤懑情绪的煽动者。他清楚地懂得，在自己的大宗财富面前，他是绝对的主人。

小说《根》在南斯拉夫当代文学中，取得了双方面的令人惊奇的成就。第一方面，乔西奇作为革命的客观描绘者，很好地概括了19世纪末叶的重大历史事件。第二方面，不论从小说的结构上来看，还是从人物形象塑造来看，都显示出作者杰出的艺术才华。乔西奇是以新颖的形式描写老题材的。

小说《根》描写的对象是一个富裕的农民家庭的危机。它的内部展开的卫护大男子在农村的政治势力的斗争，实际上反映了为保持家庭和政治上的光荣、权力和财富而进行的斗争。从形式上看，《根》未描写刀光剑影的战争，仿佛与民族解放斗争也没有什么联系。然而，实际上它是对民族解放斗争、人民革命的必要性寻根的小说。因此，我们才把它纳入军旅小说之列。

《分化》不仅是乔西奇的重要作品，而且也是"南斯拉夫当代文学中最重要的作品之一"。[①]这部三卷本的巨著内容广泛，开掘深刻，结构更富有戏剧性。在小说中还能发现作者热心表现以往年代的痕迹。人物的心理常常是病态的，带有创伤，表现了人民内部在革命风暴中的分化，反映了兄弟、亲邻之间势不两立的现实。这也是一部描写反革命势力在革命的洪流里发生变化的小说，被誉为南斯拉夫的《静静的顿河》。作者对第二次世界大战期间塞尔维亚的一些切特尼克分子作了历史的、社会的、心理的分析。作者在自己描写的可怕的事件面前，心灵受到了极大的震动，因此，他的叙述便充满了惶惑感，总是以一种惊恐不安、带有戏剧性的腔调，断断续续地讲述故事、描写人物。从基本的表现手法和整个基调来看，《分化》是一部悲壮的现实主

---

① 《南斯拉夫文学辞典》，诺维萨德，塞尔维亚文化教育协会出版1971年版。

义作品，乔西奇的才华表现在对一个民族集体命运的展示中。小说中有许多犹如戏剧高潮一般激动人心的场面。从表现形式和风格上来看，《分化》是《根》的续篇，又有许多创新。乔西奇笔下真正的英雄是人民群众。

从表面上看，《分化》是一部历史小说，作者探索了切特尼克产生、发展和不光彩下场的根源，即反映了在1941～1945年间，他们勾结占领军和南斯拉夫王国流亡政府，同人民解放军和游击队为敌，最后在道德上、军事上彻底崩溃的详细过程，但从作品更深刻的内涵来看，它却是一部评说社会、战争和心理的小说。乔西奇在谈到自己的小说创作时曾经说过："了解人一向比了解时代、社会、形势更重要。莎士比亚和托尔斯泰能够成为最伟大的历史性作家，正是因为他们最了解人，尤其了解人最本质的东西。"[1]乔西奇一向把描写人的内心世界放在首位，随着时间的推移，这种对人的内心世界的开掘愈来愈加深广。《分化》正是通过对一些典型的切特尼克分子不同时期的心理分析，让读者看到了民族解放斗争洪流滚滚向前的大趋势。另外，乔西奇在剖析战争年代塞尔维亚人民分化的态势时，不仅指出它有着社会政治的原因，而且还强调有其社会心理根源。这就是一部看来是历史小说的长篇，实际上则是剖析社会、战争和心理巨制的原因。

深知波斯尼亚农民心理和愿望的短篇小说名家布兰考·乔皮奇，还是一位描写民族解放斗争的能手，赞颂人民群众革命英雄主义精神的歌者。民族解放斗争一开始，他就像许多血气方刚的青年一样，立刻走上了斗争的最前线，参加了武装起义。在紧张的行军中，在残酷的战斗中，他都仔细地关注着当年受苦受难的农民兄弟如何在革命的烽火中锻炼成长，变成了革命者。乔西奇被他们大无畏的勇敢精神和奋发向前的乐观情绪所鼓舞，成了他们心灵的表达者，创作了大量的短篇小说。深受民主思想熏陶的南斯拉夫作家，与人为的造神运动格格不入，他们从不去故意拔高人物，不把人物写成高不

---

[1]　《评南斯拉夫当代战争小说》，雅·娜·彼利索夫娜，苏联《外国文学》杂志1985年第4期。

可攀、不食人间烟火的超群的英雄，而是竭力把人物塑造成具有喜怒哀乐，使人感到亲切可爱的活生生的形象。乔西奇从创作一开始就遵循这样一条美学原则：描写普通人，表现普通人，为普通人画像。在许多小说里，他描写了一系列为反对不公平和暴力而一心一意战斗的小人物，塑造了一大批普通战士、革命者的俊美形象，歌颂了他们的英雄业绩、勇士般的热情、顽强的斗志和不惧自我牺牲的献身精神。

乔皮奇战争题材的主要作品有：短篇小说《刺刀上的露水》(1947)《山民学校》(1948)《战争题材小说选》(1950)《可爱的人》(1953)《尼科列丁纳·布尔萨奇生平轶事》(1955)；长篇小说《决口》(1952)《无声的火药》(1957)；儿童文学作品《游击队的故事》(1944)《先锋者之歌》(1945)《勇敢的故事》(1947)《蛇翼下讲述的故事》(1950)三部曲《早飞的鹰》(1959)《光荣的战斗》《激战在金色的山谷》(1960) 等。

在乔皮奇的全部作品中，特别是在小说中，妇女的形象占有重要的地位，其中母亲的形象尤为突出。米丽娅是许多英雄母亲的杰出代表。她未生过孩子，把自己全部的爱都献给了游击队员。在生死关头，也依然把满腔的爱倾注在游击队员身上，口里念叨着战士的名字，昂首阔步地奔向刑场。因为这一老母亲的形象家喻户晓，小说《米丽娅》便成了最富有光彩的名篇。《跟随自己的军队》中的母亲莎乌卡·恰万塔是一对双胞胎的母亲，跟随自己的军队，爬遍了黑暗的波斯尼亚的山山水水，最后死在暴风雪中。年轻的姑娘们对革命事业坚定不移，对人民起义必然胜利充满信心。《小姑娘保卫司令员》中的小姑娘就是一个很好的榜样。系列故事《尼科列丁纳，布尔萨奇生平轶事》中的布尔萨奇，是一个英勇果敢的神枪手，但对乡亲却有一颗鸽子心。这个人情味十足的战士，如同《瓦尔特保卫萨拉热窝》中的瓦尔特一样，早已成为塞尔维亚乃至全国无人不晓的英雄。

乔皮奇一共为孩子写了15本书，通过种种形象唤起少年儿童对大自然、对人类和祖国无比热爱的感情。不过，乔皮奇在儿童文学领域里的最大成就，还是体现在战争题材的儿童小说中。一系列栩栩如生的小游击队员、通讯员、司号员、警卫员，将作为南斯拉夫当代文学中最俊美的形象，永远地铭刻在人们的心中。

长篇小说《决口》是反映最落后地区农民起义的真实图画。这一地区风景秀丽，但人民群众却十分愚昧无知。由于传统的宗教的影响，民族之间、不同阶层的人们中间，形成非常尖锐的矛盾，一种政治上的对立情绪，渗入到生活的各个领域。乔皮奇以革命作家的眼光和世界观，敏锐地洞察、真实地反映了民族仇恨和政治矛盾的火星如何转变成革命的烈焰。作品细致而真实地描写了穷乡僻壤的人民群众，在共产党的领导教育下，由分散落后的小生产者变成守纪律的革命战士的详细过程。小说中的人物形象是极为丰富多彩、生动有趣的。既有把落后的农民组织成战斗队伍的革命者，也有在进步的革命的思想引导、影响下奋勇而起的新式农民，另外还有为区区小利变节投降的丑类。作者用决口的波涛形容起义农民浩浩荡荡的队伍。这一场面描写的宏伟壮观、气势磅礴，渲染出革命激流不可阻挡的欢腾气氛。

在众多的人物形象中，农民起义的政治领袖写得格外富有特色。尽管在描写战争罪犯的心理方面未取得成功，叛徒的形象也略显苍白，但却相当成功地塑造了来自农民群众的起义者，特别是斯道扬·道里纳尔、高依考·邱普尔迪雅、道多尔·鲍坎和鲍戈丹·刘西纳几个人物形象，给读者留下了更为深刻的印象。其中道多尔·鲍坎这个人物具有格外深远的社会意义。简陋、贫苦的山区生活环境，使道多尔变得非常固执、倔强，对周围的人很不信任，失去了信心。战争开始了，他孤独一人躲到山上去了。后来，在革命的队伍里受到了良好的教育和影响，成为一名很好的战士。作者并没有专门去进行道德说教，也没有作政治宣传，但通过这一人物的转变和成长，却很好地阐明了革命队伍是一所大学校的道理。

与拉里奇庄重、古朴的艺术风格不同，乔皮奇是一位幽默大师，被誉为"时刻带着微笑的作家"。他总是以诙谐、含笑的笔调，描写紧张、激烈的战斗场面。这种诙谐和幽默有助于表现人民群众的革命乐观主义精神。

评论南斯拉夫当代军旅小说，如果不单独提一下安东尼耶·伊萨科维奇，那是不可思议的，因为他的全部短篇小说创作，都与民族解放斗争联系在一起，他的创作是"南斯拉夫当代文学的最大希望"。[①]

截止到目前为止，伊萨科维奇共发表了5部作品，其中有3部短篇小说集，它们是：《伟大的孩子》(1953)《蕨与火》(1962)《空岸》(1970)。3部短篇集子的题材全是描写民族解放斗争的，在文学界和读者中间，引起强烈的反响。《伟大的孩子》于1954年荣获"兹玛依文学奖"；《蕨与火》于1963年荣获"七月七日文学奖"。除此之外，伊萨科维奇还荣获过"贝尔格莱德十月奖"(1970)、"安得里奇奖"(1977)。

伊萨科维奇的战争题材小说很有特色。他不是描写敌我两种部队在战场上的军事冲突，而主要是剖析战斗者的心理活动和思想斗争。在伊萨科维奇的小说里，看不见枪林弹雨的战场。作者着力展现给我们的是客观环境如何影响普通战斗者的生活，如何改变他们的思想意识。伊萨科维奇的艺术情趣是大力颂扬革命战士不惧流血牺牲，英勇建立功业的革命英雄主义精神。他的短篇小说虽然都以民族解放斗争为题材，但每一篇构思的角度却绝不雷同。伊萨科维奇短篇小说的数量也许并不算太多，然而每一篇都具有极强的感染力，产生了较大的社会影响。他是以作品的高质量取胜的。

《伟大的孩子》共有9篇作品，精心地绘制了一支游击队的英雄群像。这支队伍战斗在波斯尼亚，经历了千辛万苦，同饥饿、严寒、疾病、流血牺牲进行了顽强的搏斗，显示出无比刚毅的战斗意志和十分高尚的革命情怀。让我们以《红披巾》《眼望天空》为例，具体地作些说明。

《红披巾》的故事很简单，但主题极其深刻，具有撼人心弦的力量。一个游击队员一时糊涂，偷了一个倾向于敌对势力的农民的红披巾。游击队为了严明军纪，不让农民把自己误解成同反革命军队没有什么区别的军队，处决了触犯群众纪律的战士。农家的女主人出面说情无济于事，放声恸哭也救

---

① 《南斯拉夫文学辞典》，诺维萨德，塞尔维亚文化教育协会出版1971年版。

不了他。小说以铮铮洪亮的声音歌颂了游击队铁的纪律和高尚的道德情操。全篇洋溢着一种革命的正气，读过之后，读者自然会悟出游击队之所以能得到群众拥戴、战胜大过自己十几倍的法西斯强盗的道理。

《眼望天空》犹如一首清新恬静的田园牧歌。一批肩负重伤的游击队员，患上了伤寒病，有的人甚至丧失了性命。死当然是令人心痛的，可是，在革命作家的笔下，死能变得异常神圣，令人欢欣鼓舞。伊萨科维奇细腻地描写了游击队员们死前的心理活动，展示了他们广阔的胸怀和对祖国、亲人无比热爱的纯洁感情。负伤害病的游击队员虽然丧失了肉体，但他们的精神将永存于人间，读者在他们身上看到了伟大的不可战胜的道德力量。

短篇小说集《蕨与火》同样以战争和游击队员的战斗生活为题材，不过作者的注意中心不是驰骋沙场的浩荡大军，而是犹太人在战争中的命运，1941年4月法西斯匪徒入侵后一时的混乱状况，以及纯洁正直的农民对敌人枪杀自己亲人的反抗。另外，对切特尼克也作了深刻的分析，其中《两名游击队员》和《中午》是最成功的力作。

短篇集《空岸》在创作题材、表现形式、艺术风格方面，与前两部都有许多相同之处。

伊萨科维奇是一个很会编撰故事情节的小说家。他的大多数短篇小说都具有单纯性，显出真正的短篇小说必须具备的集中、紧凑的格局特色。在艺术风格上，伊萨科维奇的短篇小说篇篇都写得朴素、含蓄。句子简短、尖刻，并多讽刺性，对话的形式变化多样。"在他的小说中，没有感情的浩荡奔流，不使用冗长的句子，不对生活作重复的描写，也没有学生腔。"[①]

在南斯拉夫当代军事题材小说的画廊里，还有一种以揭露侵略战争的破坏性、残酷性而闻名的作品。乌拉丹·戴斯尼查的长篇小说《冬季消夏》(1950)和亚历山大·迪斯玛的长篇小说《布拉姆的故事》(1972)在这方面很有

① 《塞尔维亚文学史》，约万·戴莱迪奇，新文学出版社1983年版。

代表性。戴斯尼查在《冬季消夏》里，采用现代派小说的表现手法，描写一批城市居民从被炸毁的扎得尔城①逃跑，到邻近的村庄斯密列瓦茨去避难。虽然这个村庄离扎得尔并不太远，可这些久已习惯城市生活的市民却处处都感到很陌生，仿佛到了一个根本不熟悉的天地里。作者怀着对法西斯强盗极为愤恨的情绪，描绘了一幅幅满目疮痍的图画，让读者看清了敌匪的野蛮罪行，激起爱国保家的感情。这是小说具有的积极的社会意义和教育效果，无疑是应当肯定的。但是也应该看到：作者只是描绘了战争所造成的悲惨画面，对人民群众的情绪写得黯然失色，他们仿佛只是不幸的、消极的受难者，与斗争毫无关系。这就不难看出作品的局限性和作者所受的西方现代派文学对人生消极悲观的不良影响。

迪斯玛的长篇《布拉姆的故事》以犹太人米洛斯拉夫·布拉姆一家的悲惨遭遇为线索，多方面、多层次地反映了诺维萨德②人民永世不会忘怀的1942年1月大屠杀给成千上万的无辜市民造成的巨大灾难。布达姆是千万个受难者的代表，是希特勒法西斯对南斯拉夫人民犯下的滔天罪行的见证。长篇小说《人的使用》影响颇大，它使迪斯玛跨入南斯拉夫当代著名作家的行列。小说以科洛奈尔·拉祖基奇、鲍日奇几家悲剧性的变迁为核心展开全部情节，真实而生动地反映了战争给人们造成的巨大不幸。然而，作者并不是一个反对一切战争的和平主义者，他这部长篇里着力阐明的是侵略战争给人们带来了沉沦堕落的恶果。另外，作者还揭露、鞭笞了各种虚伪的现象。与戴斯尼查不同的是，迪斯玛不仅描述了侵略战争给人民带来的苦难，而且还竭力表达了人们在灾难深重、无路可寻的境域里憧憬美好未来的强烈愿望，多方面表现了为实现这一愿望所做的种种努力。总之，这是一部谴责侵略战争，反

---

① 克罗地亚共和国达尔玛蒂亚的一座城市。

② 伏依伏丁那自治省的首府。伏依伏丁那自治省是属于塞尔维亚共和国的一个自治省，那里是多民族群居的地方。第二次世界大战期间，那里的人民蒙受了巨大的灾难，其中1942年1月的反革命大屠杀，迄今人们依然记忆犹新。

映人民灾难，倾诉人民愿望的小说。全书的基调凝重而低沉，具有一种发人深思、扣人心弦的力量。

克罗地亚著名小说家伊万·东切维奇，参加过民族解放斗争。硝烟弥漫、烽火连天的斗争生活，为他提供了丰富的创作题材，使他发表了一系列赞颂民族解放斗争和游击队员的优秀作品，主要有短篇小说集《无名者》(1945)《四个故事》(1948)《黎明之前》(1953)《科拉皮纳流血的春天》(1968)。作者在《无名者》这部集子里，成功地塑造了许多地位不高的普通人物和读书不多的农民的俊美形象。这些平凡的人参加了革命，在斗争的烽火中锻炼成长，表现出惊人的勇敢精神，建立了不朽的丰功伟绩。他们虽然是普普通通的无名者，但却是人民真正的代表、阶级的代表、一代人的代表。这些人物形象真实感人，具有一种激动人心的力量，其中《写给住在扎高拉的母亲的信》尤为出色。作者通过负伤的游击队员马尔丁·科伦倾诉给母亲的一番情真意切的话语，令人信服地表现了革命战士的伟大胸襟和深邃的革命人道主义思想。

还是在民族解放斗争时期，乌拉道·马莱斯基就发表了一些短篇小说，真实地反映了马其顿人民在艰苦的民族解放斗争时期所进行的英勇卓绝的斗争，歌颂了他们不畏强暴、果敢善战的革命精神。小说《来自科巴契卡的村妇》《新婚第一夜》《红红的天竺牡丹》，是一曲曲讴歌朴实、善良的马其顿人民的交响诗。例如《新婚第一夜》中的新郎，为了祖国的解放事业，毅然决然地放弃了新婚第一夜与心上人欢聚的美妙时光，离开国境，奔赴希腊战场。在这个革命勇士的心里，祖国的独立、人民的自由是高于一切的。另外两个短篇中所描写的妇女，都是农村中普通的劳动者。他们虽然文化水平不高，甚至可以说还有些粗犷，但却有着一颗纯洁而美好的心。为了不让革命遭受损失，宁愿献出自己的鲜血和生命。长篇小说《那里曾经是天空》(1958)，塑造了一位勤劳憨厚、质朴善良的马其顿母亲的形象。这位母亲的心热如火，洁如水晶，与生活中的一些丑恶现象格格不入。这位母亲身上集中了马其顿劳动妇女的美德。

如果说马莱斯基的小说是描绘马其顿农民美好心灵的图画的话，那么约万·鲍斯科夫斯基的小说则是赞美城市居民抗击法西斯强盗、英勇战斗的颂歌。短篇小说集《枪决》从各个不同的侧面真实地描绘了法西斯强盗入侵马其顿之后，城市普通群众所经历的艰苦生活和所开展的英勇斗争。作者笔下的英雄，并非是不食人间烟火的神，而是喜怒清晰、爱憎分明的真实可信的人。

军旅小说是南斯拉夫当代文学的精华，具有久兴不衰的生命力。近半个世纪以来，尽管南斯拉夫文学界发生了巨大的变化，在美学领域里强调多元化，但爱国主义精神与革命英雄主义气概，一直是军旅小说的主旋律。这一点并没有因为文学观念的演变而受到根本的影响或冲击。尤其是近年来，军旅小说的创作，又有了新的更大崛起的势头。作品中更加注重对军人内心的揭示。军旅小说作为南斯拉夫文学的瑰宝，具有永恒的价值。恰如著名作家艾利赫·科什讲的："不论我们涉及什么问题，不论我们描写什么样的当代人物，要想离开这场战争和革命那都是不可能的。我们大家还仍然生活在这两面旗帜下。"①

（原载《太行学刊》1990 年第 2 期）

---

① 《评南斯拉夫当代战争小说》，雅·娜·彼利索夫娜，苏联《外国文学》杂志1985年第4期。

峥嵘、辉煌岁月的真实写照

——阿尔巴尼亚当代文学揽胜

　　一个国家文学的发展和水平，不一定与这个国家经济的发展和繁荣同步。有些地小、人少，经济发展滞后的国家，文学却相当发达，甚至涌现出享有世界声誉的大作家。例如，人口300余万，土地面积不足3万平方公里的阿尔巴尼亚，是欧洲乃至世界上最小的国家之一，经济发展也很缓慢，但却出了个伊斯玛依尔·卡达莱 (KADARE,ISMAIL) ——这个著有几十部长篇小说，其中多部作品被数十个国家翻译出版的卡达莱，竟然从加西亚·马尔克斯、君特·格拉斯、米兰·昆德拉、纳吉布·马尔福兹、大江健三郎5位诺贝尔文学奖得主中脱颖而出，一举获得首届布克国际文学奖，而且多次被提名为诺贝尔文学奖候选人。而中国人民所熟悉的老朋友、电影《第八个是铜像》《广阔的地平线》的作者德里特洛·阿果里 (AGOLLI,DRITERO) 的长篇讽刺幽默小说《居辽同志兴衰记》，30年来，也是在欧美非常畅销的书，被誉为"介入契诃夫、卡夫卡、索尔仁尼琴之间的一部优美、严厉、文学味道浓郁的芭蕾舞"[1]而阿果里本人更被赞美为"可与果戈理、卡夫卡、昆德拉相媲美的讽刺大师"。[2]

　　其实，在阿尔巴尼亚丰饶的文学沃土上，何止就出了卡达莱、阿果里两个世界文学巨匠，杰出的作家和诗人还多着呢！这是有多方面的原因的。首

---

① 意大利《晚邮报》。

② 法国《费加罗报》。

先，我们知道，阿尔巴尼亚尽管国小人少，然而却有着同希腊、古罗马一样悠久的历史和璀璨的文化，在几千年的文学史上，阿尔巴尼亚就曾出现过不少可与意大利古代以及文艺复兴时代的著名作家齐肩媲美的人物。可见，阿尔巴尼亚文学的根基是相当厚实而坚牢的，有了如此的根基，是完全可以建立起伟岸瑰玮的文学大厦的。另外，阿尔巴尼亚当代文学也曾是经受过时代风雨考验与磨砺因而具有很高艺术水准的先进文学，它拥有一批公认的能和当今相多国家的著名作家摆在同一个天平上的杰出人物，如除了阿果里、卡达莱之外，还有彼特洛·马尔科、雅科夫·佐泽(XOXA, JAKOV)、泽瓦希尔·斯巴秀(SPAHIU, XHEWVAHIR)、斯泰里奥·斯巴塞(SPASSE, STERJO)、科尔·雅科瓦(JAKOVA, KOLE)、获米特尔·祝万尼、泰奥多尔·拉乔等。

好吧，我们的话题就从阿尔巴尼亚当代文学讲起。

当代文学发展的三个阶段

继承并发扬民族复兴文学和反法西斯民族解放战争文学光荣传统的阿尔巴尼亚当代文学，大体上经历了三个发展阶段。从1944年全国解放到20世纪50年代末是第一阶段。从60年代初到80年代末国家政情发生剧变之前是第二阶段。从90年代初到如今是第三阶段。在前两个阶段里，社会主义现实主义从精神到方法始终在文坛上占据统治地位。即使当社会主义现实主义在其发祥地苏联遭到非议，甚至有人对它加以修改并做出新解释的时候，阿尔巴尼亚文艺界也依然把它置于至高无上的地位。这是那个历史阶段里阿尔里尼亚当代文学与东欧其他国家当代文学相比最为显著的特征。

在第一阶段里，阿尔巴尼亚先后建立了全国性的文学组织。首先是1945年建立了阿尔巴尼亚作家协会。而后在1957年5月将作家协会与艺术家协会合并为阿尔巴尼亚作家与艺术家协会。这个协会至今还顽强地坚持工作，半个多世纪以来，它在团结、组织全国文艺工作者积极参加建设祖国和发展文学艺术的伟大事业中起了巨大作用。

第一阶段的文学作品，反映了人民革命胜利的历史性转折和社会主义社会里人与人之间的全新关系在社会生活中的确立。许多文学作品真实、深刻、广泛地描绘了广大军民在反法西斯民族解放战争中的生活和命运，讴歌了工农群众在社会主义建设事业中的革命英雄主义和革命乐观主义精神。社会主义新人的形象，开始在文学作品中涌现出来。

这一时期文学战线上的主力，是那批积极参加过反法西斯民族解放战争的游击队员作家。后来，他们成为阿尔巴尼亚当代文学的中流砥柱。谢夫切特·穆萨拉依 (1914—1988) 的长篇讽刺诗《即将选举》(1948) 和其他一些反映解放后新生活的文艺性通讯，荻米特尔·斯·舒泰里奇 (1915—2005) 的一系列中篇小说，法特米尔·加塔(GJATA,FATMIR) (1922—1989)、齐赫尼·萨科 (1912—1981) 及雅科夫·佐泽 (1923—1979) 的短篇小说和速写，阿列克斯·恰奇 (1916—1989) 和拉扎尔·西里奇 (1924—2001) 的抒情诗和长诗，科尔·雅科瓦 (1916—2002) 的话剧《哈利利和哈依丽娅》(1949)，是解放后最初年代里阿尔巴尼亚新文学的第一批优秀作品。

20世纪30年代就开始了文学创作活动的作家，也积极地加入到文学创作的队伍中。在这方面，突出的代表人物有农达·布尔卡 (1906—1972)、哈基·斯特尔米里 (1895—1953)、斯泰里奥·斯巴塞 (1914—1989) 等。这些作家具有30年代的民主思想和进步倾向，再加上长期的创作锻炼，因此作品的艺术性普遍较高，很受读者喜爱。

阿尔巴尼亚当代文学和艺术，从解放后的最初年代开始，就是党和国家整个革命事业不可分割的一部分。在每次劳动党全国代表大会上，对如何发展和繁荣文学艺术事业，最高领导人都做过专门的科学阐释。这些对于武装作家、艺术家的头脑，统一他们的思想和行动，都起过巨大的作用。其中1949年10月召开的作家协会第三次会议，特别强调了文学与生活的紧密联系和增强文学作品党性的重要性。会议着重指出："作家在他们的创作中，应当为人民群众在建设社会主义基础的斗争中表现出的英雄主义精神和革命热情感到欢欣鼓舞，同人民群众建立密切的联系，积极地投入到他们当今的生活和斗争中，在党和国家有组织有计划地指引下，紧跟我们生活的步伐。"①另外，在会议的重要报告和与会者的讨论发言中，也对社会主义现实主义问题给予了特殊的重视，一致认为它应该成为所有作家的创作方法。会议决定中明确指出："全体作家要掌握社会主义现实主义方法，并把这一方法作为他们文学创作的基础；作家要在掌握马克思、恩格斯、列宁和斯大林关于艺术和文化的科学理论的同时，努力提自己的政治思想水平，为建设我们具有民族形式和社会主义内容的文学做出你们全部的贡献。"②会议还号召作家向国内外优秀的文化遗产学习，尤其要向人民群众学习生动活泼、丰富多彩的语言和口头艺术创作。在以后的岁月里，虽然又召开过多次会议讨论发展和繁荣社会主义文艺问题，但基本上都没有离开这次会议的精神，因此，这次会议在阿尔巴尼亚当代文学发展史上是一次里程碑式的会议。

进入20世纪50年代以后，文学在10年的时间里取得了很大发展，涌现出一大批真实地描绘生活并具有一定的艺术价值的作品。展现广大军民在反法西斯民族解放战争中丰功伟绩的长篇小说有斯巴塞的《他们不是孤立的》(1952)、加塔的《毁灭》(1954)、舒泰里奇的《解放者 (1952、1955)》等。反映社会变革、新旧社会制度斗争的作品有雅科瓦的话剧《我们的土地》(1954)、加塔的长篇小说《沼泽地》(1958)、斯巴塞的长篇小说《阿菲尔迪塔重返农村》(1954)、西里奇的长篇叙事诗《教师》(1955)和《朋友》，以及穆萨拉依、舒泰里奇、加塔、恰奇、佐泽、留安·恰弗塞吉 (1922—1995)、斯皮洛·乔玛拉 (1918—1973) 等人的中、短篇小说和诗歌。

在20世纪50年代，文学界还涌现出一大批青年作家和诗人，他们刚一崭露头角，就得到文学界领导和前辈作家的关爱与扶持。青年作家、诗人中才

---

① 阿尔巴尼亚作家协会第3次会议 (1949年)，《阿尔巴尼亚大百科全书》，阿尔巴尼亚联合印刷企业1985年版。

② 同上。

气较高的有阿果里 (1931—)、卡达莱 (1936—)、荻·祝万尼 (1934—)、纳·普雷弗蒂 (1932—)、阿里·阿布迪霍扎 (1923—) 等。这些朝气蓬勃、虎虎有生气的青年作家、诗人，大都以社会主义建设生活为题材，描写、赞美新生活和社会主义新人。他们的作品内容充实而健康，语言也富有时代特色和生活气息，后来都成了文坛的栋梁之材，而阿果里、卡达莱二人更是成了阿尔巴尼亚当代文学的符号。

阿尔巴尼亚作家为尽量全面、深刻、真实地反映社会主义时代的现实生活，描写新、旧世界的矛盾和斗争，付出了巨大的努力，取得了相当可观的成绩。然而，综观阿尔巴尼亚当代文学发展的全过程，我们发现，这一时期的文学作品还缺乏有血有肉的工人阶级代表人物的形象，真正深刻地反映劳动群众充满革命英雄主义精神和光辉业绩的作品还不多。有些描写农民生活的作品，对农民从私有者走上社会主义之路的心路历程的展示，还显得缺乏真实感和生动性。描绘现实生活的作品中，有些也没有深刻地揭示出矛盾冲突的尖锐性。对人民群众所进行的坚忍不拔的斗争和他们不惧艰难险阻的阿尔巴尼亚民族特有的硬骨头精神，展示得更是不够充分。因此，不少人物形象便缺乏鲜明的个性和足够的深度。另外，有的作品在情节安排、结构布局以及语言运用方面，也流露出作者在艺术修养方面还有不少缺憾。这些问题的存在向作家提出了必须迅速提高政治思想水平和艺术造诣的严格要求。在这方面，1957年5月召开的阿尔巴尼亚作家与艺术家协会第一次代表大会对上述存在的问题的解决，起了很大的作用。

这一时期，反法西斯民族解放战争是作家们最感兴趣、写得最多的题材。其次是解放后新生活和历史题材。表现阿尔巴尼亚人民与社会主义国家人民、资本主义世界的工人阶级以及世界上所有反对帝国主义战争计划和其他反动势力的人民的友谊与团结的国际题材，在文学创作中也占有一定的比例。

这一时期，文学创作的体裁，还是比较丰富的。在诗歌领域，政治抒情诗、颂诗、十四行诗、风景诗、抒情-叙事诗、叙事诗等各种样式的短诗应有尽有。在抒情诗领域，还分哲理抒情诗、风景抒情诗及爱情抒情诗等不同种类。另外，还有数量可观的很受读者欢迎的讽刺诗。具有悠久传统的长诗（分叙事长诗、抒情长诗和抒情-叙事长诗3种），在这一时期也取得了斐然的成就，西里奇的《教师》和《朋友》可谓50年代长诗领域里的扛鼎之作。

在散文创作方面，短篇小说和速写的成就显著、抢眼。除舒泰里奇的短篇小说显得过长之外，几乎所有的短篇小说都很短，译成中文一般都不超过五六千字，有的甚至只有两三千字。这些小巧玲珑、面貌颖异的短篇小说具有精致性和时空结构形式的单纯性。有的是讲一个生动而紧凑的故事，悬念迭起，充满扣人心弦的戏剧性；有的则像一篇直抒胸臆的散文，故事平淡无奇，但却蕴藏着浓烈的生活情味，沁人心脾；有的又侧重描摹人物的心情意念，意识流动……总之，阿尔巴尼亚短篇小说家们都善于选择最富有表现力的侧面、瞬间、冲突，来展现人物性格的主要特征，于单纯中求丰富、求和谐。像加塔的《阿尔巴尼亚心》[1]《少年》，杰尔吉·乌拉什的《少年与蛇》等篇，有如平衡木上表演的艺术体操，既优美迷人，又受严格的"短规"的限制，显示出不凡的艺术功力。阿尔巴尼亚50年代的许多短篇小说，是真正的短篇小说，比起某些国家的那些动辄几万字，冗长沉闷、浅陋乏味的短篇小说，实在是一种进步与解放。至于那些记叙反法西斯民族解放战争中具有重要意义的人和事的速写（SKICA）则更具有幽默含蓄、言近旨远、形象鲜明、气韵生动的特点，不愧是阿尔巴尼亚当代文学中的精品。

由于解放前长篇小说的创作缺乏雄厚的基础，作家的数量又不多，而且，为了阿尔巴尼亚文学事业的长远打算，国家又把一大批才华杰出的作家派迁到苏联和东欧社会主义国家留学、进修，所以这一时期长篇小说创作相对滞后，10年出版了不到10部。那种广阔而深刻地反映反法西斯民族解放战争和全国解放后社会巨变的史诗性作品，一时尚未出现。最能代表这一时期

---

① 有中译本，郑恩波译，《世界反法西斯文学书系·阿尔巴尼亚卷》，重庆出版社1994年版。

长篇小说成就的作品，当属斯巴塞的《他们不是孤立的》(1955)、加塔的《沼泽地》(1959)和阿布迪霍扎的《一个暴风雨的秋天》(1959)。

50年代的戏剧舞台上，涌现出喜剧、正剧、历史剧、政治-社会剧、道德情操剧等多种题材和样式的戏剧作品。戏剧创作发展迅速，不过公式化、概念化和自然主义的缺憾也明显地存在于不少剧作中。

从20世纪60年代到80年代末90年代初，是阿尔巴尼亚当代文学发展的第二阶段。60年代一开始，国际共运内部发生了严重的分歧，苏联与阿尔巴尼亚关系的破裂，帝国主义对阿尔巴尼亚经济封锁的加剧，使阿尔巴尼亚受到严重威胁，国家和人民面临极大的困难。在紧急与危难中，阿尔巴尼亚人民丝毫没有屈服，在劳动党的领导下，一手拿镐，一手拿枪，卓有成效地建设自己的国家，取得了前所未有的巨大成就。从60年代开始到80年代末的30年，是阿尔巴尼亚现代史上人民群众的革命精神最为振奋的30年。尽管后来历史的发展出现了曲折，但广大作家、艺术家并无过错。他们作为人民的忠实儿女，对这一段光辉的历史所做的艺术描绘，为发展和繁荣社会主义文学所付出的艰辛劳动，世世代代都将受到人们的尊重。这些作品让我们看到，阿尔巴尼亚人民身上蕴藏着巨大的推动历史前进的力量，他们以英勇果敢的行动显示出宁死不屈的意志和改天换地的气概。这一时期的文学作品，开始对人物丰富而复杂的内心世界进行深入而细致的描写。文学作品的审美价值比50年代大大地增强了。

一种犹如岩浆般炽烈，恰似怒涛般汹涌的爱国主义壮志豪情，激荡在这一时期的诗歌、小说和戏剧、电影作品中。卡达莱的长诗《群山为何而沉思默想》(1963)《山鹰在高高飞翔》(1966)，阿果里的长诗《德沃利，德沃利》(1964)《母亲阿尔巴尼亚》(1974)，法道斯·阿拉比(1933-)的长诗《血的警报》(1966)；穆萨拉依的长篇小说《黎明之前》(1965)，阿果里的长篇小说《梅莫政委》(1969)《居辽同志兴衰记》(1973)，祝万尼的长篇小说《重新站起来》(1970)，卡达莱的长篇小说《亡军的将领》(1962—1966)，辽尼·巴巴(1935—)的话剧《山姑娘》(1967)等，是各类作品中的精华。由于作者思想水平和艺术修养的不断提高，这些作品在揭示生活的深度，塑造人物形象的丰满，克服表面地描绘生活的缺憾和减少公式化、保守教条等诸方面，都显示出阿尔巴尼亚当代文学在走向成熟的道路上，取得了长足的进步；阿尔巴尼亚广大作家，在为实现文学民族化的征程中稳健前进。

这一时期文学的另一个特点，是文学的人民性得到了进一步的深化，人民群众的形象在作品中占据了中心位置。他们在历史事件的发展中所起的决定性作用，得到了充分的展现。这是一个历史性的进步。

这一时期的文学作品，特别注重全面、深刻地塑造人物形象，尤其在刻画人物鲜明的性格、表现人物丰富而繁复的内心世界方面，更是取得了前所未有的成就。一些才气很高的作家，为阿尔巴尼亚当代文学的画廊增添了切·奥尔哈纳依（《黎明之前》）、梅莫政委和拉波司令员（《梅莫政委》）、丁尼·希卡（《重新站起来》）、楚查（《山姑娘》）等众多的鲜活的人物形象。

这一时期，不论是在长篇小说中，还是在中、短篇小说里，作家们的艺术技巧都有了十分明显的提高。叙述方式由单一转向多样，叙述与沉思相结合，分析与概括相交映，夸张和讽刺幽默的妥当运用，意识流表现手法的借鉴等等，都给这一时期的文学作品带来了革新的色彩。

这一时期的文学作品在叙事方面呈现出多样化的新气象。故事情节更加曲折动人，可读性大大地增强，为书籍的销售创造了良好的条件。文学语言也更加丰富、纯洁，逐渐走向规范化，减少了方言土话给读者造成的阅读障碍。

对各类文学作品进行全面的研读与审视，不难发现，反映现实生活的作品在这一时期的文学中占据主要位置。在这些风格多样、绚丽多姿的小说、诗歌和戏剧作品中，我们可以看到阿尔巴尼亚社会生活的新景观、新气象，个人和集体的英雄主义行为，人与人之间崭新、温馨的关系，美好幸福家庭的巩固，人民群众反对封建宗法残余势力和落后习俗的斗争，以及他们对种种自由主义和西方现代思想的抵制。特别是工人阶级的革命乐观主义精神和崇高的道德品质，在各种样式的文学作品中，更是得到了特殊的重视和突出的表现。历史题材的文学作品，也大大拓展了社会历史背景，在繁杂的事件中突出了人民团结、亲和统一的思想。这类作品克服了琐碎地描写历史事件的毛病，改变了表面地肤浅地表现爱国主义的观念。另外，作品中的矛盾冲突也更加尖锐紧张，很富有戏剧性。

从艺术上来看，这一时期文学作品的种类和样式比20世纪50年代大大地丰富了。许多作家都竭力让自己的作品以一种史诗的面貌出现，是这一时期文学的一个显著特点。这一特点与当时的革命气氛和人民群众奋发向上、斗志昂扬的精神面貌紧密地联系在一起。

诗歌仍然站在文学战线的前列，叙事性和抒情性完美地结合，使诗歌更具可读性和鼓舞人心的力量。小说创作比20世纪50年代更加丰富多彩，涌现出像《死河》(1965)那样全景式地描写农民历史命运的历史-社会小说，像《重新站起来》①那样描摹劳动者美好心灵的社会-心理小说，像《亡军的将领》②那样轻盈奇妙、给人一种耳目一新之感的诗化-哲理小说，像《黎明之前》《难忘的年代纪事》③那样对历史大写真的纪实小说，像《居辽同志兴衰记》④那样具有强烈批判意识的讽刺幽默小说，等等。由多种样式小说组成的五彩缤纷的小说世界，是阿尔巴尼亚千百年文学史上从来没有过的奇观。

剧作家们也辛苦地耕耘，这一时期剧坛上也有了可喜的收获。如同小说一样，戏剧舞台上也同样回响着一种激动人心的史诗般的声音。特别值得一提的是喜剧有了新收获。斯皮洛·乔茂拉 (1918—1973) 的《科尔察狂欢节》(1961)、阿果里的《第二张面孔》(1966) 是这一时期不可多得的喜剧佳作。

在20世纪七八十年代，阿尔巴尼亚文苑里还有一道喜人的风景，那就是作家们在"文学要紧密地联系现实，联系劳动者，联系祖国大地"的号召鼓

---

① 有中译本，郑恩波泽，重庆出版社1990年版。

② 有中译本，郑恩波译，作家出版社1992年初版；重庆出版集团重庆出版社2008年新版。

③ 哈桑·贝特莱拉 (1927—1992) 1965年著。

④ 有中译本，郑恩波译，重庆出版社2009年版。

舞下，创作了一大批反映工农业生产建设的小说。这一文学胜景是以前所未有的。其中歌颂社会主义工业建设和工人阶级伟大力量的长篇小说有祝万尼的《范·斯玛依里》(1972)、科·布卢希 (1940—) 的《一夜之死》(1971)、阿·采尔加 (1934—) 的《时代的脚印》(1971) 和《兄弟们》(1978)、格·米奇诺特的《光明照耀千山万壑》(1976) 以及阿布迪霍扎的《大搏斗》(1975) 等。反映社会变革给农村带来巨变的长篇小说有佐泽的《幸福之风》(1971)、拉乔的《胜利》(1977) 和《坚硬的土地》(1971)、斯巴塞的《火焰》(1972) 以及贝特莱拉的《山谷》(1979) 等。

这一时期有不少作家很关注家庭及道德问题，通过这种题材反映社会的变革和时代的前进。比较有影响的长篇小说有科莱希的《三月》(1975) 和艾莱娜·卡达莱 (1942—) 的《一次难产》等。

20世纪80年代的前半期，青年人的形象占据了小说的中心。在小说里，这些人物竭力要弄明白自己在社会活动和生活中的目的究竟是什么，要搞清楚自己道德的原则和信仰是怎么一回事。这类作品较为有影响的是祝万尼的《我的世界》(1984)、莱拉的《你要享用时间》(1984)、采尔加的《家》(1984)、乌·科奇的《同代人》(1984) 等。这些小说在表现人物的内心世界方面，作了新的努力，艺术表现力有了明显的提高。

1990年岁尾，阿尔巴尼亚政局开始剧烈地动荡。不到半年的时间，劳动党就丧失了政权，社会主义的阿尔巴尼亚变成了多党制的国家。从那个时候开始到现在将近20年的时间，是阿尔巴尼亚当代文学发展的第三阶段。在这个阶段里，文学的性质，文学发展的指导思想，文学作品的面貌等一系列重大问题都发生了根本性的大逆转。有一种人对社会主义年代的文学，对阿尔巴尼亚文学传统全盘加以否定，变成了西方现代主义文学狂热的吹鼓手和应声虫。还有相当多的作家虽然不再像以前那样擎举社会主义文学的旗帜，但在实际行动中却依然在社会主义思想指导下进行创作，继续出版一些关心人民的生存和前途的作品。像阿果里、祝万尼、斯巴秀等老作家，就是在十分困难的境域里顽强地坚持阿尔巴尼亚文学传统，经营自己的文学家园的。作家与艺术家协会处于风雨飘摇之中，经济十分困难。极端分子大造取消协会的舆论，甚至还妄图将大楼这个协会唯一的一点儿家产卖掉。后来，在泽·斯巴秀和里·迪兹达里两位正派、有骨气的主席全力保护和大多数会员的积极支持下，保留了大楼，协会没有取消，也没有分裂。政局未发生剧变前，作家与艺术家协会有《十一月》文学月刊和《光明》文学周报出版。而如今，《十一月》已停刊19年，《光明》文学周报也只能靠作家赞助勉强坚持出版，但印数甚少，每期只印约1000份。政局剧变前全国每年出版120～130种文艺书籍，每种书印数至少也有5000册。可是今天，原来唯一的一家出版社"纳伊姆·弗拉舍里"出版社早已关张。新成立了一百多家私人出版社，但印不出几种像样的文艺作品。头些年，色情、黄色书籍流行了一阵子，这几年"黄风"虽然在广大富有正义感的作家和读者的反对和抵制下被杀住了，但今日阿尔巴尼亚的主流文学是什么？从出版物中很难对这一问题做出明确的回答。未来，阿尔巴尼亚文学又会变成什么样子？更是难以预想。让我们还是沉住气，静下心来仔细观察吧！

绚丽多彩的文学大花园

以上我们从纵的方面对阿尔巴尼亚当代文学的概貌作了一番鸟瞰式的全景拍照。现在，让我们再从横的方面，对一些最为重要的甚至在国际上很有影响的作品作一具体的赏析。先从绚丽多彩的小说天地里选出6部作品和大家一起分享赏读的快慰。

首届布克国际文学奖得主卡达莱的著名小说《亡军的将领》为阿尔巴尼亚军事题材小说创作开辟了一个新天地。卡达莱出生于1936年，意大利法西斯1939年入侵阿尔巴尼亚时，他才3岁。他既没有彼·马尔科参加西班牙反法西斯战争的经历，也没有像穆萨拉依和加塔那样亲赴民族解放战争战场，在枪林弹雨中目睹人民的战绩。任何一个作家都有所能，也有所不能；有所为，也有所不为。卡达莱没有采取以往作家的写法来写反法西斯民族解放战争，没有把共产党员或战斗英雄摆在作品的中心位置加以描写与歌颂，而是紧紧抓住一名意大利将军赴阿尔巴尼亚搜寻阵亡将士的遗骸这条情节线，将他自幼就听到的诸多有趣的故事，巧妙而自如地串联在一起，落笔时，又不直接地去描写战场上的刀光剑影，而是全力展示各种人物对战争思考的极其复杂微妙的心态。这是卡达莱描写反法西斯民族解放战争的新角度。他的才华与灵气，也主要在这一点上表露出来。读者可以看到，作家围绕意大利将军到阿尔巴尼亚寻找军人遗骨这件事，故事中套故事，链环上结链环，多方位多层次多角度地描绘出民族解放战争的多彩画面。书中既有对大智大勇的祖国儿女的颂赞，也有对敌人种种罪行、卑劣道德及其内部肮脏复杂关系的揭露与嘲讽。阿尔巴尼亚民族的古老传统、文化品格、解放后社会的变迁、丰富多彩的民俗风情、人民群众宽厚的人道主义精神和坦荡无私的胸襟，都有充分展示，博得国内外有识之士的赞誉。书中的许多段落，既可以单独摘出，作为一束束娇媚的鲜花供人观赏，也能够连成一体，合为一株主干突出、枝蔓分明、硕果累累的大树，覆盖庭院供人纳凉。另外，作者还成功地运用了一些新颖奇特的对比、富有幻想性的拟人化的手法、生动贴切的比喻，以及极度夸张等很有表现力的艺术手段。更为新鲜的是，作者还成功地借鉴了意识流、魔幻现实主义和黑色幽默的技艺，大大地增强了作品的可读性和感染力。这在20世纪60年代的阿尔巴尼亚，实在是一种勇敢之举。这部小说在欧美、非洲有着十分广泛的影响，至今已被译成40种语言，出版了72次。法国评论家赞美说："这是一部奇特的小说。在这部小说里，戏剧性不断地伴随着幽默，让我们发现了过去所不熟悉的阿尔巴尼亚新文学。"[①]"在这部荒诞的史诗里，幻想现实主义涂上了一层淡淡的幽默色调。这是一种从地下目击的战争，即从墓穴里目击的战争。这部书透过死者的魂灵使欧洲最

---

① 法国南方电视台，1970年3月11日。

小的国家之一——阿尔巴尼亚进入了共同的图书市场。"[①] "毫无疑问，这部书的出版，将是一种新发现，发现了我们几乎不了解的阿尔巴尼亚文学；这一文学首先使作家伊斯玛依尔·卡达莱进入到高不可攀的求之不得的层次。"[②] "幽默、含蓄的激情，轻松自由、朴素自然的叙述，机敏的语调，不外露的技艺，委婉的教诲，异乎寻常的景观，喜气洋洋的新人—所有这些因素使这部小说比任何别的作品都更精致。"[③]

《石头城纪事》(1971) 是卡达莱另外一部重要的照样获得国内外好评的小说。这也是一部匠心独运、奇妙别致的作品。它摆脱了常见的战争小说的窠臼，不去直接地描写游击队员同法西斯强盗你死我活的斗争，而是选取战争即将结束，曙光就在眼前的历史性时刻，入木三分地描绘社会各阶层一些最有代表性的人物的心理状态、情绪和表现，着力展示各种社会力量对待新旧时代、新旧社会、新旧风气的不同立场和感情。卡达莱确实有一支多彩的妙笔，在很短的篇幅里，出神入化地勾勒出历史转折关头的芸芸众生。卡达莱巧妙地编织了各种人物的关系网，使读者透过这个错综复杂的关系网，目睹了新、旧世界交替时刻整个阿尔巴尼亚的社会风貌。后来，卡达莱在回答记者采访时，讲过这样一段话："我要在这部小说中反映那些混乱、充满英雄气概、荒诞气氛和悲剧性的日子。那时候，整个山城都带着沉重的负担从黑暗中走向自由，摆脱了中世纪的陈规陋习，又陷于外国占领者落后野蛮的桎梏之中，全部生活都处在敌人的威胁之下，这种痛苦是前所未有的，然而，光明就在前头……"卡达莱的这番话对我们理解《石头城纪事》这部小说颇有益处。《石头城纪事》也引起他国文学评论家的重视，不少法国文学大家也给予它很高的评价。吉尔·拉布兹认为"它是我们时代的最好的长篇小说之

---

① 巴黎《费加罗报》，1970年4月12日。

② 巴黎《最后一分钟报》，1970年3月13日。

③ 法国《罗兰共和国》，1970年5月17日。

一。"对这部小说的尝试，有的评论家评论道："这是一部打破了小说要有主要人物和围绕主要人物编织全部情节和故事的老观念。小说中没有主要人物，有的是集体群像。作者还吸收了现代主义电影的许多表现手法和艺术技巧。"评论家雅克·雅乌布尔特指出："在卡达莱的这部小说中，或多或少还有黑色幽默的味道。"而阿兰·布斯卡还进一步评论说："卡达莱将肖洛霍夫和卡夫卡靠在一起，让萨特靠近布莱希特，没让海明威离聂鲁达太远。"V.H.德比杜甚至还预言："将来卡达莱一定会成为诺贝尔文学奖得主候选人。"①

阿尔巴尼亚当代文学的领军者，担任过作家与艺术家协会20余年的主席，中国观众十分熟悉的电影《第八个是铜像》《广阔的地平线》的作者德·阿果里的长篇小说《梅莫政委》是阿尔巴尼亚文学界反映反法西斯民族解放战争最著名的长篇之一。它以朴素生动、极富生活情趣的语言，广大群众喜闻乐见的民族形式和强烈的艺术感染力，真实而广阔地描绘出民族解放战争时期阿尔巴尼亚人民生活和战斗的绮丽画卷，准确地反映了那一特殊时期的社会矛盾。巧妙地烘托出烽火连天、江河呐喊的时代气氛，细致而深刻地再现了在共产党人启发、引导和组织下，人民群众由分散的不觉悟的个体力量变成有觉悟有组织的革命队伍的完整过程，从而有力地突出了共产党对反法西斯民族解放战争的领导作用。

连接小说全部内容的情节线，表现作品主题思想的媒介，是政委梅莫·科瓦奇这个人物。

歌颂政委们的丰功伟绩这一情结，在阿果里心里存在已久。他曾写过颂诗《政委》、长诗《献给政委的赞歌》，借以表达对政委这类最能体现共产党在反法西斯民族解放战争时期领导作用的人物的缅怀与崇敬之情。不过，作者的这一纯洁而真挚的感情，只有在长篇小说《梅莫政委》中，才得到了充分的抒发。梅莫政委这一形象是通过一系列活动塑造成功的：在反动组织"国

---

① 以上各国评论家的评论均引自郑恩波译小说《亡军的将领》序言，重庆出版社2008年版。

民阵线"影响很深的地区，他重新组建了真正的革命组织"民族解放会议"；在游击队营里有效地开展思想工作，提高了每个战斗员的组织性、纪律性；同拉波营长为代表的无政府主义和涣散情绪展开了必要的思想斗争；在战场上同敌人进行了生死的搏斗。总之，作者始终让梅莫政委处于情节的中心，在矛盾的漩涡中突显出他的革命英雄主义精神、崇高的人生目的、浓厚的人情味、沉着冷静的思想修养、准确果断的判断力、对革命事业的赤胆忠心、对胜利坚定不移的信心，以及对未来建立一个崭新的世界的美好憧憬。而在他耐心地启发、帮助下，波洛瓦医生从对革命持中间的立场到热情地投身到解放事业中的转变，则更加显示出他这个游击队政委思想的光辉和心灵的魅力。在小说中，作者还借助富有典型意义的细节，突出地表现了梅莫政委同人民群众特别是同农民弟兄的血肉联系。梅莫政委是社会主义年代阿尔巴尼亚文学画廊中最成功的共产党人艺术形象之一。

营长拉波·塔班尼这一人物形象，也塑造得相当成功。这个贫苦的农民之子，怀着对剥削制度和外国侵略者的深仇大恨，投入到反法西斯民族解放战争的洪流中。在他身上凝聚着非凡的勇敢、爱国爱民的激情、农民世世代代对黑暗的不合理的社会制度的愤懑情绪，不过其中也包含着政治上的蒙昧。作者并不是机械地描写这个人物，而是从历史发展的进程中，细致入微地描写他的心路历程的演变，展示他纯洁的感情、无私的心灵、坦诚的品格、热爱父老乡亲的情愫。这是一个富有立体感的传奇人物，像梅莫政委一样，拉波·塔班尼也早已成为阿尔巴尼亚当代文学中最富有光彩的人物形象之一。

如果说卡达莱主要是以艺术技巧取胜的话，那么，阿果里则是以成功地塑造出众多的栩栩如生的人物形象牢牢地坐在了传统小说创作的第一把交椅上。

《梅莫政委》的结构灵活而不松散。它通过战友送梅莫政委的铜像进村时一路上的回忆，将战争岁月的风云、感人肺腑的往事，以及政委的战绩，一幕幕地展现在读者面前，使全书的情节很富有弹性。这是一部民族特色鲜明，深受人们喜爱的小说，出版的当年阿果里就亲自把它改编成电影，取名《第八个是铜像》①。

由新闻记者演变而成的作家，一般是既具有政治家的政治素质，又具有文学家的艺术修养。远在20世纪60年代末，阿果里就以极其灵敏的政治嗅觉洞察到社会主义国家里某些官员表里不一、脱离群众、追逐名利的丑恶表现。他深刻地认识到：搞得不好，国家的命运就可能葬送在这批官员的手里，于是他便怀着一个共产党员作家的真诚和勇气，创作了向两面派领导者发出警告的话剧《第二张面孔》。此剧引起了一些教条主义"批评家"的非难。但是，成熟的阿果里并没有动摇，他痛感到话剧《第二张面孔》对这一社会现象的剖析欠深刻。随着形势的发展，阿果里对这一问题的认识逐渐加深，这样，他便在70年代初创作了向沾染了官僚主义习气，思想意识和作风急剧蜕变的干部击一猛掌的长篇讽刺幽默小说《居辽同志兴衰记》。需要强调的是，在20世纪六七十年代那种特殊的形势下，阿果里能够洞察到，反映出社会主义制度下某些干部正在变质，可能走向反面这一客观现象，是需要具有很高的政治水平、马列主义理论修养和无私无畏的勇气的。这一点正是阿果里独有的非一般作家所具备的难能可贵之处。阿果里笔下的居辽·卡姆贝里这一人物，是在社会主义制度下面逐渐蜕化变质的典型形象。像居辽这样表里不一，口是心非，弄虚作假，道貌岸然，沽名钓誉，夸夸其谈，所作所为全被名利思想所主宰的官老爷，处处皆有。因此，让读者熟悉一下居辽这个典型形象，对于鉴别身边的真假干部是很有帮助的。正因为如此，小说一出版就得到广大读者和文艺界同行的赞扬，发行量很大，第一版就印了2.1万册,后来又再版了10多次,并且很快被译成了法文、德文、意大利文、俄文、希腊文、保加利亚文，如今又被译成了中文。国外的评论家们也对这部小说大加赞扬。法国《费加罗报》评论说："在《居辽同志兴衰记》中，一切都带

---

① 20世纪70年代初译成中文，在我国广大城乡上演时，受到观众异常热烈的欢迎。

有讽刺味道，一切都得到美妙的均衡。但是，这种均衡不是靠臂膀支撑的。这是一颗用花瓣裹着的炸弹。阿果里是一位配得上获得全欧洲荣誉的作家。"这家报纸在另一篇文章里还说："德里特洛·阿果里通过《居辽同志兴衰记》这部讽刺小说，与尼古拉·果戈理有名的喜剧《钦差大臣》竞美比肩。"意大利《晚邮报》评论道："《居辽同志兴衰记》是介于契诃夫、卡夫卡、索尔仁尼琴之间的一部优美、严厉、文学味道浓郁的芭蕾舞。"德国《法兰克福广讯报》又这样赞美说："作者对全部事件赋予很高的音调，很少有什么作品能够像这部小说这样流畅。这是一部读过之后难以忘怀的小说。谁想了解阿尔巴尼亚的生活，了解全部生活的各个方面，就应当阅读这部讽刺小说"

《沼泽地》是游击队员出身的老作家法·加塔全部作品的精华，也是阿尔巴尼亚解放后第一部描写生产建设的小说，更是反映解放后最初年代里尖锐复杂的阶级斗争和社会风貌的一面镜子，同时也是塑造社会主义新人形象的示范性作品。小说以排除阿尔巴尼亚东南部科尔察附近的马里奇大片沼泽地的积水，变泥塘为良田作主线，将各种多趣的故事和纷繁的场面编织在一起，全方位地展现出成千上万人组成的义务劳动大军战天斗地的光辉业绩。在饮食、居住、交通条件非常艰苦，劳动工具和设施又特别落后、匮乏的情况下，劳动热情无比高涨的义务劳动者，在以斯达夫里·拉拉为代表的共产党员们的率领下，同美国特务、间谍以及对新政权恨之入骨的阶级敌人策划的一次又一次的破坏活动，进行了毫不妥协的斗争，终于将千年的沼泽地变成了仅次于米寨娇平原的全国第二大粮仓，奏出一曲高扬社会主义和集体主义的时代赞歌。这是阿尔巴尼亚千百年来破天荒的壮举。加塔利用小说的形式，把人民群众作为富有智慧、不惧艰险的英雄集体，予以热情的讴歌，艺术地记录了社会主义制度和人民政权的历史功绩，这是对阿尔巴尼亚人民做出的重大贡献。

《沼泽地》的贡献还在于，他不是虚构编造，而是以事实为根据，真实地描绘出解放初期阶级斗争的风云。作者本着对历史和人民负责的精神，严格地遵循现实主义创作原则，忠实地记下了那一特定历史时期的风雨雷电，使人觉醒，催人奋进。作品具有珍贵的认识价值和深刻的社会意义。

《沼泽地》的贡献更在于，斯达夫里·拉拉这一社会主义新人形象的成功塑造，给后来者提供了可借鉴的宝贵经验。如果说，20世纪四五十年代的阿尔巴尼亚小说塑造人物主要是注重外部描写的话，那么，到了50年代末期，则是主要转向对丰富的内心世界的描写，而《沼泽地》就是最能体现这一重要变化和巨大进步的标杆作品。在这部回响着时代强音的长篇里，正面人物塑造的成功，不仅体现在对劳动者集体群像的描写中，也不仅蕴涵在对伟大的时代变革和火热的社会运动的总体特点的概括中，而且还表现在对个性鲜明的人物性格的刻画中，对人物丰富的内心世界及其美好理想尽量全面而深刻的挖掘中。主人公斯达夫里·拉拉，是一个既可敬又可亲的时代新人，作者不仅把他放在各种矛盾斗争的中心，描写了他率领广大义务劳动者战胜各种艰难险阻的革命热情，不计较个人得失的忘我精神，而且还细致地、真切地挖掘出他的心灵之美丽、感情之丰富、胸怀之宽广。斯达夫里的性格刻画得很丰满，很有深度和立体感，而且人情味颇浓。这是一个让你感到既可亲又可爱的普通人，这是一个很能使你联想到肖洛霍夫笔下的达维多夫（《被开垦的处女地》的主人公）的艺术典型。斯达夫里·拉拉是阿尔巴尼亚当代文学中最著名的典型形象之一，对后来的青年作家的小说创作产生了相当大的影响。除斯达夫里·拉拉以外，加塔在《沼泽地》中还成功地塑造了萨其里、阿布迪、菊拉卡等一系列反面人物形象，以及正直的老知识分子穆鲍里亚，纯洁而美丽的女性丽娜等许多优美、厚实、动人的普通劳动者的形象。

结构的完整，节奏的明快，语言的简洁、清澈并且规范化，也都是使《沼泽地》成为代表阿尔巴尼亚当代文学最高水平的作品之一的重要因素。

被誉为阿尔巴尼亚的肖洛霍夫的教授作家雅科夫·佐泽的4卷本长篇小说《死河》，是一部描绘解放前阿尔巴尼亚农民苦难生活的真实画卷。佐泽怀着一颗对人民的赤诚、同情之心，广泛而深刻地反映了在法西斯反动政权统治下，无地的农民、贫寒的商人、地主、神甫以及来自农村的革命者等不同阶级、不同阶层的人们实实在在的生活景况和心理状态。贫苦农民一贫如洗的惨状，他们遭受剥削和压迫的具体内容和特殊形式，统治阶级的反动本质，豪门显贵的骄奢淫逸，受奴役遭宰割的人们的觉醒，以及他们那种团结友爱、奋发进取的精神，都在这部长篇里得到了绘声绘色的描写与展示。这一切是佐泽对阿尔巴尼亚当代文学所作出的巨大贡献。《死河》的创新在于它反映农村生活的广泛性，刻画人物性格的深刻性，展示各种类型人物的心理的生动性，描写诸多事物色彩的鲜明性，使用文学语言(尤其是米寨娇平原的农民口语)的丰富性。这一切使《死河》成为描写农村和农民历史和时代命运的经典之作。

阿尔巴尼亚诗歌具有非常悠久的历史和光荣的传统。如同小说创作一样，阿尔巴尼亚当代诗歌的创作，也是与宣传反法西斯民族解放战争、歌颂社会主义建设、弘扬爱国主义精神这样一些重要问题紧密地联系在一起的。各种各样的短诗、长诗、诗集很多，因为篇幅有限，这里只能精选5部思想深邃并富有艺术特色的长诗作些赏析。

首先，让我们来赏读一下诗坛泰斗阿果里的抒情长诗《德沃利，德沃利》[1]。一个地方的山野水溪、风土人情、花草树木，在外乡人看来，可能平淡无味，甚至有时显得有失风雅。但是，在热爱家乡的诗人眼里，一山一水、一草一木，却都具有特殊的风韵和异常的魅力。阿果里的故乡德沃利的山水草木，就给予了诗人特殊的灵感和情愫。那清澈甘甜的河水，连绵起伏的山蛮、狩猎场、猎狗、大鹏鸟、乡间婚礼、农民的舞姿、闲不住的双手，在别人看来也许平常而又平常，但在阿果里的笔下，却是那样富有生命力，那样令人心醉。诗人把这一切都捧上了美的仙境，赋予它们艺术的内蕴和情趣。让我们随便品味几段喷发着泥土芳香的诗行：

　　我要奔赴连绵起伏的山冈／再到地平线上留下我的脚印／我愿意和猎

---

① 有中译本，见郑恩波翻译的《阿果里诗选》，人民文学出版社1974年版。

手们一起去打猎 / 在狩猎场上比比枪法该多开心 / 在那里，大鹏鸟展翅拍击苍穹 / 猎狗沿着脚印把野兔追寻……

我爱我的妻子 / 她有健壮的体魄，美丽的灵魂 / 我愿痛饮杯中的烈酒 / 让它辣歪我的面腮和双唇 / 我和德沃利人一起跳舞 / 一直跳到夜半更深

感情炽烈浓郁，抒情灵活自由，形象奇特鲜活，语言生动活泼、富有泥土的芳香并紧紧地贴近人民的生活。这些均得到读者、文化界乃至国家权威人士的高度评价。这也是它荣获共和国一等奖的原因。

《母亲阿尔巴尼亚》①是阿果里献给阿尔巴尼亚解放30周年的叙事—抒情长诗，最初发表在《人民之声报》上时有1400行左右，后来诗人又作了扩充和修改，使其成为约3000行的单行本。②这样长的叙事—抒情长诗，在我国从未见过：在阿尔巴尼亚也是史无前例。《母亲阿尔巴尼亚》是一部极富感情色彩的大型交响诗。它的内容十分丰富：阿尔巴尼亚的力量存在于同人民、同祖国大地、同社会主义建设事业的紧密联系中；阿尔巴尼亚的主要任务，在于保卫人民的利益，使每个公民都过上最幸福的生活；人民摆脱受压迫、受剥削的枷锁，获得解放的历史，工人、农民以及其他阶层的人们取得解放与进步的历史，都与共产党人英勇卓绝的斗争紧密地联系在一起；为了社会更快的发展，人民物质文化生活更大的改善，必须开展反对官僚主义的斗争，发扬社会主义民主，每个人务必要保持谦虚谨慎、勤劳俭朴的本色。诗人还形象地阐明了这样的观点：诗歌应当像阿尔巴尼亚人的生活一样强而有力。探寻诗歌的道路是很长的、很艰难的，但是阿尔巴尼亚诗人应当埋头苦干，坚忍不拔地去追求，以便创作出真正无愧于人民的好诗来。

《母亲阿尔巴尼亚》以娴熟地运用诗人抒情世界中的珍贵素材而著称于

---

① 郑恩波译，1976年第2期《诗歌》、2005年第6期《飞天》均发表过该诗的片段。
② 郑恩波译，见诗集《母亲阿尔巴尼亚》，中华文化出版社2012年版，有此长诗的完整的译文。

诗坛。它以罕见的赤诚和想象不到的细节，赋予生活中的重要方面以鲜明的特色，使全诗高亢激越，轻松流畅。这部长诗是典型的多声部的合唱，诗人的思想是通过自由的激情与灵感的勃发来表达的。全诗的每一章、每一节、每一段都是经过深思熟虑设计出来的，都是具有一定的意义的。诗中的每一部分内容都与一定历史时期的关键时刻息息相关。浓缩了政治势态、社会风情与历史的真实面貌融合得非常协调。这部具有强烈政治色彩的抒情史诗，具有丰富的充满感染力的形象，毫无政治说教意味，这充分地显示出诗人非凡的艺术才华。

卡达莱的《群山为何而沉思默想》①和《山鹰在高高飞翔》②两部长诗所迸发出来的爱国激情，同样具有震撼人心的艺术力量。前者以独特超常的想象和联想，描述了勤劳骁勇的阿尔巴尼亚人民祖祖辈辈同枪结下的不可分割的血肉关系。长诗一开篇就以奇崛的文笔把读者带进一个梦幻般的世界：

> 太阳在远处的道路上降落的时光／群山为何而沉思默想／傍晚，一个山民朝前走着／背的长枪将千百公里长的影子甩在大地上／枪的影子在奔跑／斩断了山岭、平原和村庄／暮色里枪筒的影子匆匆地向前移动／我也行进在陡峭的山崖上／缕缕情丝深深地缠在我的脑际／对种种事情想得很多、很远、很长／思索和枪的影子交叉在一起／苍茫中发出咔嚓咔嚓的声响

卡达莱是一个擅长营造雄奇、空蒙意境的富有才华的诗人。随着思考和枪的影子发出的响声，诗人把千百年来人民为自由而浴血征战的场面，灾难深重的阿尔巴尼亚贫穷凋敝、满目疮痍的景象，豺狼虎豹抢占劫掠阿尔巴尼亚的狰狞面目，英雄儿女为保卫大好河山英勇抗敌、宁死不屈的英雄气概，

---

① 郑恩波翻译，见50年诗文珍藏本《春华秋实》，中国新闻联合出版社2008年版。
② 郑恩波翻译，见飞白主编的《世界诗库》第5卷，花城出版社1994年版。

全都清清楚楚地呈现在读者面前。人民前仆后继地战斗，不论遭到多少挫折和失败，对胜利始终都抱有最大的希望。诗中画龙点睛地唱道：

> 宁静是虚假的现象／群山等待着领导者率领他们奔向前方／阿尔巴尼亚在期盼着／期盼共产党降生在她的大地上

诗人没有再多写关于共产党的事，只是轻轻一点，作一个小小的铺垫，预示未来将有新的诗篇诞生。

《群山为何而沉思默想》以丰颖奇特的形象，深刻地阐释了阿尔巴尼亚人民千百年来伟大力量的源泉所在。它是振奋民族精神的号角，它是呼唤人民一手拿镐、一手拿枪，粉碎封锁与包围的进军令，在20世纪六七十年代阿尔巴尼亚极其困难的岁月里，它曾起过巨大的鼓舞、教育人的作用。这首诗的极大成功使卡达莱在诗坛独领风骚10年。只是到了1974年，阿果里的《母亲阿尔巴尼亚》问世以后，他的独领风骚的地位才被阿果里取而代之。

《山鹰在高高飞翔》是《群山为何而深思默想》的姊妹篇。在这首气势磅礴的长诗里，卡达莱以炽热而诚挚的情感，描述了劳动党在革命风暴中诞生、壮大的英雄历程。首先，诗人把劳动党比作梧桐树，把人民比作土地，强调了党和人民群众齿唇相依的关系：

> 党啊，哪里能找到你的根子／在这古老的国土里／你像耸入云霄的梧桐树／把根子分扎在暴风雨经过的道路上／暴风雨抽打你／要连根拔掉你／但是／你却得到了雨水的滋润／依然在疾风中成长／因为你那苗壮而绵长的根子／深深地扎入人民的心房／深深地扎在传说和悲壮的歌声里／深深地扎在烈士们中间和征战的疆场

党与人民相连的根子是挖不尽斩不断的，对此诗人进一步喝道：

敌人要想拔掉你 / 除非把歌声全灭绝 / 除非推倒所有的堡垒和山冈 / 除非他们从地下钻出来 / 向牺牲的烈士再开枪

共产党的建立，是苦难的阿尔巴尼亚的最大喜讯，山山水水都为此欢呼，于是诗人又敞开心扉纵情高歌：

连绵的山啊 / 高大的山 / 闻讯摆动天地转 / 风儿啊，山把礼品献给你 / 请把喜讯快快传

阿尔巴尼亚生了个儿子 / 再也不会叫敌人把国土霸占 / 墙上再也不会挂拴皮带的旧枪 / 儿子永远把它带在身边

共产党的建立，不仅保证了反法西斯民族解放战争的胜利，而且还将使祖国改变容颜。

共产党恰似搏击苍穹的雄鹰，冲破狂风暴雨，飞向高高的云天，对此诗人满怀豪情放声歌唱：

高高飞 / 鹏程万里永向前 / 在我们前进的道路上 / 还会有许多激流和险滩 / 宛如满山遍野的绿草 / 游击队员光荣的赞歌四海传 / 一片新林在成长 / 犹如枪支插满山 / 集合号角四处起 / 号声嗒嗒夜漫漫 / 骡马啸啸鸣 / 白雪一片片 / 很多年月已过去 / 此日不忘永纪念 / 暴风雨般的"十一·八" / 记载日历世代传 / 这一日 / 岁岁月月永长在 / 就像百鸟中的山鹰 / 展翅高飞奔向前

卡达莱以《山鹰在高高飞翔》这首罕见的长诗，将自己对共产党的热爱与崇敬之情推向了极致。难怪这首诗发表不久，他就光荣地当选为阿尔巴尼亚劳动党中央委员会委员。这是卡达莱人生征程中金辉耀眼的亮点，他应当永远都为此感到骄傲与自豪！

《维果的英雄们》①这首叙事长诗不仅是游击队员出身的老诗人科·雅科瓦诗歌创作中最好、最重要的作品，而且也是整个阿尔巴尼亚当代文学中讴歌反法西斯民族解放战争的最有价值的名篇之一。在地拉那民族解放战争博物馆里，收藏着两幅5位勇士的画像，还有一封信。从这两份珍贵的文献里可以了解他们的游击队活跃在阿尔巴尼亚北方，有一次被敌人围困在一个山头上，敌人要他们投降，并答应给他们官做。但这5位勇士谁也不理睬，他们咬破手指，用鲜血写下了这封信。信里说，他们被包围了，子弹打完了，但宁死也不做敌人的俘虏，宁死也不屈膝投降。"祖国！我们相信自由永远属于你，法西斯一定灭亡……"勇士们写完遗嘱就摔断了枪，一起跳下悬崖。

5位勇士视死如归的果敢行动，与我国著名的狼牙山五壮士为国捐躯的英雄壮举，有多么相似！毋庸更多地评说，故事本身就紧紧地抓住了读者的心。勇士们的气概和行动，是爱国主义和革命英雄主义的最高体现。在这首气壮山河的长诗里，诗人巧妙地借用了阿尔巴尼亚"勇士歌谣"的某些极富表现力的艺术手段取得了巨大的成功。这些艺术手段包括：遣词造句通俗、生动、灵活且具有整齐的韵律，读起来朗朗上口，像民歌一样具有音乐性；运用夸张、富有渲染性的文笔，描写典型的传奇色彩鲜明的事件；人物形象高洁伟岸，给人一种浮雕似的立体感；情节曲折紧张，充满跌宕起伏的戏剧性；直接引用人物的独白，增强故事的真实感和生动性。例如勇士们最后那些感人肺腑的遗言，贫苦的农民兄弟饱含阶级情谊的催人泪下的安慰话语，都赋予全诗以浓厚的人情味和永恒的价值。

社会主义文学是一个科学的历史性话题，尽管今日的阿尔巴尼亚社会制度发生了剧变，但是半个世纪里形成、发展、成熟起来的阿尔巴尼亚社会主义文学，却是任何人、任何力量也抹杀不了的，它具有无比强大的生命力，正如阿尔巴尼亚人民忠诚的儿子、伟大的作家、中国人民真正的朋

---

① 有中译本，郑恩波译，《世界反法西斯文学书系·阿尔巴尼亚卷》，重庆出版社1994年版。

友德里特洛·阿果里所说："社会主义在我们这里和世界上创建了整个一种文化。这种文化是不能抛弃的，甚至即使组成一个世界性的庞大的联军，也打不倒它；这一文化是一个巨象，这个巨象是不会被那些不高明的蹩脚的裁缝的小针撼倒的。"①

2009 年 8 月 5 日—15 日于高温难忍的酷暑中

（原载《艺术评论》2009 年第 9 期）

---

① 《自由的喷嚏》，第118—124页。

镌刻在我心中的阿尔巴尼亚电影

40年前，当"文革"的腥风血雨给包括电影艺术在内的我国文化事业造成极大而空前的破坏之时，是《宁死不屈》《海岸风雷》《地下游击队》《第八个是铜像》等一大批阿尔巴尼亚电影满足了我国亿万观众渴望观赏电影的要求。这批思想深邃、艺法颖异的阿尔巴尼亚电影，不仅成了人们宝贵的精神食粮，而且也对许多文艺爱好者产生了很大影响，正像中央电视台著名主持人崔永元所说："我们是看阿尔巴尼亚电影长大的，是阿尔巴尼亚电影影响我走上了文艺之路。"

几十年过去了，如今的阿尔巴尼亚发生了重大变化，但是，人们对社会主义年代摄制的大批内容健康向上，充满豪情、正气和理想，弘扬爱国主义精神，讴歌革命英雄主义的电影，却依然有着深挚的怀恋之情。各家电视台现在还经常播映那些影片，就是极好的说明。阿尔巴尼亚红色经典电影，唤起我们许多美好的记忆和希望。我相信回眸这些曾经给过我们非常美好的艺术享受，焕发过我们高昂革命激情的阿尔巴尼亚影片，无疑是一件很有裨益的事情。

在20世纪六七十年代，中阿两国曾是一个战壕里的亲密战友，彼此结下了深厚而珍贵的友谊；中阿两国文艺工作者之间的工作交流与合作也非常频繁，既有过成功的经验，同时还有过值得反思的失误。在纪念中阿建交60周年的喜庆日子里，科学而慎重地回顾、审视峥嵘岁月的足迹和汗水，也一定会让中阿两国文艺工作者深受鼓舞和倍感惬意。

鸟瞰40年的阿尔巴尼亚影坛

在阐释阿尔巴尼亚电影成就之前，有必要先说明一下阿尔巴尼亚这个国家的两个突出特点：一是国土面积很小，只有2.8万平方公里，是欧洲最小的国家之一；二是人口特别少，二战时期人口将近100万，到今天也只有300余万。这样一个土地面积甚小、人口数量极少的国家，能在不到40年的时间里拍摄170多部具有相当高水平的故事片，不论从哪方面来讲，都不能不说是一个令人叹服的奇迹。

在1944年11月阿尔巴尼亚民族解放战争胜利之前，根本就谈不上阿尔巴尼亚还有什么电影事业。那时候，只有在地拉那、都拉斯、科尔察等几个主要城市里有17家电影院，其中一部分还是简陋的木板房改建成的电影放映厅。那一点点破烂不堪的电影院或电影放映厅活动非常有限，主要是放映外国影片。作为历史见证物保留下来的只有几百米长的纪录片。

1947年4月，阿尔巴尼亚人民议会颁布法令，电影院一律实行国有化，并建立国家电影局。于是，阿尔巴尼亚电影事业诞生了。电影局在那一年组织拍摄、放映了两部新闻片《欢庆"五·一"节》和《恩维尔·霍查同志访问阿尔巴尼亚中部和南部地方》。阿尔巴尼亚历史上第一次在银幕上讲出了阿尔巴尼亚话，而且讲述的是阿尔巴尼亚人民的事情。

不过，系统地拍摄片子，还是1952年"新阿尔巴尼亚电影制片厂"建成之后（苏联帮助援建的综合电影制片厂）开始的。这家电影厂从建立一直到20世纪80年代末，一直是全阿唯一的电影制片厂，电影技术的重要基地。就从这一年起，阿尔巴尼亚开始在全国放映"新闻要报"和纪录片。后来，纪录片的数量和题材逐年增加和扩大，在此基础上开始了生产艺术影片的里程。

阿尔巴尼亚电影史上第一部黑白故事片，是1958年根据著名作家法特米尔·加塔的同名中篇小说改编摄制的描述农业合作化风云和青年男女为争取婚姻自由同封建落后思想进行艰苦斗争的"劳动加爱情片"《塔娜》。这是阿尔巴尼亚故事片生产的发轫之作，之后，年轻的阿尔巴尼亚电影走上了迅速发展的道路。

20世纪60年代，对阿尔巴尼亚具有不寻常的意义。在极为困难的条件下，英雄的阿尔巴尼亚人民发扬"宁肯站着死，不可跪着生"的大无畏精神，一手拿镐，一手拿枪，冲破国际上敌对势力的种种封锁，稳健地建设自己的国家，取得了一个又一个的伟大胜利。那是困难重重的艰苦的年代，同时也是勇士创伟业、展宏图的英雄的年代。年轻的阿尔巴尼亚电影工作者，紧跟时代的步伐，与人同同舟共济，并肩前进，拍下了一系列反映时代前进的脉搏、歌颂人民革命英雄主义精神的故事片。如展现人民卫士同潜藏敌人进行殊死搏斗的《特殊任务》(1963)、描绘解放初期土地改革的急风暴雨中阶级斗争真实状况的《我们的土地》①、同外国隐藏的特务进行生死较量的《最初的年代》②，讴歌为发展阿尔巴尼亚北方山区的教育事业英勇地献出了年轻的生命的人民教师的《光明的使者》③、展示英雄儿女反法西斯斗争不朽画卷的《地下游击队》(1969)《海岸风雷》(1966)颂赞反法西斯斗争中杰出的女英雄坚贞不屈的《宁死不屈》(1967)，为社会主义劳动英雄亚当·雷卡的光辉事迹谱写赞歌的《广阔的地平线》(1968)，以及再现民族解放战争中阿尔巴尼亚各阶层人士心路历程和战斗足迹的《第八个是铜像》④等一批耳熟能详的影片。

70年代以后，阿尔巴尼亚电影事业取得了突飞猛进的发展。首先，故事片生产的数量有了巨大的增长，1971年～1975年间拍摄的故事片比在此以前的三个五年计划期间拍摄的故事片的总和还要多。这5年共拍摄了29部故事片，仅1975年就拍摄了9部。在社会上引起很强烈反响的有反映少年儿童在民族解放战争中茁壮成长的《战斗的早晨》(1971)，同封建思想残余进行坚决斗争

---

① 1964年，根据同名话剧改编。

② 1964年，著名作家法·加塔根据自己的长篇小说《沼泽地》改编。

③ 1966年，著名诗人拉扎尔·西里奇根据自己的长篇叙事诗《教师》改编。

④ 1970年，著名作家德里特洛·阿果里根据自己的长篇小说《梅莫政委》改编。

的芭蕾舞剧《山姑娘》①，歌颂为人民利益殉职于暴风雪中的架线工人的《幸福的道路》(1974)，提醒人们不要矫惯宠纵孩子，而要让他们独立成长的少儿教育片《小本尼自己走路》(1975) 等。这批影片不仅是阿尔巴尼亚影坛上的精品，而且也是整个阿尔巴尼亚艺术事业中不可多得的佳作。综观70年代前半期阿尔巴尼亚艺术片，可以看到，不仅题材上多种多样，而且风格和样式上也是五彩缤纷。尤其是喜剧片格外引人瞩目。另外，纪录片、科技片、宣教片、木偶片、动画片也取得了前所未有的大发展。

20世纪70年代后半期至80年代后半期，艺术片的生产有了更大的飞跃，数量和质量都是以前不能相比的，每年至少生产10部艺术片，最后几年竟连续生产15部，最多达到17部。对于一个不足300万人口的国家，这实在是一件很了不起的事情。我国绝大多数的省份人口都有几千万，有的甚至上亿，但是，不要说20世纪后半叶，就是今天，有哪个省一年能生产如此之多的艺术片呢?！这些影片的艺术质量有了长足的进步，有的片子甚至在国际电影节上获奖。像《最后一个冬天》《墙上的罂花》《亡军还乡》等影片具有动人心弦的艺术魅力，连某些电影大国的电影专家也击节称好。

审视阿尔巴尼亚社会主义年代生产的艺术片，可以清晰地看出以下几个特点:

一、鲜明的无产阶级党性和高洁的共产主义思想，宛如一条靓丽耀眼的红线，贯穿在全部的艺术片中。阿尔巴尼亚曾经是一个坚强的社会主义国家，执政党劳动党以马克思主义、列宁主义作为指导思想，武装全党，要求文艺工作者必须在自己的创作活动中坚持无产阶级的党性原则。但这种无产阶级党性，不是空喊革命口号，而是必须按艺术规律办事，正如阿尔巴尼亚作家与艺术家协会机关刊物《十一月》所说:"离开艺术创作规律，无产阶级党性将毫无意义，同样，离开无产阶级党性原则，社会主义现实主义的艺术

---

① 1974年，著名剧作家廖尼·巴巴根据自己的同名话剧改编。

创作，也是不可思议的……作为我们社会主义现实主义艺术的基本原则，无产阶级党性是融合在艺术作品的每个成分里的，并与它们和谐地交融在一起。"①因此说，这一点便是阿尔巴尼亚电影作品最基本，也是最重要的特点。

二、塑造社会主义新人和英雄人物，是社会主义年代阿尔巴尼亚电影另一个突出的特点。社会主义肯定、扶持新生事物、正面事物和进步事物。这一真理体现在影片中的新人和英雄人物的言论里和行动上。这些新人和英雄人物具有强大的精神力量，纯洁而高尚的道德情操和自我牺牲精神。他们对祖国、人民和社会主义无比忠诚，对敌人怀有刻骨的仇恨。

反映人民群众的乐观主义情绪、革命激情，描绘他们在各个方面的积极行动，这是社会主义年代阿尔巴尼亚全部影片的又一特点。无论是新闻纪录片，还是专题纪录片、故事片，都把广泛而深入地反映人民群众的生活和行动，他们在生活的一切领域里斗志昂扬、奋发向上的劲头，对社会主义事业的热爱与忠诚，战胜困难的顽强意志和坚忍不拔的精神，群众在前进中的心态和勇于肩负国家给予的重担，以及密切的党群关系和干群关系，视为神圣的使命。

内容和形式，甚至故事的背景和环境，人物对话，都具有阿尔巴尼亚民族特色，这一特点在阿尔巴尼亚艺术片中也表现得非常突出。叙事的朴素、简洁与清晰，也是阿尔巴尼亚影片区别于不少欧洲国家电影的一个特点。《幸福的道路》《绿树葱葱罩群山》《初夏》等影片展现出的一种叙事—抒情性，更是阿尔巴尼亚影坛的一大亮点，为群众提供了一种格外轻松的充满激情的审美愉悦。这一特点昭示阿尔巴尼亚电影艺术在稳步地走向成熟。

---

① 埃者阿尔德·赛里木：《论无产阶级党性》，《十一月》文学月刊，1990年第4期。

民族解放战争的英雄赞歌

在阿尔巴尼亚的历史上，最让人民群众引以为骄傲与自豪的有两件事。一件是15世纪中叶伟大的民族英雄斯坎德培领导全国人民同强大的、野蛮凶残的、不可一世的奥斯曼-土耳其进行的长达25年可歌可泣的伟大斗争；另一件是在阿尔巴尼亚共产党（后改名为阿尔巴尼亚劳动党）领导下，全国军民同意大利、德国法西斯进行的为时5年7个月的艰苦卓绝的反法西斯民族解放战争。这一战争不仅使国家在历史上第一次真正地赢得了民族的自由、国家的独立，从此走上了社会主义道路，而且也为全世界反法西斯战争的彻底胜利做出了积极的贡献。

战争期间，意德法西斯先后向阿尔巴尼亚派迁了70万的侵略军，不到100万的阿尔巴尼亚人民，紧密地团结在共产党的周围，同占领者展开了生死的大搏斗，终于依靠自己的力量，打死、打伤、俘虏了7万意、德法西斯侵略者，创造了世界战争史上的一大奇迹。用骁勇顽强、顶天立地来描绘阿尔巴尼亚人民的英雄形象，那是一点也不过分的。诚然，阿尔巴尼亚人民为取得战争的胜利，也做出了巨大的牺牲，付出了惨重的代价。战争期间，全国死、伤者占全国人口总数的7.3%，21%的房屋被烧毁和倒塌，1/3多的牲畜被掠夺、毁灭，桥梁、数量本来不多的工厂、作坊、矿山、港口、电讯器材彻底遭到破坏或损伤严重。按人口计算，阿尔巴尼亚在二战中遭受的损失，是最严重的国家之一。光为国捐躯的烈士就有2.8万名，全国平均每平方公里都有一名烈士的忠骨安眠于地下。

因此说，伟大的反法西斯民族解放战争，既给阿尔巴尼亚人民树起了一座千古不朽的丰碑，同时也在人们的心里留下了一块永世不能忘却的伤疤。了解了这一点，我们便自然可以明白为什么半个多世纪以来，在阿尔巴尼亚的文艺创作中，反法西斯民族解放战争这一内容一直是最受重视的题材。这一情况在电影尤其是艺术片的制作中显得更为突出。在近40年的时间里，阿尔巴尼亚共拍摄了170部艺术片，其中反映民族解放战争的片子数量占艺术片总数的1/3。思想深邃、艺术精湛、影响广泛的佳作是《地下游击队》《海岸风雷》《宁死不屈》《第八个是铜像》《亡军还乡》《绿树葱葱罩群山》《最后一个冬天》《战斗的早晨》《墙上的罂花》《战争中的音响》等。

《地下游击队》是根据游击队员出身的老作家斯坎戴尔·亚萨的长篇小说《游击战士》改编摄制的。全片有两条线索，一条是阿格隆、杰尔吉、贝斯尼库、德丽塔几个地下游击队员在一位老练的颇有经验的共产党员领导下，机智、果敢地活动在敌人的鼻子下面，从容不迫地完成了处死叛徒巴尔克·卡莱希，从敌人手中抢掠纸张和武器，救助"政治犯"越狱等重要任务。另一条线索是打入敌人营垒中的中尉佩特罗绞尽脑汁与敌人斗智斗勇，搞到许多重要情报。影片情节跌宕起伏，剧情扣人心弦，颇具20世纪五六十年代我国一些经典的惊险片的韵味，很吸引观众。

《海岸风雷》是著名剧作家、表演艺术家苏莱伊曼·皮塔尔卡根据自己的名剧、地拉那人民剧院的长期保留剧目《渔人之家》(1955)改编拍摄成的电影。作者皮塔尔卡是一位很高明的艺术家，其高明之处在于：他把反法西斯民族解放战争这场弃沙淘金、威武雄壮的好戏，在一个渔民家庭里有声有色、严整有序地展开。作者细针密缕地勾勒出老渔民姚努兹及家人同以其长子谢里木为代表的反动势力的尖锐斗争，在这一斗争中让观众观赏了一幅战争风云的图画；满怀激情地颂赞了小儿子彼特里特及其父亲姚奴兹大叔为代表的广大阿尔巴尼亚爱国者不畏强暴、勇于献身的革命英雄主义精神和崇高气节。影片情节曲折惊险，引人入胜，激荡着一种激动人心的革命正气。影片中有一个场面如同浮雕一般留在观众的记忆中：刽子手们包围了姚奴兹的家，逼着他交出革命者马里奇，张牙舞爪地要闯入屋内搜捕。在此紧要关头，小儿子彼特里特化装成受伤的马里奇，威风凛凛地出现在敌人面前，姚努兹老人大声吼道："哼，办不到！阿尔巴尼亚人没有习惯出卖自己的朋友……只要我活着，你们永远也甭想把他拉走（指带走马里奇），除非从我的尸体上踩过去！"这是怎样一种惊心动魄的场面！这是怎样一种振聋发聩的豪言壮语！姚努兹老人的吼声和雄姿让我们深深地领悟了阿尔巴尼亚人民最本质、最可贵的民族性格！正因为如此，《海岸风雷》便具有永恒的认识价值和审美价值。

《宁死不屈》是一部奇巧、别致的影片。剧情很简单：两位年轻的革命战友米拉和阿菲尔蒂塔不幸被捕，落入德国法西斯的魔掌。盖世太保的头子汉斯·翁·斯多尔兹软硬兼施，用尽种种手段，企图叫这两个姑娘投降。但是，对党和人民的无限忠诚，对革命理想的坚贞不渝给了她们极大的鼓舞和力量，使她们战胜了种种严刑拷打，最后，为了祖国的独立和人民的自由英勇地献出了年轻的生命。影片没有去展示刀光剑影的战斗场景，也没有让观众去见识那种种令人毛骨悚然的刑法，而是细腻入微、精雕细刻地描绘两位女英雄在生与死的考验面前宁死不屈的心理活动。作者和导演没让主人公去高喊革命口号，而是竭尽全力去表现她们美丽的灵魂和绝对压倒敌人的精神力量。这部影片是根据家喻户晓的"人民英雄"布莱·娜伊皮和佩雷塞芳妮·科克蒂玛的革命事迹创作摄制的，两位英雄的可歌可泣的事迹本身就使影片具有一种天然的亲切感和鼓动力，再加上用英雄城纪诺卡斯特作故事的背景，全城的建筑和道路的细腻、坚硬的多彩石头为陪衬，因此，两位女英雄坚强刚烈、宁死不屈的品格，就显得更为突出。优美动听的音乐和插曲，也为影片增色不少。

共产党坚强而正确的领导，是阿尔巴尼亚人民取得反法西斯民族战争胜利最重要的保证，所以，凡描写这一战争的作品，都必然涉及党员负责人的形象塑造问题。不过，把这种人物形象作为全书的中心来塑造的作品还很少见，在这方面，著名作家德里特洛·阿果里的长篇小说《梅莫政委》是人们公认的最富有影响的代表作。小说在《十一月》杂志发表的当年（1970年），就由作者改编成电影，取名《第八个是铜像》。影片的结构灵活而不松散，采取倒叙、迂回推进的方式编织故事。它通过七名战友的回忆，将梅莫·科瓦奇的种种政绩一一道来，让我们从中既目睹了反法西斯民族解放战争的风云，又进而领悟到这场战争的真正领导者是阿尔巴尼亚共产党的真谛。阿果里是一位非常注重并擅长塑造人物形象的作家，影片中政委梅莫·科瓦奇、营长拉波·塔班尼、医生波洛沃3个主要人物形象都塑造得有声有色，栩栩如生。特别是波洛沃医生从对革命采取中间立场到全力献身于人民解放事业的转变过程，描写得非常细腻、真实、可信，已成为阿尔巴尼亚银幕上著名的艺术形象之一。

赫赫有名的作家，第一届布克国际文学奖获得者伊斯玛依尔·卡达莱的长篇小说《亡军的将领》已成为世界文学名著（迄今已译成40种文字，畅销于欧美图书市场）。根据这部名著改编拍成的故事片《亡军还乡》（上、下集），是一部选材稀罕、主要人物心态变异、结构玄奥、结尾奇妙的四怪影片。作者以战败国意大利的一名将军领着一个神甫到阿乐巴尼亚搜寻在战争中阵亡的将士的遗骸为主要情节线，将自己自童年时代起就听说过的种种故事、传说，非常巧妙地编织起来。人民群众坚强不屈的英雄气，对待战败国将军既严肃又有人情味的大气，战败国将军不甘自己处于阶下囚的狼狈丑态和晦气，全都清晰地展现在观众面前。影片人物不多，但每个人物的心理活动和情绪，都被演员表达得淋漓尽致，难怪有的电影大国的专家看了这部片子之后感慨地说："想不到阿乐巴尼亚这样的小国竟有如此富有才华的大艺术家！"[①]

《绿树葱葱罩群山》是一部民族色彩强烈、传奇性颇强的影片。影片的故事概要如下：女游击队员莉洛·拉贝娅在游击队的一个营同德国法西斯的一个汽车纵队进行的战斗中受了重伤。在没有可能将受伤者用牲口运送到游击队医院的紧急情况下，卡博和亚霍等4个游击队员只好用担架抬着受伤者奔往目的地。他们经过一个山村，敲了一个名字叫萨法的农民的家门。非常巧，这个萨法正在家中为儿子比尔奇举行婚礼。在这种炮声隆隆、战火四起的时候，他怎么还有心思为儿子举行婚礼呢？毫不奇怪，原来这个萨法对反法西斯民族解放战争持有一种袖手旁观、漠不关心的超然态度，他想给儿子结婚，以此为理由阻止儿子上山打仗，当游击队员。参加婚礼的人分成两大

---

① 《关于伊斯玛依尔·卡达莱的档案》，纳伊姆·费拉舍里出版社2004年版。

派，一派支持这一战争；另一派人由于受坏人的欺骗，糊里糊涂地站在"国民战线"①一边，与共产党领导的游击队为敌。面对这种尴尬的局面，新郎官比尔奇毅然决然地离开热闹的婚礼，与4名游击队员一起抬着受伤者投奔革命队伍去了。此时"国民阵线"分子彻底地暴露了反革命的嘴脸。婚礼不欢而散，护送伤员的4位游击队员加上新加入游击队的新郎比尔奇在路经一座桥时与守桥的德国兵交火，大家都为受伤的女战士担心，特别是亚霍更是万分焦急，因为他早就深深地爱上了莉洛姑娘。冬去春来，百花盛开，连连在战斗中立功的亚霍怀着一颗炽热的爱心，风风火火地赶到游击队医院，探望心爱的姑娘莉洛。可是，这时的莉洛已锯掉了一条腿，变为重残。然而，小伙子却一把将朝思夜盼的情人拥入怀里，万分激动地说："噢，我的小莉洛，知道我有多爱你吗？！"这是一部特别激动人心的影片，正义、爱国的公民大敌当前舍小家为国家的博大胸襟，战争对人的考验等人间复杂、深挚、微妙的感情，全都做了多角度、多侧面的描画与渲染，给观众留下了很深的印象。

《最后一个冬天》是一部根据短篇小说能手阿纳斯塔斯·康道的小说《我们村里的妇女们》改编拍摄的短而精并具有强烈抒情色彩的故事片。影片的故事情节很简单：一批游击队伤员正在一个山村的农民们家里休养，突然传来消息：德国法西斯匪徒马上要进村搜捕游击队员，伤员们必须马上立即离开村里，到山洞里和密林里躲藏起来。时间异常紧迫，他们走得是那么急，甚至连干粮和衣服都没带，就匆忙地离开了。敌人在村里一连待了两天两夜。村里人不能让伤员冻着、饿着，必须让伤员们与村里保持联系，必须把干粮和衣服送到亲人的手上。影片全部的戏就集中在如何给游击队伤员送干粮和衣服两件事上展开。任务落在了村里妇女们的肩上，她们化装成进山打柴的模样，将衣服、干粮巧妙的揣在怀里，藏在厚厚的袜子里、衣裙里。白天出不去就夜里送。白发老妪、年轻的姑娘、新娘，踏着没膝的厚雪，披

---

① 民族解放战争期间与人民为敌，为法西斯效力的反动组织。

星戴月，艰难地攀登在陡峭的山岭上、树丛中。一幅幅画面非常美，再配上天才的作曲家亚历山大·拉洛谱写的悦耳动听、民族色彩鲜明的音乐，整个影片简直就是一部雄壮、奔放、激越的交响诗。抒情与诗化是这部非同凡响的影片的主要特色。

阿尔巴尼亚的反法西斯民族解放战争，是全民参与的人民战争，男男女女，老老少少，全都为战争的胜利贡献了自己的力量，因此，电影工作者也对少年儿童在这场战争中的作为予以相当的注意。几十年来共拍摄了十多部反映小游击队员、小地下工作者战斗生涯的故事片，这里让我们重点介绍一下《战斗的早晨》《墙上的罂花》《战争中的音响》3部影片。

《战斗的早晨》的作者怀着非常可贵的童稚童真，真实有趣地描绘出古利、皮洛亚、米罗雅、托米4个贫苦人家的孩子同富商之子戈尼在一起玩耍的一幅幅多趣的画面和他们由于受到不同阶级意识的影响，逐渐疏远最后分道扬镳的过程。但影片的重心还是放在4个贫穷的孩子出自对侵略者的仇恨自发地劫取两个在湖里游泳的德国兵的武器和衣服这件事情上。此事颇有喜剧味道，但它提醒大人：孩子懂事了，该把他们引向真正的革命道路上了。整个剧情的发展很自然、很轻松、很可信，深刻的革命道理蕴藉在开心的微笑中。

《战斗的早晨》向我们展示的孩子们的反法西斯行动是自发的，还带有孩童的稚气，那么，《墙上的罂花》中孤儿院的孩子们从楼梯上弄倒、杀死法西斯的坏头头，则是富有正义感的孩子们有组织、有计划的反抗行动，而且在共产党员的开导和指引下，他们很快就和党、人民的反法西斯斗争紧密地联系在一起。他们书写、张贴革命传单："消灭法西斯！""消灭法西斯头目！"他们的行动已成为共产党领导的全民反法西斯斗争的不可缺少的一部分。

如果说上面提到的两部片子只让我们看到了受压迫、遭凌辱的孩子奋起斗争的一面，那么，《战斗的音响》却是向我们展示了革命的人情味。穷苦的孩子巴尔迪死去了父亲，和母亲相依为命，贫寒度日。海港工人塞利木，为了帮助多子的妹妹，把外甥巴尔迪介绍给一个名叫加利普·斯背姆比的商人，到他家里做杂务活儿。商人加利普为儿子纳尔迪请了一位家庭教师，每天下午雷打不动地教他学习拉小提琴。巴尔迪是个非常喜欢音乐的孩子，到商人家里来的时候，随身还带了一个笛子，劳动之余经常吹奏消愁解闷儿。家庭老师埃切莱姆是个有心人，及时发现了巴尔迪这个穷孩子的音乐天赋，于是便给他搞到一把小提琴，让他与纳尔迪一起学习。老师的行动感动了富商加利普，他也默许了巴尔迪与他儿子一起学习。加利普老师为什么如此地有人情味？原来他是一名共产党员，是党组织有意安排他到群众中去发现、培养富有音乐才干的人才。功夫不负有心人，在埃切莱姆老师热心地辅导下，巴尔迪很快就成了一个优秀的小提琴手。影片结束时，他已经在游击队篝火旁边为广大指战员精彩地演奏游击队歌曲和世界名曲了。影片的立足点站得很高，高就高在它不是一般地表现共产党救穷人逃离苦海，也不是常见的那样展示小英雄与敌人斗争的机智、勇敢，而是着力阐释：还是在烽火连天、硝烟弥漫的战争年代，阿尔巴尼亚共产党就开始注意发现人才、为未来培养人才了。这一理念只有在社会主义的阳光下艺术家才会有，并且把它完美地表现出来。

新时代、新生活、新人物的壮美图画

在生气勃勃、蒸蒸日上的社会主义年代，劳动党中央和国家文化部门对作家、艺术家明确而恳挚地提出要求："我们的全体文学、电影、美术、音乐工作者的一项重要任务，就是要在他们的作品中广泛地反映时代的重大问题，反映生活的发展过程和新生事物的出现。文学艺术题材的扩大，在作品里越来越广泛地多样地反映生活，以便让我们的作家、艺术家有步骤地描绘出阿尔巴尼亚社会主义时代的伟大画面。创作这样一种时代见证性的作品，是我们文学艺术的一项基本任务。"①根据这种要求，革命热情很高的广大作家、艺术家，都积极主动地关注社会、关注人生，创作出具有历史厚重感，讴歌新生活、新人物的红色经典性作品。这一丰年胜景在电影制作中显得更是格外喜人。讲到这一点，我们自然要列举出《我们的土地》《最初的年代》《胜利》《血染的土地》《广阔的地平线》《幸福的道路》《春游》这样一些很有代表性的电影佳作。

著名作家科尔·雅科瓦根据自己的话剧改编摄制的同名艺术影片《我们的土地》，在阿尔巴尼人民特别是农民中间的深刻影响，相当于电影《白毛女》在我国广大群众中的影响。它通过贫苦山民焦克一家两代人与同村富农马库的生死斗争，向观众真实而深刻地展示了解放前阿尔巴尼亚农民艰难的生活状况，富农残酷压迫、盘剥农民的种种手腕，社会陈腐观念和封建落后势力对进步力量的阻碍，农民的翻身解放与人民革命胜利不可分割的关系，民族解放战争胜利后阿尔巴尼亚社会上阶级斗争的形势，土地改革的必要性。总之，这部《我们的土地》不只是反映土地改革的影片，而且是具有丰富的文化内涵和足够的历史厚度的作品。影片的矛盾冲突相当尖锐，每个人物的性格都非常鲜明，特别是"人民演员"玛丽叶·洛戈莱齐扮演的洛基娅母亲获得极大的成功，甚至这一人物形象，已成为阿尔巴尼亚母亲的象征，深受人们的敬仰。至于剧情的清晰、节奏的明快，对话的生动并个性化，更是被专家和观众所称道。

排除阿尔巴尼亚东南部马里奇大片沼泽地的积水，变泥塘为良田，进而建成马里奇国营农场，用当地出产的高质量的甜菜制糖，不仅永远结束了阿尔巴尼亚不能造糖的历史，而且还向国外出口食糖。这是解放后最初年代阿尔巴尼亚人民在社会主义建设事业中最重要的成就之一。著名作家法特米尔·加塔根据自己的长篇小说《沼泽地》改编拍摄的故事影片《最初的年

---

① 《阿尔巴尼亚劳动党第八次代表大会文件》，"纳伊姆·弗拉舍里"出版社1982年版。

代》以宏大的场面，艺术地再现了排除沼泽地的积水，变沼泽地为良田的巨大工程建设的艰苦过程。在影片中，我们不仅能目睹刚刚获得自由，当了国家主人的广大人民群众战天斗地的豪迈气概和忘我精神，而且还会见识以主人公斯达夫里·拉拉为代表的人民政权同国内外敌对势力英勇顽强的大搏斗。影片是真实地反映解放之初阶级斗争和社会风貌的一面镜子。主人公斯达夫里与丽娜的爱情故事，更是20世纪60年代崭新的阿尔巴尼亚银幕上不可多得的一笔，为后来的同类影片的创作提供了很好的范例。另外，在当时经济十分困难的情况下，阿尔巴尼亚电影人能用对他们来说不算少的资金拍摄这样一部场面不算小、富有气魄的电影，实在是一件很不简单的事情。

解放后在人民政权的阳光下成长起来走上文艺之路的泰奥多尔·拉乔，是一个有着35部作品的多产作家。他本人根据自己的同名长篇小说改编拍摄的故事片《胜利》，既具有宝贵的史科文献价值，也不乏深刻的现实教育意义。影片以冷峻的现实主义笔法，把我们带回到饥饿的1948年。城市里的粮库见底了，面包房也不能准时向市民供应面包了，政府不得不采取凭票限量的办法保证群众的口粮供应。农村里的不法富农欺骗群众，垄断粮食市场，妄图以此险恶伎俩破坏工农联盟，瓦解人民政权。为了解决这一生命攸关的问题，坚强的共产党员玛尔丁·克莱尔和米蒂·沃扎里带领一批青年人奔赴农村，向广大贫农和一些中农做很细致的宣传解释工作，宣讲巩固和加强工农联盟的重要性，孤立、打击富农分子的破坏活动。最后，他们的宣传鼓动工作终于取得了伟大的历史性的胜利。影片结束时，一队队汽车拉着从农民手中征购到的粮食，浩浩荡荡地向城里开去……影片自始至终洋溢着一种和谐、亲切、亲人团聚般的热烈气氛。要了解当年阿尔巴尼亚的党群关系吗？请看这部激动人心的《胜利》！一个执政党在前进的道路上，不管遇到什么样的艰难险阻，只要她实实在在的与人民群众心连心，想群众之所想，急群众之所急，她就会无往而不胜，永远立于不败之地！这就是《胜利》这部影片最重要的社会意义和认识价值。

随着电影事业的迅速发展，阿尔巴尼亚的电影人也开始积极思考制作时间跨度较长、富有历史深度的史诗性影片。在这方面，70年代后迅猛崛起于文坛和影坛的小说家、电影剧作家基乔·布卢希，起了先锋者的作用。他根据短篇小说能手、童话作家的纳乌姆·普里夫蒂和小说家泰奥多尔·拉乔的小说改编的影片《血染的土地》可以说是这类史诗性影片的发轫之作。

《血染的土地》是由3个历史阶段的故事内容组成的三摺画式的影片。第一个历史阶段叙述的是贫苦农民米蒂同村里一个狠毒的地主的故事。时间是1926年，这时期的地主横行霸道，飞扬跋扈，任意摆布、宰割贫苦农民，甚至随意杀害他们。贫穷的农民米蒂虽然日子过得十分艰难，但人穷志不穷，坚决不屈服于他，拒绝他的命令。于是，有一天，这个万恶的老地主硬是把他活活地给杀死了。米蒂的妻子领着丧父的儿子，陷入更加严重的贫困中。村里的磨坊老汉，也有着相同的命运，他小时候，老地主为了霸占他们家的土地，也杀死了他的父亲。其实，整个阿尔巴尼亚农民都曾有过类似的悲惨遭遇。第二个历史时期是反法西斯民族解放战争的烈火燃烧得正旺的1942年。在母亲的抚育下和磨坊老人的关怀、帮助下，过早丧父的儿子杰尔吉长大了，游击队政委的话武装了他的头脑，他的心与共产党、游击队紧紧地联系在一起了。磨坊变成了游击队的基地，一位负伤的女游击队员正在那里养伤。在以老地主为首的"国民阵线"分子的策动下，一天，法西斯匪徒们突然包围了磨坊。磨坊老人命令杰尔吉背着女游击队员迅速撤离寻找大部队去，他一个人与法西斯强盗展开生死搏斗，流下了最后一滴血。接下去的第三个历史阶段讲述的是1946年的土地改革。是共产党领导农民完成了土地改革的大业，让广大贫穷的农民终于实现了世世代代期盼得到土地的梦想。在热烈的欢呼声中，杰尔吉领到了土地证。撼人心弦的鼓声宣告：农民们快乐、幸福的日子来到了。很显然，作者力图通过两户农民家史的演变概括阿尔巴尼亚农民在半个世纪当中所走过的非凡的历程。丰富的历史内容的准确概括，旷达而敦实的叙事框架，对农民历史和时代命运的深思远虑，都使这部片子获得了史诗影片的赞誉。

20世纪六七十年代，是阿尔巴尼亚人民革命热情空前高涨，国民经济发展最快的年代。在这样一种前所未有的良好形势下，全国各条战线上涌现出许多英雄人物。当时阿尔巴尼亚曾出版过一本名为《在阿尔巴尼亚的大地上每天都诞生许多英雄》的书，书中收集了许多报刊上报道过的英雄人物的事迹，例如都拉斯海港为保护港堤和船坞同暴风雨英勇搏斗，最后献出生命的亚当·雷卡；在修筑铁路的义务劳动工地上，为保证工程提前完成拼命劳动、光荣牺牲，死后被授予共产党员称号的15岁的山村小姑娘斯库尔塔·巴尔·瓦塔；为发展边远山区的教育事业，冒着狂风暴雨走家串户，给不能到校的孩子上课，不幸以身殉职，成为新时期的光明使者的伊斯梅特·萨利·布鲁恰依；为了保证电话线路畅通无阻，顶着暴风雪爬山越岭检查每一根电线杆子上的设施，被寒冷冻僵身体献出生命，像塑像一般在风雪中巍然停立的接线工利科等人物就是这些英模中最典型的代表。

杰出的作家、记者德里特洛·阿果里根据自己和沙班·谢德利创作的报告文学《党的儿子》重新创作的故事影片《广阔的地平线》，开描写、讴歌先进人物的"当代英雄影片"之先河。原报告文学内容比较单薄，只生动、感人地叙写了亚当·雷卡为保护国家财产免受损害与狂风暴雨展开搏斗一件事。拍成一部电影，只表现英雄与自然灾害的斗争是远远不够的，于是，在将现实生活中的英雄的名字亚当·雷卡改成乌兰·科拉比①的前提下，进行了很巧妙的虚构和艺术加工，例如乌兰平时生活中对同志的关心与帮助；随时批评阻碍国家事业前进的落后思想和行为；坚决与官僚主义做斗争；抢救海港工人阿泽姆脱离生命危险；围绕阿泽姆又增加了他与阿尔塔的爱情故事。这些内容的增添是很必要的，因为有了这些内容作铺垫和陪衬，后来乌兰在暴风雨中为了捍卫国家财产英勇献出生命的壮举才显得合乎情理，人物形象也才显得更加丰满可爱。影片外景（主要是大海）也拍得相当壮观，充满诗情画意，给观众留下久久难以忘怀的美好记忆。阿尔巴尼亚影评界称该片是抒情

---

① 阿尔巴尼亚最高的山的名字。

英雄片是很有道理的。在这部《广阔的地平线》拍成之前，阿尔巴尼亚有些影片受真人真事的局限，情节不够吸引人，人物性格也缺乏鲜明的个性。而《广阔的地平线》却克服了这种缺陷，为故事片的创作、改编积累了有益的经验。

具有同样的思想意义和艺术价值的抒情英雄片，还有小说家瓦斯·科莱希根据自己的短篇小说《作为一首歌颂勇士的歌》改编的《幸福的道路》。小说中的主人公是真实的英雄人物利科，电影中的主人公改名为迪德。这个一身闪烁着银光的迪德，是无数个革命新人的艺术概括。作者通过对优秀的电话线路检修工迪德的平凡而有意义的工作的描绘，以及对他为了人民同暴风雪骁勇搏斗的英雄行为的纵情赞颂，向人们阐明：一个优秀工人应当如何对待工作，应当如何对待人生。迪德全心地热爱自己的工作，他深深懂得自己通过电线与首都地拉那、斯库台，与全国所有的城镇、乡村和人民紧紧地连接在一起。平凡的线路检修工同样还连接着世界各国人民。正因为他头脑里装的是整个阿尔巴尼亚、全世界，他的心时刻与全国人民和全世界人民的心一起跳荡，所以他才能在罕见的暴风雪里顽强地战斗，在千难万险之中踏着幸福的道路勇往直前。迪德的灵魂是极其美丽的，迪德的思想境界是无比崇高的！迪德走的路确实是一条幸福路，迪德确实是一个了不起的当代英雄。片子的主题是积极向上的，它所彰显的是一种革命的人生观、价值观。但是，电影是一种动作艺术，只靠原小说提供的那点内容，让主人公只在冰天雪地里翻山越岭、登高结线，显然是不够的。逐渐走向成熟的阿尔巴尼亚电影人，谙熟电影艺术的表演手段，作者灵活地运用回忆、联想、对比等手法，将冰雪中的迪德与同志、朋友、亲属、恋人等联系起来，使他成了人民政权下面一个有广泛的联系、丰富的感情、远大的理想的活生生的人，进而深化了主题。最后，当在一片洁净的白茫茫的冰雪世界里，冻僵了身体的迪德眼睛里闪烁着动人的光芒，仿佛变成了一只勇猛而矫健的山鹰，准备飞向更遥远的地方的时候，观众的心怎能不被他的那种"时刻把整体的利益置于个人利益之上"的崇高的革命精神所震撼！至此，影片的诗情画意和革命浪漫主义韵致达到了极致。这是一部可与我国的优秀影片《冰山上的来客》相媲美的影片，难怪34年前它在阿尔巴尼亚电影院与观众刚一见面，就被我国翻译过来。而且《人民日报》还连连发表影评大加赞扬。美哉！妙哉！中国观众永世都不会忘记这部既叫好又叫座的阿尔巴尼亚当代英雄片《幸福的道路》！

《春游》是反映阿尔巴尼亚现实生活的别具一格的音乐喜剧片。整个影片的内容是由瓦尔波娜和贝斯尼克两个年轻人的热恋小插曲串联起来的。瓦尔波娜是"山鹰"艺术团的成员，贝斯尼克是一位汽车司机。小伙子发疯地爱上了美丽可爱的歌手沃尔波娜，但不知如何向心上人倾诉自己的一腔真情。事情也真巧得很，恰好艺术团要到全国各地做巡回演出，瓦尔波娜要求贝斯尼克开车送她到各个区和许多城市与团里的其他同事一起演出。这可是成全这对情人终身大事的极好机会。贝斯尼克心花怒放地开车上了路，瓦尔波娜更是眉飞色舞，神采飞扬。于是，影片通过这对恋人的视觉，让山鹰之国的锦绣山河一个接着一个地呈现在观众面前；一座座独具民族风格的新式住宅，一排排整齐素雅的厂房，实在令人感叹；那奋战在各条战线上的英雄雄姿英发、朝气勃勃地迎面走来，他们为国为民做出了何等伟大的贡献；而艺术团的艺术家们在各地演唱的歌颂为自由而战的勇士、幸福美好的新生活、灿若群星的先锋者的歌曲，又让人们忆起战争年代的峥嵘，当今生活的美好，未来前景的灿烂……巡回演出快结束了，两位幸福快乐的恋人也暂退幕后。这时，观众的心里顿时明光大亮：这部轻松多趣的音乐片，实际上是用两位年轻人的恋爱小插曲做引线，真正要你看、要你知道的还是阿尔巴尼亚河山之壮丽，人民之英勇，建设成就之伟大，历史文化之恢弘。因此，人们就不能不由衷地发出敬佩阿尔巴尼亚电影人的睿智和精明的感叹！

培育少年儿童茁壮成长的良师益友

儿童是祖国的花朵，儿童是人民的未来。阿尔巴尼亚广大作家、艺术家，特别是使命感特强的电影人，更是把培育少年儿童健康苗壮地成长，放在头等重要的位置。在社会主义年代，他们一共摄制了近20部儿童故事片、动画片、木偶片。在前面谈到的一组反法西斯民族解放战争的战斗片中，已谈到好几部旨在继承、发扬爱国主义和革命英雄主义精神的少儿战斗片，因此对这几部片子不再重复评述。这里，我们要专门评价的是几部具有较深刻的现实意义的当代儿童教育片。

多产作家基乔·布卢希根据自己的同名长篇小说改编拍摄的《小贝尼自己走路》，在阿尔巴尼亚有广泛的影响，可以说是家喻户晓的家长必看的儿童教育片。生活在城市里，在优越的家庭物质环境里成长的小贝尼，得到父母过分的娇宠，吃得肥胖，行动笨拙。整天关在家里，与世隔绝。大人甚至都不让他把窗户打开，长到七岁了还很少与别人家的孩子一起玩耍。渐渐地，他变得性情孤僻，蛮横骄纵。至于五谷杂粮，蔬菜水果是怎样生长、成熟的，他更是一无所知。住在乡下的伯父索玛注意到了这一点，觉得需要给小贝尼改变一下成长环境和生活方式。过暑假时，索玛伯父把孩子接到山村里。在这里小贝尼看到了绿树成荫的山岭、潺潺流淌的小溪，白云飘动般的羊群和金黄闪光的麦田……小贝尼高兴得如同出笼的小鸟，在辽阔无垠的原野里自由飞翔。在伯父和山乡小朋友的帮助下，小贝尼非但学会像别的小朋友那样登山越野，还学会了挤牛奶、骑马。他的身体比原来结实多了，行动起来也灵活多了。他深深地爱上了农村的一草一木和勤劳、热情、好客的乡下人，临别时对乡亲们恋恋不舍地说："我爱农村，我爱这里的人们，我还要再来这里的！"影片不用一句空话、套话，而用小贝尼自身的变化和感受，向人们深刻而生动地阐明了一个道理：人们应当如何从小孩子很小的时候就做好培养年轻一代的工作？应当培养孩子具有什么样的性格、道德品质和能力？孩子们应该如何对待集体、同伴和社会公共利益？这部影片把山村的风光景色拍得非常美。杰出的作曲家利茂斯·迪兹达利为影片谱写的音乐，富有浓郁的田园牧歌情调。这些对突出影片的主题思想，烘托环境气氛，均起到了非常好的作用。

类似的主题思想，在《娇生惯养的米莫扎》《楼房里起义》等影片中，也都有较好的表现。

讲起阿尔尼亚儿童教育片，如果不对充满人情味，热切呼唤人文精神回归的《光明河》特书一笔，那将是一种特别遗憾的事情。

《光明河》的作者阿吉姆·采尔加，曾当过农村教师，对教育工作很热爱、很熟悉，因此对师生关系的重要性，便有着很深刻的理解和体味。这是影片《光明河》取得成功的前提。故事发生在1968年末阿尔巴尼亚破天荒地实现了全国电灯照明的历史性时刻，地点是在北方玛勒西亚偏远的山村。村里学校的教师巴尔迪目睹夜里一片光明的山乡农家，心潮翻涌，热血沸腾，山村的光明让他看到祖国光辉的未来就在眼前。然而，兴奋之余，仍然有一件事挂在他的心上：一个叫阿杜希，在绘画和雕刻方面很有特长的学生，已经有两个月没登学校的门了。巴尔迪老师对此感到很痛心，在校务会议上把此事作为一个重要问题提了出来，但许多同事对此都束手无策，不知怎么样才能说服这个"难办的学生"重新回到课桌旁继续像别的孩子一样读书。巴尔迪老师决心挽救这个"难办的学生"，决不让这个学生的特长白白丧失，不仅要叫他顺利地读完小学，而且未来还要保证他进美术学院，受高等教育。人民政权为工农子弟创造了良好的条件，我们要为人民政权争光。于是，他便想方设法去接触阿杜希。时而像个大哥哥，时而又像个热心的亲戚。阿杜希得到巴尔迪老师无限的温暖；巴尔迪老师也得到了阿杜希真诚的爱和尊敬。最后，这个"难办的学生"终于又坐到了书桌旁。巴尔迪老师的实际行动验证了老师对学生全心全意的爱是建立良好的师生关系最关键的因素这一真理。影片的很多细节特别感人，而那诗情画意的结尾更是激动人心：刚刚实现了电灯照明的山村的夜晚分外豁亮，那连成一片的璀璨的灯光，恰似一条大河在滔滔奔流，那不是一条普通的河，那是电灯光和知识汇成的将给子孙万代带来幸福与欢乐的光明河。

从对以上各类阿尔巴尼亚影片的评介中，我们可以清楚地看到，阿尔巴尼亚电影与文学的联系是很密切的。首先，绝大多数影片都是根据很有影响的文学名著改编的。这些文学名著改编成电影之前已经是相当成熟的作品，因此改编成电影时成功率普遍都比较高。其次，在阿尔巴尼亚，文艺界人士大多都是多面手，很多小说家都写诗，同样，许多诗人也写小说。除极个别人之外，绝大多数文人既是诗人，又是小说家，或者既是小说家，又是诗人。纯粹的诗人或小说家很少很少。这种情况在电影界也很相似，绝大多数小说、话剧改编电影时，都由原小说、话剧作者亲自去改编。在阿尔巴尼亚没有专门只写电影剧本的电影剧作家。在电影创作过程中没有那么多的清规戒律、条条框框，作家都敢"触电"，也会"触电"。这样的情况该如何评说？是好还是不好？要看具体国家的实际情况和具体条件而论。对于国家那么小、人口那么少的阿尔巴尼亚来说，提倡作家艺术家当多面手是适宜的。

阿尔巴尼亚电影人都是讲究少投资、重效益的实干家。他们常常利用很简单的道具、布景、现成的外景场地，只要能把要表现的内容交代清楚，给观众一种真实感就算完成一组镜头。他们从不耗费巨资制作那种只追求感观刺激，内容却很干瘪的"大片"，当然更不会去干摆花架子，为追求商业效益不顾一切地重复拍摄名著的蠢事、败家之事。同样，阿尔巴尼亚也没有专职的电影演员，各种角色都由话剧演员扮演。阿尔巴尼亚有许多很有艺术造诣的闻名欧洲的话剧演员，他们演电影也很出色，例如卡德利·洛希、桑德尔·普洛西、恩德雷克·卢察、玛莉叶·洛戈雷齐、里卡尔德·拉利亚、玛尔加莉塔·译芭等"人民演员"、"功勋演员"，都是可以与世界一些戏剧大国的名演员齐肩媲美的。他们都是地拉那人民剧院的演员。某部电影的某个角色需要他（她）扮演，他（她）就愉快地接受任务，影片拍成后，马上回剧院，准备接受领导将分配给他（她）的新任务。演员互相都很尊重，彼此关系也相当和谐，很少有争名夺利、钩心斗角的丑事发生。

如果要我说出社会主义年代的阿尔巴尼亚电影有些什么不足的话，那我要说，我是电影艺术的外行，说不出更多的意见，只能对某些根据真人真事拍摄的艺术片谈点粗浅的看法。我觉得有的真人真事片太受实际的人和事的限制，艺术加工不够，电影的艺术手法没有充分施展，因此缺乏应有的艺术感染力，让你感觉不够味。但要指出，这只是少数片子存在的缺憾。

时间过去快20年了，对以往的历史究竟如何评价，那是阿尔巴尼亚人民自己的事情，我们无权也无力随意评说。但是，对社会主义年代阿尔巴尼亚的文艺作品特别是电影作品，我们有义务竭尽全力去保卫，去珍爱，因为那是勤劳、智慧的阿尔巴尼亚人民在艺苑里辛勤耕耘的结晶；因为那是从无到有迅猛发展起来的阿尔巴尼亚电影事业在历史上的一大辉煌；因为它们也曾以巨大的艺术魅力感动过我们，教育过我们！

2009 年 7 月 14 日草成，7 月底改毕、定稿于北京寒舍"山鹰巢"

（原载《艺术评论》2009 年第 9 期）

阿尔巴尼亚人民忠诚而伟大的歌者、
中国人民真正而永远的朋友阿果里

一个作家能享有在全国男女老少中间人人皆知的声誉，实属罕见。阿尔巴尼亚当代最著名、最富有影响力的作家、诗人、文艺批评家、政论家德里特洛·阿果里，就是这样一位在文坛、政坛和广大人民群众中间实力最强、人气最足、威望最高的人物。正如阿尔巴尼亚当代赫赫有名的小说家、电影剧作家基乔·布卢希所说："阿果里是20世纪阿尔巴尼亚最伟大、最阿尔巴尼亚化的作家。"也如文艺评论家留安·拉玛所说："阿果里是一个历史人物。对多数阿尔巴尼亚人来说，他的名字像纳伊姆·弗拉舍里①以及其他民族复兴人物的名字一样，时时都挂在人们的嘴上。"②

民族解放战争和社会主义建设事业的热情歌者

1931年10月13日，阿果里出生于阿尔巴尼亚东南部德沃利地区的门库拉斯村。还是在纪诺卡斯特读中学的时候，他就开始了诗歌创作。大学时代在苏联度过。毕业于列宁格勒（今彼得格勒）大学文学系。大学毕业后在阿尔巴尼

---

① 纳伊姆·弗拉舍里（1846—1900），阿尔巴尼亚新文学之父，民族复兴时期最重要的诗人。

② 基布·布卢希（1943—），留安·拉玛均为阿尔巴尼亚当代著名作家。这里引用的两段话见《自由的喷嚏》，德里特洛出版社1997年版，第807—810页。

亚劳动党中央机关报《人民之声报》任记者15年，写下了成百上千篇文学味道很浓烈的文艺性通讯和报告文学作品，在社会上具有广泛的影响。像讴歌为保护海港的安全同暴风雨英勇搏斗，最后献出生命的社会主义劳动英雄亚当·雷卡的报告文学《党的儿子》（发表后没几个月就改编成艺术影片《广阔的地平线》），不要说在阿尔巴尼亚早已成为颂扬革命英雄主义精神的赞歌，几十年来一直在广大人民群众的心中咏唱不衰，就是在我国，也作为红色经典，被专业电影工作者和众多影迷所珍藏。总之，阿果里曾是阿尔巴尼亚新闻界最著名的记者。从其作品的数量、质量以及社会影响几个方面来审视，他完全可以与当年苏联新闻界的泰斗鲍里斯·波列伏依相媲美。

不过，阿果里一生对事业的孜孜追求和主要成就，还是体现在上千首喷放着泥土芳香的诗歌和真实而生动地反映阿尔巴尼亚人民历史与时代命运的大量小说中。在社会主义年代，阿果里共出版了《我上了路》(1958)《我走在柏油路上》(1961)《山径和人行道》(1965)《中午》(1969)《语言凿石》(1977)《我思绪万千地走在路上》(1985)《跳蚤》(1971)等7部诗集和《德沃利，德沃利》(1964)《父辈》(1969)《母亲阿尔巴尼亚》(1974)等多部长诗。

综观阿果里社会主义年代的全部诗作，不难看出他的诗具有以下4个显著的特点：第一，诗人怀着高昂、饱满的政治激情，热烈描绘、赞颂阿尔巴尼亚共产党（后改名为阿尔巴尼亚劳动党）的丰功伟绩；第二，诗人以无比的忠诚和儿女尊崇前辈的深情，向胸怀坦荡、大公无私、为祖国和人民英勇奋斗，不惜献出一切的共产党人、父辈、烈士们纵情唱出一曲曲最动人、最壮美的歌；第三，作为出身于劳动人民家庭的诗人，阿果里对祖国的山山水水、农村、工厂以及辛勤劳作、默默奉献的父老乡亲和工人兄弟倾诉了无比深厚的赤子之情，使他的诗篇无不激荡着崇高的爱国主义精神；第四，清晰的思想，鲜明的倾向性，语言的丰富多彩、活泼生动，韵律的整齐并富音乐性，是诗人几十年来精心学习阿尔巴尼亚诗歌优秀传统的结果。阿果里为继承和弘扬阿尔巴尼亚诗歌的优秀传统，实现阿尔巴尼亚当代诗歌的民族化，做出了杰出的历史性贡献。

根据几十年来诗坛的定评，长诗《德沃利，德沃利》和《母亲阿尔巴尼亚》，不仅是阿果里在社会主义年代诗歌创作的代表作，而且也是阿尔巴尼亚自解放到现在整个诗坛上最优秀、最具有影响的几部诗作中的两部。《德沃利，德沃利》于1964年阿尔巴尼亚解放20周年前夕发表在《人民之声报》上，当年就荣获了共和国一等奖。这部长诗一问世，立刻震动了整个文艺界，仿佛在富有优秀传统的阿尔巴尼亚诗海的上空，亮出了一道绚丽的彩虹。爱国主义不是一个空洞的口号，热爱祖国总是要与热爱自己的家乡紧密地联系在一起。一个不热爱自己故乡的人，很难说他能热爱自己的祖国。一个地方的山水草木、风土人情，在外乡人看来，可能平淡无奇，甚至显得有失风雅，但是，在热爱家乡的诗人眼里，一山一水，一草一木，都具有特殊的风韵和异常的魅力。阿果里的故乡德沃利的山水草木就赋予诗人特殊的灵感和情愫。那清澈甘甜的河水、连绵起伏的山峦、狩猎场、猎狗、大鹏鸟、乡间婚礼、农民的舞姿、闲不住的手，在别人看来也许平常而又平常，但在阿果里的笔下，却是那样的富有生机，那样的令人心醉。诗人把这一切都捧上了美的仙境，赋予它们艺术的内蕴和情趣。

阿果里把自己对故乡儿女般的炽烈真情同对祖国深挚的爱紧紧地交织在一起，倾诉了对人民的痴情和对祖国的赤诚。全诗感情炽热浓重，抒情灵活自由，形象奇妙鲜活，民俗风情光艳照人。这些均得到广大读者、文艺界乃至国家高层人士的高度评价。这首长诗问世时，阿尔巴尼亚正处在国际敌对势力的攻击与封锁之中，对唤起阿尔巴尼亚人民的民族意识和爱国主义精神，它起了战斗号角般的巨大作用。

为纪念祖国解放30周年，阿果里发表的《母亲阿尔巴尼亚》[①]，是迄今为止阿尔巴尼亚诗歌史上最长的一部叙事-抒情长诗，是一部极具感情色彩的多声部的交响诗。它包含了十分丰富的内容：阿尔巴尼亚的力量存在于同人

---

① 在《人民之声报》上发表时为1400行左右，后出单行本时扩充为3000余行。

民、同祖国大地、同社会主义建设的紧密联系中；阿尔巴尼亚的主要任务，在于保卫人民的利益，使每个公民都过上幸福的生活；人民摆脱受压迫、受剥削的枷锁，获得解放的历史，工人、农民以及其他阶层的人们取得解放与进步的历史，都与共产党人英勇卓绝的斗争密不可分；为了社会更快的发展，人民物质文化生活更大的改善，必须坚持不懈地开展反对官僚主义的斗争，发扬社会主义民主，每个人务必保持谦虚谨慎、勤劳俭朴的本色。阿果里以感人的坦诚和独特的细节，赋予历史和现实生活中的重要事件以鲜明的特色，使全诗自始至终保持高亢激越、轻松晓畅的格调。全诗的每一节、每一句都是经过深思熟虑设计出来的，具有深邃的意义。诗中的每一部分内容，都与一定历史时期的关键时刻息息相关。浓缩了的政治势态、社会风情与历史的真实面貌融合得非常协调。这部具有强烈而鲜明的政治色彩的抒情史诗，充满丰富的内容和撼人心弦的感染力，然而却毫无政治说教意味，显示出诗人非凡的艺术造诣。阿果里的这首《母亲阿尔巴尼亚》是阿尔巴尼亚当代诗歌的一座巍峨的高峰，完全可以与19世纪阿尔巴尼亚民族复兴时期最重要的诗人，阿尔巴尼亚新文学之父纳伊姆·弗拉舍里的代表作《畜群和田园》并列于阿尔巴尼亚文学的殿堂。在这首长诗问世之前，诗坛上第一大诗人被公认为是伊斯玛依尔·卡达莱。而这首长诗发表之后，诗坛的第一把交椅，便顺理成章地让给了阿果里，36年来无人有资格取代他。

阿尔巴尼亚文学工作者大多数都是多面手，阿果里既是个诗作甚丰的大诗人，也是一个数一数二的小说家。20世纪50－60年代以写短篇小说为主，《往昔岁月的喧声》是这方面的代表作。不过，最能代表阿果里在社会主义年代小说创作成就的是长篇小说《梅莫政委》(1970，改编成电影后取名《第八个是铜像》) 和长篇讽刺幽默小说《居辽同志兴衰记》(1973，有中译本，郑恩波译，2009年7月重庆出版社出版)。

《梅莫政委》以大众化的朴素而生动的语言、广大阿尔巴尼亚群众喜闻乐见的民族形式和迷人的艺术感染力，深广而巧妙地描绘出民族解放战争时期阿尔巴尼亚广大军民战斗和生活的绮丽画卷，准确地反映了那一特殊时期的社会矛盾，自然地烘托出烽火连天、江河呐喊的时代气氛，细致而深刻地再现了在共产党人启发、引导和组织下，人民群众由分散的不觉悟的个体力量变成有觉悟有组织的革命队伍的完整过程，从而突出了共产党对民族解放战争的领导作用。解放以来阿尔巴尼亚文坛上涌现出了几十部描写反法西斯民族解放战争的长篇小说，但从作品内容的历史深度、人物形象的典型性、民族特色的鲜明性几个方面来品评，可将《梅莫政委》列入同类小说之首，这是文学评论家和广大读者的共识。主人公梅莫·科瓦奇政委是阿尔巴尼亚当代文学画廊中最成功、最具影响的艺术形象之一。梅莫的革命英雄主义精神、崇高的人生目的、浓厚可亲的人情味、沉着冷静的思想修养、准确果断的判断力、对革命事业的赤胆忠心、对胜利坚定不移的信心以及对建立一个崭新的世界的美好憧憬，已成为阿尔巴尼亚青少年学习的楷模。《梅莫政委》彰显了阿尔巴尼亚社会主义文学纯美正义的本色和强大永恒的生命力。这部长篇影响广远，第一版就印了1.5万册。不久，作为中、小学生课外文学读物，一版就印了3万册。之后又一版再版，迄今已出了10版。改名《第八个是铜像》以后，更是成了家喻户晓之作，连中国观众也感到十分亲切，并且从影片中获得很多教益。总之，即使其他的作品都不算，仅凭这一部《梅莫政委》，就完全可以称阿果里是阿尔巴尼亚社会主义文学的顶梁大柱。

由新闻记者演变而成的作家，一般既有政治家的政治素质，又具有文学家的艺术修养。远在20世纪60年代末，阿果里就凭着极为灵敏的政治嗅觉洞察到了社会主义制度下面某些官员表里不一、脱离群众、追逐名利的丑恶表现。他深刻地认识到：搞得不好，国家的命运就可能葬送在这批官员手里，于是他便以一个共产党员作家的真诚和勇气，创作了向两面派领导者示警的多幕话剧《第二张面孔》。此剧曾引起一些教条主义"批评家"的非难。但是，成熟的阿果里并没有动摇，他觉得话剧《第二张面孔》对这一社会现象的剖析尚欠深刻。随着形势的发展，阿果里对这一问题的认识逐渐加深。这样，便在70年代初出版了长篇讽刺幽默小说《居辽同志兴衰记》，向沾染了官僚主义习气，思想意识和作风急剧蜕变的干部及时地敲响了警钟。小说的主人公居辽·卡姆贝里处长是一个表里不一、口是心非、道貌岸然、夸夸其谈、所作所为全被名利思想所主宰的官老爷。作者把这个既可悲又可笑的人物形象塑造得栩栩如生，活灵活现，为阿尔巴尼亚当代文学殿堂又增加了一个不可多得的喜剧典型。小说出版后，国内外反响十分强烈，在很短的时间里，就被译成了法文、德文、意大利文、俄文、希腊文、保加利亚文等多种文字。不久前，由笔者直接从阿尔巴尼亚文译成汉语的《居辽同志兴衰记》，也由重庆出版社将其作为"重现经典系列"之一隆重推出。欧洲不少国家的报刊都对此书的艺术成就大加赞扬。法国《费加罗报》载文称"《居辽同志兴衰记》可与尼古拉·果戈理赫赫有名的喜剧《钦差大臣》竞美比肩"，"阿果里是一位配得上获得全欧洲荣誉的作家"。意大利《晚邮报》赞美说："《居辽同志兴衰记》是介于契诃夫、卡夫卡、索尔仁尼琴之间的一部优美、严厉、文学味道浓郁的芭蕾舞。"德国《法兰克福广讯报》也以钦羡的话语评说："作者对全部事件赋予很高的音调，很少有什么作品能像这部小说如此流畅自如。"甚至德国一家很不起眼儿的地方小报也大加赞美道："在阅读《居辽同志兴衰记》这部小说的过程中，你会想起俄罗斯的那些讽刺作家。"

需要特别指出的是，在20世纪六七十年代，阿尔巴尼亚处于那样一种特殊的政治形势下，阿果里能够洞察到、反映出社会主义制度下某些干部正在变质，可能走向反面这一客观现象，是需要很高的政治水平、马列主义理论修养和无私无畏的勇气的。这正是阿果里独有的非一般作家所具备的难能可贵之处。还应当强调一点，在这部小说中，作者讽刺的对象是那种与社会主义格格不入的官僚主义干部，而不是社会主义制度本身。在这一点上，阿果里与某些原社会主义国家的"持不同政见者"是有本质上的区别的。换句话说，阿果里是以爱护、捍卫社会主义制度的立场，讽刺、鞭挞某些官僚主义者的。后来，当一些政治上的变色龙摇身一变，放肆地谩骂、攻击、全面否定社会主义及其文化、文学的时候，阿果里则像勇士一般奋勇而起，进行毫不妥协的战斗，显示出一个真正的无产阶级革命战士的英雄本色。这一点，我们在下面将作具体的介绍与评析。

人民意志的忠诚代表 社会主义文学的坚强卫士

在阿尔巴尼亚文艺界，阿果里在事业上的成就是辉煌的。他善良、正直，为正义而进行不屈不挠的斗争的硬汉子气概是有口皆碑的。正因为如此，自20世纪70年代初开始，他便一连当了近20年的作家与艺术家协会主席，为发展和繁荣阿尔巴尼亚的文艺事业，付出了大量的心血，做了许许多多卓有成效的工作，建立了不可磨灭的历史功绩。但是，政情发生剧变，劳动党丧失了政权之后，德艺双馨、备受拥戴的阿果里，却被迫离开了作家与艺术家协会主席的岗位。不过，他对共产主义思想的信仰，对社会主义文学与艺术的赤诚，却没有丝毫的改变。他密切地关注形势的发展，时刻与人民群众同甘苦、共命运；全力以赴，日夜兼程，有时一连两三个月都不走出家门，在非常困难的条件下，以浓重、忧悒、有时甚至是愤懑的笔调写下了大量短小精悍、挥洒自如的杂感、随笔，而且还像泉水涌流一般持续不断地发表和出版了数量相当可观的诗歌、小说、寓言。其中诗集有《迟到的朝圣者》(1993)《时代的乞丐》(1995)《来一个怪人》(1996)《先辈的心魂》(民歌选，1996)《关于我父亲和我自己的歌》(长诗，1997)《奇事与疯狂》(寓言集，1994)《半夜纪事本》(1998)。小说方面有短篇小说集《神经不正常的人》(1995)，长篇小说有《德什达库》(1991)《赤身骑士》(1996)《魔鬼的匣子》(1997)。杂感、随笔集有《吞噬的希望》《无占领者的被占领者》《莫名其妙的陷落》《与同伴在一起》。4本集子结集在一起，取名为《自由的喷嚏》(1997)。另外还有两本译诗集《白银时代》和《盖奥格·特拉克里》。

在成百上千篇杂感、随笔、谈话中，闪耀着一个真正的共产党员作家的革命精神。例如，关于作家与政治的关系这个十分敏感的问题，阿果里一针见血地指出："照我看，政治是改变社会的愿望，是要叫脑子不长锈，是为了实现人类的目标表现出来的强烈的激情。所有的人都在从事政治，有人讲：'你们作家不要从事政治！'他们讲这个话，目的是要叫你安稳度日，不要作家唤醒人们去反对社会的不公平。"①他还有针对性地指出："所有的作家都以这种或那种形式，同他们的国家、邻国以及世界的政治紧紧地联系在一起。对于他们来说，不仅仅存在像文学文化那样一种文化，而且还存在政治与社会文化、历史与道德文化、经济与生活方式文化；存在哲学与思想流派。脱离开这些，作家无法生活。他看报，看电视节目，听广播，在家里、在路上、在咖啡店里听朋友和同志谈话。站在一个党派一边，摒弃另外一个党的要求，评论一个国家的时政，等等。我想起海涅讲的一句话：'一个人如果丧失了政治好奇心，那他就死了。'这话是有道理的：政治推动社会变革。那个作家发誓说他不理政治，这不是真话，他没有勇气做一个真诚的胸怀坦荡的人，而每天都偷偷地从事政治。有些作家把政治只称作是社会主义政治，而对其他政治却不这样称呼。他们可以在报上发表文章，可以接受采访，可以对这个或那个现象发表自己的看法，可回过头来却要说自己不从事政治。"②阿果里就是这样以朴素生动的语言，活画出一些伪善的政治家的丑恶嘴脸。

政情发生剧变以后，一些极端分子否定一切，甚至连反法西斯民族解放战争及反映这一战争的文学，也遭到他们的嘲讽和谩骂。对此，阿果里写了多篇文章予以反击，其中在《对用手枪袭击传统的人，我用大炮对他予以还击》这篇战斗的檄文中，毫不含糊地写道："对我来讲，反法西斯民族解放战争，是高于神圣事业的神圣事业。""民族解放战争把两岸联结在一起，一岸是过去的传统，一岸是现代社会……拼命想捣毁这个坚固而巨大的桥梁拱顶的人，是要毁掉整个桥梁。他要与整个桥梁的残块一起坠到河里被水淹死，成为青蛙及河中其他生物的美味佳肴。""我对我的作品不做丝毫修改，它反映的是我们一个历史时代，表达的是民族和社会主义的理想。只要现在有、

---

① 《一个人如果丧失了政治好奇心，那他就死了》，《自由的喷嚏》，德里特洛书社1997年版，第246页。

② 同上。

将来有富人和穷人，就要有社会主义理想。""我对自己曾经写过反法西斯民族解放战争，写过牺牲的共产党员，写过政委和司令员的事情无怨无悔。现在我要写这些，会写得更好。将来我会对某些片断作些校订，甚至对长诗《母亲阿尔巴尼亚》要补充些内容。官方对这些作品的监控是短命的，就像其他监控一样。已出版的作品，撕毁也好，扔进水里淹掉、抛进火里烧成灰烬也罢，统统都毁灭不了它们，历史给了我们这种教训。""现在，当我们看到很多官方人士和政党要员否定民族解放战争及其烈士的时候，我更为之气愤。他们①被另外一些受宠爱的人、叛徒、法西斯的合作者或者法西斯分子本身所替换。""对用手枪袭击传统的人，我用大炮对他予以还击。"②阿果里对背叛革命传统、革命烈士的败类的愤懑之情，在创作的诗篇里表现得更为炽烈，请看《纪念碑》一诗：

> 弟兄们，你们的纪念碑 / 现在已经离开了你们牺牲的地方 / 一个身上有异国血液、黑了心的人 / 一夜间挥镐干下了这一罪恶的勾当 / 那是一个灵魂卑微、行为龌龊的家伙 / 把你们的纪念碑推倒在地上 / 弟兄们 / 同你们的纪念碑 / 一起熄灭的还有蜡烛的火光 / 因此，可怜的我蒙受煎熬非常痛苦 / 是毒蛇放出的毒液把夜晚搞得如此肮脏 / 捣毁你们的纪念碑的人 / 当年曾施诡计打阻击战把你们拦挡

但诗人对未来充满了信心，他坚信将来一定还会重新建起铜和金的纪念碑，叛徒、坏蛋肯定要受到应有的惩处。再请听诗人为烈士报仇雪恨的誓言：

---

① 指作者描写过的那些人。
② 《对用手枪袭击传统的人，我用大炮对他予以还击》，《自由的喷嚏》，德里特洛书社1997年版，第118页。

　　弟兄们，你们的纪念碑 / 有朝一日将用青铜和黄金铸就大放光芒 / 身经百战、经验丰富的我 / 将为烛台做好蜡烛，让烛光更加明亮 / 我要在你们的肩上亲自点火 / 那青铜和金子的双肩熠熠闪光 / 弟兄们，那个身上有异国的血液、黑了心的人 / 我们要用力把他带到你们新的纪念碑旁 / 要叫他尝一尝雄楝木棍下是啥滋味 / 要叫他们听一听玩具和震撼心魄的铃铛响 / 在你们青铜纪念碑中间训斥他 / 听着！把一首游击队之歌记心上 /……

　　社会主义文学是人类历史上最崭新、最进步、最健康、最具有希望的文学，开辟了文学发展的新纪元。可是，政情发生了根本性的大逆转之后，有些人立刻变了脸，开始放肆地攻击社会主义文学，妄图从根本上清除它、消灭它。在这种严峻的形势面前，阿果里置个人安危于不顾，怀着不可遏止的愤怒大声疾呼："在社会主义年代建立起来的文学，具有无可争议的价值，社会主义现实主义创作方法，不能与在社会主义时期形成的文学同等相看。方法是一回事，文学则是另一回事。方法在文学中产生影响，但它不是一切。目光短浅的人将方法与文学等量齐观。作为创作方法，社会主义现实主义是人为制造的。是上级指挥文学的武器，是执政党手中的武器，而社会主义在我们这里和世界上却创建了整个一种文学。这种文学是不能抛弃的，甚至即使组成一个世界性的庞大的联军，也打不倒它，这一文学是一个巨象，这个巨象是不会被那些不高明的蹩脚裁缝的小针撼倒的。"[1]

　　出生于德沃利贫苦农家的阿果里，始终与广大劳动人民保持着密切的联系，故乡的长辈和儿时的伙伴病故了，他无论怎么繁忙，也要回乡奔丧，悼念亡灵。家乡人到了地拉那，好多人不住价钱昂贵的旅馆，干脆就在阿果里家里下榻。阿果里总是好吃好喝地款待他们，帮助他们办很多棘手的事情，就像对待亲人一样。因为他对普通劳动者时时怀有一颗赤诚的心，所以才能

---

[1] 《作家与政治》，《自由的喷嚏》，德里特洛书社1997年版，第118－124页。

与他们几十年如一日地保持密切的联系，与他们同甘苦共患难，而且还对在苦难中忍受熬煎的乞丐、妓女、流浪者给予极大的关注和深深的同情。请看他含泪写下的这首《乞丐》，读来多么令人心酸：

乞丐们睡在香蕉和苹果皮上面／宛如雕塑的圣像，脑袋顶着装有老鼠粪便的竹篮／在清真寺里阿訇们为伟大的天王歌唱／让阿拉伯人的形象在脑海中出现／半夜将祈祷声和臭气一起送到眼前／在肮脏的流浪者——乞丐们的上面飘散／当他们在睡梦中看到粪篮的时候／篮子里装的却是满满的美元／梦里老鼠向小牛演变／那小公牛和小乳牛个个都是膘肥肉满……／乞丐们舔着嘴唇大为兴奋、激动／"我们有了一头小公牛、一头小乳牛，要把肥嫩的牛肉美餐！"／此刻，在清真寺里，阿訇们把天王大加颂赞／恰似临死的绵羊把心掏给阿尔巴尼亚流浪汉／"流浪的孩子们，你们这些乞丐比老鼠更幸福地睡吧／天王很快就要叫你们把小牛变／我们要抓住欧洲，如同抓住姐妹那样拉着手，靠着肩"……

你想了解阿尔巴尼亚易旗、变色后广大群众真实的生存状态吗？最好的办法就是认真地全面地赏读阿果里的诗作。让我们再随便摘出两首，先来看《现实就是这样》：

盗贼出没于小巷／猫在墙和粗水泥管下面结伙搭帮／被严寒冻僵了手脚的妓女回家睡觉／第二天出门卖身四处游荡——现实就是这样／我把那残破的阳台／连同那依着墙壁的破家具扔在一旁／我出去进来手里拿着一封信／那是一封白白的匿名信，没有地址和印章——现实就是这样／我听到淋着台阶的雨水的水泥管下面有猫叫声／把手指握得像硬核桃敲碎一样嘣嘣响／在浓重的夜幕下我缩成一团／惊恐地等着盗贼来到门前暗偷明抢——现实就是这样／其实盗贼是要到对门行窃作案／那才是一个富户，正如人们所讲／而我连一件稀有贵重的东西都没有／只有四个润湿发

干的嘴唇的柠檬放进冰箱

如果只一般地描绘生活的图景，还不能显示出诗人忧国忧民的广阔胸襟。不！在不少诗篇里，阿果里站在政治家的高度，对一些社会现象作战略性的思考，这样，他的许多诗作便具有更深的社会意义和历史的厚重感。例如《乡村即景》这首只有两节、共八行的风景小诗，就具有非同小可的内容含量和重大的现实意义。熟悉阿尔巴尼亚国情的人都知道，20世纪90年代以后，由于大批工厂、企业倒闭，社会失业现象十分严重，即使农村的青、壮年也大量外流，出国打工。据阿尔巴尼亚官方披露，当时仅在意大利和希腊打工的阿侨就已经超过50万（须知阿尔巴尼亚全国的人口只有300余万）。大量年轻力壮的男劳力流落到异国他乡，繁重的农活儿落在了妇女和老翁的肩上。田园荒芜，果树枯黄，许多村庄都呈现出一种衰败的景象。这一严重的社会问题，引起阿果里极大的关注：

> 在城市远郊的村庄里，全部的井泉都缺水告急／它们的龙头已经干枯，仿佛飘散出东西烧糊了的气息／天上一朵云彩慢慢地化掉／犹如海番鸭的鸽色羽毛轻轻飘移／出国谋生夺走了全部的青年男劳力／只有很少几个老夫劳作在河后边的田地里／小麦和大麦等着他们去收获／举目向那铅灰色的云彩望去

读着这些诗句，我们不由得想起了立在被秋风吹破的茅屋前呼天唤地的老翁。噢，难怪阿尔巴尼亚文学界的同行们称阿果里是阿尔巴尼亚的杜甫呢！

西方文化无孔不入地侵袭着阿尔巴尼亚纯洁、健康的文艺舞台，电视机的各种频道上，竟没有一部好电影可以观赏。此事激怒了阿果里，于是挥笔写道：

夜里你不想太早去睡觉／站在电视机旁，跟踪电视台的多种频道／你按手指，反过来掉过去操纵遥控器／然而，一部好电影也找不到／你咒骂世界，发起脾气心急火燎／世界竟不能把一部自己喜欢的电影制造／你毫无办法，愤怒地从柜架上取下杯子／在白酒里把真正的电影寻找

读到这些诗句，我们仿佛看到：一个正派多情的艺术家，在这乱糟糟、凄惨惨的现实面前，是何等的悲戚、愤懑，无奈！

在激烈动荡、剧变的形势面前，阿果里的诗歌强烈地表现出为国家的未来、民族的前途、人民的命运深思远虑的忧患意识。如果说以上的作品是从对具体的生活现象描绘表现了这种忧患意识的话，那么，在另外一些诗作里，这种意识则是采取象征派的表现手法，高度凝练、概括出来的，抒情诗《我好像不是生活在我的祖邦》是这方面的代表作。请听诗人凄惨地吟唱：

我落到这步田地，好像不是生活在我的祖邦／而是在遥远的异国他乡／在一座处处是虫子和老鼠的城市里／在湿漉漉的表皮剥落的墙壁中间惨度时光／当家中无人，只有我自己孤守空房／当冬雨掀起水泡流过广场，／我很奇怪为何我竟会有如此感想／我的生活就跟这串串水泡一样／我觉得房舍正在流出毒液／时刻我们都在传毒致伤……／我不知道这毒液从何处而来，对此我无言以对／只见那毒液在我们的衣服上流淌／我觉得这个国家将彻底被毒化／毒液将把地基腐蚀得百孔千疮。／到头来地动山摇变地震／魔鬼将发出狂笑，露出龇牙咧嘴的凶相／当众多的人把我团团围住／在我贫穷的祖国我现出陌生人的模样／这叫我感到身负重荷，撕心裂胆般痛苦／这叫我流泪，如同小学生在门后躲藏

现实的剧变是残酷无情的，但作为一个无产阶级作家、诗人，阿果里对自己的人生之路并不懊悔，相反，他为自己是一个共产党员感到光荣，感到骄傲，这种革命气节与风骨多么令人钦佩！请听他嘱告孙女的话：

总的讲／我的身子骨要变成一种东西／但你不要像别人那样为东西把泪流／要把我当作人来哭泣／你将面带泪水走过草地／用手在草丛中把花儿采集／然后把一朵紫罗兰／放到我的坟上去／你要给我放到那里——／我根本不要待的地方去／从更多的意义上讲／我要变成的东西跟周围的万物相同无异／只不过这个东西有心灵／所以还是有差异／人死了，但他把名字留在路上永不离去／在我的自由之墓的上面／你要用手指点事情的关键："我的爷爷，一个很好的人／曾是一个共产党员／一个有很多著作的伟大的共产党员／他是那样举世无双的勇敢／所以他的坟上不长刺麻／而生长芳香四溢的紫罗兰"……

尊敬的阿尔巴尼亚共产党员作家、诗人阿果里同志，放心吧！您的功业和名字，将永远在一切真正的共产党人和正义、善良的人们的心里，喷放着紫罗兰的芳香！

中国人民的真正的朋友

在40多年的交往中，我深深地感受到阿果里那农民一般的纯朴、兄长待小弟弟一样的亲切、老祖母待孙子孙女似的温慈。不过，从一个中国人的角度来说，我从阿果里的言行中体会到的最深的一点，还是他对中国人民所怀有的那种纯真深挚、始终如一的友情。

我是45年前在地拉那大学读书时，在好友泽瓦希尔·斯巴秀的引见下与阿果里认识的。当时他才30岁出头儿，风流倜傥，是《人民之声报》的著名记者，经常在报刊上发表具有很强的艺术感染力的通讯、报告文学作品和诗歌。我赏读他的作品，就像原来赏读苏联著名作家、大记者波列伏依的文章那样用心、痴迷。他的那些秀美清朗、拙朴明丽的文艺性通讯、特写，对我后来到《人民日报》所从事的长达10年的新闻工作，产生过很大的影响。也就是在这个时候，在不是弟弟胜似弟弟的斯巴秀的帮助下，我翻译了他的著名的荣获共和国一等奖的抒情长诗《德沃利，德沃利》(德沃利是阿果里故乡一带地方的名字，那里的一条大河亦称德沃利河。) 在翻译的过程中，加深了我与阿果里的友谊。后来，我还译了他的另外两首长诗《父辈》、《共产党人》以及其他一些短诗，于1974年阿尔巴尼亚解放30周年前夕，由人民文学出版社以《阿果里诗选》为书名出版了。此书的出版，不论是对我，还是对阿果里，都是一件可喜的大事，我们之间的友谊从此登上了一个重要的新台阶。

这年秋末冬初，我作为《人民日报》记者团团员兼翻译再次访阿，接待单位是《人民之声报》，与作家与艺术家协会毫无关系。可是，时任该协会主席的阿果里，却将繁杂的工作搁置一边，主动地陪了我们代表团两天。忘不了他拉着我的胳膊，在古城克鲁雅古香古色的工艺品市场，向我们绘声绘色地描述阿尔巴尼亚的民俗风情；忘不了我们站在城堡之巅，聆听他活灵活现地叙述当年传奇式的民族英雄斯堪德培率领骁勇的阿尔巴尼亚广大军民，同称雄欧亚、不可一世的奥斯曼侵略者进行的可歌可泣的伟大斗争……

然而，怎么也没想到，在此后的10多年里，中阿两国关系非常遗憾地出现了曲折。但是，阿果里作为大我8岁的老大哥，却丝毫没有忘记我这个幼弟。1990年夏天，中阿关系由冷转暖，当我作为12年里阿尔巴尼亚对外文委特别邀请的第一个中国客人，再次踏上山鹰之国这片神圣的土地的时候，立刻又沉浸在以阿果里为首的阿尔巴尼亚文友们筑起的波涛翻涌的友谊的海洋中。他不仅受对外文委之托，派阿·采尔加、纳·约尔加奇、穆·扎吉乌3位作家整天陪伴我，度过了一个月难忘的时光，而且还邀请我到他的办公室，一边喝着浓香的咖啡，一边畅谈我们两国文艺界的情况，他的真诚和坦率使我大为震惊："毛泽东的文艺思想是杰出而富有远见性的，我们阿尔巴尼亚广大作家、艺术家对他的许多提法很感兴趣。1973年纪念毛泽东同志诞辰80周年时，我们党中央出版了一本毛泽东《论哲学、艺术和文化》的书，一次就印了2万册。他的《在延安文艺座谈会上的讲话》《新民主主义论》我们都很熟悉，也感到很亲切。毛泽东很懂文艺，他的学说是清澈透明的，对很多问题阐释得很明白、很精辟。但是，江青的那套'三突出'理论却是荒谬的，我们从来就不赞成，而且还号召我们的作家、艺术家摆脱她的谬论的影响。"在当时那种特殊的政治背景下，阿果里能对一个普普通通的中国文学工作者如此掏心窝子讲话，委实了不起！我立刻被他那兄弟般亲切的话语感动了。临别时，他还把摆在办公桌上的足足有2公斤重的阿尔巴尼亚新文学之父纳伊姆·弗拉舍里的半身铜像赠给了我（这尊铜像如今已摆在我的书柜里整整20年了，一向都是一尘不染）。最使我难忘，对我后半生的阿尔巴尼亚文学译、研工作将起关键性作用的，是他以阿尔巴尼亚作家与艺术家协会的名义赠送给我的荻·斯·舒泰里奇、斯·斯巴塞等10位阿尔巴尼亚第一流作家的精装本文集。那一卷卷崭新喷香、如同金子般珍贵的阿尔巴尼亚当代文学的精品佳作，使我的书屋大放异彩，再加上我的科索沃作家朋友雷发特·库卡依代表"复兴"出版社送给我的一系列阿尔巴尼亚民族复兴时期经典作家的一套套结实漂亮的全集做辉映，将我这个简陋寒酸之家变成了中华全国珍藏阿尔巴尼亚文学名著最多、最全的宝地。这使我感到无比的惬意与满足，而这种惬意与满足是与阿果里紧紧地联系在一起的。

那年12月初，我从阿尔巴尼亚回到北京不久，阿果里还给我寄来了他的另一部非常重要、如今已被近10个国家翻译出版、为阿尔巴尼亚当代文学赢得了巨大荣誉的长篇讽刺幽默小说《居辽同志兴衰记》精装新版本，以此把我们的兄弟情谊的基石夯实得更为坚牢。

前几年，受两个单位盛情之邀，我又到阿尔巴尼亚工作两次，前后有一年多时间，其间同阿果里的交往比从前更加多起来。他把近20年来出版的书几乎每种都送给我一本，并在书上签名时亲切地称我为弟弟。从此，我们之间的友谊便正式提升到兄弟情的高度。有一件事，在我有生之年，将经常地在我感情的大海中掀起对阿果里大哥和他的夫人莎蒂叶大姐衷心感激、深深怀念的浪花……

一天，他和夫人突然往我工作的采里克打了3次长途电话找我。当时我不在采里克，到克鲁雅城办事去了，周围一个翻译也没有。电话里他跟中国技术人员说不通话，急得不知如何是好。晚上我回到采里克得知这一情况后主动给他打了电话，这才知道一天里他火急火燎地打了3次电话的原因。原来那一天一批中国技术人员到发罗拉市游览时，汽车从山顶上滚到了半山腰，眼看一场大灾难就要发生，可是，机敏、勇敢的阿尔巴尼亚司机师傅来了个急刹车。车虽然受到了损伤，他本人也扭伤了腿脚，但毕竟保住了一车中国人的生命。然而，媒体部门报道这一车祸时为了取得"轰动效应"，竟夸大了事实，给人造成一种车毁人亡的印象。阿果里和妻子莎蒂叶闻听此事，受到如同五雷轰顶般的惊吓，为车上的中国人的安危特别是译员郑的命运出了一身冷汗，于是便接连3次给我打长途电话。当终于接到我的电话，知道我安然无恙之后，便喜出望外地说："郑！为你庆幸，近日你如果来地拉那，一定要到我们家里来一下，为你的幸免于难和中国技术人员的化险为夷好好干上几杯……"阿果里对我这种比亲兄弟还要胜过几分的情谊，怎能不让我为之动容！

当然，作为阿尔巴尼亚文坛的泰斗，原劳动党中央委员会委员，几十年的人民议会代表，阿果里对我国人民的友情，决不会只体现在我这个俗中又俗的阿尔巴尼亚文学翻译与研究工作者身上。他对中国人民的友好情谊由来已久。20世纪50年代初在列宁格勒（今彼得格勒）上大学时，他就与中国留学生王崇杰、吴元迈结识为好友。[①]当时他与这两名中国同学好到什么程度我不知道，但是，40多年来每次与我相会交谈，讲不了几句话，他准保要询问王、吴二位老同学的情况。话语虽然不多，但是从他那亲切温和的声音里和慈祥含蓄的目光中，我感觉到当年他与中国留学生结下的友谊是相当深厚的。我想，他与王、吴两位中国留苏学生结下的友谊，大概就是他的感情世界里的中国情结之源头吧！

---

① 王崇杰、吴元迈皆为20世纪50年代的留苏学生。毕业回国后，王在新华社工作，高级记者；吴在中国社会科学院工作，学部委员，曾任外国文学研究所所长。

阿果里对中国的文学艺术情有独钟。20世纪五六十年代就写过评论电影《祝福》《革命家庭》和纪念鲁迅先生的长篇文章，发表在《人民之声报》上。

1967年9—10月，阿果里作为《人民之声报》代表团的成员第一次访华。回国后写了长篇通讯《从松花江到长江》，在《人民之声报》上连载。这是一篇感情真挚动人，充盈着睿智与才气的美文。与他人秉承上级的旨意，高音调地颂扬"文化大革命"的文章迥然不同，阿果里巧妙地避开了"文化大革命"，而对哈尔滨、新安江的工人和沙石峪的农民作了详尽的惟妙惟肖的描述。很显然，阿果里对我国的"文化大革命"是持保留态度的，但在当时的历史条件下，他不可能直说，只能采取躲着走的做法。今天回过头来重新审视当时许多阿尔巴尼亚记者的访华文章，我们不能不佩服阿果里的聪明，也不能不被他实事求是、不讲假话的宝贵精神所感动。如今，他人写的那些赞美、歌颂"文化大革命"的中国通讯，都已经随风而逝了，唯独阿果里的这篇《从松花江到长江》依然保持着强大的生命力，一直被人们所珍藏、所喜爱。阿果里的访华通讯，才是真正的经得起时间考验的"阿中友谊之歌"。

据我所知，阿果里是阿尔巴尼亚高层人物中公正地对中阿关系、对我国的改革开放政策最早予以积极评价的开明人士。1991年在劳动党第十次代表大会（也是最后一次代表大会）上，阿果里尖锐地批评党中央落后的错误的对外政策："……我们开始咒骂所有的国家，超级大国和强国，落得在欧美没有任何一个朋友，落得只与毛泽东在一起。1976年我们准备把毛泽东也抛弃掉。中国开始开放和面向欧洲与世界，我们便把她抛弃了。这是党的领导的一种心理，一种受苦受穷的心理，友好的国家不应该面向富裕的欧洲，因为欧洲传染我们得病。我们的领导毁坏了同面向欧洲的友邦的关系。"[①]当时劳动党的领导和许多党员的思想还处于与世隔绝的封闭状态，对我国的改革开放还很不理

---

① 《痛苦的分别》，《自由的喷嚏》，德里特洛书社1997年版，第21—22页。

解，甚至持有偏见和对立的情绪。阿果里在十分困难的处境下能讲出这一番话，是冒着很大风险的。从这番话中，我们非但看到了阿果里政治上的远见卓识，而且也领略了他对中国、中国人民的深刻理解和实实在在的情谊。

阿果里是一个放眼世界、知书达理的时代先行者。近年来他又以不同的身份访华两次。当然，这期间他也去过欧美一些国家。经过多方面的考察与比较，他对今日中国的认识有了进一步的升华，达到了理性的高度。这一点在他为40年前的《人民之声报》驻京记者玉梅尔·敏卓吉最近出版的一本对华非常客观、友好的书《中国，世纪的挑战》所写的序言中得到了再好不过的说明："这本书之所以重要，有价值，那是因为它不仅提供了关于现代化中国前进的丰富的信息，而且还等于向公民们、政治家们和国家领导者们发出了关于同这个巨人进行最密切合作的一封信，中国走向进步的步伐使欧洲连同美国一起感到惊奇。B.克林顿没有白说：'如果中国的经济按着现在的轨道继续增长，那它将是21世纪世界上最强大的国家。'可是我们的领导者不接受这一想法，因为他们比美国的总统们高大，当然，那是叉开双腿骑在山上了！"阿果里的这番话真实地表达了阿尔巴尼亚共产党人以及广大工人、农民和知识分子对我国和我国人民最珍贵的具有悠久传统的情和义。

就当今绝大多数人的生命力而言，一个人一生中真正有效的工作时间，最多也就五六十年。对整个人类的发展来说，这点时间是极其短暂的，甚至可以说是一瞬的。因此，如何高效率地、充分地利用这五六十年，就是每个立志为人类做出最大贡献的人，在生命和事业的征途上迈出第一步的时候，必须认真地、仔细地作一番盘算的头等大事。让阿果里同志感到骄傲的是，从中学时代发表第一首诗开始到如今，在60年的时间里，他为阿尔巴尼亚人民和全世界人民留下的上千万字的诗歌、通讯、报告文学、小说、话剧、寓言、童话、电影、政论、随笔、文艺评论，统统都是红色的、社会主义的，是阿尔巴尼亚人民和全人类宝贵的精神财富的一部分。这是非常值得庆幸的。阿果里及其一部分精品佳作，我国人民并不感到陌生，诗集《阿果里诗选》，长篇讽刺幽默小说《居辽同志兴衰记》，电影《第八个是铜像》《广阔的地平线》等作品，早已成为我国读者、观众所熟悉、所珍爱的红色文艺经典。明年纪念他80岁生日的时候，他的另一部内容更丰富、形式更多样，长达400多页的诗歌精选集《母亲阿尔巴尼亚》和长篇小说《第八个是铜像》，也将与我国广大读者见面。尽管社会主义在发展的道路上遇到了困难和挫折，但是，社会主义文学的生命力却是永恒的，强大无敌的，是世界上任何一种主义的文学都不能相比的。本人的能力和水平都很有限，但能把阿果里这位社会主义文学巨人的一些红色经典之作译介给我国读者，感到无比的荣耀与自豪！

2010 年 3 月 20 日草于寒舍"山鹰巢" 4 月 9 日改定

本文系作者为小说《居辽同志兴衰记》写的序言

重庆出版社 2009 年版

我们该如何评价卡达莱这个作家

近年来，在欧洲各国特别是法国文学的天空，升起一颗格外耀眼的新星，他一连出版了近30部长篇小说和为数不少的中、短篇小说、杂感、随笔和游记。而且几乎每部长篇都被译成多种文字在欧美广为发行。法国文学界赞美他可与海明威、卡夫卡等文学大家比肩，甚至还多次呼吁他应当成为诺贝尔文学奖得主候选人。

这位文学新星就是击败数十名文坛巨匠，2005年6月荣获首届布克国际文学奖的阿尔巴尼亚当代著名作家、诗人和社会活动家伊斯玛依尔·卡达莱。

也许有人以为：经济发展滞后，人口仅有300多万的阿尔巴尼亚，根本出不了具有世界文学水平的大作家，卡达莱获此殊荣，是一种偶然或者是出于某种特殊原因。但据我40余年来对阿尔巴尼亚文学特别是对卡达莱文学生涯的跟踪和研究，应当说，这是一个很值得深入研究的问题，而不能手中无材料只凭主观想象，武断地乱下结论。

卡达莱之所以能荣获布克国际文学奖，是有多方面的原因的。第一，我们知道，阿尔巴尼亚国家虽小，但她具有同希腊、古罗马一样悠久的历史和灿烂的文化，在源远流长的文学史上，阿尔巴尼亚就涌现出不少可与意大利文艺复兴时代的名作家相媲美的人物。也就是说，阿尔巴尼亚的文学根基是相当厚实坚牢的；有了这样的根基，是可以建立起雄伟瑰丽的文学大厦的。第二，阿尔巴尼亚当代文学也曾是经过时代风雨考验与磨砺并具有很高水平的先进文学，她拥有一批被欧洲许多有识之士公认的能和当今世界上著名的作家、诗人摆在同一个天平上的杰出人物（如德里特洛·阿果里、彼特洛·马尔科、雅科夫·佐泽、泽瓦希尔·斯巴秀等），伊·卡达莱只不过是他们当中的一个代表。

其实，40年前，卡达莱就是一个名声显赫的人物。他是一个在社会主义制度下，一步一步成长起来的作家、诗人。也是一个得到党和政府特别关照，享有崇高声誉的骄子。

1936年，即意大利法西斯侵占阿尔巴尼亚（1939年4月7日）的前3年，卡达莱出生于南方著名的山城纪诺卡斯特（与阿尔巴尼亚前最高领导人恩维尔·霍查是同乡）。在这里读完了小学和中学，后进入地拉那大学历史-语文系，主攻阿尔巴尼亚文学。远在青少年时代，卡达莱就崭露出诗才，18岁就出版了诗集《少年的灵感》（1954），21岁还出版了诗集《幻想》（1957）。紧接着，又在25岁的时候，出版了引起诗坛广泛注意和好评的诗集《我的世纪》（1961）。

这三部诗集以新颖鲜活的想象力和个性突出的诗歌语汇，得到了前辈诗人拉·西里奇、法·加塔的夸奖和重视。20世纪50年代后期，卡达莱被政府派送到莫斯科"高尔基"文学院深造。在那里，语言天赋甚高的卡达莱，很好地掌握了俄语和法语，从丰富、斑斓的俄苏文学和法国文学中汲取了宝贵的营养，使他一生受益无穷。1961年夏天，国际风云骤变，阿苏关系破裂，卡达莱被迫回到地拉那，先后在《光明报》《十一月》文学月刊和《新阿尔巴尼亚画报》任编辑。有一段时间还主编过法文版的《阿尔巴尼亚文学》。与此同时，还继续从事自中学时代就开始的诗歌创作活动。

1963年秋天，对卡达莱一生的文学事业都具有头等的重要意义，那个秋天是决定他一生命运的季节。阿尔巴尼亚劳动党中央机关报《人民之声报》，以整版的版面发表了他的长诗《群山为何而沉思默想》。这首长篇抒情诗，以超凡独特的想象和联想，描述了剽悍骁勇的阿尔巴尼亚人民世世代代同枪结下的不可分割的血肉关系。长诗一开篇，就以奇崛的文笔把读者带进一个梦幻的世界：

太阳在远方的道路上降落的时光 / 群山为何而沉思默想 / 傍晚，一个山民朝前走着／背着长枪将千百公里长的影子甩在大地上／枪的影子在奔跑／斩断了山岭、平原和村庄／暮色里枪筒的影子匆匆地向前移动／我也行进在陡峭的山崖上／缕缕情丝深深地缠在我的脑际／对种种事情想得很多、很远、很长／思索和枪筒的影子交叉在一起／苍茫中发出咔嚓咔嚓的声响

卡达莱是一个擅长创造雄奇、空蒙意境的诗人。随着思考和枪的影子发出的声响，诗人把千百年来阿尔巴尼亚人民为自由而浴血征战的场景，灾难深重的阿尔巴尼亚贫穷凋敝、满目疮痍的景象，豺狼虎豹抢占劫掠阿尔巴尼亚的狰狞面目，英雄儿女为保卫大好河山英勇抗敌、宁死不屈的勇士气概，全部清晰而生动地展现在读者面前。人民前仆后继地战斗，不论遭到多少挫折和失败，对胜利始终都抱有最大的希望。诗中画龙点睛地唱道：

宁静是虚假的现象／群山等待着领导者率领他们奔向前方／阿尔巴尼亚在期盼着／期盼共产党降生在大地上

诗人没有再多写关于共产党的事，只是轻轻一点，作一个小小的铺垫，预示未来将有新的诗篇诞生。

《群山为何而沉思默想》以丰颖而奇特的形象和排山倒海的气势，深刻地阐释了阿尔巴尼亚人民千百年来伟大力量的源泉所在。它在《人民之声报》上发表的当天晚上，卡达莱就接到了劳动党中央委员会第一书记恩维尔·霍查的电话。领袖的热烈祝贺，给予卡达莱以极大的鼓舞和力量，同时也大大地提高了他的声誉和在诗坛上的地位。

3年后的秋天 (1966)，在阿尔巴尼亚举国欢庆劳动党成立25周年的前夕，卡达莱又在《人民之声报》上发表了长诗《山鹰在高高飞翔》。这首诗在内容和创作思路上，都和《群山为何而沉思默想》一脉相承。在这首激越磅礴的长诗里，诗人满怀炽热而诚挚的情感，描述了劳动党在革命风暴中诞生、壮大

的英雄历程。首先，诗人把劳动党比作梧桐树，把人民比作土地，强调了党和人民群众不可分割的关系：

> 党啊 / 哪里能找到你的根子 / 在这古老的国土里 / 您像耸入云霄的梧桐树 / 把根子分扎在暴风雨经过的道路上……

党与人民相连的根子是挖不尽斩不断的，对此卡达莱进一步唱道：

> 敌人要想拔掉你 / 除非把这沉重而古老的土地全吞光

共产党的建立，是苦难的阿尔巴尼亚的最大喜讯，山山水水都为之欢呼，于是诗人又敞开心扉纵情高歌：

> 连绵的山啊 / 高大的山 / 闻讯摇动天地转 / 风儿啊 / 山把礼品献给你 / 请将喜讯快快传……

又过了3年，即1969年阿尔巴尼亚民族解放战争和人民革命胜利25周年前夕，卡达莱又发表了第三部著名的抒情长诗《六十年代》，纵情歌颂阿尔巴尼亚劳动党及其领导者霍查在20世纪60年代国际共产主义运动中的历史功绩和贡献。

《群山为何而沉思默想》《山鹰在高高飞翔》《六十年代》这组三部曲式的抒情长诗，从历史写到现今生活，思想深邃，技艺精湛（特别是前两首），均荣获过共和国一等奖。通常《人民之声报》是不发表诗歌和小说的，但卡达莱的3首长诗却能连续3次以整版的版面在报上隆重推出，这可是文坛上史无前例的盛事。从此卡达莱名声大振，在阿尔巴尼亚诗歌界独领风骚近10年。直到1974年，德里特洛·阿果里的长诗巨著《母亲阿尔巴尼亚》问世之后（在此之前，这位诗人还发表了《德沃利，德沃利》《父辈》《共产党人》等家喻户晓的诗篇），他的独领风骚的地位才被阿果里所取代。

卡达莱是一位极力追求艺术表现力的诗人，他给阿尔巴尼亚诗歌带来了不少新主题、新思想、新形象和新语汇，他的许多诗作中都有着发人深思的哲理性。卡达莱的诗歌，基本上都是现实主义的完美之作，同时，他又是受俄罗斯大诗人叶赛宁和马雅可夫斯基影响至深的诗人。从他们的作品中卡达莱学习了未来派和象征派的表现手法，运用了阿尔巴尼亚诗人少用的诗歌语汇，增强了表现力和新鲜感。比如：

> 时间的牙齿咬住阿尔巴尼亚的腋下
>
> 歌儿像从枪口里吐出的红玫瑰一样
>
> 白色的钟摆敲响敌人的丧钟 [①]
>
> 一片带血的羽毛伴随着 11 月的树叶落到地上 [②]
>
> 房屋像暴风雨中的雄鹰直上云天 [③] 等

这些形象的捕捉和运用，显然受到了象征派诗歌的影响，这一倾向更明显地表现在后来的两部诗集《太阳之歌》(1968)《时代》(1972) 中。

犹如许多才华横溢的诗人同时又是著名的小说家一样，卡达莱也是创作小说的强手。而且越到后来越明显：小说创作才能更加显示他的文学天赋和成就。

还是创作使自己名声大振的长诗《群山为何而沉思默想》的时候，卡达莱便开始了长篇小说《亡军的将领》的创作 (1963年出版，截止到1966年又修改过两次)。这是卡达莱长篇小说创作的处女作，也是他全部长篇中最成功的作品。

---

① 把尸体比做钟摆。

② 用带血的羽毛象征烈士。

③ 用共产党的诞生地——一所小房子象征党。

它在欧洲特别是在法国产生了使阿尔巴尼亚人感到骄傲与自豪的影响。我们知道，意大利法西斯1939年4月侵占阿尔巴尼亚时，卡达莱年仅3岁，他既没有彼特洛·马尔科参加西班牙战争的经历，也没有像赛弗切特·穆萨拉依、法特米拉·加塔那样亲赴民族解放战争的战场，在枪林弹雨中目睹人民的丰功伟绩。这就是说，卡达莱不可能采取以往作家的写法来写民族解放战争。他要像画家、摄影家选取合适的角度那样，精心选取自己的角度。他抓住了一名意大利将军赴阿尔巴尼亚搜寻意大利阵亡官兵遗骨这条主要情节线，将他所熟悉的甚至自幼就听到的种种故事，巧妙地、得心应手地编织在上面。具体落笔时，又不直接地去描写战场上的刀光剑影，而是全力去展示各种人物对战争的思考和心态。这就是卡达莱描写民族解放战争的新角度。他的才气和灵气，也主要在这一点上展露出来。一个将军在一个神甫的陪同下，到异国的土地上寻找阵亡者的遗骨，这是一件多么乏味无趣的事情！但是，聪明的卡达莱却让我们看到，围绕着寻找遗骨这件事情，作者采取故事中套故事，链环上结链环的巧技，多方面、多方位、纵横交叉、上下贯通，全面的描绘了反法西斯民族解放战争的画面。难怪一位颇有成就的中国当代作家读罢小说后感慨地说："《亡军的将领》写得何等轻松从容！作家为没经历过战争而写成战争的作者提供了样本……"

《亡军的将领》问世后，在世界上产生了不小的影响，其中法国社会各界的一片喝彩声，将作为阿尔巴尼亚全民族分外光荣、体面的事件，载入阿尔巴尼亚的史册。

几十年来，反法西斯民族解放战争，一直是阿尔巴尼亚作家最爱表现的题材，卡达莱对此也有浓厚的兴趣，并且以多部长篇创作拉开他一生小说创作事业的序幕。紧接着《亡军的将领》，他又创作了《石头城纪事》(1971) 和《一个首都的十一月》(1975) 两部与反法西斯民族解放战争息息相关的长篇。《石头城纪事》也是一部匠心独运、奇妙别致的小说。它摆脱了常见的描写战争小说的窠臼，不去直接地描绘游击队员同法西斯强盗你死我活的争斗与较量，而是选取战争即将结束，曙光就在眼前的历史性时刻，入木三分地描绘社会各阶层一些具有代表性人物的心理状态、情绪和表现，着力展示各种社会力量对待新旧时代、新旧社会、新旧风气的不同立场和感情。卡达莱对创作这部《石头城纪事》讲过这样一段话："我要在这部小说中反映出那些混乱、充满英雄气概、荒诞气氛和悲剧性的日子。那时候，整个山城带着沉重的负担从黑暗走向自由，摆脱了中世纪的陈规陋习，又陷入外国占领者的落后野蛮的桎梏之中，全部生活都处在敌人的威胁之下，这种痛苦是前所未有的，然而，光明就在前头……"卡达莱的这番话对我们理解《石头城纪事》这部小说颇有裨益。

《一个首都的十一月》在描写的内容方面与《石头城纪事》有某些相似之处。它仍然没有把新生力量、人民群众的英雄业绩、游击队和共产党人不屈不挠的伟大斗争作为描写的重点，主要表现被革命砸碎了的旧世界和被推翻了的统治阶级、腐朽势力以及他们的心理、精神生活。不过，这种描摹和渲染远不像《石头城纪事》那样宽泛。作者的目光并没集中在整个旧世界，而是在被埋葬了的社会制度的上层建筑领域里捕捉要描写和塑造的形象。但卡达莱如果能对当时如火如荼的革命形势和人民群众改天换地的士气作些描写和讴歌，小说就会具有更大的社会意义和历史价值。然而，他没有这样去写，这不能不说是一个很大遗憾。

乔治·卡斯特辽特·斯坎德培(1405—1468)是阿尔巴尼亚历史上最伟大的民族英雄，曾领导全国人民同野蛮的力量超过阿尔巴尼亚几十倍的奥斯曼土耳其侵略者进行了可歌可泣的伟大斗争。用恩格斯的话说：是斯坎德培的利剑阻挡了奥斯曼土耳其对欧洲的进犯，保卫了欧洲的文明。斯坎德培的英雄业绩和对阿尔巴尼亚及欧洲所作出的伟大的历史性贡献，为历代的阿尔巴尼亚作家、诗人提供了丰富的创作素材。历史知识渊博并具有丰富的想象力和联想力的卡达莱，也在这一领域里显示出杰出的艺术才华。这一点集中地体现在长篇小说《城堡》的创作中。

《城堡》的故事情节很富有传奇色彩：15世纪，奥斯曼土耳其将阿尔巴尼亚的一座城堡团团围住，欲逼迫城里人缴械投降。土耳其人发现，软硬兼施的手腕，"朋友"的中间拉拢都不能奏效，于是决定向城堡发起进攻。先用大炮狂轰一番，然后便向城堡猛烈冲击，但他们失败了。敌兵军事指挥部岂能善罢甘休！他们又派骑兵攻城。与此同时，工兵也采取攻势，挖了一条暗沟，妄图到城堡内部瓦解对方，以实现夺城的梦想。可是，由于城堡里的阿尔巴尼亚人保持高度警惕，敌人的这一计划也落了空。凶恶的奥斯曼进犯者又采取断绝水源的罪恶行动，向阿尔巴尼亚人施压。坚强的阿尔巴尼亚人节约使用每一滴水，誓死不向敌人屈服。残暴的敌人开始用新式武器，然而，这一招也以失败而告终。气急败坏的奥斯曼侵略者发起了总攻。攻城最终也未得逞，敌军总司令以自杀结束了罪恶的侵略行径。狼狈不堪的敌兵丢盔弃甲，仓皇鼠窜。全书的情节安排得非常紧凑，主要矛盾表现在敌我双方的政治斗争中，突出了时代特点和历史氛围。小说对奥斯曼侵略军的行动计划写得非常详细，层层深入地揭露了敌人野蛮、凶残和茹毛饮血的本性，极其深刻地剖析了杜尔索然·巴夏总司令及其党羽们阴暗、龌龊、险恶的心理。敌人的阵容被描写得兵强马壮，武器装备足以显示出天下无比的威力。但就是这样强大的军队，却在骁勇顽强的阿尔巴尼亚人面前遭到惨败。作者对这种反衬手法的成功运用，很是值得称道。卡达莱还把表面上威风凛凛、趾高气扬的奥斯曼军队的首领在政治、思想、道德等方面的腐朽堕落揭露得淋漓尽致，显示出他驾驭重大历史题材时思想的稳健和艺术上的成熟。

我们对《城堡》作了较为细致的概述和评说。是为了向我国读者说明：卡达莱在描写军事内容方面，也完全懂得并能成功地使用常见的写法。前面提到的三部与反法西斯民族解放战争相关的小说在写法上有些奇异，那只能说明卡达莱在艺术上有强烈的追求，而不能说明这时候的卡达莱就是一个反传统的先锋派作家。

卡达莱是在社会主义制度下，一帆风顺地成长起来的享有很高威望的特权作家。在相当长的时间里，他很听劳动党中央和恩维尔·霍查的指示，并且与霍查保持了良好的合作关系，甚至在有的作品中，他还把霍查作为中心人物加以描写和歌颂。这是文坛内外人人皆知的事实。由于他的身份和贡献非同一般，所以连续多年他都是人民议会代表，最后还当上了劳动党中央委员。卡达莱的政治嗅觉很灵敏，并擅长紧跟变化的政治形势创作符合上级要求的政治小说，这一点在《冷静》(1980)《伟大的冬天》(1978)及《冬末音乐会》(1988)几部长篇中展示得尤为充分。这也是他得到国家领导人格外器重和赏识的主要原因。可是，他荣获布克国际文学奖时对采访的记者却说："如果你在很年幼时涉猎文学，你就不会懂得太多政治。我想这拯救了我。"言外之意他是不懂政治，对政治不感兴趣，从年幼时起就是与政治无缘的。卡达莱的这番话不符合他本人的真实情况，也缺乏一个大作家应有的诚实。

诚然，卡达莱的全部情况是比较复杂的，在劳动党丧失政权的前10年，他的确是亦步亦趋地跟着党中央的国际政策从事政治小说创作。但有时因为跟得不准或过于赶浪头而使作品严重失误，因此受到有关部门的严厉批评，这也是事实。例如，因《冷静》和诗篇《中午政治局聚会》等作品，"与社会主义根本思想相悖"，而落到非常难堪的境地，甚至公安部门、国家档案馆都立了关于卡达莱的专案。卡达莱也被迫作过检查。只因他是一个具有特殊才能并且得到高层领导关照和保护的作家，所以当时对他的批评和指控只在内部进行，一般人士和读者对此全然不知。许多年过去了，前不久出版的《一部关于卡达莱的档案》，才将许多从前人们不了解的真情公布于天下。

苏联的解体和东欧的剧变，也把巨大的冲击波带到了阿尔巴尼亚。1990年年底，阿尔巴尼亚政局开始动荡起来，不久，劳动党就丧失了政权，卡达莱也受到不小的冲击。有些极端分子甚至捣毁了他在故乡纪诺卡斯特城的老宅。在这种混乱的形势下，与法国文化界老早就过从甚密并早已有准备的卡达莱，便偕夫人埃莱娜及女儿去了巴黎。

对于卡达莱的出走，阿尔巴尼亚人民群众中有不同的说法。有的说他是去法国寻求政治避难，背叛了祖国和人民；有的则说他具有双重国籍，对阿尔巴尼亚人民的命运和国家的政治、经济形势仍然很关心。据我观察，他虽然与家人侨居巴黎，但仍然经常回国参加某些重要的社会活动，接受媒体的采访，到大学里发表演讲。1999年科索沃被轰炸期间，他异乎寻常地四处奔波，多次去科索沃巡视难情，亲自给美国总统写信，呼吁为拯救阿尔巴尼亚民族的命运而抗争。他还写了两部关于科索沃的纪实性作品，表现出对科索沃阿族兄弟的极大热忱。不过，对社会主义制度、共产信仰、阿尔巴尼亚劳动党以及霍查本人，他却采取了全盘否定的极端做法。他甚至扬言霍查连做一个老战士的资格都没有。对于卡达莱这种全盘否定历史、反对一切的极端做法和言论，绝大多数有正义感的阿尔巴尼亚人都很反感。因此，作为一个作家，卡达莱确实获得了比过去更高的文名，然而，如果用一个人，一个正直公道、有良心的阿尔巴尼亚人的标准来衡量，应该说，现如今的卡达莱的名声与过去相比，委实是降低了不少，有些人甚至对他嗤之以鼻。

也许人们要问：卡达莱毕竟是一个作家，这些年来，在法国他主要干了些什么？事实上，作为一个作家，卡达莱把主要精力还是用在了长篇小说创作上。这期间他每年都有一部长篇问世。这些作品从内容上可以分为两类。一类是历史题材小说和以民间传说为基础而创作的魔幻小说；一类是描写阿尔巴尼亚当今社会生活的"暴露性"小说。这些小说有的是在原来已有的短篇或中篇的基础上加以膨胀和扩充发展成长篇；有的是平地起高楼，纯属新作。从写法上来看，这一时期的卡达莱，不仅完全抛弃并恶语咒骂社会主义现实主义，而且还加进了不少魔幻成分，甚至黑色幽默的色彩。青少年时代他的作品中那种高昂热烈的激情，对人生和未来持有的美好崇高的理想，已全然看不到了。

第一类小说中具有代表性的作品有《以后的年份》(2003)《破碎的四月》及《是谁带来了朵露蒂娜》(2004)。前者描绘出奥斯曼土耳其撤离阿尔巴尼亚之后，祖国被列强宰割，城乡一片凋零，社会停滞不前的凄惨图画。《破碎的四月》触及的是20世纪30年代的阿尔巴尼亚社会现实，但作者批判、鞭挞的宗法制度下的伦理道德、世俗观念，在今日的社会中依然存在。这种封建的落后势力，一直影响着社会的进步和发展，应当受到抑制并逐步加以取缔。特别是对于可怕的令人毛骨悚然的法典作了活生生的描绘和剖析。《是谁带来了朵露蒂娜》是根据家喻户晓的民间传说的主要框架而改编、创作的。不过，作者的意图是呼吁阿尔巴尼亚人积极行动起来，团结一致抵抗敌对势力的种种罪恶阴谋。这一类小说是写得好的，具有一定的认识价值和教育意义。

另一类小说是卡达莱这15年中创作的主要成果。颇具代表性的作品有《梦之宫殿》(1999)《三月里寒冷的花》(2000)《在一个女人的镜子前面》(2001)《无广告的城市》(2001)《留利·马兹莱克的生活、游戏和死亡》(2002)《影子》(2003)及《月夜》(2004)等。

应当说，《梦之宫殿》是其中最典型的一部，作者将他自幼开始直到阿尔巴尼亚政局剧变之前所受的共产主义思想和革命理想教育，全部抛到了九霄云外；怀着忏悔、卑微的心理，谴责一切信仰，将笛卡尔主义和马克思主义一锅烩，加以无情的嘲讽和攻击。这部小说实际是卡达莱侨居法国后，面对西方政坛和文化界所发表的政治宣言，最能体现他现如今的政治信仰和人生观、价值观。因此，它一问世就得到西方世界的青睐，瓦兰迪·普仁戈就说："他的作品曾经一直写在诺贝尔文学奖候选作品单上，即使他只写《梦之宫殿》这一本书，也配得上荣获诺贝尔文学奖。"

《三月里寒冷的花》采用数码结构主义的写法，运用荒诞夸张的笔墨，描述了姑娘与蛇结婚，互相残杀流血的陋俗恶习重新抬头、盗窃抢劫行为遍地发生的黑暗现实，给读者造成这样一种印象：当今的阿尔巴尼亚社会，是一种毫无希望，任何人都没有出路的社会。小说灰暗的色调，悲观的倾向将作者消沉的情绪和阴暗的心境展露无遗，连专门以出版卡达莱的作品为营生的"奥奴弗尔"出版社，在对本书的介绍中都说："这是卡达莱平生第一次如此阴郁地、悲观地出现在阿尔巴尼亚的现实面前……"

《在一个女人的镜子前面》是由《带鹰的骑士》、《在一个女人的镜子前面的阿尔巴尼亚作家协会的历史》及《仙鹤飞走了》3部小长篇合成的微型长篇小说集。第一部写的是一个犯罪者从法西斯主义到共产主义所走过的道路。第二部把阿尔巴尼亚作家协会描写成阿尔巴尼亚最黑暗最可怕的一个机关，从而谴责整个社会主义制度。第三部写了一个富有才化的阿尔巴尼亚诗人经历的种种折磨和苦难。人虽然还活着，然而在精神上已经死了。这3部小长篇表达了卡达莱对社会主义制度、无产阶级专政、共产主义思想的愤懑和苦闷无奈的心绪。通过这3部微型长篇，卡达莱也否定了自己的人生道路。

《留利·马兹莱克的生活、游戏和死亡》所讲的故事令人不寒而栗。小说详尽地描画了马兹莱克艰难苦恨的人生征程，继而讲述了他被迫逃亡，死在他乡的故事。

难道卡达莱否定的只是阿尔巴尼亚社会主义晚期的一切吗？不，他要否定的是整个社会主义制度，其中当然还要包括苏联的社会主义。《无广告的城市》宣扬：还是在1959年，当他还在莫斯科"高尔基"文学院学习时，就感到社会主义现实主义窒息了他的才华，使他对文学的激情一天天在泯灭。于是便偷偷地写起这部向共产主义世界进行大胆挑战的《无广告的城市》。卡达莱抛出这部小说的目的无非是要说明：远在40多年前，当他还是一个23岁的青年的时候，就是社会主义制度的反对者了。

《影子》写于1984年至1986年，当时未能得到出版的许可。手稿秘密地保存在法国一家银行里，政情发生变化后才得以出版。

《月夜》讲的是一个名叫玛丽阿娜的姑娘受不了社会舆论和上层建筑关于道德标准的压力而被迫自杀，成为一个可悲的牺牲品的故事。令人深思的是，这一悲剧恰好发生在国家总理"自杀身亡"之后很短的一段时间里，这就大大地增加了这部小说的针对性和干预现实的色彩。

卡达莱的作品，在欧洲和世界其他地方受欢迎的盛况是空前的。

迄今为止，卡达莱的作品用近40种语言在世界各地共出版了650次。其中《亡军的将领》用29种语言出版了71次；《城堡》用14种语言出版了40次；《石头城纪事》用17种语言出版了34次；《破碎的四月》用14种语言出版了31次；《是谁带来了朵露蒂娜》用13种语言出版了23次。由于篇幅所限，出版20次以下的作品，这里就不再一一列举了。

通过对上述一些作品概括性的描述和对重要作品出版情况的介绍，我们可以清楚地看到，卡达来侨居法国所创作的作品与社会主义年代里他所留下的那些经典性作品相比较，是有着本质性的区别的。想当年，身为人民议会代表、劳动党中央委员会委员的卡达莱积极向上，勇往直前，是建设和保卫阿尔巴尼亚社会主义文学的先锋。那时候，他的作品充满了社会主义、集体主义和爱国主义精神，为读者提供了丰富的精神食粮。作品的艺术水平相当高，是许多青年作者学习写作的范例，也得到国外广大读者和文学界的行家里手的广泛认同。同时，他是阿尔巴尼亚文艺工作者的一面旗帜，为国家和人民赢得了巨大的光荣。而后来，随着国际形势和阿尔巴尼亚国情的骤变，他的世界观、人生观、政治信仰和理想追求，都发生了根本性的大逆转，由一个进取心极强的社会主义、马克思主义的信仰者，蜕变成一个社会主义、马克思主义的反对者、攻击者。这是何等令人痛心！还是在社会主义年代，卡达莱的文名就蜚声阿尔巴尼亚国内外。而侨居法国后，他的知名度似乎比从前又高了许多。不过，从上面列举的一些作品在世界各国出版的情况来审视，各国读者更多的还是喜欢卡达莱在社会主义年代创作的那批精品佳作，而并不是近年来他炮制的一些乌七八糟的大杂烩。这是很值得我们深思的。现在，卡达莱荣获了首届布克国际文学奖，这是一件值得重视的世界文坛要事。不过，我们还想知道，布克国际文学奖评委看重的是卡达莱哪个时期的作品？莫非是他的全部作品？或是某一时期的作品？这倒是一个我们更感兴趣并且要认真研究的问题。

伊斯玛依尔·卡达莱及其部分作品对我国读者来说，并不陌生。1964年，我们的老前辈、著名外国文学翻译家戈宝权主编的阿尔巴尼亚当代诗集《山鹰之歌》中，就选了他的《祖国》《共产主义》两首短诗。1967年秋天，卡达莱随莱索尔·培多率领的阿尔巴尼亚作家代表团访华，写下了对中国人民充满友好情谊的诗篇《天安门之歌》，由笔者译出后发表在10月31日的《人民日报》上。1992年，应作家出版社特别约稿，笔者翻译、出版了卡达莱第一部，也是迄今他最重要最有代表性的长篇小说《亡军的将领》。与此同时，应中央电视台和阿尔巴尼亚驻华大使馆之特邀，笔者还翻译了根据这部小说改编摄制的故事影片《亡军还乡》(上、下集)。影片在央视播出后，社会反响强烈，得到了观众和专家的好评。1994年，由飞白先生主编、花城出版社出版的《世界诗库》中。选取了由笔者翻译的卡达莱的长诗《山鹰在高高飞翔》(节选)。在2005年第6期的大型文学月刊《飞天》上，发表了由笔者翻译的"阿尔巴尼亚当代诗人五大家"一组诗歌。其中选登了卡达莱的《斯坎德培的肖像》《老战士之歌》《母亲》(颂诗) 3首诗。笔者衷心希望有更多的卡达莱的优秀作品在我国翻译、出版。

本文系作者为自己翻译的小说《亡军的将领》写的序
重庆出版社 2008 年版

瑰奇而珍贵的艺术世界

——高莽随笔集《灵魂的归宿》赏析

一

1947年，苏联作家班达连柯根据著名小说《钢铁是怎样炼成的》改编的话剧《保尔·柯察金》，由在哈尔滨中苏友好协会工作的一位年仅21岁的青年翻译译成汉语，并很快由兆磷书店出版。紧接着，这出面貌崭新的宣传革命的世界观、人生观的大戏，便演遍了中华各大城市，教育了我国一代又一代的青年，成为中苏文化交流史上极富声色的一幕。富有传奇、浪漫色彩的是，这位青年译者的妻子，当年也在哈尔滨参加了该剧的演出。1956年，奥斯特洛夫斯基的夫人赖莎应邀来华访问，为我国青年做过多场报告。她全心全意照顾、伺候瘫痪失明的丈夫，帮助丈夫完成伟大事业的奉献精神和高尚品德，感动了无数的刚刚翻了身的中国人。当时，进入而立之年的《保尔·柯察金》的译者，恰好为赖莎担任翻译。不消说，保尔坚强的革命意志和赖莎高尚的人格，自然使这位年轻的译者受到更大的鼓舞和更强烈的感染。那时候，中苏两国人民亲如兄弟。元旦佳节，赖莎与译者，及其漂亮的妻子共度良宵。赖莎拉着他们的手戏谑地说："记住，我是你们的媒人！"那一天，赖莎还送他们一枚照片。照片上她和躺卧在病床上的奥斯特洛夫斯基在幸福地交谈着，脸上露出舒心的微笑。她还在照片的背面写了一句话：祝你们像尼古拉微笑那么幸福。

近半个世纪过去了，中苏两国各经历了一场暴风骤雨，人情、世情都发生了巨变，然而，这位译者如同教徒忠实于上帝或佛祖那样，对圣洁的俄苏文艺和伟大的中苏友谊，始终怀着忠贞不渝的感情，把自己的全部精力、智慧和整颗爱心，都献给了中苏文化交流与合作的神圣事业。他生活得的确像尼古拉微笑那么幸福，家庭生活和和美美，文艺事业也发达兴旺，取得了令世人瞩目的卓越成就，在文学翻译、散文创作以及绘画等诸多领域，均获得高产、稳产、优产的大丰收。让我们翻阅一下他的艺术档案吧！主要译著有：卡达耶夫《团队之子》，葛利古里斯《黏土与瓷器》《冈察尔短篇小说集》，达尼阿尼《星星之火》，契尔柯夫《胜利时》，乌尔贡《太阳出来了》，卡哈尔《丝绣花巾》《弗兰科诗文集》，考涅楚克《翅膀》，马雅可夫斯基《臭虫》《澡堂》，阿菲诺根诺夫《亲骨肉》《唐克诗选》《米耶达诗选》《马蒂诗选》，格列勃涅夫等《卡尔·马克思青年时代》《苏联当代诗选》《阿赫玛托娃诗选》《苏联女诗人抒情诗选》，帕斯捷尔纳克《人与事》等。主要散文、随笔集有《久违了，莫斯科！》《妈妈的手》《画译中的纪念》《域里域外》、《四海觅情》等。传记文学《帕斯捷尔纳克》等。主要美术作品有油画《马克思、恩格斯战斗生活组画》，近百幅中、外著名文艺家的肖像画，被中国、俄罗斯、法国、德国、日本、拉美等国家的作家协会、文学馆、博物馆所收藏。

这位译者以半个多世纪孜孜不倦的劳动和超凡的成就，成为伟大的中苏、中俄友谊的重要代表人物之一和继曹靖华、戈宝权这些译坛泰斗之后，在译、介俄苏文艺方面最热忱并最具影响的名家。青史总能定是非，1997年，俄罗斯总统亲自为他佩上"友谊勋章"，是对他最公正、最恰当的奖赏。可是，正当他策马扬鞭、全力以赴地向中俄文化交流与合作事业的峰巅冲击的时候，与他同甘共苦、相依为命50多年的妻子，突然双目失明了。对这位多情的翻译家、作家和画家来说，这是多么沉重的打击啊！然而，自少年时代就养成了一种坚忍不拔的精神的他，面对厄运毫不气馁，不仅孝顺地伺候、送走了百岁老母亲，并且还诚笃而坚强地挑起了护理妻子的重担。他说："我护理她的时候，常常想到奥斯特洛夫斯基，想到他的夫人赖莎和她赠给我们的照片，还有照片上的那句话—像尼古拉微笑那么幸福……这时候，我身上不由得会涌起一股热爱生活的暖流。"

多么可亲可敬的德艺双馨的翻译家、作家和画家啊！我早就想写几篇文章，把他的文品和人品介绍给广大读者朋友。正当我苦心谋篇布局的时候，我的这位良师益友给我寄来了一部新著《灵魂的归宿》（副题为《俄罗斯墓园文化》）。这是一部瑰奇迷人、罕见珍贵的书，是一面照射作者渊博精深的学识、美丽纯洁的魂灵、奇特丰盈的情思、无可争议的文学天赋的镜子。好极了，让我们的话题就从这部书展开。熟悉外国文学界情况的朋友一定会说，你讲的这位真正的俄国通，几十年来无数次应邀去苏联（今日是俄罗斯）访问的文化使者，就是《世界文学》前任主编、中国译协理事、中国外国文学学会理事、俄罗斯作家协会荣誉会员、中俄友好协会理事高莽先生吧？他的笔名叫乌兰汗，是不是？是的，讲的就是他！

二

我说这部《灵魂的归宿》是一本瑰奇迷人、罕见珍贵的书，首先是因为它破天荒地文图并茂地向我们敞开了俄罗斯死亡艺术的秘密。俄罗斯这个伟大、光荣的民族，如同欧洲许多民族一样，特别尊重人尤其珍惜名人永恒的精神。人辞世以后，有关部门或亲朋好友，根据死者的性格特点、一生的业绩和对人民的贡献，要为其建立一座独具风格的墓碑。许多构造颖异、色彩纷呈的墓碑连成一片，形成一个个生命永存的艺术世界，诚如作者高莽所说："俄罗斯的墓碑，很多是由著名雕刻家和建筑师创作与设计的杰作。俄罗斯人把一些著名的公墓称作'露天雕塑博物馆'是有道理的。"这本《灵魂的归宿》，就是用50位最著名的文学家、艺术家、汉学家以及其他著名人士的多彩多姿的墓碑，为我们建造了一座富丽堂皇、纤巧精致的"露天雕塑博物馆"。让我们随便观瞻几座墓碑：

保尔·柯察金这位真正的革命英雄，对我国广大读者和观众来说，就像董存瑞、黄继光一样的亲切；出于对英雄人物的敬慕，人们对这一光辉形象的塑造者—《钢铁是怎样煤炼成的》作者尼·奥斯特洛夫斯基，更是怀有无比崇敬之情。中国人民是这样，世界上所有渴望自由与解放、追求光明与进步的人民，也是这样。墓碑的作者深刻地理解这一点，因此，对墓碑的设计与构建着实施展出真正艺术家的本领：碑的上方是奥斯特洛夫斯基的半身浮雕像，奥斯特洛夫斯基斜靠着枕头，侧脸望着远方。一只手放在书稿上，另一只手搭在胸前，脸上很自然地露出勇往直前、永不退缩的神情。墓碑的下端雕有军帽和马刀，那是他青少年时代赴汤蹈火、驰骋沙场的光荣历史的见证。这样的一座栩栩如生的墓碑，活灵活现地展现出死者一生不平凡的战斗历程。

法捷耶夫墓碑的设计与构建也是独具匠心：一座灰色的长方体立柱，上端是法捷耶夫的雕像，下端是一组为反抗法西斯德寇入侵，捍卫苏维埃祖国的少男少女的群雕。这些英雄的共青团员，为了祖国和人民英勇悲壮地献出了宝贵的生命。不言而喻，这些勇猛的斗士，是《青年近卫军》中的主要人物。《青年近卫军》是法捷耶夫的代表作，也是苏联整个反法西斯文学中的经典性作品之一。将这样一部名著的英雄群像突出而鲜明地雕刻在作者的墓碑上，不仅突现了作者的文学成就，而且也为骁勇顽强的苏联人民献上了一曲壮丽、雄浑的赞歌。

苏联社会主义劳动英雄，桥梁建筑大师，列宁奖及其他很多奖的获得者，我国武汉长江大桥建设的参加者康·西林的墓碑，更是苏联大地上绝无仅有的富有浪漫主义色彩的艺术杰作：黑色的花岗石，正面是一位安详微笑的老人的肖像，背面是巍峨壮观的武汉长江大桥全景图。据笔者了解，世界上大概还没有第二个人把中国的建筑物刻在自己的墓碑上作为永恒的纪念的。真正的艺术品都是标新立异的。西林的墓碑展现了俄罗斯人勇于创新的天性和我行我素的品格。

先人云："借一斑略知全豹，以一目尽传精神。"不必更多地举例，仅凭上述三座墓碑的风采，就足可以领略《灵魂的归宿》对俄罗斯墓园文化展示的广度和深度。这种文化具有感人肺腑的震撼力，给人以耳目一新的精神愉悦。读者会想：俄罗斯人对死亡都有如此强烈的审美追求，那么对生活，对人世呢？不是要赋予它们更美的色彩和韵致吗？于是，俄罗斯民族是一个文化素质甚高的民族的结论，便在人们心里油然而生。

三

高莽在书中说，《灵魂的归宿》这本书"不是关于俄罗斯墓园文化的科学考察报告，而是寄托情感的文字"。是的，作者的这句话一语破的。他虽然认真而准确地描述了每位亡灵的墓碑，但那种描述只是表现俄罗斯作家、艺术家、汉学家以及其他人士丰盈而美好的感情的媒介。首先，作者用他多年积累的独家新闻，让我们感悟到俄罗斯知识分子刚正不阿、宁折不弯的气节和人格，请看以下的事实：

勃列日涅夫当政时，有关领导下达官方的指示，要求肖洛霍夫根据当局的旨意修改他的长篇小说。肖氏对此毫不理睬，把一些手稿烧毁了。

大无畏的汉学家维·彼得罗夫，很久很久以前就深深地爱上了我国大诗人艾青的作品。20世纪50年代中期大学毕业时，他作的学位论文是《论艾青》，对艾青的生平事业和诗歌创作进行了全面而深入的研究。可是，就在他准备论文答辩时，学校领导要他改换论文题目，原因是艾青在中国被宣布为一个"反党小集团"的成员。彼得罗夫经过一番认真的思考，决意不改。他认为根据自己的研究，证明艾青不可能是反党分子。学校领导再次通知他，如果不改换论文题目，原来的论文肯定通不过。彼得罗夫明确答复校领导：我可以不要学位，但我不能背叛学术良心！就这样，这位可敬的彼得罗夫，一直是一个无任何头衔的教师。不过，他的学术著作等身，研究鲁迅、瞿秋白、巴金等中国著名作家的成果得到权威人士很高的评价。非但如此，他还把自己搜集的珍贵的学术资料供同行使用，深受同行及友人敬佩。

著名雕塑家恩·涅伊兹韦斯内敢于顶撞粗野蛮横的国家一号人物赫鲁晓

夫并与其对抗的果敢行动，更是令人肃然起敬。1962年，赫鲁晓夫在莫斯科的一次美展会上，破口大骂一些非现实主义作品，极其粗暴地说："驴尾巴甩的玩意儿也比这些东西强！"并用下流的语言咒骂筹办美展的主要人物恩·涅伊兹韦斯内，说他是"同性恋者"。32岁的涅伊兹韦斯内，岂能忍受这种不实指责！面对庞然大物，他没有诺诺称是，而是用强硬的措辞回答道："尼基塔·谢尔盖耶维奇，请您现在给我找一个大姑娘来，我当场向您证实我是怎样一个同性恋者！"赫鲁晓夫当场没有发火，克格勃头子却恐吓涅伊兹韦斯内，扬言要送他到矿下当工人。赫鲁晓夫的助手要雕塑家写一篇检讨，承认错误。涅伊兹韦斯内按自己的想法写了，但上级认为那不是检讨，不能发表。两年以后，赫鲁晓夫下台了，他要缓和与文艺界的关系，主动邀请一些文艺界挨过他批评的人到他家里做客。三次邀请涅伊兹韦斯内，但是，这位铁骨铮铮的艺术家，硬是一次也没去。赫鲁晓夫死后，根据其遗愿，他儿子请涅伊兹韦斯内为父亲设计制作墓碑。对此涅伊兹韦斯内表示同意，但提出条件：按他自己的想法做，他人不得干涉。这样，这位无畏无惧的雕塑家，便给曾经不可一世的国家首脑设计制作了含义深邃、令世人永远思考的由黑白两部分石头组成的墓碑……

过去我们常说，热情豪爽、深沉大度是俄罗斯人的性格。这种评价一般说来是中肯的。然而，对于文化素养高，辨别是非能力甚强的知识分子来说，这种评价就远远不够了。读了《灵魂的归宿》所讲述的类似上面列举的一些娓娓动听的故事，我想，对俄罗斯人的性格还应该补充这样16个字：藐视邪恶，追求真理，信仰坚定，无所畏惧。感谢高莽同志，是他的《灵魂的归宿》中一系列短小精悍的感人故事，使我们更加深刻、全面、彻底地懂得了"俄罗斯性格"的含义。

四

我说《灵魂的归宿》瑰奇迷人、罕见珍贵，还因为作者在这本书里，以地质勘测队员那样一种一丝不苟、严肃认真的求实精神，寻找到建立俄中文化之交的先辈们的辛苦足迹；以诗人般炽烈的激情和许多鲜为人知的生动事实，讴歌了中俄、中苏人民之间的伟大友谊……

不消说，著名汉学家雅·比丘林远在19世纪初用俄语撰写了汉语语法，写成《北京志》《蒙古志》《西藏志》，翻译了《三字经》和《四书》，被郭沫若称赞为"俄国首屈一指的汉学家"；瓦·阿列克谢耶夫最早把司空图的《诗品》、王勃的《滕王阁序》、文天祥的《正气歌》、岳飞的《满江红》译成俄文；著名的汉学家阿·罗加乔夫翻译了孙中山先生的《三民主义》、鲁迅的《祝福》、马烽和西戎的《吕梁英雄传》、老舍的《无名高地有了名》、草明的《原动力》，以及《水浒传》《西游记》……这些中苏、中俄文化交流史上等盛事，高莽自然要用专门的篇章加以描述。不过，笔者更感兴趣的，是一些著名作家在译、介中国文艺作品方面建树的不朽业绩。

托尔斯泰这位世界闻名的大文豪，在中国知识分子中间，是人人皆知的。可很少有人晓得他还是一个中国文化迷，是向俄罗斯人民传播中国古代文化的先驱者之一。高莽欣喜地如数家珍似的告诉我们：1884年春天，托翁在日记里记述自己如何根据德文、英文和法文孜孜不倦地研究孔子、孟子和老子，并亲自把他们的著作译成俄文。"读孔子，越读越感到深奥与美妙。福音书没有他和老子，就不完整。"(1884年3月29日) "我在研究孔子，我觉得其他学说都无聊。这个学说严肃律己，当我独慎其身时，它能对我起良好作用。但愿永远都有这种新鲜感觉。"(1890年11月14日) 高莽在《土坟》一文中介绍说：托尔斯泰在50～63岁时，"孔子和孟子"对他的影响"很大"，而法国学者译的《老子》，则对他影响巨大。作者还告诉我们，托尔斯泰逝世前一年谈到世界上最伟大的思想家时，还提到了老子、孔子、孟子。晚年他还从别国文字将《道德经》译成了俄文。朴实的作者对托翁这些往事的叙述很平实，然而，正是这种平实无华的叙述，让我们看到了托尔斯泰这位举世闻名的大作家身上，还有汉学家的风采。这是以往很多国人所没有注意的，因此，它就显得格外珍贵。

伟大的俄罗斯文学之父普希金，在中国是一位家喻户晓的人物，广大诗歌爱好者和诗人，都像热爱李白、杜甫那样热爱他、崇敬他。感谢高莽，在《俄罗斯文学的麦加》一文中，又把他几次想访问中国但却被沙皇政府所拒绝的遭际，原原本本地告诉了我们。

同样，高莽还怀着满腔的热情和深深的敬意，向我们披露了如下的史料：

伟大的现实主义作家、短篇小说艺术大师契诃夫曾计划自己一人，也曾想和高尔基一起，访问中国，可惜理想未能实现。不过，他给我们留下了一些怀有深情的记述。在一封致友人的信中，他称中国人是"最善良的人"、"非常讲究礼节"。

在我国，凡读过《青年近卫军》和《毁灭》这两部小说的人，都晓得苏联的著名作家法捷耶夫。但是，广大青少年对这位作家就不甚了解。高莽在《是懦弱还是无畏》一文中提醒人们："中华人民共和国成立那一天，法捷耶夫率领苏联文学艺术科学代表团，专程来到北京出席在天安门广场上举行的隆重的开国大典。"

鲍·依列沃依，对我国读者特别是新闻工作者和从事报告文学创作的作家来说，是一个非常熟悉、亲切的名字，因为他的纪实小说《真正的人》和特写集《斯大林时代的人》《我们是苏维埃人》，曾经是我们学习写作的范本。我们也知道，1956年，他曾率领苏联作家代表团来华参加纪念鲁迅先生逝世20周年大会，回国后出版了对我国人民充满深情厚谊的日记体随笔集《中国行程三千里》。然而，波列沃依曾为中苏文化交流做过一件很不寻常的事，却是大多数中国文艺工作者不知道的。在《"老波"夫妇》那篇美文中，高莽怀着纯洁无私的感情，把波列沃依只对他讲过的那件事作了如实的披露：原来远在20世纪30年代，"老波"就把鲁迅的名著《阿Q正传》改编成话剧，并且搬上了舞台。

米·肖洛霍夫是20世纪苏联乃至世界文坛上的巨人，是许多中国作家学习的楷模（如周立波和刘绍棠就深受肖氏作品的影响）。但是，他对中国作家和中国人民特深的理解和格外的情谊，却不为绝大多数国人所了解，这不能不说是一个遗憾。又是高莽通过《顿河边上的巨石》一文，让我们看到了肖洛霍夫的博大胸襟和深情："文革"期间，林、江反革命集团推行极"左"的反动路线，我国报刊上曾咒骂"肖洛霍夫是修正主义文学的鼻祖"。有些存心不良的外国记者和媒体利用这件事挑拨肖洛霍夫与中国人民之间的关系。肖洛霍夫是如何对待这件事的呢？高莽在本文中告诉我们："肖洛霍夫出人意料含义深远地回答说：'中国人民将来会做出自己的结论。'肖洛霍夫在自己的作品中描写过中国战士。他还表示想访问中国，但未能变成事实。"

《灵魂的归宿》中讲到的中俄、中苏文化交流史上的佳话，还有很多。限篇幅，这里只能列举其中的几例。但仅从这几例中也足可以领略，在源远流长的中俄、中苏文化交流史上，先辈们流下了多少值得永世纪念的汗水。不过，还应该看到，这本《灵魂的归宿》，如果只局限于描述文化交流史上某些名人的奇闻，而对两国普通的人民群众之间的深厚友情不给予应有的重视和反映，那么，此书也不会像现在这样成为一曲盛赞伟大的中苏、中俄人民友谊的颂歌。仔细品味书中的每篇美文，你会强烈地感觉到，作者对中苏、中俄人民友谊珍惜、热爱、尽忠的圣洁之情，渗透在篇篇的字里行间，不时地拨动起你感情的琴弦。且不说《母亲的爱》中，作者为我们描述的当年苏联英雄卓娅和舒拉的母亲科斯莫杰米扬斯卡娅来我国访问受到青少年如海啸般奔腾、似火山爆发一样的热烈欢迎；也不提她在北京中山公园做报告时，第一句话"我亲爱的……黑头发……黑眉毛……黑眼睛的女儿们和儿子们"刚说完，无数听众就泣不成声的动人场景；更不提我们新中国成立初期，担任过政务院经济顾问和苏联来华专家组的总负责人伊·阿尔希波夫在大连栽下的一株象征伟大的中俄友谊的小松树，和他对大连人留下的肺腑之言："我的根扎在这片土地里了，我的心一半留在中国了……"只提一下伊·斯特拉热娃的非凡经历和感人之死，就可以让你感受到，苏维埃政权下的俄罗斯人民对中国和中国人民怀有多么深挚、赤诚的情谊！

伊·斯特拉热娃是苏联颇有名气的空气动力学专家，曾为培养中国留学生付出过艰辛的劳动。20世纪50年代中期，还在我国北京航空学院执教两年。凭她卓有成效的业绩，我国政府曾授予她中苏友谊章。这位杰出的女科学家，本来可以生活得很幸福，但却屡遭不幸。丈夫60岁便离开了人间，儿子是新闻记者，47岁就不幸死于心脏病。年迈的孤苦伶仃的斯特拉热娃，在如此沉重的打击面前，对生活并没有丧失信心，她把全部精力都投入到中苏友好的事业中。继1983年访华之后，又两次访问中国，并著有《长江水悠悠》一书，真实而热烈地宣传我国改革开放以来的伟大成就。老人经常把中苏友谊章戴在胸前，自豪地对人们说："这是中国政府、中国人民奖给我的！"每次中国国庆节，她都要到我国驻莫斯科大使馆，与中国朋友一起高高兴兴地开怀畅饮、共叙友情。1995年国庆节，我驻俄大使馆又热情地邀请她出席我国庆招待会，她愉快地接受了邀请。可是，招待会开始后，老人却反常地始终没有到会。过了两天，她的亲属推开她的家门，发现老人躺在门口，早已停止呼吸。衣服穿得很整齐，很讲究，胸前戴着中苏友谊章……多么可亲可敬的老妈妈啊！高莽依然没用任何夸张的形容词，用的都是最普通、最朴素的词汇，然而，却让一位生为中苏友谊生、死为中苏友谊死，既平凡又伟大的俄罗斯女性，光彩照人地屹立在我们面前。

原苏联各族的人民，俄罗斯人民和中国人民，都是世界上最愿意同其他国家的人民友好相处、互敬互助的人民。20世纪中叶，中苏两国人民曾建立了令世人敬羡的兄弟般的友谊，这一友谊曾对稳定世界局势，保卫世界和平，发展和壮大他们各自的国家，决定人类的命运，起到了非常重大的作用。今日世界形势的格局，进一步证明了这一友谊的重要和可贵，呼唤这一友谊能够得到迅速的复兴和更大的发展。高莽同志的这部处处喷放着友谊芳香的新著，适应了时代发展的迫切要求，满足了人民群众的强烈愿望。人民将永远铭记中俄文化交流与合作事业的伟大桥梁的桥墩高莽所作出的新的历史性贡献。

五

我说《灵魂的归宿》是一部瑰奇迷人、罕见珍贵的书，还因为它图文并茂，高雅大气，面貌华美，雅俗共赏。人人皆知，高莽在事业上起步甚早，是一位集翻译家、作家、画家于一身的艺术大家，中俄艺坛上赫赫有名的人物。在绘画特别是人物肖像画方面，也取得了令世人叹服的杰出成就，被许多国家的艺术界敬为上宾。在这部《灵魂的归宿》中，他充分地施展其擅长画人物肖像画的艺才，共选用了他为奥斯特洛夫斯基、法捷耶夫、肖洛霍夫、爱伦堡、阿尔马托娃等34位著名作家、艺术家画的线条明朗细腻、神情丝丝入扣的肖像。其中一些作家、艺术家，是高莽几十年的好朋友，他们的肖像是在很久以前他们还在世的时候，高莽当着他们的面速写而成的，因此这些肖像便显得更加富有神采，呼之欲出。一位画家的才华，在这34幅作品中，得到了很充分的活泼的展示。这34幅肖像画，都很准确地配合了行文，可以说，在这一批文章中，文与图得到了完美的结合。另外，书中还有高莽精心绘制的《莱蒙托夫故居的工作室》、《托尔斯泰的书房》、《马雅可夫斯基的工作室》、《叶赛宁的旧墓》4幅优美恬静的速写画。这部分作品虽然并不多，但却恰到好处地渲染了生活的真实味道，让读者有一种亲历目睹之感。

<h1 style="text-align:center">六</h1>

从散文、随笔创作的视角来赏读，我觉得这是一本有内容、有真情、朴素无华、含蓄隽永的高雅之作；从学术研究的角度来审视，我觉得它是一部学术气氛浓郁的随笔集，甚至可以说它是一部散文化的学术专著。

散文是最能表达作者感情的文体，也是最难的文体，诚如晚清民初的大文学批评家王国维所说："散文易学而难工。"（《人间词语删稿》）然而，当今的中国，自称为或被捧之为散文家的人数量之多，创中华历史之最。有相当数量的"散文作品"内容空洞，毫无真情实感。胡编乱造，无激情却假装激动的矫揉造作，在报刊上屡见不鲜。散文创作中的伪劣假冒产品之多，也创中华历史之最。且莫少见多怪，这类"作品"即使质量再低下，但只要作者囊中有钱，照样可以出集子，出文选，拿大奖，成为散文名家。这不是散文创作的繁荣，而是一种堕落，一种对文学的玷污。

正是在大量伪、劣、假、冒"散文作品"泛滥成灾的气候下面，我读到了高莽大兄的这部内容丰富、感情真诚、朴素优美、含蓄委婉的随笔集《灵魂的归宿》，这使我不能不感到格外的欣慰和振奋。

我们说这部作品内容丰富，感情真诚，那是因为：作为我国屈指可数的真正的俄苏文艺专家，高莽对书中描述的40多位俄苏文化精英的生平业绩、趣闻轶事，都是烂熟于心的。有些史实，他远在青少年时代就有一定的了解，因此，本书的写作对他来说，委实是成竹在胸、厚积薄发，事事都有根有据，绝不像有些"散文家"那样东拉西扯，让人觉得云遮雾罩，头昏脑涨。特别不同的是，许多事都是他亲身经历的，因此挥起笔来格外有神，很自然地融进了自我，喜怒哀乐顺畅自如地注入笔端。如《松林问孤魂》中作者对左琴科欠情的内疚表白，《母亲的爱》中作者站在科斯莫杰米扬斯卡娅老妈妈墓前意识的流动，感情火花的迸发，都是与自己的亲身经历、自己与死者的关系紧密联系在一起的。所以，读起来十分真实可信，毫无生吞活剥之感。

著名美学家朱光潜先生在《诗与散文》一文中曾作过这样一段精辟的论述："散文的风格要直截了当，明白晓畅，有些人在散文里堆砌华丽的辞藻，假扮兴奋或感伤的声调，以为散文愈像诗，它的风格就愈提高。其实这是穷人摆富贵架子，作散文应该像说话，要有几分家常便饭的味道。"高莽同志的这部随笔集，确有几分家常便饭的味道。他不自作高深，不摆作家架子，而是平等地与你聊天或像导游小姐似的领你观光赏景，让你在享受愉悦的同时，得到启迪，受到教育。高莽从不用那种油珠似的华而不实的形容词，更不像有的"名家"那样拿读者当试验品，搞些技巧翻新的新潮花样，而是朴朴实实、明明白白地与读者对话。一个一辈子从事外国文学翻译与研究的"洋"专家，能始终保持这样一种淳朴的文风，实属难能可贵。

14年前，我在评论高莽的第一本散文、随笔集《久违了，莫斯科！》的一篇短文中，曾提出过"散文体的学术文章应该理所当然地享有生存的权利"的论点。赏读这部《灵魂的归宿》，我对这一论点更加坚信不疑。何谓学术？学术乃是有系统的专门的学问。一个人如果对俄苏文艺和风土人情没有深刻的了解和广博的学识，对每一位文学家、艺术家没有总体的把握，对他们每人的一生做不出最能说明其本质和特点的评价，敢写、能写出这部《灵魂的归宿》吗？再如，像鲁迅、郭沫若、茅盾等一流作家对一些俄苏作家的精辟评价，不是文学方面的行家里手，博采名家高见数十年，拿得出来吗？因此，我说这部书极具学术价值，是一部散文化的学术专著。而且，还应该特别指出，笔者据有限的知识知晓，迄今为止，大概还没有第二个人，能把俄苏文学艺术最有代表性的人物和主要业绩和特征，像高莽这样运用一种轻松活泼、充满感情的散文形式，举重若轻、潇洒从容地表现出来。这是一种创造，具有开拓和示范意义；是值得文艺界至少外国文学界击节庆贺的喜事。鉴于此，笔者才置许多重要工作于不顾，冒着首都几十年来罕见的酷暑高温，挥汗如雨，日夜兼程，大动感情地写下了这篇为你增加艺术情趣的赏析文章。

2000 年 7 月中旬至 8 月上旬于京华酷暑中

（原载《俄罗斯文艺》2002 年第 4 期）

眼神·心魂·友情

——我看高莽人文肖像画和散文

　　常言说：画龙画虎难画骨，知人知面不知心。这就是说，你的虎画得再怎么生动逼真，惟妙惟肖，也画不出虎的骨头有多么暴烈、凶猛；你对一个人尽管有长时间全面而深刻的了解，但你也不一定能摸透这个人喜怒哀乐的真性情。凡是经历过十年浩劫的人都有这样切身的体会：一个人，你认识他并与之交往数十年，自认为他是一个老诚厚道的朋友，可是，到了关键时刻，他却摇身一变，露出真相，原来他是一个灵魂龌龊的卑鄙小人。于是，你便摇头感叹道：了解一个人，看清一个人的灵魂，实在是太难了！

　　然而，近日中国现代文学馆举办的"高莽人文肖像画展"和高莽在此之前出版的《文人剪影》《我画俄罗斯》等随笔集，却让我改变了这一旧有的观念。上百幅精美的中外人文肖像画展，幅幅都把人物的性格、心理、灵魂展示得淋漓尽致，活灵活现，我们仿佛真的又与这些中、外出类拔萃的作家、诗人重逢欢聚在一起，聆听他们亲切、动听的教诲，感悟他们纯洁高尚的心灵。

一

　　您看！傲然地伫立在奇花盛开的原野里的曹靖华老人的双眼，是多么炯炯有神！那温慈、厚诚的目光，分明是在说话，诉说他一生的艰难苦恨和对邪恶势力的怒不可遏。曹老是鲁迅先生的战友，是我国外国文学特别是俄苏文学翻译界的泰斗，是风格拙朴、雄浑的散文大家。熟悉曹老的朋友都知道，曹老性格耿直、憨厚，从不会花言巧语说话，无论是对上级，还是对平民百姓，他都是平等、坦诚相待，高莽的妙笔紧紧抓住曹老的性格、心理、品质特征，着力地描画出这位"给奴隶偷运军火"者的高尚人格和美丽的灵魂，是高莽的细腻传神之笔，让曹老的音容笑貌真真切切地展现在我们面前。你瞧，曹老的浓眉大目中充盈着怎样一种正直、温和、聪慧的光，面对这双沁人心田的眼睛，他那些如何搞好文学翻译的经验之谈和立身为人的谆谆教导，又洪钟般地在我们的耳畔回响。

笔者一生从事外国文学译、研工作，从这一专业来讲，与高莽先生是同行。我曾有机会见过他为俄罗斯作家口译的情景。在此之前，我也有机会见过一些别的俄文译者口译的景况。从用词的准确精当，句式的丰富多彩，口齿的流利晓畅，情感的自然表达几个方面来审视，我敢说没有谁能比高莽先生水平更高，更令人爱听。多年的专业熏陶使高莽全身心地热爱苏联、俄罗斯的一山一水、一草一木，酷爱苏联、俄罗斯的文学、艺术、文化以及众多的作家、艺术家乃至平民百姓。有了发自内心的真爱，笔下才有动人心魄的真情，写文章著书是这样，画人物肖像画更是这样。他创作的苏联、俄罗斯作家、艺术家肖像画有数百幅。这次展出的只是他已经出版的《我画俄罗斯》《高莽的画》(《高莽的画》准备出多卷，最后出版的只有《—俄罗斯—》一卷)等画集中很少的一部分，但每幅都画得隽妙无比，丝丝入扣，深深地镌刻在我的脑海中。让我们随便拿出一幅予以细致的赏评。

先来赏析一下著名女诗人阿赫玛托娃的水墨肖像画。你瞧，这位气质高雅的女士的目光是何等的沉滞、凝重，心事重重。尽管她仪态万方，雍容华贵，但那哀愁、凝滞、郁郁寡欢的目光，让人一眼就看得清楚：这肯定是一个心灵受到过严重创伤，生活中有过极大不幸的人。不过，再大的不幸也阻碍不了她对美、自由和正义的渴望与追求，美始终在她心灵的深处燃烧着璀璨的火焰，就像她那端庄、秀丽的仪表一样。为自由和正义而抗争的诗人，是永远不会变老的。瞧瞧，她虽然已是70高龄的老者，可毫无衰老的迹象，尽管是满头白发，但依然是不减中年时的风韵，甚至可以说她照样还是一位魅力犹存、贤淑温馨的丽人。高莽先生把俄罗斯女人具有的一切美好的素质全给了她，使读者、观众对她产生了怜悯、钦敬的情愫。作者对这位女诗人心灵的描画达到了传神入化的程度。我赏画的眼光如何？看得对吗？猛然间看到画面下方高莽对她的悲惨遭遇三言两语的介绍，我心里立刻茅塞顿开，噢，原来她确实是被苦水和眼泪泡出来的苦命人：第一个丈夫无辜被枪毙，独生子三次冤枉入狱。她曾在监狱门前排队17个月，等待探望被囚禁的儿子。她本人也无缘无故地受到当局的批判，心灵受到何种严重的打击与伤害，是可想而知的。高莽先生着实有一支传神的妙笔，女诗人几十年遭受的苦难和几乎被击碎的心灵，在她的深沉而复杂的眼神里得到了完美的展示。

如果篇幅允许，我们完全可以对茅盾、巴金、丁玲、冯至、叶甫图申科、瓦西里耶夫、肖洛霍夫等大文豪的肖像画，同样也予以多趣而有益的赏鉴。

二

人们常说，文如其人，赏鉴高莽先生上百幅中、外作家与艺术家的肖像画之后，现在我要补充说，画如其人。高莽先生笔下的人物，无论是老人，还是孩童、青年人，都是美好的人，善良的人，诚朴的人，即使能逗你一笑的漫画中的人物，唤起你的同样也是诚挚、友善、亲切的感情。这是因为高莽先生有一颗十分难得、最为珍贵的善良之心。这位黑土地上成长起来的关东大汉，看来身材高大、膀宽腰圆，讲起话来，高声朗朗，声如洪钟，但感情却非常细腻温厚，毫不夸大地讲，他有一颗温柔的鸽子心。让我随便来讲几件小事：

在他家凉台的一角，不时地传来叽叽喳喳的麻雀声，这事引起了他的好奇和兴趣。他走过去，把一个小筐挪开一看，呵，想不到麻雀在那个小天地里絮了个窝。于是，从那天起，伺候好这窝小生灵，便成了他和夫人孙杰大姐不可少的生活内容，又是往凉台上按时地洒小米、玉米渣，又是往一个特别的小碗里倒水，让麻雀一家老小有吃有喝，日子过得相当滋润。后来，不知什么原因，这家麻雀竟然迁徙到别处去了，落得高莽和老伴儿很是失落，经常谈起它们，而且还专门写了一篇短文，以表怀念。显然，在高莽夫妇的心里，人与鸟是合一的。

高莽的老母亲是个老寿星，活了102岁才离开人世。高莽是个大孝子，母亲在世时，对老人家照顾得无微不至。为了让母亲高兴，这位粗手大脚的汉子居然倍儿灵巧地使起针线，给老人家缝制了一件称心如意的衣服。老母亲乐得合不拢嘴，家里来了客人，总是津津乐道地跟人家说个没完没了，脸上的皱纹也少了许多。老母亲永远活在孝子高莽的心里，老人家走后，他专门写了一篇感人肺腑的散文《妈妈的手》，赏读这篇散文，我自然想起了苏联著名作家法捷耶夫在其经典小说《青年近卫军》中对母亲的手的描写……中苏革命作家对母亲的爱达到了极致。

送走了百岁老母，老伴儿孙杰大姐的双眼不幸地先后失明了。这一不幸给高莽先生和夫人造成了极大的痛苦和沉重的负担。于是，已经年过七旬的著名画家、作家、翻译家高莽，又责无旁贷地挑起照顾好盲妻的重担，迄今已是17年了。不是一二年，而是17年哪！对残疾人来说，没有哪种疾症能比失明让患者感到更痛苦了。看不到与自己朝夕相处一辈子的丈夫的模样，看不到长大成人的儿孙的容颜，看不到日新月异的大千世界，为文艺事业也苦苦拼搏了大半辈子，感情丰富细腻的孙杰大姐，能不感到寂寞与无聊吗？高莽深深地理解老伴儿的痛苦与愿望，每天向她讲解新闻联播的内容，详叙一部部感人的电视剧的精彩故事，描述外部世界发生的天翻地覆的巨变，让她依然生活在蒸蒸日上、五彩缤纷的世界里。高莽能做到这一切，需要有怎样的耐心、毅力和挚爱啊！这委实是品质的考验，道德的洗礼。人们从高莽对老伴儿实心实意、百般周到的伺候呵护中，看到了一个真正的艺术家的人性的光辉。

高莽先生天性善良，在长达半个世纪的交往中，我发现，他对人确实有一种菩萨心肠，尤其是对弱者和长者。比如，在几乎所有的当权派、名人都被打倒靠边站的十年浩劫中，许多人迫于形势，彼此不敢来往，然而，无私无畏的高莽却敢于冒着风险去拜访那些没人敢理睬的"反动学术权威"。同样，人家也愿意与他往来。他在1974年5月9日、10日的日记中记下了这样一件事，读后非常令人深思：5月9日晚上，年近80的曹靖华老人从他家居住的东华门到和平里高莽家里做客，他一只手握着手杖，另一只手拿着手电，此事让比他年轻近30岁的高莽非常感动。临走时曹老坚持不让高莽送他，甚至说："你若送，我就不走了……"可是漆黑的夜晚，高莽绝对不能让一个眼看就80岁的老人独自一人乘公交车回家，他实在是太不放心了（那时候尚没有打出租车一说）。高莽硬是跟着曹老挤上了公交车。一路上，老人家又晃晃悠悠地抢着给高莽买票，每到一站他就逼着高莽下车。车上的售票员见老人如此坚决，便劝高莽："您下去吧！我们来照顾他，您尽管放心。到了东华门，我会请司机师傅把车停稳，我搀扶老人下车。"高莽听了售票员这番话才下了车，可他一夜也没睡好，总是惦念着曹老下汽车后会怎么样。第二天早晨，老早他就给曹老家里打电话，可曹老不在。家人告诉高莽曹老外出了……这样，他心上一块石头才总算落了地。

类似这样的事情，高莽还做过很多、很多。

这就是高莽的一颗善良的心，一颗伟大的艺术家才能具有的心！

三

善良的人都重友情，这是普遍规律。心地善良的高莽，视友谊为生命，他曾这样感慨地说："友情是人间最可贵的感情。追求友情的过程是人生搏斗的一种难言的至高乐趣。"①他还对我深情地说："我著文和绘画，一不是为了

---

① 高莽：《文人剪影》，武汉出版社2001年版，第267页。

赚钱发财，二不是为了捞取虚名，而是为了表达对老朋友、老同事、老领导感恩图报的情意。"他在《文人剪影》这本令人着迷的书的"前言"中进一步说："一生中我受益于周围的人太多太多了。答谢恩师与友人的愿望一直涌动在心头，希望有朝一日能把感念之情化成文字与绘画，表达出来。""我时时刻刻想念着他们。只要一息尚在，我会一篇一篇地把他写出来，偿还无形和无价的情债。"这是一种多么纯洁、虔诚、宝贵的感情！原来，高莽先生把自己的每幅人文肖像画、每篇文章，都视为向老朋友、老同事、老领导表达友情的媒介。这一表达得到了每位被画、被写的作家、艺术家的首肯和赞赏，丁玲、茅盾、冯至、季羡林、萧乾等人在画面上签名、写诗就是极好的说明。因此，我们要说，高莽先生的这些画和文，便是一曲曲悠扬悦耳、清扬动听的友谊之歌。而围绕着这些令人神往的歌儿所发生的一个个撼人心弦的故事，将作为文坛、艺苑的佳话，流传给我们的子孙后代。这是我们最宝贵的精神财富。现在，让我们以著名漫画家华君武、著名女作家丁玲与高莽先生的友谊故事为例，稍作详细描述，以滋润我们渴望真正的友谊的心田。

1946年至1947年，刚刚20岁，痴心酷爱绘画的热血青年高莽，在故乡雪城哈尔滨结识了从革命圣地延安来到这里的著名漫画家华君武。在这位资深的老画家（在高莽看来，之所以称华君武是老画家，不仅仅是因为他年纪大，比自己大11岁，更重要的是他资格老，是来自延安红色革命根据地的老革命）的指导和影响下，高莽逐步克服了小资产阶级思想残余。经华老推荐，高莽的画作得以在《东北日报》上发表，让年轻的高莽得到巨大的鼓舞。华老也分外高兴，亲自到高莽居住的马家沟的平房里看过他的画。高莽的积极性大增，在反浪费的运动中，在报上发了4幅漫画。可是，哪想到，这4幅漫画竟给高莽惹了大祸，在报上受到严厉的批评。后来形势的发展很不妙，华君武和蔡若虹还代表一些人执笔写文章批判过他，影响波及全国。不过华、蔡二位权威人士并不是要把他一棍子打死，而提醒他以后要努力学习政治，坚持真理，不要怕犯错误而搁笔。后来，因工作需要，华君武调到了沈阳，不久又调到北京任《人民日报》文艺部主任。事情也巧得很，高莽也随即调到了这两个地方。华老对高莽的批评虽然调子过高，有些左，但高莽对老师并未耿耿于怀，记恨在心。相反，还多次陪同华老赴苏访问。"文革"期间和以后，高莽与华老的交往日渐频繁起来，多次登门探望老师，向他求教、求画。华老对高莽更是经常惦记在心，有一次到哈尔滨出差，还抽时间专门去当年高莽和母亲居住的马家沟看了看。过后高莽了解了此事，感动得热泪盈眶。华老对高莽老母亲的健康状况关怀备至，朋友送给他的精装人参老酒，他自己不喝，送给了高莽的老母亲，祝愿她老人家长命百岁。河南乡亲送给华老一些特产小红枣，他和夫人宋琦专留一包送给高莽和孙杰夫妇。1998年是虎年，是高莽和孙杰的本命年。为了表达对这对恩爱夫妻的关爱之情，华老还特别画了一幅逗人开心、耐人寻味的"双虎图"(图上母虎在前，正擦着眼睛；公虎在后，专心地给母虎递眼药水。华老幽默地在画上写道：不是害羞，是点眼药的恩爱)。作者对高、孙夫妇兄弟般的情意的表达，到了如此细腻的程度，真是精妙到家了。这幅隽妙无比的"双虎图"一直挂在高家的客厅里，来客总是连连叫绝，咂嘴称道。

高莽对老师、老友华君武的敬羡之情，更是难以言表，为他画了许多幅肖像画和速写像，仅《文人剪影》一书中就有4幅。华老有一副令人称赞的外貌，有的苏联画家非常欣赏华老英俊的外表，为他画了一幅粉笔头像。华老在克里姆林宫大礼堂讲台上潇洒的风度使苏联美协主席别拉绍娃为之倾倒，大发感慨要为华老雕座胸像。高莽的4幅画像有的生动地展示了华老壮年时期面目清秀、举止儒雅的风采；有的展示出华老和蔼可亲、平等待人，随和但不迎和、不迁就、不让步的老革命艺术家的本色……这几幅作品都得到了华老的肯定，称高莽画他的像"神态甚是"。高、华二位画家互画、互赠的杰作，是两位大艺术家半个多世纪情同手足的友谊的真实写照。

高莽与著名女作家丁玲老大姐的交往、互赠画作，具有相当浓厚的浪漫色彩和传奇味道。远在1954年冬天，高莽陪同中国作家代表团出席苏联第二届作家代表大会时，就与待人十分热情、喜欢拉家常的丁玲相处得很融洽。丁玲不仅是一位大名鼎鼎的作家，还是一位造诣颇深的画家，对高莽随身带的大小相当于一本32开的书，厚度约有10厘米的小油画箱很感兴趣，很直爽地向高莽表达了自己也想有这么一个小油画箱的愿望。这种小油画箱不是随便在什么地方可以买到的，那是苏联美协对自己的会员特供商品。当初，高莽是在苏联画家库克里扬诺维奇（他是著名画家集体库克雷尼克斯中的一员）特别帮助下买到的。高莽知道此事不太好办，但为了满足喜欢绘画的丁大姐的愿望，他还是想方设法买到了。丁玲大姐甚为欣慰，牢牢地记住了高莽这位小兄弟的深情。

20世纪五六十年代，中国文坛、艺苑经常遭到风雨雷电的袭击，想不到没过几年，丁玲竟然背着"右派分子"的沉重包袱，被发配到冰天雪地的北大荒改造。丁玲去北大荒时没带更多东西，但高莽给她买的这个苏式小油画箱，却时时带在身边，而且还画了不少北国风景画。新时期平反冤假错案时，已经过了古稀之年的丁玲回到了北京，当时她连个住所都没有，高莽得知她的临时住处的地址后，立即给她寄了一封信，还寄去了一本人民美术出版社为他刚刚出版的《马克思与恩格斯》画册。丁玲收到信和画册后，立刻给高莽回了一封热情洋溢的信。信中表达的感情的炽烈，对幼弟高莽关心的真诚，委实令人热血沸腾。请听下面这些只有血气方刚的青年才写得出的话语："……看见了你的画册，真使我的心沸腾。画正投和了我的口味，我愿意看下去，画的内容引起我的回忆。我在最痛苦，囚在单人牢房，毫无生机的长年监禁中，马克思、恩格斯，世界上最崇高的灵魂，终日与我相伴。……我反复翻阅，甚爱此画册。我谢谢你，高莽同志。他把我近日来的忧闷一扫而光。我为你的进步、成功而祝贺。""1956年，我们在重庆见过，你又赠给我4幅画纸。在57年底我被斗倒斗臭关在屋子里等候发配时，曾经拿那涂过油的画纸临摹过一张风景画，和写生屋子里一盆萝卜花，自然这些都不见了。我不是一个健忘的人，怎么能不记得你呢。"后来，高莽多次拜访过丁玲，还为她画了几张速写像、水墨画像。有一次她还从保存的珍品中取出一些小的油画给高莽看，告诉他这是她在寒冷的北大荒画的风景画，用的就是当年他在莫斯科给她买的那个苏联小油画箱……精妙的苏联小油画箱，是金子般珍贵友谊的象征！精妙的苏联小油画箱，是峥嵘又坎坷的人生路的见证！在此之后的几年里，高莽经常与朋友一起去看望丁玲大姐，而且还为她画了一幅神采奕奕的水墨肖像。丁玲对这幅肖像非常满意，在肖像上面题写了"依然故我"四个秀丽有力的大字。此外，他还请高莽给她专门画了一幅马克思与恩格斯的油画像，把它庄重地挂在书房里。这幅油画像一直陪伴她到生命的终点……亲爱的读者朋友，听了高莽与丁玲两位杰出的作家、画家的友谊故事您有何感受？难道能不心潮澎湃、为之动容吗？！

中国文人历来就有互尊互敬、携手共进的优秀传统。唐代的李白与杜甫，近代的鲁迅与曹靖华，当代的巴金与曹禺等许多大文豪，在这方面为我们树立了光辉的榜样。现在，我们非常熟悉、敬佩的高莽与华君武、丁玲等人的友情，也成了我们学习的楷模。人间还有什么能比真正的高尚的友情更为珍贵呢？许多年前，我读过一位作家赞美友情的美文，文中说："友情是严冬的炭火，友情是酷暑里的浓荫，友情是湍流中的踏脚石，友情是雾海中的标灯，友情是看不见的空气，友情是捉不到的阳光。"达尔文老人说得更为明了、精辟："讲到名望、荣誉、享乐、财富等，如果拿来和友谊的热情相比，这一切都不过是尘土而已。"在金钱至上、物欲横流的当下，有不少人变得异常冷酷无情，诚信、正义、友情、亲情，全被他们抛到了九霄云外，他们已经失去了我们经常讲的、提倡的正常人的人性。面对这些灵魂丑恶的人，心地善良、灵魂纯洁、视友谊为生命的杰出的画家、作家、翻译家高莽，显得尤为非凡、俊美、高尚！

2013 年 8 月初草成，中旬修改定稿于寒舍"山鹰巢"

（原载《文艺理论与批评》2013 年第 6 期）

杰出的与时间赛跑的文艺评论家李希凡

——赏读《李希凡文集》第4卷"现代文学评论集"的几点感受

今天，我们终于迎来了为在新中国的阳光照耀下，在毛泽东文艺思想的哺育下，从生机勃勃的幼苗成长为参天的大树的著名红学家、文艺评论家李希凡同志的7卷文集举行研讨会的美好时刻。7卷本的《李希凡文集》的隆重出版，对希凡同志本人来说，是一件意义非凡的喜事，因为它是对一个文艺评论家、真正的红学研究专家60年战斗生涯的庄严检阅和充分肯定；对于中国社会主义文坛、艺苑来说，是一件非常值得纪念、具有历史意义的盛事，因为"小人物"李希凡这个名字，是与新中国崭新的意识形态、文艺理论、文艺评论事业紧紧联系在一起的。毫不夸张地说，在中国当代文论史上，恐怕还没有谁能比希凡同志的成就更为卓著，影响更为深远，为人为文更令人敬仰。

希凡同志的文艺成就是多方面的，因为时间关系，我只想从现代文学评论这个领域谈一点肤浅的看法。

从1954年发表关于《红楼梦》研究的文章算起，到如今希凡同志已经在文艺评论（其中很大一部分是文学评论）这条战线上不间断地始终如一地苦苦拼搏了整整60个年头。无论是在春风得意的20世纪50年代，还是在年富力强的60年代；无论是在身处逆境，还是进入艺术殿堂，走上一个部级机关的领导岗位的花甲之年，他始终都没有搁下手中的笔，停止对当代文学的跟踪和评论，不断关注、分析、研究作家们的创作状况和取得的成就。该肯定和表扬的，他就怀着无限欣喜和兴奋之情，予以满腔热情的扶持与赞美，他是胸中燃烧着烈火般的激情，拥抱美好生活和反映美好生活、讴歌社会主义新人的优秀作品的人。

人们不会忘记，20世纪50年代初期，社会主义农业合作化在全国刚刚兴起的时候，老作家康濯凭着敏锐的政治嗅觉和激情，出版了内容新颖、艺术精湛，反映农业合作化中农民的新道德、新风尚的短篇小说集《春种秋收》。这部作品一开始，并没有引起评论家们足够的重视。可是，刚刚28岁多一点的希凡同志，却一眼就洞察出它的非同小可的时代意义。于是，在繁忙的编辑工作之余，立即动手，日夜兼程，很快写出了令作者满意、受读者欢迎的评论美文《农村社会主义新人物的颂歌》。作者对10篇小说的每个人物形象，都做了细致而精当的分析，让读者深深地领悟了作者读书的认真和精心。文章的最后一段以抒情的笔调写道："我们伟大祖国丰富多彩的现实，充满着多种多样的新鲜事物，它向作家提出了一个战斗的要求，要求作家敏锐地、迅速地反映我们生活中紧张的事件在瞬息万变、蓬勃发展的现实里，我们多么希望，有责任感和义务感的作家们，供给我们更多更好的短篇—这种富有战斗性和号召力的作品啊！"年轻的评论家热爱、赞美、拥抱瞬息万变、蓬勃发展的社会现实，渴望有更多更好的作品尽早问世的赤子情怀溢于言表。

20世纪50年代中期至60年代中期约10年时间，是新中国成立后出现的第一个长篇小说创作的高峰期。《红旗谱》《红岩》《红日》《青春之歌》《林海雪原》《野火春风斗古城》《苦菜花》等精品佳作接踵而至，文坛上呈现出一派喜人的景象。这时候，年轻力壮、志气昂扬的希凡同志，作为《人民日报》文艺部评论组组长，很自觉地担起了为这批长篇力作击节喝彩、总结创作经验的重任。他非但组织了无数的版面，宣传这批为中国当代文学赢得了巨大荣誉和威望的杰作，而且自己还亲自动手，几乎为上述的每部作品都写了高质量的评论文章，给读者留下了终生难以忘怀的印象，在国内外产生了巨大的影响。对希凡同志来说，那也是一段峥嵘岁月。评论现代文学的得意之作写得最多的岁月。

时刻不忘记自己肩负的使命，一定不能被时间甩在后头，决心在与时间赛跑中获胜的希凡同志，即使在两次下放干校的蹉跎岁月里，也没忘记评论当代文艺是自己神圣的天职。由于客观条件所限，这期间，他写不了干预现实的文艺评论。于是，便捧起鲁迅的著作，学习起鲁迅来。"文革"结束不久，就与读者见了面的两部研究鲁迅的专著《〈呐喊〉〈彷徨〉的思想与艺术》《一个伟大寻求者的心声》，就是在小汤山《人民日报》"五七"干校清冷的宿舍里完成的。条件是很恶劣的，生活也是很艰苦的，但这些对于心红志坚的希凡同志来说都算不了什么，只要不让时间自己跑掉，不妄度天命之年，希凡同志就什么都可以豁得出来。

改革开放的春风化雨，让祖国大地处处都充满了生机。这时期的希凡同志，虽然已经到了扔下五十奔六十的年纪，但是，彻底的思想解放，却让他如鱼得水，似虎添翼，开始了第二个青年时代，不但写下了《巍巍青山在召唤》(副题为《读〈高山下的花环〉》)《读"京味儿"小说》(副题为《序〈京味小说八家〉》)《漫谈蒋子龙历史新时期的小说创作》等富有真知灼见的大块儿评论文章，而且还根据形势的发展和工作的需要，发表了《毛泽东文艺思想的贡献》《公正地对待毛泽东文艺思想》《理直气壮地高奏时代主旋律》等一大批具有战斗性、现实性和前瞻性的重头文章，彰显了一位文坛宿将的成熟、老到和对党、对人民、对毛泽东文艺思想的赤胆忠心。

综观希凡同志60年的文学之路，我们有充分的理由说，这是一条勇于向时间挑战，顽强地同时间赛跑并且获得了胜利的光荣之路，是一个真正的虔诚的马列主义、毛泽东文艺思想的信仰者忠实地践行、勇敢地捍卫马列主义、毛泽东文艺思想的斗争之路。他的人生和事业的道路的底色是鲜红鲜红的。

李希凡不平凡的文学之路我们也知道一些，那他这个杰出的饮誉海内外的文学评论家的一些具体的文艺观点，我们并不十分清楚，你能否结合他对一些作品所做的评论举些例子，让我们对此能有一些切实的感悟？也许有的同志有这种要求。好吧，现在就让我们从几篇评论文章中摘引几段，让大家对此能有一点真切的体会。

首先，让我们来看看希凡同志对《红旗谱》及主人公朱老忠这一形象的评论：

中国农民富有斗争传统的宝贵品质，以及世世代代被压迫农民在反抗斗争中用生命和鲜血结晶出来的那种友情——即水浒英雄所谓的"义"，在朱老忠久经锻炼的深沉的性格里，得到了何等突出、何等深刻的表现……在我们的革命文学里，描写党所领导的革命农村斗争的作品，数量是很多的，但能够创造出具有如此历史深度的革命农民的英雄典型，朱老忠的形象还是第一个。这就是《红旗谱》作者通过形象创造运用革命的现实主义和革命的浪漫主义相结合的艺术方法的杰出成就。

在这里，革命的现实主义和革命的浪漫主义的结合，不是现实加理想的简单的糅合，而是融化为统一的艺术方法相互渗透地表现在形象创造的艺术描写和艺术风格的各个方面。

革命的现实主义必须真实地描写革命发展中的现实，革命的浪漫主义，也只有在真实的生活画面里勾画着色，才能达到彼此渗透、互为一体的结合；也只有这样，才符合生活的真实和生活的发展规律。《红旗谱》的杰出成就，就在于它丰富地表现了中国民主革命新旧转换期各种各样的农民性格，形象地总结了几个时代农民斗争的活的经验和教训。

可以毫不夸张地说，《红旗谱》这是目前革命文学关于20年代农民斗争生活的一幅仅有的色彩斑斓的画面。在这幅画里，烙下了"烈火熬煎着灾难生命"的活生生的血迹，但也震响着融贯两个历史时代斗争生命的号角，从朱老巩、严老祥的"赤膊上阵"，宋老明的串联28家穷人的对簿公堂，到严运涛、朱老忠在共产党的旗帜下领导如火如荼的反割头税的斗争，中国农民世代蝉联的革命斗争史，在《红旗谱》里，透过各种不同性格的生活、遭遇和命运，得到了丰满的体现。从性格的关联里延展开去的丰富的社会生活风貌，真可以说是用细密的针脚织成的。

这些真正艺术行家的分析与概括，真是见解独到而中肯，句句都说在了点子上。这些都早已被学人所认同，成为后人研究《红旗谱》必定要借鉴的经典。

《林海雪原》这部传奇性色彩颇强的长篇，在20世纪50年代中期一问世，就引起了巨大反响，得到广大读者的喜爱。然而，书中的中心人物少剑波的形象，却引起了很大的争议，有人甚至十分偏激地说这是一个失败的形象，是一个"个人英雄主义"的形象。面对这些不实事求是的批评，成熟、稳健，30岁刚过的希凡同志，在为《北京日报》讨论《林海雪原》的总结性文章《关于〈林海雪原〉的评价》中，对少剑波这一人物形象作了全面、辩证、中肯的剖析：

> 从形象创造来看，少剑波的形象不能说是写得成功的，它没有实现作者创造一个更完整的人民解放军指挥员形象的意图，但是也不能从这里就引申出对他作为一个人民革命战士的全部品质的否定，更不能说他就是一个"个人英雄主义"的形象。要承认，这个贯穿全书的中心人物，在作者的笔下，像威虎山战斗"兵分三路"的奇妙部署，消灭九彪的大胆行动，在大锅盔战斗中的那种和敌人周旋的灵活战术，都还是写出了这个久经锻炼的青年指挥员的知己知彼的勇敢、智慧、果断的英雄品质的，完全否认这一点，也是不公平的。

希凡同志这种珍惜作家的创造性的劳动和成果的慈爱之心，分析事情如此细致、周密的素养，其实，早在两年之前，即1959年社会讨论《青春之歌》时，在自己写的《阶级论还是"唯成分论"》中，对林道静这个典型形象，就发表了这样一种令人心折、敬佩的见解：

> 林道静的形象，基本上还是一个正在经历着斗争锻炼的性格，人们确

实从她身上强烈地感受到"与其说是无产阶级革命革命派，还不如说是小资产阶级革命民主派"的浓厚气息，但是，同样我们也可以从她身上，感受到她的思想感情正在经历着从一个阶级到另一个阶级的革命转化的脉搏跳动，尽管作者在这方面的艺术刻画还不够深切，不过，林道静的这种精神面貌的轮廓，还是非常清楚的。杨沫同志表现了她的明确的阶级观点，作品所反映的历史的真实，也恰恰是通过这个性格变化的丰富描写来表现的。相反的，郭开同志的对于林道静的所谓"够标准的、堪作革命者模范的光辉的共产党员的典型"的要求，我倒以为是违反历史真实的要求。如果杨沫同志根据这种要求去创造林道静的形象，也许符合了郭开的"阶级论"、"典型论"，然而，却失去了时代的精神面貌，甚至取消了林道静这个人物。因为郭开同志的"阶级论"不过是"唯成分论"的代名词，而在"唯成分论"要求下诞生出来的林道静，却必须和地主阶级利益相一致，和地主阶级家庭站在一条战线上，这样一来，林道静岂止不会成为一个革命者，也许还要等待着土改时期和地主一起去反对革命呢?!

请读者朋友仔细地玩味一下这段话的每个词、每个字，希凡同志讲的是何等深刻，何等入情入理，令人心服口服。这样的文学评论读者怎能不爱读呢! 有比较，才能分辨出高低，希凡同志的文学评论逻辑之严密，说理之透彻，语言之朴素，气派之壮威，比我读过的其他许多评论家的文章，都要高上一筹。时间久了，在我的阅读生活中，他比别人就高出一头。慢慢地，许许多多的读者也对他信任起来，崇敬起来，于是李希凡文艺评论权威的高大身影，就在中国文坛、艺苑中矗立起来。权威不是谁树立起来的，更不是个人自封的，而是在群众的拥戴中自然而然形成的。这种权威的生命力可以说是永恒的。半个多世纪过去了，可是，李希凡身上文学艺术评论权威的光辉却丝毫也没有减弱。

27年前，在南京召开的专门研讨如何写好外国文学史的中国外国文学学会第三届年会上，时任北大西语系教授、著名英美文学专家杨周瀚先生充满自信地提出"写文学史作者要写进自我"的见解，在与会者当中引起了热烈的讨论。听到杨先生这一独到的见解，我心里产生了强烈的共鸣，立刻想起了希凡同志的一些文学评论文章。虽然希凡同志没写过文学史，但写文学评论跟写文学史有很大的相似之处。杨先生的见解早已被希凡同志的一系列文学评论文章证明是正确的。

写文学评论要写进自我，我的理解是：评论文章的作者在写作过程中要把自己的全部感情都投入进去，不能高高在上，指手画脚，而要与书的主人公、书的作者一起互动，爆发出共同的感情的火花。甚至评论者要与书的作者平等相处，结为心心相印的朋友。有时甚至要说出作者不便讲的话，抒发出作者隐藏在内心的喜怒哀乐。《李希凡文集》第4卷"现代文学评论集"中的许多文章，都具有这种特色。有的文章结尾处评论者甚至自己走到前台，或对作品中的人物表示赞美；或对书的作者致以贺意；或代替作者发出友善的呼吁。

希凡同志的许多文章创造了文艺评论写作的新样式，他的许多鲜活颖异、富有文采的美文佳篇，为文艺评论写作的进步与解放起了很好的示范作用。希凡同志没有进过"翰林院"，没有受过学院派著书立说的一整套范式训练，换句话说，写作文艺评论，他没有古板的、凝滞的条条框框的限制，他的笔很自由，脑子一旦开动起来，便任意驰骋，信马由缰，只要有利于表达思想，十八般武艺都可以使出来。

有的文章不一定按死板的论文模式去写，你看《英雄的花 革命的花》(副题为《读冯德英的〈苦菜花〉》)的开头写得多么巧妙别致！它不是先概述小说的内容或对主人公作一番评述(这是书评的老写法，习惯的写法)，而是引用小说第七章中为烘托母亲的形象，给这个富有诗意的书名作的注解，着力点出"苦菜"的根虽苦，开出的花儿，却是香的，由此一层层地阐发《苦菜花》的史诗性的革命的主题，充分地展示了作者执笔的巧劲儿。

《社会主义时代精神的最强者》(副题为《读〈欧阳海之歌〉》)的切入点更妙。我们知道，欧阳海是位顶天立地的英雄，他的非凡的勇士的壮举震撼了每个中国人的心。小说《欧阳海之歌》一问世，全国上下好评如潮，产生了极大的轰动效应。在这种情势下，希凡同志要写好这部特殊的小说的评论，着实动了一番脑筋。他必须使出一点高招儿，把文章写得既深邃，又新鲜，取得最佳效果才行。经过几天几夜的苦思冥想，办法终于有了：他抓住欧阳海在生命最后的4秒钟的"想"、"看"、"听"、"说"，将小说中最精彩、最激动人心的1500字原本原样地引出来，放在文章的最前面，以此作为文章的内核，从容不迫、有板有眼地说开去。结果，一篇面貌奇特、风格独具的书评诞生了。此文既是一篇层次分明、条理清晰的评论文，又是一篇感情丰盈、诗情画意的抒情散文。这篇文章的逻辑思维和形象思维结合得如此的完美、和谐，表明希凡同志为创造文艺评论的新样式，远在半个世纪之前就流下了辛勤的汗水，收获了丰美的果实。

希凡同志的文艺评论读起来，能给人留下一种内容充实、丰满、雅俗共赏的美好印象。希凡同志的心里有群众，他总是考虑要让读自己文章的人能多些实实在在的收益。我这话可能有点儿抽象，不太好理解。好吧，那就让我说得稍微细一点儿。读者是各种各样的，有的读过他评论的书，有的根本没读过，只是听说了那本书的名字。为了让绝大多数的读者能理解他对书的评价，他总是在行文中寻找机会，对书的内容和人物巧妙地做出恰当的交代，让读者心里有底，而不悬在半空中。不要说评论长篇小说是这样做，就是短篇小说，也如此认真对待。凡是细心阅读希凡同志的评论文章的读者，都会同意我的这一看法。由于工作的关系，这些年来，我读过无数外国文评家的书评。这些洋评论家有一个共同的毛病：文中根本不讲书的内容，开篇就左打比方，右形容，大谈自己的感受，强迫读者只能跟着他的感觉走，也不管他的感觉是否正确。这些年来，我国有不少文评家在这方面与洋人接轨成绩甚为显赫，读他们的文章，我也总觉得如坠五里雾中。而读希凡同志的如山泉般清澈，似水晶一样透明的文章，我却仿佛冲破云山雾罩，走进了云蒸霞蔚的天地。

说起希凡同志的影响，我想用"无与伦比"四个字来概括不为过分。只讲几件事就足够了。

1956年3月15日，第一次全国青创会在北京召开，会议共开了两个星期，是那一年中国文坛的一大盛事。会议期间，中央新闻电影制片厂的一期"新闻简报"为李希凡、刘绍棠、魏巍出了专号，他们三人成了文艺爱好者学习、崇拜的偶像。在有的学校里，老师甚至向爱好文学的学生发出了"争取做一个李希凡、刘绍棠、魏巍式的作家"的动员令。

20世纪60年代上半叶，是李希凡文学事业的黄金时期，北京大学图书馆李希凡的几本著作的借阅卡片上借阅者的名字写得满满当当，图书馆不得不为借阅卡配上几张附页。希凡同志文章，是读者最喜爱的精神食粮。

那时，学生宿舍和图书馆的走廊里设有报栏，挂着《人民日报》《光明日报》《北京日报》……只要报刊上有李希凡的文章，报纸前面肯定整天围个水泄不通。报纸被人偷偷拿走的事儿，也常常发生。

"四人帮"被粉碎后，全国的各个"五七"干校都立刻收了摊儿。可是，《人民日报》设在小汤山的干校，不知什么原因，却依然坚决地继续办了两年，李希凡再次被发配到京郊反省改造。群众对此强烈不满，主动为李希凡打抱不平，说公道话。领导不敢违背群众的意愿，在强大的压力下，不得不把希凡同志请回报社，重新为他安排了工作，委实是士气不可欺，民意不可辱啊！李希凡在人民心中的地位可想而知。

至于希凡同志对我本人的影响，那是应该专门写一篇大文章的。因时间关系，我只想说几句话：我要永远学习希凡同志做人作文始终是一张脸，真正有信仰的可贵品质，要以他严谨、踏实、进取的学风为表率，聚精神，埋头苦干，治理好自己的那个文学小天地。58年前，我在初中毕业前夕的最后一次作文中，曾经正经八百地立下了当一名社会主义文艺战士，要么做一个刘绍棠式的作家；要么做一个李希凡式的文艺评论家的誓言。由于天资不高，能力又低，立下的誓言迄今也没有实现。但是，感到欣慰的是，在文学这条崎岖险峻的道路上，我一直毫不懈怠地奋斗着，拼搏着，追求着。一位著名的军旅作家说，从事文学事业，一定要有追求，有追求迟早总会成功，我对此坚信不疑。阿尔巴尼亚新文学的奠基者、民族复兴时期的伟大诗人纳伊姆·弗拉舍里也留下了名言：工作，工作，日日夜夜，胜利时刻一定会到来，天空定将金辉耀眼，光芒四射！我要以希凡同志为榜样，使出全部的力气与时间赛跑，以自身的行动证明名人先贤的教诲是何等的伟大与正确！

2014 年 6 月 10 日—18 日于寒舍"山鹰巢"

（原载《红楼梦学刊》2014 年第 4 期）

大使诗人的英才①

——喜读范承祚诗集《万里千诗》

一

说起范承祚本人的形象，也许他早就在您的记忆里，留下了美好的印记。不是吗？20世纪六七十年代，每当在新闻纪录片和电视新闻里，看到毛主席、周总理接见阿尔巴尼亚来宾时，您常会看见一个英俊潇洒、眉清目秀的小伙子陪在宾主旁边。他，就是我国数一数二的阿尔巴尼亚文翻译；他，就是我现在要向您介绍的范承祚同志。

承祚同志是我国阿语事业的开拓者，才华横溢的高级外交官。我与他虽然从无更多的交往，但作为同事业、同爱好的学弟，对他的情况还是时时关注的。我知道他是著名的北京大学中文系1953年级的高才生；1954年，作为我国有史以来第一批留阿学生，他在地拉那大学学习3年；1957年，正式走上外交战线。从那时候起到现在，除20世纪80年代初期出任过我国驻希腊使馆参赞外，其余全部时间，他一直忙于北京—地拉那之间。前几年，还荣任过我国驻阿尔巴尼亚大使，为发展中阿关系做出过突出贡献，得到过伟大领

① 本文曾在范承祚同志的《万里行》600首集出版后不久，发表在1992年第2期的《太行学刊》上。在时隔4年之后，根据《万里千诗》的新内容又作了适当的增改。

袖毛主席的关心和敬爱的周总理的器重与教诲。我还知道，承祚同志的中文水平很高，远在学生时代就写过不少文学气氛颇浓的阿尔巴尼亚通讯，翻译过不少阿尔巴尼亚文学作品。他热爱文学艺术，且一手飘逸秀丽的书法博得不少书法家的称赞。他对国际问题也颇有研究，经常在首都和外省市一些机关、团体做这方面的报告或讲座，还兼任上海交大、扬州大学等高校的客座教授。

我也曾读到过他在报刊上发表的旧体诗，认为他还是一位诗歌爱好者，被他广泛的兴趣所感动。然而，当我十分荣幸地先后读到他厚厚的《万里行》600首集和《万里千诗》的时候，竟不由得大吃一惊：噢，承祚同志原来是一位功力不凡的多产诗人，不愧是中华诗词学会的理事。

二

《万里千诗》是一部别具风采、独树一帜的诗集。我怀着极大的兴趣，把它从头至尾看了两遍。它给我留下的突出印象至少有四点。一、诗集大幅度地描绘中国和世界的面貌，不仅是今日绝大多数的中国诗人的创作不可比拟，就是在中华几千年的诗歌史上，也实属罕见。二、这一千多首诗的内容具有符合时代的开放性、包容性、广泛性和多样性的特点。三、诗人胸怀祖国、放眼世界的胸襟，爱国爱民的赤子之情，在我心里引起强烈的共鸣，给了我极大的精神愉悦和审美享受。四、诗人深厚的文学素养，朴素、精确、洗练的文学语言，表明作者在艺术上已走向成熟，特别是在旧体诗创作的领域里，尤显风骚。承祚同志的宛如味、色、香俱全的筵席一般的《万里行》600首集的出版、6500册迅速销售一空和目前《万里千诗》诗集的出版，说明旧体诗仍具有强大的生命力；在百花争妍的文苑里，它的振兴和昌盛是大有希望的。

《万里千诗》共由"天涯诗章"、"神州吟韵"、"心地回声"三个分集组成，前两分集描绘世界和祖国各地的风光景物，占全书三分之二以上的篇幅。"心地回声"这一分集里，相当多的诗篇也与祖国山川特别是故乡的泥土、草木息息相关。因此，可以说，这部诗集是一卷格调高雅、色彩绚丽、寄托着诗人赤诚情感和美好志向的洲际风情画、寰球游览图、神州山水景。小时候在故乡深深扎根的经历，新旧社会交叉的经历，少年时深受中国古典文学的熏陶的经历，近40年外交生涯的特殊经历，造就了这位诗人。得天独厚的条件，使他几乎走遍了中国的各个省、市、区，目睹了社会主义祖国的美景良辰：从北国茫茫的雪原林海，到四季如春的滇池石林；从碧波万顷的东海之滨，到丝绸之路的片片绿洲；从秀丽的江南水乡，到辽阔的内蒙古草原；从水流潺潺的延河岸边，到竹林无垠的井冈山麓……到处都留下了诗人的足迹。

我们的诗人是多情的，见到的一景一物，都被他纳入诗的天地中。近千米长的颐和园长廊，少林寺悠然挺拔的银杏；新安江的竹排，苏堤、白堤杨柳的倩影；雁荡山淙淙的流水，宝钢滚滚的车轮；石头城芳菲的梅花，运河边花天锦地的一座座小镇；长江三峡的绝妙景色，水乡的风帆沙鸥，从化瀑布的彩虹；微山湖水的涟漪，燕塞湖的花馨；千山的"千朵莲"，明珠闪光的戈壁滩……统统都成了诗人描摹的对象，寄托爱心的载体。诗人对题材的选取是广泛而全面的，对生活描绘的角度是多变而新颖的，展现在读者面前的图景是多层次的、五彩缤纷的。每首诗的画面联结起来，构成了一幅充满无限生机的社会主义中国的万象更新图。

据笔者所知，诗人共去过欧、美、亚、非四大洲近40个国家，不仅观察过许多第一流的世界名城，游览过天下七大奇迹，而且还像一个勇敢的探险家一样闯过国人很少去过的岛屿、海峡、山谷、丛林……打开诗集，随便翻上几页吧，那气象万千的异国风光，立刻就会牢牢抓住您的心扉，让您浮想联翩，坐立不宁，跟着诗人一起去旅行：那"山披白雪河结凌，原盖银霜天满星"的西伯利亚雪野；那"辽阔平川若画图，阡陌纵横尽沃土"的乌克兰平原；那"波都绿化逾万顷，享誉全欧第一名"的华沙绿地；那"铁龙穿洞五十处，南下海滨险惊心"的门的内哥罗峰峦；那"身披绿袍戴银盔，迎抗暴雨顶惊雷"的阿尔巴尼亚"圣山";那"两海合咽喉，一桥架亚欧"的伊斯坦布尔大桥；那"是诗是画在云冈，霭消阳照若银镶"的瑞士雪山；那"荒墟遗址古村边，熊熊圣火今犹然"的奥林匹克古代体育发祥地；那"演场乐声回音转，观众处处清晰听"的古希腊剧场；那"铁塔林立金沙岸，银山横亘蓝空间"的波斯湾油田；那"宛如华盖顶云锦，又似鹤翁披素衾"的富士山巅；那"环顾脚下千广厦，尽成微缩扎碧丛"的纽约摩天楼顶；那"年无寒冬草叶青，日有艳阳花香凝"的南美秀色……所有这一切，都被诗人纳入构思的蓝图，赋予它们以新鲜的生命。对于这些国际题材的取舍，既是精心的，又是灵活的。诗人仿佛是一位学识渊博、面带笑容的导游者，有目的、有选择、胸有成竹地把我们领进富有幻想的境地。

古往今来，有多少诗人为壮丽的河山写下了千古不朽的诗篇。然而，由于客观条件的限制，纵然他们的诗才再大，也不可能驰骋世界，纵览全球。即使像诗仙李白，诗圣杜甫、画中有诗，诗中有画的王维、孟浩然，以雄伟恢弘的边塞诗名扬神州大地的高适、岑参这样一些诗坛巨匠，也未曾到过异国他乡。今日的中国诗人比起前辈们，确实扩大了视野。可是，有几个能像范承祚同志这样见多识广？又有谁乘风破浪、穿六海过六邦，飞渡太平洋和大西洋？请问诗歌界的朋友们，谁曾见过博斯普鲁斯海峡和达达尼尔海峡是什么模样？又有谁曾见过里约热内卢的科尔科多瓦山上"圣像"巨塑是多么宏伟？现在，这本《万里千诗》竟带着四大洲国家的芬芳，摆在我们的面前。我敢说，从对中国和世界风情景色描写对象这一点来讲，其覆盖面之大，花样之繁，色彩之鲜，范承祚的诗作都是空前的，难与伦比的。

三

缺乏爱心和激情的诗，决无生命力。不溶铸诗人自我的精灵，所谓纯客观描写的山水诗、风景画，永远也进不了人类艺术的殿堂。这部《万里千诗》若不是在平静的水波下面奔腾着激流，不在温和的表土之下运行着地火，它就不会挑拨我们的心弦。诗集最突出、最可贵的一点，是它让我们看到了诗人那颗热如烈焰、纯如水晶的爱国爱民之心；让我们感受到了诗人对世界各国人民那种纯洁、善良的真情，那种对时代、对未来永远都充满信心的乐观主义精神。

本诗集对祖国和人民的热爱之情，鲜明地表现在对涓涓滴滴、花草树木富有时代特点的描写中。诗人的高明在于，他总是给一幅幅生机盎然的画面涂上社会主义的重彩和改革开放的特色，为一个个龙腾虎跃、如锦似画的场景增添一种中华儿女改天换地、豪情满怀的喜庆气氛。请读两首绝句：

飞抵广州	乐清即景
俯瞰舟楫满珠江，	金溪银溪水弯弯，
百花芬芳降五羊。	东塔西塔映蓝天。
映眼各界兴旺景，	小楼千座平地建，
神州南疆一橱窗。	乐清即景增新颜。

一个人不热爱自己的故乡，岂能谈得上热爱祖国的河山！假如他不孝敬生身的父母，又怎么可以热爱自己的人民！承祚同志对苏北宝应这块故土和乡亲的热爱与眷恋，对他青年时代首次出国远行的别绪离情，令人荡气回肠。像这样喷放着乡土国土芳香的好诗，在诗集中比比皆是。请再读两首：

远鸟返林	边城骊歌
常言远鸟念旧林，	揖别祖国心惆怅，
又云久客惦乡亲。	芳土一把袋中藏。
今抵梓里补夙愿，	九州大地存亲厚，
万种情思赤子心。	点点滴滴牵衷肠。

在社会主义祖国的阳光下，在党的温暖的怀抱里成长起来的高级外交

官、诗人，对党和国家的领导人必然怀有真挚的感情。一组远在异国他乡悼念人民的好总理周恩来的诗篇，是诗人用涌泉般的热泪烧铸成的精品，闪烁出格外耀眼的光辉。"虚伪是廉价的脂粉，真诚是诗歌的灵魂。"在这一组诗里，诗人对党、对祖国赤子般的炽热情感，达到了饱和点。我觉得，这一组诗是全书的精华部分之一。请品味一下两首如火山迸发、似海啸奔腾的七律：

一声惊雷	一曲浩歌
一震寰宇响惊霆，	落落心源堪为相，
山摇海啸天骤冥；	耿耿丹诚秉国均；
八亿中华天柱折，	凛凛胆心排危难，
九州危厦赖谁擎？	巍巍榜样冠古今；
噩耗听罢泪飞雨，	阵阵哀乐传天际，
异国凭吊哭英灵；	盈盈热泪沾衣襟；
万里祭公如公在，	绵绵恩情铭肺腑，
谆教永志耳边鸣。	浩浩长歌颂宏勋！

在第一节谈及诗人选材之广的那一部分内容里，我们已摘引了不少赞美异邦锦绣河山、迷人风情的诗行。这些诗确实写得很美，具有很强的知识性、趣味性、可读性。但是，如果只是从这一点上欣赏、评论它们的价值，那就太肤浅了。我们知道，这些诗是诗人在40余年的漫长时间里写成的。40年来，世界经历了多少风雨雷电，各国人民走过了多少艰难历程！大浪淘沙，岁月无情。在前进的道路上，有的人经不起考验，开始堕落、沉沦；有的人对革命和人类的前途丧失了信心，当了落伍者和逃兵。而我们的诗人，却几十年如一日，一直是那么乐观、坚定，始终如一地为真、善、美高歌。他的笔下总是让我们看到各国人民向着进步、友爱的目标前进。各国人民用汗水创造的一切，一向都是那么可爱，那么峥嵘！有的国家一时与我们有了麻烦，他依然能穿破云雾，

瞭望到远处的光明。这个国家的人民即使取得了一丁点儿成绩，他也照样为他们叫好、助兴。请看诗人1988年的一首五言诗：

爱奥尼亚海滨行

暖风吹坦道，蓝天飘白云；

重游山海界，爱奥尼亚滨；

犹记荒山秃，今见铺绿茵；

波映千顷碧，日照万树金；

时过境已迁，目赏物华新；

十载出硕果，功归"生力军"。

这种为异国人民的成就同样表示欣喜的感情多么炽热，多么令人感动！这才是一个文明古国的外交家的胸怀，这才是一个真正爱国者的国际主义精神！

四

诗是语言艺术的结晶，没有驾驭语言的卓越本领，就不要写诗，尤其不要写旧体诗。《万里千诗》是采用旧体形式写成的抒情、叙事诗集。词汇丰富而不繁杂，词意明朗但不浅薄，妙语连珠而非生造，比喻新鲜且不重复，格律比较整齐，音韵相当铿锵且富有音乐性，是它留给我的极为深刻的印象。总之，成熟的、运用自然的文学语言，标志一位真正的诗人以其很高的文化素养、文学功底和艺术造诣驰骋在当今诗坛。

《万里千诗》的语言艺术获得了多方面的成功。先说用词的精确性以及由此而带来的形象的鲜明性。40年来，诗人目睹的国内外的胜景奇物不计其数，要把千差万别的每一景每一幕，都真实而准确地描绘下来，就得在语言的宝库中精心地选择最能概括事物特征的独一无二的词汇，从而勾勒出举世无双的图画。应当说，诗人在这方面确实有硬功夫。他常常只用几行诗句，就能完成一位技艺娴熟的画家的任务。请看诗人对黑海的天光水色是如何用笔着墨的：

> 碧水澄澄映远空，白波卷卷似银龙。
>
> 莫道黑海呈灰暗，船楼犹在明镜中。

短短的四行诗，就把黑海名为黑、实如镜的特点，生动传神地展现在我们眼前。让我们再细心地看一看，诗人为了突出昆明城四季如春的景色，又是怎样的搜索枯肠：

> 夏无烈日冬无霜，三十六旬有艳阳。
>
> 山清水秀花枝俏，沃土四季长稻粱。

还有一首山水诗，是诗人刚刚在1995年夏描绘成的《过长江三峡》(之三)。请欣赏：

> 仰观青山接蓝天，平视栈道连危岩。
>
> 船过官渡巫峡险，神女峰下浪回旋。

这些诗用词朴素，但画出的图景却是清幽明丽！这些诗是素雅之美的典型例子。不过，美的展示，有时也十分需要调出绚丽色彩的语言。请看《雷州道中》五彩斑斓的艳丽之美：

> 满树绽开嫣红花，沿途伸展如云霞；
>
> 棕榈翩翩随风舞，藤萝丝丝挂农家；
>
> 水浇翠绿万顷地，日照朱红百丈崖；
>
> 雷州又响天边鼓，雨后景色分外佳。

这首诗的语言，不是具有水彩画一般的功能吗？诗人有时还能让自己的诗句像歌声一般悠扬动听：

> 袅袅炊烟缕缕霞，洌洌潭水嫣嫣花；
> 萧萧苍葭绿沟岸，灼灼红杏绕农家。

像这样读起来如同唱歌一般朗朗上口的诗，集子里还有很多。诗歌，诗歌，凡诗皆能歌。承祚同志的许多诗，更加使我确信不疑：我的这一老观念并没有错。

丰富、合理的联想和想象，使诗的形象变得活泼、多趣。请读《荔枝丰收》一诗：

> 尝闻荔枝送长安，跑死骏马为玉环。
> 今日丹果摘千树，万担待发众民欢。

一个杨玉环的联想，赋予平平常常的一首诗以深邃的思想和新奇的意境。再读《夏宫民享》一首：

> 昆明湖上泛碧波，万寿山下登石坡。
> 庶民今享宫廷乐，气煞阴间西太婆。

这首诗的联想和想象也是值得称道的。可以设想一下，如果结尾处无"西太婆"三个字，此诗该是何等的平庸乏味。

诗集中的近600个注解和按语写得言简意赅，正确精当。诗人知识的丰富，文风的严谨，对读者热心负责的精神，都是很值得执笔为文者认真学习的。

承祚同志是国家高级外交官，长期公务繁忙，百事缠身，却能写出这么好、这么多的诗篇，实在令人钦佩。也许有人会说，他曾学过文学，有写作基础。是的，承祚同志青年时代确实学过文学，而且进的是中华最高学府北京大学。但时间毕竟只有短短的一年，这已是40多年前的事了。他之所以在诗歌创作方面取得如此可喜的成就，我想恐怕还是几十年如一日地刻苦读书、辛苦笔耕的结果。在新中国成立后的岁月里，他经常利用业余时间认真读诗、研究写诗。他走到哪里，就构思到哪里，把平时写诗视为作"浓缩日记"。承祚同志有一首《自绘》诗道出了他是如何在这方面练习"基本功"的。

平素心细手脑勤，朝夕听读惜分阴；

深宵不寐常抱卷，兴致来时好微吟。

拜读这本550页厚厚的《万里千诗》，我一直在想，承祚同志实在是一位勤奋过人的诗歌耕耘者。别人浪迹天涯，游览名山大泽，看罢之后，一切都搁在脑后了。然而，他却总是苦苦地思索、琢磨所见到的一切，好似一位不辞辛苦的石匠一锤一凿地雕石刻玉一般，琢磨着每一首诗。当年，鲁迅先生把别人喝咖啡的时间用来写作，我想承祚同志大概是把他人打扑克、玩麻将的时间基本用在写诗上了。

恭喜您，有心的苦中求乐的承祚同志，在水分、养料、阳光相同的田园里，丰收与甘甜只属于辛勤劳作的农夫！

1996 年 12 月

（原载范承祚诗集《万里千诗》，北京出版社 1996 年版）

永世常青的保尔精神

——《钢铁是怎样炼成的》导读

伟大的十月社会主义革命，不仅破天荒地改变了俄国的社会现实，而且还从根本上改变了俄国文学的旧面貌，使其从批判现实主义文学的束缚中解放出来，成为一种全新的苏维埃社会主义文学。这种"新"体现在许多方面，其中最重要一点是新在作品的人物形象塑造上。而《钢铁是怎样炼成的》就是最能体现这一崭新的社会主义文学的美学特质和教育功能的发轫之作。

《钢铁是怎样炼成的》的主人公保尔·柯察金，是一个将个人利益与人民的利益高度融合在一起的共产主义新人。他对共产主义理想无比忠诚，把一切都无私无畏地献给了建立、保卫无产阶级政权和解放全人类的伟大斗争。"人最宝贵的东西就是生命。生命属于我们只有一次而已。人的一生是应该这样来度过的：当他回首往事时，不因虚度年华而悔恨，也不因过去的碌碌无为而羞耻；这样，他在临死的时候就能够说：'我的整个生命和全部精力，都已献给了世界上最壮丽的事业—为人类的解放而斗争。'"保尔在凭吊自己死难的战友时而引起的这段著名的内心独白，高度地概括了他那闪光的人生征程和高尚的世界观、人生观，展露出他对共产主义这一人类最崇高的理想的赤胆忠心。

判断一个人的人格是高尚还是卑劣，不是看他的宣言，而是要看他的行动。保尔·柯察金可不是语言的巨人、行动的矮子。他对共产主义理想的忠诚，是在一系列英勇果敢的行动和与难以想象的痛苦、病魔的生死搏斗中展示出来的。请看以下的事实：

临时住在保尔家里的老水手朱赫莱突然被捕，还是个孩子的保尔不顾个人安危，立刻跑到外面寻找。发现朱赫莱被一个黄胡子匪兵押送走在街上，保尔将生死置之度外，毫不迟疑地向匪兵猛扑过去，将其重重地打倒在地，营救朱赫莱逃出虎口。朱赫莱得救了，可保尔却落入敌人的监牢。但是，不管敌人怎样残酷地折磨他，他都没有说出一个字。作为一个少年，保尔能够如此英勇对敌，经受严峻的考验，难道我们还能不打心眼儿里敬佩他吗？

保尔参加红军以后，虽然衣不蔽体，饮食艰难，但为了建立本阶级的政权，怀着火一般的热情，徒步走遍了乌克兰。在一次激战中，他听说旅长牺牲了，于是胸中燃起为本阶级弟兄报仇的怒火，挥舞战刀，旋风般地向敌人猛砍过去，乱了敌人的阵脚，大大增强了红军官兵的士气。保尔以不惧怕流血牺牲的勇士气概，树立起一个令世人震惊的英雄的光辉形象。保尔身上那种天不怕、地不怕的英雄气，是一个革命战士最可贵的品格。在存在着阶级、阶级矛盾和阶级斗争的当今世界上，战争的阴影依然压在反对侵略、热爱和平的广大人民群众的心坎上。在这样一种情势下，保尔这种一不怕苦、二不怕死的革命精神就显得格外的难能可贵。

在战火纷飞的疆场上，在生与死的考验面前，固然能显示出一个人对共产主义信仰的程度，但是，在普通的工作岗位上，同样也可以表现出他对共产主义事业的感情有多深。在修筑窄轨铁路的工地上，在严寒与饥饿威胁到自己的危难时刻，一些意志薄弱的可怜虫放肆地抱怨，叫苦连天，当众撕碎团证，当了可耻的逃兵。然而，瘦骨嶙峋的保尔，却在连一双防雪的鞋子都没有的情况下，率领同志们向天地开战，出色地完成了筑路任务，成了斗风雪、战严寒的英雄。保尔和他的伙伴们以平常但很伟大的实际劳动向世人宣告：在向共产主义的伟大目标奋然挺进的征程上，他们是首批所向无敌的铁军。

赏读《钢铁是怎样炼成的》全书，我们深刻地领悟到，保尔对共产主义理想的忠诚，在对待疾病和不幸所采取的态度和行动上，表现得尤为鲜明、突出。保尔共有4次死里逃生的危险经历，但每一次他都不向厄运屈服，相反，总是像勇士战胜顽敌一样取得了胜利。最后，身体完全瘫痪了，不久又变成了双目失明的盲人。然而，即使在这样致命的打击下，保尔也依然对生活、对事业、对未来充满信心。支撑他顽强拼搏的动力是"只要这颗心还在跳动，就绝不能使我离开党。能使我离开战斗行列的，只有死"。于是，他又以拼命读书和从事文学创作的方式，找到了为党和人民效力的最佳途径，并且获得了惊人的成功。保尔战胜病魔和不幸的胜利，是一种特殊的革命英雄主义精神的胜利，是他的共产主义理想闪烁出的更为璀璨的光芒。

保尔·柯察金这个光辉的形象，之所以具有真正的当代英雄的永恒的生命力，就在于他是一个具有普通人真实情感的英雄，换言之，他是革命战士与普通人融为一体的有血有肉的英雄。作为革命战士，保尔有着坚定的信仰与理想，在战斗和工作中骁勇顽强，百折不挠，对集体对同志忠心耿耿，热情满腔。作家在描写保尔的这些特点的同时，还绘声绘色地展现出他的急躁、鲁莽、对爱情别具一格的处理方式。池边痛打纨绔子弟舒尔卡的一幕，让我们目睹了他疾恶如仇的凛然正气，奋不顾身地营救朱赫莱脱险，更让读者体味到了他的侠义虎胆。看来这些事干得似乎有些粗鲁，但完全符合他的出身和教养，也只有他"这一个"才会那么做。保尔对3位女性感情的处理方式十分别致，耐人寻味。少年时爱上美丽纯真的冬妮娅，给人留下非常美好的印象，让人感到爱得很自然，合乎常情。风雪中与冬妮娅的分手，也让人甚感痛快，看到了保尔处理个人生活问题的原则性和可贵的阶级意识。既然闻到了冬妮娅全身发出的酸臭味、臭樟脑丸味，就毅然决然地同她决裂分手，毫不拖泥带水。从这件事情上，我们高兴地看到，保尔确实是一个血性十足的男子汉！他与丽达感情的处理也饶有情趣，令人欣赏。他心里暗暗地爱上了这个志同道合的姑娘，但他怕谈恋爱影响工作，带来许多不安和痛苦，所以采取"牛虻"的做法，悄悄地从爱恋的异性身边走开。这种做法有些可笑，但你不能不佩服他的坚强意志。后来，当他与丽达再次重逢，互相倾吐真言，了解到丽达已是一个小女孩的母亲时，他并不因此事过于伤感痛苦，而是觉得丽达留给他的仍然比他失去的要多得没法比。于是，便把美妙的爱情变为永恒的友情。这是一种多么崇高、纯洁的心灵美啊！这种感情的处理方式是浪漫的，又是保尔特有的，后来被人们称作保尔式的爱情。保尔对达雅的爱情是主动进攻式的，闪电似的，让人觉得他爱得过于匆忙，似乎不够严肃，但仔细揣摩，那还是符合他的急躁性情和当时的心境的。总之，作者凭借对保尔3次爱情的描述，把他纯洁的灵魂、高尚的情操、鲜明的个性，全都活灵活现地表现出来。作为一个艺术形象，保尔·柯察金这个人物便显得分外真实可信、亲切可爱。

其实，保尔这一人物形象的真实可信、亲切可爱，在对他想自杀的心理描写中，表现得更为充分。一次比一次更加严重的病魔打击，眼看就要完全丧失工作能力的厄运，使保尔无法施展为人类的解放而斗争的伟大抱负。在这种情况下，20岁刚过的保尔，产生了自杀的念头，那是完全可以理解的。可贵的是，这一念头刚一闪现在脑际，就被他的正确的思想立刻战胜了。问题不在于保尔产生了自杀的一闪念，而在于他能否和如何战胜这一闪念。作者这样细致入微地描写保尔想自杀的心理活动，并没有损坏这一人物形象的完美与圣洁，恰恰相反，这样描写反倒使保尔这个无产阶级的英雄有血有肉，崇高而又亲切。

总之，在保尔·柯察金这一人物形象中，我们仿佛目睹了苏联20世纪二三十年代的社会风貌和史无前例的社会主义文学新人形成的完整过程。保尔的精神面貌崇高而丰满，英雄业绩卓绝而感人。保尔这一著名的人物形象，是最能代表社会主义文学新人的典型和先导。因为保尔·柯察金这一人物形象的巨大成功，《钢铁是怎样炼成的》这部长篇小说便成了新时代文学的奠基性作品。

半个多世纪以来，保尔·柯察金这个名字，一直以最艳丽的色彩、最洪亮的音响，激励、鼓舞中国青年和世界进步青年在革命的道路上胜利前进。保尔·柯察金虽然只是个"文学人物"，但却成了人们学习的楷模和偶像。"保尔精神"成了他们的精神支柱。然而，近年来，由于西方没落文化无孔不入地渗透和影响，再加上我们对革命理想教育的薄弱，于是，有一些人便很不应该地提出了这样的怪问题：现在我们还需要"保尔精神"吗？特别是苏联解体和东欧剧变之后，这些人对社会主义制度、共产主义理想发生了动摇，居然对《钢铁是怎样炼成的》是否是一本好书这样一个最根本性的问题也提出了质疑，胡说什么苏联解体了，苏联共产党失败了，《钢铁是怎样炼成的》已毫无价值，根本不需要"保尔精神"了，云云。这虽然只是极少数人的奇谈怪论（制造这种舆论的那些人，不是国际敌对势力豢养的鹰犬，就是与社会主义制度、坚持四项基本原则的中国人民势不两立的败类），但却会在缺乏历史知识和斗争经验的青年中间制造混乱，因此很有澄清是非的必要。

第一，前面我们已经提到，保尔·柯察金是一个"文学人物"，不是政治人物，也不是军事人物。作为"文学人物"，他具有虚构的特点，主要是体现人们的理想与愿望，满足人们的精神需求。这同政界、军界实际存在的人物根本不是一回事。如果用衡量、评价政界、军界人物的标准来对待"文学人物"，那是非常荒唐可笑的，当然也不会得出正确的公正的结论。

第二，我们承认，国际共产主义运动在20世纪末期出现了曲折和低潮。世界上第一个社会主义国家苏联，确实是解体了，曾经被拥戴为国际共产主义运动的旗手的苏联共产党，也确实丧失了政权。但是，这是历史发展中暂时出现的曲折。社会主义制度和共产主义理想是建立在马克思主义科学体系基础之上的。保尔·柯察金的确为苏维埃政权的建立和巩固流过血、出过汗，但他"在思想深处作为理想和信念来追求的无疑是马克思主义科学体系中真正的社会主义和人类社会的光明未来。"我们所说的"保尔精神"，指的就是他对社会主义的坚定信念，对共产主义理想的执著追求和无限忠诚，对无产阶级革命事业的无私奉献精神，同困难厄运作斗争的坚强毅力。所有这些，都是我们建设"中国特色的社会主义"和社会主义精神文明所特别需要的。因此，改革开放、建设四个现代化的中国，不仅需要"保尔精神"，而且应该把这种精神进一步发扬和光大。

《钢铁是怎样炼成的》所起的教育作用之大和对苏联及世界文学的影响之广，都是前所未有的。例如，苏联卫国战争时期，著名的女英雄卓娅，生前非常崇拜、敬仰保尔的革命精神，宁死不屈，站在绞刑架前，冒着风雪，穿着单薄的衣服，面对众乡亲用烈火般的语言高喊道："我不怕死，同志们，为人民而死—这是幸福！"（保尔·柯察金及《钢铁是怎样炼成的》作者尼·奥斯特洛夫斯基都多次讲过这样的话）卓娅就义后，人们在她的墓碑上镌刻了保尔那段著名的内心独白："人最宝贵的东西就是生命……为人类的解放而斗争。"

再例如，卫国战争时期，斯大林格勒保卫战中著名的第62军全体将士都读过《钢铁是怎样炼成的》。

在文学创作方面，苏联著名作家波列沃依的中篇小说《真正的人》，比留科夫的中篇小说《海鸥》（这两部小说均荣获过斯大林文学奖），阿列格尔的长诗《卓娅》等名著的创作，都受到过《钢铁是怎样炼成的》深刻影响。这部小说在东欧各民主国家家喻户晓。对这些国家半个多世纪文学发展的影响也是相当大的。比如，阿尔巴尼亚著名作家获·祝万尼的长篇名著《重新站起来》，就是以《钢铁是怎样炼成的》为范本写成的。主人公丁尼·希卡从一个失去双腿的重残疾人变成社会主义劳动英雄的传奇经历和光辉业绩，与保尔·柯察金的灿烂人生是何等的相似！难怪人们骄傲地称丁尼·希卡就是阿尔巴尼亚的保尔·柯察金。

《钢铁是怎样炼成的》在我国文学界产生的影响之大和时间之久远，大大超过了苏联和东欧的一些民主国家。有多少赫赫有名的英雄、模范人物被称为中国的保尔·柯察金！有多少重残作家被人们尊称为中国的奥斯特洛夫斯基！例如，新中国成立初年，因《把一切献给党》一书轰动全国而闻名的工人作家吴运铎；新时期里，身体重残后坚持在轮椅上从事文学创作的张海迪、王占君、刘绍棠等人，都深受奥斯特洛夫斯基的影响，坚决与困难和厄运做斗争，使自己成为具有奥斯特洛夫斯基的远大理想、坚强毅力、高尚道德的好典型。身体健康情况良好的作家向奥斯特洛夫斯基学习做人作文的规矩方圆的范例，更是数不胜数，哪怕是商品经济大潮冲得许多人晕头转向的今天，他们的头脑也是清醒的。

（原载《中学生必读书》（导读本），时代文艺出版社 2001 年版）

一部震撼人心的英雄史诗

——浅析叙事—抒情长诗《共和国不会忘记》

古今中外文学史有力地证明，塑造代表人民的理想和愿望的英雄人物，是一切进步文学的极为重要的特征和普遍规律。每个民族在其历史发展的进程中，任何时候，都需要有一种崇高的精神主导人们的思想和行动，因此，塑造、讴歌具有这种崇高精神的英雄人物，就成了一切正义的民族责任心强烈的忠于祖国和人民的作家、诗人的光荣使命。共产党领导下的社会主义国家的作家、诗人，更应当承担起这一使命。在新中国社会主义文学史上，曾先后出现了周大勇、朱老忠、杨子荣、江姐、杨晓冬、欧阳海等叱咤风云、千古永生的英雄人物形象。这些英雄人物形象，是亿万群众特别是广大青少年学习、效法的榜样，在共产党以伟大的共产主义理想和无产阶级世界观、人生观教育人、培养人的神圣事业中，曾起过非常巨大的作用。但是，非常遗憾，这些年来，英雄人物形象在文学的天地里，一天天地被边缘化。在当今的文学作品中，很少再能见到我们在前面提到的那些光辉耀眼、催人奋进的英雄人物形象了，代之而起的则是一些花样繁多的大款、大腕儿、富婆、老板、买办、炒家……至于那些宣扬色情，引诱青少年犯罪的诲淫诲盗的文字垃圾，更是图书市场的一大公害，不能不引起一切有良心的作家、诗人以及广大读者深深的忧虑和极大的愤慨。

然而，强大的，在共和国几十年胜利前进的历史进程中已经深深扎根于人民群众之中的毛泽东文艺思想是不可战胜的。在漫长的岁月里，不论是在顺利的时候，还是在逆境中，始终坚持用毛泽东文艺思想自觉地指导自己的创作，脚踏实地、全心全意为人民和社会主义服务的作家和诗人，还是很多的。出生于延安这片神圣的土地，喝延河水长大，决心继承和发扬贺敬之、郭小川、艾青等老一辈红色革命诗人建立的优秀传统的多产作家和诗人忽培元同志，就是其中的一位佼佼者。4年前出版，迄今已印了两次的长篇叙事-抒情诗《共和国不会忘记》(副标题为《大庆人的故事》)，已经使他当之无愧地站进当代著名诗人的行列。在这部形式颖异、风格独特的长诗里，诗人怀着晚生后辈对长者—我国石油战线顶天立地的功臣们无限尊崇的深情，以朴素、率直、明快的语言，壮观、宏阔的图景，江山欢笑、万马奔腾的时代气氛，为以王进喜、宋振明、焦力人、陈烈民等为代表的民族精英们，绘制出一幅幅千秋永存、万代流芳的精美画像。纵情地讴歌了蜚声海内外的铁人王进喜"为国分忧、为民族争气"的爱国主义精神；"宁肯少活20年，拼命也要拿下大油田"的忘我拼搏精神；"有条件要上，没有条件创造条件也要上"的艰苦创业精神；"练一身硬功夫、真本事"、"要为油田负责一辈子"的科学求实精神；"成绩完全属于党，我的小本本上只能记差距"、"甘愿为党和人民当一辈子老黄牛"的无私奉献精神。铁人精神就是大庆精神最集中的人格化体现。大庆精神、铁人精神、是中华民族最宝贵的精神文明财富。有了这种精神，我们用不到4年的时间就结束了使用洋油的时代；有了这种精神，我们战胜了严重的天灾人祸，爆炸了第一颗原子弹、氢弹，发射了第一颗人造卫星；有了这种精神，我们才成功地连续发射了多个宇宙飞船，即将实现中华民族千百年来奔月的梦想；有了这种精神，我们才用仅仅30年的时间就大大地改变了我国贫穷落后的面貌，让她成了世界第二大经济体；有了这种精神，我们才有那样一种令世人惊愕、钦羡的民族凝聚力，一次次迅捷成功地战胜了特大的水灾、旱灾、雪灾、震灾……衷心地感谢培元同志，因为他让我们在《共和国不会忘记》这部史诗里重温了20世纪后半叶我国工人阶级辉煌壮丽的创业史，再次受到英雄的大庆人战天斗地的勇士心魂的感染与鼓舞；还因为他用这部激荡着一股英雄气的杰作做了一件十分有益的恢复并发扬延安文艺、社会主义文艺好传统、好文风的工作，让我们看到了我国当代诗歌应有的风姿和美好的前景。

培元同志的这一历史性功绩，不是通过做报告、发表演讲或写小说、散文建立的，而是用长达6000余行的绵绵诗句体现出来的，因此，我们就不能不从诗歌艺术的角度对这部不可多得的力作予以认真的探讨。

《共和国不会忘记》既不是像李季的《玉门儿女出征记》（《杨高传》三部曲之一部）、任彦芳的《钻塔上的青春》那样小猫吃小鱼式的从头到尾讲故事的长篇叙事诗（也可以说是诗体小说），也不是像贺敬之的《放声歌唱》《雷锋之歌》那样信马由缰、纵横驰骋的长篇抒情诗，而是一种新的诗歌样式，即叙事中抒情，抒情中又叙事的叙事-抒情诗。这种诗歌样式在东欧各国屡见不鲜（如阿尔巴尼亚著名诗人、小说家、影片《第八个是铜像》《广阔的地平线》的作者德里特洛·阿果里的三千多行的叙事-抒情长诗《母亲阿尔巴尼亚》，波斯尼亚著名游击队诗人斯堪代尔·库莱诺维奇的叙事-抒情诗《斯朵扬卡·克奈姚波尔卡母亲》），但在我国却不多见。创作这种样式的诗歌，要求诗人非但要具备小说家编织动人的故事情节的才华，而且还应该具有诗人必不可少的澎湃的激情和丰富多彩、下笔汪洋恣肆的词汇。培元同志是双重本领皆具的诗人和小说家，已发表和出版的很多短篇小说和长篇小说《雪祭》、诗集《北斗》（献给新中国诞辰六十周年）完全可以佐证他在小说和诗歌创作方面的巨大潜能，因此，《共和国不会忘记》便具有叙事娓娓动听，抒情自如洒脱的显著特色。它以石油大会战的历史和第二次创业为经，以铁人及其伙伴们的种种传奇为纬，编织出一曲既豪放又婉约、既粗犷又细腻的交响诗。很自然，培元是很懂得抒情诗写作的规矩与章法的。落笔时不去正面吃力地描写石油大会战的具体进程，而是抓住最动人的细事、细节，酣畅淋漓地抒发内心的真情，迸发精神的火花。例如：描述铁人在"4·19"井偏事故发生后的内心活动和他的决定，突出他严格要求自己和工友的高度负责精神；抓住《万人广场作证》突出宋振明老部长对党的无比忠诚，对事业的无限热爱；抓住陈烈民老书记生前坐轮椅与万人广场告别的感人场景，充分展示他美好的心灵和崇高的革命精神，等等。

　　小说和叙事诗最重要的使命，是塑造人物形象，《共和国不会忘记》虽然也具有浓厚的抒情色彩，但以铁人为代表的中国石油工人英雄形象成功地塑造，无疑是它的最重要的艺术成就。作品中的铁人，不仅具有前面提到的种种精神，而且还是一个感情丰厚，乐于助人，体贴工友，人情味十足的人；注重学习，迅速提高了文化水平，甚至还能提笔写诗的文化人。请听他的两首表达中国工人阶级豪情壮志的好诗：

　　　北京见到毛主席／浑身是劲精神抖／满怀豪情干革命／永生永世不回头

　　另一首是：

　　　北风当电扇／大雪当炒面／天南海北来参战／誓夺头号大油田／干！干！干！

　　诗人写了这些鲜为人知的事情，使得铁人的形象比优秀影片《创业》中的周挺杉显得更加丰满、完整、真实、可爱。在此基础上，诗人对铁人精神做出的概括性总结，才如此地令人赞佩。

　　　铁人精神就是／大庆精神人格化体现，／铁人的业绩／就是大庆辉煌的昨天、今天和明天／铁人的崇高精神是／万古业绩！

　　一花独放不是春，百花齐放春满园。《共和国不会忘记》中的铁人虽然作为最重要的人物贯穿始终，但并没有给读者留下单枪匹马的不良印象，这是因为诗人利用适当的篇幅，也恰到好处地描写了余秋里、康世恩、宋振明、唐克、吴星峰、徐今强、张俊、许世杰、陈烈民、张文彬、焦力人、李荆如、陈李中等一大批如同过江之鲫的英模人物。因此，全书便弥漫着百鸟争鸣、春光融融的喜庆气氛。

　　展读全书，我们深深地感悟到诗人对铁人、大庆人深挚的爱和对时下一些与革命传统严重相悖的怪现象、歪风邪气的深恶痛绝。这种燃烧着气怒与义愤的火一般的诗句,在书中出现多次,比较完整的诗段至少有五处 (即第10-12页、第70-72页、第84页、第110-111页、第112-114页)。现在,让我们随便摘出一段:

> 是的,我们这个 / 特别"新的"时期 / 是大开放 / 大变革的岁月 / 也难免是 / 形形色色思潮 / 蠢蠢欲动的年代 / 更有市场经济的负面 / 搅和着实用主义狂 / 鱼目混珠 / 泥沙俱来 / 当着那么一天 / 我们蓦然感到悲哀 / 你吃惊地发现 / 物质渐渐富有 / 环境却严重污染 / 资源遭受破坏 / 更为可怕的是: 我们的青年 / 精神少铁缺钙 / 为啥吃穿不愁 / 却感到空虚痛苦 / 为啥一事当先 / 只想自我价值实现 / 为啥总有那么多 / 高智商的"新生代" / 接连不断地 / 陷于某种无奈 / 为啥道德悲剧 / 总是纠缠着我们 / 迟迟不愿离开 / 前人的劳动和智慧 / 创造雄伟大厦 / 享受成果的人们啊 / 却忘记了 / 建筑大楼的艰难 / 失去精神基石 / 思想大厦会不会倒塌 / 人活着需要怎样的 / 一种精神 / 幸福能否用金钱购买? 假如一个社会 / 人人都很自私 / 必然催生 / 贪婪 / 自闭 / 畸才 / 假如一个民族 / 蔓延"软骨怪瘤" / 等待它的一定是 / 痛苦 / 人祸 / 天灾 / 谁说是"只要经济发展了 / 一切问题就迎刃而解?"
>
> 女士、先生、名人们呀 / 请睁开眼睛看看 / 东欧怎样剧变 / 苏联又如何垮台 / 国际敌对势力 / 日谋夜算颠覆渗透 / 意识形态的是非较量 / 仍在激烈展开……

这些有的放矢、掷地有声的诗句,读起来叫人感到何等的痛快!它对当今社会上存在的种种弊端及危险性的批判是多么尖锐、击中要害!又能让人们引起怎样忧心的思考,思考之余还将会如何更深刻、更切实地领悟到铁人精神、大庆精神的宝贵与伟大!诗人对当今现实生活中某些消极现象的揭露与抨击同对铁人、大庆人崇高精神的讴歌与赞美形成强烈的反差,而且这种反差又反复出现多次,因此便大大地增强了这部长诗的战斗性和社会意义。可见,这种强而有力的反差法,是本诗增强感染力的一个十分巧妙的艺术手段。

写诗要求诗人应具有较高的语言修养。如果说小说家和散文家的语言应该具有生动、活泼、新鲜、富有表现力等特点的话，那么，诗人的语言除了应当具有这些特点之外，还应当具有形象性、跳跃性和音乐性，其中押韵和节奏感尤为重要。至于一个成熟的诗人，应该具有自家独特的语言风格，那是在更高层次上的特殊要求，非一般执笔为文者所能达到。阿尔巴尼亚当代著名诗人德里特洛·阿果里在其著名长诗《母亲阿尔巴尼亚》的序诗里，对写诗驾驭语言的艰辛曾发过这样的感慨：

> 诗歌像暴戾恣睢的骡子一般不好驾驭 / 不会骑它，就会叫你掉下鞍子摔倒在地 / 诗人们抱怨那暴烈的骡子 / 他们想驯服它，但轻易改变不了它的怪脾气 / 多年来，我像骑骡子一样驾驭诗歌 / 可是，总也没学好驾驭诗歌的技艺 / 骑着骡子越平原爬山坡到处行走 / 到头来依然还是步履艰难感到不易 / 从前，每当我说自己学得很好 / 坐在鞍子上趾高气扬觉得了不起 / 调皮的骡子一尥蹶子，我就摔下来 / 嘴唇和鼻子都留下了血迹 /

外国人把写诗的辛苦比作驾驭暴戾恣睢的骡子，培元同志把自己写诗比作杜鹃啼血般的歌唱。二人的比喻不同，但说明的道理是一样的：写诗驾驭语言是非常辛苦艰难的事业！但是，工夫不负有心人，经过长期的打磨与锤炼，培元同志对诗歌语言的驾驭还是很得章法、卓有成效的。先来让我们品味一下他的几段诗句：

> 没有表面上的 / 冰天雪地 / 却人人感到了 / 森森寒意 / 没有需要人拉肩扛的重物 / 却人人感到了 / 沉沉压力 / 没有一家 / 缺粮断顿儿 / 却人人感到了 / 饥饿的危机 / 没有一户 / 关停倒闭 / 却人人听到了 / 报险的警笛 / 经济转型 / 狠抓机遇 / 摆脱计划大锅的 / 死水因袭 / 投入市场经济的 / 大海潮汐 / 同样需要牺牲精神 / 更需要敢闯敢干 / 敢于开拓的勇气 / "三十年" / 三十年一场战斗 / 三十年一个单元 / 三十年风雨无阻 / 三十年改地换天，/

三十年昂首阔步／三十年勇往直前！

引文到此处，我不由得想起郭小川那些将名传千古的诗句：

十次柳絮飞／十次腊梅开／十次春雷响／十次桃汛来／大雁飞过十次来回路／红叶十次染山崖！

明白晓畅的词汇，整齐讲究的句式，铿锵作响的韵律，和谐匀称的节奏分明告诉我们：培元的诗很有小川诗歌的神韵，培元诗颇受小川诗的影响是显而易见的。

真正的好诗常有格言、警句传给后人。例如郭小川的《青松歌》一开篇就有这样一节格言般的诗句：

三个牧童／必讲牛犊／三个妇女／必谈丈夫／三个林业工人／必夸长青的松树

《夜进塔里木》一诗开篇的第二段也是刻骨铭心的格言：

再憨的儿子／也认识生身的父母／再笨的徒弟／也认识开蒙的师傅／我这三五九旅的老兵再傻／也认识塔里木

在名篇《团泊洼的秋天》里，小川还给我们留下了这样一些犹如炮弹轰鸣般的警句：

战士自有战士的性格：不怕污蔑，不怕恫吓／一切无情的打击，只会使人腰杆挺直，青春焕发／战士自有战士的抱负：永远改造，从零出发／一切可耻的衰退，只能使人视若仇敌，踏成泥沙／战士自有战士的胆识：

不信流言，不受欺诈／一切无稽的罪名，只会使人神志清醒，大脑发达／战士自有战士的爱情／忠贞不渝，新美如画／一切额外的贪欲，只能使人感到厌烦／感到肉麻

我们尊敬的老诗人贺敬之在影片《画中人》中写下了这样充满哲理的诗句：

花要开得美——花瓣溅露水／人要笑得美——落过伤心泪／早霞不算晴啊／天外有沉雷

我们兴奋地看到，在《共和国不会忘记》中，也闪烁着不少格言，警句似的诗句，让我们的心魂不时地受到震动。现在，让我们随便摘出两段：

呵延安，你这／庄严美丽的古城／如今仍在奋力前进／只是看起来步履／有些个沉重！你是在思考／你是在抗争／你的历史光辉／丝毫未减呀／你的感召魅力／依然如同昨天／你在人们的心中／仍然是灯塔指南／你在中国大地上／依旧是精神家园／是理想升起的热土／是信念确立的基岩／是正义向往的地方／是振兴中华的动力／源泉！

这些字字珠玑的诗句是革命的真理，是最深邃的人生感悟！这才是真正的政治抒情诗的语言！

再举一例：

战士原本是／格斗的勇者／诗人时刻探寻／生活的哲学／无论是艰难跋涉／还是凯旋欢歌／我们清醒的诗人／战士／总能告诫自己／"人在艰苦的环境／信念会更加坚定／当条件变得优越／享乐与安逸就会／趁机蠢蠢

欲动！"／假若人生啊／果真是一把利剑／就应当时刻牢记／进击的誓言！／假如人生啊／果真是一块璞玉／就应当时刻不忘／打磨自己／假如生活里／果真有什么挑战／沉溺享乐安逸／便是最大的敌顽／另外还要警惕／种种的掌声、桂冠／荣誉、花环／还有那些啊／形形色色的／俗风媚语……

这些激荡着革命真情的人生感悟，难道不是可以作为最珍贵的赠言，写在送给亲人、朋友、战友、学友、师长、情人的纪念册上吗？这是久违了多年的好朋友、好伙伴互相交心的良言热语，这样的诗句理所当然地应该恢复在政治抒情诗中应有的地位。

仔细赏读《共和国不会忘记》以及《北斗》中的一些诗篇，我们欣喜地发现，郭小川、贺敬之诗歌中那种充沛的火山爆发似的革命激情，蕴含着的深邃而又新颖的人生哲理以及对诗体形式进行大胆而有成效的开拓等特质，都对培元的诗歌创作产生了十分明显的影响。换句话说，一个政治上成熟、干练，艺术上学习并发展郭、贺诗歌精髓、硕果累累、前程广阔、实力雄厚的重要诗人，正踏着大步，稳健地向我们走来。我们为忽培元这位大器晚成的诗人荣登诗坛欢呼喝彩！

2010 年 5 月 12 日—5 月 16 日于寒舍"山鹰巢"

（原载《群山回想》一书，中国工人出版社 2011 年版）

震撼心魂的《中国人　中国梦》

——赏阅摄影艺术集

　　不久前，中国艺术研究院主办、《中国摄影家》杂志社承办的一个《中国人　中国梦》摄影艺术展，以240幅（组）气象万千、隽妙无比的摄影精品，深深地震撼了每个参观者的心魂。展出的作品不是一般的新闻照片，而是一幅幅构图精美、诗意浓烈的艺术品。笔者很喜欢观赏摄影展览，但像《中国人　中国梦》这样气魄宏大、内容全面、艺术瑰奇、意义重大、影响深远的摄影艺术展，还从来没有见过。展出之后，这家杂志将展出的作品汇编在一起，出版了一本无与伦比的大型影集。细细品味影集中每件作品的妙处，用心琢磨作者和编者的艺术匠心，笔者觉得这是一部具有世界水平的不可多得的杰作。

　　先说说作品的宏大气魄。改革开放的36年，是中国历史上罕见的大变化、大发展、大飞跃的36年。勤劳、智慧的中国人民，在四化建设中，在实现中国梦的伟大事业中，创造了幻想般的震惊世界的奇迹。请看!《青岛胶州湾大桥》所展示的当今世界上最长的跨海大桥的气势是何等的恢弘，吸引人的眼球! 这座我国自行设计、施工、建造的特大跨海大桥，3年前已上榜吉尼斯世界纪录和美国《福布斯》杂志，荣膺"全球最棒桥梁"称号。这座大桥成功的建成，大长了中国人民的志气，也大助了我们共和国的国威。

　　《神九飞船》让我们看到了我国宇航员神采奕奕的表情，他们有多少不可言状的神奇感受要向我们描述，又有多少知心的话儿要对党和人民讲! 毛主席当年展望的"可上九天揽月，可下五洋捉鳖"的美妙理想，不是眼看就要在他的英雄的儿女们的手上变成活生生的现实了嘛！而"玉兔"和嫦娥三号互拍的《嫦娥三号落月》和《行走在月球上的"玉兔"》，则让我们清晰地目睹了月球表面奇妙神秘、真切夺目的景观和鲜亮的五星红旗。这两枚照片的层次和清晰度，要比我们以前见过的他国同类的照片的水平高很多。这是近年来我国科技战线上顶尖的成就之一。

再看《改变地球的人们》一组6幅反映南水北调工程的珍贵照片。南水北调工程是当前我国正在进行的旨在彻底改变我国北方水资源短缺状况的国家最大的水利工程，工程之浩大、意义之深远，远远超过大禹治水和李冰父子修筑都江堰。《改变地球的人们》一组照片，反映的只是南水北调中线工程—河南省沙河渡槽工程的修建情况。这个渡槽工程是目前世界上规模最大的渡槽工程，因此，称它也是顶尖工程，也是名副其实。一叶能知秋，滴水见太阳。我们目睹了这个沙河渡槽工程之宏伟之艰难，那么，整个南水北调工程是怎样一个史无前例，造福子孙万代的冒尖工程便自然可以领悟了。

类似这样反映顶尖工程建设的艺术照片，我们还可以列举出赞美数百万高铁建设者的《农民工肖像》，歌颂3761公里的青藏铁路建设成功的《天路列车联欢会》，颂扬山西晋城陵川和长治平顺山区的老百姓不畏恶劣环境、自力更生30年、用最原始的方式、凿通了一条8公里长的挂壁公路的愚公移山精神的《锡崖沟挂壁公路》，等等。

感谢摄影艺术集的编者《中国摄影家》杂志社的全体同志，是你们富有创造性的劳动，让我们深刻地感悟到，坚持改革开放几十年的社会主义中国，如今已经强大到了什么程度，也让我们清醒地懂得了，世界上的敌对势力为什么那么样地惧怕、妒忌今日的中国，为什么那么处心积虑地要遏制她的发展。

《中国人 中国梦》摄影艺术集绝非只盯住顶尖的建设成就，它所涵盖的内容，是方方面面的，甚至可以说是周全细致、滴水不漏的。工人阶级是领导一切的，摄影集的编者对此毫不含糊。请看由10幅浮雕般的英雄工人的工作照组成的《石油工人群像》有多么威武、强悍！铁人王进喜的全身塑像犹如巨人一般高高地屹立在队伍的前列，象征工人阶级永远是中国社会主义事业的中流砥柱。

改革开放以来，中国农村发生了天翻地覆的巨变，被国内外有识之士誉为"天下第一村"的江苏华西村，是我国社会主义新农村发展的光辉典范。它是农村还是城市？请仔细观看《华西村炼钢厂》一组照片。华西村以农业起家，实现了富民梦；从工业发家，实现了强村梦；从三产兴家，实现了跨越梦。远在20年前，它就达到了家家有别墅式小楼、小汽车和百万以上存款的富裕水平。改革开放前的旧模样，已经荡然无存。照片上向我们展示的哪里是农村，这不分明是一座环境优美、面貌崭新、风格独具、小巧玲珑的现代化城市嘛！取消农业税是一项具有历史意义的伟大成就，得到几亿农民衷心的拥护和一致的赞扬。《免除农业税》真实而生动地表达了农民群众为之感到的无比的喜悦和兴奋。他们自发地走上街头，打着鲜红的横幅《感谢共产党免征农业税》，把一个小伙子抛向高空。免除农业税，哪朝哪代都没做过的事情，中国共产党领导的人民中国做到了；世界上任何一个国家都做不到的事情，中国政府做到了。这是一件很了不起的大事！农民群众如此欢天喜地，载歌载舞庆祝这一光辉的历史事件，那是理所当然。我国亿万农民的日子过得从来没有像今天这般幸福、顺心和喜兴。《农家忙秋》《丰收的季节》《在希望的田野上》等作品生动、传神地展现了农村五谷丰登，一年好过一年的富庶景象和农家人昂扬、奋进、乐观的精神风貌。物资是如此的丰饶，人们在田地里、沙滩上劳作，宛如过年过节一样笑逐颜开，喜气洋洋。许多作品中的农民都是最得意的人。这是社会的巨大进步。

农民工这支新兴的劳动大军，在改革开放以来宏伟的四化建设事业中建立的丰功伟绩是要永载史册、彪炳千秋的。可以毫不夸张地说，没有广大农民工艰苦卓绝的劳动，就没有今日数不清的高楼大厦、震惊世界的桥梁、高铁、巨型水电站……摄影艺术集不仅在许多作品中，纵情讴歌农民工不惧艰难困苦、勇往直前的豪迈气概和做出的伟大的历史性贡献，而且还大力颂扬他们在政治生活中日益活跃的进取精神。

　　我们的人民解放军是世界上最好的军队，是攻无不可、战无不胜的铁军。捍卫国家领土完整，保卫人民安全靠他们，各种抗灾抢险也要靠他们。摄影艺术集没有去描绘昔日的战火硝烟，而用很多画面展示了我们可爱的子弟兵平日演练的生活，请看《踏雪寻梦练铁翼》的8张军旅生活的照片组合。他们在﹣35℃的三九严寒的日子里，在荒山雪城进行野外生存、长途拉练、演习对抗、雪"浴"高原、翻山越岭、雪山飞狐……他们是最能吃苦的人，最可爱的人。

　　重视知识和知识分子，是新时期党和国家重要的政策，此次摄影艺术集也有一些作品突出地反映了知识分子为实现中国梦付出的巨大的劳动和取得的非凡的科学成就，例如，《中国古典文献数字化的追梦者》向我们展现了我国著名文献学家、中国社会科学院文学所计算机室主任栾贵明实现中国古典文献数字化工程的实况，采用近景特写镜头突显一位有突出贡献的科学工作者的成就与贡献，在这部摄影艺术集中是绝无仅有的。可见，编者对知识分子的特殊重视。《杨丽萍——一个边陲小女孩的梦想》，是6幅具有浓烈诗意的彩照汇成的人物活动组合，向观众娓娓动听地讲述"孔雀王"杨丽萍从一个打赤脚帮助妈妈捡柴的小女孩成长为蜚声海内外的大舞蹈家的非凡、艰难的历程，彰显出知识分子在今日中国占有的光荣而重要的地位。

　　今日的中国成为世界第二大经济体，令敌对者不敢对她小觑；中国人民也以全新的精神面貌，荣居人类精神文明的制高点，涌现出多少心灵最美的人！显然，影集的组织者对此给予了特别的关注，表现、颂扬各行各业中心灵最美的人的作品竟达10多件，请看！首先映入我们眼帘的是《学雷锋》，在鲜红的"雷锋号"引领下，我们看到了反映在关键时刻置个人安危于不顾，拼命救出两名学生的语文教师张丽萍的英雄行为的《最美女教师》；还有20年来一直坚持义务献血，以"雷锋精神"为荣，乐于助人，不图回报的《道德模范郭明义》等先进模范人物。

　　吃水不忘打井人，幸福牢记老红军，是这部摄影艺术集的又一大亮点。

《"红军桥"上话当年》《老红军的心愿》(6幅彩照组合)《重走长征路》(4幅彩照组合)等珍贵作品，让我们看到了当年为我们打江山的老红军今日的革命风采。他们"老骥伏枥，志在千里"，永远都是我们学习的楷模。摄影艺术集搜集到这么多具有历史文物价值的照片，让革命后代了解先辈们光荣的历史，为实现伟大的中国梦而献身，实在是难能可贵。

中国有56个兄弟民族，这些民族的紧密团结、通力合作，对四化建设的成功、中国梦的实现具有头等重要的意义。这部摄影艺术集的编者对这一问题的高度重视，给人们留下了刻骨铭心的印象。反映、歌颂各少数民族日新月异的幸福生活，描绘这些地区日趋繁荣昌盛的景象的作品竟有200多件，占全部展出作品的1／3。在一部摄影艺术集中，能亮出这么多新奇颖异、千姿百态的迷人之作，不能不说是一个史无前例的奇迹。其中由56张色彩鲜艳，群芳争妍，布局绝不雷同的彩照组合而成的《56个民族，56张全家福》这部杰作是精品中的精品。在维吾尔族这一张的下边有一段精彩的解说词，笔者想把它一字不漏地抄录如下：

> 这组照片是作者于2008年8月至2009年8月，历时12个月，跨越千山万水，辗转28个省、市、自治区，途经554个县市，多次攀越海拔5000多米高的山区，东西南北穿越四季，纵横10万里山河，翻阅大量史料，精心绘制出的一段心路历程。用心感受五千年文明，作者找到并拍摄了1125位非物质文化遗产民族传承人及民族代表，用57228张专业影像，共同组成有史以来唯一一组弥足珍贵的中华民族"全家福"表情，凝固成了56个民族的永恒记忆，成为中国到目前为止以影像最完整记录中国56个民族生存现状的摄影家所倾情呈现的民族底片。

关于这组照片产生的历史、摄影家付出的超常艰辛的劳动以及它的无可估量的价值，这段解说词已经说得再透彻不过了。其他满纸溢香、沁人心脾的反映少数民族生活和劳动的彩照还有很多，像《放学的孩子》(塔吉克族的孩子)《蒙古族女孩》《慕士塔格峰下柯尔克孜人的生活》《幸福家园》《彝族火把节》《奔腾》(哈萨克族人赛马) 《赛龙船》(大理白族人在火把节上赛龙船) 等都是色彩艳丽、蕴意丰厚、满纸飘香，令人百看不厌、爱不释手的上乘之作。

　　影集中的任何一幅作品都是无可挑剔的。本应再以构图、色调、光线、角度等方面作些专业性较强的分析，但笔者不是摄影家和摄影理论家，那样去做，显然是力所不及的，只能直观地浅薄地指出一点，那就是相当多的作品是世界上独一无二的，是无论花多少钱都无法买到的，如《庆丰收》(壮族肚皮舞)《柯尔克孜驯鹰人》《残疾姑娘刘晓清的美丽人生》《女书传人·女书梦》《摩梭人的梦想》《龙游龙中》《大地指纹》等都具有独特的艺术审美价值。

　　习近平总书记在与文艺工作者座谈时语重心长地指出：

　　　　人民是文艺创作的源头活水，一旦离开人民，文艺就会变成无根的浮萍、无痛的呻吟，无魂的躯壳。能不能搞出优秀作品，最根本的决定于是否能倡导文艺要为人民抒写、为人民抒情、为人民抒怀。

　　赏阅《中国人　中国梦》这部优秀的摄影艺术集，我们更加深刻地领悟了习总书记这段话的正确与英明。

（原载《中国文化报》2015 年 2 月 15 日）

《中国文化报》应该担负的使命

——从近期《中国文化报》刊发的几篇大块儿文章说开去

　　敢于接触当前我国文化界最重要的问题，反映文化战线最杰出的震撼世界的文艺成就，揭示中华文化最有深度的底蕴，应当是《中国文化报》担承的使命。《中国文化报》长期以来，一直设有"公共文化"、"特别关注"、"专题"等重要栏目，刊发了数量可观的长篇文章，对上述问题作了深刻的能够给读者以启迪和深省的评述。这些大块儿长文可以昭示《中国文化报》的风貌、水平和风格。最近，从以上的3个栏目里读到了3篇颇有分量的文章。现在，就以这3篇文章为例，谈一谈《中国文化报》应该担当怎样的重任。

　　我国是当今世界上电视剧生产大国，每年拍摄的电视剧早就过万集，但真正受观众欢迎的电视剧数量极少，一般化的、粗制滥造的居多数。原因何在？其中一个主要原因，是迄今我们还没有建立起完整的"编剧中心制"。针对这一弊端，2014年4月7日的《中国文化报》"特别关注"栏目刊发了本报记者胡克非和实习记者薛帅合写的《电视剧制作：离"编剧中心制"有多远》的长篇报道文章（整整用了一版篇幅）。文章通过对几位普通演员、编剧的采访，真实地披露了当前电视剧摄制中编剧被边缘化，处处以导演为中心，制片人掌握经济大权的真情。剧本是一剧之本，剧本质量高或低是决定一剧成功或失败的最关键性因素。过去，在电影摄制中，编剧的地位和担负的责任，一向高于导演，而现在则恰恰相反，导演高于一切，导演不经编剧同意，随便改动（有的甚至是乱改、胡编）剧情、人物对话，是现今影视圈里司空见惯的事情。至于经济报酬，则更是不合理。据一位叫阿九的影视演员说："当然，如果我是一个编剧，投资3000万元的片子，两个大腕卷走2000万元，剩下的编剧、灯光、音响、舞美、后期发行宣传，全部从这里面分钱，最终分到编剧手里的只有几十万元。"至于一部多集电视连续剧的制作过程，更是可笑，发人深思："筹划一部戏一般是这样——首先写很多大纲，然后拿着大纲去找钱，一边找钱一边找演员。有的时候钱先到位了，那么我们按着资金去分配；有的时候，演员先到位了，那么我们就按照演员的价码去找资金。很多时候，钱和演员都到位了，就要开始联系卫视，联系网站，尽快地把这个戏卖出去，这才是投资方最喜欢的节奏，但是，往往这种时候，剧本还八字不见一撇呢。"阿九小演员的这一席话，把现今许多电视剧的制作过程描画得活灵活现。这篇长文的及时刊发，非但对影视工作者，而且对整个文艺界尤其是文艺界领导都具有普遍的醒世意义。

毫无疑问，吴为山是新时期以来我国雕塑艺术领域里最具创新精神，成就最为卓异，影响最为深广的雕塑家。20多年来，他潜心挖掘和精研中国传统文化，致力于中国文化精神在中国雕塑创作中的融和表现，创作了大量历史、人物雕像，被誉为"为时代造像者"。他的作品遍布20多个国家和地区，被永久收藏于中国美术馆和欧美许多重要博物馆，得到了法国、英国、意大利雕塑家的赞扬。几年前，他创作设计的侵华日军南京大屠杀遇难同胞纪念馆大型群雕堪称中国当代最高艺术的为数不多的雕塑精品。他为中国雕塑艺术赢得了光荣，为中华民族夺得世界性的荣誉立下了奇功。对吴为山这位为国家做出了突出贡献的雕塑艺术家，媒体早就应该大张旗鼓地予以宣传和表彰。2014年4月10日，《中国文化报》"专题"栏目用两大通版的篇幅和宏大的气魄，刊发了吴为山反映侵华日军南京大屠杀我同胞的11件雕塑作品，揭露了日本法西斯反人类的滔天罪行，发人深思，动人心魄。两版的中心位置还并发了吴为山自己撰写的充满激情、文采斐然的美文《塑以祭魂》(副标题为《创作侵华日军南京大屠杀遇难同胞纪念馆大型群雕追记》)，让读者赏观了吴为山这位杰出的雕塑家的风范和英才。《中国文化报》以如此大的动作，不惜篇幅刊发吴为山的这部杰作，具有非常重大的现实意义。今年是第一次世界大战爆发100周年，第二次世界大战爆发75周年。近年来，日本右翼势力日趋猖獗，复活军国主义，各国人民又面临着战争的威胁。《中国文化报》非常清醒地关注我们生活的大背景，不失时机地刊发吴为山旨在弘扬爱国主义，揭露日本侵略者灭绝人性的雕塑佳作，显示了很高的政治水平。编者是很懂国际政治的，为媒体如何更好地宣传国际形势，自觉、主动、积极地配合我国政府的外交政策开展工作，起了先锋者的作用。

"公共文化"是《中国文化报》的一个重要品牌，它所刊发的一系列文章，很受读者欢迎。今年清明节前夕，4月4日，它刊发的由本报记者刘婵、张妮合作撰写的《堂号：记载家族历史，传承优秀文化》一文，又是一篇有调查、有研究、有深度，具有珍藏价值的好文章。文章由"追根溯源 缅怀先祖 训勉后人"、"仍对家族成员发挥积极作用"、"受到现代社会冲击"3部分组成，有理有据地阐释了堂号的来历，它与家族历史的关系，它的积极作用。为了具体地说明堂号的价值，在文章的后面还列举了张姓"百忍堂"、王姓"三槐堂"、孙姓"映雪堂"、朱姓"哲槛堂"、戴姓"注礼堂"、翁姓"六桂堂"、谢姓"东山堂"、游姓"立雪堂"、韩姓"泣杖堂"、范姓"麦舟堂"、刘姓"青藜堂"11个堂号故事。这些堂号故事娓娓动听，富有教育意义。从这些堂号故事中，可以进一步领悟到：堂号以儒家思想为核心，其很多内涵与今日的社会主义核心价值观是相一致的，无论是对于一个家族优秀传统的传承，还是对于提高中华民族的向心力和凝聚力，都发挥着积极的作用。清明节祭祖之际，《中国文化报》"公共文化"栏目刊发这样揭示中华民族深层次文化的文章，是非常适宜的。

《中国文化报》是具有广泛影响的国家级文化报，它必须在完成报道一般性的文化信息、文化评论的同时，开设几个重量级的"栏目"，靠这些栏目为支撑，树立我国作为一个社会主义大国的先进的文化形象。我们高兴地看到，这些年来，它开设的"公共文化"、"公众阅读"、"特别关注"、"专题"等大栏目，很好地承担起了树立我们强大的、先进的社会主义文化俊美形象的重任。承担这一重任是很不容易的，编辑和记者不仅应当具有敏锐的政治嗅觉，对党的新闻事业的无比忠诚，而且还应该锻炼自己具备学者的刻苦钻研精神，本文提到的3篇文章的作者们是具有这种精神的，委实是值得称赞的。愿《中国文化报》的编辑、记者们再接再厉，把这些足以显示《中国文化报》的水平与实力的大栏目办得更好，更有特色。丰收与喜悦永远属于勤劳、善思、勇于创新的人们。

2014 年 4 月 15 日清晨与寒舍"山鹰巢"

（原载中国文化报《采编通讯》第 31 期）

我们需要这样的艺术解读

——从张抗抗的文章《高山流水听诗音》谈起

评论文章难写，评论音乐艺术的文章更难写，因为音乐是表达抽象情感的艺术。对于这种抽象情感的心理感悟和呼应，无论是音乐作品的作者、演奏者，还是欣赏者、评论者，用语言常常是很难说得精准到位、恰如其分的。为了说得明白晓畅，使听者、读者自然地进入作品所展示的艺术世界，懂得它所阐释的艺术之理，欣赏者、评论者一定要具备很强的形象思维能力和逻辑思维能力。正如杰出的红学家、文艺评论家李希凡所说：写文艺评论要把形象思维和逻辑思维很好地结合起来。认真赏读刊登于2011年10月10日《中国文化报》"采风"副刊著名作家张抗抗写的《高山流水听诗音》一文，眼前豁然一亮，使我对这个思索多年的问题又有新悟。同时，对张抗抗这位凭借改革开放的阳光雨露迅速成长、成熟起来，如今已成为中国文坛最富有代表性的作家之一的小说家、散文家的认识，又大大提高了一步。

通读全文，著名二胡演奏家严洁敏的艺术人生，浮雕般地凸现在我们眼前，而统领全篇的内核，是精雕细镂严洁敏演奏二胡的高超技艺和美妙绝伦的演奏效果。为达到如此目的，作者尽情地施展出散文家特有的想象力和联想力，让高山、流水、杏花、鸟雀、游鱼……全都变成任自己纵情使用的笔墨。例如，为了渲染二胡的声音之美，作者信手写道："琴声悠然响起，虽是寻常的试音调弦，却如同一道闪电悄然划过蓝天，树枝草叶忽地静了，大山骤然停止了呼吸，那一曲曲圆润流畅的丝弦曲乐，似天籁之音，沁入花团锦簇的山谷，惊飞一群五彩山鹤。"如果说，在文章的一开始，自然万物对琴声的好感表现得还不太外露，那么到后来，这种好感则变成了令人惊喜的行动了。请细心观看："在洁敏即兴的琴声中，微风暂歇，游鱼沉浮，飞鱼噤声，杏花凝眸——自然万物与我们一起平心静气，倾听这一场没有舞台和乐队的独奏音乐会。"终了，自然万物非但被琴声所征服，甚至与演奏者你中有我，我中有你，变成心心相印的合作者了。再请看："'台下'的淙淙泉水，啾啾鱼虫，飒飒山风，喁喁鸟鸣，还有树叶的哗响与杏花无声的震颤……组成了天然和谐的配器，那是大自然专为洁敏配置的最独特的'爱乐乐团'。"作者就是这样展开想象和联想的翅膀，赋予自然万物以灵性，烘云托月地展示出用语言难以描述的洁敏琴声的优美动听、撼人心魄的力量。

　　渲染琴声之美和力量是不容易的，而精准贴切地描绘洁敏对二胡演奏的高超技艺则更难。这种描写段落，最能显现作者的艺术素养和文字功力。本文中直接描写二胡演奏的文字不算多，但这不多的文字也已勾勒出演奏者非凡的本领了。请看下面这段有声有色、出神入化的描写："平日里，洁敏该是一个素朴淡定、安静温婉的江南女子；而当她拿起琴弓，沉浸于自己的音乐世界时，忽而变身为一位高贵的艺术女神，浑身散发出浓郁刚烈的激情。她纤细灵巧的双手划过琴弦，左手揉弦、拨弦，准确控制泛音颤音滑音；右手顿弓跳弓颤弓抛弓，左右开弓配合默契。琴杆与弓弦在她的臂弯里收放自如，好像已成为她身体的一部分。""洁敏炉火纯青的技艺，将古老的二胡奏出了崭新的乐感。由二胡改编的《流浪者之歌》，在洁敏的演奏下，以频繁的快速换把及大跳、快速换弦、超高把位的快速两手配合等高难技巧，将二胡演奏水准推向一个新的高峰。音色音质之华丽精湛，可与最优秀的小提琴媲美，令人惊叹。"看到这些专业性很强的乐器术语，我确认作者一定是一位谙熟二胡演奏的行家，甚至本身就是一个演奏二胡的能手。这两段文字使我不由得想起唐代大诗人白居易在其千年不朽的名作《琵琶行》中对琵琶女演奏琵琶的精彩描写：大弦嘈嘈如急雨，小弦切切如私语。嘈嘈切切错杂弹，大珠小珠落玉盘。只要认真地加以比较，就不难发现，张抗抗对胡琴声的细致描写和对演奏者神态的精雕细刻与白居易对琵琶声的多种比喻和对琵琶女演奏琵琶时音容、心绪的渲染,委实是具有异曲同工之妙。不同的是,迅猛发展的时代赋予现代人更多的学识和理念,这是古人无法与今人相比的,因此在张抗抗的笔下很自然地出现一些音乐专业的术语和概念,便是很合乎情理的事。

这篇《高山流水听诗音》是为年轻杰出的青年二胡演奏家、中国音乐家协会二胡学会副会长、中国民族管弦乐学会胡琴专业委员会副会长严洁敏撰写的小传,写了她从10岁小琴童成长为中外闻名的二胡演奏名家的辉煌历史。但写法与常见的艺术家传记的写法迥然不同。就我所见到的许多作家、艺术家传记(尤其是小传)而言,通常的写法都是一生平、二学历、三业绩(大多是数字和作品名字的堆砌),四是获得何种奖励。几乎篇篇都是那种干巴巴的陈词滥调的八股文,读来毫无味道,大败胃口。而这篇《高山流水听诗音》却完全相反,在写法上它打破一切条条框框,充分展示了作者超凡的文采和艺术匠心。先是画出一幅烂漫杏花覆盖山野的盎然春光图,然后引出才华出众的二胡演奏家严洁敏在花海中仙女般地与读者见面,继而在笔墨酣畅地描述她精湛的二胡演奏技艺和产生的巨大反响的过程中,两次精当得体地描述演奏家成长的历程。最后,挥出浪漫之笔,出其不意地安排洁敏之夫也操琴登场,以钦羡的文字介绍这对神仙眷侣事业的成功、爱情的和谐、幸福作为全文的结束。一篇3000余字的艺术家小传立意是何等深刻,谋篇布局又是多么用心、讲究。它又是一篇艺术家小传。但不是一般的小传,而是融入了作家浓郁强烈情感的小传。它又是一篇意境深远、文字优美的艺术散文。它更是一篇有调查、有研究、见解深刻、点评到位的音乐艺术评论。

真正的、勤劳的、有修养的文评家,历来都是把文章的逻辑性和形象性巧妙地熔为一炉。古代文评家的名著佳篇暂且不表,当代著名的文评家在这方面为我们提供的范文也是值得我们很好学习的"样板"。例如,已故作家孙犁的大量文艺评论就需要我们认真研究并从中吸取宝贵的营养。但是,许多年来,空话连篇、言之无物的评论文章,在报刊上总是很顽强地生存着。千人一腔、万人一面的八股味、八股调，打也打不走，吹也吹不散。正是在这样的情势下，《中国文化报》副刊在"走基层、转作风、改文风"号召的指引下，在该刊上有意识地刊发读者喜爱的作家张抗抗评论音乐艺术的美文《高山流水听诗音》，为引导一种崭新、富有生命力的文风健康地发展带了一个好头。愿《中国文化报》副刊今后能继续发表更多的像《高山流水听诗音》这样内容充实、面貌颖异的评论文章；愿在不久的将来，像《高山流水听诗音》这样的美文能够迅快地蔚然成林。

（原载《中国文化报》2011 年 12 月 25 日）

一篇奇崛颖异的文化随笔

——浅评梅岱新作《看文化和文化的看》

　　也许是因为年轻时在异国学习几年，后来又当过记者，写过一些域外散文随笔一类的文字吧，所以多年来一直对介绍国外风土人情、历史、文化的文章颇感兴趣。打开报刊，这类文章那是一定要首先阅读的。可是，长期以来，真正有棱有角、新颖独特，读过之后能给人留下深刻印象的超凡脱俗的文章并不多见。然而，近日《中国文化报》"纪事/副刊"分三期连载的梅岱同志的中东手记《看文化和文化的看》，却以奇崛的文笔、深厚的思想内涵和强烈的艺术感染力，立刻震撼了我的心弦。这不是那种司空见惯的倒人胃口的"什么什么大扫描""什么什么大曝光"的哗众取宠、浮光掠影之作，而是一篇有准备、有研究、经过细致比较、深思熟虑而写成的叙事豪壮大气、思维开放敏锐、哲理深刻精湛、格言警句甚多，能给人以深深启迪和审美愉悦的上乘之作。我想，这篇《看文化和文化的看》，肯定会被编选家们选中，作为2011年开门红的随笔经典载入史册。

　　先说叙事的豪壮大气。文章的内容是讲述作者出访迪拜、巴勒斯坦、以色列、巴林、伊朗、埃及时的所见所闻、所思所想。不过，涉及的具体内容，都不是一些不关痛痒的小事、琐事，而是关系到中东国家人民生存、发展、命运和前途的大事、要事。例如，长达60年之久的巴以争端，变成了死循环，夺去了一代又一代无数的年轻的生命。作者以简洁、洗练的文字介绍了这一争端产生的来龙去脉之后，举出中华民族5000年的文明没有中断的例子，公正、明确地指出："一个重要原因在于民族文化内在的特质：中庸、向善、不极端，其核心是个'和'字。'礼之用，和为贵，先王之道，斯为美'，向来以智慧著称的犹太民族和阿拉伯民族，为什么不能也多一些'和'的理念、'和'的思想主张呢？""以色列、巴勒斯坦这块土地太需要'和'的种子、'和'的雨露、'和'的阳光了。"历史将证明：作者的这种"和"的主张是唯一能够解决巴以争端，结束60年灾难的正确指导思想。很明显，只有一个胸襟博大、气度恢弘的政治家，才讲得出如此大气、有胆有识的话。

再如，对于喧嚣一时的"文明冲突论"，作者毫不含糊地阐明自己的严正立场："已是文化相互交融的今天，中西文化的比较研究势在必行，建立一门学问也大有必要和可能。问题是如果强行把一方作为坐标、作为中心、作为正统，把另一方作为从属或是陪衬，不平等的比较、蛮横的比较不成文化霸权了吗？""如果哪一天，在无端挑起的文明冲突中，某种文化一家独大，称霸全球，而其他文化（文明）都被斩草除根，那会是一种什么结局？"这种提倡东西方文化互相取长补短、平等共存的公道立场和有板有眼、掷地有声的言辞，再一次让人们看到了已经站起来的东方巨人的铮铮铁骨和伟岸身躯。

另外，文中"小国之大气比大国之小气，好上百倍"一节，对大气的小国的赞扬，"隔离墙要拆除，心里的篱笆也要拆除"一节对巴以双方前景的美好展望，"浪迹天涯的人，最渴望的莫过于有一个可以遮风挡雨的家"一节对"基布兹的精神意义远远大于模式制度意义，象征意义远远大于现实意义"的中肯评价等等文字，也无不彰显出作者那政治家的广阔视野和非凡的眼光。

改革开放是今日中国最大的政治。依我看，改革开放最重大的意义，就是它空前地解放了人的思想，解除了束缚人思考的精神羁绊和许多陈规旧习、条条框框，让智慧的富有创造力的中国人有了开放性的思维。梅岱的这篇《看文化和文化的看》，就是这种开放性思维的典型之作。全篇文章处处闪烁着开放性思维的光辉，让读者有一种光芒四射、耳目一新之感。随便举一个例子，对于如今甚为流行的"模式说"，作者是这样评论的："所谓模式大都是人为杜撰出来的，是某些文化人为哗众取宠设计出来的。连他们自己也说不明白的事，非要牵强附会成一幅美丽的图画，要人们去求证，要人们去附会，实在没有意义。从文化意义上讲，设计和推崇模式，都是想为自己的观点寻找一个合理的、天经地义的文化坐标，目的是使自己的观点变成真理。研究推广所谓模式有百害无一利。""邓小平是一位伟大的智者，早就提出世界上没有放之四海而皆准的道路和模式，也没有一成不变的道路和模式，中国人只能从中国的实际出发，走自己的路。所有的路都是在原本没有路的地上走出来的。中国30年的改革发展没借鉴什么模式，不是成功了吗？我们不要迷信世界上有什么普世模式，也不要天真地听信一些'大忽悠'奉承我们的什么模式。什么人一旦对模式感兴趣，必然会钻进圈套而被禁锢，被绑了手脚。"这是多么深刻、独特的见解！读了这段话，某些迷信模式，终日围绕模式挖空心思做文章的糊涂人可该猛醒了吧？

再例如，在"借助历史来理解现在，借助现在去瞭望未来"一节里，面对巍峨神秘的金字塔，作者大胆地发问："我们对过去的了解又如何呢？人类社会究竟是进步了还是退步了？人类文明是发展了还是停滞了？难怪有人猜想，金字塔是外星人的杰作。地球上凡是认识不了的难题就交给外星人，不成了地球人的悲剧吗？"作者的这一思考是大胆的，是不受什么规矩限制的，说不定某一日这种大胆的思考会获得令人意想不到的伟大成果呢！人间的一切奇迹都是开放式思考、苦心琢磨、埋头钻研的结果。

同样，在"金字塔要近看又要远看，看历史要粗看又要细看"，"文明是一种运动，而不是状态"等节里，也有不少闪光的、开放的、能给人很多启迪和教益的思考。人们常说，一个伟大的作家，必定是一个杰出的思想家。梅岱的这篇富有真知灼见的文化随笔，再次验证了这一说法的确是一个颠扑不破的真理。

作者的思维是开放式的，见解是新异独到的，因此，笔下便很自然地出现了一系列开人眼界格言、警句。这种意义深湛、隽永的格言、警句，几乎每一节都有，都值得圈圈点点，或抄录下来放在 案头作为座右铭。现在，让我们随便摘引几段，供读者朋友喜幸赏读：

现实中的许多事都坏在凡事不经过自己的头脑去思考，只是人云亦云随大流。

从一句话里可以体悟到说话者的地位和身份，一句话是足以证明一个人的文化面目和特征。人与人的文化差异，也常常表现在语言上。

没有永恒的文明，只有永恒的山川河流。

和平、和谐、和睦是人类的福音，对抗、对立、对冲是人类的灾难。

任何一个统治者如果争得了人心，占领了人的头脑，就从道义、理念、思想上占据了主动。

有人说过，一个民族、一个国家、其最终意义不是军事的、地域的、政治的，而是文化的。

悲剧比喜剧深刻，因为他留给人遗憾，有遗憾就有思考，一个人的悲剧可能会化作后人的财富，成为对民族和国家的贡献。

有英雄的民族是英雄的民族，阿拉法特是永恒的，包括他的思想、他的精神、他的灵魂。

……

格言、警句是一个人智慧的结晶，独到而深邃的思想的展示，最能打动、感化、征服读者的心。格言、警句大面积的覆盖，是这篇《看文化和文化的看》的显著特色，也是它赢得大量读者的重要原因之一。

叙事的豪壮大气，思维的开放敏锐，格言、警句运用得多而精准使《看文化和文化的看》获得极大的成功。我为它的成功击节喝彩！

（原载《中国文化报》2011 年 11 月 3 日）

第三辑

万壑树参天，千山响杜鹃

——母校辽宁省熊岳高中校本教材《紫藤园》序

　　小时候，听姥姥家归州的长者说，海边的人最聪慧、最精明。后来，国内国外浪迹了半个多世纪以后，我逐渐醒悟到，他们的话颇有道理。且不说希腊、罗马、埃及这些著名的地中海沿岸的文明古国，创造了怎样一种令世人敬羡的光辉灿烂的文化，为人类做出了何等伟大的贡献，就说我们本乡本土吧：如今好多京城人一提起辽东半岛的盖州人、熊岳人、无不为之聪颖精灵、才华超群的素质咂嘴称赞。我常常想，这也许是碧蓝透明的辽东湾、清绮明丽的大清河和响水河、瑰丽绝伦的千山对于生于斯、长于斯的辰州儿女的恩赐吧！

　　毋庸把话题拉得太宽太远，还是围绕我比较熟悉的故乡文化这块园地展开话题吧。几千年来，在这片丰饶的土地上，开放出多少灿若云锦的文艺之花，结出多少丰硕馥郁的文艺之果！在浩瀚的历史长河中，在大量的辰州典籍中，我们能够找出由上百名可与华夏文艺名家并驾齐驱的诗人、小说家、散文家、戏剧家、文学翻译家、曲艺家和民间艺术收藏家排成的长长的队阵。那远在金代就精通诗词歌赋、琴棋书画，有《幽竹古槎图》《熊岳图》《丛耕》(十卷)、《文集》(四十卷) 传世，其中有的杰作竟被美国掠夺并放在博物馆里当作珍宝的大书法家、大文豪王庭筠；那颖异卓群，博学多能，擅文艺，工诗画，且通天文、舆地、音乐、词曲诸学的清代贡生并有《于天墀诗稿》《于华春文稿》行世的奇才于华春；那曾掌管辰州书院，历任城厢议事会会长、图书馆馆长、省立第三师范教师等职，以《易图略释》《潜轩读书记》《艺舟双楫》《论书释要》《聊斋拾阙书后》《友陶耕者轩文集》等精湛之作跻身于清代大学者队伍的光绪辛卯科举人王郁云；那一生坎坷，命运多舛，性情孤高，落落寡合，文学深渊，尤长于诗词歌赋，谪流库页岛6年，身处逆境矢志不渝，并以不朽之作《余生诗集》教诲后人的爱国诗人王晓岚（王者贵）；那以魏碑为底蕴，融碑帖于一炉，被誉为中华书法史上当代书法北方地区的开派大师，与于右任、郭沫若、沙孟海、林散之等名家相比毫不逊色的中国当代书法大家、爱国诗人沈延毅；那"慷慨赴囚房，挺身担大刑，愿将新血肉，烈烈试真情"的共产党的忠诚的文艺战士，辰州大地的优秀之花田贲（花喜露）；那真正懂得散文艺术的真谛，古典诗词的行家里手，教出桃李满天下的吕公眉；那以一曲《苏武牧羊》彪炳中华青史，为辰州文化画廊添彩增辉的诗人蒋荫棠（蒋麟昌），不都是具有五千年文明的中华天空上璀璨耀眼的文曲星嘛！

在"春风杨柳万千条，六亿神州尽舜尧"的社会主义年代里，在花团锦簇、群鸟争鸣的盖州文苑里，呈现出一派嫩苗遍野、生机盎然的好年景。才华卓异的田心上一马当先，以纤细幽婉、充满醉人的辽南泥土芬芳的女性笔触创作的激荡着社会主义新农村的世风美、人情美的独幕话剧《妯娌之间》，博得剧坛、文坛内外一片喝彩，一举夺得1956年全国独幕剧创作一等奖的桂冠，被全国十多种地方戏移植到舞台上，演遍长城内外、大江南北，与孙芋的《妇女代表》、崔德志的《刘莲英》、金剑的《赵小兰》、舒慧的《黄花岭》等精品杰作长空比翼，竞相斗艳。田心上因此剧的成功而名声大振，得到戏剧界权威人士的格外厚爱与器重。《妯娌之间》的问世和田心上的脱颖而出，是20世纪中期盖平县文化界的一大盛事。后来，田心上如果不遭到坏人的嫉妒和陷害，他是完全可以成为饮誉全国的戏剧大家的。因为篇幅有限，本书未能摘选田心上的戏剧文学作品。不过，为了充分肯定他对盖州文艺所作出的突出贡献，表达盖州市乃至营口市、辽宁省文化界同行以及他曾热心栽培过的晚生后辈对他深深的怀念，我觉得借此良机对他写上这么一小段是应该的。

　　小品表演，原本是戏剧学院、电影学院对学生进行基本训练的实践课，并未登过大雅之堂。改革开放的春风喜雨，融化了束缚人们发挥才智的寒冰，极大地解放了艺术生产力，让小品这一本来并未成形的艺术胚芽，迅猛地异乎寻常地发展、兴旺起来。今天，它已成为文艺演出中必不可少的美味佳肴。假如没有一两个像样的小品节目的支撑，全场演出就会塌腰失衡，黯然失色，观众愉悦和审美的愿望，自然也就得不到应有的满足。可以说，观赏小品已成为今日国人文化生活中最不可缺的一部分。可是，有谁晓得，新时期演艺界里开小品创作之先河，对小品的形成、发展和飞跃，做出过历史性贡献的特异作家，竟然是19岁就当了铁道兵歌舞团团长，离休后受聘为中央电视台艺术指导，连续11年荣任央视春节文艺晚会总策划或艺术顾问、指导的焦乃积！又有谁知道，乃积同志原来是归州籍的大清乾隆甲辰进士，后官至湖北兵备道，并有《连云书屋存稿》诗集传世的焦和生的后人呢！目前的许多小品节目笑料不少，演出时台上台下似乎很热闹，常常笑声不断。但那种笑，往往是一种廉价的笑，经不起掂量和琢磨的笑，甚至有的是以低级的庸俗趣味引起的肉麻的笑，令人讨厌的笑。而乃积同志的那些小品节目，引起的却是深沉的笑，多思的笑，能使你对节目的内容产生更多、更广、更深、更细的思考。这种笑才是具有真正审美价值的笑。若干年后，学者们写起当今这段文艺史的时候，是肯定会为辰州之子焦乃积重重地写上几笔的。

　　一想起望儿山，我就像注射了兴奋剂一般畅爽兴奋；一提起熊岳高中，我就立刻来了能耐，枯竭的文思又会犹如泉水一样涌流起来。因为那里是我文学起步的地方，是培育作家艺术家的苗圃。不要说在东三省，就是在中华全国，也很难再找到一个像熊岳高中这样培育出那么多具有很高知名度的作家、艺术家、学者的中学。迄今为止，仅1957～1960年那4届毕业生中，就有10人被中国作家协会吸收为会员，他们是：大校级军衔的小说家朱春雨（1959届），一级作家、诗人并被朝鲜作家协会授予名誉会员光荣称号的牟心海（1959届），散文家李成汉（1960届），作家、文艺评论家、资深编辑洪钧编审（1959届），素有文坛伯乐之美名的于化龙编审（1959届）。另外，还有中国戏剧家协会会员、戏曲研究专家王安魁研究员（1959届），集学者、作家、翻译家于一身的郑恩波研究员（1959届），著名画家郭常信、林瑛珊、田福会（这几位画家皆为1959届毕业生）等。需要特书一笔的是，还有红遍中华的著名影星方青卓。至于成为省、市级作家协会、戏剧家协会、美术家协会会员的人数，我实在是无法统计。保守地讲，至少也有百人，真可谓人才济济，兵强马壮。这批学长的作品如果汇集到一起，完全可以举办一个十分有气魄的图书和美术展览会。这些作品内容之丰富，风格之多样，色彩之斑斓，影响之深远，都是我的这支拙笨的笔难以描述的。好在本书主编钟旅安老师在《编后感言》这篇美文里，对它们当中几位有代表性的艺术家的人生及作品，做了精当、到位的评述，因此本人便避重就轻，对此不再多叙。不过，面对学长们的累累硕果，我很想对母校那几届特别是59届毕业生中涌现出如此之多的作家、艺术家、记者的原因稍作探讨，也许这一点更能引起师生们和社会有关人士的兴趣和思考。

第一、时代造英雄，方针、政策是事业成败的关键。那几届尤其是59届那批学长，都是新中国成立后，共产党在辽南刚刚一建立政权就走进校门的第一批学生，而且大多数都是新中国成立前吃过苦，懂得人生艰难的农家子女。他们一旦翻了身，得到了上学读书的机会与条件，便怀着对共产党、毛泽东主席永远也报答不尽的感恩之情和报效祖国与人民的赤诚之心，"发愤忘食，乐以亡忧"地投入到学习生活中。他们个个都习惯了过苦日子，从无奢望。一碗高粱米干饭，一碗咸菜炖豆腐，就会让他们像过年过节似的喜上眉梢。无论男生，还是女生，大家都以衣着朴素整洁为美，一身农家粗布缝制的学生装，哪怕是再旧甚至打了补丁，穿在身上也不觉得寒碜。如果有谁学习不用心，整天三脱四换，对着镜子没完没了地下功夫，消磨时光，就会被同学们视为最没有出息的学生。一个搪瓷牙缸用上十年八年，大家都觉得很平常。双层的连铺木板床虽然很硬，可是，人人都睡得舒服酣畅。为祖国建功、为人民立业是激励他们前进的最大动力。走廊里悬挂着的祖冲之、李时珍、张衡、詹天佑、米丘林、高尔基、鲁迅等文化、科学巨擘的大幅画像，时刻在他们心中闪烁着不朽的光芒。他们决不过早地为生活琐事、儿女情长分心劳神，将来成为著名的科学家、工程师、农学家、文学家、艺术家、名记者，才是最崇高的理想。鲁克承、郭健夫、张家翰等学校领导，积极响应"向科学进军"的伟大号召，为全面、正确、稳健地贯彻"全面发展、因材施教"的教育方针，为及时地发现、有力地扶持、精心地培养有特殊爱好和专长的学生，付出了他们多少心血和力量！各门功课都成立了课外活动小组，其中文学小组共有10人（我是其中一成员）。在组长于化龙、王安魁（即如今戏剧界大名鼎鼎的安葵）颇有章法的指挥下，在语文组组长宫凤阁老师亲切而耐心地辅导下，我们带着浓厚的兴趣，阅读中外文学名著，交流读书心得，关注社会文艺动态。当时我们虽然只是十六七岁的少年，但却像文艺界的大人一样，组织了对王蒙的短篇小说《组织部新来的年轻人》和尼古拉耶娃的中篇小说《拖拉机站站长和总农艺师》等作品的讨论，发表自己的看法。小组还组织过文学专题报告（如为纪念鲁迅先生逝世20周年，小组全体成员聆听了王安魁学长关于鲁迅作品评价的专题报告），参加有成就的作家举办的文学讲座（如小组全体成员参加优秀青年剧作家田心上举办的戏剧创作讲座）。这样一些文学活动，极大地活跃了我们的思想，扩大了我们的视野，提高了我们观察、分析问题的能力。我们课外学到的许多知识，是课堂上学不到的，但对文学创作和以后的文艺研究，却是极为有用的。由于校领导认真而踏实地执行"全面发展，因材施教"的教育方针，结果是凡有特长和文艺才干的学生，最后绝大多数都实现了自己的理想，走上了文艺道路。其中有不少人如今已成为文化界的名流和专家，为社会做出了重要的贡献，为母校熊岳高中赢得了光荣。

第二、一支高水平的语文教师队伍，给予我们以特殊的文学营养，让我们一生受益无穷。根据我后来在北京大学学习时听文艺理论和文学史课的体会，我敢说，当时我们熊岳高中的许多语文老师的知识水平和教学能力，是绝不亚于高等学校里中文系的讲师的。听张家翰、李光萃、宫凤阁、胡佩兰、钟林熹、郭增益、张咸文、杨乃增老师讲课，我常常能进入美妙的艺术仙境。他们演讲干净利落，有板有眼，绝无拖泥带水之感，也很少有词不达意的缺憾，特别是胡佩兰、郭增益两位恩师，更叫我敬佩，他们才华卓异，人品堪称楷模。听胡老师讲"法场"(关汉卿《窦娥冤》之一折)、"哀江南"(孔尚任《桃花扇》之一折)、"诉肺腑"(曹雪芹《红楼梦》片段),我如醉如痴,为她古典文学知识的渊博、艺术修养的高深而倾倒。听郭老师讲"老杨同志"(赵树理《李有才板话》节选)、"参军"(周立波《暴风骤雨》节选)、"王永淮"(秦兆阳《农村散记》之一篇),我对作品中所描写的一切,颇有亲临其境之感。老师真诚厚道的品德、朴实无华的文风,与作品的基调、风格水乳交融,使我深深地领悟到了真正的文学的朴素美、真实美。这一切对我后来文艺思想的成熟、创作路子的选择、艺术风格的形成,均起到了非同小可的作用。也可以讲,如今我在写作中所收获的果实里,是融进了他们辛勤的汗水和宝贵的心血的。这不是一个人的感受,许多在创作和研究事业中收获比我多的文友,在一起聊天,谈起45年前的往事时,都为当年母校语文老师对我们实有价值的教导与开蒙而感到十分欣慰和荣幸。

第三、任何一个作家、艺术家的成长、成功,都是与多读书、精读书、勤练笔密不可分的。我们这一代人当年在母校读书时,不像现在学生承受这么大的压力。我们几乎都是全面发展的优等生,没感到学习中有什么负担,因此,课余有很多时间用来阅读中外文学名著。读书是大有学问的。在客观压力下拧着鼻子读书,一定会感到很苦很累,兴趣全无;而无兴趣去干某种事情,那是肯定干不好的。为了应付考试,多拿分数升学,去死记硬背那些无所谓的知识,而不去思考,多琢磨,经过认真的消化、吸收,变成一种有所感悟的东西,结果收效甚微。老实说,那种知识是没有多大用处的。古人曰"学而不思则罔"(《论语·为政》),这是颠扑不破的真理。谈一点我自己读书的经历,也许更能说明问题。我在中学的6年,不是在客观的压力下,而是自己主动地带着浓厚的兴趣阅读了延安文艺运动以后解放区涌现出的一大批文学作品和当时能找到的苏联文学名著。这些作品给了我实实在在的艺术感悟力和创作灵性。当然,先人还有谆教:"纸上得来终觉浅,绝知此事要躬行。"(陆游《冬夜读书示子聿》)此话是说,从别人的作品里学到的东西再多,但终究还是很浅薄的,很不够的,要真正做到学问精通,还必须自己亲自去实践。

我们那几届特别是59届的文友们，非但是些废寝忘食的读书虫，而且还是些肯于吃大苦耐大劳的文学创作实践者。除了很好地完成老师布置的作文作业外，每人还有一个用大白纸裁制的厚厚的笔记本，经常写点诗歌、散文、杂文、文艺评论。有人甚至还勇气十足地练笔，写歌剧和话剧。美术爱好者，夹着画板，在青年林里、海滨、公路旁写生，更是司空见惯的事情。初生牛犊不怕虎，大家都十分要强，并有发表、出版自己作品的强烈欲望。校刊《学习生活》和走廊里的6块黑板报，是他们展示才华的极好园地。有的文友不以此为满足，甚至还把自己的作品变成铅字，发表在全国和省、市级的报刊上。像朱春雨、郑恩波、张日安、高作智、郭常信等人，远在母校熊岳高中读书时候，就把自己的作品变成了社会财富。这样的喜事接连不断，这在当时辽宁省的中学里，是非常罕见的。这种业余创作，是他们在漫长的文艺征途上迈出的第一步。这是特别重要、宝贵的一步，没有这一步，后来他们万万不会成为文艺马拉松的花环获得者。

一个真正的作家、艺术家，必须是现实生活热情的拥抱者，国家未来、民族命运、人民前途的关心者。我们那几届的文友们，纯粹是在社会主义年代里长大的。我们躺在人民共和国温暖的怀抱里，跟着她一道成长。我们高唱着时代的赞歌，同她并肩前进。新中国成立初年的扫盲运动中，我们这些只有10岁左右的孩子，为大哥哥、大姐姐、叔叔和婶子们当过小先生。伟大的抗美援朝斗争中，我们也像大人一样，为了保卫亚洲和世界和平四处奔波，积极签名。农业合作化高潮到来时，我们在全县城乡组织过学生业余宣传队，为之呐喊、欢庆。勤工俭学的劳动中，洒下了我们青春的汗水，生活的酸甜苦辣，把我们锻炼得更加成熟，志坚心红……所有这些难忘的不寻常的社会实践，使我们这些小苗苗在刚刚伸展腰肢时就得到了"蹲苗"的培育，一生都根深体壮，经得起风吹雨打、霜打冰冻。感谢那风风雨雨的年代和宝贵的社会实践活动。它使我们远在中学时代便练就了保证一生事业成功的童子功。实践告诉我们，只有经风雨见世面的小苗，才能长成参天大树，而花盆中的只凭花肥、清水生长的嫩芽，只能像豆芽菜一般面无血色，弱不禁风。

赏读老主任张家翰先生、学兄马宪臣老师的旧体诗，我仿佛在唐诗、宋词、元曲的汪洋大海中畅游；赏析新安校长庆瑱先生的诗文，我犹如沉醉于已经富裕起来，正在向小康飞奔的恬静迷人的辽南小院中；品味旅安、野巍、丁君、梁枢的美文佳作，我情不自禁地为今日母校语文老师的艺才和实力而击节喝彩；而刘卓、宋斌、金华等师弟师妹们文思敏捷瑰奇、虎虎有生气的力作佳篇，又使我发出由衷的感叹！是啊，诚如古人言："后生可畏，焉知来者之不如今也。"（《论语·子罕》）

野人怀土，小草恋山。我满怀思乡念旧、如火燃烧的赤子之情和对父老乡亲感恩图报的虔诚纯正之心，一口气读完了本书的全部作品。那一首首感情浓郁、润人心田的诗歌，那一篇篇精雕细镂、不落窠臼的小说，那一组组寓意深邃、恬淡幽深的散文，那一幅幅沁人心脾、气象万千的画卷，仿佛让我又目睹了故乡那千岩竞秀、万壑争流的群山和延绵不断、葱葱茏茏的果林；也好像让我又听到了草长莺飞时节果花盛开的原野上空那姿态飘逸的仙鹤、叽叽喳喳的喜鹊、啁啾啭鸣的云雀、鸣声悦耳的杜鹃的大合唱。于是，唐代大诗人王维的诗句，便自然地涌上心端：万壑树参天，千山响杜鹃……

　　　　2004 年正月十五凌晨草就，正月二十五子夜改定于寒舍"山鹰巢"

（原载郑恩波 50 年诗文珍藏本《春华秋实》

中国新闻联合出版社 2008 年版）

这里是作家的摇篮

——盖州市青少年文选《春草离离》序

我在刚刚出版的《新时期文艺主潮论》（中国艺术研究院"九五"规划重点课题项目）的"绪论"一开篇讲了这样一段话："党的十一届三中全会以来的20多年，是我国社会主义文艺少有的大发展时期。中华民族5000年的文明史，新中国社会主义文学艺术发展史，将用璀璨的篇章载下这一时期辉煌的成就。今日中国文坛艺苑姹紫嫣红、千姿百态的丰硕果实，显示出以现实主义为主潮的社会主义文艺的独特风采和强大的生命力。"这段话是针对新时期我国社会主义文艺的整体成就而言的。定稿时特别是书印出以后，我多次对自己发问：这一评估过高了吗？最近，我非常荣幸地赏读了故乡辽宁省盖州市中、小学生作文大赛的许多优秀作品，眼前豁然一亮，仿佛看到在我们辛勤耕耘、精心装饰、全力捍卫的社会主义文苑的上空，亮出了一道绚丽的彩虹。这些文章的作者，虽然是十几岁的孩子，但他们对社会生活敏锐地洞察，积极地参与，深刻地剖析；对人类未来命运密切地关注和严肃地思考；对社会主义新人和高尚的道德风尚的讴歌；对人类最伟大的爱——母爱的诚笃地赞美；对友情、师生情无比地珍惜和热烈地颂扬，以及他们对艺术表现手法的苦苦思索，痴心追求和作品所具有的诗意美、叙事美、人物美、结构美，都让我由衷地感悟到，伟大的毛泽东文艺思想确实已经深深地融入中华儿女的灵魂中，独具中国特色的社会主义文艺比封建主义社会、资本主义社会文艺确实先进、合理、美好，具有无比强大的生命力和最光辉、最广阔的前景！

人口不足100万的盖州市的中小学生，在作文方面取得了如此令人欢欣鼓舞的优异成绩，那么，全国数不清的与盖州市条件差不多甚至比她更先进的县市的中小学生，在作文天地里又将获得怎样的丰收，不是可想而知了吗？县市级是如此，那么省市级，北京、上海、天津等大城市的中、小学生的作文水平，不是还要高上一筹吗？中、小学生的作文让我们这样欣喜、振奋，那些专门从事散文创作的专业作家的精品佳作，又会给予我们怎样一种审美享受呢？一个时代的散文创作的质量高低，决定该时代整个文学创作的水平。优秀散文的地位，完全应当高于小说、戏剧的地位。经过这样一连串的联想和层层深入的思考，我敢说，我在《新时期文艺主潮论》一书中，对新时期我国主潮文艺的成就的评论是中肯的，实事求是的。衷心感谢故乡的中、小学同学和辛勤的语文老师们，是你们共同辛苦获得的丰美的果实，为新时期主潮文艺做了具体的说明，增添了娇媚的风姿和烂漫的色彩。"借一斑略知全豹，以一目尽传精神"。先人的这一至理名言，我们应当永远铭记在心。

也许有的同学或老师会说：恩波同志，你讲得太抽象，太理性化，我们理解你的话有一定的困难，你是否可以讲得具体一点儿，感性化一些呢？这个要求是很合理的，好吧，现在就让我结合同学们的作品，对一些问题予以具体的阐释。

首先，我非常高兴地看到，许多同学的作品，表现出作者密切关注社会，自觉深入群众，积极干预生活的小主人翁精神。生活是文艺创作的源泉，文艺家要想创作出无愧于时代和人民的伟大作品，"必须到群众中去，必须长期地无条件地全心全意地到工农兵群众中去，到唯一的最广大最丰富的源泉中去，观察、体验、研究、分析一切人，一切阶级，一切群众，一切生动的生活形式和斗争形式，一切文学和艺术的原始材料，然后才有可能进入创作的过程"。[1]毛主席是对作家、艺术家提出了这样高标准的要求的，

---

① 毛泽东：《在延安文艺座谈会上的讲话》，《毛泽东论文艺》，人民文学出版社1958年版，第65页。

作为在校读书的中、小学生，尚不具备广泛、长期地深入社会、深入生活的条件，当然不能对他们提出如此的要求。不过，一些立志于将来当一个有出息的作家、艺术家的同学，在可能的条件下，自觉地按照毛主席他老人家的教导严格要求自己，那是完全应当予以鼓励的。比如，盖州市站前小学五年级同学刘华阳的《"哑巴"电话要说话》，就是一篇干预生活，伸张正气，打击歪风的好文章。街上电话亭里的电话一部部都变成了哑巴，原来是被一些社会公德意识欠缺的人给破坏了。很多人都看到了这一不良现象，但却无动于衷。然而，关心现实的有心人总还是有的。12岁的华阳小同学，以敏锐的眼光，将它纳入自己写作构思的轨道，以摆事实讲道理的社会主人翁的姿态，对此发表了令人敬佩的议论，启发读者对如何增强公民的公德意识这一重要问题做认真的思考。作者虽然还是一个10岁刚过的少年，但却具有成年人的成熟与情怀，实在难得。再如，梁屯镇初中一年级学生刘月的《有感于中学生过生日送礼》，也是一篇直面现实，关注人生，是非清晰，褒贬分明，发人深省的好文章。同学过生日，作为同窗学友，送上一件自己亲手做的具有纪念意义的小礼物，以示祝贺，深表友情，本事很正常的无可非议的事情。但是，以祝贺生日为名，行大吃大喝请客送礼之实，摆阔气，讲排场，那就是太过分，太不应该了。试想一下，一个班大约有50名学生，如果每人过生日都这么兴师动众地折腾一番，这个班将会是个什么样子？！那不变成烟雾缭绕、酒气熏天的小饭馆或酒吧了吗？认真地说，这不仅仅是节约几个钱的问题，而是关系到青少年品德修养、文明行为的大问题。说得重一点儿，这是一个当今社会上吃喝成风的腐败细菌蔓延到学校这片洁净之土的社会问题。刘月同学以教育家一般的慧眼，及时抓住中学生生日送礼中的种种现象，予以合情合理的分析和评说，观点稳妥，论理正确，具有鲜明的论战性和深刻的现实意义，不失为一篇虎虎有生气的议论文。再如，熊岳高中一年级同学焦丽的《售书记》，更是一篇笔锋犀利，酸、麻、辣、烫俱全，颇有黑色幽默韵味的小品文。当今的图书市场妖雾不散，极缺艳阳。价值甚高的珍品佳作找不到识货人；黄色的文字垃圾却被捧为宝贝儿。有些老老实实做学问的人，冷板凳坐了三五载，好不容易拼命写出一本呕心沥血之作，然而，非但拿不到一分钱的报酬，反而还要冒着酷暑严寒，蹲在街头巷尾，低声下气地去售书，看着过路者的脸色过日子。这是何等的尴尬与无奈啊！小品文《售书记》的作者焦丽同学，怀着热血青年的激情和对老师的尊敬之情，兴冲冲地跑到大街上售书，可是，到头来，他不仅未售出一本，而且还屡受挖苦与冷落，只好带着一脸"胜利"的苦笑打道回府！文章在"热"与"冷"的巨大反差中，将许多执笔为文者的苦恼与哀怨、渴望与失落展示得淋漓尽致，实在是一个长满锋利的针刺的刺猬，辣得人满眼流泪的尖红辣椒。久违了的小品文能在中学生的作文中得以复活，崭露出战斗的锋芒，实在是可庆可贺！

在这本文集中，热情讴歌具有集体主义、社会主义及爱国主义思想的时代新人的文章数量最多。这是非常自然的，合乎情理的，因为尽管这些年来出现了许多腐败分子和腐败现象，但是，好人还是占绝大多数，假、恶、丑的歪风邪气，毕竟还压不过真、善、美的人间正气。这是由崭新的生命力无比强大的社会主义社会制度所决定的。展开这本文集仔细阅读吧！那一个个看上去平凡无奇但却有着金子一般可贵的心的劳动者，不时地带着满面的春风和善良向我们走来。你看，马路边上那位置冷嘲热讽于度外，全心全意为他人服务，为社会做贡献，在外国人面前为国争光的修鞋人（英才学校5年级学生缪玉白的《平凡中的色彩》），山村河岸边那位日复一日、年复一年，不惧风吹雨打和冰雪严寒，默默地为人们摆渡过河，不知拯救了多少人，最后为搭救一位落水儿童献出了生命的撑篙者"老哑巴"（熊岳育才中学二年级学生程铭的《那河、那船、那人》），那位身患癌症也不离开工作岗位，为修建中国第一条电气化铁路战斗到生命的最后一息；不为名不为利，只图在铁路竣工剪彩仪式的纪录片中留个"背影"，作为人生的纪念的老共产党员（熊岳高中一年级学生张新燕的《背影》）等众多闪耀着共产主义思想光辉的俊美形象，都表现出古老而又崭新的辰州大地的儿女们高尚的道德风范和晶莹剔透的心灵。

最动听的是摇篮里的歌声／最神圣的是慈母的心／不管儿女们有情还是无情／慈母的心不是那斤斤计较的天平／即使儿女们忘恩负义／慈母的心也能把一切怨恨宽容／不管儿女们走到什么地方／慈母的心永远是为儿女祈祷的明灯／即使儿女们长眠不醒／不倒的墓碑也永在母亲心中／人间有了慈母心／没有春风也温暖／没有太阳也光明 [①]

是的，母爱是人间最伟大、最无私的爱。也许是望儿山的故事起了巨大的教化作用吧，辰州儿女自古以来就有尊长敬母的好传统，前面提到的这首在盖州城乡广为流传的敬母歌，就是最好的佐证。正因为如此，歌颂母爱、爱母的美文，在这本文集中也就闪烁着格外耀眼的光芒。请仔细玩味六年级小学生富子铭的《外婆的手》飘散出的温慈、善良的心香，全文字里行间无处不流露出对外婆发自内心的热爱、孝敬的真情。这篇只有六七百字的小文，使我不由得想起苏联著名作家法捷耶夫在《青年近卫军》中所描写的"母亲的手"和中国当代著名作家、画家、翻译家高莽先生的那本令我爱不释手的散文集《妈妈的手》。诚然，10岁孩子的手笔，无论如何也不能同中外文学大家相比，然而，可喜的是，从文脉的流向和词语的韵味上来赏析，我发现他们却有着惊人的相似之处。衷心祝愿子铭小同学若干年后能成为第二个法捷耶夫或高莽。读盖州市第五小学二年级学生陈有秀的《永远怀念妈妈》，我的眼睛几次被激动的热泪模糊得只字难辨。这是一曲凄婉但不感伤的哭诉歌，情真意切，催人泪下。泪影中我非但看到了一位普通中国母亲的伟大慈心，而且也目睹了这位母亲抚育长大的女儿的赤诚的孝心。谁说如今人情淡薄？谁说今日的青少年不孝敬父母？那就请他认真地读一读有秀同学的这篇感人肺腑的《永远怀念妈妈》吧！需要特别加上一笔的是，女儿恸哭的这位妈妈，并不是她的生母，而是与她一不沾亲二不带故的养母啊！

---

① 郑恩波：《情系望儿山》，《望儿山·多瑙河·紫禁城》，蓝天出版社1993年版，第38页。

　　人是最聪明的动物，几千年来，特别是20世纪后半叶，人类创造了空前的物质文明。然而，有些人却愚蠢得很，残暴得很，请看，今日之地球已经被他们掠夺破坏得成什么样子了！如今，保护生态平衡，捍卫地球的生命，已成为全人类刻不容缓的任务，世界上许多有远见、有良心，关心人类未来命运的作家，越来越加重视环保文学的创作。我感到非常兴奋的是，故乡的中、小学生中，也有人在这一崭新的领域里显示出相当出众的才气和文采。在这方面，熊岳高中一年级学生李兆武的《希望这是一场梦》，徐赫同学的《给人类的一封信》，郭强同学的《绿色·生命·永恒》，都是很有说服力的佳作。其中《希望这是一场梦》的作者，以清醒的现实主义精神，勾勒出未来一旦水源枯竭时人类面临的一场空前的大灾难。作者不是像老奶奶那样用极度夸张的语言，给摇篮里的宝宝讲童话故事，而是非常严肃地向人类举起黄牌，发出严厉的警告，很值得深思。这是一篇很有现实意义的警世之作。《给人类的一封信》与其具有异曲同工之妙，而《绿色·生命·永恒》却是一篇新的愚公移山的故事。作者借一位五旬老人历经艰辛终于将"死亡山"变成"朝气蓬勃、绿色环绕的果园"的故事，激励人们奋发苦战，为改变生存环境去立奇功。全篇激荡着人定胜天的乐观主义精神。

　　在我看来，中、小学生的作文可分两类。一类是必须写实有的人物、事件、思想感情的实用文，如新闻报道、书信、总结、日记等。另一类是文艺性的作文，如散文、小小说、寓言、童话、小品文、文艺性小评论、小剧本、小曲艺作品等。这类作文允许虚构，具有较强烈的感情色彩和审美价值。这本文集中选的文章就属于这后一类，具有一定的艺术特色。

　　那么，这一定的艺术特色具体表现在哪些方面呢？我觉得至少表现在以下3个方面：

　　第一，这本文集中的作品写得都很短，几乎都是两页左右的千字文。一般说来，文章越短越难写。古今中外的大文豪，散文写的都很短。外国作家不去说，就说中国的散文大家吧，韩愈、柳宗元、归有光、鲁迅、孙犁等人的散文，大都在千字以内，然而却具有极大的震撼力，百年不老，千载不衰。写千字左右的散文，犹如体操运动员在平衡木上做精彩表演。运动员的动作需十分准确、干净、优美，但她必须在只有5米长、0.1米宽的窄木上来完成，不许歪扭摇晃，更不能从平衡木上掉下来。写千字左右的散文，也必须具备这种硬功夫，为此，作者的思想必须精湛、深邃，构思必须缜密、巧妙，语言必须极度精练、生动、形象、活泼并富有生活气息和音乐性。非如此，文章要写得短而且又好，那是很难的，所以我认为，文章的长短，不是一个形式问题，而是艺术质量的高低问题。我感到十分欣慰的是，这本文集中的文章都很短，符合优秀散文的要求。不能说每篇文章都达到了短且美的水平，但这种文章尽量写的短小精悍的方向，还是应当予以充分肯定的。

第二，新时期我国散文创作最大的收获，是恢复和发扬了讲真话、抒真情的优秀传统。应当说，故乡中、小学生作文大赛的文集，是具备这一传统的。文坛泰斗巴金老人说："人只有讲真话，才能够认真地活下去。"[1]孙犁老师也谆谆嘱告后辈："如果在一篇短小的散文里，没有一点点真实的东西：生活里有的东西，你不写；生活里没有的东西，你硬编；甚至为了个人利益，造谣惑众，它的寿命就必然短促地限在当天的报纸上。"[2]这些话讲的是何等深刻啊！仔细研读文集中的每篇文章，我觉得篇篇的感情都很真，虚情假意的文字几乎没有，世界上大概再没有比虚情假意更为叫人讨厌了。每篇文章都写得明白晓畅，没有堆砌华丽辞藻，假扮兴奋或感伤的劣迹，当然更没有"小女人散文"的脂粉气和近年来上海滩上冒出来的那几位"宝贝作家"的流气和臭气。在文坛上乌七八糟的破烂货有增无减的今天，故乡的小文友们在语文老师正确地引导下，能耕耘出这样一方净土，实属难能可贵。

第三，看得出来，故乡的小文友们都在提高艺术技巧，增强艺术表现

---

① 巴金：《随想录五十一》，1980年，转引自高莽《文人剪影》，武汉出版社2001年版，第72页。

② 孙犁：《关于散文》，《孙犁文论集》，人民文学出版社1983年版，第227页。

力上下了不少苦功夫。写作文俗称"做文章"，就我44年执笔为文吃的苦头来说，我认为文章还是要"做"的，主张不做，随便一写就能出文章是错误的，但要做的巧妙，不要叫人看出一点"做"的痕迹来。散文写作技巧，自古就是一门大学问，至今我还在钻研。它涉及的问题很多，这里只想对构思这一常常令作者最感到棘手的问题，谈一点粗浅的体会。我觉得，文章要抓人，有吸引力，不能一开篇就把底牌露出来，不能叫读者一看开头就知道结尾。这本文集中不少篇章都具有这种不漏底牌的特点。比如，张新燕的《背影》就构思得很巧，不落俗套。文章一开篇先出现一个"背影"，在读者心里结上一个疙瘩。聪明的作者横说竖说，就是不动这个疙瘩（相当于相声里的"包袱"）迫使你跟着他的疙瘩走，去琢磨，叫你着急，叫你非把文章读完不可。到了快结尾时，才骤然道出了"背影"的秘密，让读者的情绪由焦急变为由衷的赞叹，从而点出了主题。《背影》向人们显示：作者颇懂文道，在散文创作上已经上路。同样，《平凡中的色彩》也写得很不一般化。作者截取一个小小的瞬时间充满戏剧性的生活画面，采取反衬的写法，轻松自如、分寸得当地褒贬了两个人物，给读者以深深的启迪。相信，这篇散文如果改编成小品，搬上舞台立起来看，可能会收到更佳的效果。

另外，李兆武同学在《希望这是一场梦》中展示出的如同骏马任意驰骋般的想象力、联想力，盖州市第一初中二年级同学王舒畅的《在风中哭泣的康乃馨》对正叙、倒叙得心应手地穿插运用，王嘉慧同学在《刀的哲学》中无懈可击地争辩伦理等优点，也是值得初学写作者仔细琢磨，好好学习的。

满汉结合留下的子孙格外聪颖多慧，辰州大地自古多英才，远的不论，仅20世纪就涌现出上百名在全国颇有影响的作家、画家、音乐家、表演艺术家。30年代，活跃在东三省文坛上的诗人、作家田贲；新中国成立前夕，率领东北作家艺术家代表团，赴京出席第一届文代会，新中国成立后长期担任文化部副部长刘芝明；50年代名震剧坛，全国独幕剧一等奖获得者，著名剧作家田心上（他的独幕剧《姐娌之间》与当时演遍全国的《刘莲英》、《黄花岭》齐名）；50年代就获得全国性的声誉，后来成为著名的儿童文学作家吴梦起；新中国成立前佳作不断，新中国成立后仍在散文、诗歌天地里不辍笔耕的真正的散文家、诗人吕公眉；辽宁大学中文系教授，全国民盟副主席，中国现代文学研究专家张毓茂；全国著名书法家，辽宁省书法家协会主席沈延毅；中央美术学院油画系教授，著名油画家詹建俊；全国著名的工笔画画家王一鸣、郭华；中国歌剧舞剧院舞美师，中国舞美协会副会长马运洪；中国社会科学院文学研究所所长、研究员，中国现代文学研究专家马良春；著名小品作家、铁道兵歌舞团团长，中央电视台艺术指导焦乃积；著名影星、散文作家方青卓，统统都是辰州大地之子。到了我们这一辈儿，有棱有角的英才，为故乡赢得了更大的光荣。大校军衔的著名军旅作家，中风偏瘫前出版了8部长篇小说的奇才朱春雨；受到金日成主席的接见，辽宁省文联主席、党组书记，有10本诗集问世的诗人牟心海；中国艺术研究院戏曲研究所所长，著名戏曲理论家、评论家安葵；集作家、评论家与编辑家于一身，闻名遐迩的春风文艺出版社的中流砥柱洪钧；沈阳市文联副主席，作家兼评论家邵振棠；《辽河》文学双月刊主编，通俗小说作家、营口市作家协会主席高作智；闻名全国的通俗文学作家苏方桂、张日安；著名影视文学作家，盖州市作家协会主席王学中；中国社会科学院文学研究所研究员，著名文学评论家张韧；《鸭绿江》资深老编辑，散文家于化龙；另外，还有散文家李成汉，天才女诗人沈玉秋，著名画家郭常信、林映珊、田福会、鲜成祥、崔丕泰，小说家张立砚等，皆是我的学兄。个个都为20世纪的盖州市文化史增添了不少光辉。

　　长江后浪推前浪，一代新人换旧人。看过去，盖州市文苑硕果累累，群星灿烂；望未来，一代德艺双馨的文艺新秀，必将像过江之鲫结队成群，似当年的步云山马队名扬四海，威风凛凛。这本中小学生作文集，是盖州市文艺即将腾飞的开始曲，标志富有光荣传统的盖州市文艺事业即将开始向巍巍峰巅大进军。我深信，在党的十六大精神鼓舞下，在盖州市委和市政府以文化为龙头带动全市经济全面复兴，人民早日实现全面小康的思路带动下，在以王学中主席为领班的盖州市作家协会的领导下，在全市文艺同行们的共同努力下，把辰州大地变成真正的闻名全国的文化之乡的理想，一定会早日实现！我期盼着这一天尽早到来！

2002 年 12 月 19 日—24 日写于京华寒舍"山鹰巢"

此文是作者为《春草离离》一书写的序

（原载《春草离离》，春风文艺出社 2003 年版）

一寸丹心图报国，两行清泪为思亲①

——鲁克承先生《伏枥集》序

  忠心耿耿、兢兢业业、满怀报国之志，终生献身于教育事业，德高望重、高风亮节的教育家鲁克承先生，在其第4本著作《伏枥集》即将付梓之际，千里迢迢把书稿从营口寄给我，要我写篇序言。这实在叫我诚惶诚恐，因为论辈分，论事业成就，我都没有资格来为鲁老写序。但又一想，我的资格虽然不够，可我毕竟是鲁老厚爱的学生，他是对我有知遇之恩，令我终生不能忘怀的老校长，晚生后辈对长者提出的一点要求，是应该竭尽全力满足的。再说，鲁老的家史、他的教育思想和一生在教育战线上所取得的杰出成就，合起来是一卷极具价值的大书，非常值得认真、细致地研究。于是，我便怀着深入钻研、诚笃学习老校长博大精深的教育思想的强烈愿望，逐章逐段、如饥似渴地读起这部25万多字的书稿来。

  全书由家史、对亲朋和往事的回忆以及教育随想杂感3部分内容组成。统领3部分内容的内核是以人为本，关心人、尊重人、相信人、爱护人的教育思想，每章的字里行间都激荡着一个老教育家"老骥伏枥，志在千里；烈士暮年，壮心不已"②的进取精神和高尚情怀。

  这是一曲颂扬中华民族艰苦奋斗、自强不息的崇高精神的民族正气歌；

---

① 语出明代于谦《立春日感怀》一诗。

② 语出三国曹操《步出夏门行·龟虽寿》。

这是一组多方位、多角度地展示一位老教育家"马思边草拳毛动，雕盼青云睡眼开"①的壮丽人生的多彩画卷；这是一份向一切有志于教育事业的人们发出的"教育必须面向现代化，面向世界，面向未来，教育必须从传统教育向现代教育、素质教育转化，摆脱应试教育的束缚和影响，建立素质教育的"模式"的强有力的号召书。

一

一叶能知秋，滴水见太阳。一个家族或一个家庭，是组成一个民族、一个社会的细胞。透过一个家族、一个家庭发展演变的历史，当今的生存状态和前进趋势，可以了解到一个民族、一个社会的风貌。鲁老的这部家史写得简明扼要，他以淳厚明快的文字和一些最重要的史实，不加丝毫的夸张和渲染，朴朴实实地讲述了鲁氏家族自明末清初闯关东特别是近百年来祖孙五代自强不息、艰苦创业，终于摆脱困境，从一贫如洗到人丁兴旺、事业发达，老老少少欢欢乐乐齐奔小康的漫长而艰辛的历程。人们从鲁家的演变发展中，可以分明地看到时代的变迁、社会的进步，进而更加具体而深刻地领悟到中华民族今日之所以能屹立于世界先进民族之林的真谛。

辟开时代的狂涛巨澜，透过岁月的风雨烟尘，让我们仔细寻查鲁家几代人苦苦拼搏的足迹和用血汗、用泪水铸造成的一座座如磐石般坚不可摧的丰碑。

鲁家，这是一个勇于吃大苦、耐大劳，生存能力极强的人家。请看这样一些感人脏腑、催人泪下的画面：

遥想先祖当年驾着一叶扁舟，劈波斩浪，从山东莱州下了关东，祖父、父亲硬是凭着一双铁打的手，在抚顺北关外边的荒草野地里开垦出几畝处女

---

① 语出唐代刘禹锡《如闻秋风》一诗。

地，求得一点点养家糊口之粮。

鲁老的母亲鲁陶氏，一连几十年，从春到夏，从夏到冬，起五更爬半夜，一颗汗珠摔八瓣儿，把11个孩子养大成人，靠吃糠咽菜把几个儿子都培养成大学生。

鲁老的大嫂王雅贤，更是一位了不起的女性。1948年，当长春市被围，市民们面临饥饿与死亡的威胁的危难关头，刚刚死了丈夫的王雅贤，推着小推车，带着4个孩子（途中还夭折了一个），步行千余里，熬过千辛万苦，安然返回故土抚顺。这种坚忍不拔的意志，不是比朱开山（电视连续剧《闯关东》主人公）们还要令人肃然起敬嘛！

野蛮凶残、毫无人性的日本鬼子，不准中国人吃自己种的大米白面，谁吃了谁就是经济犯，就得被这些野兽抓去坐大牢，受尽刑辱。十几岁的小克承，为了不叫父母、兄弟忍饥挨饿，竟冒着被捕受刑的危险，将好不容易弄到的一点米面和油机智地藏到汽车后面的坐垫子下边，一次次地蒙混鬼子和汉奸。小克承的行动让我们又想起刘洪、王强等英雄的铁道游击队的队员们。

鲁家人这种刚烈顽强的生存意志和奋斗精神到了社会主义时代，也依然很好地传承着。三年经济困难时期，已是雪发霜鬓的老母亲，竟能到离家几十里，往返要走3小时的抚顺市远郊的祖坟地上小开荒，为了让一家老小闯过饥饿的难关。老母亲勤劳高大的身影，又让我们不由得想起领头拉犁，带领乡亲们齐奔社会主义的郭大娘（《槐树庄》的主人公）。

鲁家，还是一个有着一本血泪账的苦难人家。在炮火连天、匪患四起，黎民百姓惨遭祸殃的黑暗年代里，鲁家还记下了一本血泪账：祖父鲁占甲被土匪打瞎了一只眼睛；家里地里的活计全都双肩挑的母亲鲁陶氏铡草铡掉了半节手指；才华卓异、年轻有为的大哥克让，只活了27岁就丧失了性命；鲁老小时候也是从死亡的苦海中捡了一条命。请看：他四、五岁因患伤寒无钱求医治疗而奄奄一息，被放在秫秸上，准备夹出城外扔掉。然而，穷人命大，这孩子竟在阴阳界上打了个转儿又回到了人间，因此，一连多年被人家称作"草漏子"……毫不夸大地说，鲁家新中国成立前半个世纪的历史，也是一本让人感慨万千、伤心落泪的血泪史……就这样，鲁老用淡淡的画笔勾勒出的这一幅幅山河破碎、百姓蒙受涂炭的画面，不是让我们再一次想起了我们先辈们的苦难史吗？

鲁家，这又是一个由几代刚正不阿、傲骨铮铮的儿女组成的根本人家。鲁老的父亲鲁绍伯是个很普通的劳动者，当过校役和干杂活的工人。母亲鲁陶氏是目不识丁的家庭妇女。如同中国千千万万的工农群众一样，他们没有高深的文化，讲不出更多的大道理，但却深深地懂得"做人要走正道，不走邪门歪道，不投机取巧"，"要有家贫志不短，冻死迎风站，饿死不弯腰，誓死不为反动派当走狗的气节"。父母这样教导儿女，儿女们也真的这样去做。请看！鲁老的大哥克让聪颖多慧，日语学得呱呱叫，凭学得的本领，在日本统治者上层找一个薪水丰厚的差使，那是不困难的，但他牢记父亲的指教，坚决不为日本侵略者当走狗，而去长春学习拍电报的手艺，靠技术吃饭，哪怕是累死，自己也不在恶人面前低三下四。这是何等高洁的气节！

日本鬼子投降了，苦海中挣扎的鲁家老小见到了太阳。按理说，掌管分房子大权的父亲完全可以让全家住进既漂亮又宽敞的日本人住过的楼房里，可是心地纯正的绍伯老人神不移、心不动，依然领着一家老小住在冬不暖、夏不凉的三间破草房里。这又是怎样一种纯正无私的心灵！

在"文革"的腥风血雨席卷熊岳高中的恐怖岁月里，鲁老像许许多多无缘无故地遭受迫害的党的好干部一样，多次被打得死去活来，脑袋肿得有两个脑袋大，身体和心灵受到极大的摧残和伤害，但是，心红胆壮的鲁老宁死不屈，岿然屹立，一次次义正词严地回击了恶势力的嚣张气焰。是一说一，是二说二，用鲜血和生命坚持革命原则和党的实事求是的好传统、好党风。无私无畏的鲁老以骁勇果敢的英雄气概，又为我们中华民族谱写了怎样一曲大义凛然、坚贞不屈的勇士之歌！

鲁家，这也是一个长者对幼辈关怀备至，后生对长辈竭尽孝心；兄弟之间互谦互让，赤诚相帮，几十年不曾有过矛盾和争吵；妯娌之间、叔嫂之间、叔侄之间和睦团结、情深谊长，所有的人都亲亲热热、和和气气的大家庭、君子国！当我看到学习成绩优秀的二哥克敏为保证弟弟上中学、大学读书，主动放弃升学机会奔向异国他乡；当我看到为了让二弟有一套好行囊安心学习到异邦，善良、贤惠的大嫂慷慨解囊，将出嫁时的被褥全拿出来，让二弟随意挑选，即使拿走缎子被褥也无妨；当我看到三年经济困难时期五弟克勇结婚时，四弟买手表赠送小弟示衷肠；当我看到四弟出国用有限的零用费为弟媳妇买大衣，而对自己和妻子购物的事儿却丁点儿没思量；当我看到鲁家人因为无米糊口，饥饿的孩子敲着空碗哭喊饿得慌，慈祥而善良的舅父和大表哥省吃俭用，赶着小驴车为鲁家送米粮……看到这一幅幅令人荡气回肠的画面，我实在无法抑止激动的感情，几次掩卷踱起步来，浮想联翩，心潮激荡，于是，当代乡土文学的领军者，对农民群众有极深刻的了解、特精辟的评价的刘绍棠的至理名言，又很自然地在我耳畔回响："咱们中国的尊敬长辈、赡养父母、邻里和睦相处、互相帮助，这些传统美德，都是外国人所羡慕的。中国人讲究有情有义。勤劳、勇敢、善良、吃苦、耐劳、有自尊心、有忍耐精神、互相团结等美德，在农民身上都体现出来了，形成了我们中华民族的性格特征。农民是我们中华民族的脊梁，是创造中华民族道德的阶级。"①

纵览鲁老的家史，我们完全有理由说，鲁老一家几代人走过的人生之路和晶莹剔透的魂灵，正是中华民族性格和道德的真实写照。

鲁家，在社会主义中国的阳光下，更是一个康乐祥和、百业兴旺、前程似锦、蒸蒸日上的幸福人家。著名诗人贺敬之曾写过这样很富有哲理的诗句："花儿开得美，花瓣儿溅露水；人要笑得美，流过伤心泪。"鲁家人不正是用一把把辛酸泪赢得了苦尽甜来的幸福生活嘛！请看，60年前的"文盲之家"，如今已是"书香门第。"鲁老兄弟5人留下的儿孙排列成一队，足以编成一个加

---

① 《乡土文学与民族风格》，《我与乡土文学》，1983年版。

强排，真可谓家大业大、兵强马壮。我怀着十分欣喜、仰慕的心情统计了一下这些儿孙所从事的职业和对国家所作出的贡献，实在是叫我眼花缭乱、目不暇接。瞧瞧吧！讲师、副教授、教授、工程师、高级工程师、总工程师、医院院长、高级农艺师、副处长、处长、副局长、校长、银行行长、大学党委书记……天南海北，五行八作，鲁家儿女都有相应的位置，一个个都受了高等教育。论他们对国家的贡献，更是叫我大开眼界：有的当了大豆优质高效研究开发首席专家；有的自研石油大罐抽气装置出口俄罗斯、哈萨克斯坦等国，得到140平方米奖励房；有的甚至在加拿大负责企业的领导工作，担任天津赢海集团的副总监，等等。解放60年，我们国家自力更生，艰苦奋斗，已经从一个一穷二白的弱国发展成为世界第二经济强国；鲁老的一家也从三间草房发展成为拥有几十处文明、舒适的现代住房的小康人家。有的还购置了小轿车。鲁家从一个"文盲之家"变为"书香门第"的巨大变迁，难道不是我们整个国家发生的天翻地覆的巨变的又一生动的写照吗？

二

鲁老始终以"莫道桑榆晚，为霞尚满天"的古训自勉，立志"关心政治、关心社会、关心民主，做到活到老、学到老、参政议政到老"。鲁老不是那种只说不练的"天桥把式"，[①]而是说到做到的实干家。且不说在教育岗位50年为国家培养成千上万名合格的人才，孜孜不倦、含辛茹苦，犹如勤勉的园丁一般洒下了毕生的汗水，付出了全部的精力；也不说几十年来在省、市政协和民进的工作中，为党的统战事业做出了何等杰出的贡献；更不说他在《鲁克承教育论文集》中取得的斐然的学术成就，只翻翻这本《伏枥集》，细

---

① 天桥是新中国成立前北京最喧闹的商业区，那里有一种练武艺的人，常常只说不练，后来北京人用这种"天桥把式"比喻只空嘴说白话，不干实事的人。

心赏读近年来特别是进入八旬高龄以来所写的一篇篇短小精悍、掷地有声的短文，也足可以领略鲁老那种"丈夫所志在经国，期使四海皆衽席"[①]的高洁志向和博大胸襟。

人老了，腿脚不灵了，该坐在家里享享清福了。这是常人的合理性想法，无可厚非。可是，鲁老却不是这么想，也不这么做。多想事情，多做事情，这已成为鲁老几十年的习惯，即使到了耄耋之年，也想方设法为党、为国、为民操心尽力。请看：

城市的社区建设引起他老人家很大的兴趣，为此，他与沈阳、抚顺、天津有关方面联系，向人家求教先进经验，写下了《社区建设是实现城市现代文明的基础》《构建和谐营口的遐想》等富有真知灼见的文章，响亮地提出"社区是政府和人民群众之间的桥梁。搞好社区建设，能稳定社会，提高社会主义物质文明、政治文明、精神文明的建设水平，让城市每个角落都感受到党和政府的阳光"。

技术工人奇缺是当前工业战线上一个急需解决的问题。此事也引起了鲁老的思考，并亲自到营口技师学院参观，还写出《技术工人的新摇篮》这篇很有价值的调查报告，推荐工业化时代如何培养"适路对口"的技术人才的新模式，向有关部门建言献策。

在一般人的心目中，过春节无非就是一家老小团聚祝福，亲朋好友相逢互拜而已，很少再去多想点什么。而善于多思的鲁老却抚今追昔，将春节与文化联系起来，把它看成是中国的"感恩节"，写出流溢着感念先祖之情的文章《怀感恩心情度幸福晚年》，在《营口日报》上发表，大发感慨，启示晚生："在我个人看来，春节其实是'感恩节'。'祭灶神'是对灶火烧食之功的感念；'祭土地神'是对大地母亲繁衍万物的回报；'祭祖先'是对祖先的功德与'庇佑子孙'的感激，也是怀念故去的亲人。这种春节文化使我们生活得更

---

① 语出明代海瑞《樵溪行送郑一鹏给内》诗。

幸福、更温暖、更团结、更和谐！用感恩心情度过晚年，使我越活越年轻、越快活！"想想看，这是一种多么活跃的思想！这是一种何等高雅的志趣！字字句句充盈着老当益壮、与时俱进的情愫。

甚至像大街小巷里反复出现、令人非常厌恶的非法小广告、随地大小便等不文明现象，也被鲁老纳入思考社会问题的空间，并亲临现场，实地考察，写出《加强整治城市"牛皮癣"刻不容缓》的调研报告，为建设整洁、文明的现代城市而尽责。80多岁的老人，比在职当权者还要深入社会、干预生活。这是什么精神？这是真正的社会主人翁精神！多么可贵！又多么令人敬佩！

毋庸讳言，时下的党风、世风、民风，确实存在不少问题，有些问题甚至还相当严重。面对这些问题，鲁老既不是冷漠地袖手旁观，也不是牢骚满腹骂大街、说怪话，而是以主人翁姿态出现，与党和人民同心同德，积极、主动、有效地出力献策，引导群众齐心协力地为根治、杜绝各种不良现象而斗争。这才是真正的老共产党人应有的政治素质和革命本色，也是他区别于一般退休老人的显著特点。这也是他在党内、党外广受赞誉和拥戴的重要原因。

鲁老之所以到了晚年还能有旺盛的精力洞察社会，深入生活，笔耕不息，收获多多，也是与他一生酷爱书、勤读书、善读书、广读书分不开的。有人问鲁老一生中最喜爱的东西是什么，他开口便答是书。此话不虚。走进鲁老的住宅，一眼就可看到，一整墙书柜装满了几千册书。这些书分别是马克思、列宁、毛泽东、周恩来、邓小平著作、党史；民主党派史和领导人著作；诸子百家、孔孟、老庄等著作；古今中外小说；历史、诗词等。另外，多年来，他还养成了剪报贴报的良好习惯，迄今已装订了几十本。这是一笔宝贵的财富。他体会颇深地总结读书的好处："读书使我心胸开阔，情绪高昂，增强人生追求，增加生活乐趣。""读书可以医愚又可治病—强身健体、养精活血、焕发青春、延缓衰老、益寿延年。读书带来精神愉快，于潜移默化中不知不觉地稳定人的情绪，调解人的精神，陶冶人的情操。"句句都是人生经验，句句都是具有指导意义的真学问。鲁老还像诗人一样抒发读书得到益处的愉悦之情，表达终生读书的决心："当今，建设中国特色社会主义，提倡建设'学习型社会'，做'学习型人才'，每个人都应成为有文化品位的人。在黑夜里，书是烛火；在孤独中，书是朋友；在喧嚣中，书使人沉静；在慵困时，书给人以激情。读书使平淡的生活波涛起伏，读书也使灰暗人生荧光四溢。孙中山先生说过：'愿乘风破万里浪，甘面壁读十年书。'倘能生存，我必学习！"听听这番话的语气和用词，多么纯洁而可贵的童挚童真啊！哪里像一个八旬已过的老人讲的话呢！鲁老这种持之以恒地广读众采，苦学善学的精神，永远都是晚生后学很好学习、效法的楷模！

三

现在，大概谁都不能否认应试教育的弊端以及它给我国教育事业造成的严重后果了。事态的发展不能不引起一切有识之士的严重关切。鲁老是一位具有广博的学识，对当今我国教育改革最具有发言权的教育家，非但教育实践经验丰富，而且教育理论功底也很深厚。1995年出版的《鲁克承教育论文集》，已经让我们目睹了一位久经磨砺而变得非常成熟的老教育家的风采。这本《伏枥集》有关教育的篇章虽然只占全书三分之一的篇幅，但是对古今中外十多位功勋卓著、声名显赫的大教育家的教育思想画龙点睛的高度概括，却再一次让我们感觉到他对这些中外教育大家的教育思想钻研得何等之深，对教育学知识了解得又是多么透彻。例如：孔子的"仁者爱人"，对学生注意启发诱导性教育，因材施教的思想，重视学以致用的思想，"有教无类"的主张；韩愈关于德育、智育、政治教育的论述，尤其是他那"无贵无贱，无长无少，道之所存，师之所存也"，"圣人无常师，闻道有先后，术业有专攻"，"弟子不必不为师，师不必贤于弟子"等具有一定的民主意识的思想；蔡元培"兼容并包"的学术思想；梁启超"开民智"、"培养新民"、"倡新学"、"提倡女子教育"等主张；革命老人徐特立"注意因材施教、因势利导、教学相长、启发式教学、少而精”等富有革命色彩的新理念，以及以“五爱”教育（爱祖国、爱人民、爱劳动、爱科学、爱护公共财物）为主的道德教育的提倡；大教育家陶行知“生活教育”的主张；大教育家叶圣陶的主体习惯说；捷克教育家夸美纳斯在《大教育论》中阐发的“一切男女青年教育应该进学校”，“不仅有钱有势的人的儿女应该进学校，而且所有城镇乡村的男孩和女孩，不论富贵贫贱都应该进学校”的普及教育的思想；法国教育家赫尔巴特“道德”教育内在的5种观念（自由的观念、完善的观念、善意的观念、法权的观念和正义的观念）以及5种教育方法（约束学生、限定学生、规定明确的行为规则，以及奖励和批评去鼓舞儿童的心灵、劝告和训诫学生）；苏联凯洛夫提出的苏维埃学校的6项任务和6条教学原则以及德育的5项任务等等教育学说和理论，几十年来鲁老一直都牢记在心，从中汲取民主性的精华，将它们融为一体，并以马克思主义、毛泽东思想、邓小平理论、“三个代表”重要思想以及科学发展观为指导，形成自己的教育思想和主张。

鲁老的教育思想和主张可以概括为：坚持德、智、体、美、劳全面发展的方针，以德育为首，以育人为本，贯彻素质教育，创新教育，因材施教，发展个性特长，使学生成为全面发展，有理想、有道德、有知识、有纪律的四有新人。

教师是教育成败的关键，而教师要想出色地完成教书育人的任务，首先必须要有爱心，对此，鲁老予以特别强调，换句话说，对学生的爱，是鲁老教育思想的内核。他说：“‘爱’是师德中最基础的部分，没有‘爱’就没有教育，没有‘爱’就没有师德。‘爱’也是教师培育孩子成才，真正做到‘教书育人’的根本。因为爱学生才能平等地对待每个学生，不用言语行动伤害学生。”他还语重心长地提示教师应当如何去爱学生：“教师要热爱和关心每个学生以及学生的各个方面，要尊重和严格要求学生，要积极参加学生的各项有益活动，和学生交朋友，要了解学生的家境和思想动态，力所能及地帮助学生解决一些实际困难。要尊重学生的人格、个性和爱好，要因势利导和做好心理疏导；严格要求学生意味着教育要付出更多的辛苦劳动，严中有爱、有度、有方法，有实效；训斥和体罚学生是教师无能的表现，要克服讽刺、挖苦、偏爱、偏见、歧视学生的不良行为。"鲁老是表里相同、言行一致的教育家，他对学生深挚的爱，不仅表现在言语上，而且更体现在实际行动中。一连多年坚持对学生家访，就是这种爱的生动体现。当年他在熊岳高中工作时，特别重视访问学生的家庭，深入了解学生的实际困难，切实为学生解决问题，对待学生就像对待自己的孩子一样。写到此处，我不由得又想起鲁校长实实在在帮助两名困难同学的往事。那时有两名同学由于家境过于贫寒，做出了退学的决定。鲁老得知这一情况，亲自到这两个同学家里，苦口婆心地开导两位家长，希望他们支持孩子把高中读完，同时学校也采取了有力的措施，保证这两名同学顺利地读完高中，升上了上级学校。后来，这两个同学一个成了辽宁省知名作家，另一个成了著名的劳动模范，全国五一红旗奖章获得者。我们知道，班主任对学生家访那是能够做到的事情，而身为有上千名学生的一校之长，亲自登门到学生家里访问，并立竿见影地帮助学生解决燃眉之急，事情就不是那么容易了。正因为如此，此举才那样格外的难能可贵，成为在熊岳高中几十年一直被广泛赞美的佳话。

这些年来，应试教育的恶风邪气愈演愈烈，造成的危害也日趋严重。鲁老怀着深深的忧虑，写文章，做报告，四处奔走，大声疾呼："道德只有发自内心才有力量，才能持久。教师和学校如果不从内心深处真正关爱孩子，其教育行为必然是扭曲的。有一些教师被应试教育的潮流裹挟，放弃自己的职责，为一己私利搞第二职业，有偿家教……有的学校甚至靠校费敛财，缺少一份'爱'的情怀和'责任'意识，还有许多人死死抱住应试教育那一套不放，把孩子分为三六九等，让幼小的心灵受到伤害。我们教师都要充满爱心，对教育事业充满激情，兢兢业业，对得起学生的爱戴，永远忠诚于教育事业，为教育事业而奋斗终生！"他甚至还向整个社会发出呼吁：把孩子从应试教育的束缚中解放出来！

出于对孩子的爱，鲁老还写了多篇文章，为推进教育的公平而抗争，请听他的一颗公正赤诚的心的跳动："如果没有教育的公平，机会均等的分配公平就无从谈起，收入差距只会越来越大。实现教育公平对落实国家科教兴国、人才强国、可持续发展战略及构建和谐社会意义深远。"我相信：将来，我国的教育事业一旦从急功近利、目光短浅的应试教育转变成为素质教育的时候，人们一定会为具有高瞻远瞩的目光和博大精深的教育思想的教育家鲁克承先生树起一座彪炳千秋的丰碑！

尤其可贵的是，在有的文章里，鲁老还从科学发展观的高度呼吁教育必须从传统教育向现代教育、素质教育转化，摆脱应试教育的束缚和影响，建立素质教育模式。

迅猛崛起的中国，多么需要教育家！多么需要成千上万个像鲁老这样真正懂得教育又诚心实意地按教育规律办事的教育家啊！

四

每个人一生中都会有几个最难忘的人。这种人有的是与自己志同道合、患难与共的知心朋友；有的是在关键时刻两肋插刀，援救过自己的大恩人；还有的是对自己有知遇之恩，一辈子都是指引自己战胜艰难险阻，朝着既定的大目标勇往直前的人。对于我来说，鲁老就属于这最后一种人。

我一生读了国内国外3所名牌大学，但对自己终身事业起决定作用的是在中学特别是在辽宁省熊岳高中打下的较为过硬的童子功。我自幼就喜爱文艺，决心做一个毛泽东时代的文艺战士，誓当辽南小刘绍棠的豪言壮语，郑重其事地写在初三最后一次作文中。记得九寨三中那一年毕业的同学中立下这一志愿的人还有好几个，但最后把美妙的理想变成活生生的现实的人，只有我一个。原因何在？只因为我在熊岳高中遇上了以鲁克承校长为首的好领导、好老师、好伯乐。他们积极、认真、富有创造性地贯彻党的德、智、体、美、劳全面发展，因材施教的教育方针。在他们正确引导和大力支持下，我的爱好和特长如同开花的芝麻，一节高过一节噌噌地蹿了起来。先是校领导把操办校刊的大权交给了我，使我在高一下学期就开始学习、掌握编辑报刊的业务。那是一项课外的社会工作，但对我政治思想的锻炼和文艺鉴赏能力的提高，却是有着非同小可的意义。不久，校领导又推荐我当了共青团辽宁省委机关报《共青团员报》的通讯员。从此，我如鱼得水，似虎添翼，在业余写作的天地里信马由缰，自由驰骋，一连发表了10多篇通讯、散文和小小说，引起老师和同学们的注意。高三上学期还创作了充满泥土芳香和诗情画意的小歌剧《太平山下情谊长》(此剧于1958年12月荣获盖平县文艺会演创作、演出一等奖)，并且参加了大型影腔戏 (后称辽南戏)《望儿山下红旗飘》的创作。至此，我的业余文艺创作已初见模样，得到了地方政府和《共青团员报》的嘉奖。毋庸赘述，我文学征程上最初的决定我一生命运和面貌的步子，就是在以鲁老为核心的伯乐们的亲切关怀和亲人般的呵护下，在母校熊岳高中迈出的。试想一下，假如鲁老或者张家翰主任、张明仁团委书记心胸狭窄地、教条地批评我搞文艺创作是搞个人突出，是名利思想作祟，不分青红皂白地对我也施行一刀切的政策，不给我创造有利的条件，叫我也像班里其他同学那样弯腰挥锹深翻地，连夜鏖战炼钢铁，我能够有上述那些创作成果，获得"小作家"的赞誉吗？

　　母校熊岳高中的领导 (特别是鲁校长) 都是政治上非常成熟老练，思想修养超凡脱俗的人。因为宣传工作的关系，我同他们有过较多的接触，可我从来没看见过他们遇上急事、难事动肝火发脾气。当时，鲁校长才刚刚30岁出一点头儿，正是血气方刚、年轻气盛的年纪，但我见他不论在什么场合，脸上总是带着微笑，对老师和同学从来没讲过一句带刺的话。看见我在勤工俭学工地上东奔西跑进行采访，风风火火地搞宣传，有时冲着我抿嘴一笑，有时轻轻地拍拍我的肩膀，让我心里感到亲人般的温暖，觉得他已经把我当作懂事的大人了。整个高中三年，我同鲁校长长谈的机会并不多，但1958年底他开导我不要到县文化馆花费更多时间搞戏剧创作，而要集中精力复习好功课，全力以赴迎接高考的推心置腹的谈话，却给我留下了终生难忘的印象。那是一次异常重要，关系到我未来前途的谈话。至于政治上由学校保送，学习上自己参加高考，选派我进留苏预备部学习，更是决定我今生事业成功的头等大事，是我永远都要铭记在心的。因为进了留苏预备部，后来才有了赴北大，留学阿尔巴尼亚、南斯拉夫，进《人民日报》当记者和翻译，到"翰林院"（即中国社会科学院）和中国艺术研究院晋升研究员，当专家和作家的历史。啊，母校熊岳高中，是为我今生的文学大厦最早铺设基石的圣地；敬爱的鲁校长，是成就我今生事业的第一大恩人。

鲁老对我的厚爱是一贯的，一生一世的。我敢说，这是母校几十年成千上万个毕业生中任何人都不能相比的。言过其实吗？用事实说话：

1986年春末夏初，鲁老收到我寄给他的拙著《来自南斯拉夫的报告》后立即写信鼓励我，要我继续创作出更多更好的作品，为祖国和人民效力，为母校争光，并热情邀请我去营口，到他家里做客。这年9月，我和好友安葵去营口文化局讲学，乘机到鲁老家里探望；

1989年春天，鲁老收到我的专著《南斯拉夫当代文学》后，再一次写信像亲人似的嘱告我：三十而立，四十不惑，五十而知天命，一定要注意身体健康；

1990年夏天，母校熊岳高中43周年校庆前，鲁老利用到北京开会的机会邀我到西苑宾馆小聚，并代表母校邀请我回故乡参加校庆活动。在上千人的庆祝大会上，鲁老和时任校领导点名让我代表老校友讲话，并任命我为母校校友会北京片负责人；

1993年正月初六，盖州市举行我的新书《望儿山·多瑙河·紫禁城》座谈会，年近70岁的鲁老冒着凛冽的寒风，大清早第一个从营口赶到盖州会场，并宣读了事先写好的发言稿《根深则固，枝广则阔》，事后还将此文发表在《辽河》文学杂志上。在盖州开完会后，鲁老又领我一起去了营口。第二天，在营口宾馆，他老人家还亲自主持召开了"郑恩波与老校友见面会"，进一步扩大了该书的影响；

1993年深秋，鲁老陪同我到营口图书馆出席《望儿山·多瑙河·紫禁城》一书手稿捐赠仪式，并发表了热情洋溢的讲话；

1995年5月，鲁老邀我从北京回到营口，与我一起到熊岳高中与时任校领导一起共商成立熊岳高中校友基金会的大事。我们二人首先向母校各捐赠

1000元，以表微忱；

1995年10月，鲁老的重要著作《鲁克承教育论文集》出版，将我在《辽河》上发表的《恩师、导师鲁克承》一文收入书中，作为我们师生友谊的纪念；

2004年6月，鲁老的《人生历程回忆》(续) 出版，书的一开头选入了我写给他的一封信和我为母校熊岳高中校本教材《紫藤园》写的序《万壑树参天，千山响杜鹃》；

2008年9月26日，鲁老克服腿脚不灵、行走不便的困难，亲自从营口赶到熊岳高中出席我向母校捐书的仪式，并发表了激励我继续前进的讲话。同时，还为"郑恩波文库"剪彩；

2009年5月，85岁高龄的鲁老要我为具有特殊教育意义的《伏枥集》写序，学生深深理解并衷心感谢鲁老的深情厚谊，一口气写出这篇万余字的长序《一寸丹心图报国，两行清泪为思亲》。书中鲁老又收入了近来他写的两篇关于我的文章和我在2008年9月26日向母校熊岳高中捐书仪式上的讲话《根在故乡》……

鲁老，恩波深深地感谢您，永远铭记您老人家对我的大恩大德和一片深情！您永远都是我的老校长，指引我前行的导师！愿我们之间比金子还要珍贵、比彩虹更加绚丽的师生友谊，千秋万代都像黄河、长江水一样奔流不息，像泰山顶上的苍松翠柏一般万古长青！

2009年4月6日午夜草成，2009年4月12日改毕定稿于寒舍"山鹰巢"

本文系作者为鲁克承先生的《伏枥集》写的序

春风文艺出版社2009年版

世界性的荣誉属于他

——"诺贝尔文学奖"系列丛书之一《安得里奇小说选》序

　　波斯尼亚和南斯拉夫当代文学，因为有了伊沃·安得里奇(ANDRIC,IVO)卓异的创作成果，而获得了世界性的承认和荣誉。尽管安得里奇的作品反映的是波斯尼亚人民的生活，但是，他那强而有力的笔，已经远远地超越了狭小的地区范围。他以多彩多姿、精美动人的画面和震撼人心、净人魂灵的戏剧性，使一个弱小民族的文学，得意洋洋地跨入先进的民族文学之林。

　　1892年10月9日，安得里奇生于特拉夫尼克附近的多拉茨村。两岁时，父亲就去世了，不得不跟着母亲一起到了姑母家，在维舍格勒城读了小学。架设在该城旁侧德里纳河上的11孔大桥和塞毕河上的桥的种种传说和故事，在幼小的安得里奇的心灵深处，播下了民间文学的种子。小说《德里纳河上的桥》(1945) 开头几章里那些富有传奇色彩的故事，安得里奇童年时代就铭刻在心。因此，后来他在读者面前才矗起了一系列富有立体感的雕像。

　　安得里奇在萨拉热窝读中学时，家境非常困难，莫要说买不了像样的衣服和鞋帽，就连教科书也买不起，只能借别人用过的旧教科书。著名的短篇小说《书》和《孩子》，就是作家自己中学生活的真实写照。从这时起，安得里奇就和呻吟在奥匈帝国铁蹄下的祖国的命运紧紧地联结在一起了。他担任过塞尔维亚进步学生组织的第一任主席。在1914年的一篇日记中，安得里奇为尤基奇暗杀楚瓦依的事件而欢呼："这是何等的好啊！我预感到伟大的事业就要开始了。勇敢的热血在沸腾，在燃烧。"

那年夏天，爆发了第一次世界大战。安得里奇被捕入狱，之后又被流放到泽尼查附近的奥乌恰莱沃。安得里奇目睹了并经受了人间的种种苦难。后来，他根据这段不寻常的经历，写出了被人们称为"安得里奇的艺术精髓"的长篇小说《罪恶的牢院》，把土耳其侵略者的牢狱揭露得淋漓尽致。

1918年，安得里奇获释后担任了《文学南方》等刊物的编辑，发表了一大批充满爱国主义激情的诗歌、散文、文学评论，积极地为民族的解放和自由而英勇奋斗。

从1920年到1941年的21年间，安得里奇曾两次在外交部任职，先后到罗马、布加勒斯特、的里亚斯特、格拉茨、柏林等地任过领事或大使。然而，身为高级外交官的安得里奇，一天也未停止文学活动。他一生中半数以上的作品，都是这一时期创作的。如果没有这20余年的外交生涯，后来就不可能创作出著名的长篇小说《特拉夫尼克纪事》。

第二次世界大战期间，安得里奇不同南斯拉夫帝国政府和外国占领者当局发生任何关系，专心致志地从事3部长篇小说的创作。他在致友人的一封信中写道："在今天特殊的形势下，我不愿意也不能参加任何社会活动，不管是新作品，还是先前发表的旧作品，一律都不愿意拿出来出版。"又说："从感情和抉择上来说，我站在人民及其进行的解放斗争一边。"

安得里奇以无限欢欣鼓舞的心情迎来了南斯拉夫的解放，他立刻将《德里纳河上的桥》和《小姐》两部长篇小说的手稿交给了贝尔格莱德的出版机关。不到半年，前者就和广大读者见了面。不久，《小姐》和《特拉夫尼克纪事》两部长篇也问世了。在以后的年代里，他还写了许多中篇小说、文学随笔和文艺评论，而1954年出版的长篇小说《罪恶的牢院》，在艺术上获得了惊人的成就。安得里奇逝世以后，有17卷的文集出版，成为南斯拉夫文坛的盛事。

《德里纳河上的桥》是安得里奇的代表作，因为作家在这部小说里以"史诗般的力量"，十分成功地反映了"自己国家历史中的事实和命运"，作为

"小说艺术大师"①，荣获了1961年的诺贝尔文学奖。从此，安得里奇便作为南斯拉夫各民族文学史上最有影响的作家、巴尔干半岛诸国第一位诺贝尔文学奖获得者荣载史册。30多年来，这部"在现代文学中，在达到了高峰水平的小说林里占有最重要位置"②的小说，先后被译成了40多种文字，在世界许多国家出版发行，成为当代世界文坛上最走红的作品之一。世界许多著名的评论家都给予这部作品以极高的评价：

> 这是一部进入世界文学之林的杰作。③

> 这是一部具有永恒意义的作品。④

> 安得里奇完全可以站到托尔斯泰、陀思妥耶夫斯基、肖洛霍夫、显克维奇这样一些斯拉夫作家的行列中。⑤

> 从托尔斯泰的《战争与和平》问世以来，好不容易才找到了安得里奇这样一个刻画人物的能工巧匠。⑥

> 安得里奇完全可以与荷马相媲美。⑦

---

① 1961年12月6日瑞典科学院院士安德斯·奥斯特林就安德里奇荣获诺贝尔文学奖而发表的贺词。
② 斯威尔·马奈斯兰：《挪威文学批评中的安得里奇》。
③ 埃普斯特·爱·雅诺什为自己译的《德里纳河上的桥》德文本所作的序言。
④ 《新法兰克福报》，1961年10月18日。
⑤ 《挪威文学批评中的安得里奇》。
⑥ 《北德评论报》，1961年12月9日。
⑦ 美国作家瓦萨·得·米哈依洛维奇专著《英文领域里的伊沃·安得里奇的小说〈德里纳河上的桥〉》。

  《德里纳河上的桥》受到如此多赞誉，是和它的深邃的思想内容和精湛的艺术表现分不开的。这部小说以德里纳河上的一座大桥为主线，通过它的兴亡史和一连串真实感人的故事情节，巧妙而生动地概括了波斯尼亚①自15世纪中叶被奥斯曼土耳其占领开始，到20世纪第一次世界大战爆发为止大约450年的历史，准确地反映了错综复杂的民族矛盾和阶级矛盾，如实地展示了各阶层人民在漫长的岁月中所遭受的种种苦难，热情地讴歌了坚强的波斯尼亚人民勇于反抗外国侵略者的斗争精神。

  古往今来，世界上出现的以历史为创作题材的文学作品不计其数，它们通过不同的艺术手段，对一个国家某一段历史，做出真实的描绘与概括。然而，多数作品所描写的时间跨度一般只有几年、十多年，最多也超不过百年。像《德里纳河上的桥》这样一部仅用20多万字的篇幅，就概括了一个国家450年历史的小说，不要说在南斯拉夫，就是在世界上也是罕见的。

  《德里纳河上的桥》反映的历史事件的时间如此之长，这决定了它不可能只写某一个历史时期的人和事。事实上，它既准确地概括了几个世纪以来维舍格勒城一系列重大历史事件②也细致入微地描绘了一幅幅情趣盎然的生活画面，成功地塑造了几十个不同历史时期的典型人物。小说涉及的历史事件如此之浩繁，描写的人物如此之众多，却并没给读者留下支离破碎、东凑西拼的印象；相反，我们倒觉得作品前后浑然一体，互相关联。这部小说之所以能取得这样完美的艺术效果，作者新奇巧妙的艺术构思无疑发挥了重要作用。

  在作者构思的过程中，左右全局的是对德里纳河上的桥以及桥上的"城门"的调度与使用。小说第一章的末尾有这样一段话："小城居民生活和这

---

  ① 中世纪南部斯拉夫人中最强大的国家。1463年，奥斯曼土耳其在这里建立了政权。第二次世界大战后，与黑塞哥维那一起成为南斯拉夫的一个共和国。

  ② 例如1463年野蛮的奥斯曼土耳其占领波斯尼亚，奥匈帝国对波斯尼亚发动数次入侵，奥土之间的频繁战争，1912-1913年的巴尔干战争，斐迪南被刺，第一次世界大战爆发，等等。

座大桥之间存在着永恒的经常不断的密切联系，他们两者的命运是这样彼此交织在一起，使你不会考虑也不可能提出把他们截然分开的问题。因此，关于大桥的诞生及其命运的故事，同时也就是关于小城及其世世代代居民生活的故事。所以，在小城的故事里就贯穿着这座11孔大桥及其中央宛若王冠般的'城门'这条主线。"读完小说的全部章节，便会晓得，这段话道出了作者构思这部作品的秘密：大桥是维舍格勒人永恒的思想，大桥是作者美学思想的象征，大桥是串联小说全部内容的纽带或轴心，大桥是贯穿全书的主人公。首先，大桥是人民苦难的目击者：它亲眼看到波斯尼亚的儿童像羔羊一样被土耳其侵略者送往异国他乡充当"血贡"，它亲眼看到成千上万的乡民像小鸡一样被抓到工地上服苦役，它亲眼看到忠贞柔美的犹太女人罗蒂卡一步一步走上绝径。它是侵略者屠杀波斯尼亚人民的刑场：民工拉迪萨夫，士兵费东，无辜的苦行僧，都在这里被处以死刑。它是波斯尼亚风土人情的展览台：人们在这里散步、聊天、赏月，青年男女在这里谈情说爱，嬉闹歌唱，辩论人生的意义，探讨革命的真理。总之，这座大桥好似一个大舞台，它可以把同一历史时期的人与事，时隔几百年的时政人情统统都串联起来，使它们成为一个整体。它不愧是反映波斯尼亚历史的万花筒或多棱镜。有了这样一个万花筒或多棱镜，作者便可以在浩如烟海的历史事件中随心取舍，自由驰骋。不管任何人物或事件，只要能够与大桥串联起来，皆可纳入作者构思的轨道。这就使得小说的跨度异常浩大，头绪极为繁多。但它绝不是历史著作，而是小说，因为它有具体的生动的艺术形象。《德里纳河上的桥》是长篇小说的新样式，它是一部用小说形式写成的关于波斯尼亚人民的苦难与斗争的史诗。安得里奇在较短的篇幅里，以大桥作媒介，通过独特而精巧的艺术构思，成功地创作了一部容纳450年历史内容的小说，委实是一种崭新的创造。这一经验很值得我们借鉴。

世界上一切伟大的作家，总与时代同步，与生活共进。安得里奇非但是人民历史的艺术编撰者，而且还是勇于直面人生、关心社会风貌及伦理道德演变的时代先驱者。在这方面，长篇小说《小姐》是一部很有代表性的力作。此作也发表于1945年，几乎是在创作《德里纳河上的桥》和《特拉夫尼克纪事》两部历史题材小说的同时脱稿的。同上述的两部小说相反，这部《小姐》反映的是现实生活里的重要问题。主人公是一个孤独而贪婪的女高利贷者，她一生最大的愿望就是要尽量快、尽量多地发财。在她的全部生活里，金钱是绝对高于一切的。作者采取传统的现实主义手法，深刻而冷峻地剖析了这位发疯追逐金钱的小姐，通过对这个全书的中心人物的刻画与分析，入木三分地揭露了金钱社会里富有者的荒诞与劣根性，挖掘出产生道德堕落的毒根。南斯拉夫解放以前，安得里奇长期担任帝国政府的外交官，并没有直接受到共产党人的思想影响，但凭一个公民的良知良能，却看透了在帝国统治下金钱的罪恶，并对其予以发人深省的剖析，这是非常难能可贵的。小说所提出的问题，具有很深刻的社会意义，即使在一个世纪后的今天，也仍不愧为一部可以净化人的灵魂、陶冶人们情操的杰作。叙述的自然从容，人物心理描写的纤细入情，结构的精巧紧凑，层次的清晰精微，均显示出作家艺术技巧的娴熟。

中短篇小说创作，在安德里奇的文学生涯中，占有重要地位。从字数上来看，占全部作品的一多半。由于篇幅有限，在这个集子里，我们只能选一篇纯心理小说《书》和一篇童话体小说《阿丝卡和狼》。

《书》作为名篇佳作，40多年来被选入数十种文选和教科书中。小说的妙处在于写出了一种奇特的恐惧。一个连教科书都买不起的穷孩子，从学校图书馆借到了一本酷爱的书。由于激动和不慎，让书掉在地上摔坏了。于是，这个穷孩子便在极度的恐惧中，熬过了有生以来最难受、最忐忑的一段时光。作家以饱蘸苦泪的笔触，怀着最诚挚的人道主义感情，细致入微、淋漓尽致地"叙写了这一长久而巨大的恐惧的简短历史"。一开篇作者就向读者阐明："这一恐惧同使人们为了存在和争取财产、较好的生活、地位、荣誉和优先的权势，争取获得、保护、扩大财富而进行斗争，从而产生许许多多、各色各样的惊慌失措、忐忑不安没有联系。这里要说的是另外一种恐惧，是那样一种难以解释的、纯洁的人们在这个世界的现象面前所感受到的恐惧。"

这一恐惧让作者写透了，写绝了。这里既无作者为穷苦大众打抱不平的政治宣传，也无如何同情、理解贫寒子弟的自我表白。然而，他与家境清贫的学生心心相印之情，却深深地震撼了读者的心。俄罗斯文学特别是契诃夫笔下小人物那种凄苦命运和悲哀心理的影子，在这篇《书》中是清晰可见的。任何事情，过分夸张就会失去真实性。穷学生把书弄坏了，他害怕被图书管理员发现，于是便想尽办法要闯过这一关。此事放在不高明的作者手里，很可能会被描写成这个样子：图书馆员吹胡子瞪眼，穷学生心惊胆战。图书馆员大加训斥穷学生，并对其罚款若干。如果这样描写，学生被罚了款，恐惧也就结束了。可是，高明的安得里奇却不如此简单处理。他让穷学生侥幸地过了关。然而，过关之后却要继续被恐惧所煎熬，而且这种煎熬将是无穷期的。可怜的孩子将继续日夜不安，提心吊胆。"他会不会自杀？"也许读者会这样地为主人公的命运担心。这就是作品的余音绕梁之美。这就是安得里奇超群脱俗之所在。

《书》的篇幅并不长，但它却能代表作家的艺术特色：无论是叙述，还是描写，都是异常朴素自然、从容不迫。

童话体小说《阿丝卡和狼》历来都受到安得里奇研究者的高度重视，因为它集中地阐释了安得里奇的艺术观。表面上它讲的是一个迷了路的小羊羔如何从饿狼口中脱险的故事，可是小说最后的一段却向读者交代了全文的真正思想："许多年过去了，今天，她的那部著名的反映艺术和坚强的斗争意志战胜一切邪恶以及死亡的舞剧还在上演着。"是的，艺术和坚强的斗争意志战胜一切邪恶以及死亡—这才是《阿丝卡和狼》的真正思想蕴涵。

安得里奇创作的旺盛时期是20世纪的三四十年代。那是南斯拉夫各族人民遭受灾难最为严重的年代，那是西方各种文艺思想猛烈冲击南斯拉夫文艺界的混乱年代。安得里奇不惧客观压力，坚持现实主义的优秀传统，在《同高亚的谈话》这篇经典性的文章里，进一步深入地阐发了他对文艺问题的看法。

安得里奇认为，艺术与生活确实有着密切的联系。物质世界赋予艺术家创造崭新作品的生活，这种崭新的作品具有房屋的美和永世长存的意义。艺术家只反映具有普遍的深远意义的生活现象。存在于生活中的一切美好的东西，都是人的手和脑创造出来的。

安得里奇提出，艺术总要向个人、集体和人类的生活展示出未来的远景，而未来又总是与历史有着紧密的联系。他阐明："只有那些没有文化教养、不懂事理的人，才说过去的事是死亡的，是用不可逾越的墙把自己与今日的事情隔离开。真理恰恰相反，人们从前思考的、感觉的和所做的一切，都不可分割地与我们今天思考的、感觉的和所做的一切联系在一起。将科学的真理之光投到从前的事件中，那是要为今日的事情服务。""艺术的目的是要把从前、现在、今日联结起来，把生活的对立面联结起来。"艺术的目的存在于"空间和时间里，存在于精神中。"

在安得里奇看来，艺术家是真理的报告员，而他的作品则是对人类历史复杂情况的阐述与嘱告，艺术家是在"活跃、开拓、建设生活的复杂任务中劳作的无数个精工巧手中的一员"。在描述自己的创作活动时，安得里奇又说："我迈出的任何一步也不能归还自己，只能像干木材和冷却的金属一样，为克服人的弱点，健全人的伟大事业服务……"

安得里奇坚决反对作品的形式主义。他说："完美的表达形式是为内容服务的。"

安得里奇的这些艺术见解，不要说在20世纪上半叶，对于在血与火中飘摇的南斯拉夫文艺工作者来说，是光辉灿烂的灯塔，就是在今天，对于日趋走向混沌的南斯拉夫乃至整个东欧文坛，也具有驱魔除妖的伟大力量。安得里奇不愧是南斯拉夫进步文艺最杰出的代表人物，他将永远地活在人民的心中。

安得里奇是中国文艺工作者和全体中国人民非常敬爱的朋友，他对中华大地、东方文化、鲁迅先生，以及我国领导人怀有极为深厚而诚挚的感情。1956年10月，他率领南斯拉夫作家代表团访华，并参加了我国纪念鲁迅先生逝世二十周年的纪念活动，回国后写了一篇文章《相会在中国》，在南斯拉夫最有声望的《战斗报》上连载。这是一篇中南文学之交的重要历史文献。在这篇文章里，安得里奇用朴素无华的语言，真切自然地讲述了他在解放刚刚7年的中国所见到的令人着迷的人和事，表达了对新中国的厚谊。他情深意长地说："怎么也看不够。我们不晓得那种渊源来自何处，不能察明生活的全部关系，使我们大为着迷的现象之美，犹如愈来愈能唤起更大欲望的传奇故事一般令人百看不厌。"安得里奇赞美鲁迅先生"整个一生都是为争取摆脱外来束缚的解放事业而斗争的一生，同时也是为争取从僵死的传统中解放出来，为加强同世界其他国家人民的精神生活的联系而斗争"的一生。他还别有见地地指出："鲁迅的风格是建立在中国文化的伟大传统和吸收外国文学中最优秀的东西的基础之上的。"安得里奇这篇文章是南斯拉夫文学界对鲁迅先生最早的评价。远在37年前，安得里奇就能站在时代前进、变革的潮流前端，对鲁迅先生给予如此中肯的评价，实属难能可贵。还需指出：安得里奇当过几十年外交官，周游过许多国家，写了不少国际题材的散文、游记，可是选入他的17卷文集中的这类文章并不多。然而，他却十分珍惜、厚爱这篇《相会在中国》，将它编入第10卷文集中，并在文后注解中对鲁迅先生进一步做了评价："鲁迅是中国当代进步文学的始祖。"可见他对华的感情是何等的深沉而热烈。特别值得一提的是，他还在日记中详细地记下了同周恩来总理相识的情景，并称赞毛泽东主席是"带着和善的老者面容的非凡人物"。我们知道，南斯拉夫作家一般是不愿意评介政界人物的，安得里奇尤其是如此。可是，在30多年前，在当时国际舞台上那样一种电闪雷鸣下面，安得里奇却能如此大胆地、真诚地倾吐自己的心声，毫无顾忌地将日记和文章保留下来，甚至在逝世前的4个月，还拖着虚弱多病之躯，参观了贝尔格莱德举办的中国出土文物展览，作为一生社会活动的结束。这种坦荡的胸怀，正直的品格，战略家一般的远见，确实是令人钦佩感动的。

中华民族对世界一切进步的文化，向来都是热烈多情的，对南斯拉夫文学的骄傲、享有世界声誉的安得里奇的作品，更是怀有特殊的酷爱之情。近年来，他的作品陆续地被介绍到我国，博得广大读者的喜爱与好评。现在，这部书的出版，必将产生更大的反响与影响。愿此书的问世在中南两国肥沃的文学田野上荡起更加温暖、喜庆的春风！

1993 年隆冬于北京龙潭湖畔

本文是作者为"诺贝尔文学奖"系列丛书之一《安得里奇小说选》写的序，漓江出版社 1995 年版

胜无定在　制胜在人
——《世界反法西斯文学书系·阿尔巴尼亚卷》序

有一首阿尔巴尼亚民歌这样唱道：

　　捧起一抔土，

　　可以挤出烈士的血；

　　捧起一抔土，

　　可以挤出英雄的汗。

　　这朴素无华的民歌，是对阿尔巴尼亚历史光辉的篇章——反法西斯战争（1939-1944）真实而传神的描绘，是对阿尔巴尼亚人民的英雄业绩诚笃而热情的讴歌。它也揭示了阿尔巴尼亚人民赢得这场战争胜利的"胜无定在，制胜在人"的真谛。

　　在烽火硝烟中诞生的反法西斯战争文学，是阿尔巴尼亚20世纪文学中的瑰宝，是人们巨大的精神财富。阿尔巴尼亚的几代作家，几乎没有哪一个作家未曾写过反映反法西斯战争的作品。本卷书中入选的作品，都是经过时间的检验，被广大读者和作家、评论家一致肯定的传世之作，荣获过各种文学奖，被选入多种文集和教科书，有的还被电影艺术家搬上了银幕。

　　战争对于每个革命者来说，都是严峻的考验。在生与死面前，要么当一个可耻的苟且偷安的叛徒，要么当一名"宁可站着死，不肯跪着生"的勇士。这是几十年来作家和诗人们创作反映反法西斯战争的作品时经常关注的热点，也是最能拨动读者心弦、唤起他们对人生价值作认真思考的问题。可贵的是，入选的作品避免了不少同类作品常见的那种呆板的缺乏感情厚度的简单化倾向，而是着力从挖掘人物心灵美这一层次入手，满怀革命豪情，真实、深沉、诗情画意地展示英雄人物绚丽而宽广的精神世界，可歌可泣的大无畏气魄。

开卷篇《阿尔巴尼亚心》，是一篇典型的散文体小说。看来，作者对编造奇特的惊险的情节并不感兴趣，孜孜以求的是以从容舒缓的语势和节奏，创造一种悲壮（绝不是悲哀）的韵味。世界各国凡富有艺术造诣的作家，都是特别追求、讲究作品的韵味的，因为"有韵则生、无韵刚死；有韵则雅，无韵则俗；有韵则响，无韵则沉；有韵则远，无韵则局。物色在于点染，意态在于转折，情事在于犹疑，风致在于绰约，语气在于吞吐，体势在于游行，此则韵之所由生矣"。[①]反复咀嚼《阿尔巴尼亚心》这篇短而精的小说，觉得加塔追求的也正是这种富有韵味的艺术境界。

如果说《阿尔巴尼亚心》是在刚烈的外面罩上了一件婉约的薄而不透的外衣，作者采用的是武戏文唱的表现手法，那么，《磐石》则是把雄健、刚劲的内蕴和盘托出，让主人公自始至终处于令人毛骨悚然的血与火的煎熬中。作者以清醒的现实主义笔致，将法西斯惨绝人寰的暴行和阴谋诡计，逐章逐节、有条不紊地揭露得淋漓尽致，读者如同亲临刑场，目睹了见所未见，闻所未闻的刑罚，这更增加了对法西斯的憎恶和仇视。

普里夫蒂的短篇小说《难以置信的力量》，是具有特殊的艺术魅力的佳作。为了能重返前线，继续为解放祖国而战斗，特殊材料制成的"游击队员"在无麻醉剂的条件下，以令人难以置信的力量，忍受着巨大的痛苦，接受了医生用木锯为他做截肢手术。是什么原因促使这位"游击队员"以超人

---

① 陆石雍：《诗镜总论》。

的毅力，战胜了疼痛的折磨？作者未作更多的描写与渲染，只用他唱的一首
游击队战歌，就做出了使你既信服又钦佩的回答：

> 南方亮，北方亮 / 红了东方，红西方 / 冲锋枪，嗒嗒响 / 全国人民战
> 斗忙 / 游击队员冲锋陷阵 / 法西斯无处躲藏

作者巧妙地运用了一首歌词，大大拓展了作品可以想象的空间。

一切进步的革命作家，都把真实地反映、深刻的阐发、高度地概括一个
时代，作为自己最崇高的使命，诚如经典作家所说，"衡量作家或者个别作
品的尺度"，恰恰是看"他们究竟把某一时代、某一民族的追求表现到什么尺
度"。[①]许多阿尔巴尼亚作家，都竭力想写出概括反法西斯战争、具有时代价
值的全景式作品。谢夫切特·穆萨拉依的长篇小说《黎明之前》，荻米特尔·
舒泰里奇的长篇小说《解放者》，德里特洛·阿果里的长篇小说《梅莫政委》
（改编成电影时取名《第八个是铜像》）和《藏炮的人》，舒莱依曼·皮塔尔卡的话剧《渔
人之家》（改编成电影时取名《海岸风雪》）等，就是这类作品中的精品。因篇幅容量所
限，本卷只选了话剧《渔人之家》。

《渔人之家》的作者皮塔尔卡的高明之处在于，他把反法西斯战争这场
弃沙淘金、威武雄壮的好戏，在一个渔民家庭里严整有序地展开。通过渔人
姚努兹及家人同以长子谢里木为代表的反动势力的尖锐斗争，描绘了一幅战
争风云的图画，热情地赞美了以彼特里特及其父亲姚努兹为代表的广大爱国
者不畏强暴、勇于献身的革命英雄主义精神和崇高气节。《渔人之家》情节曲
折惊险，引人入胜，激荡着一种感人肺腑的革命正气。特别是当刽子手们包
围了姚努兹的家，逼着他交出革命者马列奇，张牙舞爪地要闯入屋内搜捕的
紧急关头，当姚努兹老人的小儿子彼特里特化装成受伤的马里奇，威风凛凛

---

① 杜勃罗留波夫：《黑暗王国的一线光明》。

地出现在敌人面前，姚努兹老人大声怒吼道："哼！办不到！阿尔巴尼亚人没有习惯出卖自己的朋友！……只要我还活着，你们永远甭想把他拉走（指带走马里奇），除非从我的尸体上踩过去！"的千钧一发时刻，阿尔巴尼亚人民顶天立地的英雄形象，便立刻巍巍地耸立起来，在读者和观众面前闪烁出永恒的璀璨之光。正因为如此，《渔人之家》便具有不朽的认识价值和审美价值。

卡达莱的长篇小说《亡军的将领》，是阿尔巴尼亚反法西斯文学乃至整个当代文学中的一株奇葩。虽然作者没有参加过反法西斯战争（战争爆发时他还是一个3岁的娃娃），但这部反映反法西斯战争的小说，却写得很轻松、自如。原因是他选取了一个独一无二的新角度。作者紧紧地抓住一名意大利将军在一个神甫的陪同下，赴阿尔巴尼亚搜寻阵亡者遗骨这条情节线，将他自幼就听到的种种故事，巧妙地从容地拴在上面。书中既有对大智大勇的英雄儿女的讴歌，也有对敌人种种丑恶行径及其内部复杂关系的揭露与嘲讽。解放后阿尔巴尼亚社会的变迁，丰富多彩的民俗风情，也非常隐蔽地、自然地表现出来。这部小说为没有战争经历的作者提供了描写战争的经验。它被译成三十多种文字，广销欧美各国，为阿尔巴尼亚新文学赢得了巨大的声誉，正像法国评论界所说：

> 这是一部奇特的小说。在这部小说里，戏剧性不断地伴随着幽默，让我们发现了过去所不熟悉的阿尔巴尼亚新文学。[1]
>
> 幽默，不外露的激情，轻松自由、朴素自然的叙述，语调的机敏，含蓄的技艺，曲折的教诲，异乎寻常的景观，喜气洋洋的新人——所有这些因素使这部小说比任何别的小说更精、更尖[2]。

---

① 法国"南方电台"，1970年3月11日。

② 法国《罗兰共和报》，1970年5月17日。

本卷选译了这部小说第七、第十一、第二十章。

阿尔巴尼亚诗歌具有优秀传统，一向比小说发达。反映反法西斯战争的诗歌，更是不胜枚举。这里，我们只选了两首长诗，一首是阿拉比的《血的警报》，一首是雅科瓦的《维果的英雄们》(节译)。前者气势磅礴，抒情色彩浓郁，后者故事感人，气势雄伟，具有鲜明的民歌风格。诗中描述的五位英雄的动人事迹，与我国的狼牙山五壮士的英雄壮举颇为相似。这些诗歌在广大读者中间，曾引起强烈的感情共鸣。

本文是作者为《世界反法西斯文学书系·阿尔巴尼亚卷》写的序

重庆出版社 1995 年版

新时期新农村的多彩画卷

——王增福长篇小说《情牵关门山》序

两年前，在故乡盖州市召开的纪念著名书法家沈延毅先生100周年诞辰的盛会上，我有幸结识了辽宁文学新秀王增福同志。当时，他交给我一部40余万字的长篇小说《情牵关门山》初稿。很谦逊地说："土里土气的东西，农村生活题材，现如今没有什么人瞧得起，不过，对了解新时期农村的面貌与改革，也许还有点儿意思。您是专门研究刘绍棠乡土文学的，想麻烦您在百忙中看看这部我不太敢拿出手的东西，给多提点儿意见，我还要做进一步的修改。"

"一部农村题材的长篇小说稿，现如今没有什么人瞧得起！"增福同志这两句很简单但意味颇深的话，立刻在我的耳畔嗡嗡地响了起来。中国是一个拥有九亿多农民的发展中国家，农业发达或落后，农民富裕或贫穷，直接关系到国家的未来和民族的前途。鉴于此，从打新中国成立起，农村、农业、农民的问题，一直是党和政府最关心的头等大事。在文艺方面，农村题材的文艺创作，历来都是作家、艺术家最重视、最感兴趣的领域。新中国成立后的几十年时间里，最能展示文学、戏剧、电影等文艺部门的强大阵容和杰出成就的精品佳作，绝大多数也都是以农村、农业、农民为题材的作品。这是一个任何人都无法否认的事实。以文学为例，尽管数典忘祖的"理论家们"千方百计地贬低、排斥、否定描写农村和农民生活的四大名旦（赵树理、孙犁、柳青、周立波）和四小名旦（马烽、刘绍棠、李準、浩然）的作品，但是，到头来，这些人民群众非常瞧得起的大手笔的作品，还是写进了权威性的中国当代文学史，历史是数典忘祖的"理论家们"无论怎样地挖空心思也篡改不了的。"三农"问题对我国国民经济的发展，现代化目标的实现，文艺创作的繁荣，实在是太重要了，正如中国当代乡土文学的领军者刘绍棠生前多次强调的："无工不富，无商不活、无农不稳；文学亦然。""勤劳、勇敢、善良、吃苦、耐劳、有自尊心、有忍耐精神、互助团结等美德，在农民身上都体现出来了，形成了我们民族的性格特征。农民是我们中华民族的脊梁，是创造中华民族道德的阶级。"①

农民如此重要，不能不引起一切有良心的文艺工作者的密切关注和极大重视，因此，增福同志的话也就自然引起我进一步严肃地思考和对他的书稿刮目相看。于是，我便怀着与久别的朋友重逢的亲切感，一口气把它读完，如痴如醉地沉浸在故乡人民龙腾虎跃、与时俱进的伟大洪流里，徜徉在社会和谐、人民安康的幸福氛围中。

掩卷沉思，这部作品给我留下了一种怎样的印象呢？照实说，读了它，就像当年读了赵树理的《三里湾》、周立波的《暴风骤雨》《山乡巨变》、孙犁的《铁木前传》、柳青的《创业史》、浩然的《艳阳天》《金光大道》、马烽的《我们村里的年轻人》、李準的《李双双小传》《黄河东流去》、刘绍棠的《运河的桨声》《夏天》《蒲柳人家》时得到的精神愉悦和审美享受一样。从作者对农民的历史与时代命运的了解深度，观察与展望农村远景视角点的高度，塑造人物形象和挖掘、展示人物心灵世界的力度，作品表现地方特色的强度，驾驭农民语言的广度和熟练程度几个方面来审视，我觉得，这部《情牵关门山》，是可以与上述一系列经典作品站到同一个队列里的。

首先，作者的立脚点，或者说作者的思想境界是很高的。作者创作这部小说的指导思想，是如何发动关门山老、中、青三代人携起手来，走共同富

---

① 刘绍棠：《乡土文学与民族风格》，《我与乡土文学》，春风文艺出版社1984年版，第227页。

裕的道路，引导全村人、全乡人尽早实现小康的美好理想，而绝对不是促使乡亲们回头走老路，重建"两亩地，一头牛，老婆孩子热炕头"的小农私有经济，为少数富人唱赞歌。贫寒的农家子弟文山宝拼死拼活地上大学，不是为了光宗耀祖，出人头地，而是要掌握现代化农业管理科学和先进的农业技术，彻底改变故乡贫穷落后的面貌。从辽东山区来到渤海湾第二故乡关门山的良家女儿冯香兰，先开饭馆后建油脂加工厂，也是与心上人文山宝怀着共同的理想，奔向统一的大目标，而不是只为自己建立一个安乐窝。王天庆和陆仁富这两个多年当领导，饱经时代风雨的洗礼与磨砺的关门山的顶梁柱，终日盘算的是如何动员全村人的力量，在能者的带领下早日建起蔬菜大棚，饲养大批的绒山羊，兴办饮料厂、油脂加工厂等大事业。最令作者激动不已的是如何在柴教授指导下让文山宝胜利实现关门山村十年经济发展规划。作者对关门山的山山水水怀有赤子般的深情，但他不是为个别富裕户的小康日子而陶醉，而是为全村日新月异的变化而纵情高歌。作者笔下对关门山山水风光一年四季都充满诗情画意的精心描绘，充分昭示他是全村人的美好理想与愿望的表达者。总之，这部小说自然地、毫不张扬地、隐蔽巧妙地表露出作者对崇高理想的追求和高洁的情操。这一点是作品取得成功的关键，正如孙犁老人所说："对于文章，作家的情操，决定其高下。""情操就是对时代的献身精神，是对个人意识的克制，是对国家、民族的责任感，是一种净化的向上的力量。"[①]

当然，小说创作不是抽象的政治宣传，不是新闻报道，不是理论说教，而是以真、善、美的思想感情，对人们进行潜移默化。它是通过鲜活的、生动的、栩栩如生的人物形象感化读者。简言之，小说创作是严格地按照艺术规律办事的。这部《情牵关门山》是一部很耐读的小说，它之所以具有一种令人爱不释手的巨大魅力，主要是因为作者在人物形象塑造方面有真功夫。

---

① 孙犁：《贾平凹散文集序》，《孙犁散文选》，人民文学出版社1984年版，第332页。

全书写了几十个人物，其中个性鲜明，音容笑貌生动逼真，呼之欲出，具有重要典型意义的人物也有十几个。你看那个美丽、聪慧、文静、多情、善良、富有魄力和开拓精神的冯香兰，是何等的可爱，令人仰慕！特别是在终身大事的问题上，她能多方面地设身处地为她钟爱的人的前途着想，舍弃个人利益，在感情上做出重大牺牲。这种内在的心灵美要比仪表美更可贵。这也是优良的中华民族传统道德的体现。香兰的心灵美和道德力量，是要比范灵芝（《三里湾》）、徐改霞（《创业史》）、孔素贞（《我们村里的年轻人》）高上一筹的。

你再看看那个早熟早慧的文山宝，委实是山乡的宝贝。他自幼就懂得孝敬父母和长辈，为二老操心支撑家务，与乡亲们同甘共苦。为了卫护正义，保护香兰姐不受无赖高宝贵欺侮，他两肋插刀，挺身而出，置个人安危于不顾，与无赖展开了生死的搏斗。此事是全书的亮点，也是主人公的英雄之举。不料，因失手将坏人误打成重残。为此他付出昂贵的代价，入狱坐牢近10个月。然而，难熬的牢狱生活，并没有把他压垮，而是使他更加坚定，更加坚强，更加成熟并且对未来充满了自信。出狱后，他比原来更加发奋地学习，最后竟然考上了全国重点学校—北京农业大学。更为可贵的是，他上大学并不是为了逃出穷山沟，而是为了真正学得建设社会主义新农村的本领，彻底改变家乡落后的现状。这种种不同凡响的所作所为，真是令人肃然起敬，咂嘴称赞。应当说，他像半个多世纪前蛤蟆滩上的梁生宝（《创业史》）一样，是一个富有时代特征的英雄形象。而他对香兰姐专一的爱情，海枯石烂心不变的美德，更加闪烁出社会主义新人的璀璨之光，让读者真真切切地感悟到他的灵魂和品德的冰清玉洁。

人物形象是小说的生命。一个作家，如果一生写出几部、十几部，甚至更多的小说，但却未能献给读者一两个有血有肉，极富生命力的典型人物形象，那他就算不上是一个真正的作家。而英雄人物形象的塑造，更是一切进步文艺的重要而显著的标志和共同的准绳，诚如文艺评论家蔡毅同志所说："塑造社会主义新人形象的重要性是不可置疑的，中外文学史证明，英雄人物的塑造，始终是文学创作的一个非常重要的组成部分。塑造英雄人物是一切进步文学的重要特征和普遍规律。一个民族，任何时候都需要一种崇高的精神主导人们的意识，变革时代，尤其需要一种崇高的精神主导。从文学的角度来说，英雄人物形象具有导向作用。因为，英雄、新人代表着社会的前进力量。"①想当年，我们的农村题材的小说里，曾塑造出王金生、王玉生、王玉梅（《三里湾》）、梁生宝、徐改霞（《创业史》）、刘玉生、邓秀梅（《山乡巨变》）、萧长春、韩百仲、焦淑红（《艳阳天》）、李双双（《李双双小传》）、春宝、春枝、银杏（《运河的桨声》《夏天》）、俞文芊、花碧莲（《小荷才露尖尖角》）、碧桃（《碧桃》）等一系列可贵的社会主义新人形象，然而，这些只有在崭新的社会主义制度下才能出现的新人形象，已经久违多年了，一切热爱社会主义文学的人们，多么渴望我们的社会主义文学画廊里，再增加一批具有改革开放新时期特点的社会主义新人形象啊！如今，朝气蓬勃、才气颇大，很有潜力的文学新秀王增福，终于以一部芬芳馥郁的《情牵关门山》填补了这一缺憾，满足了广大读者的热切希望。我毫不夸张地展望，增福笔下的文山宝、冯香兰两个极富有个性和时代特色的人物形象，必将像上述那些经典性作品中的人物形象一样，在新时期农村题材的小说天地中占据领先的位置。我深信不疑，广大读者和文学界的行家里手们读过这部小说之后，一定会对它做出与我相同甚至比我更高的评价。

这部小说如果只写活了文山宝、冯香兰两个人物，那还不能充分展示作者塑造人物形象的才华。事实上，围绕着山宝和香兰撼人心弦的爱情和携手共建家乡的动人故事，作者还笔酣墨饱地塑造了王天庆、陆仁富、马桂清、陆文财、王玉勤、许桂凤几个代表老中青三代新农村建设者的美好形象。这几个人物个个都写得个性鲜明、活灵活现，显示出作者丰厚的生活积累和多方面的人生经验。凭公道和稳重站稳脚跟的村委会主任、支部书记王天庆心地宽厚善良，时刻关心群众，全心全意领导村民风风雨雨奋斗了几十年，但

---

① 蔡毅：《关于塑造社会主义新人问题》，《光明日报》1996年8月7日。

对改革中出现的某些新问题想不通，思想处于极大的矛盾中。不过，他并不甘心落后，成为时代的落伍者。他要努力赶上时代潮流。思想问题一旦解决，便又像年轻时那样风风火火地率领乡亲们，向着集体富裕的大目标前进。作者对这个人物写得很有深度。请看作者对他在新事物面前苦闷、彷徨的心境开掘得有多么深："一方面他愿意接触新事物，了解新观念，一方面又总是用自己那固有的思维定势去排斥那些新事物。也就是，经常提出新问题又不断地否定或搁置这些新问题。他赞成改革，主张发展，但又总觉得实际进程好像不该是现在这样，至于到底是啥样儿，连他也是糊涂庙糊涂神。他虽然思维比较活跃，也有一定的洞察力，但行动上跟老牛拉破车似的，慢腾腾晃悠悠，中庸之道深埋在他的潜意识里，只不过是不但没察觉，反以为众人皆醉我独醒罢了。"总之，王天庆这一人物是一个真实度、典型性非常高的形象。同样，陆仁富胸怀的宽广和侠义；爱情和家庭生活很不幸的马桂清的善良、泼辣、侠义疏财；中学毕业后铁心务农的女青年王玉勤的豪爽、坦诚、讲义气、图进取的假小子脾性；背上了乡长女儿的政治优越性包袱的许桂凤逞强好胜的骄娇之气；陆文财的埋头苦干精神和诚朴、厚道的人品，都写得实诚可信，让读者想象得出每个人的容颜和声音。作者虽然没有把这些人物放在主要情节线上，花费更多的笔墨予以全面的描写，但照样也给读者留下了很深的印象。这一点更能显示作者了解、把握生活的深度和描写、刻画人物的真功夫。

伟大的鲁迅先生说："现在的文学也一样，有地方色彩的，倒容易成为世界的，即为别国所注意。"当代乡土文学大师刘绍棠，阐释他所倡导的乡土文学时，也把地方特色作为四项基本原则之一，可见作品的地方特色是何等重要了。增福的这部《情牵关门山》，从地方特色这一点来评估，也是一部上乘之作。那芳芬四溢、满纸飘香的辽南泥土气息，渤海之滨的山光水色，苹果之乡淳朴、浓厚的民俗、民风、民情，不时地掀起我感情的波澜，唤起我对故土无尽的思念。

在中、外文学史上，凡伟大的作家，都是让自己的作品具有地方特色的作家。老舍的作品，具有典型的北京味。赵树理的小说，那是土得不能再土的晋南味。周立波的《暴风骤雨》，满纸都是松花江两岸的黑土味。孙犁的小说和散文，全都浸透了白洋淀的荷香和芦苇的清香味。刘绍棠的运河文学，是"荷花淀派"的清丽、柔媚与"燕赵文化"的阳刚之气兼而有之的北运河味。如今，又有了王增福的《情牵关门山》的辽南味！美哉，五彩斑斓、前程似锦、遍地飘香的中华乡土文学！

在我国当代文学史上，周立波是以借用方言土语写作获得极大成功的巨笔。他是湖南人，可是《暴风骤雨》中对黑土地的方言土语使用得多么熟练、灵活！经过净化和提炼的方言土语的运用，为《暴风骤雨》这部划时代的杰作，增添了永世不退的光彩。增福本是辽东山里人，但一心在辽南扎根之后，便一头扎进当地粗手大脚的父老乡亲当中。生动形象、富于比兴、含蓄优美、诗情画意、有声有色并富有音乐感的辽南农民语言，被他学了个透。读起来，让人仿佛饱餐了一席色、味、香样样俱全的辽南大餐，实在是美不可言。让我们随便找出一段描写融歌、舞、戏为一炉的火暴、轻松、泼辣的辽南高跷秧歌的优美文字，细细咀嚼、玩味一下醉人的辽南风情：

　　学高跷的要领，先练习蹬高跷走步，找准重心，掌握平衡，多咱练到如履平地了，然后现学技法，诸如秧歌步、舞水袖、滚翻、劈胯等。许二拐不厌其烦地教，几个年轻人就亦步亦趋地跟着学，那情景自然是跟跟跄跄，漓流歪斜，摇摇欲坠，稍不留意不是摔个仰八叉，就是跌个狗啃泥。瞧着这些人丑态百出的模样，人群里不时爆发出嘻嘻哈哈的笑声，不时还夹杂着唧唧呱呱的品头品足。

　　演出《扑蝴蝶》一节，许二拐和冯香兰二人一忽儿如翩翩彩蝶，你来我往相互嬉戏；一忽儿如金山玉柱，猝然折仰于地；一忽儿你牵我随，出双入对恰似恩爱夫妻；一忽儿劳燕分飞，宛如长久分离。山宝望着这出神入化的表演，妙到毫巅的配合，阴郁的心情渐渐归于舒朗。这出戏将演出送上了高潮，观众掌声不绝于耳，愣是不让退场。

　　执笔为文者都有体会，场面难写，大场面、热闹场面更会累得写者抓耳挠腮，汗流满面。即使如此，常常还会把场面写得死气沉沉，读起来毫无兴趣，甚至会苦得读者两眼发涩，昏昏入眠。而王增福却把一个个动作又多又快的热闹场面写得如此有章法，如此火暴、热闹，使你仿佛有一种身历其境之感。而这种良好的艺术效果，靠的是极有光彩的辽南农民的语言。

　　《情牵关门山》破门而出，一炮打响，名不见经传的王增福一举成为辽南乡土文学创作队伍中的佼佼者。不久，在全国也将享有不小的文名。作为辽南老乡和志同道合的文友，我衷心地向增福致以祝贺，并希望增福永远按照毛主席的教导，长期地无条件地全心全意地到农民中间去，到火热的新农村建设的斗争中去，在思想感情上真正地与父老乡亲们打成一片，像乡土文学大师刘绍棠和"咱们农民一支笔"浩然那样，一辈子写农民、为农民写。可不要像某些精神贵族那样脱离群众、疏远生活。永远都要为粗手大脚的父老乡亲画像，万万不要偏爱大款、大腕、富婆、强人、老板、买办、炒家……

　　永远牢记：文学创作是马拉松长跑，绝不是百米冲刺。愿与增福同志共勉！

2006 年 6 月于寒舍

本文系作者为王增福小说《情系关门山》写的序

中国文联出版社 2006 年版

老一代红色文艺家：我们永远的榜样

——《我们的演艺生涯》前言

一

得知由廉静、陆华、郭锦华等同志牵头，中国艺术研究院马克思有主义文艺理论研究所当代文艺研究室全体同志参加编写的"百位艺术家口述"系列《我们的演艺生涯》一书即将付梓的喜讯，我感到分外振奋。在拜金主义越来越严重地腐蚀我国出版业（尤其是文艺书籍出版业），相当多的出版社对红色文艺经典冷漠得令人心寒的今天，依然还有像中国书店出版社这样的出版单位毅然甩掉金钱的羁绊，郑重其事地对红色文艺经典及红色文艺家鼎力相助，显示出健康、向上、进步的力量势不可挡。这怎能不让大家喜出望外？！作为与她们曾一起共事过十多年的老大哥，我又怎能不为姐妹们击节喝彩！

我之所以快慰地答应为本书写前言，还有一个很重要的原因，那就是我是真正吮吸红色经典文艺作品特别是延安时期的文艺作品的乳汁长大最后走上文艺之路的。读小学三年级时，我就积极参加学校组织的文艺宣传活动。在不到三年的时间里，10岁的娃娃也像延安、张家口演出队和白山艺校的成年文艺工作者一样，演出过秧歌剧《兄妹开荒》《夫妻识字》，及《刘胡兰》《互助》《喜》等歌剧。这些剧目的剧情、人物迄今还经常浮现在我的脑海里，其中的主要插曲，现在我还能一字不差地唱出来。到了中学，我又如饥似渴地赏读了孙犁、赵树理、马烽等作家的小说，刘白羽、周而复、魏巍等人的报告文学作品，贺敬之、李季、郭小川等诗人的诗歌。这些作家、诗人的朴素、健康、充满革命浪漫主义精神的精品佳作，在我年幼稚嫩的心里，最早地栽下了茁壮而厚实的社会主义文艺的根苗，使我更加具体而形象地理解了毛主席在《在延安文艺座谈会上的讲话》中对我们谆谆的教导："我们的文学艺术都是为人民大众的，首先是为工农兵的，为工农兵而创作，为工农兵所利用的。"这一教导牢牢地凝铸在我的心中，使我受益了大半辈子，对我文艺观的形成起了决定性的作用。我对经过革命战争的磨炼与考验，在毛泽东文艺思想哺育下成长起来的我国老一代红色文艺家，从小就怀有无限尊崇、仰慕的感情。我常常在文章中把自己比作是老一代红色文艺家的后代。如今孩子长大了，应该对教诲、关爱、扶持自己学会说话、走路、立身行事的长者予以报答了。

二

我全神贯注地研读了本书所选的所有文艺家的真知良言。他们倾诉的字字句句，无不充溢着对革命领袖无比忠诚的真情；在漫长而坎坷的革命征程中，他们首先做一个合格的共产党员，然后才当一个作家、艺术家的革命情操；时时刻刻听从党召唤，一生的全部事业都由党安排的高风亮节；他们长期地无条件地全心全意地到工农兵群众中去，到火热的斗争中去，到唯一的最广大最丰富的源泉中去，与劳动人民在思想感情上打成一片，同他们水乳交融，心心相印，然后创作出真正反映工农兵群众的生活、理想和愿望的传世之作的历史性贡献；他们对待文艺事业勤勤恳恳，兢兢业业，勇于探索和求新的进取精神，都为我们决心建设和捍卫社会主义文艺道路的晚生后学树立了光辉的楷模。

最令中国人民和中国共产党人感到幸福与自豪的是中国出了个毛泽东，因为毛泽东是20世纪中国历史上最富魅力的伟大人物，也是这个世纪世界上最具人格力量的巨人之一。毛主席《在延安文艺座谈会上的讲话》是马克思主义文艺理论的经典著作，是划时代的新美学。本书中许多艺术家都是以自己的亲身经历，回忆了在那烽火连天的峥嵘岁月里，毛主席同他们亲密无间的交往，温馨难忘的同志友情。且不说他同性情豪爽坦诚的萧军多次推心置腹的交谈，像知心朋友一般写信嘱告萧军要"注意自己方面的某些毛病。不要绝对地看问题，要有耐心，要注意调理人我关系，要故意地强制地省察自己的弱点，方有出路，才能安心立命"。也不要赘述为了开好文艺座谈会，他三番五次找欧阳山、草明谈心，请他们代自己搜集反面的意见，更不多加描摹欧阳山尊、朱丹、成荫同志创作出《晋察冀的乡村》等剧作时，他亲笔写信，向艺术家们致以诚挚祝贺的炽烈感情，让我们还是随便摘出年轻的摄影师而后成了著名电影导演的凌子风同志的一段动人的回忆吧：

> ……
>
> 我就住在主席隔壁小屋。我正常工作。半夜我正在睡觉，警卫员来了，敲门叫我赶快起来，到主席那儿去。
>
> 主席要了解情况。
>
> 说着说着要吃饭了，主席说："吃饭，吃饭。"用一个小茶缸子，盛半缸子酒，主席说："喝点酒吧。"我说："我不喝酒。"

这段朴素无华的回忆文字，让我们仿佛身临其境一般目睹了毛主席那温慈谦和、平等待人，与普通文艺工作者情同手足的音容笑貌，也真切地感受到大导演凌子风对毛主席无尽的思念、挚爱的情怀。

三

那些喝延河水度过青春年华的老一代文艺家，几乎都有过一段或从事地下斗争的非凡经历或征战沙场的戎马生涯。他们投奔革命队伍，哪里是为了当什么作家、艺术家，他们昼思夜盼的，就是如何尽早尽快地驱逐日本侵略者出中国，彻底埋葬蒋家王朝，将灾难深重的中国人民从苦海中解放出来。著名剧作家、戏剧活动家、戏剧理论家和戏剧教育家张庚同志的话再好不过地概括了当时文艺家们一切活动的宗旨："如何把濒于灭亡的国家救出来，才是主要的问题，不管自己是搞艺术、科学或哲学，都是为了挽救这个国家，这是我们年轻时所遇到的环境。"

仔细看看这批战士的阵容吧：参加过举世闻名的二万五千里长征，三过草地，为挫败张国焘分裂党中央的罪恶阴谋做出过重大贡献的女红军，后来成为著名剧作家的李伯钊；东北被日寇占领后，呼满铁路特别支部的重要成员，领导群众与日本鬼子进行过生死搏斗，救出马占山领导的抗日队伍，而后又克服重重困难，办起北满省委的公开日报《哈尔滨日报》，在东北抗日斗争中建立过历史性功勋，后担任全国文艺界抗敌协会延安分会第一任执行主席、东北代主任、东北文化部副部长的重要作家罗烽；14岁就参加了东北民主联军（即中国人民解放军），19岁当了铁道兵师宣传队队长，随赫赫有名的第四野战军征战白山黑水、大江南北，然后又踏遍三千里江山，担任起铁道兵歌舞团团长的重任，在一次行军中被敌机炸伤了一只眼睛，险些牺牲了性命，立了多次战功，成了闻名全军的曲艺作家，离休后仍笔耕不辍，成为新时期小品艺术开拓者的焦乃积，为革命从武汉徒步800里到延安，在晋西北等根据地，与晋察冀军区司令员聂荣臻、分区司令员、团长、营长、连长站在同一个指挥的位置上，亲自参加战斗，后来当了战地记者，著有1200万字的著名小说家周而复，等等。所有这些既平凡又伟大的文艺家，都以骁勇顽强的英雄业绩向人们昭示：中国老一代红色文艺家，之所以被冠以"红色"的称号，其中主要的原因是他们首先是英勇无畏的革命战士，特殊材料制成的共产党人，然后才是一个作家、艺术家。这一点正是我们老一代红色文艺家身上最本质、最靓丽的闪光点，也是后来者必须倍加珍惜、认真传承的精神财富。

对老一代红色文艺家来说，人民的利益、党的需要是指引他们勇往直前的最光辉的灯塔。他们一生中时刻听从党的召唤，党叫干什么就干什么，面临党的需要从无二言。林默涵同志就是一个典型的代表。他本来是从事党团的地下工作的，后来，为了宣传抗日救亡运动，根据党的安排，他又办起了杂志，先后编辑过《生活日报》《读书与出版》《世界知识》《国民周刊》《全民抗战》等刊物。抗日战争爆发后，根据组织决定，他一马当先发起组织"上海青年救国服务团"，肩负宣传部长的重任，变成了职业革命家。到了延安之后，根据党的需要，又拿起搁下多时的笔，挑起"延安华北书店"总编辑的担子。之后，党为了加强报纸宣传工作，又分配他任《解放日报》副刊编辑。正当他把工作开展得红红火火的时候，组织一声令下，他又告别了十分依恋的革命圣地延安，到了环境复杂艰难的重庆，当了《新华日报》通讯课主任、副刊部主任。可是，一年以后，上海又需要他，于是他又匆匆赴沪，参加《新华日报》上海版的筹备工作。在时局动荡的年代里，情况时刻有变。工作刚刚有点眉目，领导又指示他办《群众》周刊。一切编辑、组稿、写稿、校对、发行、生活管理的事情全都承担起来。为了传播党的声音，宣传党的各项政策，报道解放战争的形势，工作起来几乎每天都是披星戴月、废寝忘食。新中国成立后，上级先是安排他当国家文教委计划委员会副主任，可是，后来为了统战工作的需要，又不让他当副主任，只当委员。一贯听从党安排的林默涵同志，这一次也没闹丁点儿情绪，口气十分坚定地对党说："那没有问题。"胡乔木同志要他不要管杂事，主要负责给中央写报告，并且要他住到自己住的那个院子里去。对这一决定，林默涵同志依然还是绝对服从，因为早在战争年代他就对党表下了这样的决心："组织上让我那哪儿去我都没意见。组织认为我去合适，我就去。"就这样，林默涵同志便立刻搬到胡乔木同志住的那个院子里，不为名不图利，甘当无名英雄，为中央写报告一写就是4年，尽管自己从前没写过报告，对写报告挺外行。

从事过左翼文艺运动，担任过新华社和《新华日报》特派员的著名作家周而复，原来还是一个做统战工作的行家里手。他担任过中共中央华东局统战部秘书长、中共上海市委统战部第一副部长、中共上海市政协党组书记、中共上海市委宣传部副部长、文化部副部长、中国人民对外友好协会第一副会长等要职。无论是在白色恐怖的上海,还是在条件艰苦的陕甘宁边区、东北战场、北京军事调处执行部、中共上海市委、国家有关部委,周而复同志始终都是愉快地听众党的呼唤,勤勤恳恳,任劳任怨,干一行,爱一行,钻研一行,出色地完成党中央和周总理交给他的每项重要工作和特殊使命。从不为级别、待遇打过什么小算盘,即使在受到不公正待遇时,他也能以大局为重,化郁气与悲愤为力量;日夜兼程,埋头笔耕,在垂垂老矣的暮年,终以22卷诗文的辉煌成就,结束了壮丽的一生。

同样,17岁参加著名的省港大罢工,组织"广州文学会";19岁与鲁迅为友,在鲁迅的帮助下,组织成立了"南中国文学会";24岁在广州成立了"广州普罗作家同盟",不久又加入了"中国左翼作家联盟"的欧阳山,青年时代就与党领导的革命活动紧紧地联系在一起。33岁到延安之后,更是把自己的一切交给了党。在党的安排下,全力以赴地投入到延安中央文艺研究院担任文艺室主任和中共中央文化工作委员会常委、陕甘宁边区政府文委委员等重要的领导工作中。新中国成立后,他想专心致志从事创作,但党需要他做文艺领导工作,于是,他便肩负党的重托,一连当起华南分局宣传部文艺工作委员会副书记、华南文联主席、华南人民文学艺术学院院长、广东文联主席、广东作协主席来。"文革"后还担任过广东省人大常委会副主任、中共中央顾问委员会委员。由于领导工作繁忙、杂乱,自1957年就开始创作的5卷本长篇小说《一代风流》,直到1985年才写完。超常、繁复的领导工作,占去了他许多宝贵时间,影响了创作是显而易见的。但是,一生听从党指挥的欧阳老对此无怨无悔,甚至在小说创作最紧张的最后几年,他还把不少精力用于中顾委的工作,显示了一位真正的老共产党员为了党和人民"鞠躬尽瘁、死而后已"的革命本色。

用不着烦琐的举例,仅从上面几位老文艺家非凡的事迹中,读者朋友就可以充分地体味到,我们的老一代红色艺术家,具有怎样一种顽强纯正的党性和何等晶莹剔透的心灵!

四

以毛主席《在延安文艺座谈会上的讲话》为帅旗的解放区文艺，把"五四"开创的新文艺运动推到了一个新阶段，它从理论和实践上真正地解决了新文艺运动中的根本问题，即文艺为什么人的问题和如何为的问题。从此中国文坛上发生了天翻地覆的划时代的大变化，劳动人民第一次以主人翁的姿态登上了文艺舞台。真实地表现劳动人民的斗争生活和精神面貌，富有民族艺术特色，为劳动人民所喜闻乐见的解放区文艺，为新中国社会主义文艺的蓬勃发展和繁荣，拉开了璀璨夺目的一幕。也可以这么说，没有解放区文艺打下的坚不可摧的良好基础，就没有后来的社会主义文艺。

本系列所选的许多老作家、老艺术家都参加过著名的延安整风运动，有些人还非常有幸地参加了"延安文艺座谈会"，聆听过毛主席在会上的讲话。毛主席的教诲使他们的世界观、人生观和文艺观发生了彻底的、决定一生事业取得成功的巨变，诚如会议的参加者欧阳山所讲："大家参加了这个会，都感觉到心情舒畅，又都感到中国文艺学术界过去长期没有解决的许多理论问题和实践问题都由于这一划时代的《讲话》的发表得到了解决。"

老一代红色文艺家，都是说到做到的实干家，绝不是那种夸夸其谈，只说不干，却被捧之为或自封为"实力派"作家、"先锋派"理论家的天桥把式。在《延安文艺座谈会上的讲话》精神的指引下，文艺家们掀起了下乡、进厂、上前线的热潮。打开历史的篇章，让我们把老一代红色文艺家的脚印追寻，本书中一些老一代文艺家满怀激情的叙述，让我们欣喜地看到：萧山、艾青、塞克到了南泥湾，陈荒煤抵达延安县。刘白羽和陈学昭分别下了农村和连队，欧阳山去到合作社的农民中间。高原、柳青也去了陇东的农村，凌子风在西北战地服务团，一连摸爬滚打6年时间……不久，他们就把《在延安文艺座谈会上的讲话》发表后获得的第一批丰美的果实，呈献在人们面前：秧歌剧《兄妹开荒》《一朵红花》《牛永贵挂彩》《赵福贵自新》《刘顺清开荒》……紧接着，又诞生了第一批新歌剧《白毛女》《血泪仇》《刘胡兰》《塞北黄昏》《孙大伯的儿子》《无敌民兵》《军民进行曲》《英雄刘四虎》……那一出出大戏催人泪下，令人心醉；那一首首歌儿穿云裂石，激越高亢。在解放区明朗的天空下，文艺舞台上真可谓五彩缤纷，一片兴旺。与此同时，一批内容全新、形式活泼，深受读者青睐的文学作品，也相继问世：李季的长诗《王贵与李香香》，赵树理的小说《小二黑结婚》《李有才板话》《李家庄的变迁》，马烽和西戎的长篇小说《吕梁英雄传》，丁玲和欧阳山的报告文学作品《田保霖》和欧阳山的《活在新社会里》……在这些千古永存的作品里，工农兵的英雄形象，真正成了文艺天地里的主人。就这样，在具有五千年悠久历史的灿烂文明的中华大地上，一个崭新的描写工农兵、歌唱工农兵时代就此开始了。今天，这些作品已成为传世流芳的红色经典。这也是我们称老一代文艺家为红色文艺家的另一个原因。

对我们老一代红色文艺家缺乏全面了解和存有偏见的人，有时轻率地散布一些"他们只是资深的老革命，未必有很高的艺术修养"的闲言碎语。这是不该有而且也不符合实际情况的诋毁。我们老一代红色文艺家，虽然大多数由于历史条件的限制，没有受过高等教育，但是，他们都是悟性很高、灵气超常的人，加之又能在实践中刻苦钻研，认真学习马克思主义文艺理论，广泛汲取中外一切优秀文艺的有益营养，长期地、痴迷地向民间文艺学艺，因此，他们大都具有很高的艺术造诣，这种造诣是今日艺术院校毕业的本科生、硕士生乃至博士生都无法相比的。让我们还是先以我国新歌剧的发轫之作《白毛女》获得空前的成功，对此加以说明。《白毛女》成功地运用革命现实主义与革命浪漫主义相结合的创作方法，创造性地吸取了民族、民间音乐素材，合理地借鉴西洋歌剧创作有益的经验；在音乐的戏剧性和性格化方面也做了卓有成效的尝试。这样，它便成了音乐形式新颖独特，既具有鲜明的民族特色和强烈的中国气魄，又含有西洋歌剧韵味的独树一帜的中国式歌剧。《白毛女》在艺术上是十分成功的。全剧自始至终没有一句政治口号，完全是按着艺术规律创作的真正的艺术品，崭新的艺术品。它让人们看到了一个新的世界，新的天地。《白毛女》的出现具有无与伦比的重大意义，正如著名诗人、诗论家贾漫在《诗人贺敬之》一书中所说："《白毛女》是劳苦农民第一次以自己的语言和热情，以自己的表现和艺术，走上了历史的舞台，成为历史舞台的主人，彻底实现了毛泽东提倡的'为工农兵而创作，为工农兵所利用'的文艺方向。"

《白毛女》是由延安鲁艺集体创作的，不过，起关键作用的当然是剧本的主要执笔者贺敬之同志。《白毛女》取得史无前例的成功，无疑与贺敬之同志政治思想的成熟、艺术修养的全面、写作技巧的娴熟密不可分。贺敬之同志原来也是个小神童，十四五岁读初中时就在成都、重庆的报纸上发表了不少散文和诗歌，后来在奔赴延安的路上还写了《跃进》组诗，其中第二首《在西北的路上》还在大名鼎鼎的诗人胡风主编的《七月》上发表过。到了延安之后，他如鱼得水，创作劲头大增，18岁之前又出版了《并没有冬天》和《乡村的夜》两本诗集，炼出了过硬的童子功，为20岁时创作《白毛女》打下了坚实的基础。《白毛女》是贺敬之和他的同事们为中国歌剧创造的一大辉煌，迄今也没有任何一部歌剧可以与它比肩。《白毛女》之后，贺敬之同志如痴如醉地爱上了民歌、民间戏曲和其他形式的民间文艺，创作出《放声歌唱》《回延安》《雷锋之歌》《三门峡歌》《西去列车的窗口》等一大批内容深邃、艺术精湛，为一切诗派的诗人交口称赞的力作。文学（尤其是诗歌）是语言的艺术，语言是否有功力和特色，是决定作品成败的最关键的因素。贺敬之诗歌的语言达到了炉火纯青的完美程度，诚如人民文学出版社资深老编辑王笠耘先生所评点的："在诗的语言方面，我认为贺敬之在五四以来的诗人中，是无与伦比的；是我最崇拜的南唐诗派（李后主派）在语言上的继续。"①我甚至认为：贺敬之和郭小川是中国当代诗歌天空的双子星座。

艺术的生命在于创新。老一代红色文艺家在艺术上都是有着独到见解的大方之家，都是永不满足、精益求精的创新者。正如有的老艺术家所说：艺

---

① 贾漫：《诗人贺敬之》。

术总应该有些创造，要不断地有所追求，不断探索，不断学习。艺术是永久的，总得探索下去。在这方面，素来被誉为"拼命三郎"的著名电影导演凌子风在艺术生涯中一些不寻常之举最为令人叹服。初到延安时，他根据抗战期间农村的艰苦条件，搞起了利用现成的街道、打麦场、大的院落，用实景演戏的"田庄剧"。这种"田庄剧"虽然不太正规，但它能因陋就简，符合客观条件和现实需要，演出效果不错，颇受群众欢迎。"田庄剧"很新颖独特，在我国戏剧史上，不能不说是一大创造。拍摄电影《中华儿女》时，凌子风也打破"不能从全景一下子拍特写，要拍中景，中景之后才能拍近景，渐近的镜头"等清规戒律的束缚。远景一下跳到特写，不怕别人反对。结果片子拍成后，得到当时苏联电影艺术家的赞赏，被人家主动要去，在苏联作为杰作观摩放映。后来，它还作为我国第一部获得国际奖的影片载入史册。拍摄《红旗谱》时，为了突出影片的地方特色，增强人物形象的真实性、亲切感，凌子风又提出了一般导演不敢提的要求：除饰演春兰的演员外，其他演员都必须是在河北生活过的老同志。结果影片又获得异乎寻常的成功，轰动了影坛，成了又一部红色经典作品。

享有"歌坛泰斗"美誉的歌词作家乔羽，新中国成立初期就以《我的祖国》《让我们荡起双桨》《人说山西好风光》等家喻户晓、人人喜爱的优秀歌曲的词作者蜚声国内外。20世纪60年代中期，在大型音乐舞蹈史诗《东方红》的创作中，又作为文字总管的权威作家，统领全剧的解说词和歌词的创作，深得非常关心文艺事业、对文艺具有真知灼见的周恩来总理的器重和信赖。乔羽是一位对自己要求异常苛刻、创作态度十分严肃且具有远大眼光，严格遵照艺术规律创作的作家。请听他对《我的祖国》歌词创作的回忆多么令人深思："有时大家问我《一条大河》(即《我的祖国》)这首歌，我说如果我用当时流行的那种办法写，效果可就不一样了。因为当时是抗美援朝，志愿军出国打仗，唱歌的坏境正是坑道最艰苦的时候。也可以写身在坑道内，心怀天安门，放眼全世界……而且当时那样更容易通过。但恰恰在这个歌里我没有那样写。如果那样写了，现在就没法唱了。所以要说经验的话，这是一条很重要的经验。我当时倒是比较明确，不是糊里糊涂那样写的。当时我就不主张那样写东西，应该概括得更大一些。是用当时流行的术语，流行的政治概念来写，还是用最根本的东西来写，这是很关键的问题。"这首歌确实反映了一种很好的心情，对于这个国家、对于这个民族充满了信心，充满了希望和喜悦。在这部影片中，我们的志愿军战士在强敌面前镇定自若，充满必胜信心的革命乐观主义精神，散发出的英雄气息和那种献身精神，确实感人至深。"乔羽同志不被眼前的临时效益所诱惑，而是严格地按照真正的艺术品应该具有的特质去写作，在深掘人物丰富而美丽的精神世界方面精雕细刻每一句、每一字。乔羽同志对作品艺术表现力如此忠贞不渝的探索精神，体现在他一生的创作中。新时期以来创作的《心中的玫瑰》《难忘今宵》《思念》《我爱中华》等歌词，更是让歌词的艺术魅力进入了一个更新、更美、更雅的境界。

同样，军旅曲艺作家、新时期小品创作的开拓者焦乃积提出"艺术要创新，不重复别人，也不重复自己"的主张和取得的高产、优产、稳产的创作佳绩；著名作家柯岩独辟蹊径，开创诗化小说的新天地，也都充分地显示出我们老一代红色文艺家对艺术锲而不舍的探索、创新精神和在他们身上蕴藏着的巨大的艺术潜能。

五

当我思绪万千，激情澎湃地写完这篇前言的时候，觉得还应该对本系列的编选、整理工作再稍用些笔墨。

中国的民主革命、社会主义革命和社会主义建设的历史道路是漫长、曲折而又成功的，也是世界上绝无仅有的，描绘这一历史道路的革命文艺，具有极其丰富的内容。"五四"的新文艺运动，抗日战争和解放战争时期的解放区文艺、大后方文艺以及新中国成立后的当代文艺，皆为这一文艺的组成部分。本系列的编选者以博大的胸怀，选取了各个时期（以革命战争时期为主）最具代表性的百位作家、诗人、音乐家、美术家、表演艺术家，通过这些红色文艺家的口述，基本上描画出了百年来我国革命文艺经过风风雨雨的洗礼与磨砺变得既茁壮又健美、既丰满又妖娆的风姿。书中的许多内容鲜为人知，十分珍贵，为以往的诸多文艺史书所不及。

百年来，我国富有成就的文艺家队伍，真可谓浩浩荡荡，兵强马壮。选择哪些文艺家进入本书？这是最需要编选者动脑筋，最考验编选者智慧和眼力的首要问题。应当说，本书所选择的这些老一代红色文艺家，都是很典型的，既有几十年来一直很顺利并取得了卓著成就的成功者，也有命运多舛，历经坎坷与磨难，最终得到党和人民的正确评价，堂堂正正、巍然屹立的"不幸者"。成功与"不幸"对于文艺家来说，都是宝贵的财富，就艺术门类而言，这百位文艺家都是不同艺术领域里的佼佼者，他们的成长和业绩，都很有代表性。"借一斑略知全豹，以一目尽传精神。"通过这百位老一代红色文艺家的口述，我们对中国百年来革命文艺发展的历程，是可以得到一个全景式的观瞻与了解的。

迄今见到的各种各样的文艺史书，大多是专家、学者撰写的，都带有作者本人的褒贬爱憎。就是说，那些史书都是写进了作者的"自我"的。而这部书则不同，它的每篇文章都是文艺家的口述，具有真正的原汁原味，因此，鲜明的可信性、真实性便成了本书的另一重要特色。感谢本书的每位采访者、编者，她们趁这些国宝级的红色文艺家还健在的时候，通过口述、笔录的形式，把极其珍贵的第一手文艺史料记载下来，留给后人，这是很有远见的，功德无量的。也可以说，本书的出版，是完成了一项造福于后代的抢救工程，委实是可喜可贺的一大喜事。

美哉！壮哉！老一代红色文艺家—我们永远的榜样！

2007 年 10 月中旬到 12 月上旬，写于寒舍"山鹰巢"

本文是作者为《我们的演艺生涯》一书写的前言

（原载《我们的演艺生涯》，中国书店 2008 年版）

为中华民族的脊梁画像

——靳春长篇小说《水灯》序

一

在现如今的中国文坛上，常常会碰到这样一种令人深思的怪现象：一些被媒体大加吹捧，甚至得了赫赫有名的大奖的作品，却得不到广大读者、观众的认同，过不了多久，就落到被书商折价处理或干脆被送到造纸厂重新造纸的可叹境地。而有些因为作者无名而不受名家出版社重视，借助自筹资金①由普普通通出版社出版的作品，反倒受人们青睐，有的还荣获了名声不低的文学奖。出身于晋北农家、土生土长的"山药蛋派"杰出传承人靳春的长篇小说《水灯》，就是这类作品的突出代表。它问世5年了，却没有引起权威部门应有的重视。但我相信：金子有时会被沙土掩埋，可它总会有被挖掘出来，大露峥嵘的一天。当今，当我们隆重纪念中国共产党成立90周年，以无比喜悦、自豪的心情回眸近百年来党领导全国人民走过的艰难、曲折、光荣的道路和取得的史无前例的伟大成就的时候，仔细赏读一下这本扣人心弦的《水灯》，我们一定会眼前赫然一亮，仿佛铲除了层层沙土，找到了一块璀璨夺目的金子。

---

① 被有招数的人士冠以出版补贴的美名。

与我们从前读过的那些描写一家或几家农民在一段短时期里的生活的农村题材小说迥然不同，《水灯》以广阔的视野、全景式的画面，多角度、多层次、全方位艺术地再现出晋北农村自抗日战争开始到改革开放新时期70多年的历史风云和时代变迁，它是为中国共产党领导下的我国北方农民所进行的威武雄壮、波涌涛起的武装斗争和波澜壮阔、如火如荼的社会主义革命、社会主义建设事业奉献出的一部深沉激越、令人神往的英雄史诗；它是为在我党长期培养、抚育下成长、成熟起来的几代勤劳、勇敢、坚强、忠诚的农民兄弟树起的一座千古不朽的丰碑。它为社会主义文学如何更完美、跟深入、更成功地塑造英雄人物和社会主义新人形象，积累了有益的经验；它多方面地继承和发扬"山药蛋派"文学的优秀传统和艺术特质，为中国文学走向世界提供了令人宾服的样本。

二

中国革命和社会主义建设事业所走过的道路是漫长而光荣的，也是曲折不平坦的。在这条道路上，我们有许多成功的经验，同时也有过不少挫折甚至是失败的教训。不过，不论是经验，还是挫折、教训，对我们都是很宝贵的财富，都值得我们倍加珍惜。靳春同志满怀对党和人民的赤子之情，用他那支浸透了故乡泥土芳香的妙笔，为我们描绘出打击日本鬼子、土地改革、解放战争、抗美援朝、成立互助组和农业生产合作社、反右斗争、大炼钢铁、三年经济困难时期、四清、"文革"以及改革开放各个不同历史阶段一幅幅真实生动、感人肺腑的生活画面。在小说中，我们非但真切地看到了仇鼎盛、刘嘉麟等共产党员组织村民同野蛮凶残的日本鬼子展开地雷战，打得鬼子丢盔弃甲、狼狈逃窜的战斗场景，与破堡村贫苦的兄弟姐妹共同分享斗地主、分田地、缴公粮、你追我赶支援前线，宛如过年过节一般的喜庆与欢乐，深深地被翻了身做了主人的乡亲们"为有牺牲多壮志，敢教日月换新天"的英雄气概所感动、所鼓舞，而且更目睹了借改革开放的春风化雨迅速改变了贫穷面貌的破堡村、紫陵县的一片事业兴旺，人民康乐的崭新景象。

一个同故乡的山山水水、父老兄弟始终骨肉相连的严格地忠实于现实的作家，也不会采取漠视群众的痛痒，只报喜不报忧，昧着良心讲假话的超然态度和错误做法。例如，反右斗争严重扩大化对普通农村干部的无端打击与伤害；大炼钢铁那种滑稽可笑的场面，虚报浮夸刮共产风的歪风邪气；"文革"给国家建设造成的经济损失等消极方面，作者也本着对历史和人民负责的严肃态度和实事求是的科学精神，做了真实的分寸得当的描绘，既真实可信，又不伤害人民群众的热情和积极性。能做到这一点，那是很不容易的，作者如果没有很高的政治素质和政策水平，写到这些地方，是很难驾驭好笔墨的。我们从这些难写的段落里，很好地领悟了作者的气魄与胆识。毫不夸张地讲，作者是具备做一名部队高级别政委的修养和才干的。

总之，70年在人类历史长河中，只不过是短暂的一瞬，但就在这一瞬间，破堡村、紫陵县却发生了翻天覆地的巨变。整个小说犹如一幅幅景色变化万千、隽妙无比的连环画，将历史的发展和时代的进步，严整有序地呈现在读者面前。一部小说，能够通过种种精心构建的传神迷人的故事和丝丝入扣的画面，概括出中国农村70年的发展史，实属首创，这是作者对中国当代文学的发展做出的独特贡献。

三

《水灯》的确是概括了中国农村70年的发展史，但它不是平铺直叙地讲述历史事件和罗列枯燥的数字的史书，而是一部通过描写农村各种人物的关系和他们历史与时代的命运来感染人、教育人，具有巨大的艺术魅力的小说。

凡是小说，就要写人，塑造典型人物形象。喜欢读小说，常读小说的人，大概都有这样的体会：一部小说，不论情节多么跌宕起伏、曲折迷人，但是随着时间的流逝，最后留给我们的，主要不是它的具体情节，而是一个个人物。一个小说家如果不能在自己的作品中塑造几个能感动读者,给读者留下久久不能忘怀的印象的人物,那他就算不上一个真正的小说家,人物,确实是小说的生命。如今,有些人动辄就大谈特谈更新文学观念,但我想,人物是小说的生命这一观念,是到任何时候都不能动摇、不能改变的。新时期以来,文学有了很大的发展,但是,在塑造人物(更不要说塑造英雄人物,社会主义新人了)方面,不少作家却是欠了债。难怪青年散文家、文艺评论家红孩最近专门著文,对此提出尖锐而中肯的批评,并强烈呼吁:今后小说评奖不要评作品,而要评人物。

《水灯》之所以能深深打动我,唤起我极大的审美愉悦,主要还不是因为它以宏大的叙事,艺术地再现了中国农村70年的发展史,而是因为它运用种种艺术手段和技巧,塑造了仇鼎盛、仇熙川、刘嘉麟、张毓卿、甄韬旸、罗秀凤、周晗、何小圆、欧阳耆生、滕漫远、罗垣桥、石榴花、柳二女、郝德等一大批有血有肉,栩栩如生的人物形象。我佩服作者塑造人物形象的真本事和硬功夫。这种真本事和硬功夫为几十年的农村题材小说所罕见,这也是我尽管百事缠身,终日忙得手忙脚乱,但是还要满足作者的殷切之求,想方设法挤时间,认真为这部不寻常的小说写序的原因。我发自内心的为这部力作击节喝彩。

在所有的人物形象中,仇鼎盛这位真正的共产党员的形象最为丰满厚实、真实可信、可亲可敬,最具典型性和教育意义。仇鼎盛身上最可贵的一点,是他对党的无比忠诚和纯真、坚强的党性。为"党派到那边的人"刘兆麟绝对保密一事,是最有力的说明。破堡村有名望的殷实人家的当家人刘庚与仇鼎盛的父亲是世交。刘庚虽然家富,但是很开明,一心向着共产党。抗日战争时他让长子刘兆麟投奔革命队伍,成为党派到"那边"①的人,此事只有刘庚和仇鼎盛知道,连刘兆麟的胞弟刘嘉麟都不知道。为了确保党的事

---

① 指敌人内部。

业和革命的成功，仉鼎盛这位抗日战争一爆发就立刻参了军，1938年入党，为民族的解放负过伤，立过战功的"三八式"老党员，凭着在宋支队①锤炼出的党性，一直没有把这一重要机密告诉包括刘兆麟亲弟弟刘嘉麟在内的任何人，尽管刘嘉麟还是一村之长和他的挚友。当然，也没告诉爱妻张毓卿。刘兆麟的妻子郭淑珍，背着汉奸家属的黑锅多年。土改中为了保障她和两个孩子的生命安全，仉鼎盛苦口婆心地劝她立即从南口村回到破堡村住，但郭淑珍硬是不肯回去。为此事他甚至亲自到南口村找过她两次。得知郭淑珍和两个孩子被活活打死的消息，他失声恸哭，为没尽到保护好朋友的妻子和孩子的责任而甚感内疚，但仍未透露一丁点儿关于刘兆麟的真情。有人报告刘兆麟要带领人马打回村，为亲人报仇。他明知刘兆麟绝对不会回来，但为了不露马脚，掩人耳目，还是组织乡亲做好迎战准备。仉鼎盛这种纯真、钢铁般坚强的党性，是何等的难能可贵，值得每个共产党员严肃地深思，认真地学习。

正直是道德之本。仉鼎盛并没有高深文化，但他有一颗难得的正直的心。他常对乡亲们讲："咱是堂堂正正地干事，本本分分地做人。"对他村中的父老乡亲有极精准的评价："仉鼎盛是破堡村的秤砣，压得住阵。"欧阳工作员（后升为地委书记）对他的大公无私也有令人敬佩的评价："我在台上，你不巴结我，我倒霉了，你也不嫌弃我。鼎盛，难得碰到你这样的人。"正因为他心正，所以才能正确地、不左不右地贯彻党的方针政策。比如，土改时郝德搞不得人心的过激行动，用大石头活活地把地主巩斐砸死。对此仉鼎盛坚决反对，在他制止下，另三个地主才没像巩斐那样被郝德用石头全部砸死。还如，1958年，他被上级调到大酸茨大办钢铁，弄得他哭笑不得。但是，他并没有忘记民以食为天这个根本，指示周晗和刘秉文一定要组织好社员搞好秋收，保证颗粒归仓，社员不饿肚子。再如反右斗争中，郝德再次搞极左，又

---

① 指宋时轮率领的部队。

是他坚决制止了批斗普通社员唐凯之和杨燮林的错误做法。更能彰显仇鼎盛作为一名党的基层干部为了人民的利益不顾个人得失的优秀品质，还是三年经济困难时期，他不怕来自上面的任何压力和丢掉"乌纱帽"的风险，坚决支持、鼓励社员开小片自留地和从事多种经营，保证群众增加收入，得到实实在在的利益的大胆之举。而"文革"中他被批斗后安慰妻子张毓卿的肺腑之言："你放宽心，天塌不下来，地陷不进去，熙川①年轻，受些苦难，经个世面，也有益呢，从中懂得些道理……飞得高，落不低，不定将来，也有出息。"被批斗后立即就主持召开抓革命、促生产的会议，宣布五点强有力的措施并对干部们掏心窝子讲话："白天受苦，晚上挨斗，这是大队干部的特点，大伙儿不能有丝毫的抵触情绪，不能放松工作。不然，秋后吃啥？群众对咱们进行批斗，是因为咱们工作中有错误。咱们不能拿五百多人的生活，当作儿戏……"所有这一切把这位风雨中变得更加坚韧的老干部的博大胸怀和对党对人民的耿耿忠心、拳拳之忧，展示得淋漓尽致。

假如作者只以描写仇鼎盛的政治品质为满足，那么，这个被众乡亲誉为全村的秤砣的顶梁大柱，恐怕又会是一个显得苍白无力，缺乏血肉的概念化的人物，作者大概还要走先前不少描写农村生活的作家的旧路，然而，靳春没有那样去写，他笔下的仇鼎盛却是面目一新的人物。这个心灵世界丰富、细腻的人物，还有侠肝义胆、多情重义的一面。请看：他对妻子与前夫生下的女儿猫猫的疼爱与照顾，胜过对待自己的亲生女儿囡囡；对朋友刘兆麟的妻子郭淑珍及其儿女的关心和体贴，不是亲人胜似亲人。而对三年经济困难时期浪迹到破堡村的浙江流民阿福一家的妥善安排和百般关照，特别是邀请阿福全家人与自家人欢欢喜喜过大年的闪光一笔，更是使全书亮出一道人性美、人情重于一切的绚丽彩虹。不计个人恩怨，为那个一辈子都与他作对，"文革"中批斗他、大骂他，临死前还写诬告信，给他往头上扣屎盆子的郝

---

① 仇鼎盛之子，在工作单位也受到冲击。

德送葬，并且还"搭上自己的一套崭新的毛料灰色西服"，难过地哭红了眼睛；死后一连几年逢年过节都给郝德上坟，烧些纸钱，往坟上添几锹土等一系列感人至深的义举，让破堡村的男女老少世世代代都要铭记仇鼎盛这个厚道、宽容、耿直、天下难寻的大好人。

作为破堡村几十年的老领导、好长辈，仇鼎盛十分关心、精心培养、大力扶持青年干部的成长，先后为村里、乡里和县里培养了甄韬旸、周晗、郝逸民、王达山、何小圆等多个得力的干部。在培养干部的过程中，他一切都出自公心，不徇私情。何小圆之妻武小梅的一句话对此作了最公道的评价："仇鼎盛有眼力，该提拔的一定提拔，该往下捋的一定往下捋。"在发现人、使用人、提拔人这个问题上，我们进一步看到了仇鼎盛的善心，大公无私之心，而这一美德恰恰是今日的许多领导干部不具备但必须具备的啊！

仇鼎盛善于学习，与时俱进的精神很令乡亲们钦佩。改革开放初期，他感到有些茫然，不太适应，但很快就追了上来，领着一些人办起了效益不错的养猪场；到了耄耋之年，还领着乡亲们办起了破堡村展览馆；与老伴一起在山下带头植树，教育后人要把社会主义革命事业永远传承下去。

一个优秀的共产党员，无论是在党内党外，还是在家里家外，都必须是一个正派的人，有道德的人。仇鼎盛对与他再婚的妻子张毓卿的爱是炽烈深挚的，对她的关心是无微不至的。他的个性是柔中带刚，着急上火也是常有的，但对张毓卿却一直都爱的如胶似漆，从未发过脾气吵过架。非但如此，而且还对她十分尊重，在许多重大事情上，非请她当高参不可。当爱情、婚姻生活中发生意外的挫折或不幸时，最能检验一个人的灵魂是纯洁还是肮脏，品质是高贵还是卑劣，风格是崇高还是低下。正当仇鼎盛和张毓卿恩恩爱爱生活得非常幸福的时候，突然传来张毓卿的前夫并没有战死，而且回到故乡想与张毓卿见面的消息，在这一关键时刻，张毓卿心里掀起大波，仇鼎盛心里也很不平静。经过一番认真的思考，他对张毓卿说："毓卿，你要觉得委屈你了，他也回来了，我放你走。囡囡、圆圆你想带着，也行，给我留下，也行……"顷刻间，仇鼎盛那真正男子汉的俊美形象和水晶般靓丽透明的心灵，显得是何等的高大、令人仰慕啊！张毓卿当然不会那样做。不过，第三天上午仇鼎盛和张毓卿却领着囡囡和圆圆去小坡村与张毓卿的前夫十分亲切、友善地见了一面，然后回到破堡村，继续和和美美地过日子。就这样，在半个多世纪的漫长岁月里，仇鼎盛和张毓卿一直以白头到老、相敬如宾的恩爱夫妻的榜样博得全村人的一致赞扬。在赏读这本小说的过程中，我多次掩卷沉思：在当今的中国，男女之间的爱情、婚姻，如果能像仇鼎盛和张毓卿的爱情、婚姻这样纯洁无瑕、忠贞不渝、充满诗意，整个社会将会变得多么文明与和谐，全体国民的素质又会有怎样的进步与升华啊！感谢靳春同志，他在小说中为我们塑造了这样一对可供学习、效仿的模范夫妻的俊美形象！

最了解自己的人，往往是妻子（或丈夫），张毓卿说仇鼎盛淳朴、忠厚、豁达，这是最精准、最到位的评价。总之，仇鼎盛这位经历过战争岁月生与死的考验，饱受过种种风雨的磨打和锤炼，逐步变得十分成熟、干练、坚强并富有远见卓识的农村基层干部，是一个对党和祖国有忠心，对同志和朋友有诚心，对亲人有爱心的大写的人。论经历与资格、品德与作风、能力与胆识，他完全配得上当一个乡镇级、县级、甚至地区级领导，但他几十年来却雷打不动、沙打不迷地深深扎根在破堡村这块巴掌大的土地上。他是一个真正的当代农民英雄！

仇鼎盛之子仇熙川这个在新中国的阳光下茁壮、稳健地成长起来的青年干部的形象，也塑造得相当成功，蛮有特色。由于受到父母的良好教育，熙川小时候就显得聪明伶俐，一上学便有非凡的表现。如果说从他到小枝姐姐的婆婆家串门，发现小枝姐姐的奶奶婆受儿媳的虐待，每顿只给她一小碗饭吃，饿得头晕，于是很生气，偷偷地把饭碗摔碎，迫使儿媳妇给老人家换成大碗吃饭这件小事上，我们初步看到了一个少年的纯朴、善良的心，那么，他发现体弱的王老师因为吃不饱饭而晕倒在教室里，于是便一连多次从家里给老师带炒面和鸡蛋的义举，便进一步给人们留下了慷慨无私、乐于助人的美好印象。而出面阻止郭茂工作员没收要饭者挨门逐户好不容易讨到的一些粮食的非人道行为，同时还跟妈妈又要了些吃食给讨饭者的不凡举动，更是让读者领略了熙川坚持公道、见义勇为的慈善心田和大人般的成熟。有了这样一种良好的思想品德修养，熙川刚刚到了公民的年龄，就踏上了工作岗位。他时刻牢记父亲的谆谆教诲，并以此作为严格要求自己的铁的纪律"不要爱人家的钱，不要爱人家的人"。他凭自己卓异的政治素质、难得的品德操行和出众的工作能力，很快地从一个普通的办事员晋升为县计委主任。在重要岗位上辛勤工作，无私奉献，拒收一切送礼。他没人情味吗？不，凡亲戚、朋友，甚至交通警察托他办事，只要是可办又不丧失原则的，他都全心全意去办，而且成功率很高。因为他的条件好，所以在这之前同时有三个漂亮姑娘爱上了他，可他经过严肃认真的比较后，只把全部感情给了罗秀凤，对刘茵和杨爱玲只作好朋友真诚相待。在私生活方面有着非常高洁的表现。熙川像淳朴、厚道而又能干的老父亲一样，成为紫陵县有口皆碑的最有希望的廉洁干部。从全书的整个内容来评析，作者对仉熙川这个人物的设计目的是很清楚的：在党的哺育下，革命事业的接班人正在迅速地成长，有了这样可靠的接班人，革命前辈打下的社会主义江山定将千秋不倒，鲜亮的社会主义红旗必会万代飘扬。

在仉鼎盛良好的影响和正确的引导下，因整天渴望得到异性的爱而不可得，于是多少沾染上点流气的大龄青年甄韬旸，一旦走上正道，便截然变成另外一个人。他幡然改悔，弃旧图新，很快被提拔当了村干部，最后竟成为乡党委书记，真可谓浪子回头金不换，自然地被乡亲们摘下了"灰鬼"的帽子。20多年前，我们在乡土文学大师刘绍棠的小说《这个年月》和《十步香草》中结识过这类人物，现在，在靳春的这部《水灯》中，再次与浪子回头金不换式的小伙子相识为友，说明在共产党指引的社会主义康庄大道上，即使再落后的人，也能变成社会的先锋。

路见不平拔刀相助的草莽英雄何小圆，颇有点江湖气，在缺德的郝德拉拢、怂恿下，为了发泄私愤，竟然冒犯法律，错挖了王达山的祖坟。但在仉鼎盛的启发和亲戚朋友的诱导下，经过一番痛苦的思想斗争和反省，与郝德决裂，弃暗投明，并且紧跟仇鼎盛，在抓革命、促生产的热潮中连连立功。后来，在改革开放大兴企业的激流里，还成了仇鼎盛的得力助手。

坚决与父亲郝德分道扬镳，为人处世都以仇鼎盛为榜样的郝逸民，当了村副主任也不辍劳动，时时与手扶拖拉机为伴，多多为乡亲们奔波办好事情。父亲郝德后来之所以能有所悔悟，那是逸民对他一针见血的批评和自己正派端庄的所作所为，对他的影响起了关键作用。

所有这些朴实可爱，勤劳善良的农村青年，虽说在前进的道路上都遇到过坎坎坷坷，精神上也有过轻重不同的创伤，但在改革开放的千秋大业中，最后都各自找到了合适自己的岗位，都有了施展才能的机会，都成长为时代所需要的栋梁之材。总之，他们都是构建这部70年农民成长史的必不可少的重要人物。

善于编织故事但又十分珍惜笔墨的靳春同志，还通过叙写仇鼎盛、仇熙川与上下级关系的巧妙手法，间接地勾勒出乡党委书记，后升为县委副书记滕漫远和土改时驻破堡村的工作员、后升为地委书记欧阳耆生的朴实、勇于承认工作中的失误的优秀品德。通过这两个级别较高的人物形象，让读者进一步领悟到党的领导干部从上而下优秀者还是普遍存在的。有了这样一些忠诚可靠的社会中坚，在希望的田野上，未来必将出现更加鼓舞人心的好年景。

靳春同志有一支女儿笔，他对破堡村老的少的女人描写得活灵活现、惟妙惟肖。张毓卿的贤淑文雅、谦恭和善，石榴花的心胸狭隘、嫉妒多疑，柳二女的泼野刁顽、寡廉鲜耻，都描写得极为细腻真切、生动传神。看得出来，由于作者对这些女性十分熟悉，因此他的笔墨才挥洒得这样轻松自如，信马由缰。

大河奔流，泥沙俱下，一个村里出几个落后者，甚至害群之马，那是毫不奇怪的。忠实于现实的靳春同志，在小说中没有回避这一点，在成功地塑造了上述一系列如同过江之鲫的可爱的人物形象的同时，也用尖刻老辣、独特精湛的文字，塑造了郝德、昃成科等几个灰色人物形象，其中对小肚鸡肠，又有极端的野心的郝德丑恶灵魂的揭露和卑劣行为的鞭挞最为深刻有力，撼人心弦。这位表面上很积极，处处都想露一手、出人头地的村干部，处理任何事情都以自己的得失为出发点，一辈子都与仇鼎盛、刘嘉麟别扭做对，明争暗斗。土改中不顾党和政府的政策，亲自高举大石头把地主巩斐活活砸死，还故意将中农唐凯之弄成地主，冤枉一个人几十年。为了达到压过对他一向很宽厚的仇鼎盛的卑劣目的，拼命讨好、巴结乡党委副书记董卓夐，甚至无耻地让老婆陪董睡觉，灵魂龌龊、手段下流到令人发指的地步。"文革"中他摇身一变成了造反派，当上了烽火战斗队的头头，残酷地斗争、迫害仇鼎盛、董卓夐，而且还残忍地往董的裤裆里踢了两脚。郝德实在是一个心狠手辣的异己分子，所作所为极不得人心，最后落了个众叛亲离、孤家寡人的可耻下场，连老婆柳二女都扇了他几个耳光。至此，他变得沉默寡言，每天只知干活。看来是对自己不光彩的一生有所悔悟了吧？不！临死前还向上级写诬告信，陷害仇鼎盛。作者谴责、鞭挞假、恶、丑的笔是何等的犀利尖刻、入木三分。最可恶、最不能容忍的是，作为大队干部，他还领着几个私心重的人撬开粮库门，盗窃生产队的粮食。为此他被关了两个月禁闭，实在是罪有应得。为了进一步表达乡亲们对郝德的愤恨，作者最后又巧妙地安排了他与儿子砌墙被倒下的石头打死的情节，为他缺德的一生画了一个句号。在破堡村半个多世纪的历史上，郝德是一个极个别的坏典型，他的存在无损于以仇鼎盛为代表的破堡村父老乡亲的美好形象。作者塑造郝德这个人物形象的寓意是很深刻的：真善美总是在与假丑恶的对立斗争中存在、发展的，一切正直、善良的人与邪恶、黑暗势力的较量将是长期而艰苦的，我们万万不可放松警惕；没有平地显不出高山，有了郝德这个坏典型做反衬，仇鼎盛这位真正的共产党员、农民英雄的形象，才显得更加崇高、更加光辉、更加可爱。

中国农民是勤劳、勇敢、善良、吃苦、耐劳、有自尊心、互相团结、多情重义的农民。他们没有出人意料的新思想，却有传统美德的熠熠闪光。农民是中华民族的脊梁，是形成中华民族道德和灵魂的阶级。赏读《水灯》这部小说，使我们再一次加深了对中国农民的了解和理解。这种了解和理解，要比我们从以前读过的大量的农村题材小说中所得到的都更加丰富、更加具体、更加鲜活、更加深刻。我们甚至还可以说，《水灯》是真实反映中华民族的一面镜子。

四

地方特色，是决定小说成败的重要因素之一。鲁迅先生曾谆谆教导我们："现在的文学也一样，有地方色彩的，倒容易成为世界的，即为别国所注意，打出世界上去，即于中国之活动有力。"[①]当代乡土文学的领军者刘绍棠，甚至把地方特色作为自己致力于乡土文学创作的四项基本原则之一[②]，正式地写在论述乡土文学创作的著作里。打开中外文学史便可知道，古今中外许多成就卓著的作家的作品，无一不是因为它们独具一个地方的特别风味而取胜的。老舍的作品，北京味；孙犁的小说和散文，白洋淀味；赵树理的小说，晋南味；刘绍棠的小说，京东北运河味……而今，我们又从靳春同志的《水灯》里分外高兴地闻到了浓香扑鼻的晋北味。那古老的太罗河水草的清香气，座座古朴素雅的泥窑和石窑，终年吃不厌的莜麦面、山药蛋、粉条烩豆腐、油糕，无不彰显出沁人心脾的晋北民风乡情。而那丰富多彩、绚丽诱人的婚、丧、嫁、娶的习俗礼仪和讲究特多的人情世故，使底蕴颇深的晋北民俗学显得更加色彩纷呈，光辉夺目。至于新中国成立后不断变化、日渐丰盈的文化心理、伦理道德，以及形象、优美、动听的方言土语，都让生于斯，长于斯的有心人靳春吃了个底儿透。总之，《水灯》的地方特色是绚丽多姿的，字里行间喷发出的晋北的泥土芬芳是醉人心田的。

---

① 鲁迅1934年4月19日致陈烟桥信。
② 另三项基本原则是：中国气派、民族风格、乡土题材。

山西自古以来出作家，出大作家。远的不说，仅延安文艺运动以来，就有以赵树理、马烽、西戎、李束为、胡正、孙谦为代表的"山药蛋派"著称于世。在全国有多少作家是喝"山药蛋派"作品的乳汁成长为文学的大树的？数也数不清。仅在山西省，很好地继承和发扬这一文学流派的优秀传统和精神而成长为具有全国影响的作家就有张石山、韩石山、韩文洲、焦祖尧等才气不小的新秀。现在，我们欣喜地看到，来自晋北黄土地的靳春同志，也迈着稳健的步伐，加入到"山药蛋派"作家的行列。我认真地将《水灯》与前辈"山药蛋派"作家的作品作了比较，惊喜地发现：赵树理提倡的"问题小说"、"劝人"的作品和"说故事"的主张，其作品的传奇色彩和诙谐、幽默的笔调；西戎小说里细腻传神的描写和清朗鲜明的人物性格刻画以及具特色的语言驾驭；孙谦作品深厚的人情味和顺叙、倒叙、插叙等电影文学剧本写作方法得心应手，娴熟灵活的运用，都在靳春的小说中得到了富有创造性的传承和发扬。

还有一点也很值得特书一笔，靳春同志还是一个成绩斐然的诗人，有大量的诗作问世。诗人就有诗人的气质、激情和浪漫，小说里也必然流露出诗人的情调和特质。请看，《水灯》中充满诗情画意和浪漫色彩颇为浓郁的段落，就有多处。比如说，第11章刘嘉麟奉命要调到四川去工作，临走前仇鼎盛登山远眺，对故乡山山水水的无限眷恋和对孩提时代金子般可贵的童稚童真的甜美回忆；第19章对仇鼎盛与滕漫远乡党委书记前往地委会见土改时的老朋友，今日已荣升为地委书记的欧阳耇生时细致的心理活动的生动描写；小说结尾处对水灯的蕴含所做的暗示，都是作者诗人的浪漫情怀和一定程度的抒情色彩的显示。这一点是先前的"山药蛋派"作家的作品中很少见的。不过也应当指出，由于靳春同志性格内向，因此，他的抒情与浪漫，不是大河奔流似的，而像涓涓细流似的，激情潜伏在娓娓动听的叙事中。

靳春使用的不是常见的大路货语言，而是土得能掉渣、能流油、能飘香的晋北农民语言。叙述和对话用的都是这种生动形象、含蓄优美、诗情画意、富有音乐性的语言。这种语言极大地增强了作品的地方特色和读者阅读的兴致，而大量谚语、俚语熟练地恰到好处地运用，更使小说流光溢彩，锦上添花。

《水灯》的特色和妙处还可以说出很多，为了不给本书增加太多的篇幅，就此打住。

谨以为序。

2011 年 3 月—4 月初于寒舍"山鹰巢"

本篇是作者为靳春小说《水灯》写的序

《水灯》于 2011 年由甘肃"读者出版集团"出版

被甘肃省委宣传部评为优秀图书

金凤展翅凤凰山

—— 《萧韵作品选》序

红旗招展，号角嘹亮，

电大学生放声歌唱；

战鼓擂响，大地震荡，

电大学生放声歌唱；

以振兴中华为己任，

为祖国的繁荣富强，

我们好好学习，天天向上，

努力攀登，锐不可当。

迎着朝阳，挺起胸膛，

电大学生勇向前方；

高举红旗，斗志昂扬，

电大学生勇向前方！

为实现伟大的理想，

为人类的彻底解放，

我们好好学习，天天向上，

披荆斩棘，锐不可当。

前进！前进！

　　这高亢激越的《电大学生进行曲》，在七月里雨后的清晨，荡漾在花香四溢的荔城凤凰山上。增城广播电视大学年轻的英语教师、校长办公室主任姚达光同志，一边陪我在学校前面的花丛中散步，一边气宇轩昂地向我介绍学校的发展情况。

　　"这首歌的词写得淳朴有力，曲调雄浑壮烈，有《中国人民解放军进行曲》那样一种势不可挡的气势，洋溢着《歌唱祖国》式的热烈奔放的感情。请问这首歌的词、曲作者是谁？"我怀着欣喜和好奇之情问道。

　　"全是我们罗兆荣校长！"达光的话音里充满豪情。

　　"噢，兆荣校长还是一位才气不小的作曲家……"我钦佩地插嘴说。

　　"可不是嘛！罗校长是诗词歌赋、琴棋书画，无所不谙。近几年他已在省级以上的刊物发表作品一百多篇（首），出版了《增城挂绿》《萧韵诗词选》（萧韵是罗兆荣的笔名）《凤台集》《湛甘泉诗选注》等多种著作。还主编了《黄轶球教授诗文选》《增城楹联集》《荔乡诗词》等10种书刊。头几年，罗校长还曾被指派为文化部'中国老年书画研究会赴韩国文化交流代表团'团员，赴韩国访问，为国家和人民争过光。他还先后荣获经文化部批准，全国美协、书协主办的'全国首届书圣杯国际书画大赛'的'国际金奖'和'书画诗文全能国际特等金奖'。还有，不用多说，你很了解，罗校长还荣获了你们中国艺术研究院颁发的多项一等奖……"

　　达光同志最后的话，立刻把我带回到两年前的春天中国艺术研究院召开的"当代文艺创作研讨会"上。当时罗兆荣校长偕夫人罗承芳教授，女儿罗珣、罗珲一家四人光临我们的会议。这四人在文学创作及研究、摄影和绘画四个方面各领风骚，引起全体与会者的极大兴趣，成了会议的注意中心。我称他们的家是艺术之家，这一美称博得一片喝彩声。这个艺术之家的全部作品暂且不表，仅兆荣校长在诗词、楹联、书法、绘画、音乐五个方面所显示的才华，就能使读者、观众、听众为之倾倒。我怀着十分欣喜的心情，赏读了兆荣校长赠送给我的《萧韵诗词选》打字稿和秀美雅丽的专著《增城挂绿》。那一首首构思精美独特、联想丰盈多姿、用词朴素准确、意境明朗俊俏、激情高昂尖厉的诗和词，描画出我们共和国50年历史中一幅幅令人难忘的图景，引起我们对往昔岁月无穷无尽的悠思。同时，也让我们看到了诗人自己那炽烈的爱国爱民之心和博大明净的胸襟。特别是那组缅怀世纪伟人毛泽东的诗，更把诗人忠于党、忠于领袖的革命品格和真诚、质朴、易感的诗人气质展露无遗。读着那一篇篇能给人以极大的精神震撼和审美享受的诗作，我心里不时地升腾起一种妙想：兆荣校长的这些诗、词作品，如能汇集成书正式出版该有多好！那本足可以与当今世界上印制最精美的图书比试高低的《增城挂绿》，是一部为荔枝世界—广东增城市披红戴花的精品。作者对闻名中外的荔枝王—挂绿历史考评的细致周密，娓娓动听；对故土乡亲的一腔赤子耿心；论证说理的自信从容，胸有成竹，都给我留下了一个扎根乡土、胸怀全球的大手笔的强烈印象。挂满了工作室、会客室，其中有一大批已经发表于报刊的书画作品，更使我耳目一新，百看不厌。那一幅幅有浓烈诗意的历史人物画，那一卷卷勾画细腻、传神隽妙的少女图，那一张张奔放自如、苍劲有力的字画，都充分地显示兆荣校长的多才多艺和深厚的文化功底。不过，当时他并没有展露出作曲家的才华。现在，他所创作的一组色彩斑斓、旋律多样、风格各异的歌曲，则把我带进了一个崭新的艺术天地。我不但知晓了他那修养高深、无可争议的音乐天赋，而且，随着《电大学生进行曲》《增城人民进行曲》《回归颂》等歌曲感情巨浪的流动，还真真切切地看到了改革开放20年来罗兆荣校长在增城教育事业的田园里留下的一串串平凡中见伟大、素雅中显雄奇的脚印。

一个人对文学艺术中的某一门类产生浓厚的兴趣并取得一定的成就，也许并不是很难的事。但要在诗词歌赋、琴棋书画诸多艺术领域样样皆通，门门有成，取得国内外有识之士的承认与赞扬，荣获大奖，那可就不是一件容易的事了。前面姚达光同志介绍的兆荣校长荣获的那些国内外著名奖项，就是这位并非出自正式高等艺术学校，然而却具有超凡的全面艺术才能的艺术家光辉业绩的最具有说服力的证明。

然而，最能显示罗兆荣校长艺术成就与人生价值的，还是增城广播电视大学兴建、发展的历史。因为个人的成就再大，毕竟还只是一个人的；而一个人领导有方、治学有素，创办发展起来的一所广播电视大学，却属于全社会。它能使兆荣校长的形象变得更加光辉、高大。

现在，一座十一层漂亮的教学楼，就屹立在增城凤凰山的峰巅，"增城广播电视大学"八个金辉夺目的大字，为这座闻名遐迩的荔城增添了现代文明的光彩。须知，这是一所县级市办的高等艺术学校啊！它的许多德才双馨的毕业生具有比省办高等学校毕业生还高的质量。可谁晓得，今日增城电大的好年胜景，都是与罗兆荣校长的心血和汗水的浇灌分不开的呢！

1979年，党的十一届三中全会闭幕不久，身为增城县（今增城市）总工会宣教组组长的罗兆荣同志，就勇敢地挑起了县领导交给他的复办因"文革"而流产的电大的重担。在没有课室，没有办公和教学楼的条件下，罗兆荣毫不畏惧，立下了"图强谁复惧艰辛"的坚强决心，从凤凰山下借了职工学校的一间陋室，招来包括走读在内的30余名学生，办起了电大的第一期理工班。1982年又承担了电大工作站负责人这一重任，并办起了第一期语文大专班。当时，刚刚从"文革"的苦海中站立起来的增城县（今增城市），财政十分困难，没有办学经费，罗兆荣只好靠收取每个学生每期30元学费支撑局面。缺少师资，他就亲自登堂执教。另外，他还走出学校，聘请社会名流莅校授课。凡接触过罗兆荣的人，都强烈地感觉到他是一个很有开拓精神和现代意识的学者。我想，他的这种开拓精神和现代意识，就是从他到社会上聘请第一批名流的果敢行动中露出锋芒的。他的这一行动收到了很好的效果，第一批毕业生质量甚佳，走出校门不久，有的当了先进工作者，有的当了单位骨干，还有的当了增城市市长、市党委副书记。罗兆荣辛勤的劳动，让人们亲眼看到，发展教育事业对促进改革开放具有何等的重要意义！

像每个改革者都要经受时代风浪的扑打和洗礼一样，罗兆荣在前进的道路上，也遇到过险阻和暗礁。1982年，正当他扯起篷帆，准备顺改革的大潮乘胜前进时，有关部门却以"电大"一无专人、二无专款、三无基地、四无设备为理由，宣布将它停办解散。私心重的人，在关键时刻必是胆小鬼；无私心的人便无畏，风口浪尖上才可能是一个敢作敢为的英雄汉。罗兆荣将个人的得失置之度外，为保住"电大"的生命而四处奔波，力挽狂澜。他在主管教育工作的副县长（当时增城县尚未撤县建市）面前据理力争："停办'电大'，无异于人为堵塞一条有志青年通往接受高等教育之路！"罗兆荣的精诚和胆识终于感动了领导，结果"电大"非但未停办，他自己还承担起上级给予的更大的重任。罗兆荣从心眼里感激县领导对自己的信任，写下了《灌园叟吟》一首，将为国为民的一颗红心捧在世人面前："振兴中华乃己任，老夫何敢息双肩，愿将余血为朝露，点染群芳馥且妍。"

从此，渐近天命之年的罗兆荣，作为增城县（今增城市）最高学府的主要负责人，开始了一生事业最艰苦、最光荣的征程。你看，他真的像一个不知辛劳的勇士一般拼搏上阵了：为了解决办学资金问题，在一个月里他八次上访省、市"电大"和广州市教育局、财政局。在增城县里，他又十多次奔跑于县财政局、银行、商业局、供销社等单位之间。歌儿唱得好："几滴汗水，几分收成，几颗星光，几分笑容。"罗兆荣的赤心感动了省、县领导，也得到了有关单位的支持和同情，解决了"电大"办学和扩大规模所需经费的问题。在成功地办起了经济类的商企管、金融专业班之后，还办起了党政管理干部专修班，汉语言文学专业师资班和英语、数学、政史三个专业师资班。

万事开头难，好的开端便是成功的一半。增城电大办出了成绩，名声远扬，不仅在省内闻名，就是在全国和海外，也产生了不小的影响。1984年，增城县（今增城市）县长李中流亲自召开会议，决定正式成立增城电视大学，罗兆荣被理所当然地任命为校长。香港同胞林赖元芳女士，1988年冬返回桑梓考察教育事业，得知增城电视大学发展的历史和现状后，深受感动，慷慨捐资一百五十万港元，为学校修建教学大楼。1990年仲夏，一幢十一层的教学大楼在凤凰山的峰巅耸天而起，使增城电大揭开了历史发展的新篇章。在此以后的几年，学校又进一步完善了办学与教学条件，如今她已有了展览馆、电脑室、语言室、音乐厅、灯光球场、大小花园、小礼堂和琴房等硬件设备。尤其值得一提的是，这所县级市经办的"电大"，还成功地创办了音乐专业和美术专业，这在全国电大系统中是一个首创。其他方面的成绩都不讲，仅凭这一点而论，增城"电大"也是具有全国意义的先进典型。

教育质量的高低，关键因素是老师的素质。正是在这一点上，显示出罗兆荣校长改革家的气魄。他奔走全国，八方求师，聘请了包括《人民日报》社社长邵华泽，国家教委艺委主任、中国音乐家协会副主席赵沨，著名书画艺术家关山月、李琦，著名作家周而复在内的近60名全国著名的学者、教授和文艺界的名流，组成声势浩大的"顾问团"和"教授团"，建立起兵强马壮的高水平的教师队伍。增城"电大"引以为骄傲的是，学校艺术类专业全部由具有副教授以上职称的名师专家授课，这在全国电大系统艺术专业甚至艺术院校中，是绝无仅有的。老师水平高，学生学到的东西自然就多，甚至还学到了全国名牌高等院校的学生学不到的知识和本领。许多年来，每学期统考时，该校学生的成绩总是名列前茅，其中有些科目甚至名列全市、全省、全国榜首。例如政史班毕业一期参加全国五科统考，全班平均成绩达86.2分，成绩最低的一名学生五科平均成绩也达81分。再如市场营销专业班40名学生参加"商务谈判实务"科全国统考，全班平均成绩达91.2分，为全国电大系统成绩第一名。音乐专业的学生近三年来在历次的省市会演中都是桂冠获得者。美术专业学生的成绩更使人感到骄傲，许多人的作业经教授鉴定业已达到本科生水平，虽然他们是大中专学生。今日屹立在广州洛溪桥畔的460多平方米的巨幅广告，就出自该校5名学生之手，备受社会各界的青睐和厚爱。

搁下远的成绩不提，观瞻一下眼前的新成绩，也许更会让我们受到鼓舞。96届中专财会班在今年上半年（基础会计）统考时，全班54人平均成绩达86.9分，以高出广州平均分20分的成绩在广州市26所成人中专里名列第一名。96届新闻大专班1998年一月《大众传播学》统考，全班百分之百及格，平均分为85.7分，这一成绩也是全广州市同类专业中的冠军。

不必更多的举例，仅从上述列举的一些实绩，就完全可以看出，增城"电大"这所县级市的高等学府，已成为全省、全国同类学校中的佼佼者。

十多年来，增城电大为增城培养输送了数以千计的大专单科结业生，其中有2000多名中文、新闻、英语、美术、音乐、金融、财会、法律、建筑、工企管、商企管等专业和党政干部专修科的大中专毕业生，1000多名会计师和人事干部、行政干部大专证书结业生。如今，该校毕业或结业的学生遍布增城，在不同的工作岗位上成为栋梁之材。他们当中有的人继续攻读研究生，有的人出国留学深造，有的人已成为教学部门的讲师。据不完全统计，该校毕业生中已有80多人被提为局级以上领导干部。

增城电大以其突出的办学和教学成绩，得到了领导和广大群众的好评和爱戴。她早已被定为广州市重点电视大学，连续十年被评为广州市先进单位、先进集体、文明单位。这一卓异不凡的成绩，当然是改革开放的英明政策结出的硕果，不过，若没有罗兆荣这样办学有方、管理有术的人当校长，要想事业有成，也是根本不可能的。笔者作为该校的顾问，近两年来同罗校长有了较多的接触和交往，从中了解到不少由罗校长亲手创造的办学好经验。比如，学校建立了"顾问、教授、文友题词碑苑"，不仅美化了环境，而且还能使学生经常面对名人的名言、警句而自勉自强，增强其在本校就读的光荣感和自豪感。还有，在罗校长的建议下，学校还做出了"凡参与黄赌毒者一律开除"的决定，彻底地杜绝了在校生中的黄赌毒丑恶现象。在罗校长的建议下，学校提出了校训、校风、施教原则、办学目标，制定了校歌和校徽。校训是："以振兴中华为己任，为造福人类而苦学。"校风是："团结、紧张、严肃、活泼，爱国、敬业、开拓、奋进、尊师、重教、洁行、勤学。"施教原则为："寓爱于教、寓爱于严。"办学目标为："立足增城，着眼广东，走向全国，影响世界。"校歌就是本文开篇摘引的由罗校长作词作曲的《电大学生进行曲》。星期一早上升旗仪式需着校服（增城电大以军服为校服）、唱国歌、唱校歌。学生出入校门需佩带胸章。

不需作更多的了解，仅从上述这些具有鲜明特色的规定来审视，我们便可懂得增城电大取得卓著成绩的原因，也可以揣摩出罗兆荣校长的音容、风度、情操和胸怀。一所学校有这样一位德艺兼优、勇于进取和开拓的校长，怎能不出奇迹！怎能不培养出大批大批的优秀人才！罗校长用近20年的丰功伟业为我们树立了一个了不起的教育家、艺术家的光辉形象，难怪上级领导给了他这样一些荣誉：1983年至1997年他连续15年被评为省、市优秀教师，高教系统先进工作者，全国广播电视大学先进工作者；荣获"立功证书"和"促进成人教育带头人"等光荣称号，并受到升级奖励。

我在增城电大展览馆里，仔细地翻阅着珍贵的历史文献，不止一次地发问：是什么思想、什么力量促使罗兆荣这位并未进过正式大学的校长取得了如此显赫的成绩呢？是他创作的另一首优秀歌曲《增城人民进行曲》的歌词回答了我心中的疑问：

> 凤山悠久/湘水悠长/荔乡的历史无限荣光/先贤先烈名垂史册/浩然正气 万古流芳/我们要继承光荣传统/坚决把革命精神大发扬

一个雨过天晴的下午，兆荣校长陪同我访问了他的故乡永和镇，并瞻仰了树立在万绿丛中的他父亲的墓碑。当我从头至尾读完碑文的时候，更加懂得了《增城人民进行曲》歌词的深层蕴涵。原来兆荣的父亲罗剑虹（原名剑锋）是增城地区著名的革命烈士，大革命时期增城"农民运动"主要领导人。大革命失败后，他继续留在永和开展革命活动。1937年永和沦陷，他仍坚持抗日救亡工作。后遭日寇逮捕拷打，但始终未向敌人吐过一个字。临终前仍带伤扶杖登堂大字板书一个上联给学生对。联曰：

> 假我头颅，作暮鼓晨钟，一任倭寇频敲，敲醒吾人亲日梦。

学生无人能对。后来，兆荣还从母亲及父亲的学生口述中记录下烈士的一首梦中诗：

> 蒿目时艰我浴悲/山河破碎景全非/从今不作家乡望/追念双亲串泪垂！

兆荣铭记父亲的遗训，曾步其韵成一绝：

　抗日忘身壮且悲 / 幸能明断是和非 / 头颅既得为钟鼓 / 爱国精神万古垂！

兆荣校长的这首诗，是否可理解为他今日建立丰功伟业内因的诠释呢？

1998 年 9 月 7 日晨四时于京华寒舍"山鹰巢"

这是作者为《萧韵作品选》写的序

（原载《萧韵作品选》，中国华侨出版社 1998 年版）